Ondas

Editora Appris Ltda.
1.ª Edição - Copyright© 2023 do autor
Direitos de Edição Reservados à Editora Appris Ltda.

Nenhuma parte desta obra poderá ser utilizada indevidamente, sem estar de acordo com a Lei nº 9.610/98. Se incorreções forem encontradas, serão de exclusiva responsabilidade de seus organizadores. Foi realizado o Depósito Legal na Fundação Biblioteca Nacional, de acordo com as Leis nos 10.994, de 14/12/2004, e 12.192, de 14/01/2010.

Catalogação na Fonte
Elaborado por: Josefina A. S. Guedes
Bibliotecária CRB 9/870

F224o
2023
	Faria, Ademir
	   Ondas / Ademir Faria. - 1. ed. - Curitiba: Appris, 2023.
	   498 p. ; 23 cm.
	
	   ISBN 978-65-250-4170-4
	
	   1. Literatura brasileira – Romance. 2. Pantanal Mato-grossense (MT e MS). I. Título.
	
	                                          CDD – 869.3

Editora e Livraria Appris Ltda.
Av. Manoel Ribas, 2265 – Mercês
Curitiba/PR – CEP: 80810-002
Tel. (41) 3156 - 4731
www.editoraappris.com.br

Printed in Brazil
Impresso no Brasil

Ademir Faria

Ondas

FICHA TÉCNICA

EDITORIAL	Augusto V. de A. Coelho
	Sara C. de Andrade Coelho
COMITÊ EDITORIAL	Marli Caetano
	Andréa Barbosa Gouveia - UFPR
	Edmeire C. Pereira - UFPR
	Iraneide da Silva - UFC
	Jacques de Lima Ferreira - UP
SUPERVISOR DA PRODUÇÃO	Renata Cristina Lopes Miccelli
PRODUÇÃO EDITORIAL	Nicolas da Silva Alves
REVISÃO	Pâmela Isabel Oliveira
DIAGRAMAÇÃO	Bruno Ferreira Nascimento
CAPA	João Vitor Oliveira dos Anjos

Dedico a meu pai, a minha mãe e a Gueiza, irmã de criação, que viveram todas essas histórias da primeira e segunda parte, histórias que foram contadas e recontadas muitas vezes, e foi dessas histórias que nasceu este livro. Eles não viveram para ver este livro.

Agradecimentos

A todos os amigos que ajudaram Amado a vencer na vida.

Sumário

PRIMEIRA PARTE
Capítulos 1 a 21

11

SEGUNDA PARTE
Capítulos 22 a 41

89

TERCEIRA PARTE
Capítulos 42 a 56

175

QUARTA PARTE
Capítulos 57 a 67

235

QUINTA PARTE
Capítulos 68 a 90

283

SEXTA PARTE
Capítulos 91 a 97

391

SÉTIMA PARTE
Capítulos 98 a 120

417

PRIMEIRA PARTE

1

Amanhecia um novo dia.

Como era de costume, Amado levantava bem cedo; ainda era madrugada quando ele espreguiçou na cama, levantou, pegou sua escova de dente, colocou um pouco de pasta Kolynos e caminhou para o rio. Morava num casarão antigo feito todo de adobe, nos padrões da época. Era grande e tinha um quintal enorme que ia até a barranca do rio.

O sol apontava no alto da mata. Do outro lado do rio, as suas luzes cintilavam nas águas do caudaloso Rio Paraguai. Era como se fosse um espelho que refletia as luzes maravilhosas bem alaranjadas, anunciando que seria um dia como todos os outros, bastante quente.

Amado contemplou aquela maravilha, olhou para os lados, mas como era cedo não havia ninguém a não ser ele mesmo, ali naquele lugar. Sentou-se numa pedra bem na beirinha d'água, pôs os pés nas águas do rio, que estava com uma temperatura amena; olhou para o horizonte do caudaloso rio, percebendo que a sua correnteza era muito lisinha e tranquila. Mansas eram as águas que corriam rio abaixo. Do seu leito emanavam umas nuvenzinhas finíssimas de fumaça, toda transparente, causada pela evaporação das suas águas.

Sentado na pedra, escovou seus dentes e, no seu isolamento mental, pensou, refletindo para si mesmo: "O que será da minha vida? Que futuro terei pela frente? Quais rumos tomarei? Quais são as provas que estarão determinadas para eu cumprir? Quais missões cumprirei aqui neste planeta Terra?" Sentado ali, pediu aos ventos que levassem as suas mágoas e mostrassem os caminhos para suas indagações.

Nesse dia, Amado ainda não tinha completado quatorze anos de idade.

Em suas reflexões, Amado pensou e determinou: "Cumprirei o meu destino. Aceitarei os caminhos que se abrirão pela frente e assim alcançarei os meus objetivos de vida. Sei que serão cheios de obstáculos, mas serão todos superados. Não permitirei que a fraqueza me domine. Isso nunca acontecerá. Futuramente colherei flores, mesmo que estejam com espinhos".

Amado, ainda sentado naquela pedra, tendo passado mais de uma hora absorto e concentrado em seus pensamentos, notou em suas reflexões que a luta da vida não deve e não pode afetar o coração e que a sublime força do pensamento nos eleva ao Ser superior que somos na Terra.

— Então, serão estes os meus procedimentos: observarei para sempre esses meus pensamentos, prosseguirei e lutarei para acertar o rumo na vida, pois terei forças para vencer os caminhos tortuosos e difíceis. Não fraquejarei!

Pois bem, o sol já ia mais alto e o tempo ia passando quando Amado escuta uma voz suave, com sotaque bem carregado, bem da maneira cabocla de falar dos mato-grossenses.

— Olá, menino! O que faz aí? Está pensando em quê? Eu te observo já tem alguns minutos e você nem me notou. Está aí tão quieto, olhando para o além. Você está sentado na minha pedra e tem que sair porque eu vou começar a trabalhar, lavando as minhas trouxinhas de roupas.

Era Dona Satu, velha lavadeira que ganhava a vida com a lavagem de trouxas e mais trouxas de roupas. Pele queimada pelo sol, as mãos engelhadas e desgastadas pela profissão e pelo tempo.

Educadamente, Amado disse:

— Desculpe-me, eu realmente estava pensando no tempo.

— No tempo?

— É, Dona Satu. No tempo!

— No tempo! — Repetiu ela. — Você ainda não tem idade nem vivência para estar pensando nisso! A vida é simples. Esqueça tudo e vá vivendo. Deus guia os nossos caminhos. Estás vendo a minha vida? Eu vou levando como Deus manda. Sinto-me tão feliz por estar aqui todos os dias batendo minhas roupinhas nesta pedra. Faço isso que é para amolecer a sujeira e alegrar meu coração. Fica mais fácil de levar a dura vida. Isso aqui é igual à vida que a gente leva: o tempo bate, bate e bate... e vai amolecendo a sujeira e clareando a maneira de viver. Só tenho isso para ganhar o meu sustento. A vida é assim, e se é assim então vamos viver.

Amado escuta atentamente e não diz uma palavra sequer para a humilde lavadeira. Depois de alguns minutos, ele se despede dizendo:

— Até amanhã, Dona Satu. Vou embora. Tenho que estudar e ir para a escola.

Amado saiu caminhando devagar, com os pensamentos nas palavras daquela mulher: "a vida que a gente leva é como estas roupas: o tempo bate, bate e bate, e vai amolecendo a sujeira e clareando a maneira de viver".

Subiu a barranca do rio e caminhou para casa.

Em casa, assim que chegou, tomou um pouco de mate com leite e comeu um pedaço de pão com manteiga.

Agora tinha que estudar um pouco, porque estava cursando o primeiro ano ginasial e prestes a completar quatorze anos. Tinha que dedicar-se aos estudos. Não restava alternativa. Seus pais não tinham posses que pudesse bancar uma vida folgada, dedicada somente aos estudos. Sabia que, além dos estudos, tinha que trabalhar assim que completasse quatorze anos.

Estudou um pouco de Física e Matemática, observando os inúmeros princípios fundamentais das duas matérias.

Às onze horas, Amado retornou ao rio, de calção, para tomar um banho rápido. O rio era caudal de águas limpas, mas, na estação chuvosa, devido à grande quantidade de água advinda das chuvas, as suas águas adquiriam uma cor meio barrenta, porque arrastavam grande quantidade de terra e barro para o seu leito.

Chegando a casa, almoçou e vestiu o uniforme do colégio. O uniforme era composto de sapatos e meias pretas, calça caqui, camisa branca com as iniciais Ceom (Colégio Estadual Onze de Março) bordadas no bolso esquerdo. Amado apanhou a pasta com o seu material escolar e foi para o colégio.

Nessa época as ruas da cidade não eram asfaltadas.

Ao chegar ao colégio, Amado ficou pensativo. Hoje ele receberia a nota da primeira prova. Sabia que não fora bem. A nota seria muito ruim.

Alguns minutos após a sua chegada, adentraram os colegas na sala.

— Olá, amigo Amado. Como "tá tu"? — Disse o colega Nilton, em tom de brincadeira.

Amado respondeu:

— O tatu deve estar cavando alguma toca para abrigar os seus filhotes. Agora, eu estou bem e aqui na sua frente, com muito calor.

— O que fez hoje? — Perguntou o amigo.

— Olha, hoje tentei estudar um pouco, mas sabe como é. Não tenho livro para estudar além daquilo que eu anoto na sala de aula.

— Como assim? Você não comprou os livros indicados pela diretoria da escola?

— Não! Eu não tenho os livros! Porque meus pais estavam sem dinheiro para comprá-los.

Pela sua pouca idade, Amado sabia que a lida seria de muita luta, se quisesse vencer as dificuldades da vida. Mas, pensando no seu íntimo, nas suas reflexões, seguindo a voz silenciosa da sua consciência, disse:

— Eu vou vencer! Todos podem vencer. Basta aprender as coisas da vida. Basta descobrir o que e o quanto você pode aprender. Temos que buscar as nossas metas. Muitos são os caminhos. Alguns são árduos e tortuosos; outros, nem tanto. Uns, cheios de pedras e espinhos; mas, em outros, você é recompensado com o perfume das flores.

Amado notou que o semblante do amigo era de satisfação, por saber que o colega não tinha dinheiro para comprar os livros. Percebeu que no seu íntimo ele ficara contente achando que, por ter uma condição financeira melhor, isso o levaria a um sucesso mais a contento.

Amado olhou fixamente nos olhos do colega e refletiu: "Nem você nem ninguém vão destruir ou obstruir os meus sonhos. Eu não tenho medo de procurar os caminhos que me levarão à realização dos meus sonhos, por mais ínfimos que sejam. O caminho para cada problema a gente acha, e as dificuldades a gente enfrenta e supera. Nada roubará os meus sonhos. Eu não terei medo das dificuldades da vida".

O comentário geral era em relação às questões da prova. Uns achavam que estavam muito difíceis; outros achavam que nem tanto. Amado, quieto em seu lugar, não manifestava nada. Ficava só observando.

Minutos depois, chega o professor de Matemática com as provas nas mãos. Cumprimentou a todos e logo iniciou a chamada.

— Agora vou entregar as provas com suas devidas notas.

Amado era o número três. Que decepção! Tirara três e meio. Ao receber a prova, olhando para o professor, exclamou:

— Professor, eu vou recuperar essa nota. Vou estudar mais. Eu lhe prometo.

Voltando cabisbaixo e magoado para a sua carteira, sentiu um peso tremando na consciência, como se estivesse carregando, sobre seus ombros, uma tonelada.

Magoado ficou por essa primeira nota, no primeiro ano do ginásio.

O Professor Tuteline entregou até a última nota e começou a tecer alguns comentários sobre a prova.

Assim que o professor saiu da sala, no intervalo da aula, Amado foi ao banheiro e lá se trancou num dos cubículos e teve uma vontade de chorar e muito, mas o seu coração era forte, por isso ele não chorou. Naquele momento sentiu-se um fracassado, um derrotado.

Amado voltou para a sala com vergonha de tudo e de todos. A vergonha imperava. Tão logo pôde, tomou o rumo de casa, de cabeça baixa, pensativo e envergonhado.

Chegando à sua casa, foi direto para cama.

Apesar de ser uma casa grande e antiga, era mal dividida, por isso Amado não tinha um quarto só para ele. Dormia na varanda que dava para o grande quintal. Segundo sua mãe, dormia na varanda porque já era crescido, já era um homem.

Amado nunca teve medo.

Deitou-se por uns dez minutos. Viu que não adiantava ficar remoendo as ideias ruins que martelavam na sua cabeça. Não adianta, não adianta, tudo vai melhorar se Deus quiser!

— Sabe de uma coisa? Eu vou é refrescar a minha cabeça, pois ainda não são nem dezoito horas. Vou é tomar um banho no rio.

Vestiu o seu calção. Era um calção feio, mal acabado, mas era o que podia ter. Foi feito por sua mãe. Nessa época, quase nada se comprava em lojas. Tudo o que podia fazer era feito em casa, por seus pais. Era mais barato e ainda existiam outros irmãos para criar.

Chegando ao rio, lá estava a sua pedra predileta. Nela sentou.

Olhou para aquele grande rio caudaloso. Era um rio cheio de vida, de águas profundas. Ali, nele, muitos tiravam o sustento de suas vidas e de suas famílias. Após algum tempo, Amado levantou-se da pedra e deu um mergulho profundo, saindo lá longe, até onde o seu fôlego permitiu.

Agora estava mais tranquilo. Ali ele achava que tudo era seu. Só seu. Deu outro mergulho e ao sair pensou: "Serei forte e resistente como este rio. Serei passivo e calmo, porém suportarei as dificuldades que estiverem por vir, mas não aceitarei desaforo, não suportarei empecilhos de ninguém. Serei forte o bastante como este rio, para combatê-los."

Amado olhou toda a extensão do rio, como sempre fazia, até onde sua vista alcançava.

Pensando bem, refletiu: "Dei dois mergulhos e tenho certeza de que esses dois mergulhos não foram na mesma água. Elas se renovaram para o meu mergulho. Assim serão os meus dias futuros. Eu ainda não tenho quatorze anos, e a vida renovará sempre para mim, a cada dia. Terei sempre um novo dia, uma nova alegria, uma coisa nova para pensar, um novo motivo para lutar. Assim, essa situação de hoje nunca mais se repetirá. Tenho fé em Deus!".

Quando Amado voltou para casa, já eram quase sete horas da noite. Jantou e em pouco tempo estava deitado na sua cama dormindo profundamente.

2

Na humilde casa de Amado, não tinha despertador. Todos acordavam com o despertador tradicional do galinheiro, o senhor todo-poderoso, o rei do terreiro, o majestoso galo índio que cantava acordando todos da casa. Cantava alto e forte para dizer que naquele galinheiro quem mandava era ele, por isso era o primeiro a cantar.

Amado também acordara com o cantar do galo e rotineiramente fez o de sempre. Foi para o rio.

Voltando do rio, após tomar o café da manhã, que sempre era muito simples, Amado tomou uma decisão:

— Tenho que estudar e, ao completar quatorze anos, vou trabalhar para ajudar nos meus estudos.

Amado refletia para si que, de agora em diante, iria calar as vozes que ecoavam na sua mente, as quais o dominavam, atordoando o seu coração.

Na vida, pensando bem, tudo muda, nada permanece estável. Pode ser para melhor, como pode ser para pior. Pode ser com muito amor ou com muita dor. Nada é para sempre. Viver sem problemas é impossível. Os problemas nascem com os seres humanos. As vidas reencarnadas, enquanto durarem aqui na Terra, como seres humanos, sempre terão desafios: de lutas, de vitórias, de derrotas e assim por diante.

3

O ano era 1950. Amado veio ao mundo no dia 15 de abril. Ele nasceu no sítio do seu pai, lá longe, muito longe. Lá na fronteira com a Bolívia, bem a oeste do estado de Mato Grosso.

No dia do seu nascimento, quando sua mãe começou a sentir as dores do parto, todos ficaram preocupados. "Vamos fazer o quê?" era o questionamento de todos. Seu pai não teve alternativa. Disse para Gueiza:

— Menina, monta nesse cavalo e vá até lá no rancho do velho "*Juan Baquité*" e fale para vir aqui correndo, o mais rápido possível, que a criança vai nascer.

"*Juan Baquité*" era um nativo boliviano. Era um mito. Sabia um pouco de tudo para poder iluminar aquelas cabeças pouco compreensivas. Era o curandeiro, o líder dos poucos alfabetizados, como ele. Era o que dava conselhos aos casais. Resolvia conflitos de todos os tipos. Todos o respeitavam. Ele era o parteiro de todas as nativas que pariam por ali.

O velho nativo boliviano, ao chegar ao rancho, examinou a parturiente e, apalpando a barriga, disse:

— "*Va a nacer temprano, a mediodia, la doce de la mañana*".

Em seguida, foi até um algodoeiro, pegou a fibra do caroço do algodão (a mais tenra e recém-brotada), a mais branquinha possível: esta estaria livre das impurezas. Torceu a fibra com os dedos fazendo um cordãozinho. Esse cordãozinho seria para amarrar o umbigo após o corte do cordão umbilical.

O nativo fez um pedido:

— Quero uma colher e uma tesoura. Aqui tem uma tesoura? Se não tiver, serve uma faca. Quero também um pouco de banha de galinha.

O seu pedido foi atendido.

Assim, estava pronto o preparo para o desgrude da criança com o vínculo umbilical materno.

Como ali não existia nenhum relógio, o pai, que o esperava ansiosamente, foi para fora do rancho, fez de um galho da árvore uma varetinha e enfiou uma ponta na terra, em frente do rancho, e esperou. Observou a sombra do sol ficar a pino, e quando não produzia mais nenhuma sombra, aí podia confiar. Era meio-dia em ponto. E assim aconteceu! O brutelo do menino nasceu numa expectativa de todos, exatamente quando o sol não projetava nenhuma sombra. As poucas pessoas ali presentes fizeram uma pequena gritaria:

— É menino-homem ou menina-mulher? — Essa era a forma simples de eles perguntarem sobre o sexo dos nascituros.

Após o nascimento, Juan amarrou o umbigo cortado com o cordãozinho que fizera e colocou a ponta cortada na banha de galinha que fervia na colher, aquecida que fora com um tição de lenha, que estava em brasa. A banha estava muito quente. Escutou-se o chiado da fritura.

O pai segurava o menino todo orgulhoso, enquanto Juan terminava o procedimento. Dizia com lágrimas nos olhos:

— Este vai ser um pantaneiro macho. Não deu um pio nem tremeu de frio ou dor. Vai ser muito valente. Vai desafiar a luta da vida.

Esse menino fora a única criança nascida ali, naquele rancho daquele sítio.

Nascido dessa forma, esse menino teria que ser um forte, pois nascera no pantanal, no meio da natureza, da forma mais rude e natural possível.

— Nasceu formoso, gordo e belo. Forte como um touro — disse o seu pai, todo orgulhoso.

Ele teve a sorte de ter nascido na mão desse boliviano. Assim, estava escrito o seu destino. Era pra ter nascido ali. Esse nativo era de um povo milenar, advindo da região das Cordilheiras andinas. Não se tem ideia de como esse povo chegou a esses confins de Mato Grosso.

A criança recebeu da imposição das mãos do nativo um louvor a Deus; recebeu também a bênção e as orações que foram feitas em seu dialeto. Essa bênção e as orações eram as mesmas que fizeram para esse velho indígena, em seu nascimento, como também a todos os seus ascendentes e descendentes, por centenas de anos. Tudo isso tinha fundamento para eles. Assim estariam protegidos e abençoados para o resto de suas vidas, assegurando uma vida longa, sem que fossem afetados por males, invejas e perigos, ao longo de suas vidas.

E, assim, as proteções das orações divinas seguiriam para o resto da sua vida.

O banho do menino só poderia ser dado no outro dia, conforme a determinação do parteiro nativo.

Assim seu corpo poderia absorver o restante do líquido amniótico, que serviria para a proteção futura da conservação de sua pele pelo resto da sua vida.

Assim era feito na tradição dos seus ancestrais.

No outro dia, mais ou menos pela metade da manhã, o indígena parteiro apareceu no sítio e, com seu português atrapalhado, chamou Seu Quinco e disse:

— O banho deverá ser dado por volta de meio-dia, mais ou menos na mesma hora do nascimento. Vim aqui só para dizer isso. Essa é a nossa tradição.

Ao se retirar, Seu Quinco perguntou:

— Quanto vai me cobrar pelo seu serviço?

O indígena, na sua maior inocência e simplicidade, disse:

— Eu não cobro nada. Está pago por Deus! E não esqueça: o nome dele será Amado. Ele será abençoado!

— Então, *Juan*, vem aqui depois que eu vou te dar um bezerro e um quilo de sal pra você fazer um churrasquinho com os seus parentes, tá bom? — Disse Seu Quinco. E assim foi feito. — Amado. Sim, o nome será Amado.

Aproximadamente ao meio-dia, o pai, todo cheio de si, foi até a cama onde o menino dormia nos braços da sua mãe, Dona Bêga, depois de ter mamado e, portanto, com a barriguinha cheia, estava confortavelmente tranquilo. Disse o pai de imediato:

— Me dá essa criança que eu vou dar o banho nele, que já chegou a hora.

A mãe ficou desesperada, sem saber o que ele iria fazer com a criança. Ela perguntou:

— O que você vai fazer com esse menino?

Ele respondeu:

— Vou até o rio dar um banho nele. Agora está quente e a água do rio está bem fresquinha.

— Isso você não pode fazer! — Disse ela. — Ele só tem um dia de nascido. Isso é uma loucura!

— Vou fazer isso, sim! A tradição diz que é isso que tem que ser feito e será feito!

— Que tradição é essa? Onde você está com a cabeça?

Dona Bêga não sabia que seu marido estava cumprindo a determinação que o velho indígena tinha lhe transmitido, em segredo e às escondidas.

Com a primeira filha, Arlene, nada disso aconteceu. Ela teve a sorte de nascer na cidade, em setembro de 1948, e lá tinha parteira.

Ela não discutiu mais, pois sabia que a tradição tinha que ser cumprida. Sua sogra era descendente dos indígenas Bororós, vivera toda a infância e a juventude nas terras de seus antepassados e sempre cumpria as determinações.

Ela só saiu dali quando, um belo dia (no vigor da juventude), conheceu um rapaz chamado Cesar, da cidade de Cáceres. Apaixonaram-se, e ele tornou-se, assim, seu marido. Esse Cesar veio a ser o avô de Amado.

Devido à sua convalescência, Dona Bêga não quis nem acompanhar a ida até o riozinho para ver o primeiro banho do seu primeiro filho homem.

O pai, Seu Quinco, entrou na água com a roupa do corpo. Com muito cuidado, desceu o menino até a superfície da água fresquinha. O menino não chorou, esboçando no rostinho um ar de contentamento.

O pai disse para todos:

— Viram como ele é valente? Comportou-se como um verdadeiro guerreiro nativo desta região. Será abençoado pelos nossos Deuses. Ele vai guerrear pela vida. Vai lutar e ser feliz e será totalmente independente. Cada Deus o abençoará nos momentos de precisão, pela vida inteira.

Ali presentes estavam o Savache, o Jorge, o Lilingo e a única mulher, a Gueiza, menina ainda.

A Gueiza, por precaução, levou um cueiro, e, após o banho, ela deu para o pai enrolar o menino.

Realmente o menino teve uma proteção divina, pois nada de ruim que pudesse prejudicá-lo aconteceu. Era forte, tinha vontade de mamar com vontade. Esse, talvez, foi o motivo de ser forte o bastante para encarar a vida.

Com sete dias, o umbigo dele caiu. Foi uma alegria total para os pais. Até aí, tudo em ordem, conforme os conhecimentos dos pais.

Dizia o pai:

— Cuidado com o umbiguinho dele! Se não tiver o cuidado, pode pegar uma infecção. Isso é muito perigoso!

Felizmente nada aconteceu.

— O que vamos fazer com esse umbigo seco? — Perguntou o pai.

A mãe com muita fé falou:

— Nós não podemos jogar em qualquer lugar, porque, se um rato vier a roer esse umbigo, esse menino vai dar para ladrão. Isso minha mãe sempre dizia para nós. — Alguns segundos depois, ela completou: — Eu não sofri pra parir um filho ladrão.

O pai, com todo cuidado e carinho, pegou o umbigo e disse:

— Já sei o que fazer com ele! Vou enterrar lá no pé do tronco da porteira do curral. Isso para ele ficar com o sentido ligado ao cheiro do gado, ao cheiro da natureza, do pantanal; ao aroma da vida do campo que se vive ali. É para ficar dentro do seu íntimo para sempre.

O pai foi até a porteira do curral com o "saraquá" na mão, cavou um pequeno buraco bem encostado ao mourão principal da porteira e enterrou o umbiguinho do Amado.

Disse para si, na sua solidão mental:

— Quero que carregue o desejo e a vontade de sentir a terra dentro de você para sempre e que tenha saudade deste lugar que é seu, pois aqui você nasceu.

O Seu Quinco, assim que saiu daquele lugar, caminhou para o rancho e não olhou para trás, para não desfazer os seus pedidos.

5

Naquela época (década 1950), a vida naquele lugar era muito triste. Tudo era monótono. Não se ouvia nada, não se tinha notícia de nada, e a comunicação com os parentes da cidade era só por cartas, quando aparecia um portador que as levava, fazendo um grande favor.

As cartas eram lidas e relidas muitas vezes para matar as saudades.

Mato Grosso, por ser uma região pantanosa propícia para a criação de gado, por ter uma imensidão de água e muito pasto, quando no momento da sua criação, Deus, o todo-poderoso, parece ter dito: "Essa região será eterna. Ela sempre existirá. E vocês, criaturas que nela habitarão, seja homem ou animal, terão o privilégio de nela viver e fazer as suas mais belas moradas, mas terão que lutar e persistir muito, pois ela sempre cobrará a sua parte. Vocês tentarão dominá-la, porém ela sempre reivindicará o que é seu".

Naquele tempo, aquela região era terra de ninguém. Era uma imensidão desabitada e desafiadora, sem cercas e sem porteiras. Eram povoados por boiadeiros, indígenas bolivianos e nativos da própria região; aqueles que não tinham uma raça definida, uma etnia, resultado da miscigenação daqueles que falavam o castelhano e a mistura do português com vários dialetos, e que não sabiam se eram brasileiros ou bolivianos. A região era uma aglomeração desses grupos de povos que construíam um ranchinho aqui, outro acolá, distante uns dos outros.

Esses brasileiros não faziam parte das estatísticas do país, pois muitos deles morriam sem nunca ter, pelo menos, sua carteira de identidade.

Foi ali, naquele sertão pantaneiro, que Seu Quinco resolveu iniciar a vida de criador de gado baguá e também foi o lugar escolhido por outros familiares que já tinham ali se fixado bem antes dele. Era um irmão e uma irmã, que ali resolveram criar as suas famílias.

Mato Grosso, por sua grande extensão e vida difícil, sempre foi carente de população. Qualquer número de pessoas implantadas naquela região era bem-vindo, porque a vida era sacrificada demais.

Na formação das propriedades, os interessados escolhiam um pedaço de terra, construíam um ranchinho de palha e pau a pique, um curral; faziam sua demarcação e tomavam posse, pois todas aquelas terras eram devolutas e, após certo tempo, requeriam a posse da terra na Prefeitura de Cáceres.

Esses proprietários mobilizavam-se, com ajuda dos vaqueiros locais, para fazer a pega do gado baguá, nativo da região e, obviamente, sem dono. Depois o rebanho era dividido igualmente.

Era gados que fugiram outrora de grandes fazendas e que tomaram como seu hábitat natural todas aquelas terras pantaneiras.

Esses rebanhos bovinos desguaritados tinham territórios livres, entre a Bolívia e o Brasil e vice-versa. Esse gado não tinha dono. Era de quem tinha coragem de ir atrás e pagá-los. Eles não conheciam fronteiras.

6

Passado algum tempo, Amado, já bastante crescidinho e com uma saúde de aroeira, como diziam, brincava, corria para todos os lados, corria atrás dos bichos domésticos do quintal e brincava com os cachorros, que eram caçadores e da companhia de seu pai.

Amado era criado na natureza, como todas as crianças nativas daquela região, sem grandes interferências; geralmente as vontades eram suas, e, pensando bem, elas eram livres por si só.

Um dia, ao entardecer, Seu Quinco estava sentado na varanda do rancho de pau a pique, num mocho feito grosseiramente de madeira e com a parte do assento feito de couro cru, retirado de uma daquelas cabeças de gado "baguá", que fora abatida para o sustento nas alimentações de todos. Ali sentado, com o seu cigarrinho de palha, de sabor especial, natural da terra, pois o fumo era cultivado ali mesmo, na pequena roça, espantava com a fumaça os mosquitos que naquele momento começavam a incomodar.

Ali ele refletia. Ali ele pensava. Ali ele tomou a decisão.

Chamou a sua esposa, Dona Bêga, e disse:

— Bêga, vamos negociar isto aqui e vamos voltar para a cidade.

— Por quê? — Perguntou ela.

— A vida é muito dura por aqui — respondeu ele. — É bastante difícil tornar rentável este sítio. Não existe conforto em nada. Temos que trabalhar muito. A vida se reduz a fazer o trabalho braçal na roça e correr atrás de bois "baguá". Isso não leva a nada. Por ser um trabalho bruto essa lida, "da pega" dos bois bravos no campo, em qualquer momento, um de nós pode sofrer um acidente, uma rodada fatal, e esse tombo pode causar a morte. Bêga — disse ele —, essa vida é miserável mesmo!

Pensativo ele ficou, com a voz da consciência do seu íntimo.

Dona Bêga, sua esposa, mulher de fibra e coragem, disse:

— Na alma dos pessimistas e dos fracos é que nasce o pensamento da miséria e da derrota. Nós, pantaneiros, somos ricos, e não miseráveis. Não somos fracos. Temos tudo que precisamos para a nossa sobrevivência. Tudo vem de graça. A natureza nos provém de tudo. Só depende de nossos esforços e trabalhos. Até as flores nos oferecem o seu perfume nas belas manhãs, acompanhadas do cantar dos pássaros. Isso é belo! Mas, se você acha que devemos voltar para a cidade, que assim seja. Vamos voltar!

— Vejamos bem — disse ele —, nós temos que pensar nessas duas crianças. Elas precisam crescer na cidade para terem oportunidade de estudar e serem alguém na vida. O que será delas sem estudos?

— Quantos anos que já estamos aqui! Não é de hoje! A meu ver, continuamos na mesma de sempre, muita luta e nada de um bom resultado.

— Aqui não tem escola. Aqui é sertão e não tem nada, nada mesmo. Não tem nem comércio. Nada, nada! — Repetiu Seu Quinco gesticulando. — Só mato, solidão e noite escura para observar a lua e escutar o chirriar das corujas, que diziam ser a filha da lua. Qualquer necessidade, tem que recorrer à cidade, e você sabe bem que são dias de viagem até lá: a cavalo ou de carro de boi. Isso se o pantanal não estiver cheio. O pouco que necessitamos nós trazemos da cidade quando vamos lá, ou compramos desses míseros "mascateiros", que carregam suas mercadorias nos lombos dos seus sofridos animais, sempre prestes a morrer de tanto serem judiados.

— É! É mesmo — disse Dona Bêga, sua esposa.

— Sendo assim, vamos. Vamos buscar o nosso futuro.

— Quinco! — Disse Dona Bêga. — Nós agora que montamos essa pequena escolinha, já faz um tempinho, para poder ensinar essas crianças da redondeza, tão carente de estudos. O que fazemos com elas? Já se passaram quase três anos...

— Muitas já sabem ler e escrever. Está tudo indo muito bem. Nós dois estudamos somente até a quarta série primária, mas, se ensinarmos o que sabemos, já é muito a elas. Pelo menos saberão ler um pouquinho. Vão saber assinar os nomes e fazer as quatro operações da Aritmética. Isso é muito para elas. É como enxergar em uma noite de escuridão.

7

A lua cheia da noite já ia alta quando tornaram a si.

— Vamos para a rede dormir — disse Seu Quinco.

Assim, cada um deitou na sua rede e logo adormeceram, num profundo sono.

Na cama ao lado, encostada na parede, dormiam as duas crianças.

Com o cantar do galo e a alvorada dos pássaros, ninguém conseguia mais dormir. Acordavam e levantavam muito cedo.

O dia amanhecia sempre lindo. Uma leve neblina, causada pela evaporação do solo úmido pantaneiro e do pequeno Rio Barbado, que corria mato adentro, com suas águas cristalinas, embelezava toda a paisagem daquele humilde sítio.

Como era de costume, todos os dias, ao levantarem, bem cedo, Seu Quinco e Dona Bêga tinham o hábito de tomar o seu guaraná em pó, que era ralado em grosa fina para ficar mais saboroso. Esse guaraná era da marca Maué em bastão, comprado na cidade em quantidade suficiente para um determinado tempo e reabastecido quando chegava ao fim. Essa compra era feita na cidade.

Após todos acordarem, era hora de fazer a primeira refeição. Lá naquele sertão, todos chamavam de "quebra-torto", que era na realidade uma refeição completa como se fosse um almoço. Comia-se arroz, feijão, mandioca cozida com carne seca ao sol frita etc. Acompanhava, para quem quisesse, leite ou café.

Seu Quinco, nesse dia, tomara a decisão de que ninguém iria trabalhar, ninguém faria nada, nem na "pega do gado", nem no trabalho pesado da roça.

Todos iriam descansar.

No sítio, havia apenas quatro homens adultos que faziam todos os serviços pesados: Seu Quinco, Jorge, Lilingo e Savache. Estes três eram considerados como filhos de criação, criados por ali, porque não tinham família que os ajudasse e os abrigasse.

Amado, que nasceu naquele rancho, nada fazia, pois ainda era uma criança.

Dona Bêga, que montou a escolinha, disse para o seu marido:

— Quinco, já que não vai fazer nada, hoje você ensina Aritmética para as crianças. Ensina a somar e a diminuir. Eles já sabem um pouquinho. O que eu já ensinei, para essas crianças, foi apenas a somatória e a diminuição de números até uma centena.

E assim foi feito.

Nesse dia eles aprenderam a somar e diminuir números maiores de uma centena. Entraram na casa do milhar. Foi um encanto! Todos se sentiram realizados em saber fazer um cálculo mais complicado e que serviria para o infinito das suas vidas. Nas suas inocentes imaginações, um perguntava para o outro: "Como entender o que seria o infinito?".

Tudo era explicado na maior simplicidade. Os exemplos das operações eram com elementos da natureza para que as crianças pudessem entender mais facilmente. Era quantidade de cabeça de gado, de galinha, de cachorro e de outros animais. Entendiam também a quantidade de castanhas num cacho de acuri, a quantidade de bocaiuva caída no chão, a quantidade de cocos no cacho de tucum, frutinhas bem pretinhas dispostas num cacho bem menor, em comparação com os outros, o de números de árvores que tinha só do lado direito ou esquerdo, desde certa distância até a escolinha. Nesse sentido, a imaginação era fértil. As operações eram feitas misturando as espécies nas operações. Já nas frações, tinha que prestar mais atenção nas espécies que não poderiam ser fracionadas.

A maioria das crianças vinha montadas em seus cavalos. As que moravam mais perto vinham a pé.

Nesse dia a aula foi bastante animada, motivada pela quantidade de exemplos que estavam ao alcance das suas imaginações.

As aulas eram ministradas somente pela manhã. Na hora do almoço, todos tomavam o caminho de volta para os seus ranchos.

Na escola, como não tinha um relógio que pudesse marcar as horas, sempre tinha que tomar como referência aquela varinha que marcava a sombra no chão.

Os dois professores empíricos viram que era importante ter um relógio despertador para ensinar as horas para aquelas crianças e esse relógio seria adquirido na próxima ida à cidade.

Os dois professores-caseiros foram para a cozinha almoçar com todos da casa.

Após o almoço, como era de costume, quando estavam em casa, todos iam para as redes deitar e tirar um cochilinho, uma sonequinha.

A escolinha criada pela iniciativa de Dona Bêga não tinha salas para fazer as divisões das turmas nem professores para tanto. Só ela e seu marido eram professores. Todos estudavam juntos. Era uma sala pau a pique, de bom tamanho. As mesas eram feitas de tábuas entalhadas em troncos de árvores retirado do mato. Tudo ali bem próximo do rancho. Os bancos também eram feitos de troncos aplainados cortados dessas árvores. Os alunos maiores e que já sabiam um pouquinho mais que outros, como era a situação da aluna Gueiza, que se destacava dentre os alunos, prontificavam-se em ajudar os colegas com o que haviam aprendido. Ali era uma pequena comunidade de amigos.

Retornando às atividades, depois desse breve descanso, Seu Quinco chamou sua esposa para fora da casa. Foram para a sombra de um imenso pé de figueira que tinha na frente da casa e que servia para um bom descanso. Ali era onde a criançada da escola amarrava os seus cavalos. Nessa sombra foram colocados vários troncos de madeira bruta para que servissem de bancos. Ali sentaram para conversar sobre o futuro de todos.

Madeira não era problema. Ali tinha muito.

A partir desse dia, começaram a programar a ida até a cidade de Cáceres, para fazer as compras e tentar negociar o sítio.

— Não podemos demorar muito para ir. Se isso acontecer, o pantanal enche devido às chuvas e aí ficará muito difícil para viajarmos. Como ainda não temos compromisso com ninguém, vamos combinar uma oportunidade apropriada para irmos.

Para Amado nada fazia diferença. Era apenas uma criança em fase de crescimento e de aprendizagem. Para ele tudo era interessante, fazia parte da curiosidade do aprendizado da vida de uma criança. Tudo tinha o seu valor. Futuramente esse aprendizado serviria para amenizar os percalços da vida.

Os dias passavam lentamente. Amado só crescia e, com sua mente livre, como também livre era o seu corpo (já com pouco mais de três anos de idade), a vida para ele não tinha pressa. Era como uma folha que se desprende do seu galho e que o vento leva para longe. Com essa idade, ainda não tinha que se preocupar com o tempo. O tempo para ele não fazia diferença. Era apenas uma criança.

Os dias passavam tranquilamente, sem nenhuma novidade. Tudo corria normalmente sem grande preocupação de vida. Era uma monotonia só. Todos faziam as mesmas coisas, repetidamente. Para os homens: cuidar da roça, dos animais e do pequeno rebanho de gado que já fazia parte do sítio, amansar os potros para o transporte na sela, para a lida no campo. Para as mulheres, os serviços eram o que sempre cabiam a elas: a cozinha e a lavagem de tudo que fosse necessário.

O rancho de pau a pique era muito simples e confortável. Era bem arejado, nele respirava-se todo o oxigênio que a natureza pudesse proporcionar. Dava gosto de dormir ali. Se porventura alguém perdesse o sono, não tinha monotonia nem tristeza. Era só levantar e caminhar até os bancos dispostos ali, embaixo da grande figueira a poucos metros da porta, sentar e olhar para o céu e contemplar as estrelas. Nas madrugadas tudo era bem diferente daquele calorão infernal que é durante o dia no pantanal. À noite era bem fresquinho, com o céu estrelado. Nesses momentos podiam imaginar tudo na vida, mas imaginar o quê? Suas imaginações eram pífias. Para eles, tudo era muito simples. Seus desejos eram quase o nada. Por isso eram felizes.

Lá não existia tristeza, porque a tristeza trazia nuvens de lágrimas nos olhos, e isso levava à saudade que fazia o coração chorar.

9

Passaram-se dois meses até que os dois tomaram iniciativa de ir à cidade.

Um belo dia, Seu Quinco tomou a decisão. Era início do mês de setembro, mês da primavera. Chamou a sua esposa e falou:

— Vamos ter de ir logo para a cidade. Temos que comprar algumas coisas para o nosso abastecimento. Está faltando tudo e assim não podemos ficar. Não estamos prevenidos para qualquer emergência ou dificuldade.

— Agora, neste mês, é muito bom para viajarmos. O pantanal está seco, e nesse período vigora a seca verde, como dizem os pantaneiros.

O esplendor da natureza explode nesse período e um grande espetáculo acontece. O nascer e o pôr do sol são belíssimos.

A combinação das cores amareladas do sol com seus tons avermelhados nos apresentava imagem de grande beleza, e tudo ficava mais lindo quando observado no reflexo das águas dos rios, dos córregos, dos lagos e das lagoas onde também se admiram grandes revoadas de bandos de coloridos pássaros dos quais muitos são pássaros migratórios.

Diversos animais, com seus filhotes, caminham tranquilamente entre as macegas. O solo era enriquecido com nutrientes naturais devido à umidade, o que faz nascerem as gramíneas que servem de alimentos para os animais herbívoros.

Seu Quinco tomara a decisão de viajarem no fim da próxima semana. Era início do mês de setembro.

As viagens, nesse tempo, tinham seus preparativos. Era preciso vistoriar o carro e escolher as juntas de bois que o puxariam (os bois mais fortes e bem alimentados que também aceitassem puxar o carro, pois alguns bois ainda eram ariscos para esse tipo de serviço). Tinha também que preparar as selas para os animais. A viagem era longa e feita em muitos dias, por isso tinha que preparar as matulas. No carro foi revista a armação de taquara que depois seria coberta com couro de boi (para proteger do sol e chuvas as cargas que levaria). Era preciso também levar alguns couros de boi extra, para fazer as pelotas que atravessariam as cargas sobre os rios sem molhar e também para forrar o chão onde seriam servidas as matulas.

As matulas eram preparadas com antecedência com comidas não perecíveis. Era preparada muita paçoca de carne de sol, carne de porco imerso em banha na lata com gordura e também carne de boi seca ao sol, para fazer se um bom churrasco. Essas viagens eram muito divertidas, pois cada parada para comer e cada parada para dormir eram na realidade um grande piquenique do qual todos participavam alegremente.

Seu Quinco, que sempre fora um caçador nato, acostumado a caçar desde criança, disse a todos que iria caçar na manhã seguinte alguns caititus ou gazelas pantaneiras para um reforço na matula.

Para essas caçadas, o Seu Quinco tinha apenas uma espingarda calibre 22 de um só tiro e era sempre acompanhado por três cachorros: o Mestrinho, o Desengano e o Cruza-pé, muito bem treinados para a caça. Eram cachorros "vira-latas". Esses cachorros-caçadores sempre têm que ter um líder, um mestre, e um deles, o menor de todos, tornou-se o mestre, por isso ganhou o nome de "Mestrinho". Era todo pintadinho de preto e branco. Era destemido, corria na batida dos bichos e sempre atacava qualquer animal que eles conseguiam acuar. Para isso, eles trabalhavam em grupo: Mestrinho atacava a cara dos bichos e os outros atacavam o flanco ou a traseira do animal. Essa batalha demorava até o caçador chegar e dar o tiro de misericórdia na caça, pondo fim a tudo.

Logo após o abatimento, Seu Quinco abria a barriga do animal, retirava o coração e o fígado e ainda quente dava em pedaços para os cachorros, como uma recompensa. Eles eram acostumados com isso.

Como esse Mestrinho foi parar no sítio?

No retorno de uma dessas viagens à cidade de Cáceres, sem esperar, apareceu esse cachorrinho, que foi logo cheirando as pernas e as mãos de Seu Quinco, e, com um estalar de dedo, fez-se uma amizade para sempre.

Esse cachorro acompanhou a todos e se foi, para nunca mais voltar à cidade. Nunca mais voltou para o seu dono primeiro.

No sítio, para todos os lugares que o seu dono ia, ele o acompanhava. Quando saía para caçar, ele tinha pressentimento do fato. Ficava todo alegre e esperto, abanava o rabo e fazia uma pequena arruaça com os seus latidos.

No dia da caçada, era ainda madrugada quando Seu Quinco acordou. Sua esposa, Dona Bêga, levantou e avivou o fogo, que resistiu durante a noite no fogão a lenha. Preparou o café (que eles plantaram e colheram e era muito saboroso) e esquentou também a sobra da comida do jantar.

Após esse desjejum, ele caminhou para o ranchão ao lado, onde eram guardados as tralhas dos carros de bois e os arreios dos cavalos. Ali, ao lado, o seu cavalo permaneceu amarrado à noite inteira. Fora colocada uma boa quantidade de ração feita com a cana e sua folhagem, misturada com folhas de bocaiuveiras e um pouco de milho. Ali também dormiam os cachorros em cima de uma camada de capim seco, para eles se aquecerem nas noites mais frias.

Assim que os cachorros avistaram o seu dono, eles ficaram em pé, deram uma boa espreguiçada e automaticamente ficaram agitados. Eles sabiam que iam caçar. Latiam e ao mesmo tempo uivavam e agitavam seus rabos ansiosos, esperando o seu dono partir.

Seu Quinco encilhou o seu cavalo. Era exclusivamente de sua montaria. Ninguém mais montava nele. Pegou a sua espingarda e o alforje onde carregava uma boa quantidade de balas, e um cantil de água. Assim que montou, os cachorros partiram correndo na frente do cavalo.

Seu Quinco, pela experiência que tinha na lida das suas caçadas, não teve dúvida por onde começar a caçar. Iria dar uma volta em torno da roça. Por ali, provavelmente encontraria rastros frescos (na terra ainda úmida) de animais que vinham durante a noite se alimentar das plantações e sempre que apareciam danificavam a roça.

Não demorou muito e Seu Quinto não viu mais os cachorros, pois o pequeno Mestrinho, que era o líder, já tinha farejado a batida de alguns caititus que tinham ido à roça se alimentar.

Logo o caçador escutou os latidos de todos os três cachorros, e esses primeiros latidos eram apenas um sinal, com sons característicos, de quando corre na batida dos rastros de animais. O som dos latidos torna-se mais agudo e mais longo. Talvez essa alteração fosse o meio de comunicação para indicar aos outros cachorros o que estava fazendo e para onde estava correndo. O caçador distinguia nitidamente que aquele latido mais agressivo e mais contundente era o latido do pequeno mestre.

O caçador ficou na espreita e em pouco tempo escutou uma tremenda algazarra. Logo percebeu que os três cachorros tinham alcançado algum animal e o acuaram. Orientado pelo som dos latidos, o caçador tomou a direção de onde vinham os latidos.

Em pouco tempo, não muito longe de onde estava Seu Quinco encontrou os três cachorros acuando dois enormes caititus, que se defendiam em círculo. O destemido Mestrinho, como sempre, fazia o que sabia. Atacava a cara dos perigosos animais, e os outros dois cachorros mordiam as suas traseiras.

Ao chegar perto dos animais, o experiente caçador protegeu-se atrás de uma frondosa árvore e preparou a espingarda para pôr fim naquele embate, dando um tiro de misericórdia em cada um dos dois animais.

Seu Quinco era um exímio atirador: apoiou a espingarda num galho da árvore que pendia na sua frente e fez a pontaria. A distância era pequena, a poucos metros; não tinha como errar. O tiro partiu e a bala acertou no meio da testa do primeiro bicho que caiu imóvel.

O segundo animal assustou-se com o barulho do primeiro disparo da espingarda, tentou correr, mas já era tarde. Os três cachorros o atacaram sem piedade, pularam para cima dele e cada um o agarrou, com suas fortes dentadas, mordendo cada qual uma parte do corpo do pobre animal, que ao guinchar produzia um som tão forte e assustador que dava até pena e agonia. Esse era o som com o qual ele despediria da sua vida. Era o som da morte.

O animal ficou imobilizado no chão porque cada cachorro puxava para um lado. O caçador recarregou a espingarda e pôde sem medo se aproximar bem perto do bicho, e apontando a arma, na paleta dele, fez o disparo: o tiro atravessara o coração do animal, pondo fim ao seu sofrimento.

Seu Quinco retirou a faca da bainha e sangrou os dois animais, já mortos. Isso era tradição aprendida com os seus. Era para escorrer o sangue e para a carne ficar mais saborosa, e, assim, aumentar a sua durabilidade, a sua conservação. Abriu também de imediato a barriga dos dois animais e retirou os corações e os fígados, lambuzou a mão de sangue e, com essa mão ensanguentada, deu cada pedaço ainda quente na boca de cada cachorro, permitindo assim que cada um lambesse a sua mão. Isso era para mantê-los todos submissos ao seu comando, como sempre fazia.

Os três cachorros: o Cruza-pé era um cachorro esguio, delgado, e era o que mais corria, sua pelagem era quase toda preta com várias manchas em branco; o Desengano era de porte médio, pelagem cinzenta escura e muito forte. Nos ataques a grandes animais, que dependiam de força, era ele quem tomava a frente; o Mestrinho era o líder. Os dois animais esperaram primeiro o Mestrinho comer e só depois aceitaram a sua parte. Nenhum deles tinha uma raça definida. Eram simplesmente "vira-latas".

Os dois bichos mortos foram colocados e amarrados na garupa do seu cavalo.

Chegando ao rancho, logo foi gritando:

— Olha a caaaça!

E todos correram alegremente para ver o que tinha caçado.

Seu Quinco imediatamente ordenou para os dois rapazes tirarem o couro dos bichos e estaquear ao sol para secar. As carnes seriam fritas e colocadas nas latas de banhas de porco, para conservá-las e serem levadas como provisão na estrada, que também seria consumida na cidade. O couro, após seco, seria vendido. Tinha que aproveitar e levar tudo que poderia ser transformado em dinheiro.

Quando as crianças chegaram para as aulas, todos admiraram a caçada do seu querido professor de Aritmética.

Para eles, alunos, isso seria muito alimento.

Em seguida, a professora mandou todos para a sala de aula. A princípio, o assunto foi a caçada do professor, porque todos entendiam do fato. Logo após, a professora anuncia que fará uma viagem, no fim da próxima semana, para a cidade, e que vai ausentar-se por uns trinta dias.

Chegou o grande dia da viagem.

Cedo acordaram. No céu ainda brilham as últimas estrelas no límpido céu da floresta e a lua já desaparecia com o clarão dos primeiros raios solares.

Deram início aos preparativos da viagem. Foram amontoando tudo que levariam na varanda da casa. Logo em seguida chegaram os três rapazes com os animais encilhados e o carro de boi, pronto para colocarem as cargas. De imediato arrumaram com muito cuidado todas as cargas no carro, que não eram muita coisa.

Em um espaço, no meio do carro, entre as cargas, foi improvisada uma caminha com uns pelegos macios e com vários cobertores, para as duas crianças, o Amado e a Arlene, dormirem. Para eles, nada era interessante, pois ainda tinham pouca idade: três e cinco anos. Para a Arlene, com apenas cinco anos, não era problema. Iria na garupa com o seu pai por um tempo, até cansar; depois subiria no carro com o seu irmão.

No "quebra-torto", fizeram a última refeição juntos.

Nessa viagem não iriam o Savache e o Lilingo. Os dois ficariam para cuidar do sítio.

O Savache era filho de um casal nativo e seus familiares viviam há muito tempo nessa região. Ele considerava o Seu Quinco como seu verdadeiro pai.

O Lilingo era filho de um branco com uma nativa. Ele não conheceu o seu pai.

Agora chegou a hora das despedidas.

As despedidas sempre serão tristes e dolorosas porque: comovem o coração; fazem as pessoas se distanciarem por vários dias ou tempo; separam os que se amam; e mantêm longe do convívio dos amigos.

Todos prontos e preparados para a partida, com calças e camisas de mangas compridas, para impedir as picadas de mosquitos e proteger dos raios solares, que poderiam queimar as peles. Chapéu na cabeça e à partida deu-se início.

Cada qual tomou a rédea do seu cavalo e montou.

A primeira a montar foi a professora Bêga, com ajuda do seu marido. O seu cavalo tinha o nome de Azougue e era meio arisco e muito rápido. Correspondia a qualquer atitude tomada pelo seu condutor. A Gueiza, menina ainda na sua adolescência, tinha quinze anos de idade. Era companheira inseparável de Dona Bêga. A sua montaria era uma mulinha muito mansa de nome Magnólia. Assim, as duas juntas tinham uma representação visual que compunham uma semelhança quixotesca em uma versão feminina, mas isso não importava. Lá era sertão, e o que interessava era o conforto. O Seu Quinco montou no seu cavalo de nome Sabiá, colocando a sua filha na garupa. O cavalo tinha uma pelagem toda parda. Muito forte e muito bem alimentado, era muito bonito.

O carro de boi era puxado por duas juntas de bois: Canarinho e Gavião eram a junta-guia; Trovão e Relâmpago eram a junta que suportava o peso do carro. O seu condutor era o Jorge, que desde muito pequeno viveu com a família do pai de Seu Quinco.

Amado, como ainda era uma criança, para ele nada era importante e nada lhe importava. Foi colocado na cama improvisada para dormir. Ainda era muito cedo quando partiram.

Agora montados, fizeram uma oração em conjunto, pedindo apenas a proteção divina para que os acompanhasse. Benzeram os corpos e seguiram. O carro de boi seguia lentamente atrás de todos. Lá dentro, protegido do sol, o pequeno Amado dormia.

A estrada ainda estava toda molhada do orvalho, causado pelo resfriamento noturno, ocasionando a saturação do ar, que o transformou em pequenas gotículas de água, molhando todo o caminho que percorriam. Essa umidade não duraria muito, pois desapareceria em pouco tempo, assim que o sol esquentasse.

O carreiro Jorge dizia poeticamente caipira:

— O orvalho nada mais é do que as lágrimas da noite, chorando pela ausência do sol.

Parecia ter razão, porque, enquanto a estrada estivesse úmida, deixava os rastros marcados na areia e deixava para trás cada vez mais longe as saudades.

Andara uma pequena distância. O Seu Quinco percebeu que os três cachorros os acompanhavam. Voltou e mandou o Savache amarrá-los.

Os cachorros relutaram para permanecerem soltos para acompanhá-los, ladravam, uivavam, mordiam a corda que os amarrava. O Mestrinho era o que mais resistia ao ser amarrado. Para eles, sempre iam juntos com o seu dono, e no seu instinto animal e natural, eles achavam que estavam sendo impedidos de ir caçar com o seu dono. Sempre foi assim, porque, quando o seu dono montava, o destino era geralmente a andança pela mata ou pelos campos, e que quase sempre resultava em uma corrida atrás de um bicho qualquer.

A viagem seguia normalmente. Eles não tinham pressa, pois eram donos dos seus próprios tempos.

Não tinha uma programação. Andariam até cansarem ou até acharem um local apropriado para descansar, em uma boa sombra e água para poder usá-las.

Aproximadamente meio-dia, o sol já estava a pino, e, na garupa do cavalo do seu pai, Arlene reclama dizendo:

— Pai, eu estou um pouco cansada.

Na realidade ela já estava era com fome e sono.

Seu Quinco toma uma atitude e diz para sua esposa:

— Bêga, vamos parar e descansar um pouco, porque já faz um bom tempo que estamos andando. As crianças precisam relaxar e andar um pouquinho para destravarem as pernas.

Até esse momento, a viagem transcorrera normalmente. Apenas o Amado que, após ter dormido profundamente por horas, devido ao balanço do carro, acordou e foi para o colo da sua mãe. Ele foi aonde pararam para o descanso e o almoço. Ele estava sentindo era a falta da sua mãe.

Andaram até achar uma boa sombra, entre os arbustos, na beira da estrada rural, onde montaram um acampamento improvisado. Ali, forraram o chão com os couros de boi e colocaram o que tinha para comer. Como ainda era início de jornada, nada precisou ser feito. Tinha tudo pronto para o almoço. Apenas acenderam um fogo, com gravetos, para esquentar as comidas. Todos comeram e se deliciaram com a comida. Saborearam a carne de caititu que traziam na lata de banha.

Ali, começaram a traçar as futuras metas.

Até então, a viagem estava transcorrendo com poucos diálogos, pois, em suas mentes, ainda não haviam formado as opiniões a serem discutidas entre os dois.

Após o almoço e um pequeno descanso, retomaram a caminhada. Não havia preocupação com horas. Acordariam quando o sol nascesse e dormiriam quando o sol desaparecesse no horizonte causado pela escuridão da noite. As horas eram insignificantes, nem relógio eles possuíam.

Emparelhados na longa e silenciosa estrada rural, os dois começaram a dialogar:

— Quinco — disse Bêga —, a nossa intenção com esta viagem é na realidade achar um comprador para o nosso sítio, as nossas benfeitorias, não é?

— Sim! — Respondeu ele.

— Tenho fé em Deus e em nosso Senhor Jesus Cristo que tudo dará certo — disse Bêga. — Eu estava pensando comigo mesma. É o meu desejo também — respondeu.

— Vender tudo aquilo lá e aí nós voltaremos em definitivo para a cidade, não é, Bêga?

— Não poderemos ficar lá, por muito tempo, não é?

— Nós já discutimos isso, lembra?

— Temos que prever o futuro de nossos filhos.

Seu Quinco retirou da garupa do cavalo o cantil, que estava amarrado, e bebeu um bom gole de água, que ainda permanecia fresquinha. Ofereceu a água para a sua esposa. Ela aceitou e também bebeu.

Atrás deles vinha o carreiro Jorge, conduzindo o seu carro de boi. Era uma monotonia só. De tempo em tempo, ele gritava em tom bem forte os nomes dos bois, para acelerar a caminhada e não ficar muito para trás. Os gritos eram tão melódicos que saíam de dentro do peito, do fundo do seu eu. Chegavam até alegrar quando rimava pequenos versos, sem muito sentido, mas muito engraçados. Ele tinha o dom da viola. Aprendera sozinho a tocar a viola de cocho e ela era a sua companheira inseparável nas horas tristes em que batia a solidão. As rodas do carro produziam um som triste, do ringir dos chumaços, peça que ajusta o eixo com as rodas, produzindo um som característico que tocava os momentos íntimos e solitários no peito dos carreiros, mas o som entristecia as longas estradas do sertão pantaneiro.

No prosseguimento da viagem, Gueiza não mais viajou montada na sua mulinha Magnólia. De agora em diante, ela iria dentro do carro de boi com as outras duas crianças.

Dona Bêga disse:

— Gueiza, agora você vai dentro do carro, para cuidar das duas crianças, viu?! Toma cuidado com elas. E você também, nada de peraltice! A sua mulinha vai amarrada atrás do carro e a sela vai aí dentro. Tudo bem!

Na parte traseira do carro, vinham as cargas, que não eram muitas, pelo fato de que no retorno viria carregado de produtos para o abastecimento do consumo do sítio. As cargas vinham condensadas dentro das bruacas, que são sacolas feitas de couro cru e costuradas com tiras do próprio couro. Assim, sobrava metade da mesa do carro para as crianças usarem para deitar, dormir ou brincar.

O carreiro Jorge conduzia o carro com maestria. Tinha tudo sobre o seu controle. Era como se estivesse ponteando a sua viola, apertada em seu peito. Isso alegrava o seu coração e fazia-o muito feliz.

Como a viagem não tinha pressa, decidiram que não pediriam pouso em fazenda nenhuma. Eram muitos para dormir e coisas para acomodar, e ainda tinham que prever os pastos para os animais. Dormiriam todos na beira da estrada. Amado dormiria com elas dentro do carro, e fora, nas suas redes, em volta do carro, em uma proteção feita com o "coro de boi", dormiriam os dois, Seu Quinco e o Jorge. As bruacas seriam descarregadas para dar espaço para todas elas dormirem com tranquilidade.

O dia já caminhava para o fim da tarde, quando decidem procurar um lugar para passar a primeira das noites.

Pelo conhecimento que tinham, sabiam que, ao terminarem de atravessar aquela cordilheira fechada, sairiam em um descampado, uma campina onde existia uma lagoa de bom tamanho e que possuía águas bastante limpas. Ali todos poderiam tomar um bom banho.

— Bêga — disse Seu Quinco —, vamos parar assim que chegarmos à campina. Lá tem uma boa área que já serviu de pousada para muitos viajantes solitários armarem as suas redes. Eu mesmo já dormi lá em viagens anteriores. É muito bom!

— Então tá — ela concordou. — Vamos parar, sim, porque hoje andamos o dia todo. Estamos cansados.

Era fim da tarde. O sol se punha entre as árvores, quando de repente avistam a linda campina. Ali era o local onde passariam a primeira noite da viagem.

Nesse primeiro entardecer, ali, naquele lugar, longe de tudo, mas perto apenas da natureza, que fazia se encantarem os ouvidos com o lindo cantar dos pássaros e enchia os olhos com a bela luz do lusco-fusco do entardecer. Ali pousariam.

— Bêga! Pousaremos aqui. O que você acha?

— Por mim, tudo bem! O lugar é muito lindo!

— Então desmonta do cavalo, desce as crianças do carro e vai logo ali à lagoa dar um bom banho nelas, inclusive em você! Vai antes que escureça! Nós vamos depois. Vamos posicionar e arrumar o carro para vocês dormirem nele.

Na lagoa, todas tomaram aquele bom banho. Sem desprezar aquelas brincadeiras de crianças. A água era limpa e a temperatura era agradável, por estar exposta o dia inteiro ao sol tropical. Para Amado, tudo era indiferente. Ele ainda não tinha a noção de nada.

Para as três crianças, tudo era maravilha, as aventuras e as brincadeiras. Ali, elas estavam criando, em suas mentes, histórias que enriqueceriam o seu eu para o resto das suas vidas. Eram aventuras vividas por poucas crianças. Elas tiveram esse privilégio.

Assim que ajeitou o carro, o carreiro Jorge logo foi acendendo o fogo, para poder cozinhar um pouco de arroz e esquentar aquela carne frita dos caititus, que estava dentro na lata de banha.

Os dois foram tomar banho, e, enquanto isso, Dona Bêga preparou o arroz e esquentou a carne. Esse jantar ao campo era de uma natureza única e de uma simplicidade sem fim. Parecia que fora preparado um jantar romântico ao estilo caboclo. Foi um jantar inesquecível para todos, pois ele foi iluminado não com o romantismo de um jantar a velas, mas simplesmente iluminado com o fogo da fogueira e com os brilhos das estrelas do céu, conferidos pela lua cheia, que na sua observância cedia um pouquinho da sua claridade para alegrar os corações daqueles simples viajantes.

Todos comeram: arroz, paçoca de carne seca ao sol e carne de caititu, frita na banha. Sobremesa foi doce de leite com queijo, tudo feito no sítio por Dona Bêga, com ajuda da Gueiza. Seu Quinco disse, em tom de brincadeira, que não foi sobremesa, e sim "sobre couro", porque não tinha mesa. Tudo estava no chão e em cima do couro.

Após uma boa conversa entre todos, Arlene pergunta:

— Papai, o que é esse barulho chato que vem ali da lagoa? Tô com medo!

— Minha filha — disse o pai —, não tenha medo! Nada mais é do que o coaxar dos sapos, rãs e outro réptil qualquer.

— É muito chato. Eu não estou gostando!

— Logo, logo você dorme e aí não escuta mais nada. Nos seus cinco anos de vida e por ser a sua primeira viagem, agora que você já entende das coisas, fique tranquila, não é nada.

Não demoraram muito, todos foram dormir. Elas foram para o carro e deitaram na cama improvisada com os pelegos e os cobertores. No tronco de uma árvore, foi amarrado o cabeçalho do carro para que a mesa dele ficasse plana, para que elas pudessem dormir tranquilamente.

Eles armaram as redes nas árvores, embaixo da proteção armada com os couros, ao lado do carro. A rede de cada foi coberta pelo mosquiteiro e pelo poncho, que impediam as picadas dos mosquitos e protegiam do vento, do frio e da umidade do orvalho da madrugada.

Ao deitarem no carro, o Jorge desceu os couros que estavam amarrados no teto do carro, fechando a frente e a traseira, dessa forma impediu que elas observassem os brilhos das estrelas que brilhavam na imensidão do céu pantaneiro e as protegiam dos mosquitos.

Na fogueira que acenderam para preparar a comida, foram colocados mais gravetos e lenha, para que permanecessem a noite inteira com as suas brasas vivas, para esquentar os dois que dormiam na rede madrugada adentro.

11

Lá no sítio, o dia foi tranquilo em relação aos afazeres. O Savache e o Lilingo simplesmente fizeram o que faziam todos os dias: alimentaram as criações, não deixando faltar nada.

Os cachorros ficaram presos até o fim da tarde, para que não pudessem mais ir atrás do seu dono.

Quando Savache foi soltá-los, percebeu que o cachorro Mestrinho não tinha comido nada, nem bebido a água que tinha sido colocado para ele. Até aí nada de anormal. O animal não sentiu fome nem sede, assim deduziu o Savache.

Durante a noite os dois escutaram, no quarto onde dormiam cobertos em suas redes, o gemido de um cachorro. Levantaram e foram ver. Sabiam que os cachorros dormiam no galpão onde eram guardadas as tralhas do sítio. Olharam no canto onde tinha uma porção de palhas secas, onde os cachorros faziam de cama, e não viram o Mestrinho. Estavam apenas o Desengano e o Cruza-pé.

Na escuridão da noite, olharam em volta da casa, iluminaram com a lanterna os lugares mais prováveis e não viram nada. Savache pergunta ao Lilingo:

— Onde foi parar esse cachorro? Será que foi picado por uma cobra e está sentindo muita dor?

— Não! — Respondeu Lilingo. — Ele deve estar escondido em algum lugar, sentindo a falta do seu dono e amigo das caçadas.

— Vamos dormir, Savache! Ao amanhecer, vamos procurar esse danado do cachorro. Vamos achar ele, sim!

Quando chegou o amanhecer, ainda muito cedo, os dois foram para o curral tirar o leite das vacas. Ao voltarem, perceberam que nada podiam fazer com aquela quantidade de leite. Quem fazia os queijos, a manteiga, os doces de leite, as queijadinhas etc. era a professora Dona Bêga. Ela tinha a ajuda da sua fiel companheira, a menina Gueiza.

— Savache! — Disse a Lilingo. — Vamos fazer o que com esse leite todo? Não sabemos fazer nada daquilo que elas fazem.

— Agora pegou, Lilingo — disse Savache em tom de menosprezo e pessimismo.

Savache pensou um pouco e respondeu:

— Muito simples, Lilingo. Vamos dar todo esse leite para os animais. Eles vão é gostar. Não tem alternativa.

Assim foi feito.

Após os animais beberem todo o leite, Savache disse:

— Lilingo, você percebeu que o Mestrinho não apareceu para se alimentar? Onde foi que esse danado se meteu? Vamos procurá-lo!

Procuraram por muito tempo em todos os lugares prováveis e não o encontraram.

Todos dormiram muito bem no precário acampamento. A madrugada não foi muito fria, refrescou bastante, foi tudo suportável.

Ao clarear o dia, foram despertados por um lindo cantar de pássaros, que encantaram os ouvidos de todos.

Dona Bêga, com a sua preocupação de mãe, disse para as crianças:

— Como aqui não tem banheiro, vocês terão todo esse campo como banheiro. Vão atrás daquelas árvores e pronto, fazem as suas necessidades e voltam para dentro do carro. Podem continuar a dormir, mas, antes de tudo, vocês vão comer um pouco. A comida do "quebra-torto" já está pronta.

Como a Gueiza irá a partir de agora no carro, o Seu Quinco disse para o Jorge:

— Você, a partir de agora, vai montado na mulinha dela. Encilha-a e será a sua montaria daqui para frente. Ela vai ter que ir no carro, para cuidar das outras duas crianças.

O Seu Quinco e o Jorge foram buscar os animais que passaram a noite amarrados em pedaços de troncos de árvores, não muito pesados, para que pudessem arrastá-los, para que conseguissem pastar os capins orvalhados que eram abundantes.

Seu Quinco selou os cavalos e Jorge colocou e ajustou as cangas nos pescoços das duas juntas de bois e atrelou-os ao cabeçalho do carro.

Tudo pronto. Aproveitando o frescor da manhã, partiram todos para a longa jornada, que duraria ainda vários dias.

Seguiram todos em comboio. Na frente ia Seu Quinco, montado no seu vistoso cavalo Sabiá; Dona Bêga, no seu cavalo Azougue; e o Jorge, que a partir desse momento viajaria na mulinha Magnólia, seguia na frente do carro. Era o guia para os bois que puxavam o carro. As três crianças iriam dentro do carro (era mais confortável para elas).

Após andarem um bom tempo, chegaram a um banhado muito grande. Ali era parte do verdadeiro pantanal. Muito molhado, tudo inundado. Era água para todos os lados. Só se via água e mais água, que ia até quase os joelhos dos animais. Felizmente perceberam que tinham que deixar aquela trilha encharcada e traçar um novo caminho. Foram para a beira da mata fechada do capão, que margeava o banhado que era o limite, entre terra e a água. A preocupação era para não entrar numa área mais profunda e molhar a mesa do carro. Se isso acontecesse, molharia tudo: a cama improvisada das crianças, as bruacas com tudo que levavam, inclusive as comidas. Tinha que ter essa preocupação.

Assim que chegaram à beira do capão, perceberam que não seria nada fácil caminhar pelo caminho que tomaram como alternativa, pois os mosquitos, as "moscas-picadeiras", as mutucas, os marimbondos e as aranhas eram demais. Os mosquitos e as "moscas-picadoras" zuniam nos ouvidos de todos e começaram a incomodá-los com as suas picadas. As aranhas trançavam as suas teias de uma árvore para outra, o que também incomodava, porque as teias vinham em seu rosto, ao passarem por elas. Agora, o que mais incomodava eram as mutucas e os "mosquitinhos-brancos". As suas picadas eram dolorosas e causavam uma enorme coceira. Deixavam a pele inflamada e encaroçada, e em pouco tempo ela se avermelhava.

Agora que já tinham passado por essa vasta área inundada, chegaram à terra firme. Os incômodos diminuíram. Isso porque, em terra firme e seca, as quantidades de insetos diminuem, pois o hábitat natural deles são as áreas inundadas, pelo fato de que a quantidade de animais hospedeiros é maior.

— Bêga — disse o seu companheiro de luta —, você foi picada pelos insetos? Dê uma olhadinha! Se for, passaremos aqueles remédios caseiros, o óleo de copaíba, feito por nós mesmo e aconselhado pelo velho indígena *Juan*.

Ela procurou pelo corpo todo e nada viu.

— Quinco — disse ela, que estava um pouco à frente —, graças ao Senhor Bom Deus, nada aconteceu comigo. Eu me protegi bem com as minhas roupas e chapéu.

Dona Bêga emparelhou o seu cavalo ao lado do carro e perguntou para Gueiza:

— Vocês foram picados pelos insetos?

Ela respondeu:

— Não, senhora! Nada aconteceu com nós três; usamos as cobertas e nos cobrimos. Demos até uma dormidinha.

Pela estrada solitária que andavam, logo em seguida encontraram com um velho conhecido, dono de um sítio, perto do sítio de Seu Quinco.

— Olá, Tenório! Bom dia! Como vai? Vem da cidade?

— Não — respondeu ele —, venho do destacamento da Fortuna. Fui buscar essas mercadorias que mandaram pra mim. Vieram lá de Cáceres.

O carro de boi estava lotado e parecia pesado, contudo a boiada que puxava o carro era muito forte, bem preparada. Era acostumada com esse tipo de serviço e com o trajeto.

— O senhor vai até a cidade? — Perguntou Tenório.

— Sim, vou — respondeu Seu Quinco. — Tenho que resolver algumas coisas e pretendo ficar um mês por lá.

— Isso passa rápido e logo estará de volta. Boa viagem e que Deus vos acompanhe — disse Seu Tenório.

Dona Bêga, que era muito católica, respondeu:

— Amém! Que o nosso Senhor Jesus Cristo vos acompanhe também.

— Então, até o próximo encontro — disseram em conjunto como se fosse uma única voz.

Após esse breve contato, cada qual seguiu o seu caminho e a viagem prosseguiu.

O destacamento da Fortuna não estava tão longe. Ainda andariam pouco mais de uma légua para a chegada.

Esse destacamento tem por objetivo vigiar e ter um pequeno controle da fronteira boliviana. A segurança é mínima, nada mais do que uns quinze soldados, comandados por um cabo — essa era a maior patente do efetivo militar da extensão do Segundo Batalhão de Fronteira de Cáceres. Era um lugar tão isolado que nenhum militar gostaria de trabalhar por lá, então sobrava a imposição do comandante, determinando por uma simples escolha aleatória. Os voluntários eram poucos.

Chegando ao destacamento logo que atravessou a rústica porteira de paus roliços, o "cabo-comandante" veio ao seu encontro, acompanhado por dois soldados que apenas cumpriam os seus deveres.

— Seu Quinco! — Disse de supetão. — Bom dia, meu velho amigo. Como tem passado todo esse tempo e como está a família?

— Bom dia! — Respondeu em cortesia. — Estamos bem! Graças a Deus!

— Está indo para a cidade?

— Vou — respondeu Seu Quinco.

— Desça do cavalo. Vamos conversar um pouquinho?

— Sim — aceitando o convite, o Seu Quinco apeou do cavalo. — Um momento só. Jorge pode ir andando. A Bêga te acompanha.

— Sim, senhor — respondeu Jorge.

Os dois trocaram um bom papo e, em pouco tempo, atualizaram o que sabiam de novidade. Pela distância e pelo isolamento, as notícias não chegavam com frequência, por isso o quase nada era muito para os dois.

Eles eram velhos conhecidos. Foram muitas as vezes que o Seu Quinco já passara por essa porteira e sempre parava para ter uma prosinha.

Depois dessa ligeira e boa prosa, Seu Quinco despediu-se, montou em seu cavalo e foi embora. Na saída disse:

— Até o mês que vem!

O "cabo-comandante", em seu último diálogo, disse:

— Seu Quinco, quando voltares, traga uns três bastões de guaraná Mauê do bom pra mim!

— Sim, trarei! — Disse Seu Quinco. — Pode ficar tranquilo — completou.

Com uma trotada mais rápida, logo foram alcançados.

Dona Bêga, com o seu corpo já acostumado a ficar quase o dia inteiro montado, já não reclamava mais das dores no corpo nem em querer parar para descansar. Ela queria era encontrar uma boa sombra para providenciar o almoço para todos.

Dona Bêga disse:

— As crianças devem estar com fome!

Assim que acharam um bom local, pararam e deram início à preparação do almoço. As crianças desceram do carro e logo foram brincar, ficando à vontade naquele vasto campo do pantanal.

Como a viagem não tinha pressa e o tempo era um aliado, tiveram oportunidade de conversar bastante sobre o que enfrentariam e como resolveriam as imposições do destino impostas a eles. Sabiam que não seria nada fácil, já que vários anos tinham passado desde que foram se aventurar lá pela fronteira do Brasil com a Bolívia.

— Quinco — disse Bêga —, acho que nós não vamos ter muita dificuldade para negociarmos aquele sítio. Ele é muito bom, tem fartura de água e está sendo formado para que qualquer um que assumir possa trabalhar e desenvolver suas atividades sem dificuldade.

— Como você tem certeza disso?

— Eu não sei! Mas o meu coração está me dizendo isso. É só um pressentimento. Creio eu!

— Pois é, Bêga, lá já tem uma boa quantidade de bois. Lutamos muito para pegá-los, todos eles. Até o nosso bondoso Deus nos ajudou, porque nessa lida nunca tivemos nenhum acidente grave até hoje!

Dona Bêga, católica como era e temente a Deus, disse:

— O nosso Bom Deus vai nos ajudar! Porque nunca desrespeitamos a Ele.

Já descansados e satisfeitos com a refeição, retomaram aquela monotonia de sempre.

Como era uma estrada rural, era muito difícil encontrar outros viajantes andando por ela. Muito dos trechos tinha que andar por dentro de antigas fazendas. Os proprietários não se importavam porque sabiam das dificuldades e até se alegravam em poder conversar, e, em muitas vezes, até rever velhos amigos de tempos passados, quando iniciaram a formação dos seus sítios ou de suas fazendas.

— Quinco — disse Bêga —, agora que tomamos essa decisão de nos desfazermos do sítio, vamos pensar na escolinha. Como ficarão aquelas crianças em relação aos seus minguados e poucos estudos?

— Pois é — respondeu —, veja como são as coisas. O pouco que nós sabemos chega a fazer uma diferença enorme para quem não sabe nada. Eu gostaria de dar instrução para todas aquelas crianças, mas infelizmente não podemos. Temos que prever o nossos futuro e o das crianças.

Os dois caminhavam lado a lado emparelhados na estrada sem fim. Atrás vinha o Jorge, montado na mulinha Magnólia, conduzindo com a vara de ferrão que cutucava os bois para que eles atendessem ao seu comando, como sempre fazia.

Dentro do carro, para as três crianças era só alegria e diversão. Tudo era novidade. Tinham por proteção do sol a cobertura do carro, que pela abertura dianteira e traseira viam lá fora, nas lagoas e nos verdes campos, os bandos de garças e de outros pássaros. Admiravam o tamanho dos tuiuiús e a cor brilhosa do rosado das penas dos colhereiros. No céu passavam bandos de araras, sempre em pares, colorindo o céu azul, e embelezavam a natureza grasnando para encher os ouvidos dos que por ali se encontravam.

— Bêga, você está se sentindo bem? Até agora, não reclamou de nada.

— A vida é dura! Eu já estou acostumada com o rigor que ela nos impõe — respondeu.

— Realmente é dura essa lida de sítio. Tem que ter vontade, determinação e coragem; se não tiver isso, não tem como enfrentá-lo! É! Não dará mesmo conta dos afazeres que a situação lhe impõe — concluiu Seu Quinco.

13

A viagem ainda se prolongaria por mais uns cinco dias, para chegar à cidade de Cáceres. Transcorria tudo tranquilamente porque não era período de chuva, e o pantanal se encontrava bastante seco. Nada que pudesse atrapalhar o transcorrer da viagem. Na parte mais difícil, onde sempre permaneceu alagada, tudo transcorreu normalmente. Não teve nenhum problema. Não choveu nenhum dia.

Nos dias subsequentes, a viagem transcorria normalmente, sem nenhum empecilho. Dormiam na hora que achavam que tinham que dormir e seguiam, no outro dia, na hora que bem entendessem. Nesses dias a viagem transcorria sem nenhum empecilho. Na frente dos bois, seguia o carreiro Jorge, montado na mulinha Magnólia. Os bois obedeciam ao seu comando. Até que de repente o carro, com a sua roda esquerda, subiu em um cupinzeiro que tinha na beira da estrada, e o carro tombou lentamente para o lado direito. Dentro do carro, estavam as três crianças. Elas levaram um tremendo susto quando se viram caídas no chão, e elas de repente estavam no couro do teto do carro. Os bois não se assustaram. Ficaram parados nesse momento, uma vez que o carreiro estava na frente deles. No susto, a Gueiza, como era a maior das crianças, saiu rapidamente e puxou as outras duas para fora do carro. Os seus pais, que estavam um pouco à frente, desceram apavorados dos seus cavalos e agarraram os seus filhos, e logo foram perguntando:

— Vocês se machucaram?

— Gueiza, você se machucou? — Perguntou Dona Bêga. — Arlene, você se machucou?

— Não, mamãe — respondeu ela.

— Eu não, estou bem! O tombo foi tão macio, foi bem rápido, que quase não percebemos. Quando notamos, estávamos no chão — disse Gueiza.

Nesse momento, o Amado, que estava no braço de seu pai, disse:

— Eu quero mais! — Ele disse isso porque ainda não tinha noção do perigo.

O Jorge e Seu Quinco fizeram muita força para desvirar o carro e seguir a viagem.

Por um bom tempo, os dois menores foram na garupa dos seus pais e a Gueiza montou na sua mulinha Magnólia. Foram assim até pararem para o almoço.

No sétimo dia de viagem, chegaram à praia, na margem direita do Rio Paraguai. Após esses dias todos de estrada, ainda tinha que esperar a balsa para atravessar o caudaloso Rio Paraguai, que é profundo, e a correnteza no meio do rio, muito forte, devido a seu volume d'água.

Assim que a balsa chegou, todos embarcaram, e junto foram as bruacas. As tralhas do carro e os bois ficaram ali. O Jorge ficaria por uns dias. Ali existia a moradia do Sr. Nhozinho. Eram dois ranchinhos muito simples. Esse senhor era de baixa estatura. No rancho ao lado, ele permitia que pudesse ficar sem nenhum problema. Ele não importava. Os bois e o carro ficariam aos seus cuidados. O Jorge tinha que ficar para mostrar qual era a maneira e os cuidados que teria com os bois.

Na travessia do rio, Amado, apesar da sua pouca idade, com a sua irmã Arlene e a Gueiza, estava bem protegido. Amado ia ao colo de sua mãe. Ele, em cima da balsa, olhava por entre os braços de sua mãe e via pela primeira vez o Rio Paraguai. Ficou encantado em ver tanta água, ver a largura do rio, a correnteza e o volume das suas águas. Somente ele sabia como aquilo ficaria gravado em sua mente infantil para sempre. Ele já tinha quase quatro anos de idade, e como essa é a idade média em que nos lembramos das nossas primeiras recordações, ele gravou tudo, para sempre. Talvez fosse até por medo. Ele não conhecia nada. Viu poucas coisas nos seus poucos anos de vida. Por não ter convivência com outras crianças, pouco falava, uma vez que só vivera no mato.

Esse senhor do rancho tinha uma vocação musical, pois, com sua própria competência e inteligência, construiu uma viola com uma lata, um pedaço de madeira para o braço, e as cordas foram feitas de linha nylon de pesca.

Ele dizia que, com a viola em seus braços e apertada em seu peito, ele afogava as suas mágoas e até se lembrava dos antigos amores, que vivera no passado. Fez muitas músicas para esses amores distantes, mas próximos do seu coração. Ali, naquele quartinho, sobre a penumbra da luz de uma fraca lamparina e com a fumaça dos seus cigarrinhos de palha, que espantava os mosquitos enquanto enchia o ranchinho com a sua suave voz, e com os ponteados da sua viola precária repetia as velhas músicas caipiras de raiz.

O Jorge gostava de ouvir todo tipo de música. Ele também tocava a viola de cocho, feita por ele mesmo. Os dois fizeram uma longa cantoria sem plateia, que foi até a alta madrugada, e quando sentiram sono foram dormir. Depois de tomarem uns bons goles de cachaça.

Agora que já passaram vários dias do início da viagem, na fazenda, aparentemente tudo transcorria bem, a não ser o fato acontecido do desaparecimento do pequeno cachorro Mestrinho.

O pequeno cachorro, após ter sido solto daquela corda, onde estava amarrado, no final do dia, em que o seu companheiro Quinco viajou para a cidade, logo ele desapareceu. De sorte que ninguém importou nesse momento com ele, visto que era um cachorro de caça e, sendo assim, sem o seu companheiro, não tinha para onde ir. Única coisa que Lilingo percebera foi que ele não comeu nem bebeu nada do que foi colocado para ele naquele dia.

Após os dias passados, o Lilingo e o Savache não conseguiram encontrar o cachorro. Ele tinha desaparecido mesmo. Eles já tinham procurado por todo o sítio e nada de encontrá-lo. Aí começou a preocupação pelo seu desaparecimento.

— Será que ele foi picado por uma cobra venenosa e morreu? — Disse Lilingo para o Savache.

— Pode ser — respondeu —, mas eu acho que ele, após ser solto, naquela final de tarde, ele foi atrás do Seu Dono. Ele pegou as batidas dos cavalos e já deve estar lá na cidade com o seu dono.

No outro dia, quando a lua e as estrelas iam agonizando com o nascer do sol, os dois levantaram e foram tirar leite das vacas.

Após ordenharem todas as vacas e na hora de soltá-las para irem pastar, um bezerro escapou do cercado onde ele ficava e seguiu a sua mãe. Nesse instante, os dois tiveram que correr atrás do bezerro, para retorná-lo para o cercado de onde ele não devia que ter saído.

No corre daqui, cerca dali, o Savache passou ao lado de uma grande árvore e escutou um gemido de alguma coisa. Era gemido de um animal.

Após prender o bezerro, Savache voltou ao local onde ouviu o gemido, procurou em volta da grande árvore e descobriu, bem embaixo de uma das grandes raízes, um buraco, e lá no fundo estava o cachorro Mestrinho, muito magro — era só pele e osso. Estava agonizando. Eram os seus últimos suspiros de vida. Tentava respirar, mas quase não conseguia. Tentava latir, mas o seu fraco latido soava muito rouco. Os dois conseguiram retirá-lo do buraco, mas era tarde demais. Era o fim. Perceberam que, no momento em que o avistaram, os seus olhos brilharam, mas era um brilho triste, um brilho seco. Era o brilho da morte.

O Savache desesperado disse para o Lilingo:

— Corre lá no curral e traz um pouco de leite. Vamos tentar dar pra ele. Vamos ver se ele bebe!

Rápido Lilingo trouxe um pouco do leite. Tentaram fazer com que ele bebesse um pouco do leite, mas ele não correspondia mais à vida, acabara de fechar os olhos e, no seu peito, o seu coração parou de bater para este mundo. O pequeno Mestrinho foi vencido pela fome, sede e pela paixão. Não deu tempo de esperar pelo seu dono e grande amigo. Os simples dias o venceram e, dessa forma, começou a morrer pelas fracas pernas. Ali acabaram as caçadas. Ali acabaram os perigos de enfrentar os bichos perigosos. Ali acabou-se a amizade com o seu dono. Ali acabou-se tudo, para sempre.

Os dois amigos de vida e de dura luta não acreditaram no que estavam vendo; não choraram, apenas tiveram os olhos rasos d'água, e as lágrimas escorriam pela face e pingavam no peito, molhando a velha camisa de muito uso.

Ali, naquele triste momento, os dois decidiram não enterrar o cachorro; apenas colocariam novamente no buraco e tampariam a entrada com uma pedra, em razão de quando o seu dono e amigo chegar da cidade poderia vê-lo pela última vez. Não em vida, mas apenas em pele e osso. Talvez só os ossos. Quem sabe até os vermes da morte já o tenham corroído. Aí só restarão as lembranças na memória.

Os dois saíram de onde estavam e seguiram de cabeças baixas. Sem dizerem nada um para o outro, pegaram o leite no curral e foram para o rancho. No rancho eles começaram a conversar e questionar o porquê de esse cachorro fazer isso.

— Agora eu quero ver como vai ser a reação de Seu Quinco quando souber da morte do seu amigo de caçada. Ele vai sentir muito essa perda.

Assim que a balsa atracou do outro lado, retiraram os seus pertences e colocaram a uma boa distância das águas do rio, porque poderiam ser atingidos e molhados pelas suas ondas.

Seu Quinco acertou o pagamento pelo serviço e pediu que, se possível, arrumassem um carro com carroceria que pudesse levar tudo de uma só vez. Assim foi feito. A caminhonete foi carregada e seguiu o destino indicado por Dona Bêga.

Foram para a casa da sua mãe, avó de Amado, que ainda não o conhecia.

Dona Bêga, Amado e Arlene embarcaram na cabine da caminhonete. Seu Quinco e Gueiza foram em cima, na carroceria. A distância não era muito longe.

Ali dentro, na cabine da caminhonete, naquele estranho espaço, Amado ficou apreensivo e curioso, porque nunca tinha entrado num lugar como aquele, dentro de uma caminhonete. Com medo, teve vontade de chorar. Ali era tudo estranho. Era apertado e barulhento para ele. Amado não estava acostumado com tudo o que via. A sua irmã Arlene, que nascera na cidade, já conhecia tudo aquilo, por isso não estranhou nada. Sentado no colo de sua mãe, ele observava tudo. Era muito curioso. Com seus olhos pequenos e brilhantes de criança, via tudo muito diferente. As ruas, ladeadas de casas, para ele era uma novidade. Cada casa tinha sua cor própria, forte e diferente umas das outras. Tudo ficou registrado na sua mente infantil, para sempre: a viagem, as dormidas na estrada dentro do carro de boi, as brincadeiras nas paradas para as refeições, os banhos nas lagoas, a chegada na praia antes de fazer a travessia, onde ficou apreensivo com o tamanho do rio e a balsa da travessia; o volume das águas, que encantou os olhos da pequena criança; *as ondas*, causadas pelo vento nas subidas e descidas delas, terminando com uma vibração sonora bem forte nas areias, um chuáááá, chuááá.

Chegando à casa de sua mãe, ao entrar no corredor, Dona Bêga bate palma e grita:

— Cadê o povo desta casa?

A casa sempre ficava com as portas bem abertas. Não tinha perigo de nada. Se mantivesse as portas fechadas, diziam que esse morador não confiava nos vizinhos.

Lá no fundo a sua mãe responde:

— Quem é?

— Somos nós, sua filha e seus netos!

Ao vê-los, foi uma alegria tremenda. Já fazia algum tempo que não se viam. O tempo cruel envelhecera a ambas. Os seus olhos encheram d'água e os soluços foram ouvidos por todos. Foi um choro de alegria, de um reencontro feliz.

A avó pergunta:

— Este menino é o homem da família?

— Sim! — Responderam seu genro e sua filha, quase em uníssono.

— Como estão bonitos! Já cresceram muito. A Arlene está quase uma mocinha. Já está com cinco anos, quase seis. A Gueiza já tem quinze, né, Bêga?

— É isso aí, mamãe.

— Guarda as suas coisas ali naquele quarto e vamos fazer uma comidinha pra vocês — disse dona Ágda, sua mãe.

— Mãe — disse Bêga —, nós ainda temos sobra da matula. Temos carne de porco na banha, paçoca, queijo e rapadura. Ainda temos uma manta de carne seca. Está tudo fácil. Basta fazer uma carne seca com arroz e esquentar o que tem pronto.

No fogão a lenha, ali no canto da cozinha, o fogo ainda resistia e ia morrendo lentamente num tição que queimava, transformando em brasa.

O fogo foi avivado e logo começaram os preparos da comida.

Assim que iniciaram a cozinhar, também iniciaram uma longa conversa que não acontecia há anos. Era tudo novidade para ambas as partes. Cada uma queria saber das novidades, o mais rápido possível. Tinha tantas coisas a falar. Queriam saber de tudo e de todos: o que aconteceu de diferente na cidade, quais os fatos importantes acontecidos, como estavam os parentes e, por último, quem da família tinha morrido. Em particular, Bêga quis saber quais das amigas dela tinham se casado e se todas, principalmente as mais íntimas, ainda se encontravam na cidade.

Fizeram uma refeição como nunca tinha sido feita antes. Foi entre membros da família que há muito não se viam, e, ainda mais, estava ali o mais novo integrante, o mais novo homem da família.

A sua filha, Dona Bêga, falou com muito pesar da sua dura luta no sítio. Falou como foi feito o parto do Amado:

— Mãe — disse ela —, ele nasceu lá no mato, na mão do indígena parteiro, lá do local. Ele é o parteiro de todas as nativas da região. Ele é experiente. Foi tudo muito tranquilo no parto dele. Deus olhou por nós. Amado teve até a bênção, que é repetida pelos indígenas para todos os seus descendentes. Essa bênção é para dar sorte e que os espíritos de luz, dos seus Deuses, o acompanhem e iluminem. Ele foi abençoado. Mãe, o boliviano foi quem sugeriu o nome de Amado e o pai concordou. Eu também concordei quando o pai dele me contou. Juan disse que esse nome daria sorte e proteção espiritual para ele.

Pelo tempo que não se viam, a conversa animada seguiu o resto da tarde e até tarde da noite. Elas duas estavam muito felizes.

As duas crianças ficaram na responsabilidade da Gueiza. Ela deu banho e comida para as duas e, assim que escureceu, colocou-as para dormir. Elas estavam cansadas demais para permanecerem mais tempo acordadas.

Quando mãe e filha foram dormir, já era madrugada. A filha com as mãos postas, em sentido de louvor, pede a bênção para a velha mãe. A filha sentiu que o abençoar da sua mãe foi o mais puro e sincero de toda a sua vida. Ela sentiu nas profundezas do íntimo do seu coração a pureza daquele "Deus te abençoe". Abraçou-a e deu um beijo na sua face, já com rugas, marcada pelo velho tempo. A filha sentiu de imediato que beijara a face molhada pelas lágrimas que escorriam.

Dormiram muito pouco e, ao amanhecer, logo foram preparar o café. Com o fubá de milho trazido do sítio, fizeram um bolo. O café já veio torrado, apenas moeram na pequena máquina manual. Tudo ficou uma delícia, pois foi feito com muito carinho.

Seu Quinco foi até a padaria e comprou pão.

Para Amado, foi a primeira vez, na sua boca infantil, que sentiu o sabor e o gosto de pão de padaria. Ele gostou.

No decorrer da manhã, Quinco e Bêga explicaram para a mãe dela qual foi o motivo da ida para a cidade.

Sua mãe concordou com a explicação e disse que estava de acordo com as suas perspectivas, que era vender o sítio.

— É viável que vocês se desfaçam mesmo daquilo lá! É muito longe e complicado chegar lá — disse dona Ágda, até com um alívio no coração, em saber que no futuro poderia viver perto da sua filha e dos seus netos.

16

Os dias iam passando, e Seu Quinco diariamente saía pelas ruas conversando, indagando, perguntando e, ao mesmo tempo, oferecendo a venda do seu sítio.

Até que, depois de vários dias, achou um interessado.

Esse interessado apareceu sem ao menos esperar.

Seu Quinco, já bastante agoniado pelo tempo perdido na cidade sem resolver nada, saiu bem cedo nesse dia, entristecido e sem alegria dentro do seu peito.

Sem rumo e sem destino, foi andar pela cidade. Ainda era bem cedo. A cidade ainda dormia em sua maioria. Então o destino o encaminhou para a beira do rio. Ele foi andando pela rua que margeia o rio, foi até o porto onde ele tinha chegado do seu sítio, com as suas tralhas e a sua família, dias antes. Ali, naquele porto, era onde se faziam as travessias, indo para a cidade de Porto Esperidião, para o estado de Rondônia etc., e também para San Mathias, Bolívia. Além de todas as fazendas pantaneiras que dependiam dessa travessia e das péssimas estradas rurais que serpenteavam as fazendas.

Em lá chegando, sentou-se em uma pedra que as lavadeiras usavam para lavar e bater as suas roupas.

Ali, sozinho, ficou um bom tempo sentado, olhando para o além. Observava as águas descendo rio abaixo, com as suas correntes fluindo fortemente.

Em seus vagos pensamentos, olhava para o outro lado do rio. Lá, tinha ficado o Jorge com o carro de boi e os animais. Ele já tinha ido embora — ficou pouco tempo na cidade, não acostumou. Não tinha o hábito de andar pela cidade, estranhava tudo: os barulhos dos carros; as ruas ele achava muito duras de pisar — era diferente da maciez do pantanal, os seus pés doíam dentro da botina; a pessoa que encontrava nas ruas, segundo ele, achava que todas estavam a observando; mas, o pior de tudo, ele tinha vergonha de sentar à mesa para fazer as refeições, com todos da casa. Lá no sítio, ele fazia o prato e ia comer em outro lugar. Era o costume dele.

O Seu Quinco, em poucos dias, fez as compras e o despacharam de volta para o sítio, com o carro de boi, as cargas e os animais, porém não se esquecera de enviar os três bastões de guaraná para o "cabo-comandante", lá do Destacamento da Fortuna.

Seu Quinco resolveu que fretaria um carro para voltar proporcionando, assim, um conforto melhor para a sua família. A viagem que fizeram a cavalo foi muita sacrificante. O tombamento do carro o assustara, e, por milagre de Deus, nada aconteceu com as crianças.

Retornando dos seus vagos pensamentos, percebeu que a balsa, que fizera a sua travessia, estava encostando bem perto de onde ele estava. Ali, embarcava e desembarcava tudo.

Ao encostar e ser fixada, para os embarques, o dono da balsa o cumprimentou:

— Bom dia, Quinco. Como vai e o que está fazendo aqui, nesta hora, tão cedo?

— Bom dia — respondeu.

— Eu, na realidade, estou sem saber o que fazer! Eu na realidade estou querendo vender o meu sítio, lá na fronteira com a Bolívia, e não acho quem queira comprar.

— É mesmo! — Exclamou o Seu Daniel, dono da balsa.

— É um sítio muito bom. Ainda está em formação, mas já tem muitas coisas. Tem vários animais domésticos: porcos, galinhas e uma boa quantidade de gado. Tudo pego e amansado por lá mesmo. Lá tem muito "gado baguá". Pode pegar a vontade.

O Sr. Daniel teve um ímpeto de empolgação.

— Você faz negócio em base de troca? Por exemplo: esta balsa mais parte em dinheiro ou uma casa?

— Sim... — respondeu Seu Quinco.

— Então vamos marcar amanhã à noite para conversarmos lá em casa. Combinado? Fiquei interessado! — Completou Daniel.

— Combinado. Eu irei com a minha esposa — disse Quinco.

O que na realidade encheu os olhos do Daniel foi a possibilidade de pegar gado baguá à vontade. Realmente existiam muitos bois sem dono por lá, entre a fronteira do Brasil com a Bolívia. Mas a realidade era outra. Como pegá-los!

— Então, até lá em casa às oito horas da noite — afirmou Daniel.

Seu Quinco saiu dali, todo empolgado e cheio de esperança.

— Até que enfim, acho que encontrei a solução para os meus problemas. Tenho fé em Deus que tudo vai dar certo! — Afirmava fielmente em seus pensamentos.

Nesse momento, veio em sua mente a figura do velho indígena *Juan Baquité*, o velho parteiro das suas indiazinhas, nativas lá da fronteira.

— Por que eu tive esse pensamento agora? — Questionou com o seu eu. — Ele é só um nativo! Acho que nunca veio a esta cidade? Pensando bem, ele fez o parto do meu filho e disse pra mim: *o seu filho será abençoado*. Realmente, ele foi abençoado pelos Deuses de seus ancestrais.

Isso veio em seus solitários pensamentos.

— Agora eu entendo o porquê desse pensamento! Tem tudo a ver. É verdade. Se tudo der certo, o meu filho estará protegido! Será o início do seu caminhar para o futuro aqui na cidade. Lá no mato, como seria o futuro dele? Nessa casa, ele vai crescer e decidir o seu destino.

Sozinho andando, em passos largos, pelas ruas da cidade, retornando para a casa da sua sogra, o seu coração palpitava, batia bem mais forte. Tudo era emoção, por estar cheio de alegria interior.

— Tudo vai dar certo! — Repetiu com o seu pensar positivo.

Chegando a casa, logo chamou a esposa em particular e transmitiu a notícia.

A sua esposa logo disse para a sua mãe:

— Eu sabia. Eu sabia que tudo iria dar certo. O Deus Santo, todo-poderoso, lá de cima, é muito forte. Ele olhou por nós! Tenho certeza — disse ela, toda emocionada, para os dois.

A partir desse momento, todos os planos possíveis vieram em suas mentes.

Assim, começou a planejar como seria feita a transação da concretude do sítio.

Agora a sua cabeça estava mais tranquila pela possibilidade da venda do sítio na base da troca.

17

— Bêga, eu faço de tudo para fechar esse negócio! Ele falou que a casa é bem ali, na frente do rio. O quintal da casa estende-se até a barranca do rio — disse seu marido empolgadíssimo.

— É, Quinco, nós já pensamos em quase tudo que fizemos lá no sítio! Agora... como fica a escolinha que nós juntos montamos, hem?! Só nós dois somos os professores. Agora, por vários dias, isso não vai sair da minha cabeça. Eu sei disso! — Afirmou com um sentimento profundo. — Eu amo aquelas crianças. Eu sei que, se nós sairmos de lá, dificilmente eles voltarão a ter outro professor e estudar. Eu sei disso!

— Eu também sei, mas o que vamos fazer? — Ponderou-se para a sua esposa.

— Eu gosto de ensinar o pouco que eu sei, e esse pouco eu ensino com prazer.

— Mas, Bêga, nós temos de pensar é em nosso futuro! Nós já conversamos sobre isso. Aliás, esse é o motivo desta viagem! Agora, nós temos uma oportunidade de concluir o nosso objetivo, não vamos perder essa oportunidade — finalizou.

Os dois ficaram ansiosos o resto do dia.

Para relaxar um pouco e esfriar a cabeça, os dois pegaram as crianças e foram para uma praça pública, perto da casa, apenas a uma quadra.

Já era quase noite quando voltaram da praça. As crianças, cansadas e sujas, foram tomar banho e, após o jantar, foram dormir, mantendo os costumes do sítio. Lá, eles tinham o hábito de dormir cedo. O casal conversou até muito tarde; a noite foi mal dormida e por isso levantaram muito cedo. O dia ainda não tinha clareado.

Impacientes e ansiosos, passaram o dia esperando a noite chegar, pois esse dia seria o marco decisivo em suas vidas.

Chegando a hora, os dois tomaram banho, jantaram, vestiram as suas melhores roupas. As roupas estavam bem limpas, cheirando ao sabão caseiro (feito no sítio e perfumados com ervas nativas), com que lavaram as roupas. Elas estavam muito bem passadas. A calça de Seu Quinco era de linho branco, muito bem engomado, com goma feita de amido de milho, e a camisa era de algodão azul-claro. Os dois recendiam o perfume do sabonete Phebo e do perfume Tabu.

Às sete horas da noite, saíram e foram ao encontro do futuro comprador do sítio. Foram a pé. Não tinha outro meio para chegar lá. Não demoraram muito e antes das vinte horas eles chegaram. Bateram à porta e a esposa do Seu Daniel foi atendê-los.

— Boa noite pra vocês! — Disse Dona Maria Eva. — Entrem. O Daniel está esperando por vocês!

Assim o fizeram.

— Sentem aqui em volta desta mesa. Vamos conversar! — Disse o Seu Daniel. — Pois é, Quinco, já vou direto ao assunto. Eu fiquei muito interessado pelo seu sítio e, sendo assim, tenho uma proposta pra te fazer. Vamos ver se você está de acordo e aceita minha proposta — comentou ele. — Eu quero voltar para o pantanal. Eu fui criado por lá e não vivo satisfeito por aqui! Quero voltar para lá! Lá é o meu lugar! Falo de todo o coração, é o meu sonho! — Concluiu Daniel.

— Se isso é o teu sonho, então não tenha medo de concretizá-lo. Cuidado, porque o medo pode roubar as suas esperanças de ter o que você mais quer — disse Seu Quinco. — Então chegou a hora de realizar o seu desejo! — Completou. — Só depende de você e mais ninguém! Qual é a sua proposta? — Interrogou Seu Quinco.

— Bem, o que eu tenho pra te oferecer são duas coisas: essa casa aí em frente, que te falei, e a balsa que fiz a sua travessia, e é só.

Seu Quinco não demonstrou nenhuma reação. Calado ficou por alguns segundos. Olhou para a sua esposa, não acreditando no que ouvia. Em segundo entendeu que os seus problemas seriam resolvidos se fosse concretizado o negócio.

— Bem... — Seu Quinco começou a explanar sobre o seu sítio. — O sítio já está muito bem montado. Tem muitas cabeças de gado, são vários os cavalos e são muitos bons, para a pega do gado baguá. Na roça tem bastantes coisas plantadas. Tem tudo que precisa para as necessidades diárias. Você sabe, eu já registrei tudo no Incra. Está tudo legalizado. Vou levar um prejuízo nessa transação, mas... — disse Seu Quinco. — Aceito! O negócio está fechado!

Foi uma alegria mútua. Todos se cumprimentaram felizes e animados.

Ali, nesse exato momento, eles acordaram nos objetos e nos preços, na obrigação de dar as coisas certas, de boa-fé.

Dona Maria Eva chamou a sua criada e pediu para fazer um cafezinho para comemorar o negócio fechado.

Seu Daniel foi até o armário e pegou uma garrafa de cachaça de marca Ressaca. Essa era a melhor pinga que existia por ali. Era fabricada na usina do mesmo nome, na própria cidade de Cáceres.

Agora sentados na varanda da sala e sem a tensão da negociação, já demasiadamente relaxados, os dois começaram a traçar as metas para a realização dos seus sonhos, um de ir e o outro de voltar.

— Pois é, quem diria que eu faria o negócio justamente com a pessoa primeira que eu tive contato na nossa chegada aqui na cidade e que fez a nossa travessia desse ali oh! — apontando para o Rio Paraguai, disse Seu Quinco. — Agora eu sei que tomei a decisão correta. Vou trazer a minha família de volta para a cidade. Aqui que é o lugar dela — completou. — É tão verdade que vamos morar na casa em que o quintal faz o limite com o Rio. A barranca é o limite — disse em tom de brincadeira.

Essas duas casas eram as últimas, no fim da Rua dos Operários.

Além delas, só existia a barranca o rio; os barcos e as canoas com os seus pescadores, indo e vindo; os cardumes dos peixes, dentro do rio; a praia do outro lado e, como é a curva do rio, existe a outra margem completamente tomada de mata fechada, que embeleza e enche os olhos de quem navegava o rio acima, indo pescar ou subindo para os seus sítios rio acima.

O Daniel tomou as palavras e disse:

— Com esse sítio, eu posso realizar o meu sonho de voltar para a terra de onde vim ao mundo e posso trabalhar na pega do gado baguá. Eu adoro fazer isso. Conheço muito essa lida e sei que é muito perigosa e arriscada. O gado é muito bravo, e a corrida para pegá-los nem se fala. Mas é o que aprendi a fazer desde pequeno com meu pai, quando ele trabalhava para os grandes fazendeiros da região. Seu Quinco, você vai assumir a casa e a balsa, e eu vou assumir o sítio. Então precisamos cada um de esclarecer o que e como resolver cada coisa ou cada problema. Isso será importante para cada um de nós — disse Daniel, em linguajar franco de caboclo. — A casa e o quintal são bem grandes. Você não vai estranhar a falta de espaço.

— Pra você, eu vou ser bem sincero! Eu não aguento mais esse trabalho de toda hora ter que ir e voltar, atravessando o rio. Isso me deixa estressado — esclareceu. — Você, como gosta de pescar, vai se adaptar muito bem ao rio e ao serviço. Você me falou isso.

— Realmente, da pescaria eu gosto muito. Tenho muita intimidade com esse rio. Quando eu era criança e vim do sítio do meu pai para estudar aqui, na cidade, eu pesquei muito nele. Vinha com meu irmão mais velho que eu.

— Lá no sítio você terá poucos problemas. Está tudo no jeito, é só fazer as suas adaptações. Quando nós formos lá, eu te mostrarei tudo que tem direito. Lá também tem um rio. É o Rio Barbado. É pequeno, mas as suas águas são bem cristalinas. Você verá!

A conversa estendeu-se por mais de uma hora. Tomaram o cafezinho e logo Seu Quinco se deu conta de que era hora de ir embora. Tomaram o último gole do café, que estava muito gostoso, despediram-se, caminharam para a porta da rua e foram embora.

Ficou combinado de irem ao sítio para que o Daniel pudesse conhecer o que já era seu.

No caminho de casa, após um longo caminhar, em silêncio, o casal começou a conversar.

Seu Quinco deu início à conversa.

— Tá vendo, Bêga, como Deus é justo? Eu andei todos esses dias que estamos aqui, ofereci o sítio para muitas gentes e ninguém se interessou. Ontem, eu já acabrunhado e sem esperança, saí cedo e fui andar. Não tinha um rumo certo. Então o destino me conduziu para a beira do rio. Fui andando até o porto aonde nós chegamos e justamente ali, naquela hora da manhã, achei um comprador para o sítio, e assim resolveu os nossos problemas. Agora, temos a casa para morar e balsa para eu ganhar um dinheirinho com o meu trabalho, não é mesmo? Deus é todo-poderoso! Entendo agora os dizeres daquele indígena, o que fez o seu parto. Ele tem razão. Estamos sendo abençoados! Na realidade, eu estou levando prejuízo. Aquilo lá, que estou entregando pra ele, vale muito mais do que ele está entregando para mim. Mas ele na realidade está resolvendo os meus problemas. Como diz o dito popular: "uma mão lava a outra e as duas lavam o rosto". Entende, Bêga?

— Sim, Quinco, entendo! Agora, eu fiquei triste é de não poder continuar com a nossa escolinha. Ela vai acabar e todas as crianças não estudarão mais. Isso é muito triste para nós. O pouco que sabemos é muito para eles e são tão felizes com isso. Não é? As crianças sentirão a falta. Ali eles estavam abrindo as portas para o conhecimento.

Chegando a casa, logo Bêga foi chamando a sua mãe em voz alta.

— Mãe! Mãe! Cadê você?

— Tô aqui no quarto, minha filha. Entre!

Em seguida foi dizendo:

— Mãe, os problemas acabaram. Quinco fechou o negócio e agora já temos a casa e a balsa, de onde o Quinco vai tirar o seu sustento. Tudo deu certo, graças a Deus.

— Eu já sabia, minha filha, que iria dar certo! Eu fiquei um bom tempo orando e pedindo ao nosso Deus maior e ao seu filho Jesus Cristo, de joelhos, para que essa transação fosse realizada com sucesso e desse tudo certo. "A fé remove montanhas", minha filha! Há bastante tempo que as crianças dormem. Agora vocês vão descansar e pensar no futuro de vocês — disse sua mãe com o coração aliviado.

— Agora vamos deitar, Bêga — disse Quinco. — Eu estou com os meus pensamentos é naquele lá de cima. Quero fazer uma oração e agradecer pelo que Ele, ou eles, tem feito por nós. Na realidade, a todos os que olharam e intervieram em nossos destinos. Sei que realmente esse tipo de ajuda existe, eu acredito, pois os espíritos superiores nos olharam. Eu não sei rezar — continuou ele a falar. — Nunca quis decorar uma reza. Isso é coisa para padre! Acho que não tem muito sentido. Sempre vivi no mato. Já passei por muitas situações perigosas, até de morte, e nada me aconteceu! Por isso, eu sou temente a Deus e é por esse motivo que eu só sei fazer oração; desse modo, eu me comunico com Ele, naquelas circunstâncias. Eu agradecia a cada situação de perigo e desespero das quais eu fui salvo. Eu agradecia a Ele. Era um agradecimento mesmo! Que vinha sempre do fundo do meu coração. As rezas, Bêga, não atendem aos meus agradecimentos, dos meus pensamentos, aos meus protetores.

Sentados na cama, já de roupas trocadas, deram-se as mãos, e Seu Quinco começou a fazer a sua oração.

Foi uma oração a dois muito profunda, que a sua esposa nunca tinha visto ou ouvido, feita por seu marido. Foi uma oração sincera, um agradecimento acentuado, que saiu espontânea, de dentro do seu coração, do fundo dos seus pensamentos. Essa oração emocionou a sua esposa, e, por isso, ela nunca a esqueceu.

— Agora, vamos dormir — disse Seu Quinco.

Aliviado e bem relaxado, das situações ocorridas, ele fechou os seus olhos e dormiu profundamente.

A sua esposa, ao seu lado, ainda ficou um tempo acordada pensando no que seria do futuro deles, agora de retorno à cidade.

Acordaram bem cedo, com ar de felicidade. Logo as crianças acordaram e correram para os seus colos e logo foram dizendo:

— A bênção pai, a bênção mãe — diziam seus dois filhos.

Os seus rostos demonstravam a felicidade de ambos, aliviados em relembrar de todo o passado.

Chegou o dia combinado para irem ao sítio e mostrar para o seu atual dono.

Fretaram uma Rural Willys para levá-los até lá. Viajaram o dia inteiro para chegar ao sítio. Chegaram à noite.

No sítio, Savache e Lilingo escutaram o roncar do carro, correram para abrir a porteira. Sabiam que era o patrão que estava chegando.

Logo desembarcaram e foram colocando os seus "saco de mala", onde armaram as suas redes e colocaram os seus poucos pertences ali ao lado. Não havia necessidade de muitas coisas, pois retornariam no próximo dia.

Logo em seguida, o Lilingo começou a fazer uma carne seca com arroz para comerem, pois todos estavam com bastante fome.

Enquanto aprontava a comida, Seu Quinco abriu uma garrafa da cachaça Ressaca e todos tomaram uns bons goles. E cada um rindo anunciava: esta dose é para abrir o apetite; esta outra é para espantar os mosquitos; esta é para tirar a poeira da garganta... E assim, conversando, tomaram a garrafa toda da cachaça.

Antes de dormirem, Savache transmitiu a notícia para o patrão da morte do seu amigo cachorro Mestrinho.

— O que foi que causou a morte dele? Foi picada de cobra ou outra coisa assim?

— Não, patrão! Naquele dia em que o Senhor se foi, eles te acompanharam até aquele tanto. Aí o Senhor percebeu que eles estavam o acompanhando, voltou e nós os amarramos.

— Aí, o que aconteceu? — Interrompeu o seu patrão.

— A partir desse momento, em que foi amarrado e o Senhor foi embora, o Mestrinho ficou agoniado ali amarrado. Latiu muito e tentou escapar, mordendo a corda e não conseguiu escapar. Dali pra frente, ele não bebeu água e não comeu mais nada. Isso foi o caminho pro fim! Sabe, patrão — continuou o Savache —, ele, na hora em que foi solto, no fim do dia, imediatamente desapareceu, e nós não vimos mais. Nós achamos que ele pegou as suas batidas e foi atrás de vocês. Ele era muito bom de rastejar as batidas. Até que...

O Savache foi interrompido pelo seu patrão.

— Depois você me conta o restante! — Disse em um tom de voz meio sofrido. Já imaginando o possível do acontecido.

Na realidade, o Quinco não queria mais era saber de nada. Ali, ele percebeu que perdera o seu maior companheiro e amigo de caça. Evidentemente, ele já tinha deduzido e pressentido tudo.

Dirigindo as palavras para o Jorge, Seu Quinco quis saber dele, como foi o retorno da cidade sozinho com o carro de boi e os cavalos.

O Jorge disse:

— Foi muito tranquilo. Parecia que esses animais sabiam que estavam voltando para a casa deles. Foi impressionante! A carga que veio está toda ali guardada no quartinho. Ah! Eu fiz a entrega dos três bastões de guaraná para o "cabo-comandante". Ele agradeceu e perguntou quanto era. Como o Senhor não me falou o valor, eu disse a ele: *você vai acertar com o Seu Quinco quando encontrar com ele.*

19

Ao amanhecer, ainda escuro, os raios solares ainda não tinham pronunciados em aparecerem, e lá no céu brilhavam as últimas estrelas e uma teimava em não ir embora. Parecia que estava dizendo: "Eu estou aqui! Eu sou a estrela! Eu sou a estrela Dalva!".

Quando todos levantaram, cada qual tomou seu guaraná em pó. Costume e tradição de todos.

Seu Quinco saiu e foi até ali embaixo do pé da grande figueira, e disse:

— Vou respirar este ar bem puro, como se fosse pela última vez. Sei que estes momentos estão pelos últimos dias. Isto tudo aqui já não me pertence mais.

E em silêncio permaneceu por um pequeno tempo. As lágrimas escorreram dos seus olhos e molharam sua face, com a barba por fazer. Ali, nesse momento, ele disse pra si mesmo:

— Como pode eu estar chorando? Meu pai sempre dizia: *"homem que é homem não chora!"*.

Como estava sozinho, enxugou as lágrimas e voltou para a cozinha onde todos o esperavam para tomar o cafezinho.

Seu Quinco logo em seguida chamou o Daniel e começou a mostrar tudo para ele.

Começou a mostrar os animais de criação de casa: os porcos; as galinhas; os patos. Foram até a horta e depois foram lá para a roça. Lá, continuou mostrando: o canavial; o bananal. Mostrou onde estavam plantadas as mandiocas, para fazer farinha; as batatas; o milharal. E daí foram para o curral ver os bezerros; as vacas de leite. E logo ali, no piquete, estavam os cavalos de sela.

Ele disse:

— Daniel, esses são os cavalos que montarão para pegar os bois baguá. Já são acostumados com essa lida.

Seu Quinco explicou tudo para o Daniel.

— Daniel tá vendo aquilo lá, naquela cobertura de palha? É um engenho... engenho para fazer: melado, rapadura e até açúcar mascavo. Vamos lá ver!

— Esse café que você tomou foi adoçado com açúcar feito aqui. Olha o fogão de pedra onde o açúcar foi feito. As rapaduras também foram feitas aqui. Você ainda vai comer delas depois do almoço! — Completou. — Agora, Daniel, vamos ali que vou te mostrar o rio. Ali é onde eu passo boas horas do meu tempo, quando venho tomar banho. Tem muitas sombras. Ele é todo coberto pela mata. É um rio puro. As suas águas são cristalinas e sempre está fresquinha e muito gostosa.

Após ver tudo, o Daniel ficou muito empolgado e feliz em ter agora aquilo que viu no sítio.

— É, Quinco, fizemos bom negócio — disse o Daniel.

— Agora — completou Seu Quinco — é ter disposição e colocar a mão em obra. Isso dá muito trabalho.

— Seu Quinco? — Interrogou o Daniel. — Tudo isso que vi eu entendo. Aprendi com meu pai. Tenho maior prazer em trabalhar dessa forma.

Como já era quase meio-dia, com o sol a pino e o solo muito quente, o Seu Quinco tomou a decisão de ir para o rancho, almoçar e ir embora.

— Vamos depois do almoço, nós chegaremos lá por volta das vinte e duas horas. A cidade ainda estará acordada. O motorista agora já conhece a estrada. A viagem será mais rápida — concluiu Quinco.

Almoçaram e tomaram o destino de volta.

Passado algum tempo de viagem, os dois começaram a conversar, e cada qual expôs os seus planos. Tiveram bastante tempo para os esclarecimentos.

Combinaram que na próxima segunda-feira iriam ao Cartório fazer as transações dos imóveis.

Chegaram aproximados da hora combinada. O motorista levou cada qual em sua residência.

O Daniel, assim que entrou em casa, viu que a sua esposa Maria Eva o esperava na sala. Ela estava ansiosa para saber das novidades de como era o sítio. Ele afagou o seu rosto e lhe deu um beijo. Foi um beijo de carinho, um beijo de alegria, um beijo de satisfação.

— Pelo visto, Daniel, tudo deu certo e você ficou muito contente. Não é mesmo? Agora, vai tomar um banho rápido e vem jantar. Vou colocar a comida na mesa. O jantar já está pronto.

O banho foi rápido e logo estava na mesa jantando. Mas antes tomou um golezinho da cachaça, que sempre tinha ali no armário, e disse para a esposa:

— Esta é para tirar a poeira da garganta e comemorar o bom negócio que foi feito.

Sua esposa, nesse momento, enquanto ele comia, começou a interrogá-lo:

— Como é o sítio? O que tem lá? Valeu a pena a transação?

— É, minha querida. Valeu muito a pena fazer essa troca! Nós dois, depois de muitas conversas, chegamos à conclusão de que essa negociação foi muito boa para ambos. Satisfez as necessidades dos dois — esclareceu Daniel. — Lá é muito bom. Você vai gostar. Lá foi feito com muito carinho. Eu percebi isso.

— Ah! Graças a Deus!

O motorista, ao deixar o Seu Quinco na porta da casa, recebeu o pagamento pelo serviço. Os dois sujeitos de direito já tinham combinado antecipadamente a divisão das despesas.

Seu Quinco entrou em silêncio e logo sua esposa veio ao seu encontro. Não podia fazer barulho porque as crianças estavam dormindo. Sua esposa estava esperando-o e por isso conversava com a sua mãe, já que tinha certeza que o seu retorno para a cidade seria inevitável. Os dois estavam muito felizes por isso.

— Até que enfim vamos voltar a morar na cidade — disse Dona Bêga sorrindo e com o coração cheio de alegria. — Foi tudo bem por lá? — Perguntou Dona Bêga.

— Só tenho uma notícia triste para te dar: o Mestrinho, meu amigo e companheiro de caça, morreu!

— Não acredito! Logo ele! Morreu de quê?

— Segundo o Savache e o Lilingo, ele desapareceu no dia em que viemos, logo depois que foi solto. Pois é. Eu tive que voltar para prendê-los! Não foi?

— Sim, foi. E daí?

— Aí tiveram que amarrá-lo e à noite, quando soltou, ele sumiu. Os outros dois cachorros ficaram dentro do rancho. Os dois pensaram que ele tinha voltado atrás de nós. Ele era bom de farejar uma batida, não era? Quando descobriram vários dias depois, ele estava dentro de um buraco, cavado por ele mesmo, bem embaixo da raiz daquela grande árvore, lá perto do curral. Era tarde demais. Quando o acharam, ele estava agonizando, dando os seus últimos suspiros de vida para este mundo. Já tinham passado vários dias.

— Sabe, Quinco, ele morreu foi de paixão. Você o abandonou. Você era o companheiro dele de caça. Ele o tinha como seu verdadeiro amigo. Ele morreria pra te defender. Em razão disso, dá pra entender agora que cachorro tem sentimentos e amor pelo seu dono. Ah... isso eles têm!

— É! Ele se foi! Deve estar em um bom lugar. Se é que cachorro tem uma segunda vida. Eu não sei! — Completou, bem pensativo, Seu Quinco.

— Sabe, Quinco — disse Bêga —, uma vez, muito tempo atrás, um senhor bem idoso, de cabelos todos branquinhos, um senhor muito alegre e conversador, tinha uma conversa boa de ouvir, falou para nós sobre os animais. Ele era tio de uma das meninas que estava conosco. Sabe o que ele disse? "Olhem e prestem muita atenção e acreditem: os animais também são filhos de Deus. São quase nossos irmãos. Só que ainda não adquiriram a faculdade do raciocínio abstrato." Pelo jeito de falar, parece que ele já tinha lido muito bons livros na vida e acho que sabia do que estava falando.

20

Na transação e efetivação do escambo, foi muito justa para ambos.

Chegou a segunda-feira, dia em que os dois combinaram para irem ao Cartório de Registros de Imóveis efetivar a concretização jurídica do negócio.

Antes, combinaram em conversar com Lino, um conhecido rábula, que sempre ajudava os menos esclarecidos nos conhecimentos jurídicos. Ele, na realidade, não conhecia muito do direito, mas o tanto que sabia dava para ajudar aqueles que o procuravam e nada sabiam.

O Daniel tinha todos os documentos corretos. Ele mostrou a escritura da casa e os impostos pagos. Quanto aos documentos da balsa com o motor, era só fazer no cartório a certidão de contrato de compra e venda e uma declaração de pronta-entrega.

O Seu Quinco também tinha todos os documentos em ordem, inclusive o registro no Incra, provando a titularidade e que não havia nenhum registro de propriedade do imóvel que não estivesse em ordem. E informou também que tinham todos os impostos pagos.

O Lino disse, em tom de brincadeira:

— Que homens sérios são vocês, que cumprem os seus compromissos honrando com os pagamentos, principalmente os impostos, que são pagos para o governo.

O rábula viu tudo e disse:

— Está tudo em ordem. Agora é só ir ao cartório de registro de imóveis e procurar o Sr. Homero. Conversem com ele, que aí ele providenciará tudo e pronto. Ele vai dizer o preço, vocês pagam, aí ele marcará o dia para retornar e pegar tudo. É rápido, só leva uns dois dias.

— Obrigado, Dr. Lino!

Agradeceram e se despediram do rábula, e, como eles eram amigos, o Dr. Lino não cobrou nada pela consulta jurídica empírica.

Quando alguém o intitulava de doutor, ele se envaidecia, enchia o peito, respirava fundo e elegantemente dizia em resposta:

— Não há de quê!

Assim que saíram, o rábula voltou para as suas investigações experimentais nos livros de direito que ele possuía. Alguns já se encontravam desatualizados. Ele gostava disso e se sentia como se fosse um bacharel em Direito. Ele sempre dizia que "na terra de cego quem tem um olho é rei". Ele tinha razão.

Os dois resolveram ir logo ao cartório e chegando lá procuraram o Sr. Homero. Foram muito bem atendidos. Assim, após o atendimento, foi marcado o retorno para buscarem os documentos já despachados, na quinta-feira.

Retornaram no dia combinado para pegar os documentos, assinaram todos os papéis e logo cada qual passou a ter a posse definitiva dos seus bens.

Na saída do cartório, combinaram que dentro de quinze dias cada um assumiria de fato a posse dos seus bens.

O Daniel iria de caminhão levando os seus pertences necessários para ficar por lá e junto levaria o capataz para tomar conta do sítio para ele. Seu Quinco voltaria no mesmo caminhão com a sua mudança. Era mudança definitiva.

Seu Quinco, com tudo resolvido, logo retornou ao sítio, para arrumar a mudança. Foram dois dias depois e contratou novamente o mesmo motorista para fazer as suas mudanças.

Dona Bêga combinou com a sua mãe para que ficasse com a Gueiza e a Arlene. O pequeno Amado ela levaria. Ele ainda era pequeno — poderia sentir a sua falta e dar muito trabalho. Eles não iriam demorar.

Chegando ao sítio, Dona Bêga sentiu um aperto no coração em saber que esses seriam os últimos dias que passaria ali, no seu sítio, na sua escolinha. Era noite e, assim que desceu do carro, caminhou até a entrada do rancho, olhou para o céu e com um profundo olhar, distanciando para o horizonte e bem longe, ela viu a Estrela Dalva, fez uma oração em poucas palavras, agradecendo por tudo que viveu, nos tempos em que ali morou. A estrela estava bem brilhosa. Ela a chamava de *"a estrela da noite, a Deusa do amor"*. Aquela que passava todas as noites embelezando os olhos de quem quer que a olhe.

Foram muitas as noites de lua cheia, em que os dois observaram a beleza dela, do quintal, naquele longínquo sítio lá no sertão.

Logo que chegaram, em pouco tempo, todos ficaram sabendo de tudo o que aconteceu, tanto na cidade como no sítio.

Ao deitar em sua cama, ela sabia também que, assim que partissem desse sítio, ela nunca mais retornaria e também nunca mais sentaria embaixo daquela grande figueira, à noite, para observar o céu e as estrelas, com o seu marido, nas noites de lua cheia, fazendo juras de amor à moda caipira. Nunca mais veria a escolinha nem os seus queridos alunos, que os amavam tanto. Eles lhes traziam muitas alegrias.

Bem cedo levantaram e, como era de costume, tomaram o guaraná e logo depois o cafezinho com leite recém-ordenhado e queijo fresco.

Logo em seguida, já foram combinando de começar a preparar tudo para fazer a mudança, para retornar à cidade.

A partir desse momento, a alegria tomou posse de todos, em saber que tudo mudaria na sua vida.

Dona Bêga e Seu Quinco chamaram os três ajudantes e começaram a arrumar e separar o que iriam levar. No rancho não havia muitas coisas que merecessem a ser levadas. Não tinha nada de valor compensatório. Eram apenas tralhas que se usam na lida do dia a dia, em um sítio que propõe muito trabalho.

Quando chegou a tarde, a professora chamou os três ajudantes e solicitou a montaria em seus cavalos e que fossem às casas de todos os alunos e informassem que no dia seguinte voltariam às aulas.

Assim que receberam a ordem, imediatamente os três montaram em seus cavalos e foram cumprir a determinação.

Ao cair da tarde, os três retornaram e disseram para a professora que todos receberam a notícia e ficaram muito alegres.

Assim todos voltariam à sala paupérrima de bens e confortos, mas rica em sabedoria, amor, dedicação e carinho entre todos os alunos.

Nesse dia do recomeço das aulas, a professora quase não dormira, porque o seu coração batia de muita inquietação e tristeza em saber que logo ela estaria dando a notícia que nunca queria transmitir e os alunos nunca esperavam receber.

Logo, logo, ela iria transmitir a notícia, com tristeza, de que as aulas acabariam em poucos dias.

Ela, ao acordar, fez o café para todos, mas ela mesma não quis nada. Só tinha vontade de chorar. Não bebeu e não comeu, pois não tinha vontade de nada. Só pensava nas reações dos seus queridos e inocentes aluninhos. Como sempre dizia em sala de aulas ou quando ia transmitir um recado qualquer. Ela dizia "meus queridos aluninhos".

Quando ela entrou na sala de aula, todos os aluninhos já estavam sentados esperando por ela. Não eram muitos alunos. Seus olhos brilhavam de alegria em saber que as aulas recomeçaram e eles continuariam a viajar no mundo do conhecimento; para terem a possibilidade de acessar o mundo desconhecido das letras.

Todos os alunos, em um coro inusitado, com as suas vozes únicas, ecoaram na sala:

— Bom diiia! Como está, professooora?

Ela respondeu:

— Bom dia, meus queridinhos alunos! — Disse com todo o carinho do mundo. — Estou bem, e vocês, como estão? Vão bem?

Ela falou, mas, na realidade, ela queria era chorar.

— Até que enfim estamos juntos novamente! Estou muito feliz em poder estar com vocês. — Ela continuou a falar: — Eu não queria transmitir esta notícia para vocês.

— Eu quero que vocês todos levantem a mão direita e mostrem apenas os três dedos dessa mão!

Todos os alunos levantaram.

— Sabem por que estou fazendo isso?

— Não, professora! — Todos responderam.

Ela tomou coragem e falou, com a voz embargada, quase lhe impedindo de falar:

— Eu não vou mais dar aulas para vocês. A escolinha vai acabar e só terão mais esses seus dedos em número de aulas. Serão mais só três dias de aulas. Entenderam?

Ela não se conteve. As lágrimas escorreram dos seus olhos, já vermelhos pelos abalos afetivos.

Agitada em seus sentimentos, ela não queria mais demonstrar a sua fraqueza causada pela sua emoção.

Ela se recompôs e em seguida iniciou a aula. Mas na realidade não tinha mais quase nada para lhes ensinar.

Ela então contou o porquê de a escolinha acabar.

Os alunos todos ficaram surpresos e muitos choraram.

— Então a senhora vai embora? Vai nos deixar?

— Sim, a escola vai acabar e eu vou voltar para a cidade. Aqui não nos pertence mais.

— Então, tá bom professora! E que seja feliz — disse Zoraide, a aluna mais velha da turma. — Para nós, professora, aqui neste sertão, neste fim de mundo, fronteira com a Bolívia, acabaram-se as nossas esperanças e alegrias de querer saber do mundo do conhecimento. Mas, pelo menos, todos nós aprendemos a ler e escrever, a assinar o nome, fazer as poucas contas, e até estudar a tabuada e fazer fração nós já sabemos. Antes, nós não sabíamos nada. Éramos todos analfabetos — concluiu a menina Zoraide.

A professora, então, disse que não daria mais aulas normais. Ela iria apenas contar os fatos acontecidos. Então, contaria as novidades dos acontecimentos da cidade. Não eram muitas, mas para elas era o bastante. Pois nunca saíram daquele lugar.

Tudo ficou pronto para a mudança, só faltava a despedida dos seus queridos alunos.

Assim, chegou o dia da última aula, o dia da despedida.

Esse dia a professora não queria que existisse. Ela foi muito emocionada para o ranchinho, onde era a sala de aula, que distanciava a poucos metros do rancho da sua moradia.

Esse caminho ela fez em um tempo, que na sua mente representava quilômetros. O seu eu refletiu nesse pequeno percurso uma longa caminhada e ela relembrou uma longa história de alegria e sentimentos com seus alunos. Ela não queria nada em troca. Ela nunca ganhou um centavo com essa escolinha. Ela fazia tudo isso de coração aberto. Ela fazia por amor e por saber o quanto representaria aquilo na vida daquelas crianças.

Ao entrar na sala de aula, ela teve um choque. Ali dentro daquele ranchinho paupérrimo, intitulado escola, estavam pais e mães de algumas crianças. Foram agradecer e levar alguns presentes para a professora, já que ela nunca cobrou nada pelo que fez até aquele dia, pois os presentes representavam toda a gratidão que eles tinham por ela, por todo esse tempo. Para eles, isso seria o pagamento por tudo.

Ela se emocionou, porque nunca imaginaria em sua vida uma situação como essa.

Ela olhou para todos e para tudo o que tinha ali dentro.

Assim que entrou na sala, recebeu uma salva de palmas e aí percebeu que todos, em coro, disseram algo que ela não entendia e começaram a cantar um canto que foi a maior surpresa. Cantaram no dialeto do seu povo, que era uma mistura de castelhano com a língua nativa dos parentes nativos indígenas. Ela se emocionou.

Ela não entendeu quase nada; quem entendia e conversava com elas, no seu dialeto, era o seu marido, o professor de Aritmética, pelo fato de sua mãe pertencer a essa etnia. Ele não quis participar da despedida, para não se emocionar.

Ela agradeceu pela música. Não quis falar muito para não chorar.

Logo em seguida, os alunos começaram a entregar os presentes. Os presentes eram muito simples. Eram apenas coisas que existiam por ali. Recebeu uma penca de banana; algumas frutas nativas, muito deliciosas; uma galinha e alguns ovos; uma pequena escultura, em madeira, de um jacaré; um filhote de papagaio e uma linda orquídea nativa, só conhecida naquela região.

— Esta orquídea, o jacaré e o louro eu vou levar para enfeitar e alegrar a minha casa, lá na cidade.

O que ela achou muito interessante foi o presente de um papagaio, filhote ainda, e que estava aprendendo a falar em português. A menina que ofereceu o presente disse que ele já falava e ali mesmo fez a demonstração.

— Quer ver professora? — Disse a menina. — Louro fala comigo: "A, É, I, O, U".

O louro repetiu direitinho.

— Agora preste atenção. Fala: "B com A, faz BA". "B com É, faz BÉ". Entendeu, louro? Agora eu vou perguntar pra você. Entendeu, Louro? — Ela repetiu. — Responde agora, Louro! "B com A faz...".

E o louro responde:

— B com A faz BÉ.

Aí foi só risada de todos que ali se encontravam.

ONDAS

Todos os presentes estavam acompanhados de um bilhete. Eram bilhetes muito simples, mas de uma sinceridade profunda, só sentida por eles. Era o que eles conseguiram escrever e transmitir da melhor forma.

Todos os bilhetes foram escritos pela aluna Zoraide. Ela escreveu o que cada uma das crianças dizia. Ela era a que mais sabia, por ser a mais velha da turma.

Quando os bilhetes foram lidos pela homenageada, ela ficou pasma. Alguns estavam escritos em castelhano. Os pais de Zoraide eram nativos bolivianos, assim ela aprendeu primeiro a falar castelhano, só depois veio o português, que falava um pouco atrapalhado, com sotaque bem caboclo.

Ela escreveu, mas cada aluno desenhou a sua assinatura com grande orgulho, naquele singelo pedaço de papel, mas que para eles era o agradecimento mais profundo e singelo em suas vidas.

A aluna Zoraide mostrou que valeu a pena estudar esses poucos anos. Ela aproveitou e aprendeu sozinha e com grande luta a escrever o castelhano.

Os bilhetes diziam:

"Querida profesora, se acabo nuestra alegria em conocer mas...". Aluno Graracy Vargas.

"Linda profesora, nuestros pocos conocimientos se van con ustedes". Aluno Iraê Garcia.

"Profesora, te quiero. Amén". Aluna Potiara Maia.

"Profesora, voy intentar aprender solo, ya se el abecedário, el tabu y empecé la caligrafia. Te queremos mucho". Alunas Zoraide e Raiara Guille.

A aluna Potiara era a menorzinha da turma e com muita dificuldade desenhou seu nome: Potiara Maia.

A Zoraide e Raiara eram irmãs.

A professora, ao receber os presentes com os bilhetes, agradecia e não os lia. Colocava ao lado na mesa. Sabia que se os lesse ela não aguentaria. Então deixou para ler no seu quarto, no seu rancho.

O pai de uma aluna quis agradecer e pediu para falar algumas palavrinhas. Ela consentiu. Então o pai começou a falar. Logo a filha traduzia. Ele, o pai, era analfabeto e disse que o sonho dele era saber ler, escrever e fazer as contas, conhecer os números. Ele sabia contar só até dez, porque dez eram os dedos das mãos. Quando contava, a cada dez, ele marcava com qualquer coisa ao lado e assim sabia qual era aquela quantidade. Ele terminou dizendo que gostaria de ter estudado esse tempo na escolinha. Mas graças a Deus a sua filha estava lhe ensinando. E terminou dizendo:

— Eu já desenho o seu nome. O meu sonho está sendo realizado.

Ao encerrar a última aula, todos os alunos fizeram uma roda em torno da professora e cada um deu um longo abraço. Todos saíram, um a um e foram embora. Lá fora, seguiram os seus caminhos e não mais olharam para trás. Não mais olharam para a escolinha. Os pais os acompanharam e todos se foram, para nunca mais se verem na vida.

Ali naquele momento, cada criança recebeu o seu diploma da vida, mesmo com pouco estudo, mas com o saber eterno, como foi Cristo, que teve somente a escola da vida e a sabedoria eterna, sem nunca ter ido um dia a escola.

Quanto aos bilhetes que a professora recebeu, ninguém ficou sabendo se ela leu todos ou guardou para o resto da sua vida.

Silenciosamente, ainda emocionada, ela desejou que ninguém aparecesse para acabar com os sonhos dessas crianças, e, se isso acontecer, porventura, ela pediu a Deus que conclamasse os bons espíritos protetores para protegerem a todos. Para sempre.

21

O dia seguinte era o dia combinado da ida do caminhão contratado em parceria com o Daniel.

Eles chegaram às quinze horas. Descarregaram as suas cargas e logo em seguida carregaram com a mudança de Seu Quinco.

O Daniel recebeu tudo conforme o combinado, conferiu rapidamente e logo deu instrução para o seu capataz, o "Zé do Laço", que assumisse tudo e que a partir daquele momento o sítio estaria sob sua responsabilidade.

No outro dia, levantaram bem cedo, fizeram o desjejum e se prepararam para ir embora.

Mas, antes de sair, o Seu Quinco, agora ex-professor, disse para todos que esperassem um pouco. Ele iria com o filho Amado ao Rio Barbado. Pegou o menino nos braços e carregou até a margem do Rio, tirou as suas roupas e, pelados, entraram na água, que sempre estava fresquinha. Ele disse para o seu filho:

— Amado, beba desta água, pela última vez, que é para ficar dentro de você para sempre. É o mesmo rio, mas não é a mesma água, do seu primeiro banho. As águas passam, e assim será a sua vida. Tudo passará. Nunca repetirá as mesmas coisas.

— Aí o seu pai deu três mergulhos como despedida, porque sabia que dificilmente ele voltaria ali.

Saindo da água, vestiu-se e cobriu o menino com a sua própria roupa, e levou o menino para a sua mãe.

Na saída, nos braços do seu pai, ele olhou para o Rio Barbado com um olhar profundo, um olhar de criança, um olhar para sempre.

Para o Daniel, que chegara, era tudo alegria, mas para quem estava saindo era só tristeza. Nesse momento o casal de professores mostrou que tinha o coração forte. Estavam angustiados, mas resistiram. Foi muito difícil e triste embarcar naquele caminhão e saber que nunca mais voltariam ali. A professora, Dona Bêga, disse para todos: *"aqui eu nunca mais ponho os meus pés"*, e esse trato ela cumpriu. O seu marido, como tinha cunhados que moravam ali perto, poderia voltar.

Ao sentar na cabine do caminhão, com o seu filho Amado no colo, ela não chorou, apenas fechou os olhos e não quis ver mais nada. O motorista ligou o carro e foi para sempre.

Ela permaneceu com os olhos fechados até sair do limite do sítio. Ela só abriu os olhos depois que atravessaram a porteira do limite. Os que permaneceram em suas lembranças foram: os cantos dos pássaros, o cricrilar dos grilos, o chirriar das corujas e o canto belo e triste do curió. O som permaneceu para sempre dentro dos seus ouvidos, dentro da sua mente, durante esse percurso até a porteira. Principalmente quando lá chegou um bem-te-vi alegre que cantou várias vezes, ela entendeu que aquele cantar era para ela. Ele estava se despedindo dela. O cantar era como se ele estivesse dizendo para ela: "bem-que-eu-te-vi".

No momento em que saiu do seu rancho, quando fechou os olhos, ela sentiu como se fosse um véu negro da noite, que cobriu tudo na sua visão e nos seus pensamentos para sempre. Encobriu a tristeza, e o que permaneceu, dali para frente, dentro do seu eu, foi apenas o som bonito do amanhecer de sempre.

Para Amado tudo era indiferente. Ele apenas dormia no colo quentinho da sua mãe. Para ele nada interessava. Ele ainda não tinha sentimentos ao saber que naquele momento estava deixando tudo para trás: o seu sítio, a sua terra, os seus animais com os quais brincavam, o rancho onde nasceu, o seu umbigo. Isso tudo era indiferente para ele. Ele não tinha noção do quanto aquilo fora importante para os seus pais. Proporcionando a alegria por ter nascido ali, nas mãos do parteiro indígena; o que fez a oração, impondo a mão direita, sobre a sua cabeça, orando no dialeto dos seus ancestrais e pedindo a proteção divina dos seus Deuses, para sempre.

Amado, ainda sem ter a noção da vida, apenas foi com os seus pais.

O Jorge e o Lilingo, não embarcaram no caminhão, não se adaptariam à morada na cidade, então resolveram ficar e trabalhar com o Senhor Daniel, na dura lida da pega dos bois baguás. Isso foi muito bom porque eles dois conheciam tudo do sítio e também dos duros serviços que fariam no campo.

A viagem de retorno para a cidade transcorreu normalmente, sem nenhum contratempo.

Eles foram para a casa, agora casa do Seu Quinco e Dona Bêga. Lá ele recebeu a chave e logo começaram descarregar a mudança, com poucas coisas. No mato, não precisa de muitas coisas, só mesmo o básico e necessário para a sobrevivência e nada mais.

Enquanto o Savache e o motorista continuavam a descarregar tudo, a Dona Bêga vistoriava o restante da casa.

Tudo estava em ordem, conforme o combinado.

Enquanto isso, Seu Quinco e o Daniel foram lá para o rio, para entregar a balsa com o motor. A balsa já estava amarrada no poste, onde sempre ficava, quando não era mais usada nas travessias. O motor já estava guardado, num quartinho de madeira, feite no fundo do quintal da casa, apenas para esse fim.

As entregas foram feitas de modo similar às que foram feitas no sítio. Eles honraram com os seus compromissos.

Ao retornarem, a descarga já tinha terminado. O Daniel se despediu de todos, atravessou a rua e entrou na sua casa.

O casal, agora ex-professores, entraram no carro, e o motorista levou-os até a casa da avó dos seus filhos.

Chegando lá, foi uma alegria imensa para ambos. A saudade era tamanha que os pais não paravam de abraçar e beijar as filhas Arlene e Gueiza, e o Amado também não desgrudou mais da sua irmã e da Gueiza, que o cuidara desde o nascimento.

Logo a Dona Bêga esclareceu tudo o que aconteceu lá no sítio para a sua mãe e concluiu:

— Mãe, agora que a luta da vida vai começar, realmente, para nós. O Quinco, amanhã pela manhã, começa a fazer as travessias com a sua balsa. Já começa a ganhar o sustento para a nossa vida. Agora eu vou lá para a nossa casa montar tudo e arrumá-la.

Agora Seu Quinco e Dona Bêga estão muito felizes. Estão na sua própria casa. Agora eles serão protegidos pelo olhar do bom Deus, que lhes proporcionou estarem ali a partir desse dia. Pois sempre eles pediam a sua proteção, e eles sabem que tiveram um retorno com a sua bênção.

Dois dias se passaram e a casa já estava toda arrumada. Na realidade, era pouco o que trouxeram do sítio, mas era o suficiente para um novo recomeço.

Tinha muito espaço para todos. A casa era grande, e o quintal, enorme. Como também era enorme a vontade deles de crescerem na vida a partir daquele lugar.

Assim, todos tiveram um recomeço de uma vida.

SEGUNDA PARTE

22

Os dias se passaram e vieram os anos. Agora Amado já estava bem crescido, tinha a sua vontade ao seu dispor e assim podia pensar e fazer coisas que satisfizessem as suas intenções.

Nesses anos que se passaram, Amado ganhou mais dois irmãos: a Leila e o Arildo. Aí as preocupações aumentaram em todos os sentidos para os seus pais.

Sua irmã Arlene, a mais velha, já estudava no colégio "Nossa Senhora do Perpétuo Socorro". Era o colégio das freiras e lá, por tradição, só estudavam meninas. Ela já tinha nove anos.

Agora com seis anos de idade, Amado não era mais aquele menino do mato, que pouco falava. Ele já dominava as suas vontades e as suas curiosidades e se dispunha a aprender tudo. Era muito curioso e, por ter nascido no mato, era destemido. Não se apavorava com coisas que para outras crianças seria um pavor. Ele domina o seu medo e as suas intuições.

Sem medo, ele começou a conhecer e perceber o QUE era o Rio Paraguai e o QUE ele lhe proporcionaria no futuro da sua vida.

Como não tinha muita noção do perigo, sua mãe nunca o deixava ir sozinho ao rio para tomar banho ou brincar nas areias das margens do caudaloso rio. Ela sempre dizia: "*Cuidado! Água não tem galho*".

Amado só iria se alguém o acompanhasse para cuidá-lo, por ele ainda não saber nadar. Muitas das vezes iam os quatro irmãos para o rio, sob os cuidados da Gueiza.

Nesse período de sua vida, nesses ansiosos dias de criança, nos finais da tarde, acompanhado por alguém, ele ia para a beira do rio jogar bola. Lá, na pequena praia, onde as areias eram lambidas pelas águas do grande rio, foi que ele aprendeu mesmo a jogar bola.

Era um sonho o dia em que ele ia à prainha, e lá estavam os meninos da bola. A bola pertencia a quem escolhia os times — ele era o dono da bola e do jogo. A escolha sempre foi assim: "você pra lá, você pra cá" e pronto. Os dois times estavam escolhidos. Essa autoridade máxima era do Juquinha, filho do Sebastião Tortela.

O Juquinha era o mais velho do grupo. Tinha só dez anos. Por isso era respeitado por todos. Ele era franzino. Sua tez era bem bronzeada, devido à sua exposição ao sol, que era quase diariamente. Isso por morar num barraco bem em frente à prainha.

Do seu barraco ele tinha visão de tudo. Sabia o que acontecia ali.

Quando ele via que alguns meninos estavam na areia brincando, ele aparecia com a bola.

A bola era simples e de borracha cor de telha. Ele ganhou quando fez dez anos. Foi presente por seu aniversário. Foi um pedido feito para a sua mãe. Naquela época era muito difícil ter uma bola de couro. Era coisa só para os filhos de ricos.

Juquinha não tinha irmão, era sozinho, por isso gostava de estar ali brincando com os outros garotos.

Um dia, a bola foi chutada com força até a parede da barranca do rio. A bola atingiu um caco de vidro, de uma garrafa quebrada, e furou. Foi uma tristeza para ele e para os outros meninos. A brincadeira acabou. Acabou a correria atrás da bola. Juquinha, com a sua criatividade, tentou uma solução para ainda aproveitar a bola. Ele encheu a bola, pelo buraco, com pano velho, mas não deu resultado. A bola quando molhou encheu de água pelo buraco e ficou pesada demais. E assim acabou de vez o joguinho de bola dos meninos na prainha.

23

Chegou o ano escolar para Amado. Agora ele faria sete anos. Em razão disso, ele poderia começar a estudar, porque em abril desse mesmo ano ele completaria os sete anos, idade exigida pela instituição de ensino do Governo.

Amado, mais crescido, agora ia para o colégio. Era o seu primeiro dia de aula. Cedo ele levantou e foi tomar um banho no rio. Era só descer a barranca e pronto: estava nas areias, na margem do grande rio.

Depois do banho, vestiu a roupa, tomou o café, com leite e pão. Aí a sua mãe disse:

— Agora você vai para a sua escola.

Ele pergunta:

— Onde eu vou estudar?

A sua mãe, agora com muitas preocupações na cabeça e com mais dois filhos pequenos para criar, tinha muitas coisas para fazer e, já sem paciência, responde-lhe grosseiramente:

— Você vai estudar lá na USA, União Social de Assistência. Pode ir! Já fiz a sua matrícula lá.

Amado pergunta:

— Quem vai me levar para escola?

— Ninguém! — Respondeu ela. — Você vai sozinho! Você já é grande!

Assim, Amado sai da sua casa e foi caminhando sozinho para a sua futura escola. Não era muito longe, mas mil coisas passavam em sua cabeça.

No caminho da escola, ele passa pela casa do velho Zoé, um senhor com idade avançada e que tinha o hábito de ficar sentado em uma cadeira, na calçada da sua casa.

— Aonde você vai sozinho, menino? — O velho lhe pergunta.

— Eu vou para a escola USA! — Amado respondeu.

Aí o velho Zoé completa:

— É bem ali, é só virar a sua direita. — E mostrou com o seu braço direito para ele não se confundir. — Vai com Deus e estude muito, doutor!

Assim, em tom de brincadeira, o Amado foi chamado de doutor no primeiro dia de aula. Seria uma predestinação?

Ao chegar à escola, já havia muitas crianças no pátio, esperando serem chamados para a sala de aula.

Amado, no meio dos meninos, ficou sem saber o que fazer. Estava meio desorientado. Era a primeira vez na vida que tomaria uma decisão sozinho e com esse nível de responsabilidade. Até então, só viveu no mato e na beira do rio.

De ímpeto, Amado visualiza uma moça. Vai até ela e pergunta:

—Você é a minha professora? Onde eu vou estudar? — Perguntou.

A moça viu que ele estava sozinho e com um olhar apavorado disse:

— Vem comigo, eu vou te ajudar! Entra naquela sala, senta numa carteira e espera a professora chegar, tá bom? — Concluiu ela.

Amado, meio temeroso, entrou na sala e sentou na primeira carteira da segunda fileira. Era bem em frente da mesa da professora.

Apreensivo sentado ali na carteira, ele olha para a sala inteira. Vê muitas carteiras enfileiradas e não gostou do aspecto da sala, pois era velha, mal pintada, rabiscada, com pedaço de reboco caído e tudo muito feio. O teto não tinha forro, só eram os caibros, as ripas e as telhas. A sala cheirava a mofo.

Não demorou muito, ele ouviu um badalo do pequeno sino e logo em seguida entraram todos os alunos daquela turma.

Até esse momento, o aluno Amado quase chorava em silêncio. Estava ali sozinho e o seu peito doía em reter o soluço e o pranto.

A professora, assim que entrou na sala, logo foi dizendo:

— Bom dia, meus queridinhos aluninhos. Fiquem em silêncio e sentem nas suas carteiras. Entendido?

O dizer "*meus queridinhos alunos*" chamou-lhe muito a atenção. O som dessas palavras era familiar; ele já tinha ouvido outrora. Esse som ele conhecia, era de sua intimidade, era lá do sertão, na fronteira com a Bolívia. Era lá da escolinha da sua mãe.

— Agora, aluninhos, eu vou fazer a chamada dos nomes de cada aluno. Como a lista ainda não foi feita, então eu vou escrever, neste caderno, o nome de cada um. Entenderam?

A professora pegou um caderno e deu início à chamada.

Na primeira fila de carteiras, à esquerda do Amado, sentou um menino que não parecia preocupado. Ele estava muito tranquilo.

O primeiro a ser chamado foi justamente esse menino.

A professora diz:

— Como é o seu nome?

Ele responde:

— Meu nome é Adenilton.

A professora começa a anotar o nome na folha do caderno. Aí ela pergunta:

— Adenilton, o seu nome escreve com "d" mudo?

Ele simplesmente responde:

— Não sei, professora! Mas acho que ele fala!

A professora deu uma risada muito gostosa.

A turma, como era o primeiro dia de aula e seria também a sua primeira aula, não entendeu nada. Não sabiam do que se tratava e por isso não entenderam o motivo da risada.

A professora terminou de fazer a lista com os nomes dos alunos e logo começou a falar como seriam as aulas. Para eles as aulas ainda seriam muito simples.

A professora, curiosa em ouvir o nome do menino, volta a perguntar a ele:

— Adenilton, você sabe a origem do seu nome?

O menino responde:

— Professora, eu não sei o que é origem.

— Origem, neste caso, é como surgiu o seu nome. Por que os seus pais colocaram esse nome em você?

— Ah! Professora!... É que minha mãe chama Adenea e o meu pai chama Nilton. É por isso.

Às onze horas, o pequeno sino badalou e foi dada por encerrada a primeira aula, do primeiro dia em que Amado frequentou uma escola.

Nesse primeiro dia de aula, ele percebeu e relembrou que algo parecido já havia acontecido em sua vida. Eram os primeiros dias de aula na escolinha do sítio. Lá era muito diferente, tudo muito simples e pobre. A escolinha era de pau a pique, e as paredes, rebocadas à mão, com barro vermelho misturado com capim, para dar uma maior resistência ao reboco. O telhado era de palha. Amado não sabe como ele gravou em sua memória tudo isso, sendo que na época em que morou no sítio ele ainda era muito criança quando presenciou tudo.

Chegando a casa, sua mãe e ex-professora quis saber como foi a sua primeira aula na escola da cidade.

Como Amado já tinha a noção das coisas, contou tudo direitinho para ela. Só não contou que ele ficou muito apreensivo e quase tinha chorado. Não falou nada porque seu pai sempre repetia para ele dizendo:

— O seu avô falava pra mim, quando eu era criança, que *"homem que é homem não chora"*.

Por isso, Amado aprendeu a ser forte e a ser durão com as suas emoções. Ele nunca demonstrou em momento algum as suas fraquezas. Esse dizer de seu pai ele guardou para o resto de sua vida.

O seu pai só ficou sabendo do primeiro dia de aula do seu filho à noite, quando ele chegou das travessias sobre o Rio Paraguai, levando e trazendo para o outro lado passageiros, carros e tudo mais que vinham ou iam para os sítios, fazendas e cidades que começavam a se formar naquelas regiões. Por essas travessias, também se ia para os estados do noroeste do país e para a cidade de San Mathias, na Bolívia.

21

No outro dia de aula, logo que tocou o sino, todos os alunos foram obrigados a entrar em forma. A formação foi de três filas, e ensinaram as posições de sentido e descansar.

Logo foi explicado que, todos os dias, todas as crianças entrariam em forma para cantar o Hino Nacional.

— Como vocês são pequenos, e hoje é a primeira vez, é só um ensaio, que é para vocês aprenderem. Entenderam? — Disse o instrutor.

Logo em seguida, tocou o Hino Nacional, em um alto-falante com um som de péssima qualidade, do alto de um poste. O instrutor explicou que, de agora em diante, todos aprenderão os hinos e cantarão juntos, todos os dias, aqui em forma.

— Compreendido?

O instrutor terminou a explicação e mandou que todos "fora de forma" fossem para as salas de aula.

Nesse segundo dia de aula, Amado só levou de material escolar: um pequeno caderno brochura, uma cartilha, um lápis, uma pequena borracha para apagar os erros e uma caixinha de lápis de cores. Era uma caixa de lápis pequeno; só era a metade de um lápis normal. Tudo ia dentro de uma sacola a tiracolo, feita em pano azul marinho, confeccionada por sua mãe.

Na sala de aula, a professora mandou que todos pegassem a cartilha e abrissem na primeira página do livro. Assim, começaria realmente a primeira aula para o Amado em uma sala de aula de uma escola. Mas experiências das aulas da vida ele já tivera muitas.

Antes de a professora explicar o que iriam fazer, ela explicou como eram divididas as classes e os anos escolares.

— Aluninhos, você estão no primeiro ano "A". Ano que vem vocês vão para o primeiro ano "B"; no outro ano, o primeiro ano "C". Aí vocês vão para o segundo, terceiro e quarto ano primário. Quando chegarem lá, vocês completarão o primário. Depois vocês vão fazer o exame de admissão para poder entrar no ginásio, que são mais quatro anos.

Nessa época em 1957, lá em Cáceres, estudava só até a quarta série do ginásio. As escolas não propunham o ensino do científico, o que só foi implantado muitos anos depois.

Continuando a aula, a professora mandou pegar o caderno e o lápis. Primeiro ela ensinou a pegar no lápis para poder escrever com uma boa caligrafia e começou também a soletrar as primeiras letras (a, e, i, o, u) e a primeira dezena de números (de zero a dez).

Todos os alunos, na realidade, tentaram escrever várias linhas das cinco vogais e também dos dez números.

Para muitos meninos, nada disso foi novidade, porque eles já sabiam um pouco disso tudo. Eles, com sete anos de idade, brincavam de escolinha com os irmãos maiores ou com os próprios pais, e assim aprendiam algumas coisinhas.

Nessa primeira aula, só foi ensinado isso.

A professora deu uma explicação final:

— Na próxima semana, vocês começarão a aprender as consoantes. Entenderam? Hoje, tudo foi muito fácil. Como a aula já vai terminar, eu quero desejar um feliz dia pela primeira aula que vocês tiveram. Um abraço para todos.

Logo em seguida, ouviu-se o toque do badalo do sino e todos foram dispensados da aula e foram embora.

25

Nos dias subsequentes, tudo era igual ao dia anterior. Ao chegar à escola, todos iam à sua sala deixar os seus materiais e voltavam para o pátio: entrar em forma, ficar em posição de sentido e cantar o Hino Nacional ao hasteamento da bandeira. Isso virou regra a partir do segundo dia de aula. Agora, muitos já tinham decorado pedaço do Hino. Assim cantavam com mais empolgação.

Na sala, a professora ensinava a soletrar as consoantes e como exemplo ela ensinava a formação das sílabas.

Como os alunos já entendiam, no limite dos seus sete anos, nada foi difícil. Todos aprenderam com certa facilidade.

A professora tinha a sua metodologia simples e particular para ensinar os seus alunos. Ela dizia, por exemplo: uma bolinha, com a perninha para cima, à esquerda, é a letra "b"; uma bolinha, com a perninha para cima, à direita, é a letra "d"; uma bolinha, com a perninha para baixo, à esquerda, é a letra "p"; uma bolinha, com a perninha para baixo, à direita, é a letra "q".

Amado logo entendeu que logo ele aprenderia a escrever frases muito simples. Alguns dias se passaram e ele sentiu que seus dedos doíam de tanto escrever aquelas fileiras, formando letras e sílabas. A professora dizia: "b com a, faz bá; b com é, faz bé; d com a, faz dá", e assim seguia. Aí ele tentou escrever a primeira frase que escreveria em sua vida. Ele escreveu ainda em letras todas tortas: "o dedo doi". Escreveu sem acento, porque ainda não sabia o que eram os acentos nem como funcionavam nas palavras.

Amado mostrou o que tinha escrito para a professora. Ela ficou muito contente de saber que a sua metodologia estava dando certo. O Amado, na sua simplicidade, explicou que escrever aquilo era muito fácil. Era quase tudo só bolinha e perninha.

A professora sussurrou para si mesma:

— Esse menino é diferenciado. Eu tenho-o observado há vários dias: é quieto, e acho que ele raciocina mais que os outros. Presta muita atenção em tudo que eu falo. Isso é muito bom!

Ao terminar esse ano letivo, Amado foi aprovado com ótimas notas. Seu aproveitamento foi excelente. Agora ele iria estudar o primeiro ano "B".

Ali, começava para Amado a iniciação no mundo da cultura e do conhecimento. Ele percebeu nesse dia que dali para frente tudo seria fácil. Bastaria apenas se esforçar e se interessar por tudo para alcançar os seus desejos e suas vontades. Ali ele começou a ler e escrever as primeiras palavras.

Essa escola para o Amado teve um significado muito especial na sua vida, visto que foi ali a primeira vez, ainda criança, que teve de tomar uma decisão sozinho, no primeiro dia de aula, quando teve a desenvoltura de chegar até a escola; e sozinho teve que descobrir a sala onde iria estudar.

Na realidade, o caminho tem que ser aberto para que você possa encará-lo e crescer na vida. Para isso, você tem que aceitar o seu destino e caminhar sozinho, tomando as suas próprias decisões. Assim poderá encarar a sua vida futura. Sozinho.

Ali também ele aprendeu a ser brasileiro. Aprendeu a cantar o Hino Nacional e o Hino à Bandeira. Ele cantava com orgulho. Enchia o peito e cantava bem forte. No hasteamento da bandeira, cantava como se fosse um militar.

No ano seguinte, sua mãe resolveu mudar Amado de escola e o matriculou no Grupo Escolar Espiridião Marques.

Essa escola foi a primeira criada e implantada em um belo prédio na cidade — isso em janeiro de 1912 — e ganhou o nome de "Grupo Escolar São Luiz de Cáceres", por ser este santo o padroeiro da cidade.

Só em junho de 1924 é que o nome foi trocado para o que mantém até os dias de hoje.

Nesse Grupo Escolar, Amado só estudou dois meses. Sua mãe resolveu trocá-lo novamente e transferiu para o colégio dos freis, ou colégio dos padres. Assim era chamada a Escola Santa Maria, que logo passou a ser o Instituto Santa Maria. Ela achou que seria melhor. Era uma escola nova, que iniciava nesse ano e que a metodologia poderia ser melhor.

Essa escola começou com a intenção do bispo Diocesano Dom Máximo Biennès. Ele percebeu a possibilidade de restabelecer a escola só com meninos, até então inexistente na cidade.

No prédio onde funcionaria essa escola, ao lado da "Capela Nossa Senhora do Perpétuo Socorro", já tinha funcionado o colégio "São Luiz", que fora interrompida definitivamente durante o período da Segunda Guerra Mundial, que terminou em 1945.

A escola "Santa Maria" iniciou em março de 1957, sob a direção dos freis Panfílio, Giuseppe e Bertrando. Frei Giuseppe era o diretor. Esses freis vieram da "Terceira Ordem Franciscana da Holanda" para organizar e serem os professores da escola.

No dia da inauguração, a escola contava com apenas cento e vinte e nove alunos. As aulas tiveram início em março, no prédio do antigo colégio "São Luiz". Como Amado foi matriculado só no início de maio, ele passou a ser o aluno cento e trinta da escola.

Quando a mãe de Amado foi fazer a sua matrícula no primeiro ano "B", o diretor não aceitou que ele entrasse nessa série. Ele aconselhou que fosse melhor repetir o primeiro ano "A", porque ele não conhecia a metodologia da escola e iria atrapalhar a turma. O diretor foi decisivo com a sua mãe:

— Só aceito o aluno nessas condições; caso contrário, não aceito!

Sem alternativa a mãe de Amado teve que fazer a sua matrícula.

Assim, Amado teve que repetir o primeiro ano "A".

Já nos primeiros dias, ele notou a diferença. Realmente foram ensinadas coisas que ele não tinha visto na outra escola.

No segundo semestre, a professora notou que o desempenho de Amado era muito bom. Ela solicitou que o transferisse para o primeiro ano "B", por merecimento. Assim Amado cursou o primeiro ano "B", que seria o ano em que ele deveria estar.

Uma coisa que Amado adorou foi o recreio. No recreio, o diretor disponibilizava uma bola de couro para os alunos jogarem. Isso foi como a realização de um sonho para esse novo aluno "chutar uma bola de couro".

Outra coisa que esse novo aluno notou foi a integração dos freis com os alunos. Muitas foram as vezes em que Frei Giuseppe, com a sua batina branca, entrava em campo e jogava com os alunos. Era uma alegria só para os alunos.

O restante desse ano escolar para Amado transcorreu normalmente. Ele não sentira nenhuma dificuldade em acompanhar os outros alunos.

Um dia, no recreio, quando estudava no primeiro na "B", num desses jogos, Amado, ainda sem experiência de bola, não sabia como se proteger dos chutes fortes que vinham em sua direção. Num lance do jogo, ele ficou sem saber o que fazer com uma bola chutada com muita força pelo aluno Ênio, do primeiro ano "C". Amado esperou a bola de peito aberto, para rebater ao colega, que estava logo ali à sua frente. Ele jogava na posição de zagueiro. A bola veio com um efeito e não bateu no seu peito, bateu no seu estômago, justamente no momento em que ele expirava o ar, para inspirar novamente e encher os pulmões. Foi uma pancada tão forte que Amado ficou sem respirar por segundos; ali naquele momento ele sentiu que a morte chegaria, por falta de ar nos pulmões.

Sem respirar, Amado viu que seu estômago e peito endureceram e tudo ficou turvo e em um tom azulado. Sentiu que ia desmaiar e cair ao chão. Assim começou a perder o sentido e o corpo começou a pender para cair ao chão. Nesse exato momento, Amado recebeu um murro bem forte na costa, e com o impacto do murro ele voltou a respirar, com uma respiração bem forte. Era justamente o aluno Ênio quem tinha chutado a bola e que o salvou com o seu potente murro na sua costa.

Amado não quis mais continuar no jogo. Foi até a torneira onde bebiam água, lavou o rosto e foi para a sala de aula. Sentou na sua carteira e esperou a aula recomeçar.

O restante desse ano escolar para Amado transcorreu normalmente. Mais uma vez, ele não sentiu nenhuma dificuldade em acompanhar os outros alunos.

No outro ano, Amado cursou o primeiro ano "C" e concluiu com bons resultados nas notas e não sentiu nenhuma dificuldade. Ele achou que valeu a pena trocar de escola, passando para outra com uma metodologia mais puxada.

26

Amado começaria o ano letivo sabendo que teria que estudar muito, porque estudaria o segundo ano primário. E a professora era Dona Leonídea, como todos a chamavam. Era excelente professora e tinha a fama de ser muito durona. Ela tinha sido professora do pai de Amado quando também estudou o segundo ano do primário. Pelos anos de trabalho como professora, ela adquiriu muita experiência.

Iniciaram-se as aulas, e na sexta-feira da primeira semana de aula o diretor veio até a sala e informou a todos que a partir de segunda-feira da próxima semana iria começar a preparação para fazer a primeira comunhão. Todos os alunos concordaram em fazer o preparo da primeira comunhão, até porque todos eram filhos de pais católicos. Eles já esperavam por isso.

Na segunda-feira, iniciaram-se os preparativos para a primeira comunhão.

Ao entrar na sala de aula, o diretor Frei Giuseppe informou a todos que iria para a igreja, logo ao lado, para dar início aos aprendizados de alguns princípios, para a preparação da primeira eucaristia, a "primeira comunhão", e poder receber o corpo e o sangue de Jesus Cristo, simbolizados pelo pão e o vinho.

Assim, todos os alunos caminharam para a igreja e sentaram nos primeiros bancos, na frente do altar. Amado tinha entrado nessa igreja não mais do que duas vezes. Nunca tinha observado os detalhes dela. Nesse dia, foi a primeira vez em que a observou com muita atenção os detalhes. Aí ele percebeu que o altar era muito bonito.

Nesse momento ele se concentrou e acreditou, nos seus pensamentos e na sua fé, que realmente estava na morada dos santos.

Em pouco tempo, chegou Frei Elias, que já falava muito bem o português, por estar há mais tempo no Brasil. Ele começou a explicar os princípios básicos da Igreja Católica.

Depois de uma breve apresentação, ele explicou que a primeira coisa a aprender eram os dez mandamentos; falou também o porquê da importância da confissão, e nesse mesmo dia iniciaria o treinamento para a confissão. Então ele falou que nessas horas tinha que ter uma concentração muito grande. Disse também que a partir desse momento os pecados seriam retirados dos seus corpos, e tinham que se comportar muito bem para não cometerem outros pecados.

Esse treinamento só durou de segunda a sexta-feira, e todos já estavam aptos para fazer a "primeira comunhão".

No terceiro dia de aprendizado, o frei disse que tinha que ajoelhar no genuflexório e se concentrar.

Amado, ajoelhado e muito concentrado nesse momento, estava até de olhos fechados com mãos unidas em louvor e postas no encosto do banco, apoiando a sua testa. Acontece que, devido ao longo tempo ajoelhado, ele repousou o peso do corpo, com a bunda na beira do banco.

Frei Elias viu essa má compostura de Amado e chegou silenciosamente por trás, tirou a sua boina e deu-lhes umas pancadas com ela na bunda e nas costa do coitado. Essas pancadas foram acompanhadas de forte grito, que ecoou por toda a igreja. Ele disse:

— *Eila menino! Comporta-se como deve ser e respeita esse momento.*

Amado pensou que nesse momento as suas orações e os seus pequenos pedidos tinham errado o endereço e foram encaminhados diretamente ao capeta, e que nesse momento tinha acabado de cair em cima dele.

Tamanho foi o susto que o Amado quase desmaia, devido à sua grande concentração. Nesse momento ele estava pensando em Deus, pedindo a sua proteção, e logo o padre, que estava ensinando os princípios da igreja, fez na hora dos seus pedidos uma coisa dessas. Isso ele nunca perdoaria.

No seu íntimo, deu vontade de levantar e ir embora, e nem assistir mais a aula, que começaria após o recreio.

Só não o fez porque sabia que o castigo seria dobrado, tanto pelo diretor como pela sua mãe.

A celebração da "primeira comunhão" foi marcada para o próximo domingo.

Chegou o dia da solenidade e para todos esses meninos o dia seria mágico, pois ficaria guardado em suas memórias para sempre.

Na participação da solenidade, todos estavam com o uniforme de gala. O uniforme era: calça comprida branca; camisa branca de mangas compridas; gravata preta; sapato de verniz preto; meias pretas; cinto largo preto de verniz, com fivela prateada; e no braço esquerdo, tinha uma cruz feita em seda branca, gravada em dourado a imagem de Nosso Senhor Jesus Cristo pregado na cruz.

No bolso levava um livrinho de capa branca, com a imagem de Nossa Senhora, mãe de Jesus. Nas mãos levava um terço e uma vela grande colorida. Os cabelos tinham que estar cortados.

Essa vela era para ser acesa na hora da comunhão, quando receberia a hóstia e também estaria recebendo a luz de Cristo, e, no fim da solenidade, sairia com ela acesa e só apagaria na rua.

Foi um problema para a mãe de Amado adquirir essa vela. Ela demorou a ir comprá-la na loja indicada. Quando foi, não tinha mais. Aí foi um desespero para a mãe de alguns alunos. A cidade era pequena e não tinha em outras lojas que vendiam a vela. O que fazer agora?

Uma das mães teve uma ideia:

— Vamos comprar essa vela grande, de um metro, e cortá-la em tamanhos iguais às outras.

Assim foi feito.

Quando cortaram a vela, na distribuição dos pedaços, coube para a mãe de Amado a parte do pé da vela, a parte mais grossa. Para ela, isso era irrelevante, indiferente. Sua mãe simplesmente enfeitou com umas fitas que a deixaram muito bonita, porém mais grossa do que as velas dos outros meninos.

Ao iniciar a celebração, ainda fora da igreja, o padre mandou que todos formassem uma fila dupla, para poderem entrar de dois em dois. Mas, assim que Amado entrou na fila, com aquela vela bem grossa, que mal cabia em suas mãos e toda enfeitada com fitas coloridas, virou chacota dos meninos. Uns diziam:

— Olha a vela do Amado.

Outros completavam:

— Olha o cabelinho dele, todo cortado igual ao de um recruta.

Para Amado nada disso importava, estava concentrado, porque assim aprendeu, e além do mais, logo iria receber a hóstia sagrada, em nome de Jesus. Ele não se importava com esse tipo de chacota porque era muito simples, pois só vivera no sítio e em sua casa, lá na beira do rio. Ali, naquele momento, ele não poderia pecar.

Amado estava achando o máximo. Era a primeira vez que se encontrava nessas condições, todo bonito e elegante.

De repente, ele sente uma tapa bem forte na ponta da orelha direita. Ele olhou para trás e viu que quem bateu foi o colega Nilton. Amado disse para ele:

— Seu filho da puta, se bater de novo, eu te enfio a mão na cara!

Nem a propósito, foi só eu virar à costa ele deu outra tapa, na orelha esquerda. Sem pensar, Amado deu-lhe uma tapa bem forte no rosto dele. Aí só foi choro. A sua mãe, quando o viu chorando, foi saber o que tinha acontecido. E ele disse:

— Amado me bateu!

Como ele era bem loirinho, ficaram as marcas dos dedos de Amado no rosto dele. E assim ele foi para a sua "primeira comunhão" receber a sua hóstia, com o rosto todo marcado de vermelho pela mão de Amado.

Sua mãe imediatamente foi contar para o diretor. Agora, o insolente colega Nilton não disse para a sua mãe que foi ele quem bateu primeiro nas duas orelhas do Amado.

O diretor imediatamente repreendeu o aluno Amado e disse que na segunda-feira iria falar com ele.

Após a celebração, os alunos foram para o clube Humaitá para tomar um Toddy com pão, manteiga e alguns salgadinhos.

***

As aulas eram bastante puxadas para a segunda série. A professora cumpria o plano de aula diário, imposto pela direção do colégio. Inclusive os freis ministravam uma aula de francês por semana. Era muito divertido para os alunos brasileiros. Essa aula só existia nesse colégio.

Os alunos aprenderam algumas poucas coisas em francês, como: "bonjour" – bom dia; "merci" – obrigado; "de rien" – de nada. Era muito divertido e todos levavam mais na brincadeira. Os alunos perceberam que os freis sabiam pouco do português. Aí eles perguntavam coisas que eles não saberiam. Era muito engraçado.

As matérias ensinadas em português eram: gramática, conjugação verbal, formação de frases etc. Em Aritmética, tinha que saber decorada toda a tabuada de um a dez e também interpretar a lógica dos pequenos probleminhas, e tinha que saber muito bem as quatro operações. Eram ensinadas também as matérias de História, Geografia e Ciências.

Para Amado, nada era difícil, principalmente a Aritmética. Ele gostava dessa matéria. Na sua observação, ele percebeu que a divisão era a inversão da multiplicação. Se ele pegasse o resultado da multiplicação e dividisse pelo multiplicador, o resultado era o multiplicando.

Na multiplicação, era simplesmente a soma do resultado mais o multiplicador. Esse valor era o próximo resultado.

Esses cálculos não eram difíceis de entender. Era só prestar atenção no jeito de montar as operações.

Quando bateu o sino do recreio, um menino foi até o Amado e disse que o frei diretor queria falar com ele na diretoria. Era segunda-feira, e a primeira comunhão tinha sido um dia antes, no domingo. Amado foi correndo, pensando que iria receber algo de bom em relação à primeira comunhão, algo que não tinha recebido no domingo. Quando Amado chegou à porta da diretoria, o diretor disse que ele entrasse. Ele inocentemente não imaginava nada. Ficou ao seu lado. De repente, o frei fechou a mão direita, com o dedo médio na frente, e travou-o a ponta do dedo com o polegar e deu um murro no peito do Amado que o coitado quase foi ao chão. Só não caiu porque aprendeu a ser forte nesses poucos anos de vida. O frei disse:

— Isso é para não brigar na fila da primeira comunhão.

O coitado do Amado recebeu aquele murro no peito e não disse uma palavra para o frei e também não chorou. Ele lembrou o que seu pai dizia: "*homem que é homem não chora*".

Amado ficou com o peito esquerdo roxo e doendo por vários dias. Ficou calado sem dizer nada para a sua mãe. Ela não sabia da briga e, se ele falasse, poderia dar-lhe uma surra.

Dentro do seu eu, disse Amado:

— Você me bateu hoje porque sou criança, mas quando eu crescer eu me vingarei. Vou te pegar e te arrebentar todo. Seu filho da puta!

Xingou-o de todos os nomes feios possíveis. Amado guardou isso para o resto da sua vida. O destino às vezes é ingrato. Antes de Amado crescer, o frei diretor foi transferido e Amado nunca mais soube para onde ele foi.

Pelo seu temperamento, Amado nunca esqueceu, mas, se por ventura o encontrasse, ele não faria mais nada, porque tudo passa na vida.

Lá na casa da beira do rio, a vida dos pais de Amado não era fácil. Tinham que trabalhar bastante para alimentar oito pessoas. A casa era grande. No quarto, com os pais, em um berço, dormia sempre o filho menor, que nessa época era o Arildo. A Leila, já maiorzinha, dormia em uma rede. Gueiza, Arlene e Amado dormiam cada um na sua cama, no quarto ao lado da sala. Savache dormia num quarto de madeira que existia lá no fundo da casa.

Como a luta para ganhar o sustento era muito grande, Seu Quinco tinha que ficar o dia inteiro por conta da balsa, indo e vindo na travessia dos que precisavam.

A sua esposa teve que aprender a costurar para ajudar nas despesas. Amado, já com dez anos, tinha que começar a ajudar também.

Nos dias de folga da escola, sempre ele estava à disposição do seu pai, para ajudar nos serviços da balsa. A luta era dura, ainda mais para o seu corpo de dez anos de idade.

Num dia de sábado, Amado estava desde as seis horas da manhã ajudando o seu pai. Nesse dia, ia fazer a travessia de uma grande boiada. Amado gostava dessa aventura e sempre estava pronto para ajudar em todo tipo de serviço, que envolvia gado pantaneiro.

Para ele, por viver desde o seu nascimento e até aqueles dias só no pantanal e na beira do Rio Paraguai, tudo aquilo não tinha segredo. Ele conhecia muito bem, apesar da pouca idade.

Na balsa iam: alguns touros de raças apuradas, pelos cruzamentos entre animais de qualidade, que na época já valiam um bom dinheiro; os cavaleiros e suas selas. Sempre eram os primeiros a serem transportados.

Antes dessa primeira ida da balsa, fazia a travessia a nado dos cavalos e dos bois sinueiros, que eram os guias da boiada. Em razão de, assim que a balsa chegasse do outro lado, os peões tinham que encilhar os seus cavalos para esperar a travessia da boiada e fazer o cerco, e assim ia juntando todo o gado, com os sinueiros. Após a travessia de toda a boiada, era fácil de fazer o manejo, porque todos os animais estavam cansados da longa travessia do rio.

27

Numa dessas travessias, Amado acompanhou o seu pai desde as seis horas da manhã. Ele saiu todo radiante e satisfeito porque ia fazer o que gostava e ali ele estaria no seu meio, e isso para ele era só prazer.

Os bois da boiada que atravessaria nesse dia eram meio ariscos. Na balsa iam somente: as bagagens dos peões; dois touros de raça; um garanhão e uma potranca, puro sangue, que eram lindos e muito bem tratados. Deviam valer muito dinheiro.

O dia estava muito quente e com o sol a pino. E como a balsa não tinha cobertura para proteção do sol, Amado que estava cuidando a balsa para o seu pai, resolveu sair da balsa e ir até a sombra de uma pequena árvore em terra, bem próxima, em frente da balsa.

A balsa, em sua volta, tinha a grade de proteção e na parte externa tinha uma passarela, de uns vinte centímetros de largura. Era da largura de uma taboa, dessas que se encontram nas serralherias.

Essa pequena passarela servia de passagem quando a balsa estava cheia de carga ou de animais.

Amado ao caminhar pela passarela, ao passar na frente do touro, que estava amarrado na grade de proteção, o touro deu uma bufada e uma chifrada, muito forte na grade, em sua direção. O susto foi tamanho que de ímpeto Amado deu um pulo, só que pulou para fora da balsa, caindo no fundo do rio. Como seu nado ainda era muito precário, não se apavorou, conseguiu chegar à terra com segurança, segurando na lateral da balsa.

Ao sair da água, foi até a sombra e sentou na areia, embaixo da sombra. Após o susto, ali ele pensou e refletiu por um bom tempo. Naquele instante, ele decidiu que a partir daquele momento tinha obrigação de aprender a nadar, para evitar esses percalços, caso acontecesse novamente. Isso poderia significar a sua sobrevivência um dia.

No outro dia, Amado deu início ao que tinha refletido e pensado após o susto.

Tinha à sua disposição o imenso Rio Paraguai, para aprender e começar a treinar todos os dias e horas que quisesse. Então decidiu que nos finais da tarde ele desceria até o rio e daria as suas braçadas. Em poucos meses, já nadava com uma boa desenvoltura.

28

Em Cáceres, nessa época, em 1960, os recursos da cidade eram muito precários. Não tinha quase nada. Com frequência, o velho motor a diesel que gerava a energia elétrica, para a cidade, quebrava e aí passavam meses para poder arrumar o motor.

Nesse período, todos os moradores usavam lampiões, lamparinas a querosene e velas. Pouquíssimas casas tinham o privilégio de possuir um pequeno motor elétrico.

Os poucos jornais que circulavam sempre eram de um ou dois dias atrasados. As revistas, também, eram de dias passados, principalmente a revista *O Cruzeiro*. Essa revista era a mais solicitada. Quando alguém comprava uma revista, a família inteira folheava ou lia, com grande admiração, pois ali estavam as novidades do mundo.

Pouquíssimas eram as possibilidades de informações na cidade.

Após o manuseio da revista pela família, ela era emprestada para outras famílias ou amigos. Fazia-se um rodízio considerável com a revista.

Poucas casas possuíam um rádio a pilha. Esses rádios eram os contatos com o mundo exterior, os quais alimentavam as suas imaginações. Na casa de Amado, tinha um antigo rádio, movido à energia elétrica. Esse rádio foi um presente para o seu pai de um passageiro que ia para a fazenda, lá no meio do pantanal, quase na divisa da fronteira com a Bolívia, onde iria trabalhar; ele era gaúcho. Ele deu o rádio porque ficou sabendo que por lá não existia energia elétrica. Ia fazer o que com o rádio? Por isso o presenteou, e Seu Quinco, ao atravessá-lo, em retribuição, não cobrou a sua travessia.

A cidade não dispunha de um local para se divertir. Geralmente as novidades das quais alguém ficava sabendo se esparramavam de um para os outros, em uma velocidade espantosa, e essas novidades geralmente eram fofocas.

Existia nessa época apenas um cinema: o Cine Palácio. Os filmes que passavam eram filmes de um aluguel barato para o proprietário, uma vez que o cinema era pequeno. Os mais requisitados eram os faroestes, as comédias de Mazzaropi, os filmes de aventuras, principalmente os de Tarzan, (Tar – branco zan – pele, na língua dos Antropóides) com o ator Johny Weissmuller. Esses filmes geralmente enchiam o cinema. Eram um sucesso de público.

A concentração da juventude era na Praça Barão do Rio Branco, e nos finais da tarde ia até umas vinte horas. Formavam-se grupos e mais grupos em que os amigos punham as novidades em dias. Mas que novidades se quase nada acontecia nesse tempo? As redes de televisões ainda estavam se formando no Brasil e, mesmo assim, somente em determinados estados como São Paulo, Rio de Janeiro etc.

Amado, em abril de 1960, faria dez anos de idade. Os assuntos discutidos entre os colegas pouco lhe interessavam. Ele não tinha intimidade com esses assuntos, ainda era uma criança, assim pensava: "quem daria ouvido e voz a uma criança?"

Dizia ele:

— Nunca poderei falar nos meios de adultos!

Essa era a instrução da época ensinada pelas mães.

As novidades para ele eram o que aprendia na escola, e quanto aos acontecimentos do país e do mundo, ele só acreditava nos que seus professores contavam.

Um dia a professora disse:

— Alunos, neste ano, dia 21 de abril, vai ser inaugurada a cidade de Brasília, que será a Capital do Brasil.

Amado, em sua inocência de criança, pensou e fez uma pergunta para si:

— Como pode existir uma cidade que ainda vai ser a Capital do Brasil e que será inaugurada no dia 21 de abril, depois do meu aniversário? Como pode eu ser mais velho dez anos do que a Capital do Brasil?

Amado não entendia muito dessas grandezas que aconteciam. Para ele tudo era indiferente.

Amado só acreditou mesmo quando um belo dia apareceu, em sua casa, um grupo de vendedores de souvenires, ou seja, lembrancinhas para enfeites de salas, e, entre elas, tinham várias com motivações representando prédios ou monumentos de Brasília. Todos esses souvenires possuíam um vidrinho com poeira da cidade de Brasília.

A mãe de Amado ficou muito chateada pelas insistências dos vendedores e acabou tendo de comprar uma dessas lembrancinhas com poeira de Brasília. Era insignificante para ela, mas acabou comprando.

Dona Bêga, nesse momento da sua vida, não podia fazer nenhum gasto extra, pois estava grávida, esperando nascer o seu quinto filho, que veio a nascer no dia 19 de junho desse ano e recebeu o nome de Saulo. Nesse dia todos os irmãos ficaram curiosos para saber com a parteira Dona Margarida se era um guri ou uma menina.

Essa lembrancinha adquirida nesse dia permaneceu por muitos anos enfeitando a cristaleira da sala da casa de Dona Bêga.

29

Os meses de dezembro, janeiro e fevereiro eram meses de férias escolares. Nesse período, como não tinha aula, Amado ia para o rio ajudar seu pai nas idas e vindas das travessias da balsa.

Para ele, não tinha moleza. Os dias sem aulas se transformavam em dias de trabalho.

Até então, Amado foi um menino que pouco brincou com os seus irmãos. A sua irmã mais velha não gostava de brincar com ele quando ainda era pequeno, porque ele quase não falava. Isso pelo fato de ter nascido na fazenda. E como não tinha outras crianças para brincar, ele brincava sozinho à sua maneira. Com três anos de idade, quase nada falava.

Quando mudou para a cidade foi que ele desenvolveu as suas falas.

Pela dura vida que levavam os seus pais, pela situação financeira apertada, eles nunca tiveram condições de comprar brinquedos para os seus filhos. Mas nenhum se importava. Sabiam, sim, das suas dificuldades e por isso nunca reclamavam. Sentiam-se muito felizes por não faltar o principal, que era a comida.

A partir desse ano, o seu entendimento sobre a perspectiva de vida e a maneira de encará-la tinham que mudar. Tinha que se inteirar mais das situações em todos os aspectos: aprender mais, prestar mais atenção, analisar as conversas e os assuntos dos mais adultos. Assim, Amado iniciava a sua pré-adolescência.

Ao iniciarem as aulas, nesses dias, todos os colegas do ano anterior estavam juntos. Foi uma alegria o reencontro de todos. Cada qual queria contar o que tinha feito nas suas férias para os colegas. Aqueles cujos pais possuíam fazendas ou sítios queriam falar das suas aventuras. O que todos falavam não era diferente do que quaisquer outras crianças em férias, em qualquer lugar do país.

Ao toque do sino, todos entraram em sala e foram ocupando as carteiras.

Não demorou muito, entrou a temida professora Leonídea. Ela era bem morena e de um olhar muito sério, que demonstrava já ter passado por muitos janeiros e impunha certa timidez aos alunos, que ainda eram crianças.

Ela foi até a sua mesa e sentou na sua cadeira. Olhou para a sala inteira e cumprimentou a todos:

— Bom dia! — Disse ela secamente.

Todos responderam em solidariedade a ela:

— Bom dia, professora!

Ela logo pegou a lista de chamada e chamou um por um dos alunos pelo nome completo. Como ela não conhecia os alunos, a cada nome chamado ela olhava fixamente por alguns segundos no rosto de cada aluno, isso para gravar a fisionomia de cada um.

Terminada a chamada, ela iniciou a explicação da sua metodologia. Assim, os alunos ficaram sabendo que realmente na primeira apresentação ela demonstrou que era tudo aquilo que os ex-alunos falavam. Todos tiveram a mesma impressão.

As aulas ministradas pela professora Leonídea eram bastante sérias, e ela não admitia brincadeira em sala. Tinha que prestar bastante atenção, e talvez por isso Amado, em poucos dias, começou a gostar das aulas dela. As aulas de Aritmética e Ciências eram as que mais ele gostava.

Passados alguns dias, já na metade do ano escolar, a professora disse:

— De agora em diante, todos começarão a aprender a matéria Matemática.

Quando a professora começou ensinar a lógica dos raciocínios e como entender um problema matemático, foi uma descoberta para o Amado. Nessas aulas ele percebeu e entendeu que aquilo que ela falava era muito importante.

Ela dizia:

— A matemática e os números estão presentes em quase tudo no dia a dia de nossas vidas.

Realmente Amado até lembrou-se do que seu pai sempre falava: "lá no sítio, na fronteira, muitos dos nativos só sabiam contar por associação"

(Eles associavam cada objeto a ser contado com cada dedo da sua mão. A cada dez dedos, era uma marcação em separado).

Realmente a Matemática está mesmo presente em tudo na nossa vida, Amado concluiu.

As outras matérias também eram assistidas com muito interesse, e os colegas, com a sua vontade de aprender e de tirar suas dúvidas, faziam muitas perguntas para esclarecê-las, e geralmente eram dúvidas de todos.

***

No dia 15 de abril, Amado completou mais um ano de vida. Na sua casa, esse dia foi indiferente, nada aconteceu, pois a situação financeira dos seus pais não permitia fazer qualquer comemoração, nem nada. Mas, para o aniversariante, era irrelevante. Ele era acostumado a isso. Lá no sítio, na Fronteira, nunca se fez comemoração até os três anos de idade, e muito menos na cidade.

Passados uns dias do seu aniversário, foi mostrada em sala, na aula de Ciências, a publicação da revista *O Cruzeiro* que expunha em grande manchete e letras em negrito: *"A TERRA É AZUL"*. Todos os colegas ficaram apreensivos com a manchete. Pareceu que ninguém ainda tinha ouvido falar sobre isso, pelo tamanho espanto.

Como podem publicar isso? Será verdade? O que e como fizeram para chegar a essa conclusão? Essas foram as dúvidas de Amado, de imediato.

Amado sabia que o céu era azul, e não a terra. Isso ele conhecia desde criancinha. Sempre via tudo azul, lá no mato, ou quando estava brincando no rio da cidade. Tudo, tudo era azul.

Nesses poucos minutos, após essa notícia da revista, surgiram muitas dúvidas em sua cabeça e parecia que ela ia ferver.

Ele lembrou em instantes que, numa tarde, quando tinha seis anos de idade, ele foi com a Gueiza e sua irmã Arlene tomar banho no rio e o céu estava bem claro e com várias nuvens. De repente, veio um vento muito forte e começou a movimentar as nuvens. Logo começou a aparecer um céu todo azul, e o dia ia ficando cada vez mais claro. Amado ficou com os olhos esbugalhados e com muito medo disse:

— Gueiza e Arlene, correm! Vamos embora para casa, que o mundo vai acabar! Olha lá pra cima. As nuvens estão indo embora.

Amado retoma os segundos de devaneio, volta à sua consciência e presta a atenção na aula. Ele ficou muito curioso e queria ler tudo do conteúdo da revista.

Sem informações, pela falta de comunicação devido à precariedade da cidade, Amado não tinha notícia de nada, e, assim sendo, ele não sabia que já existia uma grande corrida espacial. Ele não sabia que três dias antes do seu aniversário o cosmonauta "Yuri Gagarin", com sua espaçonave Vostok-1, tornou-se um herói, sendo o primeiro homem a dar uma volta no cosmo, sobre a Terra, e que permaneceu 108 minutos no espaço. Ele teve o privilégio de ser o primeiro ser humano a ter essa visão e dizer poeticamente: *"A TERRA É AZUL"*.

Amado, a partir dessa aula, teve a sensação de que tomara um choque cultural com a publicação da revista. Ficou muito curioso e empolgado e, a partir desse dia, queria saber tudo a respeito do cosmo.

Devido à sua insistência, sua mãe conseguiu uma revista emprestada. Para ele foi um sonho. Assim que a revista chegou a suas mãos, ele imediatamente começou a folheá-la, até chegar à matéria publicada. Sem entender muito bem do que lá dizia, ele não se importou. Leu tudo e ficou com as suas dúvidas na cabeça. Muitos termos que lá ditos era a primeira vez que lia.

Nessa publicação ele ficou sabendo, também, que desde 1957 já orbitava sobre a Terra um satélite artificial de nome Sputinik-1, que se tornou o primeiro objeto posto em órbita da Terra por seres humanos, e esses seres cientistas privilegiados foram russos.

Após terminar de ler somente essa matéria, ele imediatamente devolveu a revista para a sua mãe e disse:

— Pode devolver! Nada mais me interessa nessa revista — disse Amado para a sua mãe.

Amado ficou dias pensando e chegou à conclusão de que seria um leitor!

— Como é bom saber das coisas — disse para si. — De agora em diante, vou ler de tudo, vou ler centenas e mais centenas de livros. Vou fazer isso pelo resto da minha vida. Eu preciso saber o quanto mais puder. Foi uma promessa para o seu íntimo. Os livros, eu vou dar um jeito de consegui-los.

Desses dias em diante, Amado começou a conversar com pessoas mais adultas e sempre querendo saber mais e mais, até que um dia, ouvindo a conversa de um militar com o seu primo, no meio da conversa ele disse que sempre avistava ao anoitecer uma luz que cortava o céu nos dias claros, e essa luz poderia ser o Sputinik-1.

Amado, como era muito curioso, apesar da sua pouca idade, sempre que o céu estava limpo, lá ia ele na barranca do rio, no fundo do quintal da sua casa, olhar para o céu, para ver se um dia avistaria o Sputinik-1. Até que um belo dia ele avistou uma pequena luzinha, lá longe e bem pequena, que cortava o céu com certa velocidade. Ele percebeu que essa luzinha sempre se distanciava das pequenas estrelas que por ela passavam. Ele ficou muito radiante, só não tinha certeza do que era. Mas a imagem dessa luzinha, que avistara uma única vez, cortando o céu, no meio das estrelas, permaneceu para sempre no seu coração, pela tamanha emoção.

Amado, a partir desse dia, dizia para os colegas e amigos:

— Eu vi o Sputinik-1 no céu do Brasil.

Então ele decidiu, a partir desse quê "deixarei de ser tão criança".

30

Com a decisão tomada em aprimorar os seus conhecimentos, Amado começou a buscar livros da maneira que pudesse. Alguns livros de fácil leitura ele tomou emprestados. Os livros da sua irmã, que estudava a primeira série do ginásio, como História e Geografia, ele começou a ler todos.

Um dia Amado ganhou uma nota de pouco valor e não demorou muito com o dinheiro. Foi de imediato na única banca de revista existente localizada na praça Barão do Rio Branco e procurou algo que o pouco dinheiro pudesse comprar.

Ele sabia que o valor era insuficiente para comprar um livro. Então ele comprou um gibi intitulado: "Príncipe Valente" e com o pouco valor que sobrou ele comprou um picolé e voltou feliz da vida para a sua casa. Assim que chegou a casa, deu início à leitura do gibi "Príncipe Valente".

Esse gibi foi o primeiro que leu em sua vida. Chegou a ler mais alguns, mas nunca teve o hábito de ler gibis. Queria era ler bons livros. Como na cidade não existia nenhuma livraria nem biblioteca, a única solução para adquirir pouca leitura era essa banca, que também pouco vendia.

***

Um dia Amado e seu amigo Nazário foram brincar numa árvore que diziam que era o seu trampolim. Eles subiam nos galhos da árvore e se jogavam lá dentro do rio. Para eles, isso não era perigoso, e sim muito divertido. Era o que eles achavam.

Essa árvore não era longe do local onde Amado tomava banho e também começava a aprender a nadar, o que ele achava que era o correto.

Foram caminhando pela margem do rio. Ao chegarem perto de uma canoa, viram um velho senhor de corpo curvado, cabelos brancos, chapéu bastante gasto pelo tempo na cabeça, que já tinha tomado muitas chuvas e muito sol. A sua velha camisa tinha um remendo no ombro direito, costurado a mão, e o remendo era de um pano de cor diferente.

Esse velho homem chegou até a sua canoa arrastando um pequenino cachorro todo preto, com uma fina cordinha amarrada no seu pescoço, que relutava em não querer ir. Ele estava indo na marra. Dava para perceber o desespero nos olhos do pequeno animal.

Foram até o velho e Amado interrogou:

— Senhor, esse cachorro não quer ir! Olha só, ele está desesperado! O senhor não quer me dar esse cachorrinho? Eu vou cuidar muito bem dele! — Disse Amado.

O velho, na sua humildade, olhou para os dois meninos com um olhar de desgosto em relação ao cachorrinho e disse:

— Tá bom! Eu vou te dar essa porcaria de cachorro. Lá no mato, onde eu moro, ele não vai servir pra nada mesmo! Toma o cachorro. Leva até com a cordinha.

Amado agradeceu profundamente e até o seu coração começou a bater pela emoção do presente.

O velho completou:

— Eu não ganhei ele. Eu peguei ele na rua. Deve ser um cão sem dono.

Amado respondeu:

— Agora ele tem um dono. Vai ser meu amigo até o fim da vida dele.

Ao pegar o cachorrinho, ele já demonstrava outro comportamento. Amado agradeceu pela segunda vez.

Disse o velho para Amado:

— Menino, escuta aqui! Presta atenção no que eu vou te dizer: na sua casa tem duas portas ou portões, que entra numa rua e sai na outra?

Amado respondeu:

— Tem, sim, senhor!

— Então — disse o velho —, entra com ele pela entrada de uma rua e sai pela outra. Faça isso três vezes seguida. Aí você pode soltar que nunca mais vai embora.

— É verdade isso que o senhor está falando?

— É, sim. Pode fazer!

O velho calou-se, deu as costas para os dois meninos, subiu na canoa, colocou as suas poucas coisas dentro, sentou na popa, pegou o remo e com ele empurrou a canoa para o leito do rio. E com suas experientes remadas tomou rumo, subindo o rio, para o seu destino desconhecido.

Os dois meninos não se preocuparam mais em ir à árvore e pular dos galhos como se fosse um trampolim. Foram diretamente para casa e na chegada já deram as três voltas de entrada e saída pela porta e pelo portão, e imediatamente soltaram o cachorrinho preto.

O cachorrinho abanou o seu rabinho, cheirou as pernas e as mãos dos dois e sentou bem ao lado deles, como se fossem velhos conhecidos.

— Nazário! — Disse Amado. — Sabe qual vai ser o nome desse cachorrinho? Ele vai chamar "Valente". Ele parece ser muito corajoso.

Logo em seguida, o Valente saiu acompanhando os dois para todo lugar que fossem.

A partir desse momento, selou-se a amizade entre ambos para sempre.

31

Era segunda-feira, dia de ir para a escola. Amado, como era de costume, sempre dormia e acordava cedo. Quando foi dormir, ele percebeu que o cachorrinho deitou ao lado da sua cama. Amado não tomou nenhuma decisão. Deixou-o ali deitado e logo adormeceu num sono profundo de um menino cansado de tanto brincar, durante o dia, com o seu cachorrinho, no seu primeiro dia de conhecimento.

Ao acordar, percebeu que o cachorrinho ainda estava ali deitadinho perto da sua cama, e como era de costume, todo dia, bem cedo, Amado levantava e, não demorava muito, ia para o rio tomar banho.

Em Mato Grosso, devido ao fuso horário, com diferença de uma hora a menos, o dia clareia bem antes, e logo o sol aparece todo majestoso sempre com a tendência de impor um dia muito quente, e em razão disso é muito gostoso ir cedo tomar banho nas águas fresquinhas do rio.

Nessa época, muitas casas não possuíam água encanada, fornecida pela Prefeitura da cidade. Os que moravam perto do rio usavam o rio como se fosse seu. As suas águas eram correntes, limpas, e nada os impedia de usá-las.

Após um banho rápido e aproveitando a linda manhã, Amado foi rápido para casa, vestiu o uniforme, tomou o seu café e foi para a escola com as suas intenções em aproveitar o máximo que pudesse das aulas, tirando todo proveito daquilo que era difícil para um aluno ainda com seus onze anos de idade.

Seu interesse de aprender era enorme, mas as fontes das informações para ele eram precárias.

ONDAS

Ao entrar na sala de aula, logo quis saber das coisas com os colegas; quis saber sobre as aulas anteriores, as quais lhe interessaram muito, mas os colegas não lhe deram a mínima atenção. Para Amado aquelas aulas que as considerou tão importante e interessante, para os colegas, ele notou que simplesmente foram apenas mais algumas aulas, tão normais quantos as outras.

Nesse dia, nessa aula, Amado sentiu no fundo do seu coração que os colegas estavam equivocados. Para ele, aquelas aulas foram tão importantes que abriram a sua mente para se ter um conhecimento razoável sobre o cosmo. Esses conhecimentos adquiridos naquelas aulas tinha certeza de que serviriam para os seus estudos no futuro.

Nas aulas seguintes, a professora não tocou mais nos assuntos relacionados às aulas da semana anterior. Foram aulas de Português, História, Matemática e Geografia.

Ao tocar o sino do término da aula, assim que chegou à rua, Amado tomou rumo de casa e foi embora o mais rápido possível. Ele queria saber como tinha se comportado o seu mais novo amigo.

Ao chegar à casa, logo o Valente foi correndo ao encontro do seu mais novo dono. A felicidade do cachorro foi imensa. Ele veio com o rabinho abanando como se estivesse agradecendo a sua presença. Amado ficou alegre em saber que tudo transcorreu normalmente, e o cachorrinho, apesar de ficar solto, não tivera vontade de ir embora, pois tinha ido no dia anterior para a nova morada. Logo, Amado se lembrou da simpatia que foi ensinada pelo velho da canoa, dando as três voltas em torno da casa.

Quando chegou a tarde, Amado vestiu seu calção e foi para o rio tomar banho e aproveitar para brincar com o seu cachorrinho.

Ao chegar ao rio, Amado sempre entrava na água correndo e se jogava dentro do rio, para sentir aquele frescor delicioso de águas corrente do rio. Ao sair do mergulho, ao seu lado estava o seu cachorrinho e companheiro. Foi uma surpresa para si.

Amado percebeu que aquele cachorro seria mesmo seu bom e fiel amigo. Nadaram um pouco, e o cachorro sempre ao seu lado ao sair da água. Sem mais nem menos, o cachorrinho começou a correr atrás das *ondas* querendo abocanhá-las e mordê-las. Isso Amado percebeu que o cachorrinho iria fazer sempre. Seria o seu divertimento.

Para o seu dono, essa brincadeira era engraçada, e agora ele tinha um companheiro para se divertir nas águas do rio.

***

Amado, ainda empolgado com a ideia de aumentar os seus conhecimentos e tentar conseguir bons livros para ler, notou que não seria fácil. Essa missão seria quase impossível em vista de que muitos dos adultos não acreditavam no seu desejo de querer ler livros interessantes.

Como não tinha dinheiro para comprá-los e também não tinha amizade o suficiente para emprestar-lhe, o seu sonho foi se desfazendo. Amado agora lia o que aparecia em sua casa. Ninguém dava crédito ao seu desejo de leitura. Ainda era um menino.

Um dia, o menino Amado tomou uma séria decisão na sua vida:

— De agora em diante e para sempre na minha vida, não dependerei de ninguém para realizar os meus sonhos, as minhas vontades e os meus desejos. Eu vou realizá-los com as minhas próprias decisões e os meus próprios esforços, porque os desejos de pobres só ficam na vontade, pois dificilmente tem recursos para concretizá-los. Só dependerá da minha perseverança, e isso não faltará.

Agora com o seu amigo Valente, não seriam muito decepcionantes as suas vontades de brincar. Elas iriam ser realizadas sempre brincando com o seu amigo. Teria sempre esse amigo animal para brincar no rio e ele poder correr atrás das *ondas* e mais *ondas* para abocanhá-las.

Amado, agora orgulhoso de ter tomado a maior decisão até então, disse para si:

— Eu vou trabalhar logo que crescer um pouco mais, e aí só dependerá de mim.

Em suas atitudes de responsabilidade e como era o filho homem mais velho, continuava sempre a ajudar o seu pai na lida da balsa, nas cansativas travessias do rio, levando e trazendo os passageiros e suas cargas.

Sua mãe, agora com cinco filhos, duas meninas e três meninos, a luta era pesada para sustentá-los, e por isso ela resolveu aprender a costurar para poder ajudar com o seu trabalho a manter as despesas da sua família.

Em pouco tempo, ela já começava a costurar roupas simples para pessoas simples, por um preço simples também. Com tudo começava aí a sua profissão de costureira, que a acompanhou para o resto da sua vida.

***

    Estava chegando o fim do segundo ano do primário. Foi um ano que exigiu muito dos alunos. Todos sentiram, por si só, que houve uma boa evolução intelectual na mente de todos. Aprenderam, inclusive, a forma de dialogar com os mais velhos, respeitando-os.

    No último dia de aula, foram entregues os boletins, e todos os alunos foram aprovados. Foi uma alegria sem igual.

    Com o início das férias, Amado pôde brincar com vários amigos que eram seus vizinhos. Seu pai arrumou um ajudante, e, sendo assim, Amado não precisava mais ajudá-lo, mas sempre que seu pai precisava ele estava pronto para ir à luta.

    Agora ele tinha mais tempo para brincar, até porque já era responsável pelos seus atos. Assim, ele ia jogar bola em outras ruas ou no campo gramado, que não era longe de sua casa. Ele ia com os outros meninos. A bola era sua paixão. Ele gostava muito de correr atrás dela. Sentia-se muito feliz quando alguns garotos iam lá à sua casa chamá-lo para ir jogar com eles.

    Amado sabia jogar bola. Ele aprendeu os primeiros toques, lá na areia, na beira do rio, em frente onde o Juquinha morava, e nos recreios do seu Colégio, quando estudou com os freis.

32

Agora, como era período de férias, o menino Amado tinha tempo de sobra para fazer o que quisesse em relação às suas travessuras ou distração, até porque ia sozinho com outros meninos. A sua mãe nem se preocupava mais com as suas andanças. Sabia que ele estava sempre acompanhado de seu anjo da guarda, o seu protetor espiritual e tinha a proteção de Nosso Senhor Jesus Cristo, dizia ela para todos os que perguntavam e a repreendiam por deixar o seu filho muito sozinho andando por onde quisesse. Ele já é responsável por si.

Amado sabia o que era perigoso e o que não era. Então ele aconselhava os outros meninos a não fazer aquele tipo de brincadeira perigosa. Isso porque sempre, desde os seus primeiros passos, ele conviveu com situações adversas as dos seus colegas de cidade.

Um dia, ele e o seu amigo Nazário voltaram àquela árvore em que foram brincar no dia em que ganhou o seu amigo Valente.

Realmente a brincadeira era interessante: os dois subiram na árvore e foram para o galho que funcionava como se fosse um trampolim e de onde todos pulavam. O pulo ia parar na parte funda do rio, porém não oferecia nenhum perigo porque não tinha correnteza, e o retorno para a beira d'água era tranquilo sem nenhum perigo.

Os dois brincaram até chegarem outros meninos e, como não eram seus conhecidos, foram embora.

No outro dia à tarde, Amado, sozinho no rio, com seu amiguinho Valente decidiram que de agora em diante iriam aprender a nadar corretamente, até porque ele já vinha tentando melhorar as suas braçadas, e no futuro poderia até ser um atleta de natação. Ele gostava muito de estar nadando naquele rio, em que fizera a sua primeira travessia, no colo de sua mãe, quando ainda tinha três anos de idade e que viera do sítio definitivamente para morar na cidade.

Acontece que, se quisesse aprender a nadar, tinha que ser ali mesmo e sozinho, porque na cidade não existia nenhuma piscina, nem nos clubes ou em qualquer outro lugar. Os clubes eram pequenos. Não tinham espaço nem condições financeiras de construir uma piscina. Não existia também nenhum professor de natação. Todos que sabiam nadar aprenderam sozinhos grosseiramente. Nadavam sem nenhuma técnica.

E assim o menino Amado, que começou a ter o gosto pela leitura, agora estava preocupado era em aprender a nadar corretamente. A natação caíra ao seu gosto. Ele percebeu que aquilo fazia por prazer e nem tinha medo de nadar nas águas mais profundas do rio. E além do mais, sempre o seu amigo Valente estava ao seu lado e o acompanhava, para só depois ir brincar com as suas ondas.

Amado percebeu que aquilo não lhe custava nada. Não precisava de dinheiro algum para aprender a nadar sozinho naquele rio.

A leitura dos bons livros deixaria para o futuro. Precisava primeiro ganhar o seu dinheiro para poder comprar os livros dos seus desejos de leitura.

Um dia de domingo, Amado foi brincar na casa de seu primo, que ficava na Rua da Manga, perto da Praça Barão do Rio Branco, no centro da cidade.

Em frente da Catedral, está fixado o Marco do Jauru (marco este que em 1750, no tratado de Madrid, delimitou o domínio das terras entre Portugal e Espanha), e em frente ao Marco tinha o Coreto. Ali era o ponto de encontro para as brincadeiras, que se combinavam à vontade entre cada grupinho de crianças que moravam ali por perto.

A área cimentada na praça ainda era só a quadra onde se jogava vôlei. O resto era terra. Lá num canto, na terra úmida, Amado, seu primo e o Nilton (aquele menino que no dia da primeira comunhão levou uma tapa na cara do Amado. Eles nunca ficaram inimigos, sempre brincavam juntos) jogavam "bolita".

Esse jogo de "bolita" é um jogo que tem toda uma particularidade e uma regra específica para se jogar. As "bolitas" eram de cores distintas: normais, espelhadas, leitosas e caramboladas. Provavelmente foi introduzido e ensinado para as crianças cacerenses pelos gaúchos, que migraram para o estado de Mato Grosso, e muitos foram morar na cidade de Cáceres para que seus filhos pudessem estudar na cidade. Comparam grande extensão de terras pantaneiras e montaram enormes fazendas produtivas em criação de gados.

A "bolita" é conhecida por diferentes nomes em diferentes estados, cidades e regiões. Ela veio para o Brasil trazida pelos portugueses, com o nome de "berlinde". Devido ao linguajar regional do português falado no Brasil e à síncope fonética, essa palavra transformou-se em "bolita", no Rio Grande no Sul, e por influência migrou-se para Mato Grosso. São os dois estados em que a "berlinde" tem esse nome. Em vários outros estados, chamam-na de "bolinha de gude". No Ceará, chamam-na de "bila". Em Minas Gerais, de "birosca". Em Santa Catarina, Paraná e Rio de Janeiro, tem o nome de "bulica" etc.

Para se jogar a "bolita", tinha que ter uma esfera de aço (que era conseguida nas oficinas, elas eram retiradas dos rolamentos dos caminhões, quando faziam as necessárias manutenções) ou um chumbo que era arredondado na base de marteladas. Isso era o instrumento do jogo, a peça fundamental. Com ela é que se ganhava ou perdia o jogo. O tamanho era aproximado de uma bola de ping-pong, para menor. Isso ficava a critério de cada um.

Fazia-se uma roda, riscada no chão, sem critério de tamanho.

Combinava-se o número da aposta ou a "parada" (era o número de "bolita", que cada participante tinha que colocar no centro da roda). Aí os participantes ficavam no meio da roda para tirar o "ponto".

Com a esfera ou o chumbo na mão, cada participante arremessava do centro, onde estavam as "bolitas", para fora da roda. Aquele cuja esfera ou o chumbo parasse mais próximo do risco da roda era o primeiro a sair jogando. Então, no momento de tirar o "ponto", cada um tinha o seu jeito. A melhor maneira era: no instante em que lançava a esfera ou o chumbo, dava-se um jeito de impor uma espécie de marcha à ré na mão, para assim que o instrumento batesse no chão ele voltasse um pouquinho e se aproximasse do risco da roda.

Se tentassem três vezes e todas parassem dentro da roda, esse era o último a sair jogando, colocando o seu instrumento de jogo em último lugar, atrás de todos, e tinham que ficar ali esperando na ordem do "ponto".

O início do jogo era na sequência dos "pontos" em que fora tirado por cada um.

O primeiro a iniciar o jogo tinha que tentar tirar pelo menos uma das "bolitas" do centro; podia acertar em uma ou mais, mas uma pelo menos tinha que sair da roda, e a esfera ou o chumbo, também.

Se isso acontecesse, continuava na jogada; essa "bolita" que saía da roda era sua e ainda podia de onde parou a sua esfera ou chumbo tentar retirar outras "bolitas", ou acertar um dos concorrentes, matando-o lá no ponto. Caso isso acontecesse e se o seu instrumento parasse ali pertinho dos outros, poderia matá-los todos no ponto e aí ganhava o jogo. Se matasse só um, este estava fora do jogo. Os outros seguiam no jogo. Esse jogo não tinha limite de participantes.

Cada sainte tinha os mesmos direitos que determinava a regra do jogo. Enquanto arrancava as "bolitas", continuava na vez e ficava ao seu critério arrancar mais "bolita" da roda ou tentar matar outros companheiros. Se errasse, perdia a vez na sequência e aí tinha que esperar chegar a sua vez novamente. A sua esfera ficava onde parou, na sua última jogada.

Continuando, o próximo a jogar obrigatoriamente tinha que tentar arrancar a "bolita". Caso acontecesse de arrancar a "bolita" e a sua esfera ou chumbo não saísse da roda, devolvia a "bolita" no centro da roda e perdia a jogada e a sua vez. Ficava no ponto.

Quando um jogador era "morto", este tinha por obrigação devolver todas as "bolitas", que por ventura retirou da roda; ou, se ele tivesse "matado" outro jogador e recebido alguma "bolita" do "morto", este tinha que entregar todas para o seu algoz.

O objetivo do jogo era eliminar cada um dos adversários e para isso tinha que entender da sequência da regra.

Agora que todos saíram do ponto, a intenção era se esquivar de ser acertado e "morto".

Quando chegava novamente a vez de cada jogador, ele tinha a opção de tentar arrancar as "bolitas" da roda ou se proteger escondendo-se de qualquer forma, e para isso tinha que dizer o termo "na trampá" ou tentar acertar ou matar qualquer um dos seus oponentes. A jogada tinha que ser de onde estava a sua esfera ou chumbo.

Se, por ventura, alguém estivesse protegido atrás de qualquer coisa, este jogador tinha que ficar falando a palavra "mito, mito, mito" sem parar, até chegar a sua vez de jogar. Caso ele ficasse em silêncio, por um instante sequer, o outro, na sua vez e esperteza, jogava a sua esfera ou chumbo dentro da roda e dizia: "tirar e limpar" um ou dois palmos, dependendo da situação. Isso era para ter uma melhor possibilidade de acertar e "matar" o seu adversário.

Existia também a possibilidade de acertar o outro dizendo: "carambolô". Aí podia jogar a esfera ou o chumbo, rolando pelo chão. Agora, o ameaçado tinha que ficar esperto em observar se o seu oponente tinha a intenção de tentar acertar o ameaçado. Antes podia dizer "só nela". Aí tinha que acertar somente na esfera, sem bater na terra. Se dissesse na "crica", tinha que acertar de casquinha ou de fininho, na parte de cima da esfera ou chumbo.

Esse jogo era muito divertido e, por isso, nesse domingo jogaram quase a tarde toda.

Amado nesse jogo tinha ganhado umas vinte "bolitas". Aí o Nilton fez um desafio e perguntou:

— Quem topa jogar uma rodada com parada de quinze "bolitas"?

A princípio ninguém topou. Aí Amado disse:

— Eu topo!

— Aqui está!

Colocou as quinze "bolitas" no centro da roda. Todos os meninos ficaram olhando esse desafio.

Foram para o centro da roda tirar o ponto. Por sorte, o Nilton saiu em primeiro. Os dois jogavam com esferas quase iguais. Ele deu a saída e arrancou uma "bolita". Estava fácil porque no centro da roda tinha trinta "bolitas".

Ele, do outro lado da roda, em uma distância razoável, disse:

— Vou em você?

Amado disse:

— Ok!

Com uma sorte de aventureiro, lá de longe ele arremessou e acertou na esfera do Amado. Foi "só nela", bem no meio, e com o estalo do contato das duas esferas, a esfera do Amado foi parar a mais de um metro de distância, e assim perdeu as suas quinze "bolitas". E, com grande alegria, Nilton encheu o seu bolso de "bolitas". Assim se acabou o jogo e cada um foi para a sua casa.

35

A noite chegara, e Amado já estava na sua casa, de banho tomado e roupa limpa. Não tinha nada para fazer. Estava cansado de tanto brincar nesse dia de domingo. Como já era noite, não queria fazer mais nada. Esperou o jantar e, não demorou muito, foi para sua cama deitar. O seu fiel companheiro, sempre ali ao seu lado.

Com a cabeça sobre o travesseiro, e os olhos abertos, muitas coisas vieram em seus pensamentos.

Ele pensava: "Este ano está acabando. Ano que vem, eu vou estudar o terceiro ano primário. As coisas têm que começar a mudar na minha vida. Tenho que idealizar um rumo nos meus pensamentos e tentar com muita força de vontade alcançá-lo.

Eu, neste momento, aqui deitado nesta cama, ainda criança. E sem oportunidade para crescer na vida, sinto-me como se estivesse dentro de um casulo. Tenho que me desvencilhar desse casulo e fazer como uma borboleta: aquecer um pouco ao sol, para endurecer as suas asas para poder voar e ganhar o mundo. Voar por locais desconhecidos, ver as suas belezas e poder buscar um futuro certo para o sucesso da minha vida", pensou Amado, profundamente emocionado, deitado com a cabeça por sobre o travesseiro na sua cama.

Mas, por ser criança, tudo isso ficaria calado dentro do seu peito por um bom tempo. Mas Amado sabia que o seu futuro, isso sim, ele tentaria buscar, e vontade não faltaria.

Na sua cidade, seria quase impossível, transformar seus sonhos em realidade.

***

Em casa, por ter um quintal grande e muitos pés de frutas, sua irmã mais velha reunia diversas crianças para lá brincar durante a semana, por ser período de férias. Faziam todos os tipos de brincadeiras.

Aos domingos, elas gostavam de fazer os quitutes. Assim, além de brincar, elas faziam comida para todos comerem. Cada criança levava um pouco de cada coisa, e assim, apesar de ser feita por crianças, a comida era muita da gostosa.

Como as aulas só retornariam no início de março, as crianças ainda tinham muito tempo para brincarem.

As brincadeiras eram geralmente na rua, em frente à casa da criança que previamente combinara as brincadeiras.

As ruas da cidade, nessa época, ainda não eram todas calçadas com as "lajotas de cimento", feitas pela Prefeitura; só em algumas ruas do centro da cidade. As brincadeiras eram variadas. Quando brincavam de "casinha", cada dono da casa desenhava o seu limite no chão, e com pequenos pedaços de galhos das árvores e capim faziam as casinhas.

Quando era tempo de manga, faziam vários tipos de animais com as frutas verdes que caíam dos pés das árvores derrubadas pelo vento. Os animaizinhos eram construídos com as frutas e palitos. Ficavam até engraçados. Os bichinhos pareciam com os animais verdadeiros. Isso dependia do talento artístico e da criatividade de cada criança. Esses animaizinhos eram colocados nos quintais das casas, os quais eram delimitados com riscos no chão.

Assim que acabavam as brincadeiras, antes de irem embora as crianças já deixavam combinado onde seria a próxima brincadeira, e assim todas essas crianças eram criadas com uma felicidade enorme que nem elas mesmas sabiam o quanto eram felizes.

Nessa época, as brincadeiras das crianças eram muito inocentes, mas assim eram as crianças desse tempo. Elas brincavam de: pular corda, passar o anel, amarelinha, esconde-esconde etc. Agora os meninos gostavam de jogar pião e queimada. Esta era a brincadeira que Amado mais gostava porque nela tinha uma bola, mesmo pequena, mas era uma bola que se lançava com as mãos. Tinha a brincadeira de caracol, em que as meninas riscavam no chão o caracol, aí tinha que ir pulando cada quadrado daqueles até chegar ao fim, que era o céu.

Será que no futuro elas se lembrarão de quantas vezes elas chegaram ao céu, mesmo nas suas brincadeiras.

Essas brincadeiras ficaram gravadas nos subconscientes dessas crianças para sempre e com certeza serão lembradas no futuro, e quando elas estiverem contando para as seguintes gerações, contarão com muita graça e alegria das travessuras e das inocentes brincadeiras.

A vida passa, e as crianças daquela época caminharão para o tempo que se segue ao futuro, e elas adultas refletirão as suas memórias.

***

Para muitos estudantes da cidade, o futuro deles não estava ali. Os filhos das famílias com um poder aquisitivo maior iam estudar nas cidades mais desenvolvidas. Assim eles teriam um estudo melhor e cursariam uma faculdade. Mas ali, não! Nada podiam fazer além da quarta série do ginásio.

Os pais achavam que, estudando fora, o futuro de seus filhos estava garantido. Estudavam em grandes centros. Iam para o Rio de Janeiro, Belo Horizonte e muitas cidades do estado de São Paulo. Estudavam nas cidades onde tinham boas escolas e boas faculdades.

Pensando assim, os pais de Gerson, primo de Amado, filho único e num grau de parentesco muito próximo, até diziam que eles eram primos-irmãos, porque o pai dele era irmão do pai de Amado e a mãe era irmã da mãe de Amado. Então seus pais decidiram que ele iria estudar em Campinas, no estado de São Paulo. Assim, ficou combinada a sua ida. Lá ele iria morar na casa onde morava o estudante Rondon.

O grande sonho dos pais de Gerson era ver seu filho formado numa faculdade lá de Campinas, porque eles mal sabiam ler. Estudaram pouco, e esse pouco, com o tempo e devido às lidas nas duas fazendas, foi desaparecendo, como uma bruma de cheiro que esmaece no ar. E com um longo tempo tudo desaparece.

Então, quando decidiram que ele iria com o Rondon, filho do Doutor Alberto, morar em Campinas, começaram a preparar tudo para ele levar. Eles iriam juntos para Campinas.

Os pais de Gerson tinham uma boa situação financeira, e o pai de Rondon era um antigo dentista e conhecido da cidade por nome de Doutor Alberto. Esse doutor ensinou alguns rapazes a trabalharem, como dizia na época, "prático dentário". Alguns chegaram a fazer obturações e até arrancar dentes. Aprenderam a tirar o molde dos dentes e fazer chapa, que na realidade era uma prótese dentária. Essas chapas, ditas pelas pessoas simples dos sítios e pelos peões de fazendas, eram o que eles podiam mandar fazer e pagar para não ficarem desdentados. Era mais barato do que um dentista profissional, que estudou em uma grande cidade, e assim restabeleciam a sua capacidade mastigatória e a estética, podendo assim comer o seu churrasco, sua carne com arroz, sua carne com mandioca, sem problema nenhum, isto é, depois de terem uns dias para se acostumar com a nova dentadura. Para essas pessoas simples, muitos dos seus dentes foram arrancados no sistema bruto pantaneiro. Isso por falta de alternativas, pois lá não tinha como ser diferente.

Os tios de Amado possuíam duas fazendas com um bom rebanho de gados, cavalos e outros animais. Elas ficavam um pouco distante de onde os pais de Amado estavam formando o seu sítio. Ele negociava muitos bois vendendo para os bolivianos. Quando os compradores não tinham dinheiro em moedas, eles pagavam em ouro, sendo a maioria em joias belíssimas em estilo e artesanato boliviano, ou em pequenas pepitas de ouro que eram retiradas das minas clandestinas. Lá naquele isolamento tudo era permitido.

Quando o pai de Gerson, que todos chamavam de Tio Sinhô, por ser o mais velho dos tios, resolveu mandá-lo estudar fora, ele voltou à fazenda e vendeu algumas cabeças de bois para gerar o dinheiro para poder comprar as coisas que ele levaria e também preveni-lo com algum dinheiro para gastar lá. Tio Sinhô voltou da fazenda com uma boa quantia de dinheiro.

Compraram tudo de melhor que podiam para ele levar: calças, camisas, sapatos, casaco de frio, perfumes etc., e uma linda mala de couro, para levar tudo ali dentro.

Chegou o grande dia da viagem.

As passagens foram compradas, na empresa aérea, até Cuiabá e de Cuiabá para Campinas.

Nessa época, no início dos anos de 1960, em Cáceres, não tinha rede de táxi. Para levá-lo ao aeroporto, tinha que contratar os serviços de João Mamãe — esse era o apelido do dono do "carro-perua", que fazia esse serviço. Ele, inclusive, não gostava do apelido, mas com o tempo ele acostumou. Esse era um dos poucos carros que faziam esse trajeto até o aeroporto.

Ficou combinado o horário para levá-lo ao aeroporto: às sete horas da manhã.

ONDAS

O carro chegou no horário marcado para o embarque. Nesse dia, todos os parentes da casa apareceram para despedir-se do Gerson, inclusive o Amado e o seu grande amigo e companheiro: o cachorrinho Valente. De imediato ele entrou embaixo do carro e ninguém o viu devido à grande empolgação de todos em terem um parente que ia para Campinas estudar. Talvez ele quisesse se despedir também do estudante Gerson, mas ninguém iria se importar com um cachorrinho que não servia para nada.

O cachorrinho Valente do Amado ficou embaixo do carro, esperando um afago pelo menos, e isso não aconteceu. Sem ninguém perceber, quando o motorista ligou o carro e arrancou, não deu tempo de o cachorrinho sair de baixo do carro, e a roda traseira passou por cima dele. Foi uma gritaria e uns latidos de dor. Ali, Amado percebeu que seria o fim do seu companheiro e amigo das brincadeiras nas *ondas do rio*.

O motorista e o passageiro não perceberam nada daquilo. A "perua" saiu em uma velocidade não muito alta e foi deixando apenas os rastos da morte, as marcas dos pneus no chão e a poeira no ar.

O cachorrinho companheiro e amigo do Amado não andou mais. Com as pernas dianteiras arrastava as suas pernas traseiras. Amado teve o maior cuidado com ele, mas sabia que era o fim. A morte chegaria a pouco tempo para o seu amigo das brincadeiras nas areias e águas do Rio Paraguai. Deve ter quebrado a sua coluna e tudo mais. Amado não sabia o que fazer e percebeu que ele não amanheceria vivo. Cuidou dele o dia inteiro. Ele não quis comer nem beber água. Ele tinha os olhos lacrimejando e gritava de muita dor.

Amado acariciava a sua cabecinha e ele correspondia, encostando-se nas pernas de Amado. Amado ficou até a noite com ele e percebia que ele estava cada vez pior. Quando chegou a hora de dormir, Amado arrumou uma caminha ao lado da sua. Ele permaneceu ali quietinho, não deu um gemido sequer. Amado, quando acordou, viu que o seu amigo Valente, companheiro das brincadeiras, estava morto. Já estava até endurecido pelas horas da sua morte. Amado chorou em silêncio, só no coração. Pegou o seu amigo morto, deu um abraço bem forte nele e disse:

— Você morreu porque era a sua hora. Chegou o seu momento.

E assim Amado disse que teria que dar um fim nele. Agora, uma coisa ele decidiu: não iria enterrá-lo.

Amado comunicou a morte do seu amigo aos seus pais, mas, como a preocupação e a labuta deles eram muito grandes, nem ligaram para a morte de apenas um cachorrinho que não servia para nada. Então Amado foi com o seu amigo morto até o rio e lá fez o que eles faziam sempre: brincar com as *ondas*. Amado o arrastava. Mesmo morto, quando a onda mais forte vinha lamber as areias, ele era solto como se estivesse abocanhando as ondas. Amado fez isso várias vezes. Seu coração doía em vê-lo morto. Mas não tinha o que fazer. Fora um acidente que acabou tirando a sua vida, no intuito de comemorar apenas uma despedida.

Chegou o momento de Amado soltar o seu grande amigo e grande companheiro Valente no rio, para ser levado pelas águas, para o seu destino incerto, dentro do seu *rio*.

Nesse momento, os olhos de Amado se encheram de lágrimas, que chegaram a escorrer em gotículas nas águas do rio. Aí Amado lembrou-se do que o seu pai dizia: "*homem que é homem não chora*". Ali parado com as águas na cintura, Amado se despedia do seu grande amigo. Ficou olhando o seu amigo ir rodando rio abaixo, por um bom tempo, até que ele desapareceu nas profundezas para sempre.

Nesse momento Amado fez um juramento, ainda dentro d'água:

— Nunca mais em minha vida vou ter outro cachorro. Isso eu prometo.

31

Acabaram-se as férias e todos os alunos voltaram para as salas de aulas. Amado agora iria estudar a terceira série. Todos sabiam que começariam a estudar matérias mais complicadas, e realmente isso aconteceu. Todas as matérias exigiam que prestassem muita atenção. Amado fazia isso com muita tranquilidade. Os dias iam passando e cada vez mais os alunos iam adquirindo mais conhecimentos. As matérias de Português, História, Geografia e Matemática tornaram-se um pouco mais interessantes. Os assuntos já eram mais elevados para os alunos. Principalmente para o aluno Amado, que pouca oportunidade tinha de conversar sobre esses assuntos. Nas aulas de Geografia, a professora começou a explicar sobre o universo em sua totalidade. De início ela começou a falar sobre os cosmos; em aulas seguintes, ela começou a falar sobre o globo terrestre, sobre os mares do mundo etc. Ele queria aprender o que fosse possível para ter um conhecimento maior. Essa seria uma das poucas oportunidades que tinha para aprender isso — era o que ele pensava. Ele não imaginava que isso era só o começo. Até então Amado pensava que as águas dos mares eram um só mar. Ele ainda não era conhecedor do mapa do mundo e também nunca tinha observado com detalhes um globo terrestre: com as divisões dos países, os relevos, os mares e as florestas. Ele não imaginava o quanto era interessante estudar e descobrir as particularidades dos assuntos misteriosos até aquele momento.

***

Um belo dia, o diretor da escola, Frei Giuseppe, convocou vários alunos para compor a fanfarra da escola. Isso foi uma novidade para todos.

Essa escola seria a primeira a compor uma fanfarra na cidade, mas, antes de tudo, tinha que passar pelo teste e ser selecionado pelo próprio diretor. Todos os convocados ficaram radiantes ao serem escolhidos para fazer o teste. Orgulhosamente Amado dizia que seria um dos alunos que tocariam na fanfarra da escola. Ele se esforçaria para isso, e realmente, quando saiu a lista, o nome dele estava lá. Ele, com muito orgulho, ao chegar à sua casa, foi logo dizendo para os seus pais que tocaria na fanfarra da escola. Ele foi um dos escolhidos pelo diretor da escola. Os pais ficaram todos orgulhosos. Sua mãe disse para alguns parentes e vizinhos essa grande novidade. Todos ficaram contentes e alegres.

Seus pais lutavam diariamente para conseguir o sustento de todos que moravam na grande casa. Ele na balsa e ela na máquina de costura, agora já costurando algumas peças de roupas feitas por encomenda.

Amado estava ansioso para chegar o dia do primeiro ensaio, que na realidade era o teste de aprovação. Os que não tivessem um bom desempenho seriam cortados da lista. Assim todos dariam o melhor de si para permanecer na fanfarra. Isso era uma novidade na cidade. Uma escola com fanfarra.

O dia do teste seria na quinta-feira da próxima semana.

Para Amado, esse dia não chegava nunca, de tanta ansiedade. Durante esse período, Amado, quando voltava da aula, ia jogar bola com os colegas do time do qual já fazia parte. Mas o primeiro ensaio não saía da sua cabeça. Jogavam com os colegas até um pouco mais tarde, devido ao fuso horário ser uma hora de diferença. Esse era um time que estava sendo formado só com garotos até quatorze anos. Como não tinha nenhuma estrutura, os treinos eram montados na maior simplicidade. Eram escolhidos e jogavam o time com camisa contra os sem camisa. Todos jogavam descalços porque naquela época não existia tênis tão fácil para se calçar como existem hoje.

Chegou o dia tão esperado por Amado, a quinta-feira, e também, para todos que foram escolhidos para compor a fanfarra, era o dia do primeiro ensaio.

O frei diretor chamou todos os alunos convocados, na hora do recreio, e distribuiu os instrumentos. Foi uma escolha aleatória, sem critério nenhum. Cada um com o seu instrumento, o diretor pediu para bater com as baquetas nos instrumentos para sentir como era. Todos acharam interessante, e os sorrisos vieram em suas faces. Para os garotos, foi a primeira vez que ouviram a palavra "baquetas". Muitos riram ao ouvir um nome diferente para um pequeno pedaço de madeira, naquele formato, para bater naqueles instrumentos.

Os instrumentos não eram muitos, e, para Amado, o diretor entregou um "bombo surdo", o maior dos três. Isso por ele ser um dos alunos que enquadravam com o tamanho do instrumento, e o diretor não errou — Amado aprendeu logo a tocar aquele bombo surdo. O "bombo fuzileiro" foi para o aluno Cláudio. Ele era um dos alunos mais velhos daquele grupo. Aguentaria com o peso do instrumento. As "caixas e os tarois" foram entregues para os outros alunos. Já o "prato", o diretor fez questão de entregar para o Mariano, por ser o aluno mais alto da turma. Ele seria um destaque na fanfarra. Os alunos começaram a bater nos instrumentos e fazer aquele barulho sem ritmo nenhum. Era a primeira vez de todos que colocavam as mãos naqueles instrumentos e seguravam em uma baqueta para tocar um instrumento e ficaram empolgados com a grande novidade da possibilidade de desfilar num futuro próximo — no dia 7 de setembro, para comemorar o feriado nacional do dia da independência do Brasil do império português.

Após essa primeira experiência, os alunos gostaram e ficaram animadíssimos. Nenhum queria ser substituído, e nas suas conversas eles diziam:

— Eu vou me esforçar o máximo para não ser substituído. Eu quero fazer parte dessa primeira fanfarra da cidade.

Passados alguns dias, após essa apresentação dos instrumentos aos alunos, o diretor convocou todos para o primeiro ensaio com um instrutor.

Esse instrutor chamava-se Noé. Os alunos o conheciam. Ele era o corneteiro da banda do Exército da Cidade.

Foi uma alegria para eles, pelo fato de ele ser conhecido por todos. Logo de início, ele disse o seu nome e começou a explicar como segurar nas baquetas e como bater no instrumento.

Nesse primeiro momento, foi horrível ouvir aquilo. Aí, como ele era muito experiente com sua banda do quartel, mandou parar e, com muita paciência, foi de aluno a aluno explicando como fazer as primeiras batidas.

Como era hora do recreio, quase todos os alunos foram para as sombras dos dois pés enormes de tamarindo, para ver aquela balbúrdia sonora. Os alunos perceberam que aquilo não seria difícil e agarrariam a essa oportunidade.

Amado notou que aquilo não seria difícil para ele. Ele predestinou que ficaria na fanfarra.

Os dias foram passando e a fanfarra fazia dois ensaios por semana. O desenvolvimento foi muito bom, e, em pouco tempo de treino, eles já tinham uma pequena noção do que se fazer com aqueles instrumentos.

Os ensaios eram feitos na hora do recreio, em volta do campinho de futebol. Nos dias dos ensaios, não tinha o jogo de futebol. O campinho ficava à disposição do grupo da fanfarra. Era muito divertido ver os outros meninos em volta olhando e rindo dos erros que cada um cometia. Mas, com o passar dos dias, o grupo ia melhorando, e o dia 7 de setembro se aproximava.

O instrutor corneteiro que os ensinava dizia que no dia 7 de setembro todos estariam prontos para tocar para todos os alunos do colégio desfilarem. E ia ser um sucesso.

Já com mais de um mês de treino, veio a avaliação do instrutor corneteiro e do diretor, que estava ali presente. Estava atento em relação à decisão do instrutor, e, por incrível que pareça, não houve corte de nenhum aluno.

Poucos dias depois dessa avaliação, o instrutor disse que o treino seria feito na rua, ali em volta do próprio colégio, e assim saíram para esse ensaio.

Os garotos da fanfarra, em primeiro momento, sentiram-se envergonhados por desfilar pelas ruelas da cidade. Ali mesmo em volta do colégio.

A inibição era notada nas fisionomias dos meninos, mas para os moradores era admiração em ver aqueles jovens alunos do colégio a tocar aqueles instrumentos, já com poucos erros. Era a primeira vez que viram uma fanfarra escolar a desfilar, mesmo em treino, passando em frente às suas casas.

Havia moradores que até bateram palmas na passagem da fanfarra.

Foi muito gostoso e interessante esse primeiro ensaio, desfilando pela rua, com a sensação de ter realizado um bom treino.

35

Os meses iam passando e as aulas continuavam normalmente, como também os ensaios da fanfarra.

Nas aulas, cada dia a professora ensinava um assunto novo: em Matemática, em Português e nas outras matérias.

Amado não tinha a mínima dificuldade em aprender as matérias como: divisão por divisor composto de dois algarismos; ou interpretação de probleminhas com as quatro operações. Foi ensinada logo em seguida a matéria: "Divisão de conhecimentos sobre frações. Leitura e escrita de decimais".

Amado, com o que estava sendo ensinado até então, só sentia alegria, porque estava entendendo tudo, sem nenhuma dificuldade. Ele estava feliz. Em Português, a professora começou a ensinar como redigir uma redação e até mesmo uma carta, que se usava muito naquela época.

Assim ele percebeu que a fanfarra não lhe atrapalhava em nada.

A professora já tinha explicado como redigir uma redação, como dar sequência na história e como encaixar as palavras, de uma maneira ainda simplória.

Em poucos dias, a professora pediu para que todos escrevessem uma pequena redação. O tema era livre.

Após o recreio, ela pediu para todos lerem a sua redação.

A maioria dos alunos escreveu historinhas que foram contadas para eles. Teve aluno que escreveu sobre os treinos da fanfarra, mas Amado, não! Ele escreveu sobre o que ele conhecia: sobre o Rio Paraguai e o pantanal.

Para a professora, foi uma surpresa. Jamais ela imaginaria que uma criança com doze anos de idade teria uma visão tão profunda sobre um ecossistema como é o pantanal. Foi uma redação não muito longa, mas estavam ali muitas coisas diferentes que os outros meninos não conheciam. Tanto é que, após os meninos terminarem de ler a sua redação para a classe, a professora fez um elogio muito empolgante para o aluno Amado. Ele ficou todo envaidecido, pois foi a primeira vez que isso acontecia. Ainda mais, na frente dos colegas de sala. Agora, falar sobre o pantanal, isso na realidade era fácil para ele. Ele viveu aquilo desde o seu nascimento. Conhecia muitas coisas que para os outros alunos seria impossível de conhecer.

Ao terminar a aula, Amado saiu apressado quase correndo para sua casa, que não era perto. Queria contar logo tudo para os seus pais, e isso aconteceu assim que chegou à sua casa.

O dia 7 de setembro ia se aproximando. Na mente dos alunos, passava um turbilhão de coisas. Nas conversas no intervalo do recreio, era só o que se falava entre eles, sobre o desfile do dia sete, pois era o primeiro desfile com uma fanfarra tocada pelos alunos da escola.

O desfile seria no fim de semana, no domingo pela manhã, com o uniforme de gala.

As mães, nessa semana, quase todas se preocuparam em arrumar o uniforme dos filhos o melhor possível.

Durante a semana, a professora começou a explicar a matéria de história: "o processo histórico sobre a Independência do Brasil, que no dia 7 de setembro de 1822 deixou de ser colônia de Portugal para ser uma nação independente". Amado achou interessante e prestou muita atenção no assunto. Percebeu que era importante conhecer sobre a história do Brasil.

A professora ensinou que o rei de Portugal, D. João VI, com toda a sua corte, resolveu mudar para o Brasil no dia 27 de novembro de 1807. Amado, no seu humilde conhecimento, ficou pensando: "Como uma Família Real de um país, que tem toda a proteção, pode sair tão de repente deixando o seu país, o seu povo e os seus bens?" Amado ainda não tinha um conhecimento histórico para pensar nisso, mas já sabia que Portugal ficava do outro lado do oceano. Isso porque nas aulas de Geografia a professora ensinou a consultar os mapas, observar o globo terrestre e outras coisas desconhecidas para a turma de garotos de doze e treze anos.

Amado pensou: "Esse rei de Portugal foi um frouxo, um medroso, um molenga. Só porque ele sabia que Portugal seria invadido pelas tropas de Napoleão Bonaparte, correu de medo. Por que não foi à luta?" Amado, a partir desse dia, deixou os interesses pelo espaço, esqueceu que a "terra é azul" e disse que a partir desse dia iria conhecer o máximo que pudesse sobre a história do Brasil, iria ler tudo que caísse em suas mãos a vida inteira. Isso ele cumpriria.

No domingo era o dia do desfile. Desde cedo os alunos começaram a chegar ao local combinado. O dia amanheceu lindo, sem sol, muito claro, com várias nuvens que embelezavam o céu, e se olhassem com bastante atenção, descobririam algumas figuras bizarras, que eram formadas aleatoriamente dependendo da sua imaginação.

O desfile teria início às nove horas, pelo fato de o calor ser muito forte, e assim as crianças não ficariam sujeitas e expostas a um calor muito forte.

Amado foi todo animado e, ao chegar, por volta das oito horas, pegou o seu "bombo surdo" e logo foi afinando. O Cabo Noé, corneteiro e instrutor, e o frei diretor estavam lá, só observando, e logo o Frei ia dizendo:

— Muito bom menino por ter vindo.

Quando todos os alunos chegaram, o Noé e o diretor pediram para compor-se em fila tríplice e dividiu o grupo em três pelotões.

Todos os alunos, em semanas anteriores, fizeram alguns ensaios lá mesmo no campo de futebol da escola. Eles sabiam que não errariam muito, fariam o melhor possível, até porque sabiam que seus familiares e amigos estariam ali para vê-los desfilando.

A surpresa foi a escolha de três meninos para carregar as bandeiras. Foram escolhidos os três quase do mesmo tamanho. A bandeira do Brasil ia à frente do primeiro pelotão; em seguida, vinha a fanfarra; atrás da fanfarra vinha o segundo pelotão com a bandeira do estado de Mato Grosso e à frente do terceiro pelotão vinha a bandeira da cidade.

O desfile iniciou-se e todos se comportaram direitinho. Houve poucos erros.

O desfile foi razoável. As ruas em volta da praça central — Barão do Rio Branco — estava lotado de pessoas e familiares dos alunos que ali desfilavam.

Cada criança queria apresentar o melhor de si para a sua escola. Assim o desfile na praça e ruas da cidade foi visto por muita gente, isso porque só tinha crianças desfilando, de todos os tamanhos e idade a partir dos sete anos.

A fanfarra do colégio, Instituto Santa Maria, foi muita aplaudida quando passava, por ser a primeira fanfarra composta por uma escola da cidade.

Amado desfilou empolgadíssimo, todo orgulhoso, porque compunha a primeira fileira da frente e estava bem no meio com o seu "bombo surdo". Com medo de errar, ele desfilou tão sério que nem olhava para os lados.

36

À tarde, Amado foi para o rio dar uns mergulhos, sem tempo para voltar. Era domingo e ele já tinha feito bonito no desfile, pela manhã. Brincaria se aparecesse alguém e aí não teria hora para voltar para casa. Mas, como o sol ainda estava muito quente e não tinha ninguém, então ele decidiu brincar sozinho. A água do rio estava numa temperatura excelente, então Amado resolveu nadar um pouco. No momento do seu primeiro mergulho, ele se lembrou do seu amigo Valente. Ao sair alguns metros lá na frente, ele deu um grito muito forte com toda a força do pulmão, já que não tinha ninguém, nada importaria, então ele gritou:

— *Valente, por que você foi morrer!* Você era o meu único amigo que brincava aqui, a qualquer hora comigo, e não reclamava de nada. Nós brincávamos correndo atrás das ondas e corríamos nas areias da praia, só nós dois, e éramos felizes, e isso não interessava a ninguém. Se não tivesse morrido, você estaria agora aqui comigo.

Nesse momento Amado tomou uma decisão:

— De hoje em diante, vou aprender a nadar corretamente, aqui mesmo neste rio, e quem sabe um dia, no futuro, eu estarei competindo em alguns campeonatos pelo Brasil.

Em Cáceres, ele sabia que nada podia fazer, pois nem piscina tinha.

— Tenho certeza de que conseguirei fazer isso em outras cidades. Tenho fé em Deus! Vou prometer e, se conseguir, todas as vezes que cair em uma piscina, nas competições, eu me lembrarei de você, meu amigo. Os seus ossos estão aqui dentro deste rio, mas você está dentro das minhas lembranças.

Amado começou a cumprir o prometido e a treinar sozinho. Esse incentivo lhe deu coragem para nadar todos os dias e em pouco tempo já nadava bem melhor do que antes, quando o touro o assustou e ele pulou dentro do rio. Já conseguia nadar com a cabeça dentro da água, alternando as respirações lateralmente. Ele imaginava que seria assim, porque dessa forma ele furava a água com a cabeça, tornando o nado mais leve. Os outros garotos nadavam com a cabeça fora da água, e, com isso, o seu peito ia de encontro com a água, dificultando e pesando a sua natação.

Amado ainda tinha muito que aprender.

Na segunda-feira, Amado levantou animadíssimo para ir para a escola. Ele na realidade queria era saber dos comentários, o que os colegas acharam da primeira apresentação em um desfile para o público e o que o diretor iria falar, pois ele passou em todas as salas e agradeceu, em poucas palavras, pelo belo comportamento no desfile e já disse que no dia 6 de outubro iria ter outro, porque era aniversário da cidade, e no desfile os colégios apresentariam algumas alegorias.

Isso foi motivo de empolgação para os alunos.

No dia 6 de outubro, comemora-se a data de inauguração da cidade de Cáceres, que foi fundada por Luiz de Albuquerque de Mello Pereira e Cáceres, em 1778.

Cáceres é uma cidade que se distancia a 220 quilômetros de Cuiabá, a noroeste do estado. Lá antigamente vivia um grupo de indígenas da etnia dos bororós que se habitavam naquela região. Nessa época tinha o nome de Vila Maria do Paraguai. Esse povo eram os bolivianos e foram expulsos pelos portugueses e paulista, que adentraram aventurando no sertão de Mato Grosso.

Com o passar dos tempos, o seu desenvolvimento cresceu com a produção da agropecuária e a extração da raiz da "ipecacuanha", conhecida como "poaia". Essa planta nasce nas sombras das grandes árvores e em terreno úmidos nativos pantaneiros, e as suas raízes são usadas na área medicinal. Vendiam também muitos couros de boi e de muitos animais silvestres. Nada era proibido nessa época – era permitido matar qualquer animal silvestre.

O tempo passou e vieram as mudanças. O nome da cidade passou para Município de São Luiz do Paraguai. Aí mudou para Município de São Luiz de Cáceres e depois simplesmente Cáceres, nome que se mantém desde 1975.

A região em si é muito propícia para a criação de gado, alavancando-se a agropecuária devido ao imenso campo com os verdes pastos existentes e água com abundância.

※※※

Um dia, Amado chega à sua casa e vê seu pai um pouco arrasado com os olhares tristes. Ele conversava com a sua mãe. Amado ouviu da boca de seu pai o que ele dizia:

— O meu serviço vai acabar.

Todos eles já sabiam o motivo disso. A grande ponte sobre o Rio Paraguai será inaugurada. Assim, não haverá mais necessidade da balsa para fazer as travessias para o outro lado do rio e ficar pra lá e pra cá.

Quando o pantanal enche, nas estações chuvosas, a viagem se deslocava para Campinas, onde pegava a estrada principal sem enchente, que também não era lá grande coisas, mas era uma estrada importante porque ia para a Bolívia, para Porto Esperidião e para Rondônia, e muitas outras grandes fazendas. Quando fazia essa viagem, o preço era bem maior, devido à distância e à subida do Rio Paraguai, uma vez que as suas correntes eram muito fortes.

— O que eu farei agora? Eu não tenho uma profissão, a não ser trabalhar com gado em sítio ou fazenda. Poderia usar a balsa para outras atividades, mas qual? Não existe essa possibilidade. Não existe turismo. Não existe transporte de carga, nada, nada. O único recurso é vender a balsa para outra cidade que ainda depende dessas travessias. Em Mato Grosso nessa época ainda não era muito conhecido. O pessoal do sul e sudeste do país achava que em Cáceres, só tinha indígenas e até onças nas ruas da cidade.

Mas a sua esposa disse para ele:

— Fique tranquilo que tudo vai dar certo. Você vai vender a sua balsa e eu vou continuar a ganhar esse dinheirinho na costura, e vamos sobrevivendo. Com a graça de Deus e do Nosso Senhor Jesus Cristo.

Nas duas últimas travessias das boiadas, Amado fez uma surpresa para seu pai. Na realidade o que ele fez foi uma aventura, uma loucura. Amado ajudava sempre que podia o seu pai a atravessar as boiadas. Ele gostava e tinha prazer em participar disso, mas ia dentro da canoa com o Leandro ou o Savache. Nesse dia seu pai não esperava atitude do seu filho. Quando a boiada toda entrou na água e já estava nadando, Amado entrou na água e foi nadando para alcançar os últimos bois, os quais chamavam de "rabeira". Seu pai, quando viu, deu um grito bem forte:

— Sai daí, menino! Volta para a praia!

Nesse momento Amado nem tomou conhecimento do que seu pai tinha falado. Foi nadando atrás da boiada até alcançar o último boi. Os bois eram os que iriam para o abate no "matadouro" da cidade. Eram bois muito ariscos. Esses bois tinham pouco contato com os peões das fazendas. Eram soltos no campo para a engorda e, de tempo em tempo, eram levados para um piquete ou um curral, para fazer uma vistoria e ver se havia algum machucado por chifrada de outros bois ou alguma bicheira, e depois eram soltos ao campo novamente para viverem livres até a venda e a sua morte nos matadouros.

Amado, como era destemido e não tinha noção do perigo, nadou um pouco, e para ver a reação daquele boi, agarrou no seu rabo. Como o boi era muito bravo, ele nadou mais forte do que vinha nadando. Fungava com o esforço da sua natação e de repente ele se virou para pegar aquilo que estava agarrado em seu rabo. Era o Amado. Quando Amado percebeu que o boi virou, ele soltou o rabo do boi e deu um mergulho. As suas patas passaram perto da costa de Amado sem nenhuma consequência. Amado apareceu alguns metros longe do boi. Daí para frente ele foi nadando perto dos bois até o outro lado do rio. Chegando lá, Amado ficou na parte funda do rio. Caso um dos bois o visse e fosse atacá-lo, ele estava seguro com a habilidade que já tinha na sua natação. No seu raciocínio, a sua reação era só dar um mergulho.

Seu pai, quando viu que o seu filho chegou do outro lado rio nadando, ficou todo empolgado, elogiou a sua loucura e disse para todos:

— Esse menino é meu filho.

Mas Amado, o menino destemido, na realidade, não teve a noção do perigo que enfrentara nessa travessia. Seu pai lhe disse apenas:

— Você é um menino corajoso, forte e não tem medo! — Disse todo orgulhoso para o seu filho.

Amado sentia-se nesse momento um herói por sua façanha. Na sua mente, ele não acreditava que fizera isso. Ele olha para o outro lado do rio e imagina:

— É um pouco distante de lá até aqui, e eu consegui.

Ele ficou pensando no que enfrentara: no rebojo causado pela boiada, no cheiro de boi molhado, nas águas barrentas e fedorentas devido ao pisar da boiada e cheirando a bosta dos bois. Foi o que ele teve que suportar para concluir a sua loucura.

— Vou contar isso para os meus colegas da escola. Será que eles vão acreditar em mim? Podem até me chamar de mentiroso. Não vou me importar com isso. Mesmo assim eu contarei. Eu mesmo me considero um herói, porque isso não é para qualquer um. Tem que ter coragem e ser destemido.

Ao amanhecer o dia, Amado espreguiçou-se na cama, e como ainda era cedo, ficou deitado um pouco mais. Ele olhou para o local onde o seu amigo Valente dormia e ao mesmo tempo veio em suas lembranças as brincadeiras que faziam juntos no rio. Lembrou até do velho que lhe deu o cachorro. Ele, em sua mente, agradeceu por tudo. Agradeceu a Deus por ter dado uma boa noite de sono, na qual pôde pensar nos momentos felizes com o seu companheiro das brincadeiras. Amado não era ingrato. Ele sempre pensou que os ingratos são os que guardam as amarguras dentro de si. Com ele isso não acontecia. Só tinha lembranças boas dentro do seu eu.

Ao chegar ao colégio, Amado foi direto para a sua carteira e ficou sentado, até que um colega disse:

— Vamos lá fora. Ainda faltam alguns minutos para o início da aula. Vamos conversar um pouco.

Amado não tinha vontade de ir, mas foi com o colega.

Lá fora ele queria contar a sua façanha, da travessia do rio, porém ele pensava: "Eu não vou é falar nada, e se falar, eles não vão acreditar em mim. Vou ficar é calado. Podem até me chamar de mentiroso porque jamais eles acreditariam nessa façanha. Era um feito que só os destemidos teriam coragem de fazer".

Amado não falou para ninguém, ficou calado, assistiu às aulas e foi embora

Ao chegar à sua casa, ele ficou sabendo que a ponte sobre o Rio Paraguai em poucos dias seria inaugurada, e nesse dia estariam lá para comemorar a inauguração: o governador do estado, o prefeito e vice-prefeito da cidade, e muitas outras autoridades como secretários, assessores e os representantes da construtora.

Em poucos dias, inauguraram a placa em comemoração à construção e cortaram a fita que dava acesso à travessia da ponte. Todos os carros que estavam ali tiveram o privilégio de ser os primeiros carros a atravessarem a ponte oficialmente.

Aí Amado pensou: "Com essa inauguração, o serviço do meu pai acabou. Ele não vai mais ganhar dinheiro com isso. Como será a nossa vida?", perguntou para si mesmo. Eles darão um jeito, só que Amado não sabia que sua mãe já ganhava um dinheirinho com as costuras, que dava para o sustento da casa, com simplicidade e sem luxo, pois a renda era pouca.

Três dias antes da inauguração da ponte, foi feita pelo seu pai a última travessia de boiada. Amado fez também nesse dia a sua segunda e última travessia a nado, atrás da boiada. Foi a sua despedida para sempre desse perigo. Amado chegou empolgado, com o peito empinado e sentindo-se um herói. Logo observou que o gado estava bastante agitado. Isso não preocupava Amado, uma vez que lá dentro da água as condições se igualavam. Se algum boi quisesse pegá-lo, ele mergulharia e saía distante dele.

Ele entrou na água depois que a boiada já estava a certa distância. Seu pai acreditou na sua valentia e coragem, que tudo daria certo. Seu pai dizia:

— Esse menino é valente.

Nessa travessia tinha poucos canoeiros para cercá-los, direcionando a boiada para o outro lado do rio. O sol estava quente, e a água, em temperatura normal. Até então tudo certo. Aconteceu que de repente houve um esparramo da boiada. Cada canoeiro foi atrás dos bois esparramados. Amado percebeu que um boi estava voltando para a terra. Ele não teve dúvida, foi atrás e montou no seu lombo segurando nos seus chifres. Aí foi muito fácil. Amado o conduzia como se fosse um guidão de bicicleta — puxava para direita, ele ia, puxava para a esquerda, ele ia. E assim reconduziu o boi até o outro lado do rio. Ao chegarem todos os bois do outro lado, perceberam que um boi estava ferido na barriga e sangrava muito. Aí perceberam que o animal tinha sido mordido por um jacaré. Amado, quando soube, disse ali mesmo para todos:

— Nunca mais faço isso!

E realmente nunca mais fez até porque, em poucos dias, inaugurou-se a ponte, então acabou-se tudo. Acabaram as travessias, acabaram as aventuras do herói Amado e acabou o dinheiro do seu pai.

A alternativa que o seu pai teve foi vender a balsa de onde ele tirava o seu sustento e procurar outra profissão.

Felizmente, em menos de um mês, ele conseguiu vender a balsa para um senhor fazer transporte de carga. Na maioria das vezes, a balsa ia lotada de sacas de arroz para Corumbá.

Agora o tempo passava e Seu Quinco não conseguia nada para fazer, então ele começou a pescar e fazer algumas caçadas por ali, na margem esquerda do rio, onde só existia mato, não muito longe da cidade.

Amado agora ficara preocupado com a situação dos seus pais. Isso lhe tirou um pouco de sua atenção nas aulas, prejudicou um pouco, mas logo ele se recuperou.

***

O assunto na escola era o desfile de 6 de outubro, dia do aniversário da cidade.

Todos queriam participar de alguma forma. A fanfarra começou a treinar evoluções, ensinadas pelo Cabo Noé, e a tocar um pouquinho diferente. Os alunos já tinham um pouco mais de conhecimento e experiência, pois já tinham desfilado pela primeira vez no dia 7 de setembro. Todos os alunos sabiam que seria uma apresentação que chamaria atenção, com aquilo que estavam aprendendo.

Para esse desfile, as escolas contaram com ajuda dos pais dos alunos, para desenvolver os temas das alegorias pensadas e escolhidas por eles e autorizadas pelos diretores das escolas.

Na realidade eram temas muitos simples, como os fatos históricos dos acontecimentos passados da cidade, alguns acontecimentos interessantes dos políticos e sobre os passados históricos ligados às histórias do Brasil.

Nessa época, na cidade, não existia televisão, só rádio, então os moradores da cidade nunca tinham visto um desfile das escolas de samba do Rio de Janeiro. Essas pessoas que foram ver o desfile dos colégios não tinham noção do quanto eram coloridos e bonitos aqueles desfiles do carnaval do

Rio de Janeiro, então se contentariam com qualquer coisa que os colégios apresentassem. Isso seria bastante interessante para o povo ver aquele desfile, mesmo sendo muito simples. Mas era o que os colégios podiam apresentar.

As escolas não tinham condições de fazer alegorias luxuosas e caras; as construções dos carros alegóricos e as confecções das fantasias teriam que ser bem simples. Então os diretores das escolas se reuniram e foram até o prefeito pedir uma ajuda financeira para prepararem as alegorias. O prefeito os atendeu e se comprometeu em arrumar um pouco de verba para ajudar nas construções, porém não seria muito dinheiro, e assim ficou acertado.

Os assuntos entre os alunos eram bastante animados. Só se falava no desfile, até porque muitos temas já estavam escolhidos e vários dos meninos iriam representar os personagens dos temas escolhidos e estariam fantasiados no dia do desfile.

Amado não estava nem um pouco preocupado. Seguia na fanfarra aprendendo as evoluções e a tocar melhor o seu "bombo surdo", com algumas batidas diferentes, ensinadas pelo instrutor. Isso enchia o seu ego de emoção, porque tocava na primeira fanfarra da cidade.

Amado também não se esquecia das duas travessias que fizera, ajudando e se aventurando na presença do seu pai. Seu pai ficava todo orgulhoso, vendo as loucuras do seu filho, fazendo o que não deveria fazer com idade que tinha.

Agora uma coisa que Amado nunca esqueceu foi quando houve o esparramo da boiada e que um boi foi mordido por um jacaré, que ninguém viu.

Amado lembrou-se de que nesse dia teve medo, depois de ter terminado a travessia. Ele ficou pensando consigo: "Já pensou se esse jacaré me atacasse? Eu não estaria hoje aqui neste ensaio destas evoluções da fanfarra para embelezar o desfile em comemoração ao dia do aniversário da cidade." Dos colegas, ele guardou mesmo o segredo. Não contou para ninguém a sua aventura, já que nenhum colega acreditaria.

Os dias passavam e a data 6 de outubro estava chegando. Até que a semana do desfile chegou.

Chegou o dia do desfile. Os colégios montaram as suas simples alegorias no dia anterior, com o pouco recurso que tinham. Ficou até muito atraente, porque usaram a criatividade.

As crianças começaram a chegar onde se reuniam para dar início ao desfile. As que iam desfilar fantasiadas estavam radiantes de alegria, porque eram os destaques do colégio no desfile.

Cada escola tomou a sua posição, esperando o seu momento para desfilar. Aí se iniciou o desfile.

Quando chegou a vez do colégio de Amado desfilar, o instrutor deu um sinal, que já era combinado, com o toque da corneta, e o aluno Cláudio respondeu com o toque de partida. Ele bateu bem forte no "bombo fuzileiro", que fez um "buuum". Logo em seguida, os outros alunos responderam com os seus instrumentos. "Tá, catá, catá, catá, tá." E aí os alunos entraram na rua e se iniciou o desfile da escola do Amado.

Foi um desfile empolgante. O povo não parava de bater palmas, pelo que estavam vendo. Era bonito demais para aqueles olhos simples daquele povo, que só viram as belezas do céu estrelado, o belo amanhecer do Pantanal e o Rio Paraguai.

Assim que acabou o desfile, todos estavam muito cansados devido ao calor, que era muito grande. Nesse dia o sol não teve pena das crianças e do público.

Assim que terminou o desfile, Amado entregou o seu "bombo surdo" e não quis "papo" com ninguém. Foi direto para casa. Cansado e sozinho, não saiu de casa o resto do dia para nada.

Acabaram-se os desfiles, os treinos da fanfarra... Acabou-se tudo. Entrou o mês de novembro, as aulas terminaram e se iniciaram os meses das férias do fim de ano.

Amado foi aprovado para a quarta série do primário. Ele recebeu as notas uma semana antes de terminar o mês. Para ele e seus pais, foi uma alegria imensa por ter sido aprovado.

As férias do final de ano transcorriam normalmente, iguais às outras dos anos anteriores. Os dias passavam para Amado sem que ele percebesse.

Não tinha nada para se fazer: não tinha música que pudesse ouvir pelo rádio, não tinha jornal para dar uma folheada e treinar as suas leituras ou ler algumas reportagens que lhe interessassem — nessa época não existia televisão. Até os serviços da balsa que seu pai fazia acabaram. Lá na balsa ele se divertia muito.

Agora, nessas férias, Amado passava umas boas horas do dia ouvindo as cigarras cantarem no quintal. Por brincadeira ele pegava algumas cigarras das maiores e amarrava em uma das suas pernas um pedaço de linha de empinar pandorga ou papagaio, e dizia para todos que eram os seus aviões. Todos que viam a sua brincadeira riam pela sua criatividade e até elogiavam pela esperteza em criar os seus próprios "aviões".

Num dia de sábado, o dia amanheceu maravilhoso. Muito sol e bastante claro, com poucas nuvens no céu. Não prometia chuva. No poente é que havia algumas formações de nuvens um pouco mais escuras, que poderiam esconder o brilho radiante do sol. Nesse dia ele não queria fazer nada.

Sua mãe lhe disse, no final da tarde, que a sua ex-professora iria se casar nesse dia. Amado não falou nada e não estava nem um pouco preocupado com o casamento dela. Seria um casamento com uma cerimônia simples, apesar de o poder aquisitivo do noivo ser alto. O noivo era um fazendeiro que podia proporcionar uma festa luxuosa, mas não! Foi simples mesmo.

A sua mãe lhe perguntou:

— Amado, você não quer ir à igreja só para vê-la entrar?

Amado disse:

— Não, não quero ir!

Ela era uma professora muito bonita, tinha os olhos azuis e os cabelos claros, uma estatura mediana e usava óculos que combinavam com a sua elegância.

Amado pensou: "A professora deve ficar muito mais bonita vestida de noiva, toda de branco." Realmente ela estava muito bonita, com o véu arrastando pelo chão e um buquê de orquídeas nativas do pantanal em suas mãos.

Agora uma coisa chamou muita atenção dos convidados. O noivo estava todo vestido de preto: paletó, sapatos, meias, camisa, cinto e até a gravata era preta.

Eles demonstravam uma felicidade imensa. Todos diziam:

— Eles serão muitos felizes, pelo resto de suas vidas viverão juntos, por que, eles combinam.

Todos os convidados pensavam as mesmas coisas e acreditavam nos seus pensamentos. Eles radiavam alegria.

Após o casamento na igreja, todos foram para a casa da noiva para a comemoração. A festa não foi até as altas horas da madrugada. Em um determinado momento, a noiva resolveu fazer o resto da comemoração na rua. Colocaram a mesa com o bolo e os salgados na calçada da sua rua.

Terminou à meia-noite. Todos estavam felizes. Seus pais não paravam de receber elogios:

— Eles serão felizes! Terão lindos filhos!

Após meia-noite, o casal não demorou muito e foi para a casa do noivo.

No outro dia, a notícia se espalhou pela cidade: *"A noiva amanheceu morta"*!

Eles casaram tão bonitos e alegres. Ninguém acreditava no fato noticiado de boca em boca. Diziam também que ela tinha deixado uma carta para os pais. Mas só os pais tiveram acesso a ela. Ninguém mais ficou sabendo sobre o que havia na carta e não foi noticiado por ninguém.

Ninguém soube realmente o que aconteceu com ela durante a madrugada.

A morte dela foi uma notícia que chocou a todos da cidade e muitos se emocionaram.

Aquela alegria dos pais, que era radiante, na noite anterior, transformou-se em uma profunda tristeza para eles, na manhã seguinte. Eles não acreditavam no fato acontecido. Choravam desesperadamente e pediam a Deus para explicar a eles o porquê disso.

Na sala da casa dos seus pais, onde na noite anterior era só alegria, onde receberam muitos elogios pelo casamento, nessa manhã era só tristeza. Estava sendo velado o corpo da sua filha. A comoção era profunda para todos que chegavam ali e para os que ficavam sabendo pelos outros da tragédia que acometeu seus pais.

A Dona Bêga, mãe de Amado, disse para ele:

— Amado, você ficou sabendo que a sua professora amanheceu morta?

— Fiquei sabendo, sim, e até me deu vontade de chorar!

— Agora você vai ter que ir ao enterro dela, que será às dezesseis horas. Escuta o que eu vou te falar! Você, às quatorze horas, vai ao velório e fica lá até a saída do corpo. E você vai acompanhar até cemitério.

Amado ficou apavorado, pois nunca tinha ido ao cemitério. Ele não conhecia. Só sabia, quando passava por perto, que ali era o lugar onde se enterravam os mortos.

Amado criou coragem e foi ao enterro. Chegando a casa, ele não foi olhar o caixão. Ficou por ali até a hora da saída do caixão. Ele estava apreensivo, mas foi acompanhando a todos.

Amado observou que pela rua onde o corpo passava, até a igreja, quase todos que estavam na porta das suas casas choravam. O corpo era carregado por seis pessoas que iam se revezando.

Antes de chegar ao cemitério, o corpo passou pela igreja para ser bento pelo padre que Amado conhecia. Ele ficou admirado com as palavras do padre, que era do seu colégio. Ele nunca prestava atenção no que os padres falavam na sua escola. Achava um pouco sem sentido para o que pensava. Mas agora ele ficou comovido e emocionado com os dizeres do padre. Ela foi professora na sua escola.

Depois de bento, o corpo foi para o cemitério. Ao lado do corpo, o seu "marido viúvo" chorava desesperadamente. Só ele podia dizer o que todos queriam saber: como ela morreu.

Amado nunca tinha entrado em um cemitério. Estava apavorado. Ele não sabia como era e o que tinha lá dentro.

A princípio, ele sentiu um pouco de medo, mas como tinha muitas pessoas com ele, não havia o que temer.

Amado, assim que entrou, ficou assustado com tantas estátuas e monumentos de mármore ou de cimento, com fotos e um escrito com a data de nascimento e de morte. Deu vontade de sair correndo, mas resistiu. Ele pensava que ali ele veria os esqueletos de todos que morreram, inclusive dos seus avós.

Quando o corpo chegou à sepultura, Amado foi lá perto e olhou para dentro do caixão. Ali ele viu o rosto da sua ex-professora, tão bonito quanto era em sala de aula, mas o que ele estranhou foi a cor do rosto dela — achou muito amarelado. Ela estava vestida com o vestido que casou-se na noite anterior.

Amado estava ali naquele cemitério com muito medo mesmo: medo das caveiras, que ele pensava que estavam ali amontoadas; medo dos espíritos, pois os freis falavam quando estavam ensinando e preparando para a primeira comunhão:

— Vocês têm que salvar os seus espíritos quando morrerem.

Ele sabia também que lá no pantanal, quando um animal morria, os urubus ficavam voando em círculo e depois desciam até ele para comê-los. Ali, Amado assustado observava tudo. Observava o "noivo marido" chorando muito, desesperadamente, e falando coisas que, pelo medo, Amado não compreendia. Ele percebeu, quando olhou para a morta, ali dentro do caixão e na beira da sepultura, que a cova estava um pouco grande para aquele único caixão.

Era final da tarde, as horas caminhavam para a noite, e sem querer Amado olhou para o céu. Esse olhar foi para pedir a Deus que confortasse aquele coitado viúvo, que tinha perdido a sua esposa, e por ela ter sido a sua professora.

Amado olhou novamente para o céu e fez o mesmo pedido: que Deus confortasse aquele viúvo. Aí ele viu uma nuvem bem escura e ao lado outra mais clara, onde ele viu três urubus voando em círculo. Amado ficou cismado: não tinha medo dos bois nas travessias, das caçadas que fazia com seu pai, mas, ali, ele não entendeu o tamanho pavor que aqueles urubus lhe proporcionaram, voando perto daquelas nuvens pretas, quase em cima do cemitério. Lá no pantanal, quando urubus voam em círculo, é porque eles localizaram uma carniça que servirá de sua alimentação. Aí ele questionou:

— Será que eles atacarão a minha professora?

Nesse momento, ele decidiu:

— Eu vou-me é embora!

Ele olhou para um lado, só via gente chorando; olhava para o outro, a mesma coisa. Olhava para o caixão, via o desespero daquele homem chorando e pedindo que o esperasse. A maioria das pessoas ficou apreensiva quando ele dizia "me espera, meu amor!". Esperar onde? Era o questionamento de quase todos naquele momento.

Amado achou que o choro de todos era por medo de que os urubus os atacassem.

Amado foi saindo bem devagarzinho e, quando chegou ao portão do cemitério, nem olhou para trás. "Meteu as canelas no vento", termo regional pantaneiro, dito quando se corre com medo.

Amado foi correndo até chegar à sua casa. Ele já tinha um preparo para a corrida, porque ele jogava bola no seu time. Ele não quis mais saber de enterro, da tristeza do marido e dos pais. Esqueceu que ela tinha sido sua professora, esqueceu de tudo. Ele em nenhum momento olhou para trás, nem para cima. Ele correu até a sua casa.

Quando chegou, estava todo molhado de suor. Sua mãe logo perguntou o porquê de estar assim. Amado logo foi dizendo:

— Não foi nada não! Não foi nada não!

Foi logo entrando na casa.

Os pais de Amado jamais imaginaram que ele veio correndo de medo de apenas três urubus, que estavam lá no alto, quase em cima do cemitério.

Nesse resto de dia, à noite, Amado não quis fazer nada. Foi dormir bem cedo e rezou um Pai-Nosso e uma Ave-Maria, que aprendeu na escola.

No outro dia, foi a vez do viúvo. No início da madruga, os vizinhos ouviram um barulho, como se fosse um tiro, e realmente foi um tiro, só que um tiro mortal. Quando os vizinhos chegaram à porta de entrada da sua casa, ela não estava trancada. Eles entraram com muito cuidado e se depararam com o corpo inerte, caído no meio da sala da casa, com um tiro na boca. Esses que entraram eram conhecidos na casa. Todos eram seus amigos.

O seu velório foi na sua casa mesmo, e no final da tarde ele foi enterrado ao lado da sua esposa. Foi construído outro túmulo de tijolos e cimento rapidamente.

Ele não era muito conhecido. Estava há poucos anos morando na cidade. Não era filho da terra, e o motivo de ele estar ali foi por ter comprado uma fazenda nas terras pantaneiras de pouco valor. E foi nessas idas e vindas da fazenda para a cidade que ele conheceu a pessoa que ele deve ter amado muito.

Ninguém ficou sabendo o motivo das duas mortes. Só ficaram sugestões.

Nessa noite, quando rezava deitado na sua cama, Amado ficou pensando e refletindo sobre o que ele sabia sobre a morte.

— Lá na escola, os padres diziam que, quando morremos, os que não têm pecados vão para o céu. Agora e os outros, os pecadores, para onde eles irão? Esses que vão para o céu, de que forma chegarão lá? Sobre os outros, os padres nunca disseram. Só diziam que iam para o inferno e mais nada.

Amado ficou meio desconfiado com as explicações dos padres, mas ficou pensativo e falou em um tom de voz mais alto:

— Eles sabem mais do que eu! Então eles estão certos, porém um dia vou querer uma explicação para isso!

Amado nesse momento percebeu que a noite é um desafio. Ele queria dormir e não conseguia, e aí concluiu, em sua memória de adolescente, que tudo isso pode ser uma ilusão. Uma coisa ele guardará em seus pensamentos: que Deus está lá em cima e ele está aqui embaixo.

E depois disso fechou os olhos e dormiu.

A vida de Amado começava a correr como as águas do rio caudaloso que tanto conhecia e no qual brincara com o seu amigo Valente. Para ele aquele rio era seu e do seu amigo.

Amado cursaria a quarta série do primário. Agora ele sabia que tinha que estudar muito. Além de cursar a quarta série, ele encerraria o primário e faria o exame de admissão no final do mês de dezembro. Em março estaria cursando o ginásio. Seria uma glória para ele. Não tirava isso da cabeça. Ele sabia que seria difícil, mas iria conseguir.

Esse exame de admissão era exigido pelos colégios para poder cursar o ginásio. Os colégios davam uma segunda chance em fevereiro para os que não passaram ou não fizeram o primeiro exame.

Muitos foram os alunos que deixaram de estudar porque não conseguiram passar nesse exame. Na maioria desses alunos, os seus pais tinham posse ou eram filhos de fazendeiros e não se preocupavam muito em estudar. Eles diziam que iriam cuidar da fazenda e não iriam estudar mais. Muitos não queriam mesmo era estudar.

Para Amado era diferente. Seu pai não tinha fazenda e sua mãe era costureira, então tinha que estudar mesmo! Não tinha alternativa. Ele sabia que só cresceria na vida se viesse a estudar. Caso contrário, não seria nada, pois seu pai nem profissão tinham.

Quando começaram as aulas, Amado estava todo animado. Queria saber de tudo e perguntava para a professora o que não entendia. Um dia a professora mandou todos copiarem um exercício que ela escreveu no quadro-negro. Era para identificar as palavras que estavam no plural e dizer se "sim" ou "não". Era muito simples: só dez palavras, e entre elas tinha o nome Rubens. Amado, sem prestar muita atenção, colocou que Rubens estava no plural, porque terminava com "s". Quando a professora leu a sua resposta para a sala, todos riram. Acontece que Amado tinha dois primos que se chamavam Rubens. Isso ninguém sabia. Quando ele disse para a professora, aí foi que a classe inteira deu gargalhada. Amado passou alguns dias sendo chamado pelos colegas de Rubens, mas ele não ligava. Sempre ele dizia:

— Eu sou mais valente que vocês. Já enfrentei muitas coisas que fariam vocês tremerem de medo. Não é um apelido de Rubens que vai me abalar.

Uma coisa que Amado nunca contou foi a corrida do cemitério. Nesse dia ele teve medo, mas disso ninguém ficaria sabendo, e se soubessem, aí sim, teria muitas gozações.

Os meses iam passando e as aulas eram bem puxadas, porque na realidade os alunos estavam estudando para a quarta série e o exame de admissão.

Amado tinha o cuidado de estudar tudo que era ensinado na sala de aula. Ele ficava empolgado porque no próximo ano ele estaria estudando a primeira série do ginásio. Nesse exame de admissão, ele tinha certeza que passaria, pois prestava bastante atenção nas aulas e estudava um pouco em casa.

Quase todas as matérias eram assuntos novos, e isso não estava afetando em nada, pois para todos os alunos tudo estava muito tranquilo.

***

Um belo dia, o diretor do colégio, um pouquinho antes do recreio, entrou na sala, e todos os alunos ficaram em pé. Isso era obrigatório.

O diretor, com um sotaque atrapalhado, em voz bem alta, para todos ouvirem na sala, foi direto ao assunto:

— Eu vim convocar o aluno Amado para jogar o campeonato de futebol das escolas, que será disputado, entre os colégios da cidade, com as classes da admissão.

Amado levou um susto.

— Eu convocado? Isso é muito bom. Vou defender a camisa da Escola.

Amado se sentiu um herói do futebol. Agora ele sabia que era um herói sem nenhum risco ou perigo, como antes nas travessias.

Os alunos ficaram todos apreensivos e aplaudiram o Amado, que nessa hora se sentiu como se estivesse sendo convocado para a Seleção Brasileira e fosse jogar com os melhores jogadores brasileiros. Ele ficou muito feliz.

Esse campeonato foi jogado só dois anos. Esse foi o último. Amado, como já jogava com seus amigos, lá perto da sua casa, já sabia como jogar bola. Pena que foi só dessa vez a sua convocação. Nunca mais fizeram outros campeonatos para que as escolas pudessem disputar. Só jogaram quatro escolas. No sábado, jogaria dois jogos, e os dois times vencedores disputariam a final no domingo. A sua escola ganhou o primeiro jogo e foi para a final.

No jogo da final, que a sua escola disputou, Amado, em uma disputa de bola, chutou sem querer o calcanhar de outro menino e deslocou o dedinho do pé direito. Todos os meninos jogavam descalços. Os professores que estavam ali fizeram o papel de massagistas, puxaram o dedo e colocaram no lugar. Amado sentiu muita dor, porém não chorou. Assim, ele teve que sair do jogo, e o time da sua escola perdeu o jogo e o campeonato.

O jogo para Amado acabou por um tempo, até o seu dedo sarar, e o campeonato entre as escolas acabou para sempre. As escolas não tinham estrutura para fazer outros campeonatos.

Essa foi a primeira vez e a última que um aluno da quarta série foi convocado para jogar esse campeonato, que era disputado entre os alunos da admissão.

Na segunda-feira, Amado chega à sala de aulas com o pé direito todo inchado. Aí os colegas fizeram a maior gozação com ele.

— Cadê o craque da escola? Quantos gols você fez?

Amado, envergonhado, disse:

— Eu joguei no sábado e me machuquei no domingo, porém perdemos o campeonato. Não foi culpa minha. Foi o time todo que não jogou bem. Agora vou dizer uma coisa pra vocês: nós temos que aprender com as derrotas. Elas nos ensinam muito.

Amado disse isso sem muita convicção, porque ouvia várias pessoas falarem dessa forma.

Ele agora não se preocupava mais com a fanfarra, porque todos os alunos já sabiam os toques e as evoluções. A preocupação dele era com os estudos. Tinha que passar na admissão e ir para o ginásio. Estudava até a noite, e quando não tinha energia elétrica, devido à quebra do motor que transmitia a energia na cidade, ele estudava algumas horas com lamparina ou lampião.

Sem menos esperar, Amado começou a faltar alguns dias de aula. Nenhum dos colegas perguntava por que ele estava faltando. O motivo era muito simples: ele estava faltando às aulas porque ia ajudar o seu pai a trabalhar na roça.

As suas mãos começaram a ficar grossas e cheias de calos, devido à enxada e ao machado, com os quais ele trabalhava na roça com o seu pai.

Um dia seu pai lhe chamou e disse:

— Amado, este ano você vai concluir o primário. Você vai parar de estudar. Já está bom. Eu também estudei só até a quarta série.

Seu pai pensou um pouco e concluiu:

— Você é um bom aluno, isso eu sei. Mas você já sabe ler e escrever muito bem, sabe as quatro operações, a tabuada, e está pronto pra começar a ganhar a vida trabalhando.

Isso era o que quase todos os pais que não tinham muito recurso e sem muita perspectiva de vida tinham em suas mentes. Eram o que eles achavam melhor.

Amado recebeu esses dizeres do seu pai como uma bomba dentro da sua cabeça. Ele pensou: "Eu não vou mais estudar?", perguntou para si próprio. "Agora tudo está perdido! Eu ainda nem entrei no ginásio, como pode? Vou trabalhar na roça com meu pai! Agora vou ter que abandonar os meus estudos para isso! É uma injustiça!".

Amado foi saindo de perto do seu pai muito decepcionado.

Seu pai ainda concluiu:

— Na próxima semana, nós já vamos lá para Campinas. Vamos começar a cultivar a roça lá. Já falei com o seu tio e ele me cedeu um pedaço de terra para eu cultivar a minha roça.

Amado foi lá para o fundo do quintal e sentou embaixo do pé de uma mangueira e ficou pensando como seria o seu futuro. Deu muita vontade de chorar, mas ele não o fez com que as suas lágrimas escorressem pelo seu rosto e pingassem na poeira do seco chão do quintal, e como era final de tarde, ele ficou mais um tempo ali escutando as cigarras cantarem. Nesse momento, ele pensou: "Lá no mato eu terei as suas companhias. Vocês cantarão para alegrar o meu coração. Como pode? Eu penso em tantas coisas e tenho estudado bastante. Como fica agora? Mas Deus sabe o que faz! Eu vou aceitar isso e vamos ver o que acontecerá. Ele é meu pai. Tenho que respeitá-lo. Vou ter que ir com ele".

O ano escolar ainda não tinha terminado.

Naquela época, os pais não se preocupavam muito com os estudos dos seus filhos. O que eles queriam era que trabalhassem para dar uma ajudinha em casa.

Amado pensou: "Este ano eu estudei bastante, tanto é que nos dias 7 de setembro e 6 de outubro eu não me preocupei com a fanfarra nem com os desfiles, porque eu já tinha aprendido tudo".

Amado, como já estava aprendendo a nadar, foi para o seu *rio* nadar um pouco para refrescar a sua cabeça. Ali ele esquecia tudo. Ali era o seu *rio*.

10

Amado, depois do treino da natação, no qual ele achava que estava treinando correto, voltou para casa. Lá não queria saber de nada. Começou a pensar e refletiu novamente: "Seja o que Deus quiser. Deus vai me ajudar. Eu tenho certeza."

Decepcionado pelo motivo de ter ouvido aquilo do seu pai, sobre parar de estudar, sua mãe ficou preocupada e interveio.

— Quinco, você vai tirar esse menino da escola só com a quarta série primária? Isso é um absurdo! Ele é um bom aluno. Como você vai fazer isso?

Seu Quinco lhe respondeu:

— Sou eu quem manda aqui! Ele vai comigo, pronto, está acabado.

Foi uma decisão seca.

Dona Bêga concluiu:

— Quinco, lembra lá da escolinha lá no sítio? Como aquelas crianças ficaram agradecidas com o pouco que ensinamos para elas? Eu e você éramos os professores.

— Isso já passou faz tempo! — Disse para a sua mulher.

— Tenha pena dele!

Amado não ouviu mais essa discussão entre seu pai e sua mãe.

O dinheiro da venda da balsa Seu Quinco tinha guardado. Agora ele comprou uma carroça e o burro, com o nome de Paraguaçu.

Esse burro ficou aos cuidados de Amado. Isso tudo na sala de aula Amado não falava para ninguém. Poderiam chamá-lo de filho de carroceiro e ele não gostaria.

Com os cuidados que tinha que ter com esse burro, Amado começou a perder rendimento nas aulas. Sempre estava faltando à aula, e isso estava realmente o atrapalhando. Um dia, seu pai apareceu com mais dois cavalos: um com nome de "Boliviano" e o outro se chamava "Trinta e um". Esse "Trinta e um" era magro, alto, pedrês e parecia com o Rocinante, o cavalo de Don Quixote.

Amado achou que agora complicaria tudo. Mas manteve a tranquilidade e foi aceitando o que tinha que fazer, obedecendo às ordens do seu pai.

Poucos dias depois, seu pai lhe disse:

— Essa semana você não vai para a escola. Você vai lá pra roça comigo.

Amado não teve alternativa, manteve a calma e disse:

— Tudo bem! Então vamos!

No outro dia, eles foram. Ele foi com o seu pai na carroça, porém muito contrariado.

Amado ficou muito sentido e lembrou-se do que seu pai disse: "*homem que é homem não chora*".

Amado foi muito triste e, quando estava saindo, ainda perto da sua casa, viu dois meninos indo com o uniforme da sua escola. Aí o seu coração bateu forte.

Chegando ao sítio, de nome Campinas, foram para um rancho de pau a pique e teto que, em determinado lugar, vazava a luz da lua nas madrugadas bem serenadas. Era tudo de palha velha. Ali armaram as suas redes para dormir. O fogão eram três pedras que faziam apoio para a panela, e, além disso, tinha muito mosquitos. Dormiram e no outro dia foram para a roça. Comeram somente mandioca cozida.

Chegando à roça, Amado ficou emocionado e disse:

— Poxa vida! Eu sair da sala de aula para vir para cá, para este mato, não é possível! Meu pai está sem juízo.

Assim, Amado com muita raiva pegou o machado e começou a cortar os troncos, como se fosse gente grande.

Os dias foram passando e as mão de Amado, trabalhando na roça, encheram-se mais de calos. Ali ele cortava os troncos, capinava e plantava. Os animais, que ficavam peados para pastar, era ele que ia pegar no campo, para irem e voltarem da roça. Ele trabalhava com muito desgosto.

Quando chegou o sábado, Amado disse para o seu pai:

— Eu vou embora é hoje lá para casa. Não fico nenhum dia mais aqui.

Seu pai ficou sem atitude.

— Eu vou voltar para a escola — disse Amado.

Então seu pai disse:

— Vou pedir para o Tito te levar. Ele é filho do caseiro do sítio. Vocês vão. Ele deixa você lá e volta.

Amado disse:

— Tudo bem.

— Vocês vão a cavalo. Ele traz o seu.

Ainda era cedo da manhã quando eles partiram.

O caminho até a cidade ficou mais curto, devido ao aterro da ponte que construíram — eram só doze quilômetros de distância.

Amado sempre que ia para esses lugares levava a sua funda, e quando chegou ao aterro, depois de andar um pouco, ele viu várias rolinhas. Aí ele disse:

— Tito, acertarei pelo menos uma, para você comer assadinha.

Amado atirou e não acertou em nenhuma das rolinhas. Elas voaram e pousaram numa árvore bem próxima, ali embaixo do aterro. Amado desmontou do cavalo e desceu o barranco da estrada, para ficar mais perto das rolinhas. De repente, ele ouviu o que parecia um chocalho, bem perto do seu pé direito. Como ele nunca tinha visto ou ouvido isso, ele achou que era uma mariposa batendo as suas asas nas folhas.

Sem menos esperar, Amado viu e sentiu uma cobra passando por cima do seu pé direito. O susto foi tão grande que ele não viu mais nada. Tudo escureceu para ele.

Era uma cobra cascavel.

Nesse momento, ele sentiu que dois braços o carregaram de volta para a estrada do aterro e em alguns segundos ele torna a si e percebe que estava correndo na estrada. Ele deu uma respirada funda e disse:

— Santo Deus, eu tive a sua proteção. Eu senti como estivesse sendo salvo pelos seus braços e acordei só aqui na estrada.

Amado, ao olhar com mais cuidado na parte superior do seu pé, viu que tinha dois riscos. Não sentia dor, só via o sangue escorrer do seu pé. E ao limpar o sangue, ele surgia novamente, só que cada vez menos.

Ali, naquele momento, ele sentiu que realmente os Deuses existem. Ali ele recebeu um milagre, uma proteção divina. Será que foram os Deuses do *Juan,* que fizera o seu parto e que disse para o seu pai que ele estaria abençoado e protegido pelo resto da sua vida? Estar no mato e ser salvo de uma picada de uma cascavel. Só mesmo os Deuses podem explicar.

Acontece que Amado, enquanto viver, acreditará que esse foi o primeiro milagre recebido. Por ser abençoado por Deus que recebeu, porque, no exato momento em que Amado pisou com o seu pé direito e escutou o guizo da cobra, ele sentiu no seu calcanhar como se fosse uma espetada de uma agulha; nesse exato momento, ele movimenta o pé para trás, e os dentes da cobra cascavel só riscaram a parte superior do seu pé. Ele sentiu o liso da barriga fria da cobra no seu pé.

As picadas das cobras nos seus ataques se dão quando elas prendem os dois dentes inferiores, para poderem dar base para a picada, e com os seus dois dentes superiores elas picam e inoculam o veneno.

Após isso, Amado sempre acreditou que os Deuses o protegeram e o protegerão pelo resto da sua vida.

Chegando a casa, sua mãe ficou muito feliz e quis saber tudo que se passou por lá.

Amado lhe explicou tudo e disse:

— Lá eu não volto mais. Olha aqui as minhas mãos...

11

Na segunda-feira, Amado levantou bem cedo e foi para o rio tomar um bom banho e lembrar que aquele rio fazia parte da sua infância, da sua vida. Ele já nadava razoavelmente e nadou por alguns minutos e foi embora. A temperatura da água estava agradável. A brisa era suave e soprava um pouquinho por cima das águas. E ele olhava para o rio todo e não via nada, só água. Era um silêncio total. Só ele estava presente. Não tinha peixes pulando nas águas, não tinha pássaro voando. Só estava ele ali.

Quando Amado voltou para a sala de aula e sentou na sua carteira, veio em seus pensamentos: "Aqui é o local onde eu devo estar. Tenho que estudar muito porque perdi muitos dias de aula. Eu vou recuperar tudo isso".

Quando a professora iniciou a aula e começou a falar de Geometria, Amado ficou apavorado.

Nessa semana perdida, foi ensinada quase toda a matéria de Geometria. Ele não estava entendendo nada do que a professora estava explicando.

Ali naquele momento ele percebeu o quanto perder essas aulas o prejudicou em todas as matérias.

A matéria dada era sobre os ângulos. A professora começou a aula falando sobre: ângulos reto, agudo, obtuso, equilátero, isósceles, escaleno e o polígono.

No outro dia, ela falou sobre os triângulos e disse que o triângulo é um polígono de três lados. Possui três vértices e, portanto, três ângulos.

Nesse momento deu um desespero em Amado, porque ele não estava entendendo nada justamente da matéria que ele mais gostava de estudar e que na realidade não estava sabendo era nada; deu vontade de sair correndo, como ele fizera lá no cemitério, no dia do enterro da sua professora.

Ele tinha perdido muitas aulas, e isso o prejudicou muito, até porque essa matéria poderia cair no exame de admissão. E sabendo disso começou a ficar preocupado.

As outras matérias não eram tão complicadas. Como Português, que em quase todos os exemplos dados falava sobre a zona rural, as histórias, as lendas, e os exercícios também seguiam o mesmo raciocínio. Como Amado conhecia quase tudo a respeito, nada era complicado para ele.

De Geografia ele gostava porque falava sobre: o universo, os astros, planetas, a lua e as estrelas. Ele já sabia até que "a terra era azul" e que o homem já tinha voado pelo espaço. Ele também gostava da parte que falava sobre as divisões dos países e dos climas bastante diferentes de um país para o outro. Mas, na realidade, o que ele gostava era das divisões das águas dos rios e dos mares. Isso o fascinava.

— Como podem as águas não misturarem se são todas líquidas! Vou saber disso um dia.

Nesse ano, Amado não se preocupou com a fanfarra nem com os desfiles, que foram muito bonitos e coloridos.

Passaram os dias e Amado ficou preocupadíssimo porque os seus rendimentos caíram muito.

Veio o fim do ano e ele passou para a admissão.

O exame ficou marcado para a segunda semana de dezembro. Justamente três dias antes do exame, seu pai chamou o Amado e disse:

— Você vai ter que ir comigo levar uns bois que estão lá em Jacutinga, para a fazenda do seu Tio Salvador, lá na fronteira com a Bolívia, perto de onde você nasceu.

Novamente a decepção tomou conta da sua cabeça.

— Só vai eu e você tocar esses bois.

Amado pensou em falar com seu pai, mas ficou quieto e concordou.

— Está bem, eu vou!

E foram os dois.

"Não tem problema. Eu faço esse exame na segunda oportunidade", pensou Amado.

Quando voltaram da fazenda, ele ficou sabendo que quase todos os seus colegas tinham sido aprovados para o ginásio. Amado pensou: "Eu vou estudar sozinho e vou passar nessa prova, nessa segunda oportunidade".

Amado, com apenas treze anos, tomou uma decisão com seu pai, que nunca esqueceu. Ele disse:

— Pai, eu não vou mais perder aulas para te acompanhar. Eu vou estudar sozinho e vou passar nesse exame de admissão. Isso eu consigo. Eu, ano que vem, estarei no ginásio. Se Deus quiser.

Sua mãe viu e ouviu aquilo e concordou com o seu filho.

— Quinco — disse ela —, entenda uma coisa: o seu filho quer é estudar. Você ainda não entendeu?

A partir desse momento, Amado ficou com a cabeça mais leve e se sentiu mais responsável por si.

Amado pensou: "Eu vou estudar sozinho e vou passar, e ano que vem estarei muito feliz com a turma no primeiro ano do ginásio." Essas palavras saíram do fundo do seu coração. Ele estava bastante magoado.

Amado pegou emprestado com seu primo o livro *Programa de Admissão*. Um livro com mais de 500 páginas, e nele continha todas as matérias e os exercícios, inclusive de Geometria, matéria da qual ele quase não assistiu às aulas.

Chegou o dia da prova. Amado foi tranquilo. Não estava nervoso. E quando começou a fazê-la, ele percebeu que não estava tão difícil. Ele tinha estudado aqueles assuntos. Fez a prova e saiu feliz da vida, porque sabia que acertaria mais da metade da prova.

Amado foi para casa feliz da vida e disse para sua mãe:

— Acho que vou passar nessa prova e ano que vem estarei cursando o primeiro ano do ginásio, lá no Ceom. Tenho certeza.

No dia que saiu o resultado, sua mãe foi lá. Só os pais é que podiam pegar o resultado.

Ela vibrou de alegria quando ficou sabendo que seu filho tinha passado. Ela voltou rapidamente para casa e deu a notícia para o seu filho Amado.

Ela falou:

— Amadooo! Você passooou! Ano que vem você estudará na primeira série do ginásio.

Amado gritou de alegria, abraçou a sua mãe e disse:

— Vou lá para o rio. Lá é que me sinto feliz.

Amado veio correndo nas areias do rio e se projetou na água correndo como veio.

Gritou bem alto de dentro da água:

— *Eu passeiii! Vou para o ginásiooo!*

Nesse momento ele se lembrou do seu amigo Valente:

— Você não está aqui para dividir essa alegria toda comigo. Se estivesse, a alegria seria ainda maior.

Depois de brincar e nadar sozinho, Amado voltou para casa.

Nesse dia ele dormiu muito feliz e dois dias depois foi à casa do seu primo devolver o livro que emprestara.

O seu primo lhe perguntou:

— Você passou para o ginásio?

Amado respondeu:

— Passei, sim!

Ele não falou mais nada.

Seu primo era filho de fazendeiro e já tinha estudado por dois anos a admissão. Como não teve êxito, foi cuidar da fazenda. Na realidade, lá ele não fazia era nada.

TERCEIRA PARTE

12

Amado foi devolver o livro emprestado. Não demorou na casa do seu primo, e, ao sair, a sua tia disse:

— Você é um menino estudioso e inteligente. Você foi aprovado na primeira vez que fez esse exame. Tá vendo — disse ela para o seu filho —, você já fez muitas vezes e não passou! E olhe só, você não faz nada aqui em casa! Você é só para estudar e não estuda! Como pode?!

Amado saiu dali todo radiante de alegria. Esse elogio foi como uma prenda, uma joia de muito valor. As ruas estreitas da cidade para ele, nesse momento, transformaram-se em largas avenidas lotadas de gente. Era como se estivesse desfilando com o seu "bombo surdo" num dia de desfile e com o seu uniforme de gala. Até que chegou à frente da igreja, na Praça Central da Cidade. Ele percebeu que a alegria fora só dele. Não tinha ninguém para compartilhar. Aí ele comemorou sozinho a sua alegria. Deu um pulo e um soco no ar.

— Eu passei no exame de admissão! Eu sou um herói — disse isso com o seu coração emocionado.

Na praça, nessa hora, ele não encontrou nenhum dos seus amigos da escola ou do futebol.

Ele, na realidade, por tamanha felicidade, queria até que o céu chorasse as suas lágrimas e os seus prantos, tamanha era a sua felicidade.

Ficou bastante tempo ali, e como não apareceu nenhum dos seus amigos, ele foi para a sua casa. No caminho ele falou bem baixinho:

— Pobre é uma tristeza mesmo! Só se lasca! Nem nessas horas aparece algum amigo para comemorar junto.

Nesse ano em que Amado estudou a quarta série primária ele sofreu muito. Com apenas treze anos, ele teve de tomar decisões que só o futuro poderia lhe dizer se foram corretas ou erradas e se seria recompensado ou não. Ele percebeu que a dor e o sentimento lhe mostraram outra realidade, que pode ser até uma lição curta na vida dos que são acometidos por ela. Ele agora está feliz, estudou a quarta série e, com todos os empecilhos, foi para o ginásio.

Ele estava ansioso para vestir o novo uniforme do ginásio e desfilar pelas ruas até a sua nova escola.

Não demorou muito e as aulas iniciaram no Ceom. Para Amado foi uma grande alegria vestir o uniforme do seu novo colégio, com o Ceom bordado no bolso esquerdo da sua camisa.

Sua mãe, que era costureira, caprichou no uniforme.

Chegou o dia da primeira aula. Amado, quando saiu, em pouco tempo foi encontrando os amigos também indo para o colégio, com o uniforme novo.

Todos os amigos que ele encontrava diziam:

— Amado, você é maluco! Você não fez o primeiro exame da admissão.

— Eu não fui fazer porque eu viajei!

— Você foi pra onde? — Eles queriam saber.

Amado, com vergonha de dizer que foi para o sítio do seu tio tocar boi a cavalo, disse:

— Depois eu te conto. Foi bom eu andar por lá. Vi muitos pássaros maravilhosos e bastante coloridos. Vi uma floresta que eu tenho certeza que vocês nunca viram. Sem contar a beleza das grandes lagoas, que eram maravilhosas.

Amado sabia que os colegas não conheciam o pantanal, por isso ele falava assim. Os colegas pensavam que ele tinha ido para um local bem diferente. Nunca imaginaram que Amado estava falando do nosso pantanal, que é de todos.

Chegando ao colégio, ele notou que tudo era diferente em relação à escola dos Freis, em que estudou até a quarta série do primário. Ainda estava em construção e tinha poucas salas. As séries eram divididas em turno da manhã e da tarde.

Assim que chegou, viu na porta de entrada o inspetor dos alunos carimbando o "presente" nas carteirinhas. Os alunos não podiam esquecer a carteirinha. Se esquecessem, no outro dia levavam o carimbo de "ausente".

Amado entrou no colégio e foi para a sua sala. Na entrada, no corredor, tinha indicação das salas e séries. E ao sentar na sua carteira, na sala de aula, ele pensou: "Esta vitória é só minha!". E pensou mais: "Sou pequeno por fora, mas dentro de mim pulsa o meu Eu grande, e é isso que determina a minha grandeza. A justiça divina não falha. Ela não é inexistente na lei da vida. As coisas simplesmente acontecem quando se tem a sua proteção divina".

As aulas iniciaram e Amado percebeu que faltar àquelas aulas, por culpa do seu pai, na quarta série, prejudicou-o muito.

As aulas foram passando, e as matérias, ficando cada vez mais complicadas. Ele disse novamente:

— Eu vou vencer! Vou aprender tudo isso sozinho novamente!

Amado agora estava estudando o ginásio com quatorze anos, que completara em abril.

No mês seguinte, vieram as provas, e a primeira prova foi a de Matemática, justamente a matéria que mais ele gostava.

Quando ele fez a prova, percebeu que não sabia tudo aquilo. Mesmo prestando muita atenção nas aulas, não dava para acompanhar o raciocínio lógico do professor, que era muito bom. Aquelas aulas a que faltou estavam lhe fazendo falta. Mas ele pensou: "Na vida tudo passa, e eu vou passar no fim do ano para a segunda série do ginásio. Se Deus quiser".

Ele já previa uma nota baixa nessa sua primeira prova.

13

Amado, por ter tirado essa nota baixa, realmente sentiu muito. Sempre fora um bom aluno e agora no ginásio não estava conseguindo acompanhar as aulas dos professores.

— Isso tem que mudar.

Agora, após ter quase chorado, com o coração, no banheiro, pela nota baixa, e já com quatorze anos de idade, ele decidiu mudar de atitude e o rumo da sua vida. O que tinha deixado triste ele esqueceria, e como estudava à tarde, ele iria procurar um emprego para trabalhar durante a manhã. Decidiu também que iria ter o hábito de leitura: leria todos os livros que pudesse e que estivesse ao seu dispor.

Primeira atitude que teve foi ir à biblioteca da Catedral São Luiz. Ele tinha conversado com a professora que dava aula de Canto Orfeônico, e ela informou que ele podia frequentar. E ela até emprestaria livros para ele. Essa professora fazia um trabalho voluntário para a igreja. Tomava conta da biblioteca recém-montada. Assim, Amado ficou muito animado, e no outro dia ele foi à biblioteca.

Amado nunca tinha entrado numa biblioteca, nem na do próprio colégio Ceom, no qual acabara de entrar. Ele não sabia comportar-se em uma biblioteca. Tinha algumas pessoas lá, entre elas duas jovens freiras muito bonitas. Elas eram do sul do país, tinham sotaque gaúcho. Assim que começou a falar, a professora disse:

— Amado, você não pode falar alto dentro de uma biblioteca.

Ele pediu desculpas e falou baixinho, como ela queria e como deve ser.

Amado explicou o que queria e disse:

— Professora, eu quero ler tudo que puder e estiver ao meu alcance. Quero ler bons livros para aprender coisas interessantes que aconteceram na história e no mundo.

Ela inocentemente disse:

— Um momentinho! — Foi lá numa estante e apareceu com um livro na mão. — Aqui está — disse ela.

Amado pegou o livro e nem deu uma olhada nele, tamanha era a sua felicidade. Foi embora muito feliz porque iria começar a ler para mudar os seus conhecimentos. Ele pensava: "Agora vou começar a ser culto e entender das histórias do mundo e ter cultura para conversar com qualquer pessoa, adulta ou não".

Ela disse para Amado, na saída:

— Você tem que começar a ler os livros mais simples. Entendeu? — Disse a professora.

Quando ele chegou à sua casa é que foi folhear o livro.

Ao ler as duas primeiras folhas do livro, ele percebeu que a história era de uma boneca. Aí ele ficou muito revoltado.

— Isso não me interessa! Que cultura me traz a história de uma boneca?

Grande foi a sua decepção porque não conhecia o autor e nunca na vida leu um livro dessa natureza.

— Essa professora acha que eu não tenho condição e capacidade para ler um bom livro de um fato ou de uma história verdadeira!

No outro dia, ele foi devolver o livro para a professora.

— Esse assunto de boneca não me interessa!

Ele saiu sem dar mais satisfação e nunca mais voltou à biblioteca.

Poucos meses depois, ele ficou sabendo que a biblioteca acabou porque o padre vendeu todos os livros para um prefeito de outra cidade, dizia o povo, e aí a cidade e os alunos ficaram sem os livros que poderiam ter ajudado muito nas leituras e nas pesquisas.

Agora a sua decisão era a de conseguir um emprego na parte da manhã. Ele procurou em muitos lugares, mas em cidade pequena é muito difícil arrumar um emprego. Ele não conseguiu. Amado pensou: "Vou deixar essa intenção de trabalhar para o ano que vem".

Passado pouco mais de dois meses daquela nota baixa e do quase choro no banheiro, Amado já estava se recuperando e já conseguia acompanhar as matérias. Ele estava feliz por isso. As suas notas melhoraram, mas teve que estudar bastante e sozinho. Ele sempre pensou que todos podem aprender sozinhos quando quiserem aprender.

Amado ficou sem entender o porquê daquele quase choro no banheiro. Ele sabia que "*homem que é homem não chora*". Essa foi a primeira vez que se sentiu quase chorando verdadeiramente e se chorasse seria um choro muito sentido. Talvez fosse devido ao grande esforço que fizera para estar ali.

Amado percebeu que agora ele tinha que acender a luz que escurecia a escuridão da sua vida. Ele viu que não foi tão difícil estudar sozinho. Ele passou no exame de admissão e foi para o ginásio. Na primeira prova que fez, obteve uma nota muito baixa. Isso nunca tinha acontecido.

Amado deduziu, pelo passado recente, que o pensamento é uma força muito forte. Você pode conseguir coisas que estiverem ao seu alcance se pensar positivo. Por isso ele sempre pensava em buscar aquele objetivo com sucesso.

Amado decidiu deixar todos aqueles momentos ruins para trás. Iria esquecer o passado e pensaria só no sucesso positivo, desse momento para frente.

Agora que ele já estava conseguindo acompanhar a turma. Não seria difícil passar de ano e seguir em frente para buscar um futuro melhor. Assim ele não precisaria trabalhar na roça com o seu pai, nem ficar no meio do mato caçando os bichos para vender os seus couros.

11

Seu Quinco não tinha profissão, por isso ele não trabalhava. Estudou só até quarta série primária e nunca procurou um trabalho. Ele dizia:

— Sempre fui patrão e por isso não posso ser empregado e ser mandado por qualquer um.

A casa era sustentada por Dona Bêga, que ganhava o seu dinheirinho pedalando uma máquina de costura Singer, quase que o dia inteiro.

A sua clientela era, na maioria, de pessoas bastante simples, por isso os preços tinham que ser de acordo com a situação de cada cliente.

Um dia apareceu uma senhora com o rosto bem maquiado e as suas roupas bastante coloridas. Nessa época as roupas ainda não eram tão extravagantes.

Ela bateu na porta da casa e Dona Bêga foi atendê-la. Ela perguntou com muito respeito:

— A senhora é costureira?

— Sou sim! — Respondeu Dona Bêga.

— Entra e senta nessa cadeira.

— A senhora deseja o quê?

— Eu quero um vestido com esses detalhes. A senhora faz pra mim?

Dona Bêga disse:

— Faço. Por que não?

— Então tudo bem! Pode fazer — completou.

Dona Bêga disse:

— Entre aqui!

Dona Bêga começou a tirar as medidas, e, ao terminar, ela disse:

— Quanto vai custar o seu serviço?

Dona Bêga disse o valor e completou:

— Você sabe. Tem muitos detalhes.

Ela respondeu:

— Pode fazer. Não tem problema.

Ao terminar as medidas, ela se despediu de Dona Bêga e retirou-se com muito respeito. E a Dona Bêga a acompanhou até a porta da rua.

— Como é o seu nome, por gentileza? — Dona Bêga perguntou.

Ela respondeu:

— O meu nome é Trancinha!

Ela disse o seu nome e foi embora.

Realmente ela estava com uma longa trança nos seus negros cabelos, muito cheiroso. Ela era magra, um pouco alta e bonita.

Assim que ela saiu, o seu marido veio perguntar:

— O que aquela mulher veio fazer aqui em casa? Você sabe quem ela é?

Sua esposa respondeu:

— Eu não sei quem ela é, e também não quero nem saber. Isso não me interessa! Só sei que ela foi muita educada e eu vou fazer o vestido dela. Além do mais, eu cobrei um preço justo. O vestido não é fácil de fazer. Vai dar muito trabalho. Tem bastantes detalhes.

Seu marido disse:

— Ela é lá do "Beco Quente".

Lá era o lugar onde os solitários e os apaixonados afogavam as suas mágoas nos braços de qualquer uma delas, acompanhados de umas bebidinhas e muito carinhos.

— E daí? Isso não me interessa! Como você sabe disso? Você já andou por lá e foi para os braços de algumas delas?

— Eu não vou lá! Falaram-me e eu vim ver quem era essa mulher, que entrou aqui na nossa casa.

Pela atitude de Seu Quinco, Dona Bêga percebeu que seu marido já tinha dado umas voltinhas por lá sem ela saber.

Quando terminou o vestido, ficou muito bonito. No ombro direito, continha uma rosa, que chamava atenção para a época. Mas ela só vestiria o vestido para embelezar os olhos dos seus clientes.

No dia em que foi buscar o vestido, ela trouxe mais uma amiga. Comportaram-se da mesma forma. Adoraram o vestido quando viram pronto.

Assim Dona Bêga fez muitos vestidos para elas.

A partir desse dia, vieram: a Trancinha, a Papoula, a Manga Rosa, a Pintinha, a Margarida e muitas outras. Cada uma delas tinha o seu apelido.

A Trancinha tinha esse apelido pelo fato de sempre estar usando uma longa trança, que era o seu charme.

A Papoula dizia que ela era bonita como uma flor e tudo nela era macio como as suas pétalas, e que exalava o seu perfume.

A Pintinha, por fazer uma pinta no rosto com lápis preto de maquiagem, e cada vez que ela ia para a cama com o seu cliente, desfazia a pinta, e ela refazia, só que muitas das vezes em outro lugar do rosto. Ela só não errava o lado esquerdo do rosto.

A Manga Rosa tinha as faces rosadinhas como a manga rosa e era baixinha e quase gordinha. Diziam que os seus beijos eram docinhos como uma manga bem madurinha.

A Margarida tinha as suas particularidades na cama. Não era bonita, mas era muito requisitada. Com ela compensava a aventura e o valor pago.

As senhorinhas que vinham do Paraguai eram chamadas de Catitinhas, e o seu apelido vinha depois. Essas eram muito procuradas, assim que chegavam do Paraguai. Muitos diziam que aquela Catitinha era sua namorada. Coitados desses inocentes. Muitos deles propunham até casamentos com elas.

Nessa época, na cidade existiam o Banco da Amazônia e o Banco do Brasil, que fornecia talão de cheque para os seus clientes. Acontece que muitas delas pagavam o feitio dos vestidos com os cheques que recebiam, lá na casa do "Beco Quente", em dias anteriores. Assim Dona Bêga ficava sabendo quem frequentava aquele lugar. Ela nunca passou isso para frente. Simplesmente depositava os cheques no banco, onde ela tinha a sua conta-corrente.

Um dia, duas delas foram buscar os seus vestidos, e, sem saber, uma disse:

— Eu vi o Quinco ali fora!

— A senhora o conhece? — Perguntou Dona Bêga.

— Sim, conheço!

Logo ela desconfiou e ficou calada.

Assim que ela foi embora, Dona Bêga teve uma conversa com o seu marido. Mas não discutiram, e Dona Bêga deixou tudo como estava. O seu marido não trabalhava e eles tinham cinco filhos para criar e dar de comer. Tudo ficou em paz.

No dia seguinte, depois do almoço, Amado estava na varanda sem fazer nada e olhando a sua mãe costurar.

Em seus pensamentos, vinha a situação de seu pai: "Como pode um homem casado e com cinco filhos para criar não ter emprego? Eu não entendo, e esse homem é o meu pai!".

De repente, o seu pai o chamou e disse:

— Amado, amanhã é sábado e eu estou com vontade de comer um pacu assado. Você vai comigo pescar. Nós vamos subir o rio uns três quilômetros e aí desceremos o rio "carreriano" (Carrerear é a maneira de descer o rio pescando com a proa da canoa na frente e a popa para trás).

— Você estuda no domingo, tudo bem?

Agora o seu pai começou a entender que o seu filho tinha que estudar, para não ficar igual a ele.

Amado logo foi dizendo:

— Eu vou! Eu gosto de pescar!

— Você vai ajudar a remar para subir o rio. Tenho certeza de que vamos pegar pelo menos um pacu — completou o seu pai.

O dia amanheceu muito bonito. Os dois levantaram bastante cedo. Comeram uma comida reforçada e foram para o rio. O rio não estava calmo, tinha bastantes ondas, porque ainda era cedo. A brisa ainda estava gostosa, fresquinha, e as ondas eram pequenas. Amado, ao entrar na canoa, sentiu aquele cheiro da umidade do ar gostoso, da terra molhada do rio no qual todos os dias ele nadava. Seu interior se sentiu feliz, e, ao colocar o primeiro pé dentro da canoa, ele disse:

— Hoje é meu dia de sorte.

Amado sentou na popa da canoa e seu pai na proa. Remaram mais ou menos uns três quilômetros.

Seu pai tinha todo o material de pesca muito bem preparado: a vara, a linha, o anzol e até a chumbada. Tudo era bem arrumadinho e adequado para esse tipo de pescaria.

Para o Amado, seu pai lhe deu uma simples vara, com um pedaço não muito grande de linha, com o anzol e a chumbada.

A isca que eles usaram foi de fígado de boi sapecado ao fogo. Era muito cheirosa para os peixes.

Quando seu pai resolveu descer o rio, Amado pegou a sua vara, colocou a isca, deu uma cuspida nela e disse:

— Se pegar, esse é do padre! — Diziam que isso dava sorte.

Foram descendo o rio e nada de fisgar qualquer peixe.

Passada mais ou menos meia hora, a vara de Amado deu uma beliscada e ele deu uma fisgada. O peixe foi fisgado. Amado não sabia o que era. Só sabia que estava puxando com muita força e que poderia ser grande. Talvez até um pacu.

Amado resistiu a sua força e teve momento que até a vara entrava na água, de tanta força que o peixe fazia.

Quando Amado trouxe para perto da canoa, ele viu que era um belo pacu.

Ele ficou alegre e disse:

— Pelo menos um para o senhor comer assado já tem.

O peixe foi colocado em um saco de estopa e colocado dentro da água, para se manter fresquinho, e o saco foi amarrado na canoa. Caso pegasse muito sol, podia até estragar.

Continuaram a descer o rio. Amado de novo fez a mesma coisa que fizera antes. Desceram aproximadamente um quilômetro e de novo Amado fisga mais um pacu, do mesmo tamanho que o outro. Os peixes deveriam ser do mesmo cardume.

O seu pai, meio encabulado por não pegar nada, disse:

— Vamos embora. Já temos dois. Está de bom tamanho.

Continuaram a descer o rio remando e em pouco tempo chegaram ao porto da barranca do seu quintal. Eles chegaram quase dez horas da manhã.

Assim que encostou a canoa, um senhor viu os dois pacus nela, foi lá e disse para Seu Quinco:

— Me vende um pacu desse aí?

— Está bom. Te vendo!

— Quanto o senhor vai me cobrar? — Combinaram o preço e ele levou o peixe, e ainda disse: — Vou comer ele assado!

Seu Quinco respondeu:

— Eu também vou comer o meu assado.

O pacu foi comido assado só no domingo. Ficou muito gostoso porque foi assado no forno a lenha, e quem cuidou do assado foi a Gueiza.

Depois da pescaria, sobrou tempo para Amado estudar na tarde de sábado e no domingo. Ele estava feliz porque estava conseguindo acompanhar a turma nos estudos.

Quando chegou ao final da tarde, Amado refletiu:

— Poxa vida! Eu quase não saio de casa. Fico sempre sem fazer nada. Vou sair do casulo e criar asas — concluiu. — Hoje à noite vou à Praça Barão do Rio Branco ver se encontro alguns colegas. Eu já estou na primeira série do ginásio e já tenho quatorze anos de idade. Já posso fazer isso. Vou falar com a minha mãe.

***

— Mãe, eu vou à praça? Posso ir sozinho? Não vou ficar até tarde! Posso ir?

Ela disse:

— Pode, sim! Vai, mas toma cuidado.

Amado tomou banho, trocou a roupa, vestiu uma calça e uma camisa feita por sua mãe. Passou no seu cabelo um pouco de brilhantina Glostora (essa marca era a que seu pai usava quando saía) e se perfumou com o perfume Tabu, também dele. Isso era o que se usava naquela época. Não era muito caro, mas era o que eles podiam comprar.

Amado saiu todo empolgado porque era a primeira vez que saía sozinho à noite.

Nessa época, a cidade não tinha muito movimento, e quando chegava o escurecer, muitas famílias colocavam cadeiras na calçada da porta de sua casa e ficavam observando o pouco movimento que passava por ali.

Quando Amado passou em frente à casa de Dona Tota, ela disse:

— Ô, menino! Você não é filho de Dona Bêga?

Ele respondeu:

— Sou, sim! A senhora me conhece?

— Claro que eu te conheço! Desde os dez anos de idade, você estuda com o meu neto.

— Ah, sim! Como é o nome dele?

— O nome dele é Adroaldo, mas ele é conhecido como Doda.

— Ah, sei quem ele é. Diz pra ele prestar mais atenção nas aulas. Ele conversa muito e acaba atrapalhando os outros colegas.

Esse Doda foi um dos que acompanharam o Amado na primeira nota baixa que tirou, na primeira série do ginásio.

— Eu já vou indo! — Ele não tinha o hábito de dizer boa noite.

Ao sair, ela o elogiou:

— Você está muito cheiroso!

Ao chegar à praça, logo foi encontrando os amigos do ginásio e dois amigos do futebol.

Um desses amigos falou:

— Amado, o nosso time vai jogar no próximo domingo contra o time Cacerense. O técnico Ênio vai chamar você. Eu ouvi ele falar isso. Você vai jogar de lateral direito.

Amado, com os seus quase quinze anos, tinha um corpo forte para a sua idade. Ele ficou muito feliz com a notícia.

— Puxa vida! Eu jamais gostei de sair à noite e hoje, na primeira vez que saio sozinho, tenho uma boa notícia. Já valeu a pena.

Andando pela praça, ele encontra uns amigos do ginásio, reunidos e conversando em torno de um banco. Todos estavam rindo, alegres e felizes, contando piadas, anedotas etc.

— Caramba! Eu fico tanto tempo em casa sem fazer nada e nunca tinha vindo curtir uma noite aqui nesta praça. Só vinha de passagem e mais nada.

Amado não fez nada, só ficou observando os colegas. Foi embora em torno das vinte e uma horas.

Quando chegou a casa, ele disse para os seus pais que iria jogar no próximo domingo. O jogo seria entre o Mixto x Cacerense. Esse time de

Cáceres tinha escrito na camisa Mixto com "x", igual ao time de Cuiabá, time pelo qual o técnico Ênio torcia.

Chegou o dia do jogo, agora todos já jogavam de chuteira. Eram umas chuteiras baratas, sem conforto nenhum para os pés. Cada jogador tinha que comprar a sua chuteira.

Chegou o domingo e o jogo começou às nove horas. Foi um jogo treino de apenas trinta e cinco minutos cada tempo. O Mixto perdeu o jogo por dois a um.

Assim que terminou o jogo, um grupo combinou de ir lá para o rio tomar um banho, devido ao calor. Amado foi com o grupo.

Foram para o porto chamado "Porto da Manga" e, de lá, para uma pequena praia chamada de Daveron. Praia muito gostosa. As águas passam por um riozinho não muito largo. Ela chega fresquinha devido à correnteza forte e ao volume de água que corre até a prainha.

Depois de todos caírem e ficarem um pouco dentro da água, um dos meninos chamou alguns para brincar de "aloitar" (Essa brincadeira assemelha à luta livre. Vence o mais forte que consegue derrubar o outro).

Amado estava quieto ali, só olhando. Até que um chamou-o para a luta. Ele se fez de arrogante:

— Eu derrubo é vocês dois.

Ele já brincava dessa forma. Sabia como derrubar o outro.

Os dois lutaram com Amado e foram derrubados.

— Vamos lutar de novo — disse o outro menino. Eles eram irmãos.

Iniciaram a brincadeira. De repente, Amado se desequilibrou e tropeçou na perna de um dos meninos, e os dois caíram por cima dele.

Amado só escutou o estalo do seu braço, que acabava de quebrar, bem no cotovelo direito.

Foi um desespero para alguns, inclusive para os dois que o derrubaram. Dois outros meninos puxaram o seu braço. Amado disse:

— Tá bom! Não precisa fazer isso. Eu vou embora para casa.

Nesse momento passa um pescador com a sua canoa. Amado o conhecia e pediu para levá-lo até o porto da sua casa. Ele falou:

— Sobe aí que eu te levo até lá. Vou passar por lá mesmo!

Amado disse para ele:

— Eu quebrei o braço e está começando a inchar e a doer.

— Vou remar um pouco mais forte pra chegar mais rápido.

Assim que chegou, Amado desceu da sua canoa e lhe agradeceu por tê-lo levado até o porto da sua casa.

Chegando a casa, ele foi logo dizendo para a sua mãe que tinha quebrado o braço lá na praia do Daveron.

— Amado você não foi jogar bola com o seu time?

— Fui sim! Só que depois fomos para a praia e lá fomos brincar de "aloitar". O meu braço está doendo e está inchando.

— Tudo bem — disse ela. — Vamos ver como é que fica!

Acostumados à fazenda, não tinham a preocupação de correr para o hospital quando acontecia qualquer coisa grave.

Ela não tomou nenhuma providência.

No outro dia, Amado não aguentava de dor. Ele falou para o seu pai que estava doendo muito. Sua mãe foi ver e, no desespero, puxou o braço, estirando-o. Amado não aguentou de dor e desmaiou. Seu pai o sustentou em seus braços e levou-o para a sua cama.

Só depois disso foi que o levaram para o hospital.

O hospital nessa época era pequeno e os médicos eram poucos. Eles eram heróis porque faziam de tudo.

Como era segunda-feira, assim que o Dr. Antônio chegou foi atendê-lo. Tirou o "raio x", colocou a fratura no lugar no lugar e mandou engessar o braço.

Amado sentiu nesse momento que mais uma vez os Deuses o protegeram. Ele comentou com a sua mãe:

— É, mãe, mais uma vez eu tive aquela proteção que o *Juan* falou.

Amado foi logo atendido pelo médico e agora já estava medicado.

— Agora é só esperar o braço ficar bom para fazer tudo o que fazia antes — disse Amado.

Com o braço quebrado, Amado não podia fazer quase nada. Então ele passou a ir várias vezes por semana na praça. E, assim, ele começou a ser um frequentador assíduo do local.

Agora ele tinha tempo para estudar, e quando chegou o final do ano, nas provas finais, ele passou direto para a segunda série do ginásio.

17

    Amado, quando foi tirar o gesso do braço, pensou que a partir desse momento ele poderia fazer tudo que quisesse. Pensando assim, ele foi de bicicleta e ainda levou a sua irmã caçula na garupa da bicicleta, com apenas quatro anos de idade. A família tinha crescido com mais uma irmã, a última dos seis filhos.

    Assim que tirou o gesso, Amado quis esticar o braço, fazia muitos dias que estava com o braço dobrado com o gesso na tipoia. Nesse momento ele deu um grito de dor. A enfermeira, que era uma freira, falou em um tom bem sério:

    — Calma, menino! Você, primeiro, tem que fazer uns alongamentos e flexionar o braço devagar. Não é assim não! — Completou a freira.

    Amado agradeceu e foi embora.

    Assim que ele montou na bicicleta, com a sua irmãzinha na garupa, ele percebeu que foi um erro ter levado. Ao pedalar, no momento que fazia a força, no pedal, o braço doía, por não estar segurando o guidão da bicicleta com a mão direita. Mas ele chegou a casa sem problemas nenhum. Só reclamava da dor no braço. Mas passados poucos dias o seu braço já estava bom.

    Agora Amado estava na segunda série do ginásio e seu contentamento era imenso. Seu rendimento melhorou muito e ele percebeu que não mais tiraria notas tão baixas. Já tinha se acostumado a ter um professor para cada matéria e estava absorvendo o que os professores explicavam.

    Um dia, folheando uma revista que estava na mesa de costura de sua mãe, ele se deparou com uma matéria sobre o Tarzan.

ONDAS

Ali estava escrito que o ator Johnny Weissmuller, que interpretava os filmes da série de "Tarzan, o homem macaco", tinha sido um atleta olímpico e que ganhou cinco medalhas de ouro nas Olimpíadas de 1924 e 1928. Também batera sessenta e sete recordes mundiais e foi o primeiro atleta a nadar os cem metros nado livre em menos de um minuto.

Ele era filho de uma família de origem alemã, que emigrou para os Estados Unidos, quando tinha apenas sete meses de idade.

Como era um tipo de homem muito bonito e forte, fizeram dele um artista do cinema, lançaram-no interpretando os filmes de "Tarzan, o homem macaco". Esses filmes tiveram como origem os livros do autor Edgar Rice Burroughs. São histórias um pouco simples, mas imortalizaram o Tarzan, a partir de 1934, no cinema. Os filmes foram vistos praticamente em quase todos os cinemas do mundo inteiro.

Na revista falava também que o Tarzan, por ser um atleta olímpico, nadava mais rápido que os crocodilos, e quando faziam essas cenas perigosas, eles tinham o cuidado de soltar o crocodilo a certa distância, para não correr risco.

Amado, sabendo disso, ficou atento esperando passar um filme de Tarzan, e quando passou ele foi ver. Conseguiu um dinheirinho para o ingresso e foi à matinê.

A intenção de Amado, além de assistir ao filme, era prestar muita atenção na natação do Tarzan. Observava os braços e as pernas do Tarzan nadando. Ele observou muito bem e, daí para frente, começou a imitar as braçadas e as pernadas do Tarzan, nadando nos seus rios e lagos. Já que o Tarzan tinha os seus lagos e rios para nadar, Amado também tinha o seu rio, para aprender a nadar igual a ele.

Assim, Amado começou a nadar da forma que ele viu no filme, e sua natação começou a melhorar.

Amado lembrou-se daquela travessia em que um boi apareceu mordido por um jacaré. Ele falou para si:

— Já pensou se aquele jacaré me atacasse? Eu não tinha uma boa natação para me livrar dele nadando mais rápido do que o jacaré. Eu estaria era morto e servido de alimento para ele. Mas eu tive a proteção divina e nada aconteceu.

Amado, agora que aprendera um pouquinho a bater as pernas e os braços, empolgou-se com a natação.

Quase todos os dias, ele ia para o rio treinar sozinho, e, por incrível que pareça, apesar das suas deficiências nos movimentos, a sua natação melhorou muito.

Após o primeiro filme ao qual assistira de Tarzan, Amado gostou e passou a ir à matinê todas as vezes que passava um filme de aventura. Ele não perdia nenhum, principalmente os filmes do seu herói Tarzan.

De tanto ver filmes de aventuras, Amado e os meninos que brincavam na praia, na hora do banho, inventaram uma brincadeira imitando os lutadores espadachins.

Nessa brincadeira eles colocaram o nome de "faquinha", satirizando os filmes de espadachim.

Tinha o princípio de lutar com os braços, como se fosse uma espada, e, para não deixar dúvida se foi atingido ou não, tinha que lambuzar as mãos com um barro branco, que tinha ali mesmo, para deixar as marcas.

Os braços eram a espada, e os dedos, a ponta da espada. Toda vez que tocava na barriga do adversário, era como se tivesse sido ofendido. Dependendo da parte do corpo em que fosse atingido, ele tinha que morrer. Caía no chão e fingia uma morte igual dos filmes.

Era uma brincadeira bastante inocente, mas muitas vezes algum menino saía com a barriga arranhada devido às unhas grandes do seu adversário.

18

Amado, agora cursando a segunda série do ginásio, já com quinze anos, voltou a tirar as notas boas como tirava lá no primário. Ele estava cada vez mais empolgado. Ele sabia em seus pensamentos que ninguém poderia roubar os seus sonhos, pois ele não tinha medo de nada. Ele achava que, com um pouco de esforço, alcançaria o que se desejava.

No calendário das matérias dadas nesse ano, uma vez por semana tinha aula de francês. Assim que teve a primeira aula, ele se lembrou das brincadeiras que fazia quando os freis holandeses aprendiam o português na sua turma, no começo do primário. Só que agora não podia falar aquelas besteiras porque o professor era brasileiro.

Agora a preocupação de Amado era arranjar um emprego, para poder ter o seu dinheirinho e poder comprar as poucas coisas que queria. Ele sempre imaginava, também, que no seu silêncio é que está a sua vitória ou derrota — ele sempre achava isso. Por esse seu pensamento é que ele decidiu estudar sozinho. Ele pensava no seu mundo sem a ajuda de ninguém e que a ajuda externa poderia levar ao fracasso, muitas das vezes, pelo pessimismo de cada um.

Nesse ano, ele começou a ler alguns bons livros que chamaram a sua atenção. Isso porque ele disse que teria o hábito da leitura e começou a ler livros de autores brasileiros.

O primeiro livro de história e aventura que ele leu, de autor não brasileiro, foi o romance histórico *Os Três Mosqueteiros*, escrito por Alexandre Dumas. Fala dos reinados dos reis Luis XIII e Luis XIV e suas regências. Amado achou um pouco difícil, porque tinha muitos nomes que ele não sabia pronunciar em francês, e isso complicou a leitura. Ele não sabia nada de francês, uma vez que ainda estava iniciando as aulas na sua turma e também aprenderia muito pouco até o fim do ano.

Nesse ano o colégio comprou a sua fanfarra. Para o instrutor ensiná-los, foi muito fácil, visto que quase todos os alunos do colégio dos freis estavam ali naquela turma. Foi muito tranquilo organizar a fanfarra. Todos os alunos que tocaram na fanfarra da escola dos freis foram escolhidos.

Coube para Amado, agora com um corpo um pouco mais forte, tocar um bombo grande e bem largo. Era desconhecido para todos. Tocava-se com as baquetas, uma em cada mão. Só que ninguém tinha visto alguém tocar aquele instrumento. O instrutor disse:

— Amado você vai tocar esse bombo, mas vai ter que criar uma maneira de tocar.

Sem nenhuma dificuldade, Amado arranjou uma maneira de tocar com as duas baquetas, cruzando os braços de tempo em tempo, dando umas rebatidas. O tocado ficou bom e quase perfeito. Nos dois desfiles, foi um sucesso. O público aplaudiu muito aquela nova fanfarra. Só muito tempo depois é que ficou sabendo que aquele instrumento tinha o nome de "Bombo Marcial".

Agora Amado não estava mais preocupado com a fanfarra. Ele queria era arrumar um emprego.

Um dia ele foi assistir a um filme no Cine Palácio. Ele chegou um pouco cedo, comprou o ingresso e ficou esperando, na porta do cinema, até a início do filme. Esse cinema era o mais antigo que funcionava na cidade.

Sem esperar, apareceu o Adauto, e eles começaram a conversar. Ele era o operador do cinema. Amado o conhecia e aí ele lhe perguntou:

— Vocês não estão precisando de um ajudante para passar o filme?

O Adauto respondeu:

— Vamos precisar, sim! Eu não vou mais poder trabalhar aqui. Eu ensino você a operar as máquinas. Você quer aprender?

E desde já, sem autorização do dono do cinema, o Dr. Reis, que não se encontrava, ele subiu com o Amado e já começou a explicar como funcionava tudo aquilo.

Amado, com muito interesse em ficar no trabalho, prestou muita atenção.

Em poucos dias, o Amado aprendeu tudo aquilo e começou a trabalhar com o ajudante que já trabalhava lá.

Para ele foi um sonho esse trabalho. Agora ele podia assistir aos filmes que passavam naquele cinema. Esse trabalho encaixava certinho. Ele tinha a manhã livre, ia para a aula à tarde e trabalhava à noite. Tudo como ele queria.

A partir desse dia, Amado passou a ser um garoto de mais responsabilidade. Ele tinha que estudar, trabalhar e jogar a sua bola no seu time. Os treinos geralmente eram aos sábados pela manhã. Ele não abria mão de jogar a sua bola. Amado, nessa época, ainda não tinha completado dezesseis anos de idade.

Nessa época, existia na cidade o senhor Garcia; todos os jovens o conheciam. Ele era do Juizado de Menores, e todas as vezes que passava um filme proibido para menores de dezoito anos ele estava na portaria do cinema fazendo a inspeção e não deixava o menor entrar no cinema para assistir ao filme. Ele sempre andava com uma lanterninha nas mãos, para ver dentro do cinema se tinha entrado algum menor. Aí ele retirava mesmo.

No início da década de 1960, iniciou-se a construção do Cine Copacabana, localiza na praça central da cidade, a Barão do Rio Branco.

Depois de inaugurado, a frente desse cinema virou um marco, uma passarela de desfile, para todos os jovens da cidade irem ali passear.

Ali era o local onde os jovens exibiam as suas roupas novas; as meninas, além das roupas, os sapatos, o corte dos cabelos e os penteados da moda. Era um sucesso.

Tinha que ter disposição para ficar passeando pela rua em frente ao cinema. O percurso era da esquina da rua, do Hespano Hotel, até o bar do Jucão, onde se jogava sinuca. Ficava naquele vai e vem que durava até o início do filme no cinema. A sessão começava às vinte horas. Quem ia assistir ao filme entrava, e quem não ia, por volta das vinte e uma horas, voltava para a sua casa.

No Cine Palácio, não tinha esse passeio, porque não era em frente de uma praça, e sim em frente da Prefeitura. Lá não tinha espaço para isso.

Quem ia assistir ao filme comprava o ingresso e entrava ao cinema. Lá dentro ficavam conversando ou chupando balinha até o filme começar.

Amado aprendeu o que o Adauto lhe ensinou. E logo as responsabilidades caíram em seus ombros.

Agora, com a preocupação do seu trabalho, não pôde ir mais à praça e ficar até as vinte horas. Passava por lá raramente e quando ia era rapidamente, isso porque, no Cine Palácio, às dezenove horas, ele tinha que acionar o primeiro sinal da sirene para alertar as pessoas que iam assistir ao filme. Era um sinal melancólico, que ficou guardado na memória de todos que ouviram o som daquela sirene. Às dezenove horas e trinta minutos, dava o segundo sinal da sirene. O terceiro sinal era às vinte horas, e em poucos minutos se iniciava a sessão do filme. Assim era em todos os dias da semana. O seu trabalho durava até terminar o filme e deixar tudo pronto para o próximo dia.

Quando anunciava outro filme, Amado tinha que ir pela manhã revisar o filme, isto é, retirar as partes quebradiças das quatro perfurações que tem nos fotogramas. O filme era de trinta e cinco milímetros, e as engrenagens, com os seus dentinhos, puxavam o filme para baixo, para enrolar na carretilha de baixo. Se não fizesse essa revisão, o filme poderia arrebentar durante a exibição. Após rodar o primeiro rolo, passava para a segunda máquina. Cada rolo tinha um tempo de duração de vinte a trinta minutos, e assim dava sequência ao filme.

Muitas vezes o filme arrebentava, e aí tinha que parar por um instante e recomeçar logo em seguida. Essa revisão era feita para não acontecer isso. Ela era feita em todos os rolos, rodando do início de cada rolo até o seu fim. Rodava na máquina de enrolar o filme e, com uma das mãos, ia sentindo se tinham as perfurações quebradas. A máquina de rebobinar o filme era manual. Assim que terminava de passar cada rolo, ele era rebobinado do fim para o começo e aí guardado na lata, que eram todas numeradas na sequência do filme.

Amado gostava do seu trabalho porque um dos dois operadores era obrigado a ficar olhando o filme, uma vez que, frequentemente, o filme ficava, como nós chamávamos, "fora do quadro". Isso era causado quando a emenda não era feita corretamente nos fotogramas que só tinham quatro perfurações.

Amado aprendeu a conciliar tudo. O seu trabalho, os seus estudos e o seu futebol, que ele gostava muito. E ainda sobrava um tempinho para as suas leituras.

19

    Amado iria fazer em abril dezessete anos, cursava a quarta série do ginásio e continuava a trabalhar no cinema. Já fazia pouco mais de um ano que ele trabalha passando filme nesse cinema.

    A programação do cinema, nesse dia, exibia um filme proibido para menores de dezoito anos. Acontece que o Sr. Garcia, o inspetor de menores, foi fazer uma vistoria no Cine Palácio. Assim que chegou, ele foi diretamente para a portaria e ficou ali por um bom tempo. De repente, o Amado apareceu na portaria, vindo lá da frente da sala. O inspetor disse para ele:

— Ô, menino! O que você está fazendo aqui?

Ele respondeu:

— Eu estou trabalhando. Eu trabalho passando o filme nesse cinema!

— Negativo! — Disse o inspetor e continuou: — Você pensa que vai me enganar! Cadê o Dr. Reis? Quero falar com ele.

Amado respondeu:

— Ele ainda não chegou.

— Sr. Garcia, vamos subir na sala de projeção que eu mostro tudo para o Senhor.

Ele subiu com o Amado, que começou a mostrar tudo para o inspetor.

— O Senhor está vendo estes rolos de filme aqui nas duas máquinas, na parte superior delas? Esta máquina vai passar a primeira parte e a outra passa a segunda parte, e assim por diante. São cinco partes. Eles vêm ali naquelas latas redondas de alumínio. Os filmes nessas latas são em película celuloide, e aqui são as engrenagens, que puxam a película para enrolar nesta carretilha, aqui embaixo. Após terminar essa primeira parte, entra a segunda máquina, e assim segue a sequência. E este rolo fica invertido do começo para o fim. Aqui, senhor inspetor, nós desenrolamos o rolo do filme, nesta máquina a manivela, que é para ficar como ele veio. O senhor entendeu tudo, Senhor Garcia?

— Sim, sim... Entendi tudo.

Pelo fato de o cinema ser o mais antigo em funcionamento na cidade, as suas máquinas também eram antigas, e por isso ganhou o apelido de Cine Poeirinha. Mas isso não fazia nenhuma diferença. Era um cinema igual aos outros, só que com menos conforto.

Antes de o inspetor sair, Amado ainda mostrou a iluminação da tela, como era feita.

— O Senhor está vendo isto aqui, este palito, um pouco mais grosso que um lápis? Isso é o carvão que acende a luz, que é refletido naquele espelho côncavo e o filme é projetado. Esse carvão é de alta tensão e para funcionar tem um motor próprio para eles, a óleo diesel, que transmite energia suficiente para que as máquinas funcionem. A luz transmitida pelo carvão é muito forte e quente. Vou mostrar para o senhor.

Amado ligou a máquina e acendeu o carvão, para ele ver.

O inspetor ficou impressionado com tudo que viu. Ele disse para o Amado:

— Eu nunca tinha visto isso tudo! É impressionante vocês dois trabalharem com isso.

Amado disse para o inspetor:

— Ele também não tem dezoito anos.

— Não é possível! Dois menores passando um filme proibido para menores de dezoito anos. Vou falar com o Dr. Reis. Ele já deve ter chegado! Bom trabalho para vocês dois — disse ele, já um pouco convencido de que não teria alternativa.

Ao chegar à sala do Dr. Reis, ele falou:

— Dr. Reis, boa noite! Eu quero saber por que o Senhor colocou dois menores trabalhando passando filmes proibidos para eles.

— Não tem jeito. Se eles não passarem o filme, não tem sessão! Eu não consigo adultos que queiram trabalhar com tudo aquilo lá.

— É mesmo! Eu vou é embora! Boa noite, Dr. Reis!

— Boa noite, Senhor Inspetor Garcia.

Ao despedir ele completou.

— Fui enganado esse tempo todo. Eu nunca imaginei esses dois meninos trabalhando com tudo isso.

O Senhor Inspetor gostava mesmo era de estar no Cine Copacabana, porque em frente a esse cinema era muito mais movimentado e tinha os desfiles da juventude e de todos os estudantes, que estudavam fora de Cáceres, mas quando entravam em férias vinham para a cidade e tinham quase por obrigação frequentar a praça. Ali eram introduzidas as novas modas, as novas gírias e tudo mais.

A rua depois das dezoito horas era interditada para os carros e aí transformava-se em uma passarela, como se fosse um calçadão da fama, mas era só um desfile de ida e volta sem parar, pois a rua ficava cheia de gente todos os dias da semana.

O Amado, a partir desse dia, ficou muito mais tranquilo em saber que o inspetor não iria mais perturbá-lo.

O dono do Cine Copacabana chamava-se João Deluqui. Ele adorava os esportes, principalmente o vôlei. Na Praça Barão do Rio Branco, bem em frente à Catedral, ele armava a sua rede e jogava o seu vôlei com os seus amigos. Isso era quase todas as tarde. Ele torcia pelo time Fluminense do Rio de Janeiro. Tinha adoração por esse clube. Muitas das vezes, em jogos decisivos, na vitória do seu time, ele estendia a bandeira do clube bem em frente ao cinema. Os jogos eram todos assistidos pelo rádio, isso porque a cidade ainda não dispunha de televisão.

Um dia de sábado, pela manhã, estavam em campo dois time treinando futebol: o Mixto e o Cacerense. Sempre esses dois times faziam os jogos treinos juntos. Isso era feito para dar experiência para a garotada. Os outros times, como o Rei, que era um time do Exército, treinavam com o Guarani, lá no campo do Exército. Esse time Guarani foi formado por um paraguaio e nunca aparecia completo para o treino. A sede era no seu açougue, onde ele vendia as suas carnes para quem fosse lá comprar.

O senhor João Deluqui nesse dia apareceu no treino com um senhor ao lado. Os dois vestiam a camisa do Fluminense.

Logo ele foi diretamente dizendo para os dois técnicos:

— Olha só! Eu trouxe este rapaz para observar os seus meninos jogarem. Ele é técnico de futebol e olheiro do Fluminense. Ele quer descobrir novos talentos e levar para o Rio de Janeiro, para fazerem o teste lá.

— Nós vamos ficar olhando o jogo.

Os técnicos reuniram a garotada e lhe comunicou.

Os garotos em meia hora jogaram tudo que podiam e que sabiam. Era a oportunidade deles de jogar num time grande, ainda mais no Rio de Janeiro, se fossem escolhidos.

Ao terminar o treino, foram os dois até o meio do campo, onde todos os meninos esperavam sentados no gramado.

Esse rapaz tinha em torno de uns trinta e cinco anos de idade. Era carioca e sua fala era cheia de seus chiadinhos, como é o falar dos cariocas.

— Eu gostei do treino — disse ele. — Vou escolher cinco garotos: aquele garoto que jogou de zagueiro — e apontou com o dedo —, o lateral direito idem — era o Amado —, os dois meio de campo e o ponta esquerda. Eu quero levá-los para fazer o teste lá no Rio. Vocês vão treinar um pouquinho mais e eu voltarei daqui uns seis meses para levá-los. Tem que arrumar alojamentos para vocês, na sede do clube, para se hospedarem e fazerem os seus testes. Enquanto isso, vocês vão treinando aqui.

Os escolhidos ficaram surpresos e alegres ao mesmo tempo. Todos tinham entre dezesseis e dezessete anos de idade.

Ali mesmo no campo, eles já foram cumprimentados pelos colegas, que diziam:

— Vocês tiveram sorte! Vocês jogam muito bem!

A partir desse dia, o treino mudou para esses cinco garotos: começaram a se exercitar mais que os outros, corriam um percurso maior, treinavam muitas jogadas ensaiadas, principalmente os dois meios de campo. O técnico dizia:

— A maioria das bolas tem que passar por eles. São os dois que distribuirão as bolas e criarão as jogadas. Eles têm uma visão melhor do jogo no campo.

Num desses treinos, o técnico falou para o Amado que ele iria treinar na posição de centroavante.

— Você tem uma visão do jogo e é muito rápido. E parece que você vai se adaptar a essa posição.

Desse dia em diante, Amado passou a ser um jogador dessa posição. Tanto é que Amado, um mês antes de fazer dezessete anos, foi escalado para jogar nessa posição, no time dos adultos.

Os colegas de sala de aula ficaram sabendo dias depois desse acontecimento. Começaram a cumprimentá-lo e a falar coisas encorajadoras para ele.

— Será que ele vai mesmo fazer o teste no Rio? Eu duvido! — Diziam alguns colegas.

No primeiro jogo que Amado participou no time de adulto, na sua nova posição, o seu time ganhou com o placar de 2 x 0. Amado fez os dois gols. No segundo jogo, o placar foi 1 x 1. No terceiro jogo, o placar foi de 2 x 1. Amado ficou eufórico em jogar nessa posição, pois, até esses três jogos, ele tinha feito os cinco gols e já era o artilheiro do campeonato, temporariamente.

Daí para frente, nos outros jogos ele começou a receber uma marcação individual, e as coisas complicaram. Não fazia mais gol em todas as partidas.

Os dias foram passando e Amado correspondia com as suas jogadas, e ganhou a posição. Ele era sempre escalado para jogar de centroavante. Somente em extrema necessidade é que ele jogava de lateral.

Amado ainda se lembra do primeiro gol que ele fez no time de adulto.

Na sua memória, as lembranças ainda permanecem vivas daquela jogada. O meio de campo tomou a bola do adversário e avançou com ela para o gol. O Amado, quando viu que o meio de campo podia passar a bola, correu por trás do zagueiro e recebeu a bola, livre de qualquer marcação. Aí foi só empurrar para dentro do gol. A jogada foi legal como manda a regra. Isso tudo foi ensinado e treinado com o técnico. Esse foi um dos gols mais fáceis que Amado fez durante o tempo em que ele jogou bola.

O olheiro ficou de voltar em setembro, só que ele não disse de que ano.

Passaram os dias de setembro, passaram as semanas, passaram os meses, passaram os anos, passaram as décadas e, por fim, já se passou mais de meio século, e até os dias de hoje ele não apareceu. Todos os cinco jogadores já envelheceram, e os que ainda estão vivos, será que ainda esperam pelo retorno desse olheiro? Vamos acreditar que sim e que ele ainda esteja vivo e voltará um dia, para convocar esses cinco velhinhos para jogar num time acima dos cem anos de idade. Será?!

50

A vida de Amado agora começou a passar no tempo e a fluir como as águas fluem de uma pequena fonte, que começa a engrossar no caminho, pelos regos d'água, até chegar a um grande rio e caminhar para o mar. Dizem que quase todos os rios terminam no mar. Amado só ouviu falar isso, mas ele mesmo nunca viu um mar.

Era em torno das dez horas da manhã quando Amado desceu até o rio para tomar um banho e fazer o seu treino, nadando nas águas que tanto ele conhecia. Ele já melhorara muito a sua natação, pois já tinha visto muitos filmes de Tarzan no cinema que trabalha. Ele observava com detalhes o Tarzan nas cenas em que aparecia nadando. Esses filmes eram muito solicitados pelo público.

Nesse dia, antes de entrar na água, ele ficou um bom tempo sentado na pedra onde sempre ficava. Ventava muito e fazia bastantes ondas. Ele ali só ficava olhando tudo com o seu silêncio. Estava só ele e um canoeiro que chegou e embarcou numa pequena canoa com a sua esposa e o seu filho de seis anos de idade.

Amado estava pensando que a beleza da natureza é transmitida no seu silêncio e quase todas são mudas. Ele observava as águas a correrem silenciosas. Os peixinhos no fundo do rio também nadavam silenciosos nos seus pequenos cardumes.

De repente, ele ouve um grito de socorro! Era o canoeiro que pedia socorro, pois a sua canoa era pequena e emborcou virando para baixo, pela força do vento.

Amado, quando viu aquela cena, imediatamente caiu na água e foi até a canoa. Ele deve ter nadado como o Tarzan nadava nos filmes. Ele foi muito rápido, pegou o garoto e pediu para ele segurar nos seus ombros, colocou o menino nas suas costas e nadou com as pernas e o braço no fundo da água. Trouxe o menino a salvo até a terra.

Amado disse para o pai e a mãe do menino segurarem na canoa e não soltar, que ele voltaria para resgatá-los.

Ele voltou imediatamente. A canoa tinha rodado poucos metros, pois onde eles estavam ainda não tinha a correnteza forte. Amado desvirou a canoa e segurou em cada lado da canoa, deu uns balanços pra lá e pra cá para tirar um pouco da água e pediu para os dois segurarem na borda. Pegou a corrente que estava no bico da canoa e nadou puxando-a até a terra. Os três foram salvos pela bravura do Amado, que nesse momento se julgava o Tarzan. Os dois agradeceram muito e disseram que não sabiam nadar quase nada; por isso, não arriscaram e ainda estava com as roupas, ficando muito mais pesados. Nessa hora, ali na beira do rio não tinha ninguém que pudesse aplaudir o seu ato de bravura, que ficou só entre os quatro e um dos Deuses, seu protetor.

Depois desse ocorrido, o senhor canoeiro que Amado não conhecia agradeceu novamente e disse:

— Você salvou as nossas vidas. Deus vai te ajudar muito e vai abrir os teus caminhos.

Amado ficou um pouco emocionado ao receber um abraço bem apertado dos três juntos e só respondeu:

— Amém! — E completou: — Quem salvou vocês foi Deus, que me mandou vir para cá nessa hora do dia.

Amado foi para casa e não treinou a sua natação; e também não falou para ninguém do ocorrido. Ele achava que nunca deve contar os seus atos heroicos. Eles pertencem a você e ao seu íntimo e a mais ninguém.

Amado, ao chegar à sua casa, pegou um livro e foi ler até a hora do almoço e ir para o colégio. Ele tentava se concentrar na leitura, mas aquelas imagens dos três agarrados na canoa não saíam da sua cabeça.

Ele pensou profundamente: "Aquilo já passou e não volta mais. Então vamos para frente e viver a vida." A partir desse pensamento, ele começou a esquecer todas aquelas cenas.

***

Agora ele estudava a quarta série do ginásio, e no final do ano teria a formatura do ginásio. A turma estava prometendo que seria uma festa muito animada, com muitas bebidas e comidas e uma boa banda para todos dançarem.

Agora, com o seu pequeno salário, Amado comprava o que o seu dinheirinho dava, e todos os meses ele ia à única banca de revista da cidade comprar um livro. A banca tinha poucos títulos, mas ele perguntava para o dono e comprava o melhor. Amado ainda não conhecia os grandes autores da literatura brasileira e mundial. Assim ele continuava com o seu desejo de ser um assíduo leitor.

Amado não esquece o dia que a professora de História disse:

— Amanhã, vamos fazer a prova de História. A matéria da prova será a revolução francesa e só.

Amado foi para casa, pegou o seu livro e leu toda a matéria. Pegou o livro emprestado da sua irmã, no outro dia, e leu. Foi fazer a prova. Ao terminar a prova, ainda no corredor da escola, ele disse:

— Que legal! A prova não estava difícil — disse e perguntou para o colega Adão: — O que você achou da prova?

— Eu achei um pouco complicada, mas eu estudei pouco, é por isso. E assim os dois saíram do colégio conversando e tomaram o caminho de suas casas.

Chegou o dia em que o professor entregou as provas e das pouquíssimas notas dez que teve na turma uma foi do Amado. Ele ficou supercontente, até porque ele já tinha lido um livro a respeito da revolução francesa e da revolução industrial na Europa. Conhecia um pouquinho do assunto.

Ao receber a sua nota dez, ele se lembrou da sua primeira nota de Matemática na primeira série do ginásio. Agora ele não foi chorar no banheiro. Ele ficou muito feliz e alegre com um sorriso na sua face.

Ele ainda se lembra dessa prova e a felicidade que ela lhe causou, pois foi o primeiro e único dez que tirou em todas as séries do ginásio.

Como era ano de formatura de todos, desde o começo do ano a turma começou a combinar sobre a festa.

Ficou resolvido que todos teriam que trabalhar bastante para arrecadar uma quantia de dinheiro suficiente, que pudesse cobrir os gastos da festa.

Em poucos dias, depois do acontecimento em que ele salvou a família no rio, a vida de Amado mudou muito. Ele ficava sempre se lembrando do agradecimento que o canoeiro fez: "Deus vai abrir os seus caminhos". Amado acreditou nisso.

Pouco dias depois, pela manhã, sem menos esperar, quando foi ao cinema revisar o filme que passaria a noite, ele passou em frente à Prefeitura e encontrou a Senhora Nadir, que ele conhecia. Nesse momento do encontro, ele disse:

— Bom dia, Dona Nadir!

Aí ela parou para conversar um pouquinho com ele. Sem menos esperar, ela lhe faz um convite dizendo:

— Amado, você não quer trabalhar comigo aqui na Prefeitura? É só pela manhã. O expediente dos bancos e da Prefeitura só vai das oito horas até as onze horas.

— É, eu sei — ele respondeu.

Ele aceitou na hora e perguntou:

— Que dia eu posso me apresentar?

A senhora Nadir, que era chefe da seção, a qual lhe fez o convite, disse:

— Na semana que vem. Nós estamos precisando de um funcionário com o seu perfil, você é muito responsável!

Nessa seção, todos trabalhavam muito. Era a seção da contabilidade da Prefeitura.

— Ok! Estarei às oito horas da manhã na sua seção com certeza.

Amado saiu muito alegre e foi para o cinema, a poucos metros da porta da Prefeitura — era só atravessar a estreita rua. Amado começou a pensar sobre o que ele faria com o seu trabalho no cinema.

Ele resolveu que ensinaria outra pessoa, como o Adauto fez com ele. Então ele foi conversar com o Dr. Reis, dono do cinema, e combinaria que não trabalharia mais no seu cinema. Ele ensinaria outra pessoa para trabalhar em seu lugar. Amado, então, levou um amigo seu que queria trabalhar e começou a ensinar tudo para ele. Era o Luis Porto. Como o tempo era curto, para ensinar tudo ao Luis, ele não se importaria em continuar a trabalhar por quase um mês a mais, até deixar o Luis sabendo de tudo e ganhar a sua alta confiança. Nesse período Amado ia de manhã para a Prefeitura, à tarde para a escola e à noite para o cinema.

Amado, na realidade, estava era querendo participar com a turma do colégio em tudo que pudesse, para arrumar o dinheiro para a festa da sua formatura.

Toda a turma agora começou a trabalhar para conseguir dinheiro suficiente para cobrir as despesas da festa, e, em pouco mais de um mês, Amado estava participando de todos os eventos para arrumar o dinheiro. Ele deixou de trabalhar no cinema.

Nessa época, em 1967, em Cáceres não existia nenhum curso superior, somente o ginásio, o científico, o normal e o recém-criado curso de Contabilidade.

Quase todas as meninas que terminavam a quarta série do segundo grau iam para o Colégio das Freiras estudar o normal, para serem professoras. Lá garotos não podiam estudar. Isso aconteceu com a minha irmã, que, nessa época, já estudava o normal e, assim que terminou o terceiro ano, foi ser professora.

O Colégio Imaculada Conceição e o Ginásio Estadual Onze de Março gostavam de comemorar as suas formaturas da quarta série com uma boa festa, em que todos se divertiam, comiam e bebiam à vontade. Quase toda a família de cada formando participava da festa.

Dava para entender o porquê de fazerem essa festa da melhor maneira possível. É que a maioria dos estudantes não estudaria mais. Dos homens, grande parte ia trabalhar na fazenda ou sítio dos seus pais. Poucos iam para o científico dar continuidade aos seus estudos. Os que iam achavam muito fraco. Não tinha professores para algumas das matérias. Então tinha que ir estudar fora, em outras cidades ou outros estados. Os que não podiam estudar fora davam por encerrados os seus estudos. A maioria das meninas casava e constituía a sua família. As que eram de fora voltavam para a sua região e montavam uma escolinha, mesmo só com o ginásio ou normal. Em Mato Grosso, quase tudo era permitido, pois era muito carente.

Então, essa festa era a festa de curtição para todos. Para uns era a despedida da vida de estudante. Esses iam procurar um emprego. Os que iam estudar em outro estado, esses felizardos, estavam se despedindo da sua turma, com a qual estudaram desde o primário, sempre juntos.

Então essa turma de formandos de 1967 queria fazer, se possível, uma das melhores festas da quarta série do ginásio.

Então, pensando nisso, todos teriam que trabalhar e muito para realizar os seus desejos.

Amado, como não estava mais trabalhando no cinema, decidiu que ajudaria muito a turma a trabalhar.

Foi montada a comissão de formatura, e começaram a organizar tudo.

Ficou programado que fariam todos os sábados um baile nos clubes UBSSC ou Humaitá, clubes que estavam em atividades. Esses bailinhos eram seguidos de um bingo que iniciava às dezoito horas.

A finalidade desses bailes era para angariar fundos e a turma aprender a dançar. Poucos eram os que sabiam dançar, principalmente a valsa que seria dançada no dia da formatura.

Não podia passar da meia-noite. Tinha que ser encerrado nesse horário porque todos eram menores de idade. Em 1967, a maioridade era aos vinte e um anos completos. Nessa turma ninguém tinha vinte e um anos de idade. Engraçado que o bar era administrado pelo clube, e lá se vendia cerveja, refrigerante e salgadinhos. As cervejas vendidas eram para combater o calor, diziam os garçons. Nesses bailinhos foi que muitos aprenderam a beber a sua cervejinha.

Assim, a comissão montada tinha a responsabilidade, perante a turma, de cumprir o prometido.

Amado, agora trabalhando na Prefeitura, tinha tempo disponível para acompanhar e ajudar a turma. Não trabalhando mais à noite no cinema, ele participava de todos os eventos e atividades que eram organizados pela comissão.

Trabalhando na seção de contabilidade da Prefeitura, Amado tinha contato com vários políticos das glebas. Muitos dos documentos relacionados sobre seus problemas passavam por essa seção da contabilidade, principalmente quando era sobre pagamentos. Tudo era calculado ali para depois pagarem na tesouraria. Essas glebas eram no município de Cáceres.

Assim, Amado conheceu vários prefeitos, vice-prefeitos e vereadores. Até que um dia, conversando com o prefeito da gleba Salto do Céu, ele perguntou:

— Como faz para conhecer a sua cidade? Pelo que eu ouvi dizer, as cachoeiras são maravilhosas.

Ele disse:

— É fácil ir lá, não é muito longe e a estrada é de terra, mas está boa. Tem poucos buracos.

— Senhor Prefeito — continuou Amado a falar —, podemos ir lá com a turma da nossa escola? Nós estamos formando a quarta série do ginásio e esse poderá ser um dos nossos passeios. Tenho certeza de que a turma vai gostar do passeio. É só um final de semana. A nossa comissão vai falar com o nosso prefeito Ernandi e ver se ele arranja, por meio da Prefeitura, um ônibus para nós irmos.

O prefeito disse:

— Se todos vocês forem, nós vamos oferecer a comida e a dormida para vocês.

— A comissão vai falar com o nosso prefeito, para ver se ele oferece esse ônibus para nós. Aí nós iremos. Obrigado — disse Amado.

O prefeito respondeu:

— Nós vamos esperar vocês lá. Será a primeira excursão de uma turma de estudantes na nossa pequena Gleba. Vocês vão adorar o visual e aproveitarão muito os banhos nas cachoeiras.

Essas glebas nasceram de doações das áreas cedidas pelo governador do estado de Mato Grosso e que ainda não tinha sido judicialmente legalizada. Foi assim que surgiram muitas glebas que se tornaram municípios da cidade de Cáceres. Assim, no noroeste e no norte do estado de Mato Grosso surgiram muitas glebas que se tornaram excelentes cidades.

Amado comunicou à comissão a possibilidade desse passeio. Então, ficou combinado de irem falar com o prefeito para ver se conseguiriam um ônibus.

Assim, a comissão preparou o dia para ir falar com o prefeito Ernani. Houve todo um preparo para essa ida à Prefeitura para falar com o prefeito. Foram somente quatro representantes da turma, duas alunas, dois alunos e só, isso para não tumultuar. Foi feito um preparo prévio de como dirigir as palavras com o prefeito e fazer o pedido.

Foi agendado pela secretária para a quarta-feira da semana seguinte. Na quarta-feira, foram os quatro alunos falar oficialmente com o prefeito da cidade.

Chegando à Prefeitura, foi comunicado que havia quatro alunos do Ceom querendo falar com o prefeito. A secretária levou os quatros até ele. Eles se apresentaram e foram direto ao assunto. O prefeito concordou de imediato e disse que já sabia desse pedido, uma vez que o prefeito da gleba Salto do Céu já tinha falado com ele dessa possibilidade de irem à primeira excursão de um grupo de estudantes àquela cidade.

Quando chegaram à escola com a notícia de que o ônibus seria cedido pela Prefeitura, foi uma alegria total da turma. A maioria dizia que iria a essa excursão, e realmente foi isso que aconteceu.

Foi comunicado ao prefeito da gleba, via telegrama, e ele respondeu que receberia de braços abertos e com muita alegria, então ele marcou o fim da próxima semana para o grupo ir.

A partir desse dia, todos começaram a programar essa excursão.

Ficou combinado que na véspera, na sexta-feira, todos se reuniriam na casa da Joanita e ficariam dançando, conversando, até as seis horas da manhã, quando o ônibus partiria, isto é, se aguentassem a noite inteira sem dormir, e com o cansaço dormiriam no ônibus. Era o que pensaram.

Nesse dia quase ninguém aguentou a noitada. Foi muito difícil passar a noite sem dormir, ou dormindo sentado em cadeira ou deitado no próprio chão da casa, esperando a madrugada acabar com o amanhecer do dia.

Quando saíram para o embarque, Amado pegou a vitrola e o disco que estava em cima da mesa. Era um disco de Jerry Adriani e falou para o colega:

— Pega os outros discos e leva. Ali tinha vários discos dos cantores da Jovem Guarda, que estavam com sucesso nessa época.

Na hora do embarque, cada um que entrava no ônibus logo ia sentando em sua poltrona e em poucos minutos adormecia.

O cansaço imperava porque a turma ficou dançando ao som de uma vitrola até as duas da manhã. Seguiram a viagem e todos foram dormindo no ônibus. No caminho passaram por uma gleba chamada Mirassol d'Oeste e foram muito bem recebidos pelo prefeito dessa gleba. Foi uma surpresa para todos. Disse ele:

— Nós ficamos muito honrados com a visita de vocês. É a primeira vez que recebemos uma turma de alunos aqui.

A permanência foi de aproximadamente uma hora e seguiram para o destino.

Chegaram à gleba Salto do Céu em torno das quatorze horas. Foram direto almoçar porque todos estavam com muita fome. Chegando ao local do almoço, as mesas e os bancos foram improvisados com tábuas, mas a comida era muito saborosa e podiam comer o quanto quisessem.

Após o almoço, foram se encontrar com o prefeito, que agradeceu muito por terem escolhido aquela cidade para fazer essa excursão.

Em poucas palavras, ele falou sobre a sua querida gleba Salto do Céu. Descreveu as belezas das cachoeiras e disse para aproveitarem o máximo que pudessem porque tão cedo achariam outras cachoeiras como essas que lá havia.

Ele descreveu que a gleba surgiu com a movimentação de ocupação da região, quando foram criados os programas de colonização do estado de Mato Grosso a partir de 1946, para dar embasamento e infraestrutura à colonização. Quando o presidente da CPP (Comissão de Planejamento para a Produção) João Augusto Capilé Filho se deparou com uma alta queda d'água, que o impressionou pela altura, logo ele deu o nome de Salto do Céu. Amado nunca se esqueceu do nome do presidente porque ele tinha um colega que jogava bola com ele e tinha o apelido de Capilé. Miguel era o seu verdadeiro nome. Jogava muito bem, na sua posição de meio de campo, e sempre gostava de jogar com a camisa número oito.

Realmente, ao chegarem lá, foi uma surpresa ao verem tantas cachoeiras maravilhosas: de alturas diferentes, de larguras diferentes e de volume de águas diferente. Tinha uma que aparecia de dentro da floresta, parecendo que a sua nascente era ali mesmo. Foi assim que o Centro-Oeste mato-grossense começou a se desenvolver.

52

O grupo não esperou muito para desfrutar daquelas maravilhas. Logo foram para a pensão onde todos dormiriam, puseram roupa de banho e foram para as cachoeiras desfrutar das delícias impostas pela natureza.

Era até difícil acreditar naquilo que estava diante dos olhos de todos. Cada cachoeira tinha vários lugares que se podia usar e desfrutar das águas bem fresquinhas. Muitos fizeram várias fotos para levar de recordação. Amado chamou uma colega loira e, em cima de uma pedra, onde corria um fluxo forte de água, encheu o peito de ar, estufou o tórax abrindo os braços para mostrar as musculaturas embaixo dos braços, isto é, "as asas", dito entre os jovens, imitando o Tarzan e a Jane, dos filmes que tanto ele gostava. Essa foto Amada guardou para sempre, para relembrar desse passeio e mostrar para os seus futuros filhos e netos.

Esse divertimento permaneceu até o escurecer da noite, quando os morcegos começaram a sobrevoar, perto das águas, para ver se abocanhavam alguns insetos para a sua comida. As corujas também já anunciavam com os seus pios que a noite chegara.

Todos foram para a pensão trocar de roupa e jantar. Novamente a comida era deliciosa. Isso porque os primeiros aventureiros que foram morar nessa região eram mineiros. Então a comida era de sabor todo mineiro.

Depois do jantar, colocaram a vitrola para tocar. Assim, começaram a dançar e foi até quando aguentaram.

O primeiro disco a tocar foi o do cantor Jerry Adriani. O segundo foi o mesmo. O terceiro idem. Aí o grupo pediu para trocar o disco.

Acontece que o danado do colega não pegou os outros discos que Amado pediu para ele pegar e levar, assim todos os outros discos dos cantores que estavam em destaque ficaram na casa da Joanita.

Nesse único disco que foi, tem uma música com o título de "Deixe o mundo girar", e essa música é de um ritmo lento. Toda hora pediam para repetir a música, e, de tanto tocar, todos enjoaram e pararam de dançar. A música na realidade deixou todos com a cabeça girando e não o mundo. Não foi ver o sol nascer e deixar o tempo correr, como dizia a música. Amado ficou com repugnância dessa música para o resto da sua vida. Quando a escuta, ele se lembra daquela excursão que, devido à repetição da música, fez criar a antipatia por ela. Na realidade a música ficou girando na cabeça de Amado por um bom tempo depois de ouvi-la.

No domingo, ainda deu tempo de aproveitar na parte da manhã um bom banho nas lindas cachoeiras e fazer as suas despedidas. O retorno foi depois do almoço. Todos estavam exaustos e assim que entraram no ônibus em pouco tempo começavam a dormir.

Na segunda-feira, todos os colegas queriam saber do passeio, e os que não foram arrependeram-se. Cada um contava a sua aventura. Eles só diziam: "Por que eu não fui?".

As aulas continuaram e todos estudavam o suficiente para não serem reprovados e não deixavam de lado as oportunidades de ganhar dinheiro, para bancar a festa, com a cantina improvisada e os bailinhos na casa de um e de outro.

A comissão teve a ideia de fazer na hora do recreio vendas de bolos e salgadinhos. No colégio não havia cantina para os alunos. Isso foi muito bom, porque eram os próprios formandos que vendiam os bolos, salgadinhos e refrigerantes. Eram encomendados para uma senhora que trabalhava com isso. Assim, a quantia do dinheiro ia aumentando na conta bancária dos formandos.

Amado, agora envolvido com a formatura, não leu quase nada. Ele já tinha adquirido o gosto pela leitura e compromissou que no próximo ano leria o que deixou de ler nesse ano.

O seu trabalho não atrapalhava em nada. Ali ele aprendeu bastantes coisas sobre contabilidade que o ajudariam muito no seu futuro.

O fim do ano estava chegando e com isso a expectativa da formatura se aproximava. As aulas estavam em dia com as matérias. Todos os alunos sabiam que dificilmente os professores reprovariam alguém. Todos estavam animados.

Um colega de sala, muito amigo de Amado, chamado Creudes, que era o presidente da comissão de formatura, descobriu que lá na USA (União Social de Assistência), onde Amado estudou pela primeira vez, estava tendo aula de karatê. Amado, com tempo sobrando nesse horário, em que eram dadas as aulas, propôs a ir treinar com ele.

No primeiro dia de treino, Amado entrou na sala onde ele quase chorou na primeira vez em que nela entrou. Tudo ainda estava como era. As aulas não eram mais dadas ali. Tinham construído outras salas de aulas. Aquela sala, mesmo em mau estado, servia para os treinos do karatê. O professor era um japonês que era faixa preta e se propôs a ensinar com muita dedicação. Ele mal falava o português. Esse professor japonês viera com a sua família para o Brasil e foram morar numa gleba recém-criada. E com ele vieram muitas famílias japonesas. Os moradores dessa gleba eram quase todos japoneses, ou descendentes.

O que foi ensinado nessas aulas deu muita base para os dois formandos. Ensinou uma nova maneira de pensar e de raciocinar com mais profundidade e com mais rapidez. Com os golpes, Amado aprendeu a se deslocar e a ter mais elasticidade no corpo. Isso foi muito bom para o seu futebol. Ele tornou um jogador mais rápido e a prever a antecipação das jogadas.

Um dia, conversando com os colegas sobre essas aulas, eles pediram para que fizessem uma pequena demonstração na própria sala de aula. Recuaram as cadeiras para o lado da sala, e o Amado e o Creudes tiraram os sapatos e mostraram os golpes básicos da luta, mesmo de uniforme. Todos acharam muito interessantes os movimentos dos golpes e os aplaudiram. Mas só foi esse pouco. Ainda estavam aprendendo os outros movimentos.

Agora faltavam poucos dias para terminar o ano letivo. Era prova final e a preocupação afetava a todos. Ninguém queria ficar reprovado ou de segunda época. As provas foram feitas, e, graças a Deus, todos foram aprovados, e a felicidade era estampada no rosto de cada aluno. A turma ficou empolgadíssima para os preparos da formatura. Agora todos tinham certeza de que iriam aproveitar a festa que estavam ajudando a organizar. Essa festa poderia ser a despedida de muitos. Isso na realidade aconteceu. Muitos enfrentaram os caminhos que a eles foram destinados, e muitos nunca mais se viriam a partir dessa festa de despedida.

55

Agora que todos estavam aprovados, só pensavam na formatura e no baile. Até que chegou a semana tão esperada. Ficou combinado que a missa em ação de graça seria no domingo, às oito horas, e, logo depois, a entrega do diploma, no Cine Copacabana. E no próximo sábado seria o baile.

A professora de canto orfeônico treinou um coral para cantar nessa missa. Amado fazia parte desse grupo. Com essa professora, ele aprendeu a impor a voz no momento certo, aprendeu a cantar com vibrato, que deve ser cantado em nota semitom. Aprendeu a fazer a respiração correta. Uma pena que foram poucos meses de aula de canto, ensinado por essa professora. O "Canto orfeônico é um tipo de prática de Canto coletivo amador, tendo esse nome em homenagem a Orfeu, deus da mitologia grega, que encantava e amansava as feras com suas músicas".

A missa foi celebrada na Catedral e depois todos foram para o Cine Copacabana, onde seriam entregues os diplomas. A Comissão alugou o cinema para esse evento de entrega dos diplomas. Na cidade era o único lugar cabível para esse evento. Nesse dia da entrega, lá estavam o prefeito, o vice-prefeito, a secretária de educação e o diretor do colégio.

O cinema ficou lotado com os familiares dos formandos. Muitos aplaudiam o momento em que o seu filho subia ao palco para receber o seu diploma.

Foi uma sensação fenomenal para todos que subiam ali no palco para receber o seu diploma.

Depois desse evento, só restava o baile, que ficou marcado para o próximo sábado.

Então, começaram a preparar as suas roupas. Muitos dos formandos, todos entre dezesseis e dezoito anos, vestiriam pela primeira vez um paletó, para um evento com esse nível de gala que era a sua formatura, e dançariam a valsa com a sua namorada ou alguém da sua família.

Para o baile foi contratada uma banda de Cuiabá, da qual Amado não lembra mais o nome.

Foi feito um ensaio para que não errassem na entrada, no dia do baile, e assim todos ficaram ansiosos para que chegasse o dia do baile.

Para o baile, o clube foi enfeitado com certa simplicidade, devido à reserva de dinheiro que a comissão dispunha.

Para pagar a banda, a comissão conseguiu várias ajudas de pessoas que quiseram contribuir, inclusive pais de alguns alunos.

A comissão conversou com o prefeito para que fizesse uma doação para os formandos, já que ele pagou a viagem que foi feita na gleba Salto do Céu, mas nada aconteceu. Ele não contribuiu com nenhuma verba.

No dia do baile, foram chegando os formandos e seus familiares. Todos estavam alegres e felizes. Estavam indo para uma noite de diversão e curtição. Não eram muitos, apenas vinte e cinco formandos. No rosto de cada um dava para notar a alegria por terem chegado até ali. Era o primeiro passo para o futuro. O prefeito estava lá. Ele foi um dos convidados de honra, até porque a filha dele estava namorando um colega do grupo.

Assim que chegaram todos os formandos, deu-se início à festa. A banda tocou uma música de introdução, e logo após a organizadora da festa começou a chamar cada formando com o seu padrinho ou madrinha. Ia cada um para um lado, formando duas filas na lateral do salão, até entrarem todos os formandos. Quando começou a tocar a valsa, o casal se encontrava no meio do salão com o seu par e começava a dançar. E assim foi até o último casal. A valsa tocada foi ensaiada por todos. Assim, dançaram muito bem, e quando terminou essa valsa a banda ofereceu outra valsa mais curta em homenagem aos formandos. Ao fim, todos foram para a sua mesa. A alegria estava dentro de cada formando. Nesse dia os formandos resolveram que beberiam uma cervejinha para descontraírem e ficarem mais animados para a dança.

Seria a primeira vez que muitos beberiam. Os pais liberaram essa atitude porque era o dia deles. Todos ainda eram menores de idade.

A banda era muito boa e tocava só música recente dos cantores brasileiros e dos sucessos mundiais, como a banda "The Beatles". Mas foi pedido para não tocar música de Jerry Adriani, para não se lembrarem do passeio, e isso foi obedecido. Após a valsa, só tocou música para dançar à vontade, dançar o ritmo que quisesse e da forma que bem conviesse. Enquanto a bando tocava, o salão ficava cheio de dançarinos principiantes. Os ritmos eram de: "baladas", "iê, iê, iê", as danças de "sonoridades psicodélicas"... Valia tudo.

Os "The Beatles", por exemplo, surgiram no começo da década de 1960, em Liverpool, Inglaterra e em 1967 eles estavam no auge da fama. Ela é considerada a banda mais influente de todos os tempos, em todo o mundo. A contracultura e o seu desenvolvimento faziam parte dos seus ideais, e suas músicas foram reconhecidas como forma de arte.

Em 1967, eles produziram a música: "Sgt. Pepper's Lonely Hearts Club Band" é tido como o maior sucesso comercial de todos os tempos. Talvez uma pesquisa mais aprofundada, na época, perceberia que eles só perderiam para o cantor country Elvis Presley. Os seus apaixonados fãs eram apelidados de "beatlemania".

A banda fez uma surpresa para os formandos quando tocou a música recém-lançada pela banda de rock brasileiro "Os Incríveis", gravado nesse mesmo ano, e fez um sucesso de imediato. A letra toca profundamente no coração de todos. Fala da guerra do Vietnã. A música que foi tocada tem o nome de: "Era um garoto que como eu amava os Beatles e os Rolling Stones". A canção é uma versão traduzida do italiano, por Brancato Junior da canção italiana: "C'era um regazzo che come me amava i Beatles e i Rolling Stones", composta por Franco Migliacci e Mauro Lusini, em 1966.

A canção fala de um jovem guitarrista dos EUA, que foi convocado para a Guerra do Vietnã e que perdeu sua juventude, seu futuro como guitarrista e a sua vida na guerra. A letra diz que ele: "girava o mundo sempre a cantar as coisas lindas da América, cantava viva à liberdade, mas uma carta sem esperar, da sua guitarra o separou, fora chamado na América. Stop! Com Rolling Stones, stop! Com Beatles songs. Mandado foi ao Vietnã, brigar com vietcongs... Cabelos longos não usa mais, nem toda a sua guitarra e Sim, um instrumento que sempre dá a mesma nota Rá-tá-tá-tá. Não vê amigos, nem mais garotas, só gente morta caída ao chão. Ao seu país não voltará, pois está morto no Vietnã. No peito um coração não há, mas duas medalhas ou três."

A canção fala que esse jovem perdeu sua juventude, seu futuro como músico e sua vida na guerra. Mas, na realidade, a música relata a repulsa dos jovens à guerra, seus aspectos trágicos e brutais, e que ele só viu pessoas mortas e amigos caindo ao chão, até que chegou a sua vez.

Ao iniciar essa música, ninguém aguentou ficar sentado. Todos foram para o salão dançar. Teve formando que chorou nessa hora em que dançava. Isso já era efeito das cervejas tomadas.

Muitos resolveram beber um pouquinho a mais. Acontece que ninguém tinha o costume de beber. Era a primeira vez que bebiam essa quantidade de cerveja. Tinham uns que riam sem parar; outro fazia careta de bêbado; outro peitava quem passava ao seu lado. Muitos perderam a vergonha e cantavam as músicas dos cantores em sucesso, da época. Ninguém ficava sentado.

Dois colegas tiveram a ideia de juntar algumas das mesas num lado do salão e começaram a beber um pouquinho a mais. As garrafas vazias eram colocadas em uma mesa ao lado. Ali estavam as garrafas vazias, taças e copos que tinham sido usados. A mesa estava quase cheia. Sem querer, dois formandos foram se abraçar como forma de confraternização e, como já estavam um pouquinho bêbados, tropeçaram na mesa e foi garrafa para todos os lados. Quebrou-se tudo: as garrafas de cervejas, as garrafas de champanhe, as taças e os copos. Sorte que não houve nenhum acidente. Os garçons logo vieram e limparam aquela quantidade de vidros quebrados. E tudo mais foi alegria nessa noite.

Na hora de irem embora para as suas casas, Amado e mais dois colegas que estavam um pouco além do normal se abraçaram e foram para a Praça Barão do Rio Branco, só que já era madrugada e nas ruas, quase todas escuras, não tinha uma viva alma. Mas para eles aquele ato fora inesquecível devido à gritaria dos três. Foi simbólico porque sabiam que nunca mais isso aconteceria. Tinha momento da caminhada que os três dançavam, jogando as pernas para a direita e para a esquerda, e cantavam as suas alegrias que fluíam de dentro dos seus corações. A alegria era transmitida por eles e só para eles, nessa madrugada inesquecível para os três, nesse dia da sua formatura e do primeiro porre das suas vidas. A felicidade na realidade está dentro de cada um. Não importava o local nem a roupa que se vestia. Era madrugada nessa hora. Todos estavam de paletó preto. A felicidade fez se sentirem bem e felizes.

Amado e os dois colegas só foram para casa quando o sol deu seu sinal de vida e apareceu por trás dos sinos da Catedral. Os três disseram "vamos embora, agora já dá para acertar o caminho de casa". Assim os três, já bem melhores da bebedeira, marcaram de se encontrarem à noite no mesmo lugar em que estavam.

À noite, na hora marcada, os três apareceram no local combinado e começaram a lembrar do fato e riam a cada detalhe que lembravam. Outros colegas que apareceram por lá riam também das peripécias dos três. Nessa praça havia a reunião dos jovens que gostavam de curtir esse espaço.

Em poucos dias, cada um estava buscando os seus caminhos. Os que iriam estudar fora, em um centro mais avançado, já preparavam a sua viagem para fazer a sua matrícula no colégio onde iam estudar. Outros do grupo buscavam os seus trabalhos, e alguns iam para a fazenda dos seus pais.

Amado, como não tinha condição de estudar fora e seu pai não possuía fazenda, continuou a trabalhar na Prefeitura e foi fazer o científico ali mesmo na cidade. Não tinha outra opção. Amado sempre falava para os amigos que: "o nó da verdade e da realidade das coisas só aperta para os mais fracos".

51

As férias para Amado nesse fim de ano transcorriam sem motivação. Já que quase não fazia nada, voltou a treinar a natação no rio e a jogar bola nos treinos. Agora iria fazer dezoito anos em abril. No futebol que ele gostava, começou a se destacar na nova posição de "centroavante", posição determinada pelo seu técnico Ênio.

Em janeiro, a seleção da cidade recebeu um convite para ir a Poconé, cidade distante a cento e vinte quilômetros, para disputar uma partida de futebol em comemoração à semana festiva, da inauguração da sua cidade, que comemorava no dia 21 de janeiro, a festa durava uma semana. A iniciativa desse convite foi de um amigo do nosso técnico. Tinham poucos dias para o jogo, então o técnico convocou vários estudantes que jogavam nos seus times os quais estava treinando, por estarem em férias.

Ficou combinado que o jogo seria no próximo sábado e o retorno seria depois do jogo. Amado foi convocado para esse jogo. Como o esporte da cidade não tinha apoio de ninguém, o técnico arrumou um caminhão para levá-los e todos embarcaram na sua carroceria para Poconé na sexta-feira à tarde.

Para Amado, essa seria a maior aventura até então, na sua jovem vida. Primeiro foi a surpresa da sua primeira convocação para a seleção, que para esse jogo ficou determinada como seleção dos estudantes. Seu rosto radiava alegria e seria também a primeira viagem que faria para outra cidade, para jogar bola.

A saída da viagem ficou combinada para as dezesseis horas.

O grupo todo se amontoou na carroceria e seguiu viagem para Poconé. Eram só cento e vinte quilômetros. Não demoraria muito tempo de viagem.

Como era final da tarde, o sol ainda forte batia nas costas dos jogadores e se punha bem vermelho lá longe no horizonte. O grupo todo ia sentado no piso da carroceria, para evitar o vento na cara e os insetos que incomodavam a todos. Assim que escureceu, começou uma pequena chuva que molhou a todos. Foi até bom, porque estava muito quente.

Chegaram todos molhados e foram direto para uma pensão onde tomaram um banho, jantaram e depois de um bom papo foram dormir.

O jogo ficou marcado para as quatorze horas. Por sorte o dia estava nublado — não tinha o sol para judiar das peles dos jogadores.

O jogo foi realizado em um campo de futebol, com seu gramado, até certo ponto, bem cuidado. O campo estava bem marcado com cal e a sua cerca era de arame.

Quando chegou a hora de escalar o time, o nosso técnico teve que fazer uma alteração. O lateral direito não pôde ir a esse jogo; então a única solução seria colocar o Amado de lateral, sua verdadeira posição, na qual ele gostava de jogar.

Como era um jogo que comemorava o aniversário da cidade, o campo estava cheio de gente. Muitas garotas que não gostavam de futebol estavam lá, mais pela curiosidade de ver muitos jovens de outra cidade jogando do que por vontade de assistir ao jogo, coisa que elas pouco entendiam.

O técnico fez uma surpresa para todos. Ele conseguiu 15 rosas muito bonitas. Essas rosas seriam ofertadas aleatoriamente para quinze pessoas que estavam ali ao redor do campo e assistiriam ao jogo. Essas rosas seriam ofertadas em comemoração ao aniversário da cidade.

O time visitante foi o primeiro a entrar em campo. Todos foram até o centro do campo e ficaram em volta do círculo do meio do campo. Aí o juiz deu um apito, isso foi combinado na entrada, e cada jogador caminhou em direção ao público e ofereceu a rosa, ao seu bel-prazer. Os torcedores agradeceram as ofertas, o time da cidade entrou em campo e logo em seguida o jogo começou.

O jogo foi muito competitivo, e as jogadas eram disputadas com certo vigor, porque ninguém queria perder a partida.

Uma jogada de ataque fez com que Amado entrasse um pouco mais forte, bem perto da grande área. O jogador deles, ao receber a pancada, deu um pulo e foi cair dentro da grande área. Aí o juiz marcou pênalti. Eles cobraram o pênalti e marcaram o gol. Os dois times estavam jogando muito bem. Todos estavam dispostos a correr, até porque em volta do campo estava lotado de garotas torcedoras.

No segundo tempo, o beque central deles colocou a mão na bola dentro da pequena área, tirando a bola da trajetória do gol. Aí não tinha o que reclamar — foi pênalti. Quem foi para a cobrança foi o Nélio, o capitão do time. Amado ainda pediu para bater o pênalti, mas ele não permitiu e disse, — deixa que eu bato. Ele posicionou a bola na marca do pênalti, afastou-se um pouco da bola e, assim que o juiz apitou, correu e bateu. A bola foi por cima do travessão. Ele errou o pênalti. O time visitante não conseguiu empatar o jogo e perdeu por um a zero.

Ao acabar o jogo, todos foram para o caminhão, ainda de uniforme. Trocariam as suas roupas dentro do caminhão. Foram todos suados do jeito que acabou o jogo. Tinham ainda muitos quilômetros para rodar e ninguém queria chegar muito tarde a suas casas.

Amado, assim que chegou, logo começou a contar o que fizera na sua primeira viagem para outra cidade e a sua primeira convocação para a seleção da cidade de estudante. Seu pai ficou todo orgulhoso da façanha do seu filho.

Agora Amado tinha assunto novo para contar para os colegas. Não era muita coisa, mas era algo diferente.

55

As férias acabaram-se e as aulas tiveram início no começo de março. Amado estava ansioso para encarar o primeiro ano do científico. Todos diziam que era um pouco mais difícil. Ele queria comprovar e ter certeza se de fato era difícil.

As aulas começaram, e já na primeira semana faltaram alguns professores. Amado pensou: "Os professores ainda não chegaram de férias. Depois tudo normalizará. As aulas foram seguindo e não apareciam os professores de Física, Química e Biologia. No primeiro ano, tinha aula de Inglês com a mesma professora que há vários anos dava aula para o ginásio, tanto no Ceom como no ISM e no Colégio das Freiras. Deu para aprender um pouquinho de inglês. Essa professora era do Rio de Janeiro e foi morar na Inglaterra para estudar. Ela era loira de olhos verdes, alta e muito bonita. Ela veio poucas vezes ao Brasil durante esse tempo que ela estudou na Inglaterra. Numa dessa vinda, ela conheceu o seu futuro marido, que estava se formando em Medicina no Rio de Janeiro e logo se apaixonaram. Ela não voltou mais para a Inglaterra e logo se casaram, e ela foi enfrentar as dificuldades do sertão pantaneiro, na cidade de Cáceres.

Ao chegar à cidade, ela era admirada por todos ao saberem dessa sua aventura de deixar a Inglaterra pela vida amorosa. Sua pele era bem clara e chamava bastante atenção por ser diferente para os cacerenses, por serem quase todos morenos.

Quando ia dar aula no ginásio, onde Amado estudava, ela ia de charrete. Ia feliz da vida, curtindo o panorama da cidade. O condutor era um velho senhor simpático e agradável muito conhecido na cidade. As outras duas escolas em que ela lecionava eram perto da sua casa. Dava para ir a pé.

Para Amado, esse primeiro ano do científico estava sendo sem motivação. Vários dos colegas que ele considerava foram estudar fora da cidade. Todos os membros da comissão de formatura foram embora. Ele ficou quase sozinho em relação aos seus amigos estudantes que tanto considerava. Então resolveu ler os livros que não leu no ano anterior, devido ao trabalho e à comissão.

O Colégio recebeu, na sua pequena biblioteca, uma doação de vários livros de leitura, que foi excelente para quem gostava de ler. Os alunos podiam tomar emprestados os livros.

Amado voltou a jogar bola com os seus queridos amigos, porque o tempo estava sobrando e os professores das matérias não apareciam. Agora, Amado jogava como titular do time principal que disputava o campeonato da cidade.

O sábio professor de Matemática, em poucos dias de aula, explicou para os alunos que ensinaria uma matéria nova, que seria a "Matemática moderna", e ensinaria a Análise Combinatória, e nela destacaria: os princípios aditivos e multiplicativos; as permutações simples; os arranjos; as combinações e as funções enumerativas; e algo mais.

A análise combinatória ganhou notoriedade após a publicação do livro *Análise Combinatória*, de Percy Alexandre MacMahon, em 1915. Um destaque nesse assunto foi Gian-Carlo Rota, que ajudou a formalizar o assunto a partir da década de 1960. "É um ramo da matemática que estuda coleções finitas de elementos que satisfazem critérios específicos determinados e se preocupam em particular, com a contagem de elementos nessas coleções".

Para Amado essa parte da Matemática não trouxe nenhuma dificuldade, até porque os exemplos citados pelo professor ele associou aos seus jogos e coleções de "bolitas", que ele fazia quando era criança e jogava na época dos seus doze anos de idade.

Amado ficou meio desolado, quase não ia mais a Praça, e então sem menos esperar ele arrumou uma namorada. Antes ele só tinha umas paqueras e nada mais além disso. Esse namoro durou alguns meses.

Não era um namoro sério. Era ainda namoro de adolescentes. Amado tinha recém-feito dezoito anos, e ela tinha dezesseis anos de idade. Era mais uma brincadeira de namoro.

Esse namoro Amado sabia que não daria certo, porque ele não tinha ainda uma profissão nem um bom emprego. Única alternativa para ele era encarar a vida sozinho e, no próximo ano, decidir estudar fora. Mas como? Para isso, ele teria que contar com a sua própria sorte.

Amado teve até o fim do ano para decidir se arriscaria em ir estudar fora ou não.

Amado percebeu que não valeria a pena continuar aquele namoro, ele só foi levando como um passa tempo, a sua namorada sabia disso.

As aulas e os meses iam passando e nada de aparecer os professores das três matérias. Amado foi diversas vezes a pequena biblioteca a procura dos livros de: Física, Química e Biologia. A pequena biblioteca do colégio infelizmente não tinha nenhum dos livros indicados dessas matérias. Se tivesse, Amado se desdobraria e iria estudar sozinho porque ele estava acostumado com isso. Ele não sabia estudar com ninguém. Ele tinha a sua maneira própria de estudar.

Amado percebeu que seu futuro ali, por ora, não seria favorável para ele. Então ele começou a conversar com a sua mãe sobre a possibilidade de ir estudar em Campo Grande.

Sua mãe respondia que iria pensar.

Daí para frente, ele ficou animado com essa possibilidade.

Amado já sabia que o ano terminaria e nenhum professor apareceria para dar as aulas. As outras matérias foram bem dadas e deu para aprender o que foi ensinado.

Como o seu namoro não era nada muito sério, ele começou a dizer para a namorada que no ano seguinte ele iria para Campo Grande, para estudar e tentar trabalhar. Ela entendeu a situação e que daí para frente se viriam muito pouco. Não teve um diálogo de término de namoro, apenas se distanciaram.

O ano acabou e essa turma do primeiro ano do científico ficou com déficit dessas três matérias em seus boletins. Isso iria fazer muita falta para Amado no futuro dos seus estudos.

As outras matérias, como Matemática, Português, Geografia e História Geral, foram bem administradas e deu para aprender conforme foi ensinado. Devido às aulas faltosas, a turma nesse intervalo estudava em grupo essas matérias que não foram ensinadas. Amado interagia, mas quase sempre afastado. Assim ele sentia melhor.

As aulas de Português foram dadas por um excelente professor. Amado lembrou-se dessas aulas por muito tempo.

Ele dizia que Português não é difícil, basta conhecer as regras, mas eram esses detalhes que complicavam, porque português tem as suas regras com muitos detalhes.

Depois de Amado ter conversado bastante com sua mãe, ela consentiu que ele fosse para Campo Grande. Ia morar com o seu primo Carlos, que nessa época fazia o segundo ano de Direito e alugava um quarto, cozinha e banheiro, numa vila perto da Central dos Correios. Era bem localizado.

Esse dinheiro que bancaria Amado em Campo Grande sairia das pedaladas na máquina de costura da sua mãe. O seu pai não decidia nada — não tinha profissão, muito menos emprego.

Quando Carlos foi passar as férias de julho em Cáceres, a mãe de Amado acertou para morarem juntos. Ele já morava com um primo de grau de parentesco da linhagem do seu pai. A mãe de Carlos era irmã do pai de Amado.

Amado, depois que recebeu o positivo, começou a se preparar para a sua ida.

Já era quase final de ano e os professores não apareceram. O estrago na sequência dos seus estudos estava feito.

O final do ano chegou e somente dois alunos ficaram de segunda época, mas fizeram o exame e foram aprovados.

Amado foi buscar o seu boletim porque ia estudar fora. Quando ele pegou o seu boletim, teve a maior surpresa. As notas das matérias não ministradas estavam lá. Só notas boas. As de Amado eram sete e meio e oito, as quais o deixaram muito surpreso.

Agora Amado só pensava em ir embora. Ele sabia o quanto isso deixaria de saudades dos velhos amigos do tempo das brincadeiras no rio, dos amigos do futebol e até mesmo dos que foram embora. Ele os considerava muito. Mas sabia que, em pouco tempo, belos dias chegariam.

Amado sabia que seriam difíceis as despedidas de todos, então decidiu que não despediria de ninguém. Assim, ninguém ficaria sabendo de sua saída da cidade para estudar fora.

Como o salário que ganhava na prefeitura era pouco, ele começou a comprar poucas coisas para levar. Tudo era muito simples. Ele teve que comprar uma mala, pois, até então, ele não possuía sequer uma mala. Só pode comprar, com seu magro dinheirinho, uma mala de fibra. Essa era a mais barata que ele achou. Comprou também um tubo grande de creme dental

Colgate. Seria a primeira vez que escovaria com essa pasta, antes só usava a pasta Kolynos por ser mais barato.

Ali naquela mala ele depositaria todas as suas coisas e também todas as suas esperanças de um futuro melhor e cheio de aventuras, já que ele gostava de desafios.

Ele achava que tudo passaria. Era só uma questão de tempo, para buscar o caminho e alcançar os seus objetivos.

56

O mês passou muito rápido para Amado. Ele só pensava nessa ida para Campo Grande. Ele imaginava como seria estudar num colégio diferente do seu, no qual estudou todo o ginásio até o primeiro ano do científico, como os colegas da nova escola o receberiam, quais dificuldades encontraria nas matérias não administradas no seu colégio. Ele sabia que seria bastante complicado o começo da sua vida independente.

Chegou a semana em que a esperança de um bom recomeço aumentava. Amado pediu demissão do seu emprego e lembrou que agora era a hora de fazer os pedidos para os Deuses que o indígena *Juan*, parteiro de sua mãe, disse que o protegeriam nas horas difíceis. Ele lembrou que já tinha recebido algumas vezes a proteção de seus Deuses desconhecidos para ele. Agora realmente seria a hora que ele iria precisar muito dessas proteções, em todos os sentidos. Ele tinha fé que, caso necessitasse de um dos Deuses, seria agraciado com a sua ajuda novamente.

Amado começou a arrumar a mala. Agora todos os dias da semana ele iria à Catedral rezar e pedir proteção. Assim ele achava que seria mais confortável. Pelo menos teria como acreditar em alguma coisa, caso necessitasse.

As suas orações eram profundas para um jovem de dezoito anos.

Na véspera do embarque, Amado foi se despedir somente na casa de uma tia que ele considerava muito. Foi na casa da sua namorada só para conversar um pouquinho e dar um beijinho de despedida em sua face e dar um adeus. Esse adeus foi como uma despedida para sempre. Ela estava na porta da sua casa quando Amado chegou. Conversaram um pouco. Ele deu um beijo, saiu de costas e não olhou mais para trás, para ela. Foi assim até virar a esquina. Amado sabia, no seu interior, que possivelmente não a veria jamais. Foi um pressentimento, um presságio.

Quanto aos amigos do futebol, ele foi dizendo a todos, um por um, que iria estudar fora. Os amigos compreenderam e muitos disseram que ele faria falta no time. O futebol ele jogava por prazer — não lhe rendia nada. Até as chuteiras ele tinha que comprar. Amado achava que esses eram os seus amigos de verdade, amigo de fé.

Nesse dia ele levantou bem cedo e foi para o rio fazer a sua despedida. Nadou um pouco, sentou na pedra onde Dona Satú lavava as suas trouxas de roupas, respirou bastante aquele ar úmido e olhou profundamente tudo em volta de si. Ali ele viu que estava deixando aquela maravilha. Estava deixando o seu *rio*, a sua pequena praia, onde brincou muito com o seu cachorro Valente e jogou bola com os seus coleguinhas. Ali ele pensou: "A vida aqui é boa, mas ela tem que prosseguir se eu desejar a crescer um pouco mais".

Amado deu mais dois mergulhos e disse para si:

— Vou fazer o mesmo que esse rio faz. Ele é grande, forte e por isso tem poder por ser volumoso. Como ele, eu nunca voltarei para passar as mesmas dificuldades, caso haja.

Subiu a barranca do rio e foi para a sua casa.

Amado não se despediu mais de ninguém. Ele não queria que mais alguém soubesse que ele estudaria fora. Nessa semana aos poucos ele foi se despedindo dos colegas do futebol, para não deixar saudades, mas o seu coração ficava apertado.

Amado combinou com sua mãe que voltaria nas férias de julho, para rever os irmãos, que tinha certeza que sentiriam muitas saudades.

Chegou o dia do embarque. A viagem era longa.

O dia amanheceu nublado com sinal de chuva. Mas, durante a madrugada, São Pedro permitiu que caísse uma boa quantidade de chuva. São Pedro mandou foi água, assim o povo simples da cidade dizia quando chovia muito forte.

Como o dia não estava quente devido à chuva de madruga, Amado entendeu que essa chuva foi mandada para fazer uma limpeza no passado da sua ainda curta vida e seguir o caminho limpo das mazelas, dos aborrecimentos e do passado desgostoso que muitas vezes o aborreceu.

Nesse dia ele levantou bem cedo, tomou um café reforçado e se despediu de todos: dos pais, dos irmãos e da Gueiza. Pegou a sua mala de fibra e foi para a rua, onde funcionava o escritório da empresa do ônibus. Ali era o embarque e desembarque dos passageiros. Nessa época, Cáceres ainda não tinha uma rodoviária sequer.

Lá no embarque, Amado encontrou com o Carlos, e seguiram para Campo Grande, pois eles iriam morar juntos.

Assim que entrou no ônibus, ele benzeu o corpo e pensou: "Eu seguirei a voz da minha consciência, e essa voz sairá silenciosa do meu interior e deverá ser obedecida."

O ônibus partiu às onze horas. Amado, dentro daquele ônibus, sentia o seu coração começar a bater um pouco mais forte e deu um princípio de angústia. Ele partia com o seu coração doido. Ali ficaria a sua família, os seus amigos, o seu futebol, o seu rio e a sua natação, que o fazia imitar os nados de Tarzan nos filmes. Ele ia deixando tudo para trás, até a sua namorada, com quem nada teve de sério. Ele partia com vontade de chorar, mas tinha que aguentar firme porque *"homem que é homem não chora"*. E isso seria só o começo.

Algumas horas passadas, a sua aflição acabou, e agora ele já estava pensando como seria a sua nova vida.

Nesses momentos, ele pedia aos Deuses que o protegessem e abrissem os seus caminhos. Ele rezava com fé, silenciosamente.

A distância de Cáceres a Cuiabá é de duzentos e vinte quilômetros. A viagem demorava de cinco a seis horas. A estrada não era asfaltada — no período de chuva era lama e no período de seca era poeira. Mas era a única opção que tinha.

Agora que já tinham passado, mais ou menos, três horas de viagem, Amado se conformou. Começou a conversar com o seu primo. Aí ele disse:

— Carlos, como será a minha vida lá em Campo Grande? Eu vou ter que lutar muito, estudar mais ainda.

E aí ele contou o que aconteceu com as matérias não administradas. Carlos respondeu:

— É, vai complicar um pouco.

A chegada em Cuiabá foi às dezessete horas. Amado nunca tinha estado em Cuiabá, deu para ver que a capital do estado era uma grande cidade. Os dois ficaram esperando ali mesmo o embarque dos passageiros para Campo Grande.

A capital do estado também não tinha uma rodoviária. Jantaram num restaurante ali perto e esperaram o horário do embarque, que era às vinte horas.

Embarcaram no horário previsto. Devido ao cansaço, logo adormeceram e seguiram viagem sem perceber mais nada. O sono foi revigorante e ao acordar o ônibus já tinha rodado muito.

A chegada em Campo Grande foi aproximadamente às dez horas de um lindo dia.

QUARTA PARTE

57

Em Campo Grande, também não tinha rodoviária. O desembarque foi na rua perto da estação de trem, que vai para Corumbá e Bolívia. Chegaram com as roupas e os cabelos cheios de poeira. Amado percebeu que Mato Grosso era um pouco abandonado pelo Governo Federal. Não tinha asfalto nem rodoviárias nas grandes cidades.

Os dois foram de táxi para a pequena casa onde Amado iria morar com o seu primo. Ao entrar na casa, ele percebeu que não era tão pequena como Carlos falava. Isso porque em Cáceres as casas dos dois era bastante grande. Eles estavam acostumados com isso.

Tomaram um banho e foram almoçar porque a fome estava roendo os seus estômagos.

Depois do almoço, foram à casa de uma tia levar uns doces de leite, de caju, coisas que não achava tão gostoso como os feitos em Cáceres. Quem mandou foi a mãe de Carlos.

No outro dia, Amado foi ao seu futuro colégio. Era perto de onde ele morava e, chegando lá, foi direto para a secretaria ver a sua situação. Não era um colégio muito grande, e por isso as mensalidades eram razoáveis. Dava para a sua mãe pagar com o seu duro trabalho de costureira.

Amado escolheu o período noturno para estudar, pensando em arrumar um trabalho durante o dia. Ele viu que não seria fácil também por falta de experiência.

As aulas começaram e desde o primeiro dia ele viu que seria muito difícil para ele, devido às aulas não dadas no primeiro ano do científico.

As aulas do segundo ano do científico tinham como base as matérias do primeiro ano, as quais dependiam umas das outras.

Na primeira semana, Amado se assustou com a quantidade de matéria dada e as dificuldades que iria enfrentar. Ele não sabia nada dessas matérias, que tinham por base o primeiro ano.

As aulas foram apertando, e o Amado resolveu que trocaria de turno — iria para o turno da manhã depois das primeiras provas.

Ele fez isso sabendo o que estava fazendo: ia enfrentar o turno mais puxado. Mas ele queria aprender o que fosse possível.

Quando assistiu à primeira aula no período matutino, ele caiu em desespero. A primeira aula foi de Trigonometria, e a segunda foi de Química. Justamente as matérias que não foram dadas no ano anterior. Ele não sabia nada por não ter estudado a base no primeiro ano na sua cidade.

A primeira coisa que ele fez foi esquecer a busca por um emprego, para poder estudar e tentar acompanhar a turma.

No período matutino, as aulas eram mais puxadas em relação às aulas do período noturno.

Amado chegou a fazer duas provas, a de Matemática e a de Português, no período noturno.

A matéria da prova de Matemática foi análise combinatória. Esse assunto ele já conhecia. Ele tirou a nota máxima: dez. Na prova de Português, ele tirou oito. As outras provas foram feitas no período matutino. Aí foi um desastre. Só notas vermelhas e ruins. Ele nunca tinha tirado essas notas. Os assuntos dados não eram os mesmos do período noturno. As aulas dadas, as matérias, ficavam a critério de cada professor. Essa matéria do matutino só seria dada no segundo semestre do noturno.

Única coisa que Amado pensava além de estudar era não reprovar. Isso causaria um desgosto muito grande para os seus familiares.

Agora Amado tinha que enfrentar esse desafio, o qual seria uma aventura. Tinha que estudar a matéria do segundo ano e recuperar a matéria do primeiro ano, e tinha que fazer isso sozinho. Ele não tinha dinheiro para pagar aulas particulares.

Amado conseguiu emprestar livros do primeiro ano com os colegas e foi à luta estudar muito e sozinho.

Em maio, a sua irmã Arlene, que se casou em dezembro, mudou para Campo Grande e já estava grávida de cinco meses. Ela, para não ficar muito só, chamou o Amado para morar com ela. Isso porque ainda não conhecia Campo Grande e para não ficar sozinha enquanto o seu marido ia para o quartel. Ele era sargento do Exército. Para Amado isso foi muito bom porque as despesas para a sua mãe diminuíram. A nova moradia não era tão longe do colégio.

No colégio, tinha um campo de futebol que não era grande, mas dava para jogar um bom futebol.

Nas aulas de Educação Física, o professor colocava toda a garotada para jogar bola. Isso para Amado era maravilhoso. Observando os garotos jogarem, ele fez uma amizade com Daniel e Nereu, dois colegas da sala. O Daniel era bom de bola; o Nereu, nem tanto. Na escolha do time, Amado pedia para o professor colocar os três juntos, aí Amado colocava o Daniel para jogar no meio de campo e o Nereu colocava de centroavante. Dificilmente esse time perdia uma partida entre os colegas.

Essas duas amizades tiveram uma recompensa muito boa. Eles emprestaram quase todo o material do ano anterior para Amado estudar. Eles eram dois excelentes alunos.

Essas duas amizades Amado guardou no seu coração para sempre.

O futebol Amado achou que estaria acabado. Não jogaria mais em um time para disputar um campeonato. Ele não conhecia ninguém que pudesse levar a jogar bola em um time.

Amado agora não tinha mais o futebol nem o rio para fazer os seus treinos, mesmo com poucas técnicas. No colégio não tinha piscina para os alunos.

Em julho, quando entrou de férias, Amado foi para a sua cidade. Ao chegar, foi muita alegria com todos de casa e logo ele foi dizendo o aperto que passava com os estudos. A primeira coisa que Amado percebeu foi que aquela casa não era mais a sua casa. A casa agora era dos seus pais e irmão. Realmente ele percebeu que tinha que tomar um rumo na sua vida. Ele conversou com seus pais e expôs a situação. Eles entenderam.

Amado agora retornaria para tomar um rumo na vida em Campo Grande e encarar a realidade da situação.

Em dez dias, ele retornou.

O embarque do retorno para Campo Grande era às onze horas.

Ele não foi ao seu rio nenhum dia.

Nesse dia de embarque, Amado pegou a bicicleta do seu irmão e foi se despedir da sua tia e de alguns colegas que ia encontrando pela rua. Era por volta das oito horas e logo que saiu encontrou o Pedro, um colega com quem estudou até a quarta série primária. Eram muito amigos. Ele ficou para trás um ano, devido ao exame da admissão. Mas no outro ano ele passou.

O Pedro fez as mesmas despedidas que o Amado. Até da sua tia ele se despediu. Amado não percebeu nada de anormal nisso.

Às dez horas, Amado se despediu de todos de casa e foi pegar o ônibus para ir embora.

58

Uns quinze dias após Amado chegar, ele recebeu a visita da amiga Paula, que trazia uma carta de uma amiga lá de Cáceres. A carta falava do suicídio do Pedro. A Paula contou todo o fato acontecido. Na carta dizia "que ele suicidou justamente na noite do dia em que Amado tinha viajado. O motivo foi muito fútil. Ele brigou com a namorada, um dia antes e acabaram com o namoro". Ele era apaixonado por ela, mas era uma paixão de jovem. Pedro tinha só dezoito anos. Amado ficou assustado com essa notícia, que o chocou muito. Eles eram muito amigos desde pequenos.

No dia do embarque, Amado lembrou a Paula que, poucos minutos antes de ele ir pegar o ônibus, um colega chegou de bicicleta à sua casa e disse para Amado:

— Vá até a casa do Pedro e avisa aos seus pais que Pedro comprou veneno de rato para cometer suicídio. Ele terminou o namoro com a sua namorada e vai cometer essa loucura!

Amado, como estava perto do horário de embarque, disse:

— Deixe de loucura! Ele esteve comigo se despedindo dos meus amigos. Vou daqui a pouco embora e ele se despedia também.

Amado pensava que era só brincadeira dele.

— Paula! Eu jamais imaginaria uma coisa dessas!

O Pedro, assim que saiu da sua casa, foi ao armazém e comprou o veneno. Ainda perguntou:

— Este aqui mata mesmo?

— Sim! — respondeu o dono do armazém. — Esse é tiro e queda!

Ele colocou o veneno no bolso, montou na sua bicicleta e foi embora para a sua casa. Desses detalhes quase ninguém sabia.

Na carta estava escrito que ele à noite foi ao cinema e ainda se despediu de vários outros colegas.

Ao chegar à sua casa, seu pai ainda estava acordado. Eles conversaram um pouco e o pai disse:

— Meu filho, beba um copo de leite!

Ele respondeu:

— Ok! Vou beber! — E olhou bem profundo nos olhos do seu pai e disse: — Pai, obrigado por tudo!

Seu pai não desconfiava de nada.

Nesse momento ele colocou o veneno no copo e mexeu o leite com uma colher e bebeu.

Ele não chegou de beber todo o leite. Deve ter se arrependido e gritou para o pai:

— Pai, eu vou morrer! Eu bebi veneno de rato! O gosto é muito ruim!

Nesse momento ele pegou a jarra com a sobra do leite e bebeu todo. Ele entrou em desespero. A situação era irreversível, e o pobre do seu pai gritou:

— Helena, corre aqui! O nosso filho bebeu veneno e está morrendo.

Em poucos minutos, ele estava morto. Morreu nos braços do pai e da sua mãe. Aí foi um desespero para todos na casa. Ele deixou duas irmãs mais novas que ele. Uma ainda tinha sete anos.

Dois dias depois do seu enterro, os pais foram mexer nas gavetas que ele tinha no seu quarto e, dentro de uma delas, em cima das roupas, estava um caderno, e, quando abriram, encontraram uma linda carta de despedida. Ele se despediu do pai e da mãe e pediu perdão por tudo. Para as irmãs, ele dizia que as amava muito e que não chorassem. O amor por aquela menina, sua namorada, era muito forte. Essa foi a opção que ele achou mais conveniente.

Amado ficou muito abalado. Tinha o Pedro como irmão e não acreditava no que estava escrito na carta nem no que a amiga Paula contou. Seu coração, a partir desse momento, ficou sofrido. Era como se tivesse chorado muito, por muitas horas.

Eles eram amigos desde pequenos. Começaram a estudar juntos no colégio dos padres. Quando cresceram um pouco mais, iam pescar juntos. Um dia, Amado recordou que eles foram de bicicleta ao sítio de Dr. Alberto, um antigo dentista aposentado da cidade, que morava no seu sítio. Os dois foram lá para catar pequi e, de repente, descobriram dois pés de pequi branco como leite. Foi a maior surpresa para os dois. Eles não sabiam que existia pequi branco. O dois cataram pequis até encherem o saco que cada um levou. Colocaram na garupa das suas bicicletas e foram embora.

59

No colégio, Amado, com muita dificuldade, foi se recuperando e percebeu que tinha de mudar a sua maneira de pesquisar as matérias para poder estudar. Ele notara que tinha que aprender essas matérias na marra. Em Química Inorgânica, ele percebeu que tudo dependia de estudar e saber a tabela periódica. Em Química Orgânica, tinha que saber as estruturas, as propriedades, as reações e a síntese dos compostos que têm como princípio na sua composição o carbono como o principal elemento químico e podem ter na sua estrutura outros elementos químicos como oxigênio, hidrogênio, nitrogênio e os halogênios.

Amado lembra-se das primeiras aulas, ainda no período noturno, quando o professor falou sobre os hidrocarbonetos, como: alcanos, alcenos, alcinos, alcadienos, ciclanos e os ciclenos. Para ele foi um espanto. Ele não sabia nada disso. O professor falou também dos compostos orgânicos oxigenados, que têm o oxigênio como base: álcoois, fenóis, aldeídos, ácidos carboxílicos, anidridos, éteres e ésteres e muito mais coisas desses elementos. Amado só conhecia o álcool e o éter, porque viu dentro das suas garrafas. Do resto nada ele sabia.

O professor de Química Inorgânica falou também que nessa matéria seriam estudadas as substâncias de origem mineral, como é o caso do calcário (carbonato de cálcio), do salitre (nitrato de sódio), e assim por diante.

O básico dessas matérias Amado deveria ter estudado no primeiro ano, lá na sua cidade, e nada disso aconteceu.

Nas aulas de Física, aconteceu a mesma coisa. Teve que estudar as matérias como: acústica, óptica, dinâmica e eletricidade. Assim, ele teve que estudar tudo isso sozinho.

Depois de um tempo, Amado refrescou a cabeça e percebeu que tinha que se despreocupar com todos os problemas e ir estudando com vontade e cautela. Essa era a alternativa. Ele notou que suas opiniões e os conceitos científicos eram muitos diferentes. Então tinha que praticar muitos exercícios, para aprender o que era preciso, e também tinha que organizar as informações importantes e aprender as fórmulas, para poder fazer os exercícios.

Numa aula, o professor de Física aplicou um problema sobre Força, mas não estava explícito. Amado já sabia que Força (F), necessária para mover um objeto de Massa (m), com uma Aceleração (a), é expressa pela fórmula muito simples: $F = m \times a$.

Amado leu a descrição do problema e percebeu que a situação propunha uma resolução muito simples, que não estava explícita. Bastava aplicar a fórmula da força. Ele fez muito rápido e perguntou para o professor:

— A resposta é "tanto", professor.

E ele respondeu:

— É isso mesmo. Muito bem. Você tem um raciocínio rápido! Vem aqui ao quadro-negro e mostre para os colegas.

— Sim, senhor. Eu vou! — Amado leu o enunciado do problema e disse: — É só aplicar esta fórmula aqui.

Esse dia para Amado foi um dia de glória. E saiu da aula de cabeça e peito erguido. Sentia como se fosse um herói. Aí ele percebeu que tinha de estudar muito mesmo. Não adiantava apressar as coisas. Tinha que ir levando a situação com calma e dedicação.

A partir desse dia, Amado percebeu que ele estava no caminho certo. E as provas do final do ano iam se aproximando. Ele percebeu que os assuntos já estavam mais claros. Na turma da manhã, ele teve muita ajuda de colegas que explicavam para ele o que não sabia. Alguns livros do ano anterior foram doados pelos dois colegas do futebol.

As suas notas melhoraram nesse segundo semestre e até questionar algo com os professores ele arriscou, não sentindo medo de errar.

O tempo foi passando e a rotina de Amado nos estudos era a mesma.

Como estava morando na casa da sua irmã, ele também a ajudava na medida do possível. A sua irmã ganhou o seu filho Márcio no dia do seu aniversário. Foi uma alegria para os três: o pai, a mãe e o tio. Não tinha com quem mais confraternizar porque não conhecia ninguém dos seus vizinhos. O Pollet, seu cunhado, não teve alternativa: comprou um garrafão de vinho e tomaram muito vinho nesse dia, comemorando o nascimento do seu primogênito, com o aniversário da sua esposa. Nasceu um belo garoto, que dava alegria ao vê-lo. Nasceu com quase quatro quilos e não era chorão.

A casa onde moravam era alugada de um velho judeu russo. O casal de idosos veio com os filhos para o Brasil, correndo do sanguinário e comunista da Rússia Josef Stalin, em 1942, durante a Segunda Guerra Mundial, que levou à morte mais de quarenta milhões de pessoas de fome, só na Rússia.

Nascido em Gori, na Geórgia, em 1878, Iosif Vissarionovich Dzhugashvili, que adotou o pseudônimo de Stalin só em 1913, que em russo significa "feito de aço", era filho de um sapateiro beberrão e de uma faxineira, e tinha somente um metro e sessenta dois centímetros de altura. Teve uma infância sofrida: foi vítima de varíola, carregando as marcas no rosto e no pescoço para o resto da sua vida.

O casal de judeu veio fugindo de navio cargueiro como clandestino, mas com consentimento do comandante do navio, para fugir dos dois sanguinários, Stalin e Hitler, e por isso desembarcaram em Belém-Pará, em 1942. Eles não podiam ir para nenhum outro país da Europa por causa do nazismo de Hitler, que só nos campos de concentração foram exterminou mais de seis milhões de judeus.

Hitler nasceu no dia 20 de abril de 1889, em Braunau am Inn, na Áustria. Tinha um metro e setenta e quatro centímetros de altura. Filho de Alois Hitler, empregado de alfândega, e Klara Hitler. Ele pretendia seguir a carreira de artística plástico. Aos vinte e um anos, mudou-se para Viena e por duas vezes tentou, sem sucesso, entrar na Academia de Belas Artes, para estudar pintura e arquitetura.

Amado fez amizade com esse casal de idosos russo. Eles contavam muitas histórias de aventura, inclusive da vinda para Mato Grosso. Eles desembarcaram em Belém por ser menos rigoroso o desembarque para os clandestinos. Isso em 1942.

Eles disseram que vieram para trabalhar na lavoura em Campo Grande. Nessa época o governo brasileiro permitia a política de emigração e deu permissão para muitos países emigrarem os seus cidadãos para o Brasil, devido às condições políticas desfavoráveis dos seus países em virtude da Segunda Guerra Mundial. No Brasil começou a vigorar a política de interiorização do país.

Esse casal, depois de uns bons anos de luta no Brasil, comprou, com ajuda dos filhos, um terreno grande e dividiu em dois lotes. Nessa época a terra se vendia muito barato, em Campo Grande.

No primeiro lote, eles construíram duas casas: a da frente era de material, que eles alugavam, e a do fundo era de madeira, para eles morarem.

Diziam terem feito a de madeira para eles. Por ser mais fresca, ventilava mais na época do calor, que eles estranhavam muito.

No terreno ao lado, plantavam abóbora, milho e mandioca, que só veio a conhecer no Brasil e adorou. Fizeram uma ótima horta, e num pedaço do terreno plantaram mandioca. Não compravam nada além do essencial. Criavam também duas cabras, que ordenhavam para o seu consumo. Isso era costume na sua terra.

Na frente do terreno, ele plantou umas árvores que davam uma boa sombra. Embaixo dessa sombra, ele fixou um banco de madeira. Todos os dias, no final da tarde até o escurecer, os dois ficavam ali sentados mastigando alguma coisa que Amado não sabia o que era. Só ficou sabendo quando se tornaram amigos. O velho disse que aquilo nada mais era do que semente de abóbora seca ao sol e torrada. Amado experimentou e viu que tinha um bom sabor.

Amado ficou fã desse casal porque eles contavam muitas histórias jamais imaginadas por Amado. As histórias deles foram de sofrimento, tanto pela política do seu país como pelo frio na sua terra e pela fuga para o Brasil, que eles passaram a adorar desde que chegaram.

Ao conversarem com Amado, sendo que a idosa falava muito pouco o português e com bastante sotaque, disseram que os dois gostavam de ler livros diferentes. Eles liam livros em português. A partir desse dia, os dois começaram a conversar sobre literatura, e Amado percebeu que ele tinha uma boa cultura, por ter lido bons livros. Tinha uma boa bagagem cultural. Ele disse para o Amado que sempre gostou de ler.

No outro dia, ele levou um livro e emprestou para Amado. Agora todos os dias eles se encontravam. Nem que fosse um pouquinho. O livro era um romance cujo enredo descrevia a zona rural, local onde ele morou na Rússia. Era uma zona rural, cheia de costumes diferentes para um mato-grossense.

Amado falou que também gostava de ler, mas só que agora ele estava sem tempo disponível para leitura, devido ao estudo que tinha que estudar bastante. Mas, mesmo assim, Amado levou o livro, e depois tiveram vários dias conversando sobre o assunto do livro. Não era um livro muito grande.

O fim de ano foi chegando e as provas também. Amado estava um pouco preocupado com elas. Mas, como tinha estudado muito, ele achava que se daria bem, e isso aconteceu. Amado foi aprovado em todas as matérias e ainda com uma grande surpresa. Tirou a nota máxima na prova de Matemática. A matéria foi a mesma que ele viu lá no início do primeiro semestre noturno. Para quem tinha só notas ruins no começo do ano, essa nota foi uma vitória.

60

    Amado, assim que recebeu a sua aprovação, sentiu uma alegria profunda, uma glória, por ter enfrentado um desafio muito grande em recuperar todas as matérias do primeiro ano com a do segundo. Foi uma bravura! Tudo isso sozinho! Logo que soube da sua aprovação, escreveu uma carta para os seus pais, informando da situação. Eles ficaram muito lisonjeados com a bravura do seu filho.

    Agora iria estudar o terceiro ano do segundo grau e fazer o vestibular. Para ele, agora não teria muitos problemas porque já estava em condições de acompanhar a turma. O ano era 1970. Amado agora completaria vinte anos de idade. Ele não viajou nessas férias porque queria mudar de colégio e tinha que conseguir uma vaga num colégio estadual, sem mensalidades para pagar. E só tinha duas possibilidades: a primeira era estudar no terceiro ano do científico, que era num colégio estadual. Esse seria difícil de entrar porque as vagas eram muito limitadas e só eram para preencher as vagas dos alunos que reprovaram ou saíram do colégio. A outra possibilidade seria estudar o pré-biológico. Esse colégio era uma extensão do científico estadual, só para os alunos que pretendiam estudar na área biológica. Em Campo Grande, criaram esse curso pré-biológico devido à permissão da LDB — Lei de Diretrizes e Bases, que foi sancionada em novembro de 1968 pelo governo militar, que disciplinou o ensino superior no Brasil. Esse curso foi criado e só funcionou a partir de 1970, e não durou muito tempo.

    Como não tinha um lugar para instalar o curso, foi instalado, nesse ano da sua criação, na Faculdade de Medicina, que era estadual. A Faculdade de Medicina era recém-criada, em 1970, e só tinha até o quarto ano.

Na criação desse curso, houve a separação dos alunos que estudariam na área de exatas e dos alunos que estudariam na área biológica. Os alunos que pretendiam entrar na área de exatas iam para o científico e não estudariam as matérias de Biologia e Química. Em compensação, as aulas de Física e Matemática eram bastante exploradas. Já os alunos do pré-biológico não estudariam as matérias de Matemática e Física, e as matérias de Biologia e Química eram bastante exploradas.

Amado teve que se esforçar para conseguir uma vaga no pré-biológico. Conseguiu a duras penas. Amado sentiu por ter desfeito o trio do futebol, lá das aulas de Educação Física do segundo ano, uma vez que os seus dois colegas estudariam Engenharia.

Nesse novo curso, quando começaram as aulas, todos sentiam como se estivessem estudando o primeiro ano de Medicina. As aulas eram dadas no prédio da Faculdade de Medicina.

Nas aulas de Química Orgânica e Inorgânica, Amado já estava no nível de todos os alunos. Ele gostou tanto das aulas de Química que passou a estudar profundamente essa matéria. Também estudava bastante nas aulas de Biologia. Quando começaram a estudar a parte de Anatomia, as aulas eram dadas pelo professor do primeiro ano de Medicina, e ele levava os alunos para assistirem às aulas ao vivo, na sala de Anatomia. No primeiro dia, na aula de anatomia, o professor disse para Amado e Fred:

— Vocês dois que são fortes, retirem esse cadáver do tanque de éter e coloquem aqui em cima desta mesa. Nós vamos começar a estudar o corpo humano.

Os dois colocaram as luvas e retiraram o cadáver de dentro do taque. Aí o professor pegou um bisturi e deu para a aluna Cláudia e disse:

— Faça um corte nesta veia do braço — apontou para o braço do cadáver.

Ela ficou assustada com a imposição do professor e disse:

— Logo eu, professor?

Quando ela, sem saber pegar no bisturi, ia dar o corte, o professor mandou parar e disse:

— Eu estou só brincando. Vocês ainda não sabem nada dessa matéria. Vou ensinar e depois farão isso que eu pedi agora. Mas essa é a realidade da matéria, se vocês quiserem estudar Medicina.

Amado ficou meio assustado e colocou em xeque a sua decisão, pensando se era isso mesmo que ele queria. Por mais de hora, ele ficou com o cheiro do éter e do cadáver impregnado no seu nariz.

A partir desse dia, várias coisas passaram pela cabeça pensante de Amado em relação àquele corpo: inerte, duro, com cheiro esquisito, sentido pela primeira vez em sua vida. A cena dele retirando o cadáver do tanque não saía dos seus pensamentos.

Primeira coisa que passou pela sua mente, foi em saber se os alunos de medicina, que estudava anatomia recortando todo aquele corpo, será que eles sabiam pelo menos o nome do morto? Será que sabiam quem era a sua família? Com esse raciocínio, surgiu um questionamento na cabeça de Amado: será mesmo que existe espírito, e, se existe, onde está o seu espírito nesse momento? Para onde ele foi?

Amado não sabia nada de espiritismo. Sempre ia à igreja, mas não tinha muita simpatia pela fé católica, ensinada por aqueles padres da sua escola do primário, porque ele não gostava de padre desde quando levou aquele murro no peito do diretor da sua escola depois de ter enfiado a "mão na cara" do seu colega Nilton, no dia da primeira comunhão.

Agora Amado queria conhecer e saber sobre o espiritismo. Ele queria saber as coisas básicas dessa doutrina porque talvez lá explicasse uma coisa mais lógica do que foi ensinado pela igreja sobre a morte.

Amado lembrou-se do seu tio Feio — o seu nome verdadeiro era Astrogildo — e sua tia Alzira. Eles eram espíritas. O Tio Feio tinha uma banca que vendia carne na feira da cidade, e tia Alzira tomava conta de uma vendinha na frente da casa onde eles moravam.

Amado estava inquieto com a situação. Até que a intuição fez com que ele fosse conversar com os seus tios, isso já se passava mais de dez dias. Numa terça-feira pela manhã, Amado foi à casa dos seus tios. Quando chegou, os dois estavam conversando dentro da vendinha.

— Olha só que surpresa! Amado chegando aqui na nossa casa! Que milagre é esse de aparecer por aqui?

Amado respondeu:

— Não é um milagre, tia. É uma dúvida que eu tenho e quero que vocês me esclareçam!

— Ora, ora! Então vamos esclarecer!

Eles conversaram bastante porque fazia vários meses que Amado não se encontrava com eles.

— Amado, qual é a sua dúvida. Diz para nós — disse tia Alzira.

Amado respondeu:

— É um fato que aconteceu e não sai da minha cabeça já faz uns dez dias — Amado contou a situação do cadáver da faculdade e completou: — Isso mexeu com a minha cabeça. Até então, eu só tinha visto uma pessoa morta de perto, que foi a minha professora, quando tinha treze anos de idade.

Eles explicaram e não se alongaram no assunto. Amado ficou satisfeito e não adiantava explicar mais porque ele não tinha conhecimento suficiente para entender tudo que poderia ser explicado.

Amado estava com o seu material da escola. A tia Alzira disse:

— Amado, você vai almoçar conosco, tudo bem?

Ele respondeu:

— Tudo bem!

E ela completou:

— Você vai comer arroz e feijão, que acabei de fazer. Vou agora fritar uma linguiça e banana madura.

— Nossa senhora! — Disse Amado. — Faz muito tempo que não como banana frita com linguiça, feita por vocês.

— Essa linguiça é da boa. Fomos nós que fizemos.

— Oh! Que maravilha, tia! O tempero de vocês é maravilhoso!

— Amado, vou fazer um convite para você! Na próxima sexta-feira, às dezenove horas, você vai lá ao Centro Espírita, que fica neste endereço.

E deu um panfletinho com uma mensagem muito bonita, e embaixo tinha o endereço.

— Ok! Eu irei!

Assim que acabou de almoçar, Amado se despediu, pediu bênção e foi para a parada de ônibus. Pegou o ônibus e foi para a sua escola.

No ônibus, Amado foi refletindo sobre o que conversaram.

— Quer dizer que o espírito, assim que há o desencarne, desprende--se daquele corpo e segue o seu caminho, o qual foi determinado para ele, e assim ele cumprirá o resto da sua missão em outras reencarnações. Isso é interessante saber! É muito lógico!

Para Amado, essas simples explicações dos seus tios tiveram uma grande influência em seus pensamentos religiosos.

Assim que Amado chegou ao seu curso, ele foi direto para a sua sala de aula. Sentou na sua carteira e assistiu à primeira aula, mais tranquilo do que nos outros dias. No intervalo ele foi até o Fred e conversou com ele a respeito daquele primeiro dia, na sala de Anatomia.

— Agora, Fred, eu não vou mais me impressionar com os cadáveres lá da sala de Anatomia. Agora eu sei uma pequena parte sobre o rumo que os espíritos tomam depois do seu desencarne.

— Que papo é esse, Amado? Cruz credo! Eu não fiquei nem um pouquinho abalado!

— Pois é, Fred! Aquilo me deixou um pouco pávido.

— Eu irei, na sexta-feira, a um Centro Espírita Kardecista. Acho que vou gostar — completou Amado.

Chegou a sexta-feira. Amado foi ao Centro Espírita e se encontrou com os seus tios. Eles explicaram onde deveria ficar e que tomaria um passe mediúnico. Amado nunca tinha visto essas coisas, mas comportou-se direitinho e gostou muito. Viu na palestra que muito daquilo que se falou poderia ser uma verdade, em seus poucos conhecimentos. Mas, como dizem que a verdade pertence a Deus, "quem sou eu para julgá-lo", raciocinou Amado.

Ao terminar a sessão, eles se encontraram, e a primeira pergunta para Amado foi:

— O que você achou dessa primeira visita ao nosso Centro Espírita?

— Eu adorei — respondeu ele. — Eu voltarei à sua casa para conversarmos a respeito disso.

Amado se despediu e cada um foi embora para a sua casa.

61

As aulas estavam a todo vapor. Muitas matérias para estudar, e tinha que estudar mesmo, porque no pré-vestibular tinha que ser assim, uma vez que os professores eram excelentes e as provas do vestibular eram feitas em colaboração e parceria com a USP, de São Paulo. Todos sabiam que as provas seriam difíceis e que o vestibular seria bastante concorrido. Todos os alunos prestariam o vestibular para Medicina.

Amado sabia que a prova seria bastante difícil para ele, visto que teve um primeiro e segundo ano do científico todo atrapalhado, e agora teria que enfrentar as dificuldades das matérias dadas no pré-biológico.

Com essas dificuldades, Amado dispensou os jogos de bola e tomou a decisão de que, nos próximos anos, ele retornaria ao futebol. As aulas iam passando e as primeiras provas iam se aproximando.

Chegou a semana de fazer as primeiras provas do pré-vestibular do primeiro semestre. As matérias Amado ia levando com as suas dificuldades. Ele sabia que faltava a base das matérias para ele. Um dia ele estudando percebeu que até aquela matéria, lá da quarta série do primário, sobre os ângulos e triângulos estava fazendo falta. Dia triste da sua vida aqueles quando o seu pai disse que não estudaria mais e o levou para plantar na roça. Nesse momento sentiu uma mágoa muito grande no peito ao lembrar-se disso. Ele se lembrou também do primeiro ano do científico, que não teve sequer um dia de aula de três matérias.

Ao terminar a semana das provas, Amado percebeu que não foi tão mal como imaginava. Suas notas foram razoáveis em relação às dificuldades enfrentadas. Depois dessas provas, a professora de Português começou a ensinar literatura. Tinham no programa os livros e os autores que seriam estudados. O primeiro autor a ser estudado seria Carlos Drummond de Andrade; o segundo, o João Guimarães Rosa.

No início da aula, quando a professora começou a falar, em resumo, sobre Carlos Drummond de Andrade, da sua vida pregressa, todos os alunos começaram a prestar atenção.

Ela disse que ele nasceu em Itabira, Minas Gerais, no dia 31 de outubro de 1902. Ele foi autor de obras literárias de vários gêneros como: contos, crônicas, histórias infantis e poesias. É considerado um dos maiores poetas brasileiros do século XX. Ela disse que ele publicou o poema "José" em 1942. Ele estava de acordo com o espírito da época, em plena Segunda Guerra Mundial, e o Brasil também tinha entrado num regime ditatorial, o Estado Novo de Getúlio Vargas.

Esse poema ilustra o sentimento de solidão e abandono do indivíduo na cidade grande, a sensação de que está perdido na vida, a sua falta de esperança, sem saber para onde ir.

Quando ela leu o poema "José", Amado ficou encantado com a pureza desse poema. Sentiu a coisa mais linda. Ele refletiu: "Como pode eu ainda não ter lido esse poema tão lindo? Só agora! Realmente os meus estudos foram muito fracos até este momento. Mas agora eu vou recuperar. Tenho fé nos meus Deuses."

A partir desse dia, despertou em seu interior a vontade de conhecer mais sobre a literatura brasileira e para isso iria ler os bons livros. Amado determinou que leria assim que pudesse os melhores livros dos autores brasileiros, só não sabia quando, em razão do intenso estudo que tomava todo o seu tempo para o vestibular.

Quando a professora começou a analisar o poema "José", Amado prestou muita atenção em como ela explicaria o poema para ele aprender a forma de interpretar um poema.

Ela começou a ler novamente o poema "José":

E agora, José?/A festa acabou,/a luz apagou,/o povo sumiu,/a noite esfriou,/e agora, José?/e agora José?/você que é sem nome,/que zomba dos outros,/você que faz versos,/que ama, protesta?/e agora, José?...

No final do poema, o autor conclui:

Sozinho no escuro/qual bicho do mato,/sem teologia,/sem parede nua/para se esconder,/sem cavalo preto/que fuja a galope,/você marcha, José!/José, para onde?

Amado relacionou esse poema com um pouco do seu passado recente. Sentia-se sozinho, sem saber para onde marchar.

Após essa aula, Amado ficou com um profundo pensamento sobre o poema. Como esse autor expressou a vida real de muitas pessoas de cidade grande. É uma maravilha!

O segundo autor a ser estudado foi Guimarães Rosa.

Amado agora fazia questão de prestar o máximo de atenção nas aulas de Português e Literatura. Sabia que tinha muitas coisas boas para aprender e ler no futuro sobre os autores brasileiros.

Em resumo, a professora disse que Guimarães Rosa nasceu em Cordisburgo, em Minas Gerais, em 27 de junho de 1908, e começou ainda criança a estudar diversos idiomas. Em 1925, ele matriculou-se na Faculdade de Medicina de Minas Gerais, formando-se em 1930.

Nesse momento uma colega pergunta para a professora:

— Ué! Nessa época os alunos não faziam o vestibular? Era só fazer a pré-matrícula?

A professora respondeu no meio das gargalhadas de todos da sala:

— Sei lá como eram aqueles tempos! Vou pesquisar e informo a turma depois — disse sorrindo.

Guimarães Rosa serviu como médico voluntário da Força Pública durante a Revolução Constitucionalista. Mais tarde foi aprovado no concurso para o quadro da Força Pública.

Aí a professora disse:

— Pelo visto, agora dá para perceber que ele fez, sim, provas para entrar na Faculdade de Medicina.

— Agora é a nossa vez de ralar e estudar, se quisermos passar — disse a menina que tinha questionado a professora.

— Esta semana — disse a professora — nós vamos analisar o conto de Guimarães Rosa que tem por título "A terceira margem do rio".

Este conto é o mais influente do autor. Foi publicado em 1962. "Narrado em primeira pessoa pelo filho de um homem que resolve abandonar tudo para viver dentro de uma pequena canoa, que mandou fazer de pau de vinhático, para durar muito tempo. A pequena canoa era especial, na popa, mal coube a tabuinha, como para caber justo o remador".

Quando ele decidiu embarcar na canoa, o filho narra: "Sem alegria nem cuidado, nosso pai encalcou o chapéu e decidiu um adeus para a gente. Nossa mãe, a gente achou que ia esbravejar, mas persistiu somente alva de pálida, mascou o beiço e bramou: — **'Cê vai, ocê fique, você nunca volte'**. Isso ela disse como se fosse uma despedida dos tempos que viveram juntos. Através das simples palavras ela foi se distanciando: 'Cê, ocê e Você'. Aí o filho pergunta: — **'Pai, o senhor me leva junto, nessa canoa'?** Ele só retornou o olhar em mim, e me botou a benção, com gesto me mandando para trás."

A turma estava toda concentrada na leitura que a professora estava fazendo. No decorrer da leitura, fala que a irmã casou-se e foi embora, e a sua mãe, já envelhecida, resolveu ir com ela. Só ficou o filho, e ele diz: — "Esperei. Ao por fim, ele apareceu, aí e lá, o vulto. Estava ali, sentado à popa. Estava ali, de grito. Chamei, umas quantas vezes. E falei, o que me urgia, jurado e declarado, tive que reforçar a voz: — **'Pai, o senhor está velho, já fez o seu tanto... Agora, e senhor vem, não carece mais... O senhor vem, e eu, agora mesmo, quando que seja a ambas vontades, eu tomo o seu lugar, do senhor, na canoa!...'** E, assim dizendo, meu coração bateu no compasso do mais certo".

Nesse momento todos os alunos estavam emocionados. A professora, que ainda era jovem e muita bonitinha, não aguentou a emoção, e as lágrimas escorreram pela sua face e respingou na sua blusa, de um azul bem clarinho. Ela secou as lágrimas dos olhos com a sua linda mãozinha e, sendo ainda jovem, com idade em torno de vinte e sete anos, era muito competente. Era mediana na altura e com um corpo perfeito. Amado agora achava a professora mais linda ainda, uma vez que ela o ensinou a ler e interpretar os textos com mais precisão e emoção.

Após essa aula, ao ir embora, Amado refletia toda hora em sua cabeça sobre a situação do pai do narrador da história.

Amado percebeu que ele entendeu profundamente a mensagem do autor dessa história. Amado poderia quase comparar essa história com a do seu pai e a dele. Seu pai era barqueiro, e o Amado tinha o seu rio, onde viveu dos três até os dezessete anos de idade. Seu pai poderia se isolar quando perdeu o trabalho e teve que vender a sua balsa, em razão de o Governo do Estado ter construído a ponte sobre o rio, do qual Amado se achava o dono. Amado viveu todo seu tempo de criança ali, brincando, tomando banho e nadando nesse seu rio. Mas o seu pai isolou-se na sua casa. Ele não tinha profissão nem emprego. Mas também não procurava. Sua mãe não foi embora, como na história; ela foi à luta para sustentar a sua família de seis filhos, numa máquina de costura. O rio para Amado era só seu. Ele não se importava que os outros usassem o seu *rio*. Como era o caso da lavadeira de roupa Dona Satú e outras mais; nem com os que usavam do seu rio para tomar o seu banho ou fazer as suas pescarias.

Amado passou a semana inteira pensando nessa história, que quase encaixava com a sua vida. Ele ficou sabendo tudo sobre essas aulas de Português.

Amado não podia se concentrar só nessa matéria, pois tinha as outras que eram muito importantes e difíceis. Ele tinha que estudar.

Amado agora estava indeciso. Ele estudava o pré-vestibular para Medicina. Ele pensava no quanto seria difícil passar nesse vestibular. Ele notava que faltava uma base, como a maioria dos alunos tinha. Mas o problema era que só tinha essa faculdade gratuita e era estadual. As outras eram todas pagas. Amado não tinha dinheiro para pagar uma faculdade particular. Então, não adiantava mudar de curso.

Passados alguns meses, vários colegas caíram na realidade e resolveram que mudariam de curso. Iriam fazer Odontologia, Enfermagem, Farmácia e Veterinária. Para Amado não tinha opção. Ele ficou apreensivo com a sua situação, pois essas faculdades eram pagas.

No ano de 1970, quase todos os assuntos que conversavam era sobre futebol. Era ano de Copa do Mundo, no México. Durante os meses de aula no primeiro semestre, fora da sala, os alunos só falavam sobre o futebol; até as meninas discutiam futebol, quando tinha os jogos da classificação da seleção.

Amado, como gostava de futebol e como já conhecia esse mundo, não discutia, apenas concordava com quem estava conversando. Nesse ano ele determinou que só jogaria bola nas aulas de Educação Física, caso o professor determinasse que a aula seria um jogo de futebol. Ele não teria tempo para correr atrás de uma bola fora dessas condições. Esse ano era o ano de muito estudo, e ele não poderia perder tempo. Estava em jogo o seu futuro nos estudos.

No curso de pré-vestibular, as aulas de Educação Física eram nas sextas-feiras. E em todas essas aulas os alunos faziam um aquecimento comandado pelo professor e iam jogar bola. Todos gostavam, e isso facilitava para o professor, que só apitava o jogo. Como era ano de Copa do Mundo, todos queriam mostrar que sabiam jogar bola.

Os jogos da Copa do Mundo, na realidade, estavam atrapalhando os estudos do curso, porque em todos os jogos da classificação não tinha aula. As aulas eram à tarde.

A Copa do Mundo desse ano foi a primeira a ser transmitida diretamente do Estádio Azteca, no México, ao vivo para todo o mundo e a cores. A Copa teve início no domingo, 31 de maio, e foi até o domingo, dia 21 de junho. Ela ficou marcada também como a primeira vez que dois países ex-campeões mundiais, por duas vezes, disputavam uma final. A Itália já havia vencido em 1934 e 1938; e o Brasil, em 1958 e 1962.

Essa equipe mostrou ser uma das mais eficientes de todos os tempos e foi considerada a melhor até então.

Em Campo Grande, nessa época já existia a transmissão de televisão da Rede Tupi e da Record, mas era muito deficiente. A televisão em Campo Grande foi instalada antes de Cuiabá, que era capital. Os programas todos eram retransmitidos com muito atraso, então para a Copa de 1970 eles prometeram mudança.

A transmissão da Copa de 1970 teve como narradores principais Geraldo Almeida e João Saldanha, que foi afastado como técnico, pela Ditadura Militar, após ter montado e treinado a seleção. O motivo foi por seu envolvimento com o Partido Comunista no passado. Posteriormente acabou como comentarista dos jogos principais pela Rede Globo, recém-instalada em Campo Grande e transmitida pela TV Morena, Canal 6.

Nessa Copa os jogos aconteciam e eram transmitidos diretamente, mas em Campo Grande eram transmitidos por *videotape*.

Como seria a primeira copa a ser transmitida em cores, em Campo Grande logo começaram a ser vendidas nas lojas as televisões coloridas. A primeira TV colorida vendida foi para um coronel do exército, e essa venda ganhou destaque nos jornais, nas rádios e até mesmo na TV, com a manchete "A primeira televisão colorida foi vendida para um Coronel do Exército, para assistir aos jogos da Copa do Mundo".

Para o *videotape* chegar a Campo Grande, no mesmo dia, o prefeito colocou um avião à disposição para trazer o vídeo de São Paulo e passar algumas horas depois de o jogo ser realizado no México.

Ao terminar o jogo, o funcionário da prefeitura que era o encarregado pegava o vídeo e ia o mais rápido possível para o aeroporto e nas pressas decolavam. O voo durava em média pouco mais de uma hora. Ao chegar à cidade, o piloto pedia autorização à torre de controle para fazer um sobrevoo na cidade. O piloto recebia essa autorização e fazia o sobrevoo sobre a cidade. Era um aviso. Os moradores já sabiam que era o avião com o vídeo do jogo e logo ligavam as televisões para assistir ao jogo que tinha acontecido há algumas horas. Torcia da mesma forma como se fosse a hora do jogo, que praticamente todos já tinham ouvido pelo rádio. Acontece que tinha jogo cuja transmissão começava às vinte e três horas e ficava difícil para os colegas que assistiam ao jogo irem às aulas no outro dia porque quase todos os alunos ficavam até mais tarde assistindo ao jogo até o fim, o qual se prolongava pela madrugada. Em razão disso, todos assistiam às aulas cansados e com muito sono. O rendimento das aulas era muito ruim.

No curso, nos intervalos das aulas, de tanto se falar em futebol, um aluno disse para o professor de Biologia, que se chamava Leão (esse era o seu sobrenome), que o Amado jogava muito bem nos jogos da Educação Física. Na aula seguinte de Biologia, o professor chamou o Amado e perguntou se ele queria jogar uma bolinha com uns amigos da faculdade. Leão era o professor de biologia e aluno do quarto ano de Medicina. Ele entrou na primeira turma de Medicina com vinte e dois anos de idade e agora estava no quarto ano.

Amado aceitou o convite e no dia marcado foi jogar com os alunos do quarto ano de Medicina. Fez uma boa partida, e no fim do jogo, o Leão perguntou:

— Onde que você aprendeu a jogar bola? Você joga muito bem de lateral.

— Eu aprendi a jogar bola lá em Cáceres! Eu sou de lá! — E ainda, em tom de brincadeira, Amado disse: — Eu não nasci na cidade. Eu nasci lá no meio do Pantanal, no sítio do meu pai. Além do mais, o parteiro da minha mãe foi um indígena, um pantaneiro velho.

— Eu também sou de lá! Eu nasci lá! — Disse ele. — Só que meu pai morreu quando eu tinha quase dez anos de idade. Aí, como a minha mãe era daqui de Campo Grande, nós nos mudamos para cá. Meu pai, quando morreu, era o diretor da USA — completou.

— Eu estudei lá quando tinha seis para sete anos — disse Amado. — Foi a minha primeira escola.

Fizeram a contagem das idades e viram que, realmente, o pai do Leão era o diretor quando Amado estudou lá.

A diferença de idade entre ambos era aproximadamente seis anos.

A partir desse dia, os dois se tornaram muito amigos. Era uma amizade de muito respeito, por ele ser amigo de bola e o professor de Amado, e assim este passou a ser por diversas vezes convidado para jogar bola com ele. Amado não recusava o seu convite. O professor dizia que gostava de jogar bola, que era para descarregar as tensões das aulas às quais assistia como aluno no quarto ano de Medicina e das aulas dadas como professor no pré-biológico. Sendo que ele lecionava uma matéria até certo ponto complicada.

Amado falou ao professor que se lembrava do translado do corpo do seu pai, que foi velado numa sala da USA, e o translado seguiu para o cemitério passando na esquina da rua onde Amado morava.

Amado ainda disse:

— Eu ainda era uma criança e foi a primeira vez que vi o translado de um corpo. Eu tinha meus oito anos de idade. Lembro que eu estava descalço, só de calção e camisa, feitos por minha mãe, por isso não pude acompanhar o caixão por muito tempo. Só nesse momento que passava pela esquina da rua onde morava até mais um pedaço da outra rua. Eu não me esqueço desse dia porque foi muito triste. Seguia a frente o caixão, com o corpo, que era carregado por três homens de cada lado. Atrás vinha o povo. Eram bastantes pessoas e muitas delas choravam. O que me chamou muita atenção foi que dois rapazes vinham tocando um tarol e um bombo surdo. Eu nunca esqueci aquelas batidas. O tarol, com um ritmo bem compassado, tocava: "tá, catá, catá" e bombo surdo completava "puum, buum". Tinha também dois garotos que levavam dois banquinhos para apoiar nos revezamentos dos carregadores. Nessa época em Cáceres não tinha um carro funerário.

O cemitério ficava a uma boa distância de onde saiu o cortejo funerário.

Na esquina da rua da casa do Amado, alguém disse:

— Vamos seguir direto nesta rua. Assim ele vai se despedindo do rio que tanto ele gostava.

Essa rua margeava o rio cujas águas, lá embaixo, corriam lentamente e silenciosamente.

O cortejo funerário passou pela praça principal e de lá foi para o caminho do cemitério. Antes de chegar ao cemitério, o corpo recebeu a extrema-unção e a bênção, na Igreja Nossa Senhora do Perpétuo Socorro.

O professor ouviu atentamente a história contada por Amado e disse:

— Eu não sabia disso! Não me deixaram acompanhar o cortejo do meu pai. — O Professor Leão deu um abraço forte em Amado e falou: — Eu agradeço por me contar essa história que eu não sabia.

Amado olhou para os olhos do professor e percebeu que estavam cheios de lágrimas.

— Você guardou essa história desse cortejo desde os seus oito anos de idade.

— Sim! — Amado respondeu. — Com sete anos, eu estudei na escola onde seu pai foi o diretor.

Na segunda-feira, na sala de aula, o professor disse para Amado:

— Obrigado por termos jogado bola no sábado. Para mim foi uma história e um jogo.

A turma não sabia de nada do que conversaram, depois do jogo, naquele sábado. Nenhum dos alunos imaginaria que história seria essa.

O primeiro semestre terminou com o fim a Copa do Mundo. As férias foram adiantadas em uma semana para todos poderem curtir as festas e as comemorações do Tricampeonato Mundial. A Seleção Brasileira foi a primeira no mundo a ganhar esse título e assim pôde trazer a taça definitiva para o Brasil.

Como o futebol está no sangue dos brasileiros, essa foi uma festa para todos aproveitarem ao máximo as comemorações.

As aulas reiniciaram em agosto e agora todos pensavam e estavam concentrados na prova do vestibular, que seria em dezembro.

Nesse segundo semestre, os estudos de Amado começaram a melhorar, graças a seu amigo Leão, que estudava o quarto ano de Medicina e dava aulas para o pré-biológico, duas vezes por semana à tarde, e no cursinho duas vezes por semana, à noite. Amado conhecia um dos sócios desse cursinho. Ele era um excelente professor de Química e era amigo devido ser da mesma cidade. Ele e o Professor Leão eram colegas de sala no curso de Medicina, juntaram-se e montaram esse cursinho para a área biológica.

Quando os dois conversavam sobre as aulas dos cursos, o Professor Leão disse para Rondon, o professor de Química:

— Vou convidar o aluno Amado, do pré-biológico, para estudar no nosso cursinho. Só tem um porém! Ele não tem como pagar as mensalidades. Ele tem que estudar de graça — completou. — Ele joga bola muito bem de lateral. Nós já jogamos juntos.

— Tudo certo, eu também conheço ele. Vamos trazer ele para estudar conosco! Ele precisa.

Assim aconteceu, e, no outro dia, Amado recebeu o convite e já foi assistir às aulas, à noite, no cursinho deles.

Isso para Amado foi muito bom. Ele aprendeu o máximo que pôde em Física e Biologia. Essas aulas funcionaram como um reforço para Amado.

Em pouco mais de um mês, Amado viu que os seus rendimentos nos estudos melhoram. Assim, ele passou a ser convidado a estudar com alguns colegas. Amado sempre dispensava o convite dizendo:

— Eu não sei estudar com um grupo! Eu só sei estudar sozinho, da minha maneira.

Atendendo ao convite de um colega, depois de muita insistência, Amado foi à casa dele estudar, e, quando chegou, foram para o quarto e sentaram-se à mesa. O colega simplesmente ligou a televisão e o rádio.

Amado perguntou:

— Para que você ligou a televisão e o rádio?

Ele respondeu:

— É para nós estudarmos! Eu só sei estudar assim! — Completou.

Amado, no mesmo instante, levantou e disse:

— Tchau! Estou indo embora. Eu não sei estudar assim. Eu estudo é no silêncio. Um abraço!

Com o pouco dinheiro que Amado tinha, naquele momento, da casa do colega ele resolveu ir para a escola. Passou numa lanchonete, fez um lanche e foi para a sua aula. Chegando lá, foi para a biblioteca e estudou até a hora de começarem as suas aulas. Ele sentou lá no fundo da biblioteca, uma vez que o local era para os alunos de Medicina, e como ainda não tinha ninguém, ele ficou sossegado até pouco antes do início da sua ala.

No início da aula, esse colega disse para os outros o acontecido e muitos concordaram com a atitude de Amado, dizendo que também não sabiam estudar assim.

Agora que faltava pouco tempo para o vestibular, os colegas, na sua maioria, estavam preocupados e um pouco nervosos com a aproximação da prova.

Amado, depois que começou a estudar no cursinho, teve um aproveitamento muito bom. Essas aulas serviam como reforço para ele. As suas notas melhoraram muito. Agora ele estava entendendo as matérias com maior segurança.

Um dia, o melhor aluno da turma, o Egilberto, que tirava sempre as melhores notas, chegou para Amado e disse:

— Amado, eu quero ir estudar contigo na tua casa.

Amado respondeu:

— Ainda não dá. Lá não tem espaço para estudarmos.

— Por qual motivo? — Perguntou ele.

Amado respondeu:

— É que a construção da casa ainda está terminando.

O Pollet, cunhado de Amado, tinha uma moto "Royal Enfield", de cor preta, e um dia ele, passando pela esquina de uma pequena rua sem saída para a avenida que passava na sua lateral, viu dois homens conversando na frente de uma casa em construção. Sem nenhuma pretensão, ele dirigiu até os dois homens, cumprimentou e perguntou:

— Essa casa é de alguns de vocês dois?

Um respondeu:

— Sim, é minha!

— O senhor não quer vender essa casa? — Perguntou Pollet.

— Vendo, sim! E estou alugando essa do lado. É minha também e está vazia. Você não quer alugá-la?

— Alugo, sim, desde que façamos o negócio nessa casa em construção.

Essa proposta facilitou a compra da casa, e fecharam o negócio ali mesmo, naquela hora.

Foi feita a mudança para a casa alugada ao lado em poucos dias. Para o Pollet, ficava melhor ali ao lado, para poder administrar as mudanças que faria na sua casa em construção.

A mudança para a casa ao lado foi feita em três dias. Essa casa era um pouco maior, em relação a que estavam morando. Tinha três quartos. Assim foi feita a entrega da casa onde moravam e a despedida do casal de idosos judeus e russos. Para Amado, foi um pouco triste. Acabaram as histórias de um país que Amado não conhecia; acabaram os barulhinhos nos seus ouvidos da quebra das sementinhas de abóboras torradas e os longos papos nos dias em que Amado estava disposto a escutá-los.

Pollet apressou no término da sua casa por dois motivos: primeiro, para não pagar o aluguel da casa onde estava morando; e segundo, porque a sua esposa estava grávida novamente.

O término da construção não demorou muito, e assim que terminou foi feita a mudança com muita calma porque era ao lado.

A Arlene, no dia do seu aniversário e do seu filho Márcio, que era no mesmo dia, à noite, começou a sentir as dores do parto. Não teve alternativa: seu marido levou-a urgentemente para o hospital. Foi uma linda menina, que não nasceu no dia 27 de setembro, mas sim na madrugada do dia 28 de setembro. Ela se chamou Kátia.

Para Amado, que gostava de criança, foi uma boa oportunidade para poder ajudar a sua irmã a cuidar das duas crianças e curtir os seus dois sobrinhos.

Nessa casa ainda por terminar que o melhor aluno da turma queria estudar com Amado.

O Egilberto, de livre e espontânea vontade, disse que iria na casa de Amado para estudarem as matérias de Física e Química.

Amado deu o endereço, e ele foi no dia combinado. Estudaram de manhã, e Amado percebeu que o Egilberto era fora de série — ele sabia tudo! Amado ficou até acanhado com tanta sabedoria.

Na realidade, ele queria era tirar as dúvidas que o Amado tinha, um resquício do passado.

Essas duas horas que estudaram juntos valeram muito, pois Amado tirou as suas dúvidas e aprendeu vários "macetes" do que estudaram. Amado nunca se esqueceu de uma fórmula que ele disse:

— Não se esqueça! O Volume de uma esfera ou de uma bola que nós jogamos é: quatro terço, vezes PI (π), vezes o raio ao cubo.

Assim, essa fórmula ficou na memória do Amado, para sempre, uma vez que ele colocou o apelido na bola de PI (π). Essa era a bola que jogavam na Educação Física. Egilberto gostava de jogar bola, mas usava óculos devido à sua miopia; então, ele amarrava os óculos por trás da cabeça e ia para o jogo. Ele até que jogava bem, só o que atrapalhava eram os óculos. Amado sempre pedia para estar em uma posição no campo que pudesse ser lançado, e assim ele estava sempre recebendo a bola. O motivo dessa grande amizade foi a bola PI.

61

Agora o caminho era estudar e pensar somente no vestibular. Os dias foram passando e a prova ia se aproximando.

Como as aulas de Educação Física eram dadas em um clube da cidade, em razão de a faculdade estar ainda em construção, somente a piscina e as salas de aula da ala onde funcionavam as aulas de Medicina estavam prontas, e nesse setor é que foi cedida a sala para o pré-biológico.

O professor conseguiu com o reitor da universidade que pelo menos uma aula fosse dada na piscina da faculdade, para testar a natação dos alunos. Seria só uma aula mesmo. A piscina ainda estava passando por um bom tratamento químico de suas águas, mas dava para dar uma nadadinha.

Então o professor marcou um desafio para os alunos: seriam escolhidos oito alunos para esse desafio e sem nenhum treino. A piscina tinha oito raias, e os oito alunos que se prontificassem teriam que nadar os cinquenta metros — esse era o comprimento da piscina.

Amado logo se prontificou a nadar esses cinquenta metros. Ele iria lembrar-se dos seus treinamentos, no seu rio, na sua cidade, e lembraria os movimentos da natação imitados nos filmes de Tarzan.

Amado nunca tinha entrado numa piscina.

Amado sabia que nenhum dos oito alunos que se apresentariam para a disputa tinha algum preparo de natação. Ele imaginou que levaria uma vantagem sobre eles, mesmo sem nenhum treinamento. Todos estavam, isto sim, preparando-se para as provas do vestibular.

Chegou a sexta-feira marcada, e os oito alunos que se propuseram a nadar apresentaram-se de calção. Não era um calção próprio para a natação, mas "quebrava um galho".

Todos os participantes entraram na piscina para saber a temperatura da água e a profundidade. Para Amado, foi a primeira vez que entrou em uma piscina. Ele até se sentiu alegre por estar ali dentro daquela piscina, dando um pequeno sorriso com os lábios.

O professor mandou todos irem para o bloco de partida, e cada um escolheu a sua raia. Amado escolheu a raia dois.

O professor disse:

— Vou dar partida com este apito, ok? Na hora que eu apitar, cada um dá a sua largada. Ok? Todos estão prontos? — Disse o professor. — Vou dar a largada!

Assim que ele apitou, todos partiram do bloco.

Amado, como tinha experiência lá do seu rio, pulou de ponta na água e saiu uns dois metros na frente de todos. Aí foi nadando tranquilo, nadou aquilo que sabia e chegou umas duas braçadas à frente de todos.

Amado ficou surpreso com ele mesmo. Na primeira vez em que caiu numa piscina, venceu os seus oponentes, nadando com a maior tranquilidade. Ele não se esforçou em nenhum momento.

Amado recebeu os elogios dos colegas e do professor, que disse:

— Você nadou muito bem. Já treinou natação anteriormente?

Amado respondeu:

— Nunca treinei natação! Esta foi a primeira vez que entrei em uma piscina!

Quando Amado contou para todos como aprendeu a nadar e que imitava o Tarzan, ninguém acreditou, nem o professor, e os colegas riram da forma como ele aprendeu a nadar. Quando ele falou do seu *rio,* todos quiseram saber qual era, e ele confirmou:

— É o Rio Paraguai! O que banha quase todo o Pantanal mato-grossense.

Por alguns dias, Amado foi chamado, na sala de aula, de "Tarzan mato-grossense". Mas esse apelido foi só de brincadeira, por poucos dias.

***

A aurora do dia estava bem brilhosa, e com seus brilhos despertaram os bandos de pardais, canário da terra e as andorinhas, que faziam os seus ninhos nas árvores da cidade e nas partes dos telhados das casas, que projetam por sobre as calçadas.

Nesse dia, bem cedo, Amado estava indo para aula de Educação Física. A manhã estava bem fresquinha. A rua estava deserta. Amado estava atravessando a rua, caminhava tranquilamente quando, bem em frente à Delegacia de Polícia, ele ouve um disparo de uma arma de fogo. Apenas ele caminhava pela rua. Ele olhou para todos os lados para saber de onde viera aquele barulho de disparo. Ele não tinha percebido que na calçada ao lado da porta da delegacia estava uma jovem em pé, quieta, encostada na parede e sem expressar nenhuma reação.

Simplesmente ela tinha tirado da sua bolsa uma garrucha calibre 22 e efetuou o disparo, no seu ouvido direito.

Amado percebeu que ela estava escorregando na parede e foi caindo até o chão da calçada.

Amado ficou desesperado. Foi até perto da moça e viu o sangue escorrendo do seu ouvido direito. Ela era bem jovem e bonita, mas dava para perceber que ela era de uma família humilde. No desespero, Amado pensou em ir até a porta da delegacia e chamar um policial para avisá-lo e socorrê-la. Mas, antes disso, veio em sua mente que, se fizesse isso, os policiais poderiam achar que quem fizera o disparo fora ele, e assim responderia pelo crime.

Amado olhou de novo para os lados e não viu ninguém na rua. Se tivesse alguém, poderia servir de testemunha. Ele simplesmente saiu quase correndo em passos largos de perto da moça.

Amado estava indo para a aula de Educação Física e participaria de um jogo combinado entre o seu pré-biológico e o primeiro ano de Medicina. Era um jogo para relaxar as mentes de todos, e quando chegou ele contou para os colegas. Os colegas riram da maneira que Amado contou o fato e a carreira que deu até perto do clube onde seria o jogo. Teve um colega que disse:

— Amado, você só fala em morte, desde o dia daquela primeira aula de Anatomia, em que você tirou o cadáver do tanque de formol.

Amado respondeu:

— Isso tudo são as realidades da vida!

Quando Amado chegou a casa, contou o fato para a sua irmã, que carregava a sua pequena filha Kátia, de pouco meses de nascida. Assim que ele contou o fato, ela disse:

— Amado, isso vai passar no jornal da televisão, à noite!

Amado ficou ansioso para que chegasse a hora do jornal, para ele saber se ia ou não dar aquela notícia.

Quando chegou a hora do jornal, a notícia foi uma das manchetes, que dizia: "Jovem pratica tentativa de suicídio ao lado da porta da Delegacia".

No decorrer da matéria, foi dito que a jovem, praticou essa tentativa de suicídio por causa do término do namoro com o Cabo Altamiro. A garota tinha em sua mão esquerda um bilhete dizendo o porquê daquela situação. Quando retiraram o bilhete da mão dela, estava todo amassado e sujo de sangue. Os policiais leram o bilhete amassado e lá estava escrito: "Altamiro, você está me abandonando e por isso, agora, eu vou te abandonar para sempre. Vou me suicidar. Adeus".

A caligrafia do bilhete foi escrita com letras de pessoa com pouco estudo.

Os policiais correram com ela para o hospital de emergência e ela se salvou, com uma cirurgia que retirou a bala da sua cabeça, sendo que a bala quase atingiu o seu cérebro. Se isso acontecesse, seria fatal.

Os colegas de farda associaram o fato e começaram a brincar dizendo que o Altamiro era bom de mira e por isso deve ter acertado a mira da garota na cama, e por isso ela caiu em desespero quando ele falou para ela que o namoro estava acabado.

Amado ficou pensando na situação da coitada da garota.

— Coitada — dizia ele. Ela o deixou acertar a sua mira, talvez, pensando em viver uma vida conjugal no futuro, com uma pessoa da qual ela gostou, e eles viveriam uma situação familiar constituída.

Amado ficou pensando se isso foi a realidade dos fatos. Ele sentiu pena dela. No desespero que a levou a tomar essa atitude perante a sua fraqueza emocional. Essa atitude de tamanha loucura em tirar a sua própria vida.

Amado não entendia essa tamanha loucura!

Nessa noite, Amado orou muito por ela, isso pelo fato de ele ter presenciado essa atitude fraca de uma pessoa abalada emocionalmente.

65

Amado, agora que tinha estudado muito nas aulas do pré-biológico à tarde e no cursinho à noite, pensava que estava sabendo muito e que a sua preparação seria o suficiente para fazer uma boa prova, a qual seria aplicada com as questões elaboradas em parceria com a USP. Realmente ele estava sabendo bem os conteúdos das matérias, tanto é que o professor de Química Orgânica, um dia, perguntou para os alunos, depois que ele tinha escrito o conteúdo da matéria no quadro:

— Quem aceitaria explicar essa aula agora para a turma?

Amado, vendo que ninguém se manifestou, disse:

— Professor, eu vou explicar a matéria.

Ele tomou essa decisão sabendo que ninguém sabia que ele estava fazendo o cursinho à noite, e ele já tinha visto parte da matéria escrita no quadro. O resto foi só explicar a continuação deduzida dos seus conhecimentos e concluiu com o que havia estudado sozinho em casa.

O professor comentou:

— Está vendo como não é difícil? É só ter coragem e enfrentar a realidade! Assim é com a nossa vida também! Tudo depende de ter coragem para enfrentá-la e não ter medo!

Aí o professor comentou os detalhes faltosos e que o Amado não poderia saber, pelo fato de serem detalhes realizados na prática.

Ao terminar a explicação, ele falou:

— Pela coragem e pela ótima explicação, eu vou dar um ponto para ele na média da sua nota. Aí todos os colegas aplaudiram e Amado ficou muito contente.

Faltava, agora, menos de um mês para a prova do vestibular. Amado estudava até nas madrugadas revendo as matérias, para ver se daria bem, e assim foi até um dia antes da prova. As aulas do cursinho às quais assistiu gratuitamente o ajudaram muito. Ele percebeu que seria muito difícil, e teve uns dias, no primeiro semestre, em que ele pensou até em desistir de tudo e voltar para a sua cidade. Aí ele refletiu: "Desistir é só para os fracos. Eu vou continuar. Dê no que der, vou em frente. A vida é cheia de surpresas. Ela é dura e em determinados momentos ela pode nos surpreender. Em alguns momentos as dificuldades aparecem, mas temos que enfrentá-las, realizar os nossos sonhos e seguir em frente".

Um dia antes da prova, Amado não fez nada e começou a guardar todos os seus materiais de estudo. Cada matéria que ele separava, para guardar, ele pensava se valeu todo o seu esforço para chegar até aqui. Ele relembrou das dificuldades que passara no segundo ano, tendo que recuperar sozinho o primeiro ano, e agora essas noites mal dormidas, pelos estudos até as madrugadas. "Valeram a pena?" ele interrogou a si mesmo.

Na sua memória, vieram as belas aulas dadas de todas as matérias. Relembrou dos muitos "macetes" ensinados nas aulas do cursinho e principalmente das aulas de literatura às quais assistiu; nessas aulas ele percebeu que elas o levariam ainda mais para o mundo da literatura. Ele nunca se esqueceu da professora, quando os seus olhos se encheram de lágrimas quando ela terminou de ler o conto "A terceira margem do rio", de Guimarães Rosa.

Ao terminar de guardar todo o seu material de estudo, Amado concluiu que valeu muito a pena todo esse seu esforço.

"Hoje eu sei de coisas que jamais saberia se estivesse lá na minha cidade. Mesmo não passando no vestibular, tudo foi um grande aprendizado, uma grande aventura da minha parte", relembra Amado. "Agora só nos resta é pedir a Deus a sua proteção e ajuda".

Amado sabia que seria muito difícil a sua aprovação. Mas ele tinha certeza de que o seu colega Egilberto passaria. Esse, sim, teria a sua vaga garantida. Amado o considerava um superdotado. Ele sabia tudo e por isso não tinha o que temer.

Amado agora estava esperando a noite chegar para dormir e no dia seguinte ir fazer a tão esperada prova do vestibular.

Antes de ir para a cama dormir, Amado foi até o meio da rua e olhou para o céu. A rua estava silenciosa e deserta porque já era quase meia-noite. O céu estava todo estrelado, sem uma nuvem que atrapalhasse os seus brilhos.

Amado fez apenas um pedido para os seus Deuses e para as estrelas — que iluminassem a sua mente na hora da prova. Benzeu o corpo e foi para a cama dormir. A noite não foi bem dormida, e Amado amanheceu como se estivesse cansado. A prova começaria às oito horas e por isso sentiu-se nervoso e com medo de não chegar a tempo para fazer a prova, sendo que ele estudava à tarde e não tinha o costume de ir cedo para o curso.

A prova foi aplicada na própria faculdade onde Amado fazia o seu "curso pré". Ele chegou bem a tempo e ficou esperando a hora de entrar na sala. Quando chegou o momento, ele foi chamado para entrar na sala e foi indicada uma cadeira bem na frente, onde sentaria, e nela tinha um adesivo fixado com todos os seus dados.

Foram distribuídas as provas para todos os alunos, e o fiscal da sala disse que aguardassem até a ordem para dar início. Assim que foi autorizado, Amado abriu a prova, leu a primeira questão e viu que não sabia. Era uma questão difícil. Nesse momento bateu um nervosismo tão grande que mal conseguia se controlar e raciocinar sobre as alternativas das questões seguintes. Foi um nervosismo que nunca tinha sentido. Esse foi um momento sentido pela primeira vez em sua jovem vida. A sua cabeça de repente começou a esquentar e o seu corpo comeu a suar. Ele percebeu que era um suor frio.

Nessa hora, Amado lembrou-se do que os professores falaram em sala de aula:

— Se vocês estiverem com dúvida sobre a questão, não percam tempo: passem para a questão seguinte.

Amado, no seu desespero causado pelo nervosismo, passou para a segunda questão. Essa também ele não sabia. Aí ele pensou nos seus Deuses, lá do sítio do seu pai, quando foi abençoado pelo indígena, no parto da sua mãe, e disse:

— Meu Deus! Ajuda-me a resolver esta prova!

Pelo seu nervosismo, acabou esquecendo que de imediato fizera o pedido errado a um dos seus Deuses. O pedido foi feito a um Deus do indígena *Juan*, lá do sítio. Esse Deus talvez não tenha estudado essas matérias em português.

Quando ele notou, já estava lendo a décima questão e tinha marcado só uma que ele sabia. Nesse momento, ele teve vontade de levantar entregar a prova e ir embora. Mas isso ele não podia fazer, uma vez que tinha que esperar certo tempo para poder entregar a prova. A única alternativa que lhe restava era acalmar os nervos e seguir em frente. Amado então parou de ler as questões, respirou bem fundo, esperou por uns três minutos e seguiu em frente. Agora estava mais relaxado e voltou a ler todas as questões novamente. Ele percebeu que perdera muito tempo até esse momento.

Quando foi passar as alternativas já respondidas para o cartão de resposta, ele notou que não ia dar tempo de responder todas as questões. Então ele pensou: "O que fazer? Não me resta alternativa a não ser 'chutar' todas essas questões." E foi o que ele fez.

Quando entregou o seu cartão de resposta, ele notou que foi o último aluno a sair da sala.

No corredor da faculdade, nesse momento, tinham poucos retardatários iguais a ele. Ele não conversou com nenhum deles porque não conhecia ninguém — todos eram de outras cidades. Muitos vieram da capital de São Paulo e tinham estudado no cursinho Objetivo, um dos mais famosos cursinhos do país naquela época.

O seu caminhar pelos corredores foi triste e desolado. Sabia que se sairia muito mal nesse seu primeiro vestibular. Não encontrou nenhum dos seus colegas de sala para comentar algo sobre a prova. Todos já tinham ido embora.

Ao chegar à sua casa, Amado disse para a sua irmã:

— Me dei muito mal nesse meu primeiro vestibular! Agora é seguir em frente e pensar o que fazer da vida daqui para frente. A vida é contínua. Temos que cumprir as nossas metas aqui na Terra. Agora é só esperar um pouco e optar pelo caminho que poderá ser o correto e assim terá a sua felicidade, o seu futuro.

A sua irmã respondeu:

— É isso mesmo! Tem que ir à luta agora.

Amado não ficou em nenhum momento preocupado com o resultado que sairia em poucos dias. Ele sabia pelo ocorrido que o seu nome não apareceria na lista dos aprovados. Agora, o do seu colega, esse sim! O nome dele apareceria entre os dez primeiros colocados. Disso Amado tinha certeza.

Quando foi publicada a lista dos aprovados, lá estava o nome do Egilberto, na terceira colocação, perdendo apenas para dois alunos do cursinho Objetivo, de São Paulo.

Amado não quis nem saber da lista porque sabia que o seu nome não constaria nela.

À noite, no jornal local da TV Morena, canal 6, foi mostrada a lista dos aprovados. Disseram que só oito alunos de Campo Grande foram aprovados. Os outros todos eram de fora da cidade, e a terceira colocação foi de um aluno de Campo Grande. Foi justamente o colega Egilberto.

Amado, depois desse dia em que fez a prova do vestibular, nunca mais se encontrou com os seus grandes amigos do curso pré-biológico e do futebol nas aulas de Educação Física.

Amado, a partir desse vestibular, tomaria outro rumo na sua vida. Não pensaria mais em fazer outro vestibular para Medicina.

66

Amado, depois dessa decepção, pensou em seu coração: "O que fazer? E agora?" Como disse Drummond na sua poesia "José", em vez de dizer "e agora, José?", ele disse: "E agora, Amado? Que rumo deve tomar na sua vida e o que fazer? Daqui pra frente as coisas mudarão e serão muito diferentes. E agora? Por onde devo marchar? Deu vontade de arranjar um cavalo preto que "José" não tinha montado e sair pelo mundo. Mas que mundo? Que cavalo preto?

Amado ficou pensando vários dias e não achava uma solução. Até que resolveu voltar para o seu mundo, para o seu rio, para a sua cidade.

— Vou voltar para a casa dos meus pais e ver se arrumo um emprego.

***

Amado estava sozinho, sentado em um banco na praça central da cidade vendo o tempo passar e, sem menos esperar, vem em sua direção um amigo da sua cidade. Eles começaram a conversar e Amado falou que queria voltar para Cáceres. O seu colega disse:

— Meu pai e minha mãe vão para lá amanhã. Vou falar com eles e de repente eles te levam. É uma picape, só dá para ir na carroceria. Se você topar ir, eles poderão levá-lo, mas você vai tomar o sol na cara o dia inteiro. A picape não tem cobertura. Topa ir? — disse o seu colega.

Amado respondeu:

— Eu vou! Será uma aventura, pois a distância é de aproximadamente oitocentos quilômetros, apreciando a mata numa estrada sem asfalto, toda cheia de buracos. Tomara que não chova!

Amado estava sem dinheiro para pagar uma passagem de ônibus.

O nome desse colega era Edson. Ele vinha do seu curso e morava numa pensão bem em frente à praça. Amado foi até a pensão com ele e logo em seguida foram a um hotel, ali perto, onde os seus pais estavam hospedados.

Conversaram e marcaram a hora da saída para o outro dia.

Amado foi para a casa da sua irmã e comunicou a ela que iria de carona numa caminhonete sem cobertura e tomaria o sol na cara até lá. Logo em seguida, ele começou a arrumar os seus poucos pertences e no outro dia levantou cedo e foi ao encontro da sua carona.

A viagem foi muito cansativa, levou em torno de quinze horas para percorrer os quase oitocentos quilômetros de estrada toda cheia de buracos. A chegada foi quase à meia-noite.

Amado desceu na porta da casa deles. Agradeceu a carona e o almoço que pagaram em uma churrascaria, na beira da estrada, e seguiu para a casa dos seus pais, que era na outra rua, bem perto de onde estava.

Foi uma surpresa para todos o retorno de Amado. A alegria foi contagiante para os pais e os irmãos, que a cada momento ia cumprimentando e dando aquele abraço de irmão.

— Agora vim para ficar — disse Amado para os seus pais. — Vou ver se consigo um lugar para trabalhar e vou deixar de estudar. Vamos ver o que acontecerá daqui para frente.

Amado foi para o quarto que dividia com os outros dois irmãos e deitou na sua cama, que estava ali, no mesmo lugar, desde que ele saiu para estudar em Campo Grande.

Depois de uma semana, após a sua chegada, Amado começou a procurar emprego. Em poucos dias, ele consegui um emprego no extinto Banco Português do Brasil. A sua remuneração era irrisória, mais fazer o quê? Pelo fato de o expediente do banco ser das oito às onze horas, o banco pagava apenas meio salário mínimo. Era muito pouco para os seus funcionários, que tinham que voltar na parte da tarde para fechar todo o expediente. Assim, acabava trabalhando o dia inteiro por meio salário mínimo.

Amado só trabalhou três meses nesse emprego. Em pouco tempo, esse banco foi incorporado pela rede do Banco Itaú.

Agora sem emprego, Amado pensou em fazer muitas coisas, mas fazer o quê? Já que não tinha nenhuma profissão!

Agora ele se igualou ao seu pai. Sem profissão e sem emprego.

Qual a alternativa Amado tomaria?

Amado pensou até em trabalhar como capataz de alguma fazenda, mas esse não era um serviço para ele. Isso ele conhecia pouco. Trabalhou no mato somente quando seu pai o tirava da escola, quando estava na quarta série primária, e levava para trabalhar na roça. Seu pai achava que bastavam os estudos até a quarta série. Mas Amado gostava mesmo era de ler e estudar.

"Vamos deixar o tempo passar", pensou Amado. "A solução vai aparecer!"

Amado não estava trabalhando nem estudando, estava lendo pouco, pois não tinha livros disponíveis para ler.

Amado estava com poucos amigos na cidade, pois quase todos os seus colegas estavam estudando fora. Os verdadeiros amigos do futebol ele quase não encontrava. Como o campeonato da liga da cidade já tinha iniciado, Amado não pôde ser inscrito pelo clube que jogava. O que lhe restava era ir à praça central da cidade à noite e ficar zanzando por ali. Como não tinha dinheiro, não podia nem arrumar uma namorada.

Assim foram passando os dias, os meses, até chegarem as férias. Agora ele estava revendo os poucos amigos que voltaram para encontrar com as suas famílias. Muitos não voltaram porque estavam estudando, e alguns deles ainda iriam para outra cidade, outros estados, para fazer o vestibular.

Amado, nesse período de retorno para a casa dos seus pais, achava-se muito incomodado. Agora ele estava na casa dos seus pais, não na sua casa, no seu espaço. Na casa da sua irmã, idem, ele achava que estava usando o espaço que não lhe pertencia. Ele percebeu mesmo que tinha que ter o seu próprio espaço, nem que fosse morar em uma pensão muito simples. Mas tinha que ter o seu espaço e para isso ele tinha que encontrar o seu caminho, nem que fosse cheio de espinhos, mas ele enfrentaria as dores caso acontecesse de passar por essa situação.

Amado conversou muito com os poucos colegas que estudavam fora, principalmente os que moravam no Rio de Janeiro. Após os colegas irem embora, Amado começou a pensar sobre essa possibilidade de ir para o Rio de Janeiro enfrentar o que Deus mandar. "Será que valerá a pena?", pensou ele.

Vários dias Amado ficou pensando nessa possibilidade.

Até que resolveu comunicar a seus pais essa decisão.

Eles disseram:

— É uma loucura. Cadê o dinheiro para você ir? Nós não podemos te sustentar lá no Rio! Fica muito pesado para nós.

— Eu vou dar um jeito. Eu me viro com essa possibilidade.

Amado agora tinha um motivo para se preocupar: como fazer para poder ir para o Rio de Janeiro?

Esse pensamento lhe tirou muitas noites de sono.

Amado pensou: "O que farei aqui? Até agora não consegui nada que pudesse me contentar. E o pior: aqui não estudarei mais. Isso não pode acontecer comigo. Eu tenho que estudar. Eu tenho que me formar em qualquer coisa! Como vou encarar os meus colegas do ginásio quando chegarem todos formados e eu não? Isso não pode acontecer?", refletiu em seus pensamentos.

Em poucos dias, Amado decidiu que iria mesmo para o Rio de Janeiro.

Com a decisão tomada para a sua ida, Amado agora tinha que programar: o dia que iria, o que levaria, o quanto de dinheiro dispunha para levar e pensar se essa seria a decisão correta, pois estaria indo para uma cidade grande sem conhecer nada e com pouco dinheiro. Seja o que Deus quiser! Será uma aventura!

Nesses dias, antes de ir para o Rio de Janeiro, Amado começou a ir às missas, na Catedral São Luis, pedir aos seus Deuses pelos quais fora abençoado, para proteger e indicar o caminho a ser tomado, sem passar por situações desesperadoras e sem chorar baixinho, durante a sua solidão. Ele se lembrou do que seu pai dizia sempre: *"homem que é homem não chora"*. Pensando assim, enfrentaria todas as dificuldades e tudo que viesse de bom ou de ruim pela frente.

Amado pensou numa noite de insônia: "Por que eu estou pensando negativamente, achando que algo vai dar errado? Se os Deuses olharem para mim, mostrarão um bom caminho, certo e cheio de boas alternativas. A esperança é a última que morre", relembrou o velho ditado que a sua mãe sempre falava. "A partir desse momento, só vou pensar positivamente e tenho certeza de que dará tudo certo. Os Deuses me protegerão. Disso eu tenho certeza!".

Com a decisão tomada de ir para o Rio de Janeiro, Amado resolveu que não iria se despedir de nenhum amigo. Isso para não acontecer como da vez em que o Pedro o acompanhou nas suas despedidas e se suicidou à noite, na frente do seu pai. Ele iria apenas à casa da sua tia, uma vez que todas as vezes que viajava ele passava lá.

Quando chegou à casa da tia e começaram a conversar, disse Amado:

— Tia, eu estou indo para o Rio de Janeiro.

Ela alegremente disse:

— Vá lá à casa da minha filha Irany. Ela vai gostar de receber você.

Amado respondeu:

— Ok, tia! Eu irei.

Ela completou:

— Vou te dar o endereço dela.

Foi ao seu quarto, voltou com o endereço escrito num papel e entregou para Amado. Junto com o papel, tinha uma nota de dinheiro.

Amado recebeu carinhosamente o dinheiro e o papel com o endereço.

— Esse dinheiro é para eu entregar a ela? — Perguntou Amado.

Ela respondeu:

— Não! Esse dinheiro é seu!

Amado ficou um pouco desajeitado com a situação, mas agradeceu, pediu a bênção e foi embora.

No caminho para casa dos seus pais, Amado refletiu: "Se ela me deu esse dinheiro, foi dado de bom coração! Eu na realidade estou precisando mesmo! Esse dinheiro vai dar para eu pagar pelo menos uns três almoços pela estrada afora, até o Rio de Janeiro".

Chegou o dia da viagem. Amado não dormiu a noite inteira e só pensava nessa aventura que estava por vir.

— Não tem problema se eu não dormir esta noite. Eu dormirei no ônibus. Até é bom porque não pensarei como será essa minha aventura.

No dia do embarque, Amado se despediu dos pais e dos irmãos e foi para a rua onde era feito o embarque.

Nesse momento, deu vontade de desistir dessa aventura, deu vontade de chorar, deu vontade até de sumir no mundo.

Os seus pais ficaram na porta da rua até Amado dobrar na esquina que dava acesso à rua de embarque. Ao dobrar a esquina, ele deu o último olhar em seus pais, e esse olhar ele tinha que guardar para sempre, uma vez que demoraria a vê-los novamente. Essa aventura duraria um bom tempo, pelo menos uns cinco anos. A cidade do Rio de Janeiro fica ao leste, muito longe da sua cidade, que fica a oeste do país, fronteira com a Bolívia.

Assim que entrou no ônibus, ele olhou e observou os detalhes que via na rua. Observava as pessoas que andavam por ela, e muitas delas ele conhecia, mas não dava para dar um adeus ou um "até breve". A despedida da sua cidade foi friamente melancólica e em certo ponto até triste.

Amado chegou a Cuiabá às treze horas; em seguida, comprou a passagem para Campo Grande. Embarcou às dezoito horas, chegando a Campo Grande às dez horas. Assim que Amado chegou à casa da sua irmã, ele a cumprimentou e logo deu muitos abraços bem fortes nos seus sobrinhos, que já estavam bem maiores do que quando os deixou.

Logo Amado foi dizendo:

— Eu estou indo para o Rio de Janeiro e vou passar só esta semana aqui, tudo bem? Será uma aventura! Mas decidi enfrentá-la.

Amado nessa semana colocou os assuntos da sua cidade em dia para a sua irmã. Isto é, até onde sabia.

Para conseguir o dinheiro, Amado teve que vender o seu relógio de pulso da marca Seiko e uma máquina fotográfica Polaroid, que trouxe com ele. Essa máquina Amado comprou de um boliviano sem-vergonha e muito do esperto, que a vendeu sem ter filme para ela no Brasil. Essa venda não lhe rendeu muitas coisas, mas ajudaria muito lá no Rio de Janeiro.

Um dia antes da sua partida, Amado foi comprar a sua passagem, e no retorno para casa o destino e a orientação divina fizeram com que ele fosse pela Rua 14 de julho. E na esquina com a Rua Afonso Pena, na primeira loja à direita, ele entrou em uma livraria que também vendia jornais e revistas. Os donos dessa livraria eram os pais do Rodrigo, colega que estudou com ele no segundo ano do científico, no colégio Oswaldo Cruz. Ele acompanhou o desespero de Amado naquele ano que chegou a Campo Grande.

Ao entrar, Amado disse:

— Olá, Paraguai. Tudo bem contigo?

Ele respondeu:

— Estou legal e você?

O apelido de Paraguai foi dado a ele por sua família ser de Ponta Porã, fronteira com o Paraguai, e ele tinha um forte sotaque no português, porque ele falava também o guarani e o castelhano.

— O que você faz agora por aqui?

— Eu fui comprar a passagem para o Rio de Janeiro. Eu vou para lá!

— É mesmo! Que dia você vai?

— Amanhã!

— Eu tenho o endereço do Daniel e do Nereu. Eles estão estudando lá e moram numa pensão desde o ano passado.

— Poxa vida, Paraguai! Dá-me logo! Foi Deus que mandou vir até você! Eu vou procurar por eles lá no Rio.

Com o endereço na mão, Amado ficou despreocupado. Pelos menos agora tinha um lugar para procurar o seu espaço.

Ao sair, o Paraguai acompanhou Amado até a porta da loja.

Nesse momento, passou uma moça muito elegante pela calçada em frente à loja e ele diz em tom de brincadeira.

— *I porãi te papé cunhatay!* (Que linda moça!)

Amado respondeu:

— *kunã!* (mulher)

Aí se despediram com um forte abraço. Amado tomou o rumo da casa da sua irmã, e nunca mais se viram.

Amado, na casa da sua irmã, começou a arrumar os seus poucos pertences numa pequena mala que ela lhe deu. Não era de fibra igual à dele.

Amado agora tinha dois endereços anotados em sua pequena carteira: o de Daniel e Nereu e do Roberto, seu amigo desde a infância, com quem estudou até a formatura do ginásio. Esses endereços nunca foram retirados da sua carteira. Esses três amigos foram o seu ponto de apoio e sua referência na cidade do Rio de Janeiro.

QUINTA PARTE

68

Amado embarcou para o Rio de Janeiro às dezoito horas, e quando amanheceu o dia, o ônibus ainda rodava na estrada cheia de buracos em Mato Grosso.

Ao ver a aurora do dia, que acabou de esconder a noite de muitas estrelas, Amado começou a pensar em seu futuro no Rio de Janeiro, a Cidade Maravilhosa.

Agora pensava ele: "Tenho que me dispor a procurar um emprego e rezar a Deus para achar uma vaga na pensão onde os meus dois amigos moram".

A viagem seguiu em frente, e em aproximadamente uma hora o ônibus penetrou na estrada asfaltada de São Paulo e, não demorou muito, entrou na Rodovia Anhanguera.

Era hora de muito movimento. Amado começou a prestar atenção na linda pista dupla e na quantidade de carros que trafegavam nos dois sentidos.

"Como pode ter tanto carro?", pensava ele, pois nunca tinha andado em uma pista dupla tão larga.

O ônibus tinha que passar na Rodoviária para desembarcar os passageiros que ficariam em São Paulo e pegar os passageiros que iriam para o Rio de Janeiro. A Rodoviária ficava no centro da cidade. Quando saiu da Rodovia Anhanguera e entrou nas ruas não tão largas da cidade, Amado ficou assustado e impressionado com tantos carros que ocupavam a rua, uma vez que nunca tinha visto um engarrafamento desse tanto na sua vida. Ele achava que Campo Grande era uma cidade que tinha muitos carros. Deu um leve sorriso quando fez a comparação. Como e por que esse pessoal anda para todos os lados de carro se não tem espaço?

O ônibus demorou a sair do centro da cidade devido ao engarrafamento. Quando pegou a estrada, as coisas melhoraram. Amado agora estava prestando atenção em tudo pela janela do ônibus. Agora percebeu o porquê de falarem tanto de São Paulo. É muito grande! Só na beira da estrada, via-se uma quantidade enorme de fábricas.

Amado foi observando tudo e notou que estava chegando à divisa do estado de São Paulo com o estado da Guanabara, na época.

Assim que atravessou a divisa, benzeu o corpo e fez uma pequena oração para que os Deuses o ajudassem nessa nova labuta que ocorreria de agora em diante.

Em poucas horas, o ônibus chegou à Estação Rodoviária Novo Rio.

Amado foi o último passageiro a sair do ônibus e, com o pé direito, tocou pela primeira vez no solo carioca. Ele disse:

— Que Deus me ajude! Seja o que ele quiser!

Muito apreensivo com tamanho movimento, ele pegou a sua malinha e questionou:

— E agora, Amado? O que fazer?

Caminhou até um banco, sentou para raciocinar sobre o que fazer e pensar com calma que decisão tomar. Em seu íntimo, ele questionava: "Agora, Amado, é que vai ter início a sua verdadeira aventura!".

Amado pegou a sua cadernetinha com os dois endereços de seus colegas e leu.

Os três colegas estavam fazendo o cursinho do pré-vestibular: o Roberto, para Medicina; e os outros dois, para Engenharia. Era o segundo ano que estavam estudando no Rio de Janeiro.

A pensão era na Tijuca, não muito longe da Praça Saenz Peña, na Rua Mariz e Barros, quase esquina com a Rua São Francisco Xavier. Ficava não muito longe do Maracanã. Essa era referência que tinha anotado, fornecido pelo amigo Paraguai. O Roberto morava na Avenida Nossa Senhora de Copacabana, no posto seis, bem pertinho da praia.

Amado, ali sentado, ficou observando um pouco a quantidade de ônibus que saía para outras cidades e estados. Viu onde era a saída e onde tinha um ponto de táxi. Ele estava estranhando o falar dos cariocas, com os seus chiadinhos. Mas ele encarou com a maior naturalidade o primeiro desafio.

Amado perguntou ao primeiro motorista se Copacabana era longe e quanto custaria uma corrida até lá. O taxista falou mais ou menos o valor. Amado decidiu ir primeiro procurar o seu amigo Roberto, lá da sua cidade, e depois ir com ele à pensão encontrar com os amigos de Campo Grande. Assim, ele chegando com um amigo, tinha mais credibilidade. Amado tomou essa decisão. Embarcou no táxi, disse o endereço e foi para o apartamento do Roberto. Foram conversando, e ao mesmo tempo ele perguntava sobre o que via de interessante e em que bairro estava a cada momento. Era interessante a explicação do motorista, porque ele sabia tudo por onde estavam andando.

Chegando ao endereço indicado, o motorista encostou o carro e Amado perguntou:

— Quanto foi o valor da corrida?

O motorista falou o valor, Amado pagou e não reclamou o troco, dizendo:

— Fica com o troco. É uma pequena gorjeta!

"Essa atitude de gratidão vai me dar sorte nas decisões a serem tomadas. Desse modo poderá ser retribuída futuramente de outra forma", pensou.

Amado entrou no prédio, identificou-se na portaria e subiu ao apartamento do Roberto.

Chegando à porta, tocou a campainha e, quando abriu, foi o Ademar que veio atendê-lo. E quando ele abriu a porta e viu o Amado em pé, na sua frente, ele levou um susto e disse:

— Amado, entra! Diga-me! O que você veio fazer aqui no Rio de Janeiro?

— Ademar, eu vim enfrentar a vida, vim procurar um emprego, estudar e fazer o que for possível para me estabelecer. É uma aventura, mas temos que arriscar. A vida é feita de desafios — completou. — Cadê o Roberto com a Regina?

— Eles dois estão no cursinho! — respondeu Ademar. — O Roberto vai fazer o vestibular para Medicina, e a Regina vai fazer Psicologia. Eles não vão demorar muito. Daqui a pouco, eles chegarão para almoçar — completou Ademar.

Ademar era o que fazia de tudo para eles. Era também lá da cidade.

Pouco mais de uma hora depois, os dois chegaram.

Novamente, agora foram dois sustos. Eles não acreditavam que o Amado estava no seu apartamento no Rio de Janeiro.

— Mas diga-me, Amado, o que você veio fazer aqui no Rio de Janeiro? — Perguntou o Roberto um pouco apreensivo.

Amado explicou a mesma coisa que tinha explicado para o Ademar.

Os dois disseram:

— Você é maluco! A vida aqui é muito dura e concorrida.

— Eu sei disso — respondeu Amado. — Agora, Roberto, será que ainda hoje você pode me levar neste endereço? Lá eu vou encontrar com dois amigos de Campo Grande que foram meus colegas no segundo ano do científico. É uma pensão e é lá que eu vou ficar.

Amado disse logo que era para não deixá-los preocupados.

Roberto disse:

— Eu te levo lá!

Era uma sexta-feira.

Não demoraram muito, os dois foram para o endereço da pensão na Tijuca.

No caminho, o Roberto foi explicando para o Amado onde e como pegar os ônibus para onde quisesse ir:

— Aqui não é muito difícil de andar de ônibus.

O endereço da pensão era: Rua Mariz e Barros, número 1074, bairro da Tijuca.

Ao chegar ao endereço, foram entrando, e logo Amado perguntou para uma ajudante se o Daniel e o Nereu estavam naquele momento.

A ajudante respondeu:

— Pergunta para aquela senhora! Ela é a dona.

Amado foi até a ela e perguntou. E ela lhe respondeu:

— Eles estão lá no quarto estudando. Eles são muito estudiosos! Meu nome é Odete! E os seus?

— Eu sou o Amado, e o meu amigo aqui é o Roberto.

— Muito prazer em conhecer os dois.

— Obrigado — disseram os dois. — Da mesma forma — completou Amado.

Mas Dona Odete interveio o Amado.

— Antes de encontrar com eles, eu quero saber se a senhora arruma uma vaga para mim aqui com eles. Eu também sou de Mato Grosso e fomos colega de escola no segundo ano do científico.

Dona Odete disse:

— É para vocês dois?

— Não! — Respondeu Amado. — É só pra mim. O Roberto foi meu colega desde os primeiros anos de escola. Ele mora em Copacabana e também está fazendo o cursinho para Medicina. Ele veio trazer-me até aqui. Eu cheguei hoje de Mato Grosso.

— Oh! Que maravilha! Vem comigo! Vou chamá-los!

Assim que se encontraram, foi aquela alegria. Amado apresentou o Roberto para os dois colegas. Conversaram um pouco e Amado disse para os dois:

— Acho que vou ficar aqui com vocês. Quem me deu o endereço de vocês foi o Paraguai. Foi Deus que me direcionou até ele, um dia antes de vir para cá.

— Foi mesmo! — Disseram os dois quase ao mesmo tempo.

Amado disse a eles que ainda não tinha falado os detalhes com a Dona Odete.

— Mas acho que ela vai me aceitar aqui.

— Vai, sim! Ela é gente boa!

Quando Amado foi falar com ela, ele foi muito sincero e disse qual era o seu propósito agora no Rio de Janeiro.

Disse ele:

— Dona Odete, eu vim me aventurar. Eu vim arrumar um emprego. Eu quero também estudar e tentar me estabelecer na vida.

— Ok! Muito bem! Eu gosto de ver jovem com essa atitude.

— A senhora vai me arrumar uma vaga? — Perguntou Amado.

— Vou, sim — disse a Dona Odete.

Isso para Amado foi um alívio. Foi a melhor resposta que recebeu em sua vida, até esse momento. Ele nunca esqueceu isso e assim pensou: "Agora estou livre de qualquer percalço! Agora eu tenho um espaço para não passar dificuldades".

— Você está com a sua mala aí?

— Não! A minha mala está na casa do Roberto! Eu vou buscá-la e volto!

Roberto falou:

— Ele vai dormir hoje lá em casa e amanhã, final da tarde, ele virá.

— Tudo bem! — Completou Dona Odete.

— E você, Roberto? Está estudando muito? Quem vai fazer o curso de Medicina tem que estudar muito.

— Sim, eu estou estudando muito!

A Dona Odete elogiou o Roberto dizendo:

— Você é muito bonito! Vou arrumar a minha sobrinha para namorar contigo. Ela é muito bonitinha e já faz faculdade de Psicologia.

O Roberto ficou meio envergonhado com a proposta dela.

— Eu vou aparecer em outro dia aqui para conhecê-la! — Completou.

Nesse momento, Amado, empolgado por ter arrumado o seu espaço, esqueceu até de combinar o preço do aluguel da vaga e também não perguntou qual era o regulamento da pensão. Ele não quis saber nada disso. Por dentro, no seu eu, estava todo eufórico e radiante de alegria.

Eles se despediram e foram embora.

Em seus pensamentos, surgiu a ideia de que mais uma vez os Deuses o ajudaram a tomar a decisão correta.

Chegando ao seu apartamento, tomaram um banho e ficaram conversando por um longo tempo.

Amado contou tudo que lembrava para eles.

— Agora nós vamos dormir porque amanhã cedo tenho aula. O cursinho aqui não é brincadeira.

— Boa noite. Vamos todos dormir.

69

Quando o relógio despertou, às seis horas, todos acordaram. Amado já tinha um bom tempo que estava acordado e ficou deitado na cama em silêncio, para não perturbá-los. O Roberto e a Regina tomaram o café e foram para o cursinho, que não era muito longe. Dava para ir andando.

Antes de sair, o Roberto disse:

— Amado, aproveita agora pela manhã e dê uma chegadinha na praia, que é para você conhecer a praia e o mar de Copacabana.

— Ok — respondeu Amado. — Eu vou!

— Você já viu o mar alguma vez na sua vida? — Perguntou Roberto.

— Eu não! Nunca vi!

— Cuidado com as ondas. Tenha precauções para não se afogar!

Saíram e foram para o cursinho.

Amado começou a conversar com o Ademar e combinou que iria para à praia só depois das oito horas. Nesse tempo conversaram bastante e Amado contou muitas coisas que aconteceram na sua cidade, em Mato Grosso.

Amado não tinha um short de praia dos quais os jovens estavam usando.

Ele só tinha um short azul, nada elegante, em certo ponto até muito feio.

Mas Amado não se importava com a elegância dos outros; não tinha alternativa, acabara de chegar ao Rio de Janeiro e seria a primeira vez que colocaria os pés numa areia de praia de mar.

Às oitos horas, Amado foi para a praia, e como era muito perto, logo ele avistou aquela praia enorme, aquele mar que nunca tinha visto na vida. A princípio ficou abismado pelo tamanho do mar e pela beleza de tudo que viu. Antes de pisar na areia, ele sentou em um banco de cimento no calçadão e ficou admirando toda aquela beleza.

Amado ficou um tempo ali sentado e veio em sua mente o seu Pantanal. Silenciosamente e por estar sozinho, ele começou a rir baixinho, para que ninguém o visse sorrindo sozinho. Se não, poderiam achar que ele seria um débil mental.

Amado fez uma comparação do que estava vendo com o seu rio e a sua praia, lá do seu Rio Paraguai e do seu Pantanal, onde nascera, e concluiu: "Que diferença!".

"Olha só o tamanho dessas ondas! São muito grandes! Olha a quantidade de água! De onde vem tanta água assim? É coisa de outro mundo!".

Ele sempre ouviu dizer, quando mais jovem, que o Pantanal era grande como um mar, por ter muita água. Que ironia!

Ali sentado começou a olhar para todos os lados. À sua esquerda via uma praia enorme e o Pão de Açúcar, um alto monte de pedra, erguido pela natureza, que ele já tinha visto em muitas revistas e no cinema. À sua frente, via só águas e ondas. À sua direita, via a continuação da praia. E, lá no fim, uma construção estranha, em cima de umas pedras, que mais tarde ele veio a saber que era o Forte de Copacabana. Atrás dele só prédios altos.

Ali sozinho ele refletiu: "Quem falou que o Pantanal parece um mar é um grande do mentiroso. Nunca esteve aqui e nunca viu um mar".

Amado caminhou para a beira da praia, onde as ondas lambiam as areias brancas.

Ali em frente àquela imensidão de água, ele ficou observando como outros banhistas faziam. Como ainda era cedo, tinha poucos banhistas dentro d'água.

Quando Amado caminhou para dar o seu mergulho nas águas do mar, primeiro ele colocou os pés na água, longe das ondas, para saber a temperatura. Assim que recebeu o volume das águas com grande quantidade de espumas nos pés, ele percebeu que era muito mais fria do que as águas das ondas do seu rio.

Primeiro Amado entrou na água e não tirou a camiseta, que encobria um pouco a feiura do seu short. Entrou nas águas até que as ondas batessem em seus joelhos. A água ele sentiu muito fria mesmo. Ele molhou a mão e provou a água.

— Meu Deus! Nunca vi coisa tão salgada.

Esperou que várias ondas batessem em suas pernas, até que ele resolveu entrar na água e dar um mergulho. Amado pensava que era igual ao mergulho que dava no seu Rio Paraguai e foi enfrentar a água de peito aberto. Até então, não sabia da força que as ondas propunham.

Quando deu o seu mergulho, recebeu uma pancada muito forte de outra onda, maior do que esperava; bateu no seu peito jogando-o lá na areia e veio arrastando até onde a onda batia novamente.

Amado ficou assustado, levantou logo e foi para a areia, só que ele não percebeu que a sua bunda estava toda de fora, tamanho foi o susto. Como ainda tinha pouca gente, talvez ninguém tenha visto. Ele só não engoliu a água do mar porque respirar ele aprendeu muito bem no seu *rio*.

— Santo Deus! — Bradou ele apavorado. — Como essas ondas pesam! Eu nunca vi algo assim na minha vida.

Para Amado, essas são as recordações que ficaram no seu primeiro contato com o mar em Copacabana.

Ainda um pouco assustado, agora ele esperou um pouco e ficou olhando o tamanho do mar, o tamanho das ondas, e observou como elas batiam na areia e decidiu:

— Agora eu vou desafiar essas ondas. Assim que vier, eu dou um mergulho por baixo dela e espero ela passar. Vou fazer isso agora! Quero ver se você me derruba novamente — completou. — Agora eu aprendi! — Ele fez exatamente o que pensou.

Assim, Amado tomou gosto pelos desafios que o mar propõe.

Perto das onze horas, ele foi embora, e quando adentrou no prédio e foi entrar no elevador, o porteiro falou:

— Você tem que subir pelas escadas, se não vai molhar o elevador.

Amado concordou com o porteiro e subiu pelas escadas para o apartamento. Nesse momento, ele pensou que era implicância do porteiro por saber que ele não morava no prédio e não era carioca.

"Ele deve ter percebido isso pelo sotaque mato-grossense", pensou Amado.

Amado gostou muito da sua primeira experiência com as ondas do mar, apesar do susto.

"Agora que estou aqui no Rio de Janeiro, vou aprender a nadar tanto na piscina como no mar. Isso eu prometo para mim mesmo".

Quando o Roberto e a Regina chegaram do cursinho, Amado contou para eles a sua primeira aventura no mar. Riram muito imaginando ele rolando na areia de volta para as ondas e de bunda de fora. Eles gostaram muito.

Após o almoço, Amado agradeceu a todos e foi pegar o ônibus para a pensão na Tijuca. Ele não errou o caminho. Quando percebeu que o ônibus entrou na Rua Mariz e Barros, ficou atento para a descida, que era quase em frente à pensão.

Chegando à pensão, logo foi falar com a Dona Odete.

Amado perguntou quanto pagaria por mês e quais eram as normas de procedimentos. Ela gostou quando foram perguntados quais eram as normas.

Amado foi sincero e disse para ela:

— Eu não tenho dinheiro suficiente para lhe pagar o mês inteiro. Eu adianto a metade e não demorarei muito para acertar tudo com a senhora. Pode ser assim?

— Ok! Tudo certo — concordou ela. — Cadê o Roberto? Eu gostei muito dele. Aliás todos vocês de Mato Grosso são jovens muito bem criados e todos que já ficaram aqui nunca me deram trabalho.

Amado foi para o quarto indicado por ela e logo ocupou um pequeno guarda-roupa e a cama onde dormiria. Para Amado, nas circunstâncias pelas quais passava, a sua instalação foi um paraíso, pois já tinha um lugar para ficar. Agora tinha o seu canto. Assim não correria o risco de perambular pelas ruas à procura de um lugar, havendo até a possibilidade de dormir na rua. Ali, no cantinho da pensão, estava seguro.

Amado fez uma prece e agradeceu aos seus Deuses por tê-lo conduzido pelo caminho certo.

Os seus dois amigos, Daniel e Nereu, tiraram essa tarde para irem assistir a um bom filme que passava em um cinema da Praça Saenz Peña. Amado só se encontrou com eles à noite.

Após a chegada deles dois, começaram a conversar muito. Eles explicaram para o Amado como era o Rio de Janeiro. Eles já conheciam bem, pois já era o segundo ano que estavam estudando no Rio.

Eles começaram a falar do cursinho que faziam juntos. Amado explicou para eles que iria fazer o vestibular no fim do ano, mesmo sem ter a mínima condição de passar, até porque não estava estudando. Era só para tomar conhecimento do vestibular do Cesgranrio e saber como eram as provas e qual seria o grau de dificuldade.

Amado agora tinha que se preocupar em arranjar um emprego.

No quarto do Amado, já morava o sobrinho da Dona Odete, o Sebastião. Ele era muito tranquilo, um cara bacana, mas tinha um defeito: roncava muito forte, incomodando o sono do Amado. Ele trabalhava durante o dia e fazia a sua faculdade durante a noite. O seu curso era de Administração de Empresas.

Assim que ele chegou do seu trabalho, começaram a conversar, e Amado disse quais eram os seus objetivos.

A primeira coisa que Amado disse para ele foi:

— Eu tenho que arrumar um trabalho logo, para poder sobreviver aqui.

Ele, na maior simplicidade, disse para Amado:

— É só procurar nos classificados!

— Nos classificados? O que é isso? — Questionou-o, espantado.

Amado nunca tinha ouvido falar sobre os classificados que são publicados nos jornais. Ele não conhecia.

— Nos classificados é onde você pode achar o seu emprego.

— É mesmo? — Disse Amado um pouco espantado.

— Você deve procurar no *Jornal do Brasil*. É onde publicam os melhores empregos. É o jornal que tem a melhor penetração na classe mais alta da cidade e nas grandes empresas. Olhe só, eu estou com esse jornal aqui comigo. Veja o classificado.

— Realmente tem muitos empregos publicados — disse Amado.

— Veja: amanhã, domingo, é o melhor dia para buscar os empregos no jornal. Você seleciona e na segunda já vai atrás do que você precisa.

— Obrigado, Sebastião. Amanhã vou comprar o jornal.

Aproximadamente à meia-noite foi dormir, e aí o Amado percebeu o quanto Sebastião roncava.

70

No domingo, Amado comprou o jornal e selecionou os possíveis empregos para se candidatar a uma vaga.

Na segunda-feira cedo, antes de ir para a rua, perguntou aos colegas para que lado ficava cada endereço.

Amado colocou todos os endereços em ordem prioritária, conversou com a Dona Odete e disse para ela que ia correr atrás de um emprego.

Ela disse:

— Boa sorte e seja feliz!

Essa sua atitude a admirou muito. Ela via que o Amado tinha vontade de correr atrás de um emprego para se manter, pois precisava.

Nesse primeiro dia, Amado foi entrevistado em duas oportunidades. As duas entrevistas pediram experiências anteriores, o que ele não tinha.

Como era de se esperar, Amado não foi selecionado para nenhum dos empregos a que foi atrás, nesse primeiro dia; aí ele sentiu que não seria fácil, pois a concorrência era muito grande.

Os dias foram passando até que chegou o carnaval. Amado não gostava de carnaval. Nessa última semana antes dos desfiles das escolas de samba, só se falava disso. Amado estava completamente por fora de tudo. Não conhecia nenhuma escola de samba. Só o que ouviu falar eram os nomes das escolas.

Agora que Amado já sabia andar pela cidade, ele foi ver alguns desfiles de blocos, e o primeiro que viu foi o "Bola Preta", no centro do Rio. Nos outros dias, ele foi com o amigo Roberto ver os blocos que desfilavam pelas ruas de Copacabana e de Ipanema. Não achou nada interessante. Para ele tudo aquilo parecia uma grande manada de gado, indo atrás de uma banda tocando, como se fosse uma boiada que segue atrás de um berrante a tocar.

No dia que desfilaram as Escolas de Samba do segundo grupo, Amado por curiosidade foi para a Avenida Presidente Vargas, onde as escolas desfilavam só para ver como eram os desfiles tão falados. Passando por uma das entradas, ele viu que podia entrar de graça, sem pagar nada. Ele entrou cautelosamente e, passando por um segurança do desfile que se encontrava ali na porta, ele perguntou:

— Posso entrar para ver o desfile?

Ele disse:

— Pode sim!

— Obrigado! — Agradeceu Amado.

Amado entrou, subiu na arquibancada e olhou para todos os lados. Logo sentiu aquela presença de carnaval, de alegria, de um clima diferente, de povo mesmo. Ficou muito impressionado com tudo que viu. Esperou uma escola a passar. Não achou nada de interessante. À primeira vista, ele viu uns coloridos muito bonitos e algumas fantasias interessantes, em cima dos carros alegóricos, mas não lhe agradaram muito. Tinha bastantes mulatas bem fantasiadas e muito bonitas. Isso foi o que ele mais gostou.

Depois de um pouco mais de uma hora de desfile, ele foi embora. Tinha que pegar o ônibus para a sua pensão. Se passasse da meia-noite, ficaria muito difícil ir embora. Aí teria que amanhecer por ali e ver a primeira aurora do lindo dia de sol da Cidade Maravilhosa.

Amado só viu o que quis ver. Tudo isso pela primeira vez na vida. Nos outros dias, ele ficou no seu espaço, no seu mundo, na sua pensão. Pegou um livro emprestado do colega Daniel e leu durante os dias restantes da semana. Ele só devolveria o livro assim que ele chegasse de Mato Grosso. Eles foram passar o carnaval e ficariam mais uma semana com a família.

As aulas só retornariam no início de março.

Quando voltaram e o Amado foi devolver o livro para o Daniel, ele questionou:

— Você não vai ler o livro?

Amado respondeu:

— Eu já li todo o livro. Não é tão grande assim. Nesses dias, eu tinha todo o tempo disponível. Não tinha como procurar emprego.

Era carnaval no Rio de Janeiro, e para os cariocas esses dias são para comemorarem as suas festas, extravasar as suas alegrias, relaxarem, descansarem dos seus árduos trabalhos.

Amado, agora com o seu espaço à disposição, resolveu que retornaria à leitura, e ela seria o seu passatempo, como sempre propôs.

Amado começou a conversar com a Dona Odete e percebeu que ela era uma mulher de muita fibra, lutadora e de muito conhecimento. Ela não teve filho. Tinha duas outras irmãs: a Nilza, que era economista e também não teve filho; e a Dona Terezinha, que teve um casal de filhos. Esta ajudava a sua irmã a tomar conta da pensão. Eram uma família pequena: somente os dois filhos, os pais e os tios. Os avôs, tanto do lado do pai como da mãe, já eram falecidos. Essas duas crianças foram criadas com tudo o que facilitaria as suas vidas no futuro: boa alimentação, boa educação, bons estudos, bons médicos, bons colégios e tudo mais.

O seu marido era advogado da Polícia Civil do Rio, era nascido na Paraíba e muito engraçado — gostava de contar as suas piadas, e muitas delas eram da vida real, acontecidas no seu trabalho. Nessa época, já estava se aposentando. A Dona Odete mantinha a pensão, que era para complementar o seu tempo de serviço para a aposentadoria.

Eles se conheceram quando ele foi fazer uma investigação na fábrica do sabonete "Vale Quanto Pesa". Ela era a secretária do português dono da fábrica. Foi amor à primeira vista e não demorou muito para se casarem.

Um dia, ela contou sobre a fábrica concorrente dos sabonetes Lifebuoy, que surgiu em 1894 na Inglaterra e só chegou ao Brasil em 1930. O fabricante garantia que o produto acabava com o mau "cheiro do corpo", surgindo aí o termo "Cecê", nos anos de 1950.

A Nilza que era economista e trabalhava para o Governo do Estado da Guanabara. Gostava muito de ler.

Amado, um dia conversando com ela e o seu marido, disse que era de Mato Grosso, que estava ali para enfrentar a realidade da vida e que gostava de ler.

Ela disse:

— Eu vou emprestar alguns livros para você! Eu gosto de jovens que leem.

Amado respondeu:

— Desde já eu agradeço.

No outro dia, ela foi de novo esperar o seu marido lá na pensão. Quando ela chegou, por volta das dezenove horas, ela procurou o Amado e entregou dois livros para ele ler. O primeiro foi o livro *Romeu e Julieta*, de Shakespeare, e o segundo foi *Gabriela Cravo e Canela*, de Jorge Amado. Ela fez um pequeno comentário sobre os dois livros e terminou dizendo:

— Não vou falar mais, uma vez que você vai ler os livros.

Amado disse para ela:

— Essa noite eu fui dormir tarde e, sem ter o que fazer e como eu não tenho o hábito de ver a televisão, eu escrevi uma pequena poesia. Ela fala sobre o "íntimo da solidão". Ainda falta corrigir e mudar pequenos detalhes. Eu comparei a alegria do povo extravasando as suas alegrias nas ruas com a minha solidão, sozinho no quarto de uma pensão. Foram as minhas observações sobre o primeiro carnaval que vi na Cidade Maravilhosa.

— Pega lá que eu quero ver! — Disse ela.

Amado foi no seu quarto, arrancou a folha do seu caderno e levou a poesia para ela ler.

Ela leu e gostou.

Aí ela disse para Amado:

— Essa aqui será minha e guardarei comigo. Isso por ser a sua primeira poesia. Mesmo sem a correção eu a guardarei comigo. Será uma recordação para sempre.

— Ok! — Disse Amado. — Fiquei muito feliz em saber que você gostou do que eu escrevi.

— Agora você vai ler esses dois livros e depois empresto outros. Eu tenho muitos livros.

Amado tentou reescrever a poesia, mas nunca conseguiu.

Amado, pela boa vontade da Nilza, leu muitos livros emprestados por ela.

O único sobrinho da Dona Odete estava estudando muito porque no final de julho ele faria as provas para Oficial da Polícia Militar. Pela dedicação dele em seus estudos, todos acreditavam que ele passaria.

A sobrinha que ela queria que namorasse com o Roberto nunca foi apresentada para ele.

Com os livros emprestado por Nilza, Amado determinou e se conscientizou que todos os dias ele arrumaria um tempo disponível para ler. Pelo menos uma hora, todos os dias. Se não desse, leria antes de dormir. Seria o seu hábito desse dia em diante. E isso aconteceu.

Nesse mesmo dia, antes de dormir, Amado, empolgado com os livros, começou a ler o primeiro que recebeu em suas mãos: o romance *Romeu e Julieta*.

71

Amado continuou a busca pelo seu emprego. Ele já estava ficando um pouco preocupado com a situação. Ele tinha que pagar a pensão e ainda não tinha arrumado um emprego.

Em um dia de sexta-feira, ele recebeu uma carta de sua mãe. Nela continha um endereço em Ipanema. Na carta dizia: "vai nesse endereço e procura o Senhor Gumercindo. Conversa com ele. Pode ser que ele arrume um emprego para você". Junto da carta veio um pouco de dinheiro. Era pouco, mas chegou em boa hora. A situação estava começando a apertar.

Amado dormiu muito mal essa noite. Só pensava no emprego. Ele imaginava como conversar com esse senhor.

Acontece que, durante esses dias que passou procurando emprego, ele tirou o máximo de proveito que podia nas entrevistas e nas palestras, às quais muitas vezes ele teve que assistir. Isso para ele foi um bom aprendizado.

Isso tudo valeu a pena. Ele aprendeu como se conduzir em uma entrevista sem falar bobeira. Como ficar esperto nas perguntas e responder de acordo com o nível da entrevista, principalmente quando a pergunta era: "qual é o seu hobby?". Era por meio dessa pergunta que muito entrevistador direcionava a sua entrevista. Amado percebeu isso logo nas primeiras entrevistas e ficou muito atento aos detalhes.

Como era um endereço residencial e como Amado já conhecia um pouquinho a cidade, ele decidiu que iria no sábado mesmo conversar com esse senhor.

A noite foi mal dormida, porém, antes de dormir, leu na hora dedicada à sua leitura. Estava ansioso para amanhecer o dia e ir logo para Ipanema, no endereço que tinha em suas mãos.

Saiu às oito horas, pegou o ônibus e foi para o endereço tentar se encontrar com o senhor que poderia arrumar o seu emprego.

O trânsito estava leve. Não demorou muito para chegar. No ônibus, Amado fez umas orações pedindo ajuda àquele que sempre o protegeu. Assim que chegou, ele viu que ainda era muito cedo. Aí ele foi até o calçadão da praia e ficou esperando dar pelo menos dez horas.

Às dez horas, ele foi para o endereço. Era perto de onde estava.

Chegando à casa, tocou a campainha, e foi o próprio Senhor Gumercindo que abriu a porta.

Amado o cumprimentou:

— Bom dia, Senhor Gumercindo!

Ele respondeu:

— Bom dia! Quem é você? — Perguntou.

— Eu sou de Cáceres e quero conversar com o senhor para saber se pode me arrumar um emprego na sua empresa construtora.

Amado disse isso porque se lembrou das entrevistas. "Vá direto ao assunto desejado. Não faça rodeio". Isso ele aprendeu em tantas palestras e entrevistas que fizera.

O Senhor falou:

— Entre aqui e vamos conversar!

Entraram e foram direto para o escritório dele, que ficava na primeira porta à direita, quase na entrada da sua casa.

— Sente aí nessa cadeira! — Disse ele. — Então, você é de Cáceres?

— Sim, senhor! — Respondeu Amado.

— Então você quer trabalhar comigo?

— Quero sim, senhor! Se for da sua boa vontade em me arrumar esse emprego, eu tenho o imenso prazer em trabalhar com o senhor. Eu estou precisando muito de um emprego! — Concluiu Amado.

— Pois bem, se é só isso, você vai trabalhar comigo!

Amado não acreditava no que acabara de ouvir: "você vai trabalhar comigo".

Amado esfregou as suas mãos e percebeu que elas estavam um pouco frias.

— Eu gosto da sua cidade. Já fui muitas vezes lá. A minha esposa é da sua cidade — disse ele. — Não adianta dizer o nome da sua família, já que eu não conheço ninguém. Não adianta falar nada. Quando eu estou lá, eu vou é pescar na fazenda do meu sogro — concluiu ele. Ele deu o endereço do escritório e falou: — É muito fácil chegar lá. Você vai até o Largo da Carioca, o Edifício é o Avenida Central, sala 1201 e 1202. Fica bem em frente à praça. Aparece lá na segunda-feira e conversa com o Senhor Antônio e a Dona Glória. Diga que fui eu que te mandei. Eu só chego à tarde!

A partir desse momento, foi um alívio na cabeça de Amado. Deu vontade de sair gritando pela rua: "Eu estou empregado! Graças a Deus"! A alegria no seu coração foi enorme, e logo pensou:

— Que dia maravilhoso este!

Agora mais tranquilo e com o seu emprego garantido, começaram a conversar um pouco. Esse senhor era muito receptivo. Amado teve a maior liberdade em conversar com ele e começou a contar algumas coisas da sua cidade.

Ao sair da casa, Amado se despediu, agradeceu pelo emprego e voltou à praia, caminhou pela areia até as espumas das ondas. Olhou para o mar e deu um grito bem forte:

— Eu estou empregado! Eu vou conseguir o que eu quero!

Amado retirou os seus sapatos e molhou os seus pés, nas pequenas ondas que terminavam nas finas areias, com o seu volume de espuma brilhante e bem branca, e com uma temperatura mais para fria. Amado ficou um tempo ali olhando as ondas e as suas espumas, que iam até onde dava a sua força e voltavam para aquele lindo mar, onde lá longe passava um pequeno barco, brilhando ao sol e que provavelmente seria de um pescador.

Depois de passar um tempo olhando para o mar, resolveu em ir embora.

— Isso foi para tirar as coisas ruins do meu caminho. Espero que os Deuses do mar iluminem por onde eu andar — expressou Amado. E foi embora para a avenida pegar o ônibus de volta para a pensão. Até então, nessa época, Amado não sabia nada sobre a Iemanjá, a Rainha do mar. A Nossa Senhora dos Navegantes. Se soubesse, o pedido também seria para ela.

Seguindo a sua caminhada para a parada onde pegaria o ônibus, ele passa por uma lanchonete do "Bob's". Já era quase meio-dia.

Ao ver as fotos daqueles sanduíches, deu-lhe vontade de comer um. Ele ainda não tinha experimentado nenhum daqueles sanduíches. Ele olhou a tabela dos preços e viu que poderia pagar um "cheese bacon". Como estava tudo escrito em inglês, Amado ficou com receio de pronunciar nessa língua. Ele apenas apontou com o dedo e deu o valor a ser pago. Lá em Mato Grosso, ele só tinha comido o "Sanduíche Bauru". Não existiam essas variedades que estava vendo naquela tabela.

Amado ficou surpreso quando chegou o "cheese bacon" acompanhado de um refrigerante. Surpreso, ele perguntou:

— Esse refrigerante acompanha o sanduíche?

— Sim! — Disse o garçom.

— Ok! Muito obrigado! — Disse Amado, feliz da vida em poder experimentar aquele delicioso "cheese bacon".

Assim que comeu, saboreou até o último pedacinho e foi para a parada pegar a sua condução para a sua pensão.

Ao chegar, foi direto falar com a Dona Odete.

— Graças a Deus, hoje eu arrumei um emprego e já vou começar a trabalhar na segunda-feira — disse Amado todo satisfeito. — Assim que receber o meu primeiro salário, eu começo a liquidar o meu débito com a senhora.

— Amado, calma! Eu ainda não te cobrei! — Disse ela de coração aberto e feliz, igual ao do Amado. — Hoje é sábado. Quase ninguém trabalha.

— Pois é. As coisas acontecem sem ao menos esperar!

Com os passar dos dias e das necessidades, Amado notava que ela sempre reagia como fosse a mãe de todos. Isso era com todos os cinco que moravam na sua pensão.

— Pois é! Comigo as coisas acontecem assim. Quase tudo é diferente, é inesperado. Justamente num dia de sábado é que eu fui arrumar um emprego — disse Amado.

— Seja feliz e que Deus te abençoe! — Disse ela.

No domingo, Amado resolveu não sair para nada. Ficaria o dia inteiro na pensão lendo e, quando pudesse, conversaria com os colegas, sem atrapalhá-los nos seus estudos. Eles estavam estudando muito.

Amado ficou lendo quase o dia inteiro os dois livros emprestados. Ele aprendeu por si próprio que poderia ler de hora em hora um livro diferente. Bastava ler uma hora e descansar uns dez minutos. Assim não misturava os assuntos. Ele observou isso quando ainda estudava e tinha várias aulas no mesmo dia. Cada aula era de cinquenta minutos, com dez minutos de intervalo. Lendo assim, não cansava do assunto do livro que estava lendo. Era até uma distração. Esse era um dos motivos de Amado nunca ter gostado de estudar com outros colegas. Quando ele estudava, nos dez minutos de descanso, mentalmente ele recordava o que tinha lido ou estudado.

Chegou a segunda-feira e Amado estava ansioso para ir se apresentar ao seu emprego.

Levantou cedo, tomou um banho e vestiu a melhor roupa das poucas que tinha. Tomou o café, falou com a Dona Odete. Ela disse:

— Boa sorte no seu emprego!

— Obrigado! — Disse Amado.

Amado pegou um ônibus direto para o Largo da Carioca e, assim que desceu do ônibus, logo avistou o prédio, o Edifício Avenida Central. Esse era o nome do prédio onde iria trabalhar; por sinal, era um prédio muito alto.

Amado foi até a portaria e o porteiro indicou o elevador correto para as salas 1201 e 1202.

Ao chegar à sala, ele entrou, e a Dona Glória e seu Antônio já estavam lá. O Senhor Gumercindo já tinha ligado para eles informando da ida de Amado e que ele iria trabalhar conosco.

Amado cumprimentou a ambos e se identificou.

O Senhor Antônio mandou entrar na outra sala, onde estava a mesa em que ele trabalhava, mandou sentar numa cadeira e começou a perguntar.

— Nós estamos precisando de um auxiliar de contabilidade. Eu sou o contador da empresa e você vai me ajudar. Você já trabalhou com contabilidade?

— Sim! Já trabalhei, na prefeitura da minha cidade!

— Qual é a tua cidade? — Perguntou ele.

— Eu sou de Cáceres, cidade que fica no oeste do estado de Mato Grosso — respondeu.

— O nosso chefe vai sempre lá pescar e caçar no Pantanal. Aqui nós precisamos de um funcionário que faça de tudo. Com você somos agora só cinco pessoas e ainda vamos contratar uma funcionária para ajudar a Dona Glória! A empresa agora está construindo dois prédios.

— Tubo bem! — Disse Amado. — Estou disposto a fazer de tudo mesmo. No que precisar, eu estou à sua disposição — completou. — Agora, Seu Antônio, onde eu vou ficar e o que eu devo fazer?

— Você vai ficar numa mesa da outra sala e logo eu vou dar algo para você fazer!

— Tudo bem! Eu aguardo!

Assim, Amado começou o seu primeiro dia de trabalho.

Agora, com o seu trabalho, começou a pensar em como seria de agora para frente. Ele pensava: "Primeiro, assim que receber o meu primeiro salário, vou acertar os atrasados da pensão".

Com o seu emprego, as coisas iriam melhorar para o Amado. Agora ele poderia pensar o que queria e cumpriria os seus objetivos, que era estudar e conhecer o máximo que pudesse da Cidade Maravilhosa, e outras belas cidades do estado da Guanabara. Ele pensava assim porque sabia que não iria morar para sempre no Rio de Janeiro.

Amado pensava que tudo isso que estava acontecendo com ele era o destino, mas, no seu íntimo, pensava mesmo que tudo foi uma aventura!

"Como foi que eu decidi sair de Mato Grosso e vir para o Rio de Janeiro com pouco dinheiro e só com dois endereços, dos meus amigos, e nada mais?" Amado sempre pensava nisso. Ele mesmo achava que foi uma loucura, mas teve a sua proteção de sempre.

Agora com o seu emprego garantido, não tinha um bom salário, mas receberia o suficiente para sobreviver.

Amado pediu para o Senhor Antônio que todas as vezes que precisasse fazer qualquer serviço externo, ele iria. Isso era muito bom, porque assim aprenderia a conhecer a cidade e os pontos turísticos. Esse era um dos seus desejos.

Assim, Amado ficou sabendo dos museus, das igrejas, das bibliotecas, dos teatros e até das livrarias, onde poderia comprar livros usados bem mais baratos. Isso para ele foi espetacular. Com os finais de semana livre, então, ele visitaria os pontos turísticos nesses dias e assim conheceria tudo o que os seus colegas da sua cidade não conheciam.

Depois de vários dias passados, Amado foi à casa do amigo Roberto, no final da tarde de um sábado. Foi uma alegria para todos, por ter aparecido depois de um tempo.

A primeira coisa que Amado disse para o colega Roberto foi:

— Roberto, eu já estou trabalhando e já conheço muitas coisas aqui no Rio. Só hoje é que eu pude vir te visitar e agradecer o acolhimento que me proporcionou em sua casa.

— É mesmo, Amado? Que maravilha!

— Esse foi o motivo de eu não ter aparecido antes.

— E como está o Daniel, o Nereu e a Dona Odete? — Perguntou Roberto.

De brincadeira, Amado disse:

— Ela está esperando você aparecer por lá, para conhecer a sobrinha dela. Só que agora é tarde. Ela já arrumou um namoradinho. Sabe que ela é muito bonitinha?! Roberto! Agora eu já conheço um pouco do Rio de Janeiro. Nesses dias passados, eu fiz todos os serviços de rua. Eu pedi por isso, para eu aprender a andar no Rio. Eu já visitei muitos lugares. Você, como está estudando muito, não tem tempo para conhecer o que já conheci.

— Sim! Tem que estudar muito mesmo! Só que hoje eu não estudo mais. Vou descansar a cabeça e vou lá para a AME. Você vai comigo e vem dormir aqui. Domingo você vai para a sua pensão.

— Roberto, o que é AME? — Perguntou Amado.

— AME é Associação Mato-grossense de Estudantes. Fica lá no bairro do Catete — respondeu Roberto. — Lá é o encontro dos mato-grossenses e funciona todos os sábados. Nós vamos encontrar muitos cacerenses e que não sabem que você está aqui no Rio.

— Então vamos! — Disse Amado.

Roberto completou:

— Lá nós vamos conversar com os amigos que não vemos e tomar refrigerante e comer sanduíches ou salgadinhos. É proibido vender bebida alcoólica, porque eles sabem que os mato-grossenses, muitos deles, aprendem a beber desde cedo. É só por isso! Estudante não pode beber.

— Isso é muito bom! — Disse Amado. — Essa turma está aqui para estudar, e não para beber uma cervejinha — completou.

Pegaram a condução e foram para a AME.

Ao chegar, já tinha bastante estudante conversando, dançando e rindo muito.

Para muitos cacerenses, foi uma surpresa ver o Amado ali com o Roberto. Logo foram perguntar:

— Olá, amado! Que surpresa! Está passeando por aqui?

Amado respondeu:

— Eu moro aqui e estou trabalhando numa construtora. O nome da construtora é Dallas Engenharia — disse Amado para a colega.

Ele respondeu:

— Caramba! Que coincidência! A filha do dono dessa empresa está ali. Ela vem algumas vezes aqui. Hoje foi o dia. Vamos lá. Vou te apresentar a ela.

Ela era muito bonita: tinha os olhos verdes e os seus cabelos eram quase louros e cacheados. Só tinha dezesseis anos de idade.

Assim que o colega a apresentou a Amado, logo ele disse:

— Eu trabalho na construtora do seu pai. Tem pouco tempo que estou trabalhando lá!

— Eu já sabia! Meu pai disse para a minha mãe que apareceu um cacerense corajoso e maluco. Ele veio sozinho para o Rio de Janeiro e quase sem nada. Eu arrumei o emprego, ele estava precisando. — Concluiu ela.

Amado conversou um pouco com ela e retirou-se dizendo para ela continuar a conversa com as suas amigas.

A pista de dança era pequena, então dançavam de pouco em pouco, e para quem gostava de dançar, dançava algumas música e ia conversar. Isso era como se fosse um rodízio para todos dançarem. Roberto e Amado dançaram um pouco com garotas da sua cidade e depois comeram uns salgadinhos, tomaram os seus refrigerantes e começaram a se despedir dos colegas para irem embora, porque já era tarde.

Por volta da meia-noite os dois foram embora, só que agora foram de táxi para Copacabana.

No domingo, todos acordaram quase nove horas. O sol brilhante da manhã já estava forte e proporcionava um pouco de calor.

— Amado, vamos conversar um pouco e depois do almoço você vai.

— Beleza! — Completou Roberto.

—Amado, vem no próximo sábado para você assistir a uma aula no cursinho comigo. Eu converso com o porteiro e ele deixa você entrar. Isso é só para ver como são as aulas do cursinho aqui no Rio de Janeiro.

— Tudo bem, eu venho! Eu estou ansioso para assistir a essas aulas. Quero saber o quanto é difícil. Eu vejo a dificuldade que são as aulas dos dois colegas lá da pensão.

Após o almoço, Amado foi embora, e na saída Roberto mandou um forte abraço para os colegas de Campo Grande.

Ao chegar à pensão, o Amado foi logo interrogado pelos dois colegas.

Os dois estavam superpreocupados porque Amado saiu no sábado e não voltou, e também não os avisou. Eles estavam assistindo às aulas do cursinho quando Amado saiu. Mas Amado poderia deixar um bilhete para eles, e isso ele não o fez.

— Cara! — Disse Daniel. — Nós ficamos superpreocupados sem saber onde você estava, sendo que nem dormiu aqui.

— A Dona Odete veio hoje às onze horas para saber de você.

Na pensão não tinha telefone, então não tinha como se comunicar com ela.

— Isso é preocupação de mãe! — Disse Amado sorrindo. — Vocês dois me desculpem, mas isso não acontecerá de novo.

Depois que Amado trocou as roupas, foi conversar com eles e comentou sobre a AME. Eles ficaram curiosos.

Amado disse:

— No próximo sábado, podemos ir, se vocês dois toparem! Eu já sei ir lá. Fica lá no Catete — completou Amado. Sabe, encontrei vários estudantes de Campo Grande, que vocês dois devem conhecer.

Se forem, tenho certeza de que não se arrependerão! Nesse próximo sábado, lembrei que eu não poderei ir. Combinei com o Roberto para assistir às aulas no cursinho onde ele estuda. Mas no outro sábado nós vamos, com certeza — afirmou Amado.

Assim, no sábado combinado, Amado levantou cedo e foi encontrar com o Roberto para irem assistir às aulas desse dia.

Assim que chegaram ao cursinho, entrou o Roberto na frente e o Amado atrás. O porteiro não disse nada. Aí eles foram para a sala de aula.

Quando terminaram as aulas, Amado disse para o amigo:

— Agora, Beto, me deu uma vontade louca de voltar a estudar. Vou ver se no segundo semestre me matriculo num cursinho só para recordar o pouco que sei em relação à aula que eu assisti. Quero saber como é estudar aqui no Rio de Janeiro. Tenho que primeiro ver se o meu salário vai dar para pagar pelo menos dois meses de aula. É só para recordar um pouco do que estudei lá em Mato Grosso. A diferença é grande, mas dá-se um jeito. Eu já passei por essa dificuldade. Mas quando queremos as coisas e pomos o coração e a alma, nada é impossível. Tudo é determinação! Tudo é possível! Pela sua determinação e a sua força de vontade, eu tenho certeza de que você e os meus colegas da pensão vão passar nesse vestibular. Tenho fé em Deus. — Concluiu Amado.

— É, Beto, nós não podemos ficar parados contemplando as nossas conquistas, os nossos êxitos. Temos que conquistar novas metas sempre e não devemos temer as dificuldades que virão. Assim é a vida! Tudo passa!

— Amado — disse Roberto —, você tem razão. É isso mesmo! Você pensa assim porque vive a sua vida na luta e sozinho. Eu e a Regina ainda temos o nosso pai por trás de nós. Tudo ele nos dá. O esforço do meu pai é muito grande para poder sustentar nós dois aqui no Rio de Janeiro.

Agora a vida de Amado começa a correr como se fosse o seu caudaloso rio, da sua vida. Contudo começa a aprender a navegar nas eternas ondas que a sua vida lhe proporcionará.

Nesse período em que Amado não estaria estudando, ele decidiu que começaria a aproveitar os tempos de folga e conheceria tudo que poderia. Decidiu que também iria conhecer as cidades turísticas do estado, principalmente as do litoral.

Assim, ele começou a conhecer os museus, os cinemas, o Corcovado, o Pão de Açúcar, os teatros e os pontos que eram os mais badalados da cidade.

Amado, assim que pôde, acertou os atrasados com a Dona Odete.

Passado pouco tempo, Amado começou a fazer o que mais queria: conhecer as cidades, e a primeira que foi conhecer foi a cidade de Petrópolis, por ser muito divulgada. Lá ele visitou tudo que pôde no sábado e domingo. Ele só voltou no início da noite para o Rio de Janeiro.

Amado gostou muito, principalmente do Museu Imperial, da Igreja e da casa de Santos Dumont. Achou interessante a escada construída por Santos Dumont, que para subir ao andar superior da casa. A casa e a escada foram feita de madeira. Cada degrau da escada tem um corte em formato de meia-lua, que é para passar os pés. Para subir, começa no primeiro degrau se apoiando com o pé esquerdo na metade do degrau sem o corte e passa o pé direito pelo corte em meia-lua. No segundo degrau, é o inverso: apoia-se o pé direito e passa pelo vão em meia-lua o pé esquerdo. E assim vai sucessivamente até o último degrau. Isso foi criado para não haver tropeços nos degraus das escadas e ocorrer um acidente.

Amado prometeu que voltaria para conhecer mais sobre a cidade. Assim, deu início ao que ele pensava fazer durante o tempo que moraria no Rio de Janeiro, que era conhecer o máximo que pudesse.

As férias de julho chegaram. Os dois amigos, o Daniel e o Nereu, foram para a casa de seus pais.

Do Rio de Janeiro para Campo Grande, tinha ônibus direto e asfalto só até a divisa com o estado de São Paulo. Saía do Rio cedo e chegava à noite do outro dia. Era muito cansativo devidos aos solavancos causados pelos buracos. Assim o amigo Roberto não foi para Cáceres. Se fosse, ele ainda tinha que andar mais ou menos umas vinte e quatro horas para chegar a Cuiabá. De Cuiabá até Cáceres, eram de oito a dez horas de ônibus. Só a ida para Cáceres gastava quase cinco dias de ônibus. De avião, nem pensar. Era muito caro e também demorava. Tinha que esperar nas cidades onde eram feitas as conexões. Então não compensava ir às férias de julho. Perdiam-se muitos dias nas estradas para ir e voltar.

Como o Beto estava em férias e estavam agora juntos, os dois começaram a conhecer muitos lugares que ele ainda não tinha ido e também foram para algumas cidades do litoral. Para não ficar dispendioso, os dois procuravam pensões para passarem a noite.

Quando iam dormir, Amado dizia:

— Beto, agora você vai aprender o que é morar em pensão. É outra realidade em relação ao lugar onde mora. Mas quem precisa acaba se acostumando e termina gostando.

Ao reiniciar o segundo semestre, Amado matriculou-se num cursinho perto da pensão onde morava. Estudou só os meses de agosto e setembro de 1972. Não pôde estudar mais porque estava pesando no seu orçamento. Então voltou a fazer o que gostava.

Nesses dois meses, deu para aprender bastante coisa que ele ainda não tinha estudado. As aulas ele percebeu que eram mais fracas do que as do cursinho no qual foi naquele sábado com o amigo Beto. Os professores faziam a diferença. Mesmo assim iria fazer o vestibular no início do próximo ano, só para ver qual era a dificuldade das provas do Cesgranrio.

Nesse cursinho, Amado fez amizade com duas garotas e sempre que chegava a sua carteira estava reservada entre as duas. Amado conversava muito com elas. Logo elas perceberam que ele não era do Rio de Janeiro. No primeiro contato, elas perguntaram de que estado e cidade que Amado era. Isso devido ao seu sotaque e a maneira de agir. A partir desse dia, deu-se início a muitas histórias contadas que elas jamais imaginariam ouvir.

Amado disse para elas que a partir de setembro ele não iria mais assistir às aulas, devido ao preço da mensalidade que estava pagando.

Num dia de sábado pela manhã, depois de assistir às aulas, Amado foi caminhando para a sua pensão, e a Laurinda o acompanhou até lá. Amado sempre brincava com ela chamando de "Linda Laurinda", e ela apenas sorria. Ela ficou sabendo onde o Amado morava.

No domingo, ao final da tarde, a campainha da pensão tocou e Amado foi ver quem era. Ele teve a maior surpresa. Era a própria Laurinda ali presente em carne e osso.

— Olá, Laurinda. Que surpresa é essa? — Disse Amado.

— Não é nada não. Vim só te ver e convidar para assistir a um filme ali na Praça Saenz Peña — disse ela.

— Entra! Senta aqui nesta cadeira e vamos conversar um pouquinho! Agora eu vou tomar um banho e vamos, sim, ao cinema — afirmou Amado. — Oh, "Linda Laurinda"! Você apareceu assim tão de repente. Eu nunca esperava isso na minha vida! — concluiu Amado.

— É! Eu estava sem fazer nada em casa, aí me deu uma vontade de sair. Pensei então em você: "Vou à pensão do Amado e, se ele estiver, eu o convidarei para assistir a um filme lá na Praça Saenz Peña".

— Aguarde só enquanto vou tomar um banho e trocar a roupa. E aí nós vamos — disse Amado.

Não demorou muito, Amado apareceu pronto para sair. Como não era longe, pegaram um ônibus e desceram logo na Praça.

Amado foi comprar os ingressos. Aí ela disse:

— Deixe que eu pago! Sou eu quem está te convidando!

Essa segunda sessão levaria ainda uns quarenta minutos para começar, então ficaram sentados na sala de espera, conversando até o início da sessão.

Amado percebeu que ela fez muitas perguntas a seu respeito.

Nessas conversas, ela disse para Amado que ficou viúva há menos de um ano, com vinte e sete anos de idade e com uma linda filhinha de dois aninhos para criar.

— Sabe, Amado, ele me traiu com outra e acabou levando um tiro no rosto, dentro do seu próprio caro, quando ele estava com a amante. Até hoje não sabem quem fez isso. Eu conversei com a amante, dizendo que eu era a irmã dele, e ela me contou tudo. Depois dessa conversa me conformei e deixei de pensar que fui eu a causa de ele arrumar uma amante. Mas não foi, não! Ela nunca soube que ele era casado e que eu era a esposa do seu namorado.

— Isso pode acontecer na vida de qualquer pessoa, Lindaura — disse Amado para ela.

— Ué, Amado! Quer dizer que eu troquei de nome?

— Não! É só para facilitar. Você não gostou? — Disse Amado sorrindo para ela.

— Não, não gostei! Eu tenho o meu próprio nome — retrucou Laurinda. — Eu estava sendo a outra com o meu ex-marido. Por isso é que eu não gosto!

— Me desculpe, amiga Laurinda! Foi só uma brincadeira. Isso não acontecerá mais! — Concluiu Amado.

Desse dia em diante, Amado não a chamou mais de "Linda Laurinda". Não queria magoá-la. Só chamava pelo seu nome verdadeiro.

Na segunda-feira, na sala de aula do cursinho, antes do início da aula, os dois começaram a conversar.

Agora com mais intimidade com ela, Amado começou a falar que gostava muito de passear e viajar.

Ela respondeu:

— Eu também adoro passear e agora tenho que curtir a minha liberdade! Ainda mais com o que aconteceu comigo. Agora é que eu tenho que aproveitar mesmo!

Amado, com muito receio, disse para ela:

— Você conhece Petrópolis?

— Eu fui uma única vez. Conheci muito pouco. O meu ex-marido não gostava de passear. Ele achava que era desperdício de tempo.

— Agora sou eu quem está te fazendo um convite — disse Amado. — Vamos a Petrópolis. Sem ser neste final de semana, no próximo. Até lá você tem tempo para pensar se aceita ou não o meu convite — disse Amado meio receoso.

— Claro que aceito! O seu convite para mim vai fazer muito bem! Já estou imaginando como vai ser bom! — Concluiu Laurinda.

— Então está confirmada a nossa ida a Petrópolis daqui a duas semanas.

— Sim, já estou esperando! — Confirmou sorrindo de leve. O seu rosto todo transmitia uma alegria enorme.

— Até lá eu já recebi o meu salário. É pouco, mas dá pra ir. Agora, me diz uma coisa: como fica a sua filhinha? — Perguntou Amado.

— Ela fica com a minha mãe. Ela não vai sentir falta. São só dois dias.

— Então está bom. Vamos para Petrópolis!

Nessa hora, Amado ficou com o coração batendo um pouco mais forte, por ela ter aceitado o convite. Ele ficou com medo de ela interpretar mal esse seu convite e pensar que ele estaria se aproveitando da sua fraqueza.

Desse dia em diante, esse futuro passeio não saiu da cabeça de Amado. Ele já imaginava como seria essa aventura.

Agora com essa aventura em mente, os dias para Amado demoravam a passar. Então, no seu trabalho, ele tinha que resolver todos os problemas propostos para ele, e assim não queria que essa situação do convite atrapalhasse o seu trabalho. Mas ele não parava de imaginar como seriam esses dois dias em Petrópolis com a Laurinda.

Sempre Amado pensou que o seu trabalho era de uma responsabilidade muito grande. Mas, para ser feliz na vida, geralmente é necessário passar por certas situações difíceis que os momentos impõem, mas também temos que aproveitar os momentos felizes e maravilhosos que a vida nos propõe. Você tem de se preocupar em arrumar os bons amigos, os verdadeiros amigos, pois, quando menos esperar, você estará sendo ajudado por ele. Assim é a vida.

Amado sempre dizia que viver é a melhor coisa que se pode fazer, enquanto Deus lhe proporcionar a sua existência. É impossível existir coisa melhor; viver é espetacular. Em certas situações, viver dói muito, e esses momentos são difíceis de esquecer. Mas temos de esquecer.

Amado sempre teve sorte com todos os seus amigos, desde os tempos de infância, com os amigos do passado, lá da sua cidade.

Agora ele imaginava como seria essa amizade que fizera com a Laurinda. Será uma grande amizade, uma amizade passageira ou somente uma aventura? Agora essa experiência tinha que ser vivida para se ter uma certeza.

Os dois combinaram que não era para comentar nada na sala de aula a respeito dessa viagem em Petrópolis, perto da amiga, para não ter comentários.

Assim foi chegando o sábado tão esperado.

A Laurinda não morava muito distante da pensão onde Amado morava. Ela morava na Vila Isabel, e o prédio em que morava ficava a poucos metros das Calçadas Musicais de Vila Isabel, tão faladas no Rio de Janeiro e conhecidas em todo o Brasil. Um dia ela mostrou a calçada para Amado. Ele não sabia que existia isso. Também, lá longe, em Mato Grosso, era difícil saber tudo.

Essas calçadas foram construídas em 1965 para comemorar o quarto centenário da cidade do Rio de Janeiro. Os instrumentos e as notas musicais nelas desenhadas foram feitas em pedras portuguesas pretas e brancas, e a primeira música desenhada na calçada foi "Cidade Maravilhosa".

Amado combinou com a Laurinda que no sábado ela pegaria um táxi e passaria na esquina onde ele morava, na Rua Mariz e Barros com a Rua São Francisco Xavier. Era caminho para a rodoviária.

Foi marcado para a Laurinda passar em torno das sete horas, e assim ela o fez.

Quando Amado viu o táxi parando para ele embarcar, ele não acreditou que era ela que estava ali dentro e que eles iriam passar dois dias juntos, na cidade de Petrópolis.

Amado, até então, nunca tinha sentido algo como o que estava sentindo ali dentro daquele táxi. Na realidade, a sua comoção era enorme. Então ele pensou: "Tenho que manter a calma. Desta forma ela pode perceber que eu estou nervoso".

Assim que chegaram à Estação Rodoviária Novo Rio, foram direto comprar as passagens. Conseguiram embarcar em quinze minutos.

Dentro do ônibus, começaram a conversar, e ela foi expondo a sua vida particular desde quando conheceu o seu ex-marido. Ele era carioca e ela mineira, da cidade de Juiz de Fora-MG.

— Assim que nos conhecemos, em dois anos estávamos casados. Eu, nessa época, tinha dezenove anos de idade. Eu, na realidade, não sabia nada do que era a vida de casada. Eu não sabia nem cozinhar. Fui aprendendo aos poucos, e foi ele que me ensinou a cozinhar muitas coisas. Agora eu pergunto, Amado: será que ele enjoou de mim?

— Não! De jeito nenhum — disse Amado. — Ele, na realidade, queria viver uma aventura de amor, aquela aventura que não viveu com você. Nada mais. Além disso, nós, homens, gostamos de aventura. Veja a nossa situação agora — disse Amado. — Essa é uma aventura só de nós dois.

Amado disse isso só para ver a reação dela.

Ela, nesse momento, deu um leve sorriso e um abraço muito forte no Amado.

Depois desse momento, ela deu a liberdade para Amado perguntar o que ele quisesse para ela.

— Agora me diz uma coisa: cadê a sua filhinha. Você nunca fala dela?

— A minha filha está com a minha mãe. Ela também fica muito tempo com os avós paternos. A avó quer sempre estar perto dela para lembrar o seu único filho. Então eu fico muito tempo sozinha no meu apartamento. Eu sou livre para fazer o que eu quiser — concluiu Laurinda.

— Oh! Que coisa boa! — Disse Amado para ela. — Então quer dizer que podemos passear à vontade?

— Sim, é isso mesmo. Eu quero recuperar o tempo perdido que passei presa dentro do meu apartamento. Eu acho que você é a única pessoa que me proporcionará esse prazer. Eu gostei de você — disse Laurinda.

— O que você acha disso, sem saber direito quem eu sou?

— Eu venho observando você desde aquele primeiro dia que conversamos na sala, antes do início da aula. Você parece ser um cara muito legal e muito responsável com o seu trabalho. Eu gosto de pessoa assim! — Disse ela.

Essa longa conversa foi tão importante para os dois que nem perceberam o ônibus chegar a Petrópolis.

Assim que saíram da rodoviária, foram procurar um hotel para se hospedarem. Teria que ser um hotel de um preço médio. Não podia ser muito caro.

Amado perguntou para um motorista de táxi onde tinha um hotel que não fosse tão caro.

O motorista disse:

— Entra aí que eu levo vocês lá.

Laurinda disse:

— Amado, eu também tenho dinheiro comigo. Fique tranquilo. Eu posso te ajudar a pagar o hotel. — Assim que entraram no hotel, ela externou a sua ideia: — Eu recebo a pensão alimentícia do meu ex-marido.

— Que maravilha! — Disse ele sorrindo, em tom de brincadeira, para ela. — Eu não ganho tão bem assim, mas vamos vivendo. A vida passa muito rápido e nunca sabemos o dia do amanhã. Temos que aproveitar os belos momentos como este.

O hotel era em estilo colonial e bem localizado. Os dois não conheciam nada de Petrópolis. Mas Amado disse para ela:

— Quem tem boca e sabe perguntar, chega aonde quiser.

Ela sorriu um bocado.

Amado percebeu que ela não queria sair. Ela queria mesmo era que ficassem juntos no quarto do hotel.

O quarto era no fundo do hotel. Imperava o silêncio total. Eles perceberam que nada os atrapalharia.

Então deitaram na cama e começaram uma longa sessão de beijos e agarramento.

— Amado, faz tempo que não sinto o que estou sentindo agora — disse ela.

Depois disso, Amado falou:

— Vamos tomar um banho e voltar para a cama. Aí vai acontecer o que você espera.

Os dois tomaram banho juntos, um se esfregando no outro.

Assim que voltaram para a cama, aconteceu o que ela tanto esperava. Nesse momento, Amado teve que mostrar o quanto ele era viril, o quanto ele era másculo. Teve de mostrar mesmo e falou:

— Mato-grossense não é "flor que se cheira".

Ela disse sorrindo:

— Quer dizer que os mato-grossenses andam cheirando florezinhas?

— Não, minha querida! As flores são para entregar às lindas garotas, bonitas e gostosas como você, ou para outras mulheres sentirem o quanto cheira a flor de um mato-grossense.

Aí ela deu uma boa gargalhada.

Ela inesperadamente confessou ao seu ouvido:

— Hoje foi o maior prazer que eu tive. Essa sensação sentida por mim hoje foi gostosa. Nunca aconteceu isso antes comigo.

Amado esclareceu a ela:

— Você na realidade está tentando se vingar do seu ex-marido. Não é bom tocar nesse assunto agora — falou Amado. Na vida tudo passa, principalmente os bons momentos — falou Amado.

— Fazia um bom tempo que não sentia o que senti agora — disse ela, um pouco envergonhada, sentada na cama e com a cabeça apoiada entre os joelhos, olhando para o Amado. — Eu já notava, há muito tempo, que o meu ex-marido estava se afastando um pouco de mim. Eu pensava que eu fosse a culpada. Só depois desse acontecimento foi percebido por mim que o problema era dele e não meu — concluiu Laurinda.

Amado cochichou nos ouvidos dela:

— Não toque nesse assunto agora. Pode esfriar este delicioso momento entre nós dois. Deixe para depois. Eu mesmo nunca mais tocarei nesse assunto. Fica melhor para nós dois — concluiu Amado.

Depois dessa primeira aventura de amor, os dois foram procurar um lugar para almoçar.

Amado, com toda a sua gentileza, perguntou a ela:

— Você gosta de comer o quê?

Ela respondeu:

— Qualquer coisa!

— Vamos ao primeiro restaurante que encontrarmos e nele almoçaremos.

Deu para perceber nessa hora que ela foi uma garota criada sem muito luxo.

— E você, vai querer ir aonde? — Perguntou ela.

Amado respondeu para ela sorrindo:

— Eu sou igual a você. Não tenho luxo. Eu fui criado no sistema bruto pantaneiro. Lá no hotel, se você quiser conversar, eu conto tudo para você. Tudo certo mesmo! — Concluiu Amado.

— Eu quero saber, sim, do seu passado, do seu nascimento e tudo mais.

— Então vamos conversar — concordou Amado com ela.

O hotel colonial, com os seus móveis em estilo antigo, ficava no centro da cidade. Não levou muito tempo para encontrarem um restaurante, que não tinha o jeito de ser muito caro, e realmente não era. Perceberam depois que viram o cardápio com os preços.

Entraram, sentaram e fizeram o pedido. Ela estava com um semblante de muita felicidade em seu rosto.

Amado perguntou assim que começaram a conversar:

— Você está feliz nessa aventura?

— Oh, se não estou! Nunca estive tão feliz assim! — Concluiu ela.

— Então, para completar a sua felicidade, vamos andar um pouco pelos pontos turísticos da cidade para nós conhecermos. Tudo bem? — Disse Amado.

— Ok! — Disse ela.

Não demorou muito, foram servidos. A comida parecia estar deliciosa.

Amado perguntou a ela:

— Você está com fome?

Ela disse:

— Claro que estou!

— Essa fome toda foi causada pelo seu desgaste físico. Você sabia que o que fizemos ali na cama equivale a uma corrida de cinco quilômetros? — Disse Amado para ela.

— É mesmo! — Respondeu ela. — Quer dizer que corremos dez quilômetros agora antes deste almoço! Eu corri cinco e você cinco — e deu uma boa risada.

Amado respondeu todo feliz:

— Eu não corri cinco. Eu corri foi dez quilômetros e você correu quinze, pelo seu desempenho na cama.

Ela ficou toda orgulhosa e cheia de si.

Após o almoço, os dois foram passear e conhecer um pouco da história do Brasil, da época do Império, pelos museus e pontos históricos da cidade.

Amado disse para ela:

— Temos que aprender bastante da história do Império, porque isso pode nos ajudar no nosso curso.

No final da tarde, eles voltaram para o hotel e não estavam preocupados com as horas do tempo. O tempo era todo dos dois. Nada os preocuparia.

75

De passagem por uma lanchonete, resolveram comprar um lanche para comerem mais tarde. Eles decidiram que não iriam mais sair para nada. Não havia mais necessidade de sair. Eles queriam era ficar juntos conversando sobre tudo — a forma de raciocinar e as conversas dos dois eram muito semelhantes. Ela queria contar o passado da sua vida, apesar de ser tão diferente da de Amado, e isso ela não sabia.

Chegaram ao hotel e foram direto para o quarto. Os lanches que traziam em suas mãos foram colocados na pequena mesa colonial que combinava com os outros móveis do hotel.

Tiraram as suas roupas e ficaram só com as roupas íntimas. Deitaram-se na cama e ela apoiou o seu lindo rostinho, moreno claro, nos peito de Amado. Aquele momento foi como se ele entrasse em êxtase. Foi a coisa mais gostosa que ele sentiu até então; principalmente quando ele ouvia as suas doces palavras tão delicadamente, quase um sussurrar, com ela alisando o seu corpo.

Logo ela disse:

— Eu sou mais velha que você, então eu vou começar a conversa. Nisso eu tenho a prioridade — concluiu com essa colocação e sorriu.

Então ela começou a falar da sua vida desde pequena. Mas, quando chegou ao momento que ela começou a falar do seu casamento, Amado disse:

— Agora está bom. Você já falou bastante, e esse assunto eu pedi que não fosse mais tocado.

Então Amado deu um longo beijo em seus doces lábios macios e bem rosadinhos.

— Agora eu vou passar a palavra para você! Gostou da minha história? — Disse ela.

— Adorei a sua história, minha querida! Sei que você ainda tinha muitas coisas para falar. Mas até onde chegou está bom!

— Agora quero saber tudo da sua vida, a sua história! Parece-me que é muito interessante. Você parece um cara de pouca idade, mas de muita experiência de vida. As suas atitudes demonstram isso.

— Querida Laurinda, o que eu tenho para falar da minha vida pode levar um longo tempo. Então vamos ter que vir aqui muitas vezes.

Aí ela deu um sorriso todo gostoso.

— Você quer saber sobre a minha dura e bruta vida pantaneira ou sobre a que estou vivendo no Rio? — Perguntou Amado. — Escolhe agora.

— Eu não quero nem saber! Resume as duas e me conta o que puder! — Falou Laurinda rindo, com os seus lábios rosadinhos.

— Então vou começar, e tudo que eu falar é verdadeiro. Eu não tenho hábito de mentir. É difícil de acreditar, mas é pura verdade. Mentir é para quem não tem personalidade. É para os fracos de caráter.

— Comece logo, amor. — Esse foi o jeitinho meigo dela de falar.

Amado então começou a contar a sua dura vida no pantanal e na sua cidade. Dessa forma, ele teria que resumir muito.

Quando Amado disse para ela que tinha nascido no sítio do seu pai, lá no meio do Pantanal, bem a oeste do estado e fronteira com a Bolívia, aí ela se interessou pelos detalhes contados. Amado contou para ela: do parteiro da sua mãe, que foi um nativo boliviano, o *Juan*; do tratamento do umbigo; do primeiro banho no rio, no outro dia; da bênção recebida, imposta pelo velho indígena; onde foi enterrado o seu umbigo; da escolinha da sua mãe; e só um pouco da sua primeira viagem para a cidade, em um carro de boi, puxado por duas juntas de bois:

— Canarinho e gavião; relâmpago e trovão. Os cavalos eram: Sabiá, o do meu pai; o Azougue, da minha mãe; e a mulinha magnólia era da Gueiza. O Jorge era o carreiro.

Tudo bastante resumido. Ela ficou impressionada, nunca tinha ouvido algo parecido.

Aí Amado disse para ela:

— A vida lá no Pantanal é bruta. Tem que ter sangue nas veias para enfrentá-lo. — Aí ele sorriu um bocado.

Quando começou a falar do tempo de sua vida na cidade, da escola, da fanfarra, dos amigos, do futebol, aí ela disse:

— Me conte agora a sua vinda aqui para o Rio de Janeiro. Isso que você está contando não me interessa muito. Você tem coisa mais interessante para contar.

— Pois é, minha querida! Eu vim para o Rio de Janeiro pelo fato de eu ter parado de estudar o ano passado, por não ter passado no vestibular em Campo Grande. Eu, na realidade, não tinha a mínima possibilidade de passar no vestibular. O meu científico foi muito ruim. Em razão disso, eu voltei para a minha cidade e, ao chegar à casa dos meus pais, percebi que aquele espaço, na casa deles, não me pertencia mais. Era dos meus pais e dos meus irmãos. Tentei arrumar emprego lá, mas não deu certo. No início deste ano eu resolvi vir para o Rio de Janeiro, com a "cara e a coragem". Um amigo falou para mim que seria bom ir para o Rio de Janeiro, por ser uma cidade grande, e por isso tinha mais oportunidade. É por isso que eu vim! Acontece que os Deuses, meus protetores, me guiaram para encontrar com um amigo, com quem estudei. Eu, quando fui comprar a passagem para o Rio de Janeiro, sem querer fui aonde ele estava trabalhando. Era na esquina de uma rua onde eu passaria. Aí eu disse que estava indo para o Rio de Janeiro, e ele me deu o endereço desses dois amigos que moram numa pensão. Eu agradeço muito esse momento. É nesses momentos que mais precisamos dos nossos Deuses, dos nossos protetores. Se não fosse isso, eu poderia estar dormindo até na rua, quem sabe! Você acredita nisso, querida? Mas Deus é grande e me pôs no caminho certo, por isso hoje eu estou aqui contigo. Veja só a felicidade que ele me proporcionou.

Ela disse:

— Conte-me mais. Eu sei que tem mais a contar.

— Então contarei! — Disse Amado. — Olha só como as coisas acontecem: assim que cheguei ao Rio de Janeiro, eu fui direto para o apartamento de um amigo de infância e de escola, para me levar à pensão onde fiquei morando. Levei dois meses para arranjar esse emprego em que estou trabalhando agora. O que eu ganho não é muito, mas dá para ir levando. Nesse período de desemprego, eu conheci uma garota. Nem me lembro mais o nome dela, nem como a conheci, e nesse primeiro momento ela me deu o seu endereço e o número do seu telefone. Eu ainda estava desempregado e procurava desesperadamente por um emprego. Aí a pobre coitada disse: "Vá sábado ao meu apartamento. Vamos conversar um pouco. É no centro da cidade. É muito fácil de chegar nesse endereço". "Ok! Eu irei!", eu disse. Ela era uma garota até engraçadinha e parecia ser bem comportada, e acho que ela percebeu que eu estava meio preocupado com alguma coisa. Ela disse: "Se você for no sábado em casa, eu nesse dia não estarei fazendo nada. Podemos conversar e dar uma saidinha." Aí caí na besteira de ir ao seu apartamento.

Querida, o que você acha que aconteceu? — Perguntou Amado para a sua amada.

Amado sempre gostou de fazer brincadeiras desse tipo, trocando o nome dos amigos, mas era só de brincadeira.

— De agora em diante você vai ser a minha Amada, ok? Assim ninguém vai desconfiar de nada. Todos vão perceber que é só brincadeira. Agora eu te pergunto: o que acha que aconteceu? Me responda com toda a sinceridade! Deduza sobre o que eu já te falei sobre a minha situação financeira nesses dias e conclua!

— É, amor, eu jamais poderia imaginar uma situação dessas! — Concluiu ela.

— É muito fácil deduzir essa questão! Pense bem! — Disse Amado para a Amada. Agora ela passou a ser a sua Amada.

Ela sorriu e parece que gostou do apelido. Ela achou que combinava com os dois.

— Pense, minha querida. Eu não tinha chegado há pouco tempo no Rio de Janeiro? Onde é que ia arranjar dinheiro se ainda não tinha emprego? O dinheiro que eu tinha era pouco e estava quase acabando. Não tinha como gastar além do extremamente necessário. Como é que eu ia sair com ela e pagar as coisas. Ela morava com a sua mãe. Só as duas no seu apartamento. Para mim, a situação estava preta mesmo! — Concluiu Amado. — Sabe o que eu fiz? Responda para mim.

— É. Está muito difícil de imaginar! — Respondeu ela.

— Pois é! — Concluiu Amado. — Ao chegar ao seu apartamento, ela falou para eu entrar e sentar no sofá. E aí começamos a conversar, e a primeira pergunta que a mãe dela me fez foi: "De onde você é? Pelo seu sotaque, você é de bem longe." Respondi: "Sim! Sou de muito longe. Sou de Mato Grosso, fronteira com a Bolívia. Eu sou de tão longe que aqui no Rio de Janeiro tenho certeza de que pouquíssimas pessoas conhecem Cáceres, a minha cidade. Realmente é tão longe que a senhora não vai saber mesmo!" Ela disse: "Eu nem sei onde fica a sua cidade!".

— E aí o que você fez? Estou curiosa para saber! — Disse a Amada. — Ela deve ter pensado: "Esse deve ser filho de fazendeiro".

— Depois de conversarmos por uns quinze minutos ela disse para a filha: "Minha filha, vai com o Amado na padaria e compra uns pães, um pouco de salame e refrigerante para fazermos um lanche". Sabe o que fiz?

— Fale logo! Estou curiosa para saber qual foi a sua atitude!

— Eu disse para ela: "Deixa comigo que vou comprar o pão sozinho, enquanto ela toma banho para sairmos. Certo?" Eu disse para a mãe da menina: "Eu sei onde fica a padaria. Eu passei em frente dela". Ela disse: "Então vá! Vamos ficar te esperando, ok?". Olha só, Amada, o que eu fiz! Saí do apartamento dela e fui o mais rápido possível para a parada de ônibus, nem olhei para trás e fui embora para a pensão. Na realidade o dinheiro que eu tinha mal dava para pagar o ônibus.

Amada caiu na gargalhada, rindo com muito prazer.

— Eu não tinha quase nada de dinheiro. O que eu tinha não dava para sairmos. Mal dava para pagar a passagem do ônibus!

— E aí como ela ficou? — Disse ela ainda sorrindo. — Você fez isso com ela? Coitadinha dela.

— Pois é, se elas ficaram me esperando, as duas devem estar sequinhas, no seu apartamento, me esperando até hoje, pelo que fui comprar.

Aí foi que a Amada riu com gosto.

— Agora imagine a minha situação se ela tivesse o número do meu telefone. Ela iria ligar e dizer: — Jovem, estamos te esperando com o pão que você foi comprar! Já pensou a minha vergonha?! E sabe de uma coisa, Amada? Eu não cheguei a dar um beijinho nela sequer e também nunca mais a vi. Chegando à pensão, contei essa façanha aos dois amigos, que não acreditaram. Riram muito e ainda disseram: "Poxa, Amado! Você poderia pedir um dinheirinho emprestado. Nós o arrumaríamos para você! Assim você não passaria por isso". "Mas de que forma eu vou devolver esse dinheiro emprestado? Eu ainda não estou empregado". Eu falei isso para os dois.

Amada nesse momento falou:

— Você é muito sério nas suas atitudes.

— É! Você não deve ir além do permitido nas suas decisões. Tudo tem o seu limite.

Quando os dois perceberam, já tinha um longo tempo de papo muito interessante para os dois. Aí eles foram comer os lanches com o refrigerante que trouxeram.

Depois de comerem o lanche, foram tomar outro banho para dormir. Mas a tentação da primeira noite juntos fez com que os dois não dormissem quase a noite inteira, fazendo o que mais gostavam, devido à atração mútua.

Ela estava precisando se realizar dessa forma, para poder encarar uma nova vida e não se sentir desprezada por ser uma viúva ainda muito jovem, de apenas vinte e sete anos de idade.

— Sabe, Amado — disse ela —, você não sabe o quanto isso aqui me fez bem. Agora eu me senti uma mulher de verdade, sem fingimento. Hoje, essa relação amorosa com você foi prazerosa mesmo. E isso eu nunca senti com o meu ex-marido. Eu estou muito feliz hoje.

— Que bom, Amada! Veja como os meus protetores me mostraram o caminho certo e me protegeram. Guiaram-me tão certo que encontrei você no meu caminho.

No domingo, os dois acordaram às dez horas e foram os últimos a tomarem o café da manhã.

Ao meio-dia, os dois tinham que deixar o hotel. Entregaram a chave no horário e foram andar à toa pelas ruas as quais ainda não conheciam. Esse passeio foi muito bom. Lá pelas dezesseis horas, entraram em uma lanchonete, lancharam e foram para a rodoviária. Logo que chegaram, conseguiram um ônibus que estava de saída. Conseguiram embarcar e retornar para o Rio de Janeiro.

Na viagem a conversa foi alegre e animada. Conversaram muito. Ela disse:

— Assim que saímos de Petrópolis, já fiquei com saudade desses dois dias maravilhosos.

Amado disse para ela:

— Nós temos que aproveitar os melhores momentos da nossa vida, seja ele qual for. Isso satisfaz o nosso ego. Visto que esses momentos jamais retornarão. Eles são passageiros e temos que aproveitá-los, porque a vida é muito curta e nós não sabemos os dias de amanhã.

Assim que chegaram ao Rio de Janeiro, tomaram um táxi e Amado desceu na porta da sua pensão. Era o mesmo caminho para Vila Isabel, onde ela morava.

— Deixe eu pagar o táxi — ela disse. — Você pagou quando fomos, lembra?

Amado despediu-se dela dando um beijo nos seus lábios e completou:

— Até amanhã na sala de aula. Espero-te lá, ok?

Agora desta vez Amado não se esqueceu de avisar aos dois colegas.

Ao entrar na pensão, os dois amigos queriam saber como foram esses dois dias com ela. Amado disse:

— Eu não posso contar os detalhes. Fomos para passear, arejar a cabeça e nada mais.

— Conte para nós — disseram os dois.

— Não! Esse assunto é privado e trancado a sete chaves. Só eu e ela sabemos.

76

Na segunda-feira, Amado levantou cedo, tomou o seu café, pegou a condução e foi para o trabalho. No caminho, foi relembrando o passeio e não demorou muito vieram em sua mente aqueles maravilhosos momentos, na cama com a Laurinda deitada alisando os seus peitos e aquela longa conversa esclarecendo tudo sobre a situação de cada um; para não prejudicar nenhum dos dois no futuro. Os dois sabiam que esses momentos deliciosos não seriam para sempre. Demoraria o tempo necessário e suficiente para a reflexão de cada um.

Amado pensou: "Não... não! Eu não posso atrapalhá-la nos seus estudos. Ela está recomeçando a sua nova vida. Eu também tenho que estudar, mas só poderei estudar mesmo é no ano que vem! A minha situação financeira não me permite estudar agora. Mas, mesmo sem preparação, eu vou fazer o vestibular no começo do próximo ano".

Amado começou a sentir a falta dela:

— Meu Deus, isso ainda não pode acontecer comigo. Eu tenho que seguir o caminho que Deus me indicará. O meu caminho eu sei que ainda é muito longo.

Nessa segunda-feira, Amado trabalhou com muita alegria no seu coração. Ele estava com a cabeça leve, quase em estado de êxtase.

Assim que terminou o expediente, ele foi para o seu cursinho, com uma vontade louca de encontrar a Laurinda.

Chegando lá, ela já tinha reservado uma carteira ao seu lado. E disse para o Amado assim que ele entrou na sala:

— Esse lugar é seu. Senta aí logo!

Amado gentilmente disse:

— Obrigado! Eu vou, sim, sentar nessa carteira. Boa noite! — Amado cumprimentou as duas. — Agora eu vou sentar! Como vocês duas passaram o final de semana? Estudaram muito?

Logo a Laurinda disse:

— Nesse final de semana, eu tive aula com um mestre e até correr ele me ensinou. Eu consegui e aguentei correr cinco quilômetros.

— É mesmo? — Disse Amado. — Que maravilha! Agora então eu vou convidar você algumas vezes para fazer uma corridinha em alguns finais de semana. Você topa? Eu também preciso correr de vez em quando.

Ela deu um lindo sorriso e respondeu:

— Dependendo da situação, eu posso ir. Mas eu, agora, tenho que fazer as minhas objeções.

— É isso mesmo, nós temos que estudar muito para realizar os nossos desejos. E você, colega? O que pensa em relação ao que acabou de ouvir? — Perguntou Amado.

A colega respondeu:

— Eu estou fora dessa história de correr. Eu nunca corri na vida, nada, nada.

Jamais a colega imaginaria que corrida fora essa que os dois fizeram e agora estão comentando.

Agora Amado passou a ter uma grande amizade com as duas colegas de sala. Com a Laurinda, tudo era muito disfarçado. Ela não podia expor perante as colegas que ela já conhecia, pela sua situação de viúva.

Um dia ela disse para o Amado que ela tinha receio das colegas. Se a maioria descobrisse que ela era viúva, poderia ser chamada de viúva assanhada.

— Nada disso, minha querida amiga. Isso nunca acontecerá.

Durante as aulas, Amado ficava olhando para aquele lindo rostinho, que dava vontade de beijar todinho a toda hora.

Aí ele percebeu que realmente esse final de semana que passou com a Laurinda fora, até então, uma grande aventura e de um amor profundo, mas que tinha certeza de que seria momentâneo. Esse relacionamento não iria durar por muito tempo.

Amado ainda estava começando a sua nova vida no Rio de Janeiro, ainda com um futuro incerto, sendo também cinco anos mais novo que ela.

Ele não tinha condição financeira que pudesse sustentar uma mulher com uma criança de dois anos, e ela também achava que realmente tudo isso não poderia dar certo mesmo.

Então Amado decidiu que iria amá-la profundamente somente no seu ego, só para si mesmo. Externamente não poderia ser demonstrada ou ser extravasada a sua paixão para ninguém, nem para ela.

O tempo foi passando e ela resolveu que tinha que estudar muito para passar nesse vestibular do Cesgranrio. Agora ela não queria ir mais passear no zoológico, no Museu Imperial para levar a sua filha, nem em outra oportunidade. Amado sentiu que ela já estava se distanciando dele.

Um dia, deitado na sua cama, vieram em seus pensamentos todos os momentos que passaram juntos nesses poucos dias. Ele ficou pensando nela quase toda a noite. Dormiu muito pouco.

No outro dia, ele achou que ela tinha razão; realmente é um relacionamento sem futuro para ela.

Amado também começou a pensar que estava na hora de ir se afastando dela. Assim o seu relacionamento foi esfriando externamente e durou até quando Amado pôde pagar a mensalidade do cursinho.

Internamente eles combinavam em tudo. Os desejos e as atrações um para com o outro era muito forte. Mas, externamente, a diferença financeira era o que importava.

Ao chegar ao final de setembro, Amado lembrou a ela que assistiria às aulas até o final do mês. Quando chegou o dia, o porteiro, sem saber, deixou Amado entrar e assistir a mais uma semana de aula. Aí a sua carteirinha foi apreendida.

Desse dia em diante, Amado nunca mais encontrou Laurinda. Ele ficou com essa aventura de amor por muitos e muitos tempos dentro do seu coração, doído de amor internamente.

No entanto, de uma coisa Amado tem certeza: ele fez a Laurinda sentir-se mulher como ela nunca se sentiu anteriormente. Ela mesma disse: "Eu nunca senti tanto prazer como o que senti com você".

O ano de 1972 ia terminando e o vestibular estava se aproximando. A preocupação de todos os vestibulandos aumentava. Notava-se nas suas fisionomias uma tensão indesejada. Os estudantes de outros estados se preocupavam com as despesas que os pais tinham com eles. Eles todos diziam: "Eu tenho que ser aprovado nesse vestibular. Não pode acontecer o contrário. Nós vamos comemorar o sucesso da aprovação com muita alegria juntos".

Amado era o único estudante de todos que não se preocupava. Ele não tinha a mínima condição de ser aprovado. Ele era o único aventureiro de todos. Estava sem estudar há um ano e nesse momento estudou só o que pôde pagar. A vida era dura para ele. Ele tinha vontade de fazer tudo o que os seus colegas faziam, mas era impedido porque ainda não tinha condições financeiras de usufruir desses benefícios.

Nesse período ele fez uma opção. Como não tinha preocupação com os estudos, faria a prova apenas para ver qual era o seu padrão e o seu nível de dificuldade. Não adiantava se preocupar em estudar porque seria uma perda de tempo, achava Amado. "O meu estudo está todo irregular. Eu vou deixar tudo para o ano que vem", dizia ele para todos os colegas.

Amado nunca pensou negativamente, pois achava que, se pensasse assim, ele estaria atraindo os males para si, então ele decidiu que, de agora em diante, todo o seu tempo livre seria dedicado à leitura. Assim, poderia ler muitos e muitos bons livros dos seus autores prediletos.

Com as suas saídas para executar os serviços externos do seu trabalho, ele começou a ir mais vezes nas livrarias antiquarias, os famosos "sebos", do Rio de Janeiro. Assim ele percebeu que poderia comprar muitos livros, bons e baratos, pelo fato de serem usados. Amado então deixou de pegar os livros emprestados com a Nilza. Ele agradeceu muito os livros que ela tinha lhe emprestado e disse:

— Agora eu já estou em condições de comprar os livros baratos dos "sebos".

Ela sorriu.

Um dia Amado mostrou os quatro livros que ele tinha comprado e um ele até já tinha lido. Era um livro pequeno.

Quando Nilza viu os títulos dos livros, ela ficou surpresa e disse para Amado:

— Caramba! Você gosta de ler livros sérios. Olha os autores dos livros que você comprou!

— É, Nilza. Nós temos que exercitar as nossas mentes, e nada melhor para isso do que uma boa leitura. Agora que não estou estudando, eu vou é me dedicar à leitura. Assim podemos conhecer o interior das nossas mentes e podemos melhorar muito a nossa forma de pensar, conhecer pelas leituras outros mundos e outros países que talvez um dia possamos ir para conhecer — disse Amado para ela.

— É, Amado. Você tem razão!

— Os nossos pensamentos, na maioria das vezes, vêm de conhecimentos armazenados em nossas mentes e dependem muito do que nós lemos — disse Amado. — Você, como economista, sabe disso muito mais do que eu!

— É mesmo. Gostei da sua colocação! Você, pelo que eu vejo, é um jovem muito consciente, sabe ver as coisas com os bons olhos e tira proveito disso. Você sabe aproveitar os seus momentos — disse Nilza.

— É, Nilza! São as necessidades da vida que nos impõe a agir dessa forma. Quando alguém decide fazer o que eu fiz, tem que ter coragem de enfrentar a situação que vier. São nesses momentos que os filhos choram baixinho e os pais não escutam.

Amado, agora que estava lendo os seus próprios livros, comprados com o seu dinheiro, podia sublinhar e fazer as anotações que bem entendesse e quisesse neles. Ele sempre gostou de fazer isso nos seus livros.

Na pensão, Amado estava sempre lendo, para não atrapalhar a concentração dos dois amigos, que estudavam muito.

Estava chegando o fim do ano e em razão de o vestibular ser no mês de janeiro, na passagem do final de ano, ninguém iria para a casa dos seus pais. Todos passariam no Rio de Janeiro mesmo, uma vez que a prova estava muito perto.

Amado estava curioso e com uma vontade imensa de ir a Copacabana ver a passagem do ano. Ele nunca tinha visto uma coisa dessas. Tendo isso em vista, ele combinou com o seu amigão Roberto de irem juntos assistir ao espetáculo da passagem do ano, na praia. O Roberto combinou com ele e, no dia 31 de dezembro, tudo ficou acertado. Amado foi, à tarde, para o apartamento do colega Roberto e lá ele iria dormir.

Ficaram conversando por um bom tempo, pois já fazia muitos dias que eles não se viam.

Roberto disse para Amado:

— Você sumiu nesses dias. Tem mais de um mês que nós não nos vemos. Você não pode sumir desse jeito! Nós somos amigos há muito tempo. Desde pequenos.

Amado disse para Roberto:

— Eu não estava sumido. Eu estava era vivendo uma aventura de um louco amor temporário!

— Como é que é, Amado?

— É, Beto! Os meus protetores me colocaram no caminho certo e na hora certa para viver essa maravilhosa experiência amorosa; por pouco tempo, mas que valeu muito a pena.

Aí Amado contou muito superficialmente para ele do passeio em Petrópolis com a viuvinha de vinte e sete anos.

Roberto não acreditava no que Amado contava para ele. Foi contado tudo muito cautelosamente.

— Amado! Você é um cara que sabe viver. Vive e aproveita mais do que nós, que estamos há muito mais tempo que você aqui no Rio de Janeiro!

— Pois é, eu já estou conhecendo muitos lugares bacanas aqui nesta Cidade Maravilhosa. Foram os meus protetores que me mostraram o caminho certo para mim — repetiu Amado. — Agora eu já posso até ensinar a você os bons lugares que existem aqui para se conhecer. Tenho frequentado muitos "sebos", onde compro bons livros com um preço acessível que eu posso pagar. Estou me dedicando à leitura. Eu gosto de ler. Deixei o cursinho este ano, mas ano que vem eu volto a estudar desde o começo do ano. Eu, como tenho pouco dinheiro, é lá nos sebos que eu compro os meus livros! Tenho lido bastante, só que da minha forma de ler. Eu leio em média uma hora e descanso um pouco. E assim vou devorando os livros com a leitura. Tenho lido bons autores. Roberto, veja só! O que eu vou te contar agora ainda não falei pra nenhum colega. Será dito só para você. Acontece que eu falei para a viuvinha que amanhã será o último dia que eu assistirei às aulas no cursinho. Como ela sabia que eu gostava de ler, no outro dia, ela chegou com um livro embrulhado e disse para mim: "Abra em casa, ok?". Fiquei muito curioso para saber qual era o livro, e logo eu imaginei o que poderia estar escrito nele para mim. Levei dois dias para abrir o livro que estava embrulhado. Quando abri, o livro era *O jogo das contas de vidro*, de autoria de Hermann Hesse. Eu nunca tinha lido esse autor. Não sabia nada sobre ele. Caramba, Beto! É um livro ainda muito difícil para mim. Sendo que eu ainda tenho pouca experiência em leitura. Ele é um livro com mais de quatrocentos e cinquenta páginas e letras bem miúdas, que cansam a vista. É muito interessante! O livro fala do "Jogo de Avelórios", o qual você pode imaginar mais ou menos como um jogo de uma partida de xadrez com a diferença de que o "significado das figuras e as possibilidades de se relacionar seriam inumeráveis, e a cada figura, cada constelação e cada lance, emprestar-se-ia um conteúdo simbólico específico". Você entendeu, Beto? — disse Amado sorrindo.

— Eu não entendi nada — disse Beto.

— Eu também não — disse Amado. — Nem sei como eu consegui decorar esse pedacinho. Eu já li quase duzentas páginas. É um livro muito interessante, e esse "Jogo de Avelórios" é semelhante ao jogo de xadrez. Acontece que eu ainda nem aprendi a jogar xadrez! Mas um dia eu aprendo — completou Amado. — Sabe o que me surpreendeu? Foi o que ela escreveu na última folha. Está escrito: *"Que a chave da saudade não abra a porta ao esquecimento", Rio, outubro de 1972 M L.* Essas são as primeiras letras do nome e sobrenome dela invertidas. Acontece, Beto, que por causa desse livro já comprei mais quatro livros desse mesmo autor, que são: *Viagem ao Oriente*; *O Lobo da Estepe*; *Demian e Knulp*. Esses são todos pequenos, com pouco mais de cem páginas cada. Levarei pouco tempo para ler cada livro; as letras são maiores. Lerei rápido. Você sabia que esse escritor foi o primeiro a receber, em 1946, o Prêmio Nobel de Literatura, pós-Segunda Guerra Mundial?

Ocorrência paradoxal na carreira de um solitário. "Dezesseis anos mais tarde, a 9 de agosto de 1962, morreu com oitenta e cinco anos, ao cabo de um longo período de silêncio. Passou os seus últimos tempo cultivando rosas e ouvindo música, mergulhado em recolhimento, no refúgio campestre que possuía em Montagnola, próximo ao lago de Lugano. Nasceu em Calw, na Alemanha, a 2 de julho de 1885, mas desde 1920 adotara a nacionalidade suíça". Ele gostava muito de música.

— Isso tudo eu li no prefácio do livro. Interessante, não é, Beto?

Quando foram vinte e duas horas, desceram e foram para a praia ver a passagem do ano.

No caminho para a praia, que era muito perto, Roberto disse para Amado:

— É, Amado. Eu agora percebi que você gosta mesmo de ler. Guarda os detalhes dos livros que você lê.

Quando chegaram à praia, Amado ficou um pouco impressionado ao ver tantas pessoas reunidas em um único local, numa praia. Ele começou a perceber aquelas roupas de "pai e mãe de santo", muito diferentes para ele, coisa que ele nunca tinha visto antes. As mulheres com aqueles vestidos longos e bem rodados, com muitos colares no pescoço e pulseiras nos braços; os homens todos de branco e aparamentado de colares no pescoço, também. Todos cantavam e dançavam em formato de roda.

— Lá no nosso estado não tem isso, não é Beto!

Amado gostou de ouvir aquelas músicas, que enchiam os seus ouvidos com um ritmo todo estranho para ele. Quando ele olhou para os instrumentos que estavam sendo tocados, Amado disse:

— Beto, você se lembra da nossa fanfarra lá das nossas escolas em Mato Grosso? No colégio dos padres e no ginásio?

— Claro que eu me lembro, Amado!

— Se eu pegar esse instrumento, rapidinho eu aprendo a tocar essas músicas. Eu estou sentindo isso dentro de mim. Não é difícil aprender a tocar e cantar essas músicas. Elas têm uma sonoridade muito bacana — disse Amado.

Assim que rompeu o Ano Novo, todos que tinham uma oferta acompanhada de um pedido foram para dentro da água. Lá no mar, colocaram as ofertas nas águas, fizeram os seus pedidos e empurraram as suas oferendas para dentro do mar, para a Iemanjá, a Rainha do Mar.

O Roberto disse para Amado:

— Nós não temos nada para oferecer a Iemanjá. O que vamos fazer?

— Ah, já sei, Amado. Vamos tirar os sapatos e dobrar as calças até os joelhos. E vamos entrar no mar e fazer os nossos pedidos!

— É isso mesmo — disse Amado.

E assim, os dois entraram na água muito fria do mar e fizeram os seus pedidos.

Amado esclareceu para o Roberto que não podia dizer para ninguém qual fora o seu pedido; se falasse, não seria alcançado. Então os dois se calaram sobre esse assunto.

Após esse episódio, foram embora para o apartamento e fizeram uma humilde ceia de fim de ano, que nada mais foi do que: pão, salame, manteiga, iogurte, refrigerante e um pequeno bolo que conseguimos comprar na padaria. Foram muito tarde e só acharam isso para comprar. Assim passaram um feliz Ano-Novo, com muita alegria e felicidade.

Para Amado, foi o seu primeiro Ano-Novo passado no Rio de Janeiro.

Quando a Regina e o Ademar chegaram, eles perguntaram:

— Vocês já fizeram a ceia?

— Nós dois já fizemos a nossa ceia — disse o Roberto.

— Vocês comeram só isso?

— Sim! Por quê? — Perguntou o Roberto.

Aí o Ademar deu uma risada e disse:

— Eu assei um pedaço de pernil de porco e fiz um arroz muito caprichado. Esse pernil de porco foi feito porque "o porco fusa para frente", e assim todos nós vamos para frente. O dito popular diz isso — completou Ademar. — Está tudo dentro do forno!

— Eu não sabia. Vocês não me falaram nada!

Aí os quatro riam muito.

— Então agora vamos comer de novo! — Completou Roberto.

Assim foi a comemoração da primeira passagem de Ano Novo por Amado junto de seus amigos.

78

Janeiro de 1973.

Esse era um ano normal para todos os brasileiros, com exceção dos milhares de estudantes que fariam o vestibular logo no começo do ano. Muitos deles já estavam nervosos antes mesmo do tempo, achando que a prova seria muito difícil e que não iriam passar. Mas a vida é assim mesmo. Essas aflições são os reflexos intangíveis na essência do mau pensamento. Nós não podemos pensar negativamente. A força negativa atrai o mal, e assim a força do pensamento positivo passa a ser a maior força que existe sobre a Terra. Amado sempre repetia isso.

Agora chegou o dia da prova. Era um dia de domingo.

Nesse domingo, o Maracanã passou a ser o maior palco do mundo para a classe dos estudantes. Eles não estavam ali para assistir a um grande jogo, um grande clássico, do seu time do coração. Não estavam ali para ver a Seleção Brasileira disputar a partida final de uma Copa do Mundo, como foi a de 1950 contra o Uruguai. Não estavam ali para ver a final da "Taça Independência", conhecida como Minicopa, de 1972, disputada entre 11 de junho e 9 de julho, seis meses antes deste evento, desta concentração. Nessa final, muitos dos estudantes que estavam ali foram assistir a esse jogo. Amado foi um deles.

Ele viu a Seleção Brasileira, na final da copa, contra Portugal. O Brasil não contava mais com o lendário Pelé, o melhor do mundo, e Portugal contava com Eusébio, o melhor de todo o Portugal na época. O Brasil acabou sendo campeão, por 1 x 0, gol do furacão da copa de 1970, o Jairzinho, que fez o gol aos quarenta e quatro minutos do segundo tempo. Nesse jogo Amado vibrou muito por esta lá.

Agora, não! Todos estavam ali para disputar a sua vaga de classificação para a seleção da sua vida: a sua faculdade! Ali era o momento de tentar ser melhor do que os outros, para garantir o que buscava: a sua vaga, o seu futuro.

O Maracanã estava lotado de estudantes fazendo a prova do vestibular de 1973.

Mas por que a prova no Maracanã?

Acontece que, na época, a Fundação Cesgranrio esclareceu que o vestibular realizado no Maracanã, em 1972, "visou a atender à exigência do Ministério da Educação, que determinava a coincidência das datas de realização dos exames em todo o território nacional e estabeleceria a aplicação das provas em local único, por região. Essa medida exigiu a utilização do Maracanã para atender ao grande número de candidatos". A Fundação entendeu que o local não era o ideal, mas "o MEC manteve as mesmas exigência do ano anterior e, por isso, em 1973, repetiu-se a realização das provas no Estádio". As provas deixaram de ser aplicadas no Estádio a partir de 1974, em todo o país.

Quando Amado e os dois colegas chegaram ao Maracanã, que não era longe da pensão onde moravam, no portão de entrada estava um tumulto só. Todos queriam entrar ao mesmo tempo. Amado ficou um pouco assustado com a quantidade de vestibulandos ali presente. Ele nunca tinha visto ou imaginado uma coisa dessas em sua vida.

Assim que entrava, no corredor do estádio, havia uns pequenos cavaletes que indicavam com letras em ordem alfabética a direção a seguir para localizar o seu lugar e sentar no cimento da arquibancada ou no setor das cadeiras.

Como a quantidade de alunos era muito grande, uma grande parte de alunos teve que sentar nas arquibancadas e ainda mais, além de ser no cimento, o sol começava a esquentar nessa hora da manhã, quando deu-se início à prova.

Amado, como o seu nome começa com a primeira letra do alfabeto, teve a infelicidade de sentar na primeira fileira da arquibancada. Foi um horror! O sol com o seu silêncio ia maltratando todos os alunos que estavam ao seu alcance, queimando as suas caras.

Nesse momento Amado teve vontade de sair correndo desse sufoco e do Maracanã, e ir para o frescor: o vazio e o silêncio do seu pantanal. Em instantes, ele se questionou e pensou: "O que me fez vir para cá e passar por isso?", perguntou ele para si próprio.

Em seguida, ele olha para todos os lados e vê o estádio todo cheio de alunos, sentados em tudo que é canto.

— É... Não sou só eu que está passando por isso! São milhares de outros alunos enfrentando a mesma situação.

Se você quiser vencer na vida, os caminhos não são fáceis, e essas lutas, essas dificuldades, têm que existir para dar valor a ela. Se não fosse isso, a vida não teria sentido.

Quando o aluno terminava a prova, era entregue ao fiscal que ali se fazia presente. E saía pelos longos corredores do estádio que outrora, em dia de jogos, estariam lotados de torcedores. Hoje, simplesmente, passam por esses mesmos corredores os grandes torcedores da sua luta, da sua batalha, torcendo por uma vaga na faculdade para subir na vida.

Quando Amado chegou à pensão, os amigos Daniel e Nereu já estavam lá. Tinham acabado de chegar.

Logo os dois foram perguntar:

— Como você foi na prova? Se deu bem?

Amado respondeu:

— A prova estava difícil para quem estudou muito. Imagina para quem não estudou quase nada. Para ser sincero, nas questões de Física, Matemática e Química, eu me assustei com os enunciados. Eu não sabia nada! Olhe só, fui fazer uma prova e cheguei com o rosto e os braços queimados pelo sol. Como se dar bem numa prova dessa? Conscientemente, nessas três matérias, devo ter acertado umas seis questões e nada mais do que isso. E vocês como foram?

Os dois responderam:

— Fomos razoáveis! Realmente a prova estava difícil.

— É, né? Eu, em vez de estudar para a prova, estava correndo atrás da viuvinha e lendo os meus livros. Mas esses momentos valeram a pena. Foram muitos deliciosos. Nós não podemos perder essas oportunidades! — Amado deu uma risada e completou: — Ano que vem, eu vou fazer outro vestibular e espero que não seja mais no Estádio do Maracanã.

E realmente isso aconteceu em 1974. O vestibular foi distribuído entre os colégios da cidade, e assim Amado e os seus colegas estavam entre os últimos a viverem essa aventura de fazer a prova do vestibular no Maracanã.

Amado, de brincadeira, disse para os dois:

— Sabe o que me deu vontade fazer naquele momento de desespero que eu vivi? Me deu uma vontade de sair correndo e ir atrás da viuvinha, lá na letra "L", e procurar por ela e se mandar para qualquer canto. Ela também estava lá como nós, fazendo a prova para Economia.

Em poucos dias, quando saiu a lista da classificação, os nomes dos seus amigos e da viuvinha estavam na lista dos classificados, menos o nome do Amado, que ficou longe da classificação.

Amado, agora sem estudar por um tempo, começou fazer o que mais gostava, que era: conhecer o máximo que podia do Rio de Janeiro e ler os melhores autores possíveis. Isso para não deixar a mente preguiçosa e ter um pouquinho mais de conhecimento geral.

Agora com o conhecimento que já tinha dos pontos turísticos da cidade, era ele quem levava muitos cacerenses que chegavam para passear no Rio de Janeiro. Muitos deles Amado levava para fazer um turismo conhecendo os lugares mais interessantes e indo a algumas cidades litorâneas. Assim o tempo ia passando para Amado, que levava a vida como deve ser levada: sozinho, mas muito feliz.

Com a classificação dos três amigos — Roberto para Medicina e Daniel e Nereu para Engenharia —, eles não puderam viajar para Mato Grosso, para curtir as suas aprovações com os seus familiares, pelo fato de terem que fazer as suas matrículas. Em poucos dias às aulas começariam. Então os três ficaram esperando ansiosamente o início das aulas.

Em razão desse fato, Amado convidava-os para conhecer um pouco mais sobre a cidade do Rio de Janeiro, e, em alguns finais de semana, ele foi passear com os amigos.

Quando foram visitar o Cristo Redentor e o Pão de açúcar, ficaram de olhos cheios com a visão da maravilha que era a cidade do Rio de Janeiro, que eles ainda não conheciam. Chegaram a ir a algumas cidades serranas, para refrescar a memória antes dos inícios das aulas.

Quando iam passear durante a semana, Amado não podia ir com eles, uma vez que estava sempre trabalhando.

No seu trabalho, Amado já sabia fazer tudo que cabia a um auxiliar de contabilidade, e por isso o seu patrão resolveu lhe dar um pequeno aumento no seu salário, mais pelo seu desempenho em querer fazer tudo quanto podia do que pelo próprio trabalho. Ele não reclamava de nada. Ele precisava desse trabalho e agora com esse pequeno aumento, ajudaria um pouco.

Há quase um ano, foi contratada a funcionária Hortência para poder ajudar a Dona Glória. Agora a construtora estava com seis prédios em construção ou em reforma.

Os serviços eram muitos. Amado ficou responsável por quatro obras. Dona Glória e Hortência ficaram com dois prédios. Tinha que correr um bocado para dar conta do serviço e ainda tinha os serviços externos. Só que agora ficou acertado que, toda vez que alguém saísse, pegava o que tinha para fazer para onde ia e resolvia o que tinha que resolver nesse trajeto.

Essa nova funcionária, a Hortência, era ainda muito jovem, tinha dezenove anos de idade, e teve seu filho com quinze anos de idade. Os seus pais disseram para ela, ainda menina:

— Você teve o seu filho. Agora você vai ter que trabalhar para sustentá-lo. Vou esperar você ficar um pouco mais adulta para ir à labuta.

Ela era pequena, rosto bonito, magra, mas com um corpo perfeito, e usava os cabelos encaracolados copiando o Black, igual ao cabelo do Amado, que deixou crescer logo que chegou ao Rio de Janeiro, em 1972, ficando com o seu cabelo negro todo cacheado. Ela tinha os cabelos iguais ao do Amado: encaracolados, só que um pouco claro. Um Black disfarçado.

Pouco se sabia da cultura dessa moda dos cabelos em estilos Black. Como era início da década de 1970, todos achavam que o sucesso que ocorria era recente. Há indícios de que a trajetória dos cabelos volumosos em formato arredondado tenha começado nos anos de 1920, na Jamaica. Marcus Garvey era um grande ativista contra os processos de alisamento de cabelos dos negros impostos pela cultura europeia.

Esse estilo permaneceu tímido até os anos 1960, quando ganhou força no início da década de 1970, como umas das grandes bandeiras levantadas pelo movimento de valorização da cultura e dos direitos civis dos negros nos Estados Unidos, que passou a ser chamado de Black Power.

Numa segunda-feira, o contador Seu Antônio, disse para Amado:

— Amado, você vai ter que providenciar o dossiê da empresa porque vamos participar de uma concorrência na próxima segunda-feira.

Amado respondeu:

— Tudo certo. Na quinta estará tudo pronto. Se Deus quiser!

Amado começou no mesmo instante a pegar os documentos e foi colocando em ordem, para poder fazer a xerox de todos. Nessa época, não existia em cada escritório uma pequena máquina de xerox, ou mesmo uma impressora, para copiar os documentos. Tinha que ser feito numa empresa que fazia essas cópias.

Eram muitos documentos. Tinha que correr ao banco para retirar o extrato das contas, que só entregaria dois dias depois do pedido. As certidões negativas dos cartórios também tinham um prazo para a sua entrega. Só que o tempo médio era de no mínimo quinze dias úteis. Aí ficava muito difícil aprontar os documentos do dossiê no prazo determinado.

O Seu Antônio tinha ensinado para o Amado que tudo se conseguia na base do dinheiro, na base da propina e na base da corrupção. Isso já em 1972, quando ele começou a aprender os "caminhos das pedras".

Na primeira vez que Amado montou um dossiê, o Seu Antônio mostrou o caminho da corrupção. Se não fizesse isso, nada se conseguiria. As certidões só ficariam prontas no prazo de quinze a vinte dias, aí nada se fazia. Esses documentos tinham pressa.

— Amado, vamos lá! — disse o Seu Antônio. — Eu vou te mostrar como é a malandragem do caminho daquilo que nunca tinha que ocorrer em nosso país.

"Eu acho que tudo isso é combinado com as autoridades, que organizam as concorrências", pensou Amado depois de ver o que o seu chefe fez.

Amado achou que tudo decorria de enormes coincidências nos fatos. O cartório não era longe do escritório. Era perto da Rua Primeiro de Março. Os dois foram a pé.

Chegando lá, a fila de espera era pequena. Tinha só cinco clientes para dois atendentes.

Não demorou muito para serem atendidos. Eram duas certidões a serem requisitadas. Até então, o Senhor Antônio nada tinha falado para o seu pupilo Amado.

Como eram duas certidões, tinha duas solicitações juntas presas com um clipe.

O seu chefe disse:

— Amado, aqui é que está a malandragem desses caras. Eu tenho que afixar duas notas de maior valor e entregar as solicitações mostrando que as duas notas estavam lá. Era uma nota de maior valor para cada certidão. Eles recebiam as requisições com o verso dos documentos para eles, certificando que o dinheiro estava lá. Aí eles diziam: "Pode vir buscar amanhã a partir das treze horas, ok?".

Amado e o seu chefe saíram rindo, só entre os dois, e comentaram:

— Esse é o nosso Brasil sério!

Amado retrucou:

— Mas um dia isso mudará. Tenho fé em Deus, Seu Antônio.

— Pelo "andar da carruagem", isso não mudará tão cedo! — Disse Seu Antônio.

— Aqui no Rio, se você paga o almoço para um funcionário e pede para ele trazer a nota fiscal de quanto pagou pelo almoço, a nota vem alterada com um preço sempre maior. Isso vai ser difícil para se dar um jeito nesse nosso povo brasileiro — completou o Seu Antônio.

No outro dia, Amado foi lá buscar as certidões e elas estavam prontinhas. Assim, ele aprendeu o caminho certo, pelas linhas tortas da corrupção.

Seu Antônio disse para Amado:

— Agora que chegaram as planilhas, com todos os preços detalhados da obra, você vai fazer uma cópia e vai preparar dois envelopes: o primeiro com as cópias e estas planilhas, com estes valores. Cola a folha de rosto neste envelope, como sempre foi feito. No outro envelope, você vai colocar estas planilhas e a folha de rosto vai só com o nome da empresa e com este detalhe: "aos cuidados de". Aí coloca o nome deste engenheiro. Só será entregue na mão dele. Ok?

Amado, como gostava de saber das coisas, teve a curiosidade de dar uma olhada com um pouquinho mais de atenção. Nas planilhas ele percebeu que os preços estavam bem diferentes. Qual foi a sua grande surpresa ao perceber que os preços eram completamente diferentes. No envelope que seria entregue ao engenheiro, os preços eram bem maiores.

Amado, ainda na sua inocência, disse para o Seu Antônio:

— Tem algo de errado aqui. Os preços estão completamente diferentes! Por quê?

O seu chefe disse sorrindo:

— Não questiona nada, Amado. Você já devia ter percebido a jogada, meu filho!

— Ah! Agora eu entendi! — Falou Amado.

— Agora, como você já sabe, deve ficar de "bico calado", entendeu?

Com a ajuda da Hortência, Amado aprontou com antecedência os dois envelopes, com as documentações corretas. Entregou tudo pronto na quinta-feira para o seu chefe, Antônio.

Na sexta-feira pela manhã, o seu chefe mandou entregar os dois envelopes lá na empresa, na mão do tal engenheiro, e assim foi feito.

Ao terminar o expediente, o Seu Antônio disse para o Amado:

— Quarta-feira, você vai para a abertura dos envelopes e vai esperar até o fim! É como se fosse um leilão. O engenheiro vai te chamar para conversar contigo. Começa às dez horas. Chega bem antes — disse o Seu Antônio.

— Ok! — Respondeu Amado.

Nesse final de semana, Amado não quis fazer nada. Ficou o dia de sábado lendo os seus livros prediletos e à noite foi ao cinema com os dois amigos. Assistiram a um ótimo filme. O filme que assistiram foi: *A Última Sessão de Cinema*.

Esse filme foi rodado em 1971 e foi feito em preto e branco, para ser mais original ao tema e à época de 1950. Em sinopse, o filme relata: "Entre a Segunda Guerra Mundial e a Guerra da Coreia, dois jovens, Duane Jackson (Jeff Bridges) e Sonny Crawford (Timothy Bottoms), vivem em Anarene, uma pequena cidade do Texas. Eles se pareciam fisicamente, mas mentalmente e emocionalmente são opostos. Passam boa parte do tempo no cinema ou no salão de sinuca. Enquanto Duane tenta se firmar frequentando festas de embalo, Sonny é iniciado no sexo por Rut Pooper (Cloris Leachman), a frustrada esposa do seu treinador. Mas os dois compartilham um desejo: Jacy (Cybill Shepherd)".

Esse filme ganhou dois prêmios: Oscar de Melhor Atriz Coadjuvante e Oscar de Melhor Ator Coadjuvante, e mais a indicação para o Oscar de Melhor Filme e de Oscar de Melhor Diretor.

No domingo, Amado ficou lendo, da sua forma de ler, o dia inteiro. Não quis fazer nada.

Na quarta-feira, Amado vestiu a sua melhor roupa e foi para o trabalho. Essa seria a primeira vez que assistiria às aberturas dos envelopes de uma concorrência de uma grande empresa.

Quando Amado chegou ao escritório na quarta-feira, a Hortência disse assim que Amado entrou:

— Poxa! Você está bonito hoje! — Ela falou sem sentir.

Amado respondeu:

— Só hoje!

Aí as duas deram um leve sorriso.

Após essa risadinha delas, Amado completou:

— Hoje eu sou importante. Eu vou representar a empresa que eu trabalho em uma concorrência pública, nas aberturas dos envelopes da concorrência. E olhem só. Eu vou falar para vocês duas agora! Nós vamos ganhar essa concorrência. Eu sou um mato-grossense de pé quente. Disso eu tenho certeza!

Amado, pelo pouco tempo que tinha de experiência, deduziu que tinha alguma treta nessa concorrência.

Às nove horas e trinta minutos, Amado já estava lá. Assim que chegou, logo se identificou e disse que estava representando a Empresa Dallas Engenharia. Nesse momento, ainda tinha poucos concorrentes na sala esperando o quase leilão.

Assim que chegaram o engenheiro e o economista, logo se identificaram, e em poucos minutos deram o início à abertura dos envelopes.

Para abrir o envelope, o engenheiro dizia o nome da empresa e os valores dos principais itens da reforma.

O envelope da Empresa Dallas Engenharia foi o penúltimo a ser aberto, e depois de abrir o último envelope, após alguns minutos de silêncio, foi anunciada a empresa vencedora. Pela surpresa já esperada por Amado, ele ouviu: "A empresa vencedora foi a Dallas Engenharia". Amado deu um sorriso de alegria e refletiu: "Isso estava combinado, por isso foram entregues dois envelopes". Agora Amado entendeu a jogada. Assim é muito fácil ter lucro: é só trocar as planilhas com o maior valor, e aí está a armação. Amado pensou sorrindo.

Na saída, um dos concorrentes perdedores cumprimentou o Amado e disse:

— Parabéns pela vitória. Nós gostamos é de trabalhar com a construção de prédio, desde a fundação. Reforma dá muito trabalho e não se ganha muito.

Amado retrucou:

— É mesmo! A nossa empresa ainda é pequena. Mas aos poucos nós cresceremos.

Amado ficou esperando ser chamado para receber a confirmação da vitória na abertura dos envelopes. Assim que foi chamado, foi dito para ele:

— Avisa o seu chefe que vocês venceram a concorrência e logo enviaremos o comunicado oficial da vitória, por escrito, para a sua empresa.

Amado agradeceu, despediu-se deles dois e completou:

— Nós aguardaremos tudo. Obrigado!

Amado, assim que chegou ao escritório, foi logo dizendo para as duas funcionárias:

— Nós vencemos a concorrência. Eu não disse que eu sou um pé-quente?

— É, né? Você realmente é muito pé-quente.

E as duas deram uma boa gargalhada.

— Não me interessa qual foi o critério da avaliação. Só sei que fomos vitoriosos, e é isso que nos interessa. Agora vamos ter bastante serviço. A reforma é muito grande.

A Dona Glória disse uma coisa muito certa:

— O bolso de alguém ficou quente e cheio de grana. Só o meu que não. Continua na mesma. Para nós, só vai restar muito trabalho e mais nada — concluiu.

Na segunda-feira, foi recebida a confirmação da vitória em um envelope protocolizado.

Foram tomadas todas as providências cabíveis, e na sexta-feira Amado foi à redação dos jornais *O Dia* e *O Globo* para publicarem nos seus classificados oferta de vagas para os trabalhadores qualificados a preencher as vagas disponíveis para os serviços. A partir de segunda-feira, com essas novas contratações desses novos funcionários para trabalhar na obra, o serviço no escritório começou a apertar. Foram contratados muitos funcionários. Todos tinham que fazer o registro na sua carteira de trabalho e tudo mais que eles tinham direito.

Agora também era preciso fazer os pagamentos dos seus dias trabalhados sempre na sexta-feira, como era feito nas outras obras.

Chegou um dia em que o Amado conversou com o dono da empresa para fazer uma alteração no dia do pagamento dessa obra para o sábado, pois ficava muito complicado fazer tudo no mesmo dia. Não dava tempo. Além disso, tinha que ir aos bancos durante a semana para trocar o dinheiro do valor da folha de pagamento em notas menores e moedas, isso para facilitar e poder colocar nos envelopes do pagamento o valor correto e trocado.

Acrescentou-se mais uma manhã de serviço para Amado, aos sábados pela manhã, mas ele não se importava com isso. Tinha era que resolver os problemas, cumprir o seu dever e o que estava estipulado para fazer, e isso ele fazia com muito prazer. Ele dependia desse seu trabalho para a sua sobrevivência no Rio de Janeiro. Se saísse desse emprego, era difícil encontrar outro — a concorrência era grande. "Então se conforme com o que é seu e vamos viver felizes!", pensou Amado. "A vida de um trabalhador é longa".

Amado agora estudava no cursinho à noite. O nome do cursinho era "Impacto". Ainda era um cursinho muito novo. Tinha começado a funcionar há pouco mais de dois anos. Amado teve a ajuda de um colega dos amigos Daniel e Nereu, o Osaka, filho de pais japoneses, que também era de Campo Grande. Ele estudava nesse cursinho para o vestibular do IME – Instituto Militar de Engenharia. Ele, conversando com o Amado, num dia em que foi fazer uma visita aos dois amigos, falou que o cursinho era muito bom. Ele estava estudando lá. Quando falou o valor da mensalidade para o Amado, em resposta disse:

— Para mim é muito caro. Eu não posso pagar esse valor!

Aí o Osaka explicou:

— Vamos lá que eu peço um desconto para eles. Se der pra você pagar, vale a pena!

Foram na mesma hora e lá conseguiram um desconto pela metade do valor da mensalidade.

— Esse valor eu consigo pagar — disse Amado para o atendente. Foi assim que Amado começou a estudar num dos melhores cursinhos, na época, no Rio de Janeiro.

Ao sair, Amado disse para o Osaka:

— Vou estudar até onde o dinheiro der para pagar. Depois disso, fica a critério do nosso Protetor Maior.

O Osaka tinha uma obsessão na sua vida, que era se formar no IME. Ele já tinha passado duas vezes para o curso de engenharia na Universidade

Federal do Rio de Janeiro (UFRJ) e não fez a sua matrícula. Essa Universidade não lhe interessava. Ele só queria o IME. Graças a Deus, nesse ano, ele foi aprovado e, com a família, que veio de Mato Grosso, comemorou muito o seu sucesso.

O Instituto Militar de Engenharia (IME) é uma instituição de ensino superior pública pertencente ao Exército Brasileiro, que oferece cursos de graduação e pós-graduação em Engenharia, sendo considerado um centro de excelência e referência nacional e internacional no ensino de Engenharia. Fica localizado na Urca, ao lado do morro Pão de Açúcar, Zona Sul do Rio. O IME foi criado em 1792 e considerado a primeira escola de Engenharia das Américas e a sétima no mundo. Em 1874, a Escola Central, que funcionava no Largo São Francisco e era administrada pelo Exército, passou o controle da Secretaria do Império, criando-se a atual Escola Politécnica da UFRJ.

O vestibular do IME é considerado uns dos mais exigentes do país, tanto por causa da relação candidato-vaga quanto pelo nível de dificuldade das provas. A seleção dos candidatos é muito rigorosa, pois os alunos do IME são exigidos ao máximo, tanto no aspecto intelectual quanto no condicionamento físico.

Amado agora estava estudando no cursinho à noite, que funcionava na praia em Botafogo, ao lado da Loja Sears, bem de frente para o mar, e nos dias de muito calor, muitas vezes, a sala era contemplada com uma brisa suave que refrescava um pouco e transmitia aquela sensação de cheiro de mar, que dava vontade de sair correndo para as águas e dar um bom mergulho e ficar brincando com as suas *ondas,* como Amado fazia lá no seu *rio*, em Mato Grosso.

Amado estava pensando em se mudar para um lugar mais próximo do seu trabalho e do seu cursinho.

Acontece que, por Amado estar no Rio de Janeiro, dois primos seus resolveram estudar lá também. Assim que chegaram, ficaram dois meses hospedados na pensão com Amado e depois foram para outra pensão, ao lado de onde estudavam. Ficaram por lá pouco tempo também. Eles dois tinham um primo de Cuiabá, que morava há muito tempo no Rio, desde o tempo de faculdade. Ele era advogado e formou-se com a sua esposa, que conheceu na faculdade, e se casaram. Ela era baiana, de Salvador.

Não demorou muito tempo, o Jurandir conversou com os seus primos e ofereceu um quarto em um apartamento que uma amiga sua, de nome Luzia, estava alugando num prédio colado com o seu. Ele morava no prédio da Galeria Glória, no segundo andar, e o prédio onde estava sendo alugado era na Rua Cândido Mendes, atrás do prédio da Galeria. Eles dois aceitaram na hora e um falou:

— Nós alugamos o quarto dela, e vai também o Amado, primo nosso de Cáceres. Vamos nós três, ok?

O Jurandir disse:

— Acho que vai dar tudo certo. Vou falar com ela ainda hoje, o mais rápido possível.

No outro dia, foi tudo conversado e não demoraram muito para todos se mudarem para o apartamento.

Era um apartamento de três quartos de um bom tamanho: um quarto ficou para a Luzia, outro para os dois primos e Amado, e o terceiro quarto ela alugou para duas garotas que ela conhecia.

Esse apartamento foi alugado pela Arquidiocese de São Sebastião do Rio de Janeiro, que era ali mesmo no bairro da Glória, na Rua Benjamim Constant.

Ao receberem o quarto e irem fazer as suas mudanças, Amado teve a maior surpresa, que foi: os pisos do banheiro, da cozinha e da área de serviço tinham o desenho da suástica nazista do Hitler, que era em ladrilhos pequenos, na cor verde as suásticas e em bege o resto. Isso chamou muito a atenção de Amado. Os seus primos não perceberam, porque não tinham o hábito de leitura que Amado tinha. Eles sempre diziam que não liam em razão de não ter tempo para leitura, mas Amado dizia:

— O tempo é você quem faz. Basta querer. Tudo é possível.

Esse desenho mexeu com a cabeça de Amado e logo veio o questionamento: por quê?

Será que nesse apartamento morou algum militar carrasco nazista? Será que esse apartamento era de um alemão que morava no Brasil e era simpatizante do nazismo do Hitler? Será que a igreja estaria sabendo disso? Qual o motivo de a Igreja ter adquirido um apartamento com essas características? Esses foram os questionamentos de Amado, os quais ele sabia que jamais seriam esclarecidos.

Esse apartamento tinha uma vista maravilhosa para a praia do Flamengo. Ali era perto de tudo. Para Amado foi uma maravilha. Iria a pé para o trabalho, e para o curso eram poucos minutos de ônibus.

Agora chegou o momento mais delicado para Amado, que seria informar a Dona Odete que não iria mais morar com ela. Iria morar com os seus primos no bairro da Glória, Zona Sul da cidade.

Amado considerava-a como uma segunda mãe, que o amparou nos momentos mais difíceis até então passados na sua vida. Já fazia quase dois anos que estava morando na pensão.

Foi doído esse momento, mas chegou a hora de dizer a realidade. O seu coração sentia que uma profunda tristeza o abatia e que um profundo desprezo estaria cometendo.

Mas Amado foi forte e explicou para ela por que estava tomando essa decisão.

Amado se sentiu aliviado quando ela disse:

— Tudo bem, Amado! Eu sabia que isso aconteceria um dia. Seja feliz! — Disse ela.

Amado disse:

— Eu até o fim de semana me mudo, levo as poucas coisas que tenho, mas sempre virei aqui para te ver.

Ela entendeu a posição do Amado, e no sábado ele levou os seus poucos pertences para a sua nova moradia.

81

A vida de Amado parece estar começando a melhorar aos poucos. Agora já podendo alugar um quarto em um apartamento, mesmo dividindo com seus primos, achava ele que já era um pequeno progresso em sua vida, uma pequena melhora. Assim estava andando um pouco menos em ônibus lotados de pessoas que cheiravam a suor forte devido aos seus trabalhos. Isso muitas vezes o incomodava, como também incomodava aquelas moças que aproveitavam esse momento de aperto nos ônibus para esfregar os seus peitos duros e pontudos nas suas costas. Muitas vezes elas faziam sem querer. A situação do momento de aperto era inevitável, mas muitas das vezes Amado sentiu que era vontade própria delas. Tinha ônibus que andava tão lotado que, nos movimentos das curvas, as pessoas ali dentro pareciam navegar em uma onda humana contínua da frente até a traseira do ônibus.

Amado agora tinha até mais tempo para ele: para o seu trabalho, ele poderia ir a pé, e ainda dava tempo no final do expediente de voltar para o apartamento, tomar um banho rápido e ir para o curso. Esse trecho da Glória até a Praia de Botafogo, onde estudava, não era muito longe, e a condução que ele pegava não era tão lotada.

A Hortência, sua colega de trabalho, vendo o esforço de Amado, também resolveu estudar; mas ela morava na Ilha do Governador, ficava muito complicado para ela, devido ao trânsito. Ela não foi longe com os seus estudos, logo desistiu.

No seu trabalho, quando Amado preenchia os envelopes de pagamentos dos trabalhadores, sempre tinha a ajuda dela. Amado a respeitava muito, por ela ser mãe de um garoto que agora tinha cinco anos de idade. Amado imaginava que ela estava vivendo com outro namorado ou marido.

Sobre esse assunto, nunca conversaram. Não interessava a vida particular ou íntima a ninguém.

Ela sempre estava sozinha, indo e vindo para seu trabalho. Até que conversando com a Dona Glória, ela contou como foi o seu relacionamento com o seu primeiro namorado, que acabou a engravidando. Com apenas quinze anos de idade, teve o seu filho.

Amado prestou atenção, mas não interveio em nada. Ficou só ouvindo calado, tamanho o respeito que tinha por elas.

Amado tinha percebido que a Hortência se aproximara um pouco mais dele. Começaram a conversar mais. Ela usava sempre o cabelo igual ao dele, sempre o esperava para saírem juntos para pegar o elevador. Num dia, sem menos esperar, ela lhe deu, depois do almoço, uma barra de chocolate. E disse:

— Esse chocolate é para você ficar mais doce... — e deu um sorriso comprometedor, um sorriso de conquista.

Amado, em um primeiro momento, disse:

— Para saber se eu fiquei mais doce, você um dia terá que provar, para ver se fiquei mais doce ou não.

Amado logo em seguida deu uma risadinha e pediu desculpa pela colocação.

Ela respondeu:

— Não tem problema. Eu não ligo! Eu sei que isso saiu de dentro do seu coração. Além do mais, eu nunca mais tive alguém na minha vida após esse primeiro namorado, que me engravidou na primeira relação sexual que tivemos.

— É mesmo? — Disse Amado.

Ela continuou a falar:

— Nós éramos muito inocentes nessa época. Éramos duas crianças. Eu tinha feito recentemente quinze anos e ele tinha dezessete. Ficamos muito assustados na época. Agora, não! Ele já se casou com outra, e eu nunca mais tive ninguém para atrapalhar a minha vida. A minha mãe foi quem cuidou do meu filho, com a ajuda financeira do meu pai, mas, desde os meus dezessete anos, eu trabalho. Eu não tinha nenhuma experiência para cuidar de criança nessa época.

Nesse dia, Amado não saiu às pressas para ir para o seu cursinho. Eles ficaram conversando por meia hora, até saírem juntos para pegar o elevador.

No outro dia, eles foram almoçar, coisa que os dois nunca fizeram em mais de um ano de trabalho juntos. Ao chegarem do almoço, Amado agradeceu a ela pela companhia durante o almoço.

Após uns dias, Amado viu numa loja um brinquedo muito interessante e não estava caro. O preço não iria fazer muita diferença no seu bolso. Ele comprou e deu o presente a ela, dizendo:

— Esse presente é para o seu filho. Espero que ele goste!

Quando abriu o pacote, ela falou:

— Nossa! Ele vai gostar muito!

Na sexta-feira, dia de pagamento dos funcionários das obras, Amado saiu logo após o almoço e foi para as construções efetuar os pagamentos. Sem saber o motivo, logo após o almoço, Amado começou a sentir uma leve dor de cabeça. Essa dor de cabeça foi se agravando com o passar das horas, e Amado não sabia o que fazer, até que ele passou numa farmácia e comprou um envelope com quatro comprimidos de Melhoral e tomou dois de imediato, com água da própria farmácia. A partir desse momento, ele sentiu que a dor estava aliviando após ter passado alguns minutos.

Quando Amado chegou ao escritório, só estava a Hortência, a Dona Glória, e o Seu Antônio já tinham ido embora. Amado perguntou a ela:

— Por que você ainda não foi embora se todos já foram?

Ela respondeu:

— Eu mesma não sei. É porque não me deu vontade de ir embora. Eu sabia que você logo chegaria. Agora nós podemos ir juntos até o elevador.

Amado disse para ela:

— Hortência, você me desculpe, mas eu vou ficar um pouquinho mais. Vou me deitar nesse sofá da entrada, uma vez que estou com muita dor de cabeça. Vou descasar um pouco antes de eu ir para o cursinho. Eu vou direto daqui. Não passarei em casa.

Amado deitou-se no sofá, e em alguns minutos, sem ele menos esperar, a Hortência sentou-se na beira do sofá e começou a alisar o seu rosto com muito carinho.

Amado não teve dúvida: agarrou-a com muito carinho também, para corresponder à sua tamanha delicadeza e carinho. Logo lhe deu um longo beijo na sua boca e foi correspondido intensamente.

Nesse momento foi que notaram que os dois tinham uma tremenda atração física e sexual um pelo outro.

Ali mesmo, naquele sofá, que tiveram o cuidado de arrastar até a porta, travando-a para não ter nenhuma surpresa, tiveram a sua primeira relação sexual, dentro do próprio escritório, onde os dois passavam o maior tempo juntos, na mesma sala de trabalho.

Foi uma relação sexual de muito desejo, de muita atração corporal, da química do sexo. Amado correspondeu com a sua masculinidade que lhe agradou muito. Transaram duas vezes em pouco tempo, quase seguidas. Amado sentiu que ela tinha muito desejo sexual e grande atração por ele. Era uma atração íntima e recolhida, por ela ser tímida demais.

Esse ato sexual foi tão inesperado e profundo que Amado até esqueceu-se da sua dor de cabeça. Ela se sentiu completamente realizada por ter tomado a decisão de acariciá-lo. Foi uma felicidade enorme pela sua ousadia, até então nunca pensada antes por ela.

Após se vestirem, conversaram alguns minutos, fizeram as suas colocações, e a partir desse momento iniciou-se uma profunda amizade entre os dois. Até a caminhada que faziam sempre, até o elevador, nesse dia foi diferente. Foi um momento que caminharam de coração aberto, de alma lavada, sem meio-termo. Na saída da porta, ela disse:

— Eu quase morro de muito prazer e amor por você.

Só nesse momento que Amado percebeu que estava vivenciando o verdadeiro amor. Era um amor sem interesse, sem cobrança; somente prazer entre os dois.

Na esquina do prédio, no térreo, tinha uma lanchonete do Bob's, e antes de ela ir para o seu ônibus, Amado convidou-a para fazer um lanche rápido comendo um "cheese bacon". Ela aceitou. Não demorou muito, foi servido o pedido, e logo foram embora. Na despedida, Amado deu um beijo nela e disse:

— Hoje é meu dia de sorte. Eu não vou para o cursinho. Vou para casa ficar lembrado de um dos melhores momentos da minha vida. Tchau, minha querida! — Despediu-se Amado.

Amado foi para casa muito realizado e feliz, não se importando de perder aula nesse dia.

— Obrigado, meu protetor! — Agradeceu ele.

82

Ao amanhecer do outro dia, Amado acordou muito cedo. O dia estava clareando. Ele abriu só um pouco da janela do quarto, com muito cuidado, para não acordar os outros. Ele olhou para a vista privilegiada, onde se via um pedaço do Aterro do Flamengo, um pedaço das areias da praia e as águas do mar. Com o belo amanhecer, Amado respirou uma boa quantidade de ar puro, vindo do mar e contemplou o brilho do sol ainda acanhado, que refletia nas águas da praia da Glória. Amado só sentiu a falta do gorjear melodioso dos pássaros, lá do seu Pantanal mato-grossense.

Como era muito cedo para ir ao trabalho, que iniciava só às oito horas, Amado voltou a deitar e esperar que os seus dois primos acordassem.

Nesse momento, não conseguiu mais dormir, e logo vieram à sua mente aqueles deliciosos momentos de carinhos que chegaram a tocar fundo no seu coração. Logo ele pensou: "Essa é mais uma aventura de amor inesperado. São muito interessantes como as coisas acontecem nas nossas vidas", pensou ele. "Eu nunca imaginei que, aqui no Rio de Janeiro, eu iria passar por essas duas experiências amorosas que me surpreenderam e me emocionaram muito, sem eu menos esperar. Foram momentos que jamais eu imaginava passar na vida. Eu estou sozinho aqui, e acho que estou sendo recompensado com tudo isso para compensar a falta do carinho familiar. Isso só pode ser proteção dos meus Deuses, daquela oração feita pelo parteiro da sua mãe, o indígena *Juan*."

Quando chegou a hora de ir para o trabalho, Amado tomou um banho, vestiu a sua roupa, perfumou-se de leve com o seu perfume predileto e foi para o seu trabalho, a pé.

Chegando ao seu trabalho, a sua amada de um amor introvertido já estava lá.

Amado disse para as duas:

— Bom dia, Dona Glória! Bom dia, Hortência!

Ela de cabeça cabisbaixa respondeu como se tivesse envergonhada:

— Bom dia, Amado. Você está bem?

— Eu nunca me senti tão bem como estou me sentindo hoje. Ontem foi um dia maravilhoso para mim. Um dia do qual jamais me esquecerei na minha vida.

A Dona Glória disse:

— Gostei do que você falou! Você está muito otimista hoje.

Amado respondeu para ela:

— Eu só penso positivo. Eu sou muito otimista. Nós não podemos pensar o contrário. Se pensarmos, as forças negativas vão atrair todos os males para nós. Eu tenho isso na minha mente.

A Hortência respondeu acanhadamente:

— Você tem razão. Nós temos que pensar somente positivo. Quer dizer que ontem foi um dia inesquecível para você? O que será que você fez de bom ontem?

— Se eu te contar você não vai acreditar, mas um dia eu abrirei o meu coração e contarei tudo a você. Só sei que ontem foi um dia inesquecível para mim — repetiu Amado.

— É mesmo? Vou ficar esperando que um dia você me conte! — Disse ela.

— Sem dúvida, quando chegar esse momento, eu te contarei tudo com os mínimos detalhes. Você nem imagina o que de bom aconteceu comigo! Eu te contarei mesmo!

Assim os dois começaram a viver um intenso amor, só que muito introvertido e às escondidas, para ninguém desconfiar de nada.

Hortência sabia que esse amor seria passageiro. Ela percebia que Amado não demoraria muito tempo nesse emprego, e também os dois não tinham como assumir uma independência financeira para morarem juntos e constituir uma família.

Eles sabiam que tinham de aproveitar ao máximo os momentos dessa atração, enquanto podiam. Os bons momentos passam muito rápido, e se não forem aproveitados, fica com o sentimento do perdido para o resto da sua vida.

Os dias foram passando e o tempo para o vestibular ia chegando.

Amado estudava em todos o seu tempo livre. Ele começou a estudar muito Química Orgânica e Inorgânica. Era a matéria que mais gostava de estudar. Os outros colegas não gostavam muito de estudar essas duas matérias, porque eles achavam que eram muito difíceis. Com essa paixão pela Química, Amado resolveu que faria o vestibular para Engenharia Química.

Nas aulas dessas matérias, Amado tirava todas as dúvidas com os professores. Ele conseguia fazer quase todos os exercícios que havia nas apostilas fornecidas pelo curso. Até que chegou o momento que muitos colegas queriam estudar com ele. Amado sempre negava e dizia:

— Eu não sei estudar com outra pessoa. Eu tenho a minha maneira própria de estudar que só eu consigo entender. Eu só sei estudar no silêncio da noite ou fora de contato com alguém. Eu sempre acho que essa pessoa sabe mais do que eu, e isso me atrapalha.

Amado agora tomou a decisão que mudaria de emprego e, assim, tinha que sair em busca do novo. Em muitos dos momentos que ia para a rua fazer os serviços externos, ele fazia algumas entrevistas do emprego pretendido, que era publicado nos classificados dos jornais.

Amado conversou muito com a Hortência e explicou a sua situação. Ela entendeu perfeitamente.

— Vou ter que fazer isso porque, se eu permanecer neste emprego, não conseguirei estudar em nenhuma faculdade. O que eu ganho aqui não será o suficiente para bancar a minha faculdade. Esse é o motivo da minha não permanência, por muito mais tempo, nesse emprego.

A sua relação com a Hortência não mudou em nada, continuou sempre às escondidas, aquele amor quentíssimo e apaixonado, desde aquela primeira vez que transaram.

Quando os dois estavam com vontade de transar, um dizia para o outro:

— Eu estou com vontade de comer um chocolate.

E o outro respondia:

— Eu também estou!

Essa era a mensagem, era o convite. Caso um não pudesse, a resposta era:

— Hoje eu não posso comer chocolate.

Esse momento era respeitado pelo outro. A insinuação tinha o sentido de uma mensagem codificada.

Quando a resposta era "eu também quero comer chocolate", o convite era aceito e os dois saíam para almoçar juntos; e como ali no centro, perto de onde trabalhavam, tinha vários hotéis, que se pagava por hora, então eles iam muito rápido a algum para aproveitar ao máximo essas duas horas que eles pagavam.

Era uma loucura a relação sexual desses dois apaixonados sem futuro. Ela correspondia com muita excitação, em todos os momentos desejados pelo seu amado. Aí, em tom de brincadeira, ela dizia:

— Esse Amado é o meu único amado, que eu amo muito e profundamente.

Assim que voltavam para o prédio onde trabalhavam, eles iam à lanchonete Bob's e faziam um lanche rápido para voltarem ao seu trabalho.

Agora, os dois tinham o cuidado de não molhar os cabelos, para não deixar uma margem de desconfiança.

Amado começou a emprestar alguns bons livros para ela ler e assim ela começou a ter o hábito da leitura. Lia muito dentro do ônibus, pois o tempo de viagem dela era longo. Dessa forma, em alguns momentos de pequenas folgas no trabalho, eles faziam as suas colocações do que tinham lido em pequenos comentários.

Já se passaram quase seis meses que Amado estava morando, com seus dois primos, no bairro da Glória. Todos estavam estudando muito. Amado faria o vestibular para Engenharia Química, Astor para Medicina e João para Odontologia.

Um dia Amado estava sentado na sua carteira e tinha colocado os seus pertences numa outra carteira ao seu lado, sem perceber que a sala estava quase cheia. A aula era de física. Todos os alunos assistiam a essa aula. Por ser um pouco mais complicada, Amado adorava assistir a essa aula.

Assim que o colega entrou na sala, Amado retirou o seu pertence e esse aluno sentou ao seu lado. Amado nunca tinha conversado com esse colega durante esse tempo todo. Era muito recatado com quem iria conversar. Não gostava muito de conversar com pessoas que ainda não conhecia.

Após terminar a aula, eles começaram a conversar, e, em primeiro diálogo, o colega perguntou:

— Como é seu nome?

— Meu nome é Amado, e o seu?

— Meu nome é Sardenberg! É escrito com "n" mesmo. Todos me chamam pelo meu sobrenome — disse ele. — Eu fiquei te observando e percebi que você já fez o problema que o professor pediu para fazer em casa.

— Esse problema foi fácil. Só apliquei a fórmula que o professor tinha falado, e a incógnita se calcula assim — Amado mostrou para ele. — Não foi fácil?

— Foi fácil porque você já entende bastante da matéria. Eu fiquei te observando. Você prestou muita atenção.

Aí, sem menos esperar, ele disse:

— Eu estou passando por muita dificuldade. Eu estou morando sozinho e não tenho ânimo para estudar sem companhia.

— Você mora em pensão? — Perguntou Amado.

— Não! Eu moro é em um apartamento que meu pai alugou. Fica aqui perto. Eu vou e volto andando. Eu tenho meus avós, que moram aqui no Rio, mas eles moram lá no bairro da Tijuca. Ficaria muito complicado para mim se eu fosse morar com eles. Então meu pai alugou esse apartamento para facilitar as coisas para mim. Eu sou carioca como a minha mãe, mas fui criado desde pequeno na cidade de Castro, no Paraná. Essa cidade fica perto de Londrina. Hoje nós moramos em Londrina. Lá em Castro mora uma tia, irmã do meu pai, e sempre vamos lá. Meu pai tem uma pequena fazenda lá.

— Então você é um carioca com sotaque paranaense, ou um paranaense disfarçado de carioca?

— É... — Sardenberg deu uma risadinha.

Amado disse para ele:

— Poxa! Você está numa boa, cara! Eu sou de Mato Grosso, nasci no Pantanal, vim sozinho para o Rio de Janeiro, com a cara e a coragem, com pouca grana no bolso, e fui num primeiro momento morar em uma pensão, lá na Rua Mariz e Barros, na Tijuca. Morei com dois amigos que estudaram comigo em Campo Grande, quando estudei lá por dois anos.

— Essa rua fica perto de onde os meus avôs moram — disse o Sardenberg.

— Tem um "porém": em poucos dias, eu estava procurando um emprego, para poder sobreviver aqui no Rio de Janeiro.

— Poxa! Você vive aqui sozinho?

— Agora eu estou morando com dois primos que vieram para o Rio de Janeiro. Eles vão fazer o vestibular para Medicina e Odontologia. Eles vieram porque eu já estava aqui — concluiu Amado.

— Uma amiga deles alugou um apartamento e nós alugamos um quarto do apartamento.

Sardenberg disse:

— Vou fazer uma proposta para você! Você não quer morar comigo? Nós dividimos o aluguel do apartamento, e assim você já estará economizando a passagem de ônibus para ir e voltar para o cursinho. O apartamento é aqui perto. Se você quiser ir para conhecer o apartamento, nós vamos agora quando acabar a aula — disse o Sardenberg.

— Ok! — Respondeu Amado. — Vamos, sim!

Assim que acabou a aula, Amado foi conhecer o apartamento.

Amado resolveu na hora, quando conheceu o apartamento. Era um quarto e sala, e no corredor da janela tinha uma cama de solteiro, e Amado ficaria nela.

No outro dia, Amado comunicou para a Luzia e os dois primos que iria se mudar para o bairro de Botafogo, bem perto do curso. O prédio ficava na Rua Voluntários da Pátria, esquina com a Rua Guilhermina Guinle.

— Quando é que você vai se mudar? — Perguntou a Luzia.

— Eu vou me mudar no sábado! Nesses dois dias, eu arrumo as minhas poucas coisas e me mudo.

— Poxa, Amado! Vamos sentir a sua falta!

— Que nada! Eu sempre estarei aqui para rever vocês e conversar um pouco — disse Amado.

Assim que Amado fez a sua pequena mudança, ele de imediato sentiu uma paz e uma tranquilidade enorme, por morarem só os dois.

Amado comunicou a sua decisão para a sua amada Hortência. Ela concordou e logo disse:

— Agora eu tenho certeza de que você não vai trabalhar aqui por muito tempo.

— Parece que sim — disse Amado.

Em poucos dias, Amado, consultando os anúncios do classificado do jornal, achou um anúncio para trabalhar como auxiliar de contabilidade numa empresa "Agência Periodística". Era uma agência de notícias com vínculo entre os jornais, revistas e televisões. Amado foi lá fazer a entrevista e por sorte foi o escolhido entre os candidatos concorrentes.

Amado ficou muito contente, porque o salário era um pouco maior e ele não teria nenhuma dificuldade em assumir a contabilidade da empresa.

Ele percebeu que iria fazer todo o trabalho e entregaria para o contador apenas assinar e finalizar o que não era de sua competência.

Amado, quando foi assumir o novo trabalho, pediu um prazo de uma semana para poder começar a trabalhar. Tinha que pedir a demissão do seu atual emprego para poder assumir o novo. Amado solicitou que fosse dispensado das exigências trabalhistas.

Amado, com muito pesar no coração, teve que pedir logo a sua demissão e explicou o motivo de não poder mais trabalhar nessa empresa.

81

Assim que Amado pediu a sua demissão, o Seu Antônio quis saber qual foi o motivo que o levou a não querer mais trabalhar com eles.

Amado explicou que precisava estudar e o salário estava um pouco apertado. O salário no outro emprego era um pouco maior. Além do mais, Amado explicou que também mudara de endereço para o bairro de Botafogo, e o trabalho ficava bem perto de onde morava e de onde estudava.

— Ah! Entendo — disse o Seu Antônio.

Amado explicou que estava sentindo muito em ter que sair desse emprego. Ele já estava acostumado com tudo e tinha um bom relacionamento de amizade muito grande com todos. Só não falou que tipo de amizade, em particular, que tinha com a sua amada Hortência; ninguém nunca desconfiou de nada, durante esse tempo todo de amor às escondidas. Com ela, a conversa seria depois em particular. Amado, pela primeira vez, na frente de todos, disse:

— Como vou sair deste emprego, eu hoje vou convidar a Hortência para irmos almoçar juntos. Você aceita, Hortência?

— Claro que aceito! — Disse ela.

— Então na hora do almoço nós vamos. Aqui mesmo no prédio, no quarto andar da galeria, tem um restaurante muito bom. Eu já almocei uma vez lá e comi um bacalhau na brasa muito do gostoso. É isso que vamos comer. Eu estou convidando somente ela em razão do pouco dinheiro que tenho no bolso. Se eu tivesse no bolso um pouquinho mais de grana, eu vos convidaria — concluiu sorrindo.

O Seu Antônio e a Dona Gloria comentaram:

— Só ela que foi a privilegiada. Por que, hein?

"Será que o Seu Antônio desconfiou de alguma coisa?", pensou Amado. Amado disse:

— Eu gostaria de convidá-los, mas vocês têm companhia e compromisso, e ela, não. Ela é sozinha. Também o meu sofrido bolso não me permite fazer esse convite. Vocês me desculpem pela minha sinceridade.

Assim que chegou a hora, os dois foram almoçar e comeram o bacalhau na brasa, que foi ofertado para ela.

Durante o almoço, os dois conversaram muito, e Amado expôs tudo para ela e disse que queria sempre encontrá-la para curtir esse amor apaixonado, profundo e às escondidas. Agora os seus encontros poderiam ser feito no apartamento em que morava. Era só combinar aos sábado pela tarde; nesse dia combinado, o Sardenberg sairia para deixar os dois livres e sozinhos, para eles esgotarem as suas ânsias de amor profundo.

A Hortência concordou com tudo e disse:

— Mesmo com o que está acontecendo, sinto-me muito feliz, pois sei que meu amor é correspondido intensamente.

Ao terminar o expediente, Amado despediu-se de todos e agradeceu pelo fato de ter sido esse o emprego que o tirou do sufoco assim que chegou ao Rio de Janeiro. Foi o seu primeiro emprego.

Na segunda-feira, Amado foi para o seu novo emprego.

Assim que chegou e se apresentou, logo assumiu o que tinha de fazer. Quem o recebeu e lhe explicou tudo foi a Dona Lurdes. Ela era baixa e tinha um tremendo conhecimento em tudo na empresa. Amado, quando percebeu isso, de imediato raciocinou:

— Eu vou me aproximar o máximo que puder para dirimir qualquer dúvida que houver, e aí ela poderá me auxiliar.

Assim, nasceu uma grande amizade com ela e com o seu marido. Sempre que aparecia na empresa para buscá-la, ele subia e sentava na sala da contabilidade para conversar com Amado. Eles eram muito compreensivos. Amado sempre contava história lá do sertão mato-grossense. Ele não acreditava muito, mas ria um bocado. Ele gostava.

O proprietário dessa empresa era um judeu de nome Isaac. Ele tinha dois filhos que eram correspondentes da empresa. Um morava nos Estados Unidos; e o outro, na França.

No seu segundo dia de trabalho, o Senhor Isaac pediu para Amado preparar os recibos e os cheques para o pagamento do salário dos dois filhos. Amado preparou e sem demora entregou para o Senhor Isaac.

Sem dificuldade ele buscou no arquivo onde estavam os recibos antigos e apenas copiou.

No outro dia, foram devolvidos os dois recibos assinados pelo pai. Amado ficou sem entender, mas, como foi o dono da empresa quem assinou, nada ele pode comentar, apenas concordou, e assim Amado foi se inteirando dos serviços, e em poucos dias ele já não tinha nenhuma dificuldade com os serviços.

O trabalho nessa agência de notícia era relativamente tranquilo. Quase tudo girava em torno de venda de fotos em celuloide para as revistas e jornais. Amado achava estranho o nome das fotos em celuloides: todos a chamavam de "coda". Nunca ele perguntou o porquê desse nome. Ele trabalhou passando filme no Cine Palácio, lá na sua cidade em Cáceres, e nunca viu esse nome em relação a qualquer tipo de filme. Tanto colorido como em preto e branco.

A contabilidade era geralmente simples. Tinha que manter os registros de todas as vendas das "codas", controlando com as vendas registradas nas notas fiscais para a empresa compradora. Tinha também que controlar as entradas e saídas dos valores bancários.

No final do mês, Amado enviava toda a sua contabilidade para o contador da empresa.

Vendia-se também o diagrama do horóscopo para as revistas e os jornais. Esses diagramas se referem à interpretação de astrólogos, geralmente baseados no sistema solar, a partir da posição do sol no momento do nascimento, ou no significado do calendário de um evento.

Essas colunas eram mais para iludir o leitor, para que acreditasse que aquilo era a verdade a ser seguida pelo seu signo.

Um dia Amado descobriu, sem querer, que aqueles dizeres do calendário que era enviado pelo astrólogo eram manipulados pela funcionária que transcrevia o relato do calendário, que seria enviado para os jornais e revistas. Ela sempre alterava o relato do seu signo. Ela sempre colocava o melhor relato que podia para o seu signo. Após a mudança, ela ainda pedia para outra colega ler e dar o seu parecer, informando se estava bom ou não.

Muitas das vezes, Amado dizia para ela:

— Capricha no meu. O nome dele é Áries, viu? É o primeiro signo do zodíaco. Ele é regido por Marte, e não por um marciano. É conhecido como o deus da guerra e da paixão. É por isso que amo muito.

Ela dava um sorriso e dizia:

— Deixa comigo!

85

Agora que Amado morava com o Sardenberg, foi um alívio e uma tranquilidade muito grande para ele, como nunca tinha acontecido antes.

Sardenberg almoçava em Copacabana, especificamente na Avenida Nossa Senhora de Copacabana, número duzentos, um dos edifícios mais famosos de Copacabana.

Não era em um restaurante. Era no apartamento de uma senhora de nome Antônia, no primeiro andar. Essa senhora ensinou para a sua filha Laura o que sabia de melhor, que era a arte da culinária. A comida feita por elas era muito gostosa. Tinha um gosto de comida caseira, feita em sua casa. Elas eram da cidade de São Luís do Maranhão e eram afrodescendentes.

Muitos jovens almoçavam lá. Elas tinham um carinho muito especial com os jovens que estavam longe das suas famílias. Foi por isso que elas se afeiçoaram ao Sardenberg e ao Amado, após começarem a almoçar com elas.

Para Amado ficou muito viável ir para Copacabana degustar o seu almoço. Ele pegava o ônibus na praia de Botafogo, numa parada em frente à Loja Sears, e descia na Rua Raul Pompeia, bem perto do seu destino. Assim ele só gastava a passagem de ida e volta para ir almoçar. Para o trabalho e o curso, ele ia a pé. Assim ele economizava o dinheiro de passagem anteriormente gastas.

***

O fim do ano de 1974 estava chegando. O vestibular também ia se aproximando. Como a prova seria em janeiro de 1975, Sardenberg convidou Amado para ir conhecer a sua família lá em Londrina. Amado aceitou o seu convite. Passariam lá o Natal e o fim de ano. Sardenberg avisou aos seus pais que Amado iria conhecê-los.

Para poder ir, Amado tinha que acertar com o seu chefe, o Senhor Isaac.

O Senhor Isaac, nesses dias de Natal e primeiro do ano, combinava com os seus funcionários e dispensava a metade nos dias 24 a 27 de dezembro; e a outra metade, do dia 21 a 1º de janeiro. Todos adoravam esses dias de folga.

Para poder ir para Londrina, Amado conversou com o Senhor Isaac e perguntou se ele o dispensaria do dia 24 de dezembro até o dia 1º de janeiro. Amado explicou os motivos; ele iria para Londrina conhecer a família do colega que morava com ele e dividia o apartamento. Informou que não teria nenhum prejuízo, pois deixaria todos os serviços adiantados, e quando voltasse fecharia toda a contabilidade e entregaria ao contador. No dia 2 de janeiro, ele já estaria trabalhando e passaria tudo certo para o contador; o trabalho em si não teria nenhum prejuízo. O Senhor Isaac aceitou plenamente a solicitação do Amado. Apesar do pouco tempo de trabalho na empresa, ele sempre demonstrava muito interesse em fazer tudo com antecedência e no capricho. Isso o Senhor Isaac admirava. Por isso ele fez essa concessão.

No dia 23 de dezembro, às vinte horas, eles embarcaram para Londrina de ônibus. Ficou combinado que voltariam no dia 1º de janeiro, para não perderem muitos dias de aula, uma vez que o vestibular estava próximo. Nesses dias eles não iriam se preocupar com os estudos. Iriam descansar e relaxar.

Depois de terem passado o Natal com a família, em Londrina, no outro dia todos foram para Castro, uma cidade não muito longe de Londrina. O Sardenberg disse para Amado:

— Você vai a Castro conhecer a fazenda do meu pai.

— Ok! — Disse Amado. — Vamos lá, sim! Eu adoro fazenda, pois eu nasci em um sítio lá no meio do Pantanal, fronteira com a Bolívia.

Até então Sardenberg não sabia disso. Ele pensou que Amado tivesse falado em tom de brincadeira.

Castro é uma cidade pequena cidade do Paraná, onde todos se conhecem e são amigos. À noite iam Amado, Sardenberg e suas duas irmãs para a praça principal da cidade, onde encontravam todos os seus amigos.

As irmãs, por serem descendentes de alemães, tinham suas peles muito claras, os olhos azuis e verdes, os cabelos ruivos e loiros. A irmã caçula tinha os cabelos loiros e olhos verdes. Amado achou as duas irmãs muito bonitas, mas estranhou a cor das suas peles. Lá no seu estado, quase não via meninas tão diferente como elas.

Amado ficou surpreso ao saber que ele estava sendo observado pela sua pele bronzeada, pelo sol tomado na praia do Arpoador, em Ipanema, no Rio de Janeiro. Em Mato Grosso, quase todos são morenos. Para Amado tudo estava normal. Ele estranhou essa observação que fizeram a seu respeito.

Como moravam em Botafogo, nos dias de domingo, pela manhã, os dois pegavam o ônibus e iam à praia. Era muito tranquilo para irem. Os dois caminhavam pela Rua Guilhermina Guinle, atravessavam a Rua São Clemente e, quase em frete ao Museu Rui Barbosa, tomavam o ônibus (Glória/Leblon) e desciam na praia do Arpoador, onde era o ponto final. Na volta, pegavam o mesmo ônibus e desciam em frente ao prédio onde moravam. Esse era o motivo de Amado estar bronzeado.

Dois dias depois de estarem em Castro, Sardenberg disse para o Amado:

— Amanhã pela manhã, nós vamos à fazenda. Não é longe.

Amado respondeu:

— Estou muito ansioso para conhecer a sua fazenda. Faz tempo que eu não vou a uma.

Pela manhã foram os dois.

Chegando lá, Amado abriu a porteira para o carro entrar.

A casa era uma casa de madeira, muito confortável e bem-feita. O sótão servia de outro quarto.

Tendo passado mais de uma hora, o Sardenberg já tinha mostrado tudo para o Amado. Aí ele pergunta para o Sardenberg:

— Que horas vamos para a fazenda?

— Aqui é a fazenda! — Respondeu o Sardenberg. — Sobe aqui nesta cerca e olha lá a divisa. A fazenda é todo este cercado. Vai daquele moirão até aquele lá.

Amado deu uma risada muito boa e falou para o Sardenberg:

— Isto aqui lá no meu estado, pelo tamanho, mal passa de uma chácara. As fazendas lá do Pantanal são muito grandes. Tem fazenda que você leva mais de um dia para andar em volta dela, beirando a cerca de arame. São quilômetros de distância e muitas cabeças de gado. Chegam a ser milhares em determinada fazenda. Sardenberg, na sua fazenda não nem nenhum animal, nenhum cavalo ou boi. Como pode isso? — Questionou Amado.

Sardenberg só sorriu e falou:

— Custa muito caro cuidar desses animais aqui. Fica inviável — completou.

— Um dia eu vou te levar a Mato Grosso para você conhecer uma fazenda de verdade! — Disse Amado.

Após a passagem do fim de ano, no dia 1º de janeiro, ao meio-dia, os dois retornaram para o Rio de Janeiro.

Agora, passados os festejos, eles tinham que estudar porque o dia da prova do vestibular estava chegando. Como Sardenberg não trabalhava, tinha o dia inteiro para estudar, e na segunda-feira e quarta-feira ele estudava francês. Amado, ao chegar, tomava um banho, fazia um lanche e estudava por, no máximo, até duas horas. Não tinha alternativa. Agora eles não iriam à praia aos finais de semana. Deixariam para curtir a praia depois da prova.

Como estavam faltando poucos dias para a prova, os dois resolveram fazer uma revisão das matérias dadas. Seria impossível rever tudo, então fizeram uma seleção das matérias as quais teriam a possibilidade de cair na prova.

Chegou o dia da prova. Todos estavam um pouco nervosos. Para Amado essa prova era indiferente. Faria primeiro as prováveis questões que sabia, e no resto chutaria pedindo ao seu Protetor que ajudasse a marcar a alternativa correta.

Após o término da prova, Amado foi o primeiro a chegar ao apartamento, porque o colégio onde fez a prova era mais perto do que a escola onde Sardenberg fez a sua. A partir desse ano, ficou proibido fazer a prova no Maracanã.

Os dois fizeram uma conferência nas questões da prova e viram que estava bastante complicada.

Agora era só esperar para saber o resultado.

No dia que saiu a publicação do resultado de aprovação, foi uma comoção porque todos foram aprovados: Astor passou para Medicina; João passou para Odontologia, só que ele teria que se mudar para Teresópolis; Sardenberg passou para Comunicação; e Amado passou para Engenharia Química. Esse foi um dia de alegria para todos e a comoção foi unânime, menos para Amado, pois ele sabia que não iria poder estudar o que mais queria, pois passou na PUC – Pontifícia Universidade Católica. Essa faculdade era paga, sendo assim não teria dinheiro suficiente para bancar os seus estudos; além do mais, só funcionava durante o dia. Assim era impossível frequentar a universidade e trabalhar.

Amado não se importou. Pôs em sua cabeça que aquilo não seria nada, compreendeu a sua situação e entendeu que não seria dessa vez. Ficou muito sentido, mas pensou: "Os dias melhores virão. Tenho fé em meus protetores."

Agora que não mais iriam para o cursinho, resolveram curtir esses dias sem estudar, assim passariam a ir quase todos os finais de semana à praia ou ao cinema.

Amado, no sábado da primeira semana de folga, convidou a sua querida e amada Hortência para conhecer o apartamento onde morava com o amigo, que dividia o aluguel do apartamento.

Amado estava com muita saudade dela, pois fazia muitos dias que não se viam. Estava com uma excitação imensa por ela, porque não se viam há muitos dias. Não via a hora de estar por cima dela, transando o melhor possível e acariciando com todo carinho o belo corpinho todo proporcional a sua estatura.

Quando ela chegou, Amado já a esperava embaixo do prédio. Subiram para o apartamento e foi logo apresentada para o seu amigo, que comentou:

— Poxa! Ela é muito bonita! Você se deu bem, meu camarada amigo!

O seu amigo não demorou muito e disse:

— Eu vou para Copacabana e vou almoçar em um restaurante. E depois eu vou assistir a um filme.

Sardenberg adorava cinema. Sempre quis fazer o curso de Comunicação para trabalhar com algo ligado à área de cinema.

Assim que Sardenberg saiu, os dois foram para a cama matar as suas saudades. Curtiram um ao outro por um longo tempo, até saciar a longa saudade que batia forte dentro dos seus peitos.

Após essa louca transa, os dois foram almoçar num restaurante na mesma rua, bem perto de onde morava.

Às quinze horas, ela achou que deveria ir embora, porque onde ela morava era muito longe e também não podia chegar à noite na casa dos seus pais, assim evitaria qualquer pergunta a respeito de onde ela esteve.

Esse foi um dia inesquecível para os dois. Na despedida disse:

— Tchau, meu amor. Até a próxima vez. Vou ficar esperando o novo convite.

Como a parada de ônibus era em frente ao prédio, Amado esperou-a embarcar e ir embora.

***

As aulas começaram, e todos foram felizes para a sua faculdade dar início às suas aulas.

Amado resolveu que não faria mais nenhum cursinho. Iria estudar por conta própria e se os seus Protetores o ajudassem, ele passaria em qualquer outra faculdade que desse para frequentar ou em algum concurso público.

Agora Amado voltou às suas leituras intermináveis, em que podia ler à vontade os livros comprados nos "sebos" da cidade. Sobre literatura e leitura, ele já conhecia bastante.

Amado, quando se mudou e foi morar com o Sardenberg, não sabia jogar xadrez. No segundo dia de morada, o Sardenberg convidou Amado para jogar uma partida de xadrez.

Amado disse:

— Eu não sei jogar xadrez.

Sardenberg então respondeu:

— Eu vou te ensinar a jogar. Olhe só, aprender os posicionamentos das peças e saber como mexê-las é fácil. Agora, saber jogar xadrez como deve ser jogado, aí as coisas complicam-se e passa a ser difícil. Tem que ter muita visão do jogo e muita atenção.

Eu, hoje, vou te mostrar como se joga o xadrez. Vou mostrar primeiro como posiciona o tabuleiro para poder colocar as peças e depois mostrarei como são feitos os movimentos das peças.

Todos os movimentos de cada peça Amado aprendeu de imediato, na primeira partida demonstrativa.

Assim que lhe ensinou, Sardenberg disse:

— Agora nós vamos jogar pra valer. Eu vou ganhar de você as vinte partidas seguidas que jogaremos.

Amado concordou com o desafio.

Jogaram a primeira partida. Lógico que o Amado perdeu. Essa foi a primeira partida de xadrez que jogou em sua vida.

Amado adorou jogar a sua primeira partida. Foi para ele como se estivesse disputando um campeonato de xadrez. Assim foi aprendendo aos poucos e prestando muita atenção no que Sardenberg fazia, com as suas peças no tabuleiro.

ONDAS

Na nona partida, Amado usou um artifício que imaginou que daria certo. Simplesmente ele copiava as jogadas que o Sardenberg fazia. Essa partida o Amado jogou com as peças pretas. Na imitação das jogadas, assim que dava para trocar as peças equivalentes, ele fazia; assim, acabava destruindo os ataques das peças brancas. Sardenberg viu que estava ficando difícil para ele, pois, nesse momento, Amado já estava entendendo as jogadas do futuro, pensando no máximo três jogadas adiante, o que ainda era muito pouco.

Com essa partida, o Sardenberg ficou surpreso, uma vez que a considerou empate. Aí Amado disse para ele:

— Você não cumpriu com o prometido. Das partidas que você propôs a ganhar seguidas, já empatamos a nona — disse Amado em tom de brincadeira.

A partir dessa partida, Amado tomou realmente gosto pelo xadrez. Nunca mais quis saber de jogar outros jogos de tabuleiro. Achava os outros jogos sem graça, porque não usava a mente para pensar nas futuras jogadas.

Na décima nona partida, Amado venceu o Sardenberg. Foi uma tremenda decepção para ele, porque não cumpriu o prometido. Em vista disso, Amado passou a jogar de igual para igual com o seu colega de apartamento. Essas partidas jogadas não tomavam o seu tempo, porque eles deixavam o tabuleiro na mesa e faziam o seu lance, e o outro respondia na hora que bem desejava, dessa forma tinha partida que durava vários dias. Nessas partidas Amado analisava muito antes de devolver a sua jogada. Assim, com o passar dos dias, já estava jogando no mesmo nível que o seu amigo, que já jogava há muito tempo.

87

Sardenberg, como não trabalhava, só estudava, resolveu fazer aula de natação no período noturno. As aulas seriam duas vezes por semana. Isso foi muito bom para ele que, além de se exercitar, iria melhorar a sua natação.

Ele fazia a sua faculdade pela manhã, à tarde fazia aula de Francês e à noite passou a fazer as aulas de natação. A academia que frequentaria era no clube do Botafogo Futebol Clube, perto de onde residia. Depois de alguns dias de treino, a melhora na natação foi considerável. Sem menos esperar, um dia recebeu um convite para fazer um treino na praia do Arpoador. Ele concordou com o convite, então o seu técnico disse:

— Você já tem uma boa natação. Nós vamos fazer um treino e vai ser neste próximo sábado, às dez horas. Nós vamos nadar da Pedra do Arpoador até a Praia do Leblon. Não é muito longo o percurso do treino. Nós vamos nadar beirando a praia, e se algum de vocês não estiver aguentando, é só nadar para a praia. Entendido?

— Ok! — Respondeu Sardenberg. — Eu estarei lá, sem falta — concordando com o convite do professor.

Quando chegou o sábado, os dois foram para a Praia do Arpoador. Amado tomou a decisão de ir também e resolveu que iria nadar com todos os alunos. Ele podia fazer isso, porque a praia é livre e por isso não poderia ser impedido de nadar.

Assim que encontraram com o grupo de alunos, todos se enturmaram e logo o técnico deu início ao treino. Amado, depois de alguns minutos nadando, viu que estava no mesmo ritmo dos demais. Não estava sentindo a falta de treino por quase dois anos. Simplesmente foi acompanhando os outros nadadores.

O técnico, assim que direcionou a sua natação para a praia, todos o acompanharam. Nesse dia o mar estava muito tranquilo. Isso fez com que aguentassem o treino sem reclamação posterior.

Ao saírem da água, o técnico fez um convite para Amado:

— Por que você não treina conosco? Você nada muito bem!

Amado lhe respondeu:

— Eu não tenho como pagar essas aulas de natação. Se eu fizer isso, vai pesar no meu bolso. Eu aprendi a nadar com o Tarzan, lá no Rio Paraguai, no longínquo Pantanal mato-grossense.

— Como assim? Tarzan? — Interrogou o técnico.

— Eu observava a sua natação nos seus filmes e aí eu ia para o meu *rio* tentar fazer o que ele fazia — disse Amado sorrindo em tom de brincadeira.

***

No trabalho de Amado, tudo corria normalmente. Ele admirava muito a competência da Lurdinha, como era chamada pelos seus colegas de trabalho. Começaram a chamá-la de Lurdinha porque um dia ouviram o seu marido chamá-la por esse nome. Ela era pequena por fora, mas de um grande conhecimento por dentro de sua mente. Só que em muitos dos cálculos que não conseguia resolver, ela solicitava para o Amado resolver. Num desses cálculos, Dona Lurdinha e a sua secretária de nome Danuta, uma polonesa que veio aventurar no Brasil, não conseguiram acertar a somatória de uma quantidade um pouco grande dos valores. Na parte da tarde, começaram a somar todos os documentos e a soma não batia com o valor que foi fornecido pelo funcionário que fazia as vendas dos produtos para as revistas, jornais e televisões, já deduzidos a sua comissão. No outro dia, às nove horas, começaram a somar tudo de novo e nada de dar certo. Foi aí que o Amado disse para elas:

— Deixem aí. Vão descansar as suas cabeças que na hora do almoço eu resolvo isso para vocês. Eu estou com a cabeça fresca.

Não demorou muito, elas foram almoçar.

Antes de Amado ir almoçar, pegou todos os documentos e a lista da soma que elas fizeram. Amado fez o cálculo e viu qual era a diferença. Simplesmente ele foi conferindo o valor dos documentos com o valor digitado.

Não demorou muito, Amado achou a diferença. Simplesmente ele viu que elas tinham digitado o valor de um documento invertido. Quando Amado fez o cálculo, era exatamente a diferença que elas não achavam. Amado logo foi almoçar e deixou um bilhetinho de brincadeira: "Não levei quinze minutos para achar a diferença. Veja o que fizeram. Digitaram o valor invertido. Só isso e nada mais".

Então ela passou a dizer para todos que o Amado, além de ser reservado, era muito competente.

Amado estranhava o nome da polonesa Danuta, que começou a trabalhar na empresa. Ela falava, além da sua língua natal, o inglês e o francês, pois já tinha morado na Inglaterra e na França. O nome dela era Danuta, mas o seu sobrenome era impossível para um brasileiro pronunciar, devido à quantidade de consoantes juntas. Ela era a auxiliar da Dona Lurdes e falava o português ainda com muito sotaque.

Numa segunda-feira, ela chegou toda queimada pelo sol de Ipanema. Os colegas nunca a tinham visto dessa forma, tão queimada. Ela estava feliz da vida, porque, no sábado, tinha ido à praia e conheceu um polonês da sua cidade dentro da água. Ela mal sabia flutuar, então o polonês foi ajudá-la. Os dois começaram a falar um português com muito sotaque, por isso ele perguntou de onde ela era. A Danuta respondeu que era da Polônia. Foi uma surpresa para ele, e aí conversando descobriram que eram da mesma cidade. A partir desse momento, começaram a namorar, e foi amor à primeira vista e uma tremenda coincidência. Agora só tem um porém. Disse ele:

— Eu estou fazendo um turismo aqui pelo Brasil. Se você tiver com boas intenções, eu estou indo daqui a oito dias, e você vai ter que ir comigo.

Ela respondeu:

— Tudo bem. Eu vou!

Desse momento em diante, eles começaram um relacionamento mais próximo e decidiram que, assim que chegassem à Polônia, eles se casariam. Danuta morava sozinha em um apartamento quitinete, em Ipanema. Nessa segunda-feira, ela chegou ao trabalho, conversou com a sua chefe, contou o ocorrido e logo já foi pedindo a sua demissão. Ela voltaria com o seu namorado para a Polônia. Tanto Amado quanto Dona Lurdes acharam que esse encontro foi uma das maiores coincidências, coisa do destino.

88

Amado estava na parada esperando o ônibus para ir almoçar, quando o Sardenberg o chamou para entrar e irem juntos. Amado não pegaria esse ônibus por que estava cheio. Mas, quando viu o seu amigo entrou e foram juntos para almoçar.

Quando chegaram, a Laura disse:

— Amado, eu estava te esperando para te mostrar isto!

— Mas o que é isso? — Respondeu Amado.

— Esse é um recorte do jornal sobre um concurso público para trabalhar como controlador de voo, na Aeronáutica. Se você passar, vai estudar em São José dos Campos, São Paulo. Inscreva-se porque você sabe muito bem Matemática, Física, Biologia, Conhecimentos Gerais e Inglês. E engraçado que não tem a língua portuguesa.

Amado ficou surpreso e disse:

— Não tem português?

— Tem inglês e não tem a nossa língua portuguesa. É muito engraçado, não é?

— Inglês eu não sei quase nada! — Concluiu assim que terminou de ler o anúncio. — Muito obrigado por pensar em mim! Eu vou fazer essa inscrição! — Disse Amado.

Ela disse:

— Vai hoje se puder fazer a sua inscrição. Ela termina amanhã.

— Hoje não vai dar para fazer a inscrição porque tenho que pegar dinheiro no banco, mas amanhã eu faço com certeza. Obrigado, minha amiga. Espero que vá me dar sorte, reze por mim! — disse Amado brincando.

No outro dia, quando Amado chegou à Base Aérea do Aeroporto Santos Dumont para fazer a sua inscrição, eram quase dezesseis horas, e o prazo terminaria às dezesseis horas. Junto com Amado, entraram mais dois concursandos e depois não entrou mais ninguém.

A prova foi feita em junho. Amado não lembra mais a data.

O local da prova seria na Base Aérea em Santa Cruz. Era longe para Amado ir de ônibus comum, uma vez que morava em Botafogo.

No dia da prova, Amado teve que sair às seis horas da manhã, pegou um ônibus comum até o terminal, no centro do Rio, e depois pegou um ônibus executivo para poder chegar a tempo de fazer a prova, que começava às oito horas.

Amado chegou com meia hora de antecedência. A prova foi em nível nacional. Apareceram muitos concorrentes. Foram mais de doze mil inscritos em todo o país, e no Rio de Janeiro o número de inscrito foi o maior. Muitos tiveram que fazer a prova no refeitório da Base Aérea. Lá foi o local onde Amado fez a prova, visto que nas salas não couberam todos os concursando.

Assim que Amado entrou no refeitório, ele olhou para a parede e lá estava escrito, bem em cima e na frente de todos: *"Tire o que quiser, mas coma o que tirar"*. Esse dizer Amado guardou para sempre e nunca mais deixou sobra de comida no seu prato. Foi uma lição para o resto da sua vida.

A prova era longa e por isso ela foi dividida em dois tempos. Deram um intervalo de trinta minutos entre a primeira e a segunda parte. Esse intervalo era para poder tomar uma água ou ir ao banheiro.

Na segunda parte, assim que foi entregue a prova, Amado percebeu as questões de inglês, e como Amado sabia pouco, foram as primeiras questões que fizera.

Quando começou a fazer a prova, sem menos esperar Amado começou a sentir uma tremenda dor de cabeça. Assim que começou a sentir a dor, ele respirou fundo por alguns segundos, fechou os olhos e fez um pedido ao seu Espírito Protetor para que aliviasse essa dor de cabeça, pois estava tendo a possibilidade de passar nesse concurso e melhorar um pouco a sua luta por um emprego melhor.

Amado, por alguns instantes, achou que esse nervosismo seria tensão em fazer a prova. Aí, sem menos esperar, veio à sua mente a lembrança da primeira vez que transou com a Hortência, no sofá do escritório. Lá a dor de cabeça passou imediatamente. Amado, agora fazendo a prova, percebeu que não era hora de pensar na sua querida e amada Hortência. Era hora de pensar e raciocinar sobre as cinquenta questões da prova. A sua mente já estava um pouco cansada, pois já tinha feito outras cinquenta questões na primeira parte da prova.

Quando Amado terminou a prova, percebeu que foi o penúltimo a entregar para o fiscal. Assim que entregou, recebeu a carteira identidade e foi embora; sem ter uma noção do que fizera na prova, pois as questões não estavam fáceis. Agora era só esperar a publicação do resultado no *Jornal do Brasil*. Era nesse jornal que publicariam o resultado.

Amado agora todos os dias comprava o jornal e procurava se tinha sido publicado o resultado do concurso.

Em poucos dias, o jornal publica o resultado do concurso. Amado com muito cuidado conferiu o número da sua inscrição e lá estava na relação dos aprovados. Foi uma alegria apenas momentânea, visto que ainda faltavam os testes psicológico, psicotécnico e o exame médico. Essa segunda etapa do concurso era uma incógnita porque Amado não conhecia nada a respeito do assunto. Do exame psicológico e do psicotécnico, ele só ouviu falar. Nunca tinha visto uma questão a respeito. Por ter sido aprovada uma boa quantidade na primeira fase, essas duas provas foram divididas em etapas de cada vinte concursandos. Na relação publicada, estava a divisão de cada conjunto de vinte aprovados e o dia marcado para irem fazer os exames.

Chegou o seu dia e Amado foi fazer o exame. Ele pediu uma dispensa do seu emprego, na parte da manhã, para poder fazer a prova psicológica e psicotécnica.

A primeira prova a ser feita foi a psicotécnica, na qual o Amado não estranhou muito as questões, pelo fato de estarem muito relacionadas com as associação de figuras, com a Matemática e com o raciocínio lógico, e como Amado gostava de estudar Matemática e de jogar xadrez, não teve muita dificuldade em resolver as questões.

A segunda prova, a psicológica, para Amado foi um pouco mais complicada, porque ele nunca tinha visto nada a respeito.

Foi distribuída a prova. A primeira questão era para interpretar e desenhar o enunciado solicitado, numa única folha de papel. Na segunda questão, havia uma mancha de tinta bem colorida. A terceira questão era associação de algumas figuras.

Na primeira questão, Amado riscou a folha dividindo em quatro partes iguais, e em cada parte ele desenharia uma solicitação da questão. Para fazer os desenhos, ele usou o espaço da folha, que tinha dividida em quatro partes iguais, onde colocaria cada interpretação do enunciado, só que em cada desenho que faria ele fez uns pequenos riscos, e acima de cada risco, ele desenhou o que estava solicitado. Ele fez um desenho tão primário que ficou até engraçado. Os desenhos nada mais eram do que: uma bolinha para a cabeça, uns traços para as pernas e os braços, uma imitação do pé e mão. A casa, as árvores e os animais desenhados eram semelhantes ao desenho de uma criança de cinco anos de idade.

Amado pensou: "Se fosse para fazer um desenho bonito, tinha que ter pelo menos lápis de cor, mas não foi o caso".

Na folha onde tinha a mancha de tinta colorida, era para o candidato identificar, assinalar e escrever a sua interpretação identificada. Amado viu muitas coisas nessa mancha de tinta, todas relacionadas à natureza pantaneira, pois foi lá que ele viveu toda a sua infância. Inclusive ele identificou um "quarto traseiro de um boi", dependurado em um gancho de açougue. Isso foi uma das suas identificações que percebeu e anotou. Talvez causasse um espanto à banca examinadora.

A terceira questão foi tranquila, pois era só a identificação de figuras em manchas de tintas e de alguns desenhos solicitados.

Quando Amado terminou a prova, estava um pouco cansado mentalmente.

Assim que terminou a prova e quando chegou à rua, ele comentou com alguns concorrentes e falou o que fez. Todos estavam rindo pelo fato de que, naquele momento, era a primeira vez que todos ali fariam uma prova psicológica.

Só depois foi que Amado ficou sabendo que esses exames foram feitos para avaliar as características de alguns aspectos da personalidade do indivíduo, como: iniciativa, capacidade de organização, inteligência emocional, tomada de decisão, entre outros.

Agora, depois de todos esses exames feitos, restava apena o exame médico, que só seria feito se o candidato tivesse sido aprovado nos exames anteriores.

Amado estava esperando ansiosamente o resultado dessa fase da prova. Até que recebeu uma correspondência da Aeronáutica, notificando o dia para fazer o exame médico. Ao receber essa correspondência, Amado tinha certeza de que dessa vez ele seria aprovado, porque problema de saúde, até então, achava que não tinha.

Os exames foram feitos e o resultado foi satisfatório.

Isso foi comprovado quando recebeu outra correspondência notificando a ir fazer uma entrevista, com um Major psicólogo. Ao chegar no dia e hora marcada, apresentou-se ao departamento médico, procurou pelo Major e informou que fora para fazer uma entrevista com o psicólogo. O atendente mandou esperar na sala onde seria feita a entrevista e foi chamar o Major.

A entrevista foi justamente em torno dos precários desenhos e as identificações da análise dos desenhos, formados pelas manchas de tinta.

Assim que o Major chegou, com a pasta na mão, deu-se início às perguntas.

O Major primeiro fez uma investigação a respeito da sua vida pregressa perguntando de onde era e como viveu a sua infância, como foram os seus estudos, como era o seu relacionamento com a sua família e por que tinha mencionado o suicídio do seu amigo. Logo na sequência, ele perguntou por que tinha colocado aqueles rabiscos embaixo dos seus desenhos. Amado respondeu, após raciocinar um pouco:

— Major, esses rabiscos representam o solo. Se eu não fizesse isso, a casa, as árvores e os animais estariam flutuando no espaço. Tudo tem que ter uma base de sustentação. Foi só para isso.

O Major se convenceu e disse:

— Você está aprovado!

Amado levou até um susto e respondeu:

— Quer dizer que estou aprovado? — Disse, comovido, ainda sem muito acreditar.

— Sim! Você está aprovado e deve se apresentar, nos dias 4 ou 5 de novembro, no Centro Técnico Aeroespacial (CTA), em São José dos Campos, São Paulo. Você vai compor a segunda turma. Foram selecionadas duas turmas de sessenta alunos. A primeira turma deverá se apresentar entre os dias 20 e 21 de julho. Sua turma vai esperar vaga no alojamento onde ficarão. No momento o alojamento está ocupado com a turma de técnicos eletrônicos.

Amado saiu do prédio da Aeronáutica, na Rua Primeiro de Março, e não encontrou nenhum dos concursandos. Ele estava sozinho.

Amado retornou à tarde para o seu trabalho e guardou as suas emoções só para si. Decidiu que não contaria para ninguém do seu trabalho sobre a sua aprovação. Isso porque ainda faltava mais de três meses para se apresentar. Ele falaria somente para os seus primos, para a Hortência, para o seu colega de apartamento e para Laura, que foi a incentivadora para Amado fazer esse concurso.

No dia seguinte, assim que Amado chegou ao apartamento da Laura para almoçar, ele chamou-a e deu um forte abraça, e deu a notícia que tinha passado no concurso e em novembro iria para São José dos Campos.

Foi uma surpresa e uma alegria muito grande para ela, que disse:

— Eu não falei que você passaria? Eu também fiz as minhas orações! Eu sabia! Eu sabia! — Ela ficou muito emocionada e concluiu: — Amado, é muito grande a minha alegria! Eu estou sentindo como se você fosse o meu irmão.

Amado, agora aprovado em um concurso público, ficou mais confiante em si. Então decidiu que trabalharia até o dia 15 de setembro. Nesses dias até a sua apresentação em São José dos Campos, no dia 4 ou 5 de novembro, folgaria como se fosse umas férias, até porque, desde que começou a trabalhar no Rio de Janeiro, nunca tirou férias. Assim ele iria curtir as praias, ia aproveitar e nadar no mar e iria combinar uns encontros com a sua amada Hortência.

Amado não pediu a sua demissão de imediato. Esperaria até o dia 15 de agosto para pedir a sua demissão. Segundo as leis trabalhistas, o empregado quando pede a sua demissão tem que avisar a empresa com uma antecedência de trinta dias. Isso ele fez corretamente, até com uma antecedência.

Faltavam poucos dias para pedir a sua demissão. O Senhor Isaac o chamou em sua sala. Amado prontamente foi de imediato e perguntou:

— O que o Senhor deseja?

O Senhor Isaac, sem um mínimo de educação e com toda a sua grosseria, começou a falar alto com Amado e logo começou a maltratá-lo, com uma grosseria e atitude que não era digna de um chefe e dono da uma empresa. Amado ficou até um pouco assustado. A raiva foi tanta que deu vontade de enfiar a mão na cara dele. Só não o fez devido à sua idade e, também, não seria a atitude correta para um funcionário. Amado ouviu todo o seu desaforo em silêncio, e, ao sair, Amado disse:

— Senhor Isaac, eu, Amado, estou pedindo agora a minha demissão. Só trabalharei até o dia 15 de setembro, portanto cumprirei o aviso prévio com mais de trinta dias, e amanhã eu entregarei o aviso prévio assinado para o Senhor.

Amado ficou sem entender qual foi o motivo de ele tomar essa atitude. Só pode ter discutido com a sua esposa e não tinha com quem extravasar a sua raiva. Foi descontar no seu funcionário.

O senhor Isaac não esperava essa atitude do seu funcionário. No outro dia, quando Amado foi entregar o seu aviso prévio, ele conversou com o Amado, pediu desculpas e disse o que afetou o seu estado de nervosismo. Amado confirmou que não teria alternativa porque passou em um concurso público e estudaria em São José dos Campos. Para comprovar o que acabou de dizer, ele mostrou a correspondência da sua aprovação.

Quando chegou o dia 15 de setembro Amado despediu-se e fez um elogio a todos, falando que gostou muito de trabalhar com o grupo e elogiou muito a Dona Lurdes, a sua secretária Danuta não estava mais lá. Ela voltou para a Polônia e nunca mais se teve notícia dela.

Quando Amado foi se despedir do Senhor Isaac, ele humildemente disse:

— Você não quer mesmo continuar a trabalhar conosco? Eu farei de você um chefe e será o meu representante aqui na empresa.

Amado simplesmente agradeceu e disse:

— São José dos Campos me espera. Eu vou muito feliz estudar lá e depois de formado serei transferido para Brasília.

No dia 16 de setembro, Amado foi assinar a sua demissão, que ele mesmo tinha feito. Recebeu o que tinha de receber e foi para o apartamento descansar o resto do dia. Agora ele pensava: "Eu tenho quarenta dias para curtir o que mais eu gosto, que são as praias, conhecer as cidades litorâneas, assistir a bons filmes e aproveitar esse tempo de folga para ler o máximo que puder".

Só tinha uma coisa que não saía da sua cabeça e que afetava o seu coração: como seria a despedida da Hortência. Os dois sentirão muita falta daquelas loucuras de amor praticadas sem que ninguém desconfiasse, quando trabalharam juntos por quase três anos.

Mas como dizem: "A vida segue e outros acontecimentos amorosos virão".

Amado, não aguentando mais de saudade e vontade de sentir os seus carinhos e o calor do seu corpo, foi até um telefone público, o "orelhão", e ligou para ela dizendo que estava com vontade de comer um chocolate e se despedirem. Ela aceitou o convite para comer o chocolate.

90

Amado, agora já perto de ir para São José dos Campos, começou a falar para alguns amigos que estaria se mudando do Rio de Janeiro para São Paulo, para estudar e trabalhar. Não falava para onde iria nem o que na realidade faria em São Paulo. Agora seu trabalho eram os estudos. Isso foi o que Amado sempre sonhou na vida, desde criança. Queria sempre estudar, estudar e estudar. Agora estava realizando os seus sonhos: ele só estudaria e tinha o seu salário, a sua alimentação e o seu alojamento.

Como os sonhos nunca morrem Amado sempre pensou que tudo é determinação na vida, e nada é impossível quando se põe o coração e a alma para alcançarem os seus objetivos. Agora, como estava sendo concretizados os seus sonhos, ele percebeu que poderia comentar com alguns colegas, um pouco do seu sucesso com concurso. Não falaria diretamente sobre o assunto porque achava Amado que, se fizesse isso, poderia estar esnobando um pouco a sua capacidade, uma vez que todos sabiam que o concurso que fizera e onde iria estudar, para ser aprovado, exigiam uma boa base nos seus estudos.

Amado voltou a frequentar todos os sábados a AME, para rever os amigos e dar a notícia discretamente, para alguns, da sua ida para São Paulo. Passou também a encontrar com os amigos da sua cidade e conversar com eles até dizer que estava indo para São Paulo.

Numa dessas visitas, foi à casa do seu grande amigo desde a infância, o Roberto. Chegando ao apartamento, ele estava de saída para a casa de uma família amiga da cidade. Ele falou para o Amado:

— Vamos à casa do Tenente Getúlio. Ele está me esperando para conversarmos um pouco. Ele mora aqui pertinho. Vamos lá! Acho que faz muito tempo que você não o vê.

— Realmente eu nem sabia que ele estava morando aqui no Rio de Janeiro — disse Amado.

Saíram sem demorar muito.

Chegando à casa do Tenente Getúlio, o Roberto disse:

— Este é o Amado, meu amigo de infância. Estudou comigo desde o primeiro "A", no colégio dos Freis. Ele também é de Cáceres. É filho de Seu Quinco com Dona Bêga.

— Ah! Já sei quem ele é. Só que tem muitos anos que não o via.

O Roberto disse:

— Ele está de ida para São José dos Campos.

—É mesmo? A minha filha mora lá. O marido dela trabalha na Fiat. Vou chamá-los para vocês conversarem com eles.

Assim que eles surgiram, Amado os cumprimentou.

— Você falou que vai morar em São José dos Campos? — Perguntou o marido.

— Sim, eu vou trabalhar e estudar lá!

— Nós moramos lá e gostamos. Viemos para o Rio só passar este final de semana aqui e já voltamos. Onde você pretende estudar?

— Eu quero estudar no CTA — informou Amado.

— No CTA? Você quer estudar no CTA?

Os dois deram uma boa risada de deboche para o Amado.

— Você sabe quem estuda lá?

Amado respondeu:

— É... Eu quero estudar lá, sim, e sei quem estuda lá! Nada é impossível quando se põe o coração e a alma para alcançar os seus objetivos. A esperança está ligada à fé, para quem acredita nela, pois nenhum objetivo é grande demais para ser alcançado — disse Amado repetindo aquilo que sempre acreditava e dizia para os amigos, porque ele sempre estava lutando sozinho na sua vida.

Amado não tinha dito nada para o seu amigo Roberto. Ele ainda não sabia que Amado estava concursado e apenas esperando chegar dia 4 de novembro para se apresentar em São José dos Campos. Amado decidiu também que ia dizer para o casal de amigos só depois que estivesse lá. Ele faria uma visita à sua casa para surpreendê-los e deixá-los com uma inveja danada. Eles achavam que era impossível para o Amado, pois eles sabiam o passado da sua vida.

O casal de amigos pediu licença e voltou para o quarto com um longo prazer de deboche em seus rostos.

Não demorou muito, a esposa apareceu com um pedaço de papel com o seu endereço anotado e disse:

— Quando estiver lá, aparece um dia na nossa casa.

Amado guardou o pedaço de papel na sua carteira e concluiu:

— Eu irei com certeza. Pode me aguardar.

***

Amado estava preocupado em se despedir da sua querida Hortência. Ele marcou para ela ir ao apartamento num dia de sábado. Nesse dia, Amado, na sua vontade de encontrá-la, queria deixá-la feliz, pois seria o seu último encontro com ela. Essa seria uma despedida que ele queria que não acontecesse. Então limpou todo o apartamento, trocou o lençol da cama e perfumou os dois travesseiros. Tomou um banho, perfumou-se com o seu melhor perfume e a esperou chegar.

Ela foi, mas quando chegou Amado percebeu que ela estava com o seu coração sofrido, por saber que esse seria o seu último encontro com o seu amado e que o estava perdendo para sempre, aquele amor que já durava mais de um ano de um amor às escondidas.

Amado, a partir dessa despedida, ele ficou muito sentido: os carinhos dela e o cheiro do seu corpo não saíam dos seus pensamentos. Por esse motivo, Amado ficou dois dias sem sair do apartamento, ficou lendo para esquecer tudo, mas estava difícil de esquecê-la.

Amado começou a refletir sobre a sua vida, após a sua ida para o Rio de Janeiro, a Cidade Maravilhosa.

Como pode acontecer tudo isso em sua vida? Qual foi o motivo? Essa sua ida para o Rio de Janeiro nunca passou pela sua cabeça, e se um dia pensasse nisso, acharia que estaria louco. Agora que está concursado e só esperando o dia para se apresentar e começar os seus estudos, pensava que só podia ter sido um milagre. Amado tinha certeza de que todos esses acontecimentos tinham que ter uma motivação e tiveram com certeza a proteção dos seus espíritos protetores, dos seus Deuses que o velho *Juan* disse para o seu pai que o protegeriam e acompanhariam para o resto da sua vida. Amado acreditava nisso tudo.

Quando Amado resolveu ir para o Rio de Janeiro, aconselhado por um amigo, ele não tinha nenhum recurso nem poderia ser ajudado pelos seus pais, porque eles ainda tinham quatro filhos para acabar de criar. A sua irmã mais velha já tinha casado.

Amado acreditava no que pensava pelo fato de ele achar que a sua luta foi muito grande, mas valeu muito a pena, por ter vivido duas experiências de um amor profundo e sem grandes compromissos. Ali ele percebeu que viveu o verdadeiro amor. Foi um amor profundo e correspondido.

Amado, em sua reflexão, percebeu que tudo o que estava vivendo até essa ida para São José dos Campos era uma fase da sua vida para demonstrar que vale a pena lutar pelos seus ideais, em querer melhorar de vida.

Como estavam faltando poucos dias para Amado ir a São José dos Campos, ele começou a arrumar as suas poucas coisas e não sabia o que fazer com os seus vários livros. Aí ele teve a ideia de escolher os que mais ele gostou para levá-los, e o resto ele deu para o seu amigo Sardenberg e disse:

— Você vai ter que ler todos esses livros. Você ler os bons livros que estão aí servirá como recompensa em retribuição às boas jogadas de xadrez que você me ensinou.

Como faltavam poucos dias para a ida de Amado para realizar a sua nova conquista, não quis mais se despedir de ninguém. Isso para não ficar com saudades dos velhos amigos que ele considerava muito.

Amado embarcou para o novo destino da sua vida em São José dos Campos, no ônibus da meia-noite. Esse novo destino agora estava mais cômodo. Para onde estava indo, agora, ele tinha o seu salário, o seu alojamento e os seus estudos. Assim que concluísse os seus estudos, seria transferido para Brasília, onde começaria uma nova etapa da sua vida.

SEXTA PARTE

91

Amado chegou a São José dos Campos, às seis horas da manhã. Tomou um táxi e foi para o CTA, onde estudaria por oito meses até a conclusão do curso de Controlador de Voo ou Controlador de Tráfego Aéreo.

Dentro do táxi, Amado foi olhando para as ruas da cidade. Percebeu que era uma cidade de bom tamanho. As ruas eram largas e bastante limpas. Não viu lixo acumulado em nenhum lugar, pelo trecho em que o motorista o levou até o portão da guarda do CTA.

Chegando ao portão, Amado se identificou e disse que iria para o alojamento onde ficariam os controladores de voo. O atendente militar indicou onde era o alojamento e disse para o motorista que poderia seguir. O motorista sabia onde era porque, em outras oportunidades, já havia trazido outros controladores.

A turma de Amado era a terceira turma de controladores que estudaria esse curso. A primeira turma teve início em novembro de 1974, a segunda turma iniciou em julho de 1975, e a terceira turma, a de Amado, iniciava no dia 5 de novembro desse mesmo ano.

Ao chegar ao alojamento, já eram quase oito horas. Logo Amado procurou onde era a recepção. O próprio motorista disse onde era. Amado agradeceu, pagou a corrida e esperou um pouco até o sargento de dia chegar.

Assim que o sargento de dia chegou, Amado se apresentou. Não demorou muito, foi entregue o seu crachá de identificação, e ele foi levado até o quarto, onde recebeu o lençol, o travesseiro e a chave do armário. O sargento falou para escolher a cama. Antes de sair, fora informado quais eram as regras que deveriam ser obedecidas, e, ao sair, o sargento desejou um bom estudo e completou:

— Estuda muito. O curso é muito puxado e você vai estudar assunto que nunca imaginou na sua vida. Boa sorte!

Amado agradeceu e ficou pensativo sobre o que o sargento falou: "Estuda muito. O curso é muito puxado e você vai estudar assunto que nunca imaginou na sua vida." Isso o deixou um pouco preocupado, pelo que acabou de ouvir. Mas, se realmente foi isso que ele falou, Amado logo pensou: "Vou ter que estudar mesmo. Desde os primeiros dias, eu já sabia disso!". Aí Amado pensou: "Aqui não vai ter como eu ler os meus livros. Vou deixar para lê-los em Brasília, se eu conseguir concluir esse curso".

Amado, assim que recebeu a chave do armário, arrumou as suas roupas, forrou a cama, colocou a fronha no travesseiro e foi tomar um banho. Após esse banho, ele foi dormir um pouco, para poder ir almoçar, porque na madrugada não dormiu nada no ônibus devido à tensão de saber que estava indo para outro estado e mudaria completamente o seu ritmo de vida. Isso nunca passou pela sua cabeça. Agora pensava: "A minha vida será só de estudo. Graças a Deus tenho onde morar, onde comer e onde estudar. E o melhor de tudo: receberei um salário por tudo isso. Eu sou um privilegiado. Os meus mentores espirituais me orientaram. Valeu a minha iniciativa e a atitude de tomar coragem e decidir ir para o Rio de Janeiro. Agora, como estudante, ganharei quase o dobro que ganhava trabalhando.

No resto do dia, Amado ficou refletindo e pensando no passado recente da sua vida, no Rio de Janeiro.

Para ele valeu muito a pena a sua ida para o Rio de Janeiro. Lá pôde viver duas aventuras amorosas, que lhe ensinaram a experiência do verdadeiro amor. Aprendeu que amar é viver os melhores momentos junto a pessoa que se ama. Também percebeu que é no amor que se encontra a verdadeira felicidade em amar simplesmente. Aí está se vivendo o verdadeiro amor. Mas, depois dessas aventuras, percebeu que: "na vida tudo passa".

Amado também pensou, quando chegou ao Rio de Janeiro, como foi difícil encarar essa situação, no início da sua aventura, sem emprego. Isso fez com que se tornasse mais adulto, mais homem, com apenas vinte e um anos de idade.

Nesse dia 4 de novembro, chegaram poucos alunos, mas no dia cinco todos os outros alunos estavam lá.

Assim que chegaram todos os alunos, os quartos do alojamento ficaram cheios. As camas e os armários foram ocupados.

Nos primeiros momentos da chegada, era até interessante. A cada aluno que chegava, vinham as perguntas: "De onde você é? Qual é o seu estado?". Pelo sotaque, dava para imaginar de onde é. Quando perguntavam para o Amado, depois de uma pequena conversa, o colega dizia:

— Você veio do Rio?

Amado respondia:

— Sim! Eu vim do Rio de Janeiro, mas não sou carioca, eu sou pantaneiro! Esse sotaque é devido aos quatro anos que morei no Rio de Janeiro, e eu ainda não pude voltar até hoje para minha terra em Mato Grosso.

Nesses primeiros encontros, nasceram muitas amizades que perpetuaram aos longos dos anos de trabalho em Brasília. Essas amizades nasceram devido aos oito meses que moraram no mesmo quarto do alojamento.

No dia 6 de novembro, todos os alunos acordaram cedo e foram para o rancho ou refeitório tomar o seu café. O rancho funcionava das seis até as sete horas. As aulas iniciavam às sete horas e dez minutos.

Assim que chegaram todos os alunos, dividiram-se em duas turmas de trinta alunos para cada sala. O comandante do curso foi em cada uma das salas para explicar como seria o curso e como era o critério das avaliações, e as suas últimas palavras foram:

— Não se esqueçam: o curso funcionará em dois turnos. O aluno deve tirar no mínimo a nota seis, e a cada dois meses tem o corte daquele aluno que não alcançou a nota mínima exigida. Ele será dispensado.

Essa primeira aula foi apenas para a apresentação do professor que daria aula de Fraseologia. Assim que o professor entrou na sala, ele se apresentou. Depois, foi a vez de cada aluno se apresentar dizendo o seu nome e de onde era.

O professor comentou qual eram os procedimentos que cada aluno tinha que respeitar.

Após essa apresentação, foram dispensados para irem almoçar e liberaram a parte da tarde para que cada um pudesse comprar os materiais exigidos, para no outro dia dar início às aulas. Não precisava ir à cidade para comprar; no próprio reembolsável da escola, tinha tudo o que precisava.

No dia 7 de novembro de 1975, teve o início das aulas pra valer, e no primeiro dia foi dada aula de Meteorologia.

O professor fez a sua apresentação e disse de onde ele era. Ele completou a sua apresentação dizendo que já fazia mais de vinte anos que ele trabalhava com Meteorologia, no aeroporto de Congonhas em São Paulo. A sua patente era suboficial.

O professor começa a aula e faz a primeira pergunta.

— O que é Meteorologia? Pode responder quem sabe.

Ninguém respondeu porque ninguém quis se arriscar a passar vergonha. Todos os alunos ficaram calados.

Aí o professor respondeu:

— Meteorologia é o estudo científico dos fenômenos atmosféricos, cuja análise permite a previsão do tempo. Viu como é fácil? Nada é difícil. Basta querer interpretar! Com estudos e pesquisas, tudo se torna muito simples e fácil. Acho que vocês nunca ouviram uma pergunta sobre isso. As minhas aulas serão assim, muito simples. Nada será complicado. Vocês primeiro terão que aprender o básico, que nada mais é do que os termos corretos para cada coisa. Aqui, a partir de hoje, vocês verão muitas coisas pela primeira vez.

Aí veio a segunda pergunta:

— Quais são os tipos de nuvens existentes?

A reação foi a mesma. Ninguém sabia.

Aí completou:

— São três os tipos das nuvens: *Cirrus, Stratus e Cumulus*. As nuvens são formadas na atmosfera por meio do vapor d'água presente no ar em forma de umidade. O processo de formação ocorre quando pequenas gotículas de água, mais leves que o ar, condensam-se e aglutinam-se. Quando esse processo acontece próximo ao solo, ocorrem os nevoeiros ou neblinas. Esse é o processo que vocês conhecem muito, principalmente aqui nas estradas do nosso estado. As nuvens *Cirrus*: são nuvens altas que se caracterizam por serem formadas apenas por cristais de gelo. São fibrosas, brancas e finas. *Stratus*: são nuvens baixas que possuem aparência semelhante a um tapete. São cinzentas e podem provocar nevoeiros e chuviscos. Essas nuvens vocês também conhecem, mas nunca ouviram falar do nome. *Cumulus*: são nuvens isoladas, em formato globular bem definido e de contornos nítidos, com base aplainada e bem definidas, formadas em baixas altitudes e de coloração clara com aparência de algodão.

O professor concluiu:

— Quando estiver para terminar a aula, mostrarei para vocês o nosso céu aqui de São José dos Campos, e vocês verão como já conseguem identificar algumas das nuvens que falei.

Faltando dez minutos para terminar a aula, ele pediu que todos fossem lá fora, olhassem para as nuvens e tentassem identificá-las. Quando voltaram para a sala, muitos disseram o nome de algumas nuvens corretamente.

— Prestem atenção: na próxima aula eu explicarei as subdivisões das nuvens.

Ao sair da sala, veio na mente do Amado a recordação de quando era criança e estava no seu *Rio Paraguai*, lá no longínquo estado de Mato Grosso, quando viu as nuvens se movimentarem, e aí ele saiu correndo para sua casa, achando que o mundo iria se acabar, porque as nuvens estavam indo embora. Deu vontade de dar uma forte gargalhada em pensar o quanto era inocente. Nunca imaginaria naquela época que futuramente poderia um dia estar estudando tudo sobre as nuvens.

Na parte da tarde, a aula foi de Fraseologia.

Essas aulas de Fraseologia eram para os alunos aprenderem a dialogar com os pilotos, da forma correta e com a Fraseologia-padrão, impondo a voz corretamente, para que na fonia os pilotos entendessem perfeitamente as instruções que lhe fossem passadas.

As aulas de Fraseologia em inglês levariam ainda um tempo para ser dadas, uma vez que os alunos precisavam aprender muitas coisas sobre a aviação e sobre o tráfego aéreo, que seriam preponderantes para o entendimento do controle em si.

No outro dia, tiveram novamente aula de Meteorologia. As aulas sempre eram dadas seguidamente pelo fato dos professores virem de outros estados. Tudo era levado muito a sério e as matérias dadas eram muito rápidas, pois o curso era muito extenso. Os professores não podiam ficar muitos dias dando aquela matéria porque eles eram remunerados por diárias.

No começo do curso, por falta de conhecimento do assunto, muitos alunos sentem certas dificuldades, porque ainda não estão acostumados com os termos, e isso complicava um pouco.

O professor, ao dar sequência na aula de Meteorologia, informou que agora seria dada a continuidade da aula passada. Aí começou a explicar seguindo o critério de classificação das nuvens:

— Elas são divididas em quatro principais categorias referentes aos tipos e as altitudes, que são: *as nuvens altas, a cirrus, cirrocumulos e a cirrostratus*, que variam de sete a dezoito quilômetros de altitude; as *nuvens médias* são as *altostratus e a altocumulus*, que variam de dois a sete quilômetros de altitude; as *nuvens baixas* são *as stratus, a stratucumulus e nimbostratus*. Elas variam de zero a quatro quilômetros de altitude; e *as nuvens com desenvolvimento vertical*, que são as *cumulosnimbus e a cumulus*, que variam de zero a três quilômetros de altitude. Observam só: apesar dessa quantidade de nomes aparentemente estranhos, percebam que os prefixos de nuvens de mesma altura são semelhantes: as altas, "cirro"; as médias, "alto"; as baixas, "strato" e "nimbo"; e as com desenvolvimento vertical, "cumu". Tudo certo, turma! Se tiver alguma dúvida, tire agora, ok? Agora eu quero que alguém possa me explicar: o que são os raios e os trovões?

Após alguns segundos, todos estavam calados. Ninguém se manifestou.

— Vamos lá, turma! Responda-me, por favor! É tão fácil.

A turma toda ficou calada. Novamente ninguém se arriscou a responder.

Pelo olhar de cada aluno, alguns pareciam saber responder, mas ainda estavam acanhados.

— Já que ninguém teve a coragem de responder, responde para nós, número um da chamada, que é o... Amado!

Amado, sem receio, respondeu:

— Pelo que eu sei: os raios e os trovões são descargas elétricas de nuvens carregadas que chocam umas com as outras e produzem as descargas elétricas e os barulhos, que são os trovões.

— Muito bem, número um! Você acertou com a sua descrição, só que faltou um pouquinho mais de detalhe. Vou explicar: os raios surgem a partir de um processo de eletrização por atritos ocorridos com as massas de ar no interior de nuvens altas e com cerca de dez a doze quilômetros de espessura. Com os choques intensos das massas de ar, ocorre a eletrização das partes superior e inferior de nuvem, que passam a possuir cargas elétricas de sinais opostos. Já os trovões são os raios que geram uma temperatura muito elevadas, de forma que as massas de ar ao seu redor são expandidas com o aumento de temperatura. Ao se expandirem, as massas de ar quente chocam-se com outras mais frias, o que resulta em um enorme barulho. Esse *som* intenso é denominado de trovão. Agora prestem atenção. Muitas das vezes, os raios se direcionam para a Terra. Quando isso acontece, é muito perigoso. Quando as nuvens estão muita carregadas e a certa distância da Terra, a Terra, como é um potencial muito positivo, devido ao seu tamanho, acaba atraindo as nuvens para si, mas, como as nuvens estão carregadas com as suas cargas negativas, essa atração produz o raio e logo em seguida escuta-se o trovão, pois o som se desloca numa velocidade de trezentos e quarenta metros por segundo, e a visão do observador é instantânea. Os raios e os trovões surgem também quando nuvens bem maiores e carregadas atraem umas menores, carregadas com um diferencial de potencial.

Essa explicação final do professor fez Amado lembrar-se do tempo que morava na sua cidade em Cáceres e ia passar uns dias no sítio dos tios, quando era convidado. Lá ele ouvia os moradores dizendo que já acharam umas pedrinhas que caíram com os raios. Eles, coitados, nunca podiam saber a verdade sobre isso. Quem poderia explicar-lhes a verdade? Esses raios que dão a impressão de terem saído da Terra nada mais são do que nuvens carregadas de tamanho menor e que estão embaixo, mais perto da Terra, e as outras com uma carga muito maior estão por cima desta. Aí o raio, que é a descarga elétrica como é atração dos elétrons, desloca-se de baixo para cima, ou é atraído pela Terra. Mas nunca saindo da Terra, levando uma pedrinha para cair do céu.

À tarde, a aula novamente foi de Fraseologia.

Essas duas matérias eram dadas no início do curso para os alunos que futuramente trabalhassem na Torre de Controle irem se acostumando com a linguagem e também já irem conhecendo sobre a Meteorologia, para poder analisar as condições meteorológicas instantâneas, sabendo diagnosticar a situação do tempo momentaneamente, quando os aviões decolam ou pousam, ou em caso de uma emergência.

Para quem trabalha na TWR (do inglês Tower Control), esse controlador de voo é o responsável pela autorização do plano de voo, do taxiamento — ou seja, a manobra do avião do embarque até a cabeceira da pista, quando decola e/ou da final da pista, quando pousa, até o ponto desembarque dos passageiros.

Para a TWR autorizar um avião a decolar, o controlador precisa, primeiro, ter a autorização do ACC – Centro de Controle Aéreo, que é o órgão máximo.

A Torre de Controle é aquela que está ao lado dos aeroportos e que todos já viram.

Esse Controlador da Torre (TWR) tem a obrigação de, a cada hora cheia, tomar ciência e se informar do Metar – Meteorological Aerodrome Report. Isso é um informe meteorológico regular da condição daquele aeroporto.

Essa mensagem do Metar vem descrita da seguinte forma: o aeródromo, data/hora, vento, visibilidade, tempo presente, nuvens, temperatura/PO — ponto de orvalho, pressão e informações suplementares. Todas as informações vêm escritas com as suas características próprias. O controlador de voo tem que estar atento a essas situações, principalmente quando há uma mudança do tempo.

Nesse curso, as aulas são muito complicadas de entender, pelo fato de praticamente em todo o curso os assuntos das aulas serem completamente desconhecidos para quase todos os alunos. Somente aqueles alunos que eram filhos de um militar da aeronáutica ou aquele que foi ligado a um aeroclube é que tinha algum conhecimento sobre aqueles assuntos. Esses não estranhavam tanto. Mas os outros praticamente tinham que decorar tudo. Eram assuntos novos, palavras novas em todas as aulas, e esses entendimentos tinham que ser diferenciados.

O público em geral, por falta de conhecimento, pensa que um avião é controlado somente pela Torre de Controle (TWR). É o que ele vê em todos os grandes aeroportos. Essas pessoas nunca imaginaram que, além dessa TWR (Tower Control), tem o controle do solo GCS – Groun Control Satation, tem o APP – Approch Control e tem o ACC – Area Control Center. Cada um desses controles tem a sua jurisdição própria com as suas regras e leis que vigoram no mundo inteiro e que é orientado pela Icao – International Civil Aviation Organization, com sede em Montreal, Canadá.

Essas pessoas que usam o avião como meio de transporte não imaginam como sucedem esses controles, e elas também não imaginam que atrás dos microfones desses controles há "anjos da guarda" cuidando de todos que estão nos ares voando dentro daquela aeronave, que são os controladores de voo, que estão ali vinte e quatro horas por dia prestando-lhes os seus serviços anonimamente.

93

O final de semana chegou.

Durante a semana, foi combinado com o grupo saírem e irem a um bar, para conversarem, se conhecerem melhor e se divertirem, depois de uma longa semana das primeiras aulas do curso, estudando assuntos, até certo ponto, bastante desconhecidos para todos.

Ficou marcado para se encontrarem, na sexta-feira, num bar que era referência na cidade. Tinha uma sala exclusiva para esses encontros de turma. Esse espaço era reservado com antecedência. Tudo foi providenciado a contento, e na sexta-feira quase todos os colegas estavam presentes. Só não foram os alunos que moravam perto de São José dos Campos. Esses foram para o encontro com a sua família, porque sabiam que a maioria ia se exceder na bebida, e muitos deles tomariam, talvez, o seu primeiro porre na sua jovem vida.

Em torno das dezenove horas, começaram a chegar os colegas e logo foram pedindo cerveja; outros pediam caipirinha; outros, mais exaltados, pediam whisky. Até as seis, meninas do grupo pediram licor e conhaque, mas não se excederam — elas pediam uma dose para dividir entre duas. Elas eram: duas de Porto Alegre, uma de São Paulo, uma de São Raimundo Nonato-PI, uma do Rio de Janeiro e uma de Brasília.

Amado, como era um dos mais experientes em acompanhar jovens que bebem pela primeira vez e tomam o seu porre, resolveu que não beberia bebida alcoólica. Iria beber leite. Isso para poder cuidar dos jovens que nesse dia tomariam o seu primeiro porre de sua vida. Foi só risada quando Amado falou que não beberia e iria beber só um copo de leite. Ele fez isso porque já tinha feito algumas vezes na sua cidade em Cáceres, no seu querido estado de Mato Grosso, para cuidar dos seus colegas. Lá, os jovens começam a beber muito cedo, bebem por prazer, já que não têm nada para fazer nos finais de semanas, e o calor ajuda jovens a terem essa vontade de refrescar o calor do seu corpo com umas cervejinhas.

Não demorou muito, Amado começou a perceber que alguns já estavam começando a falar demais, e isso já era o resultado do álcool subindo em suas cabeças.

De repente, Amado percebe que um colega foi ao banheiro e de lá veio segurando o seu pênis, como se fosse urinar. Amado foi de imediato falar com ele. Ele não gostou de Amado ter falado para guardar dentro da sua calça o que estava em sua mão; foi aí que percebeu o que Amado estava falando:

— Não adianta! As meninas já viram o que você tem na mão. Elas não estão bêbadas iguais a você.

Foi previamente combinado fazerem essa comemoração na sexta-feira, para os colegas se recuperarem no sábado e domingo do seu primeiro porre.

Quando se pensou que todos já estavam no alojamento, no seu quarto e na sua cama, foi notado que algumas das camas ainda estavam vazias. Então, Amado e mais os colegas que não estavam bêbados tiveram por iniciativa ir procurá-los pelas ruas da cidade nessa madrugada.

Quando Amado foi ao banheiro urinar, ele viu um colega sentado no vaso dormindo. Amado chamou os dois colegas para levá-lo para a sua cama. A sorte foi que ele só fez o "xixi" e nada mais. Nenhum dos três colegas teria coragem de limpá-lo se ele tivesse esvaziado a sua barriga. Ele dormiria sujo.

O bar onde foi realizada a comemoração não era muito longe do CTA. Dava para ir caminhando. No caminho, já dentro da unidade do CTA, encontraram um colega sendo quase carregado por outros dois, que já estavam menos bêbado do que ele.

Amado e os outros dois colegas saíram do CTA.

O Brito disse:

— Vamos reto por esta rua que passa no muro do cemitério.

E eles foram.

Não demorou muito, avistaram dois colegas encostados no muro do cemitério: era o Müller e o Gottemam, ambos de Porto Alegra, e este vomitou tudo o que bebeu e comeu. A sorte foi que só sujou os sapatos. A roupa estava limpa. Amado agarrou de um lado e o colega Brito do outro, levaram para o alojamento e colocaram na cama para dormir. Aí foram conferir novamente se os outros já estavam em suas camas.

Na segunda-feira, antes de começar a aula, cada colega queria saber das proezas dos beberrões de primeira viagem.

Cada um contava o que tinha acontecido com ele e era só risada do grupo. Desse dia em diante, nunca mais o grupo combinou de sair para beber novamente. Agora tinham que estudar muito porque todos estavam preocupados com a nota de corte. Tinha que aproveitar os finais de semana para estudar.

Cada semana, eram praticamente duas matérias novas para se estudar, e logo em seguida a matéria sobre a Fraseologia em inglês foi ministrada. Essa foi para Amado uma das matérias que mais exigiu dele, pois sabia muito pouco o inglês. Estudou muito pouco nos anos anteriores e nunca fez um curso de inglês. Não teve alternativa. Amado teve que decorar tudo na marra. Ele decorou tudo escrevendo repetidamente as palavras no seu rascunho. Já sobre as palavras que tinha dúvida quanto à sua pronúncia, sempre pedia a ajuda de um colega para que lhe ensinasse. E assim ele foi levando.

94

Com quase dois meses de aula que se passavam do curso, cada dia apertava mais. A programação era extensa e ainda estava longe das aulas práticas de laboratório no "simulador de voo", pois essas aulas eram para os alunos sentirem como é a realidade dos pilotos quando recebem o comando dos controladores de cada órgão. Era tudo pensado como se fosse um voo real. Na sala do laboratório, tinha as posições: do controle do Solo (ECS/GCS), da Torre TWR, do APP e do ACC. Era para treinar também as fraseologias.

Como estava perto do primeiro corte, dos quatros que haveria até o final do curso, muitos dos alunos estavam preocupados com a segunda prova. Era dela que sairiam os cortes dos alunos que não alcançassem a nota mínima.

Amado estava muito preocupado porque a sua nota da primeira prova não era muito superior à mínima exigida — foi uma nota de sete e meio. Não era alta, mas tinha de reserva um e meio para contabilizar na segunda nota da prova. Essas provas eram feitas sobre toda a matéria dada. As provas ainda tinham um porém, que era a penalização. Três questões erradas anulavam uma certa. Isso era para o aluno não chutar a questão que não sabia ou estava em dúvida.

Chegou então o dia da segunda prova e do primeiro corte. Amado estava um pouco nervoso. Era bastante assunto para a banca elaborar as cinquenta questões da prova.

Para ficar com a nota mínima, o aluno tinha que errar apenas quinze questões mais a penalização de cinco questões. A nota seria a mínima exigida, que era a nota seis.

Graças a Deus Amado só errou nove questões, e a sua nota foi a mesma da outra prova, com o arredondamento para sete e meio.

Quando fizeram o primeiro corte, dois colegas não alcançaram a nota mínima. A diretoria, antes de cortá-los, fez uma entrevista com eles. Um deles, disse que estava sentindo muita dificuldade e dificilmente seguiria no curso — ele não se importaria de ser cortado. O outro queria continuar, mas as suas notas estavam abaixo da nota mínima, então não tinha como recuperá-las. Assim sendo, os dois foram cortados.

Os alunos desse dia em diante sentiram-se mais confiantes. Assim, eles iriam respirar aliviados por mais dois meses. Agora os seus conhecimentos sobre os assuntos eram bem maiores.

Amado imaginava que agora a sua situação iria melhorar. Os assuntos das aulas estavam mais claros, mais fáceis de compreender e entender o que o professor ensinava. Ledo engano. Ficou foi mais difícil, porém os alunos já entendiam mais do assunto. A compreensão era melhor.

Com a sua permanência garantida no curso, Amado se lembrou de fazer uma visita ao casal de amigos da sua cidade, que moravam em São José dos Campos e que debocharam rindo quando Amado falou que gostaria de estudar no CTA.

Amado buscou o endereço e viu que não era muito longe. Então resolveu ir no próximo sábado, à tarde. O endereço deles era numa vila, terceira casa à direita. Essa era a referência. Não tinha como errar. No sábado, Amado tomou banho, vestiu a sua melhor roupa e perfumou-se. Tomou um táxi e foi para o endereço deixado por eles. Amado percebeu que quando eles deixaram o seu endereço era mais para confirmar se ele realmente estudaria no CTA, em São José dos Campos.

Chegando ao local, Amado entrou na vila e procurou a terceira casa à direita, tocou a campainha e esperou abrirem a porta. Quando abriram a porta, tiveram a maior surpresa e disseram:

— É você, Amado? — Disseram os dois quase que ao mesmo tempo. Amado respondeu:

— Sim! Sou eu mesmo, em carne e osso!

— Entra. Vamos conversar um pouco!

— Sim — aceitou Amado.

— Você está estudando em que cursinho? — O marido perguntou.

— Eu estou estudando o curso para ser controlador de voo. Eu estudo e moro no CTA. Eu estou aqui desde o dia 4 de novembro.

— Caramba! — Disseram os dois.

— Eu era para estar aqui desde julho, mas, devido à falta de espaço no alojamento, tivemos de esperar a turma de "técnico em eletrônica" formar para podermos começar o nosso curso.

— Então você está aqui desde o dia 4 de novembro. Por que não veio antes?

— Eu estava sem tempo. Nós temos que estudar muito, pois o curso é muito longo e em certo ponto até muito complicado. Nós já passamos pelo primeiro corte e agora está um pouco mais confortável — explicou Amado.

Conversaram um bom tempo lembrando-se do tempo em que moravam na mesma cidade e viram o quanto eram fracos os estudos na querida cidade.

Amado, depois que esclareceu boa parte de como é o curso, explicou que, ao terminarem e se formarem, todos seriam transferidos para Brasília.

Amado notou que o casal ficou muito surpreso quando ele falou que estava concursado desde julho.

— Então, quando conversamos lá no Rio de Janeiro, você já havia passado no concurso? — Perguntaram.

— Sim, é verdade! Foi por isso que eu te falei que gostaria de estudar no CTA.

— Pelo grau de dificuldade têm os concursos, aqui no CTA, eu jamais imaginaria que um cacerense conseguiria passar num desses concursos. Eu mesmo já tentei uma vez fazer a seleção para estudar "Ciência da Computação". Eu vi o quanto é difícil.

Logo Amado se despediu, foi até um ponto onde poderia pegar um táxi para ir embora.

Pela surpresa causada por Amado a esse casal conterrâneo, provavelmente não dormiriam essa noite.

Nesse período, já quase na metade do curso, começaram a ser ensinadas as matérias que iriam até o final do curso, porque eram longas e eram as matérias que todos deveriam saber muito bem, como era o caso de: Regras de tráfegos aéreos; Direito Aeronáutico; Fraseologia em inglês. E começaram também as aulas práticas de simulador, o "link training". Essas aulas eram avaliadas em cada posição de controle, como: controlador de voo do ACC, do APP, da TWR, e como piloto no simulador. Todos tinham de cumprir um número de horas como piloto no simulador. Era muito complicado tudo isso.

Nas avaliações como controlador, o aluno era avaliado em todas as posições e também como piloto de simulador. O aluno era avaliado no simulador de voo, do momento do táxi da aeronave até o destino, como se fosse um voo real, passando por todos os órgãos do controle.

95

Com esse curso, Amado percebeu que nunca tinha estudado tanto até então. Ele se lembrou do segundo ano do científico, quando estudou em Campo Grande, e teve de estudar sozinho todo o primeiro ano, com o segundo, pelo fato de o estudo na sua cidade ser muito fraco, e, além do mais, não ministraram as aulas de três matérias do primeiro ano do científico.

Agora Amado percebeu que não estava mais lutando contra o seu coração. Ele notou que a voz da consciência segue silenciosamente dentro no seu íntimo. Então ele fez uma reflexão profunda dentro de si e concluiu que, dali em diante, todas as suas decisões seriam muito bem pensadas, para ser tomada a mais correta.

Amado, desse ano para frente, não precisaria mais correr atrás de novos empregos para satisfazer as suas necessidades financeiras. No seu íntimo, ele percebeu que, depois dessas duas provas, daria para levar o curso mais suavemente. Os assuntos eram compreendidos com mais naturalidade, pelo fato de já estarem com mais domínio deles. Isso para todos foi uma alegria incontestável. Com essa visão sobre as matérias dadas, aumentaram o tempo de folga para os alunos. Muitos detalhes sobre a matéria não precisavam mais ser estudados porque já era matéria dada.

As aulas de Educação Física eram dadas nas quartas-feiras às quatorze horas. Após essa uma hora de aula, o resto do tempo era de folga. Geralmente o grupo jogava era bola. Amado jogou pouco com os colegas. Nessa turma tinha cinco jogadores que jogaram no juvenil de grandes times: o goleiro foi do Internacional, de Porto Alegre; o meio de campo foi do América, do Rio de Janeiro; o quarto zagueiro foi do Bangu, do Rio de Janeiro; o lateral direito foi do Grêmio, de Porto Alegre; e o centroavante era o Amado, que jogou no Mixto, da sua cidade. Amado jogou pouco porque os outros alunos que gostavam e apareciam para jogar bola apresentavam um diferencial de jogadas muito grande. Eles mal sabiam correr; outros mal sabiam chutar a bola. Então Amado ia jogar futebol de salão, com alguns alunos do ITA, e sempre estavam faltando jogadores para completar o time. Numas dessas idas para a quadra de futebol de salão, Amado viu um grupo de adolescentes treinando natação na piscina do ITA. Ele foi até lá e perguntou se era aula de natação ou só recreação de alguma escola da cidade.

O professor e técnico de natação explicou:

— Alugamos a piscina e damos aula de natação para adultos, no período noturno, das dezoito horas às dezenove horas.

— Eu quero treinar com vocês. Como eu faço? — Disse Amado.

— Aqui nesta piscina, nós damos aulas para adultos só nas terças-feiras e nas quintas-feiras.

— Ótimo! — Disse Amado. E, assim, ele teve a sua primeira aula com um técnico de natação.

Com um mês de aula de natação, Amado já se destacava entre os outros alunos. Esse técnico era o professor de natação dos alunos do ITA e por isso ele alugou a piscina. Num certo dia, o professor aferiu o tempo, nos cinquenta metros livre, de todos os alunos. O tempo de Amado foi muito bom. O professor perguntou se não queria compor um revezamento nos duzentos metros livre, com os alunos do ITA, já que ele também estuda no CTA, e seria uma competição disputada na Faculdade da USP, em São Paulo.

Amado aceitou o convite imediatamente.

O professor levou o seu tempo para o coronel, chefe do ITA, mas ele não aceitou, porque a competição era exclusiva para alunos do ITA. Assim, Amado deixou de nadar a sua primeira competição oficial de sua vida. Com os treinamentos da natação, Amado não foi mais para quadra jogar futebol de salão com os alunos do ITA.

96

O oitavo mês do curso estava chegando ao fim e para todos os alunos era uma alegria só. Todos estavam confiantes em suas aprovações. Após os dois primeiros cortes, no começo do curso, não houve mais nenhum corte — os alunos corresponderam aos ensinamentos. Todos tinham crédito após as notas serem contabilizadas. Se tirassem uma nota abaixo das que vinham tirando, podiam usar os seus créditos acumulados. Assim, quando foi feita a última prova, todos achavam que estavam aprovados. As notas foram lidas na sala dois dias depois. Foi lida a nota de cada aluno e dita a palavra "aprovado". Para Amado, como o seu nome era o primeiro da lista da chamada, foi o primeiro a ouvir a sua aprovação. Foi muito bom saber que tinha sido aprovado, pois, nesse momento, deu vontade de sair correndo da sala de aula e comemorar como se fosse um gol que fizera, quando jogava no seu time Mixto Futebol Clube, lá na sua longínqua cidade, no interior de Mato Grosso.

Agora, como todos estavam aprovados, era só esperar a formatura que foi marcada para o dia 2 de julho e depois seguir transferido para Brasília. Como era um curso que ainda estava começando, todos esperavam que não houvesse formatura, então ninguém imaginava que precisava estar trajado de paletó e gravata nesse dia.

Após a comunicação da aprovação de todos, teve dois dias de palestra. Isso foi para dizer como seriam as transferências para Brasília e onde e como pegar as suas passagens para lá. Amado, por ter feito o concurso no Rio de Janeiro, teria de ir para o Rio de Janeiro pegar a passagem com destino a Brasília. Foi dito também que todos deveriam se apresentar de paletó e gravata, e as meninas tinham que usar vestidos longos, no dia 2 de julho, dia da formatura. Isso pegou todos de surpresa. As meninas não tinham vestidos longos, e os homens não tinham paletó e muito menos gravata.

Quando foi dito isso, todos tiveram que sair correndo para arrumar um paletó. Só faltavam cinco dias para a formatura. Não tinha como buscar em casa ou comprar um bom terno para o evento. Num grande supermercado da cidade, que funcionava perto do CTA, onde todos os alunos, por oito meses, fizeram compras de suas guloseimas, lanches e outras coisas mais, anunciaram uma liquidação de paletó, e isso veio a facilitar.

Passando por esse mercado, um colega viu uma quantidade enorme de paletós sendo vendida a um preço muito barato, e a propaganda dizia: "compra um e ganha uma gravata". Eram uns paletós enxadrezados que não se usava mais. Já estava fora de moda. A turma não conversou e rapidamente foi ao mercado comprar o seu paletó. Poucos conseguiram um paletó monocromático. Os outros todos eram xadrez, com a gravata, também fora de moda. Essa foi a alternativa que todos tiveram.

Não tinha como ser diferente, até porque as famílias dos formandos não estariam presentes. "Embelezar para quê?", diziam a maioria dos formandos.

Chegou o dia da formatura. As meninas, que só eram seis, estavam todas com seu vestido longo alugado de última hora em um ateliê, que prestava esse tipo de serviço.

Os homens, que formavam a maioria, estavam com o seu paletó xadrez, que nada combinava com a sua calça, camisa e gravata. Mas, para esse evento, que foi numa manhã de sexta-feira, às oito horas, e com a contribuição da chuva, estava de bom tamanho.

Assim que todos os alunos entraram no salão do ITA, a mesa foi composta com as autoridades. Os convidados dos formandos eram poucos. A chuva que caiu a noite inteira atrapalhou tudo. Choveu até quando o dia amanheceu. Isso fez com que a presença de familiares dos poucos formandos que moravam em São Paulo e outras cidades perto de São José dos Campos fosse mínima.

Ao dar início à solenidade, foi solicitado a todos os presentes que ficassem em pé, para cantar o Hino Nacional. Após cantarem, foi feito um pequeno discurso, em agradecimento a todos, pelo coronel, diretor do curso de CTA/CAT — Controlador de Tráfego Aéreo/Centro de Atualização Técnica.

Depois desse discurso, foram chamados em ordem alfabética os formando para receberem o seu diploma de controlador de tráfego aéreo. Todos receberam com muito prazer e orgulho, por terem concluído um curso muito difícil e por estudarem matérias totalmente desconhecidas.

Após a entrega do diploma, ficou à disposição dos formandos para quem quisesse ir à missa. Ela seria celebrada às onze horas.

A maioria dos, agora, controladores de tráfego aéreo foi para as suas cidades no sábado. Amado só foi no domingo. Foi dado um período de férias, até o dia 31 de julho. Esse era o ano de 1976. A apresentação de todos em Brasília era no dia 1º de agosto. Amado não tinha pressa. Tudo tinha que ser resolvido com calma.

Amado iria para o Rio de Janeiro para aproveitar esses dias de férias, porque não compensaria ir para a sua terra, o seu estado, por ser muito longe e demorava demais a viagem de ida e volta de ônibus.

Nesse sábado, Amado ficou lembrando todos os bons momentos e as grandes dificuldades que passou em relação aos novos conhecimentos adquiridos no curso, desde o primeiro dia que chegou ao CAT, um dia antes de todos os alunos, e agora com o término do curso sairá um dia depois de todos.

Nesse domingo, Amado foi o último aluno a deixar o alojamento. A sua despedida foi monótona e silenciosa. Todos os quartos estavam vazios, e os seus passos soavam no imenso corredor silencioso, lembrando cena de um filme de terror, quando se escutam os passos para assustar geralmente uma jovem bonita e temerosa.

Amado agora não iria mais acordar todos os dias às seis horas, com o tocar horroroso do corneteiro que perturbava os ouvidos e o melhor do sono naquele horário. A grande maioria estudava até as duas horas da madrugada e gostaria de dormir um pouquinho a mais, e isso era impossível. O pior desse tocar sempre foi quando o corneteiro era aprendiz ou deveria estar bêbado de sono. Só podia ser! Era horroroso! Até que um dos alunos, não se sabe quem foi, fez a letra do tocar desse horrendo corneteiro. A letra dizia assim: "aqui um gato sargento/mordeu meu saco sargento/o que eu faço sargento/ não aguento mais/ ai, ai que dor".

Depois dessa letra, tinha dia que um cantor engraçadinho aparecia no corredor para cantar acompanhando o corneteiro, e ninguém ficava sabendo de qual quarto saía a cantoria.

Amado quis passar mais um dia no CAT para se lembrar desses oito meses que passou ali estudando muito e que agora estava mudando completamente o seu destino, coisa que nunca ele imaginaria: morar em Brasília.

Mas, se assim é o destino, vamos seguir em frente. Os seus Deuses deverão estar guiando-o. Os dias melhores virão.

    Ao sair do alojamento, Amado sentiu o seu coração apertar um pouco. Ele saiu olhando para todos os lados relembrando desde o dia em que chegou até aquele momento da saída. Lembrou dos amigos, lembrou da primeira e única bebedeira de quando saíram em grupo para se divertirem, lembrou dos poucos jogos que jogou com os colegas, nas aulas de Educação Física, lembrou das suas primeiras aulas de natação com um técnico. Após todas essas recordações, ele refletiu: "Agora eu posso ir embora. Vou muito feliz. Daqui para frente, é o destino quem manda, com a proteção dos meus Deuses, que me guiarão.

    Amado, feliz da vida, foi para a rodoviária e pegou o seu ônibus para o Rio de Janeiro.

97

Quando Amado chegou ao Rio de Janeiro, eram quase quinze horas. Foi direto para o apartamento onde morava com o Sardenberg. Assim que chegou à rodoviária, Amado se lembrou da sua aventura quando chegou de Mato Grosso, com pouco dinheiro e sem um local para ficar, e, além de tudo, sem conhecer nada. Ele tinha em mãos apenas o endereço de dois amigos de Campo Grande e do amigo da sua cidade de Cáceres. Só que agora estava com o destino de sua vida garantido pelo concurso realizado. Assim que tomou o táxi, ele seguiu pelo mesmo caminho como se fosse a primeira vez, quando chegou ao Rio de Janeiro. Só que agora iria até Botafogo não mais a Copacabana, como foi da primeira vez.

Amado agora, novamente no Rio de Janeiro, se propôs a aproveitar o máximo que pudesses esses dias de folga: leria o que pudesse, assistiria a bons filmes, algumas peças teatrais e alguns musicais. Já em relação às suas leituras, as coisas mudariam muito: leria com mais profundidade e seriedade, buscaria os melhores livros para comprar e ler. Agora com o salário que recebia dava para satisfazer os seus simples desejos, que não eram muitos, mas dava para comprar o que ele queria. Desse momento em diante, a leitura estaria em seu primeiro plano. Em São José dos Campos, não deu para ler nada. Amado também aproveitaria para nadar pelo menos duas vezes por semana, com Sardenberg, o que já faziam antes: nadar da Praia do Arpoador até o Leblon.

Amado estava com muita vontade de entrar em contato com a sua amada Hortência, mas, depois de pensar muito, ele desistiu da ideia. Amado não queria mais relembrar aquele amor profundo, que durou quase dois anos, sem que ninguém soubesse.

Nesse período de férias, Amado aproveitaria o máximo que pudesse, pois ele sabia que demoraria muito tempo para retornar ao Rio de Janeiro.

No dia 30 de julho, Amado embarcou para Brasília de ônibus comum, com a passagem cedida pela Aeronáutica, e Amado só podia embarcar nesse dia. Quando quis antecipar a passagem, não pôde — ela já estava datada para o dia 30 de julho.

Poucos dias antes de Amado deixar o CAT/CTA, ele recebeu uma carta de sua irmã pedindo para que a procurasse no endereço, pois estavam morando desde abril em Brasília.

A viagem era muito longa, e, dentro do ônibus, Amado começou a relembrar de quando foi para o Rio de Janeiro. Tinha tempo para pensar. Para ele foi uma grande aventura encarar sozinho a situação e, com pouco dinheiro no bolso, não tinha nem onde morar. Logo vieram à sua mente os dois amores vividos intensamente, em pouco tempo da sua chegada ao Rio. Foram duas aventuras que valeram muito a pena. Amado aprendeu que existem formas diferentes de amar. Ele amou muito e viveu intensamente esses dois amores sem nenhuma intenção comprometedora. O primeiro foi um amor profundo, mas que sabia que não duraria. Amado não tinha condições financeiras de sustentá-la. Fazia pouco tempo que tinha chegado ao Rio de Janeiro, não tinha um bom emprego e por isso não tinha condições de seguir em frente com esse amor. Então ele foi vivido intensamente por pouco tempo. Foi amor à primeira vista, que o fez viver as primeiras emoções. O segundo foi um amor vivido com mais cautela. Ele surgiu pelo convívio dos dois ao trabalharem juntos. Esse foi um amor que tinha tudo para dar certo, continuando o convívio a dois para sempre. A atração era mútua, por isso foi vivido profundamente aquele amor que era correspondido pelos dois. Era muito gostoso quando os dois estavam sozinhos vivendo o amor intenso. A amada sempre dizia para o Amado: "Eu te amo, Amado". Amado ficava todo orgulhoso ao ouvir o que ela falava. Amado lembrou-se da sua paquera que ele deixou para secar no seu apartamento, com a sua mãe, quando foi embora correndo porque só tinha o dinheiro para o ônibus e não dava para comprar o pão e o refrigerante.

Agora estava na estrada indo para Brasília, a Capital Federal, já concursado, para assumir o seu novo emprego. Isso nunca passou pela sua mente. Isso não estava previsto. Mas ele pensou: "A vida é cheia de surpresa e quando menos se espera acontece aquilo que nunca se imaginou. Pode-se dizer com essa situação que se está cumprindo o destino. É uma situação restituindo invariavelmente aquilo que se tem para receber".

Como era final da tarde e depois de várias horas de viagem, o ônibus parou em um restaurante na beira da estrada para os passageiros jantarem. Depois dessa parada, não tinha onde parar novamente, por ser muito distante o outro restaurante.

Depois dessa parada, assim que o ônibus rodou um bom trecho, a maioria dos passageiros começou a dormir, pois o ônibus rodaria o resto da noite. Realmente isso aconteceu.

Assim que clareou o dia, Amado já estava observando o lusco fusco do amanhecer. O ônibus já rodava em estradas no cerrado de Goiás. Ele observou e comparou a diferença com seu cerrado pantaneiro. Ele via muito pouca águas. Ele não via as lagoas constantes como é no cerrado pantaneiro.

Não demorou muito, o motorista parou o ônibus numa lanchonete para tomar o café da manhã, e assim o Amado pôde comer um "empadão goiano". Foi a primeira vez que ele viu esse tipo de salgado. O seu paladar saboreou e aprovou o sabor desse salgado, que é tradição para os goianos. Ao embarcar, Amado perguntou quanto tempo levaria para chegar a Brasília. O motorista respondeu:

— Antes das dez horas, estaremos lá, se Deus quiser!

SÉTIMA PARTE

98

Amado chegou a Brasília às dez horas do dia 31 de julho de 1976, tomou um táxi e, não demorou muito, chegou ao endereço indicado.

Amado percebeu que a cidade tinha pouco movimento. Não viu muitos carros e quase ninguém na rua. Quando vinha pelas estradas de Minas Gerais e Goiás, Amado percebeu que era só cerrado, e as cidades eram muito distantes umas das outras. Aí ele pensou: "Será que ainda falta muito a ser desbravado na Capital do nosso País?" Amado não errou, pois Brasília, no Plano Piloto, ainda tinha muitas quadras a serem construídas. Ainda tinha muito mato e muita poeira. Amado entendeu o motivo de aqueles vendedores ambulantes irem à sua casa lá em Cáceres, para vender lembrancinhas que continham poeira da cidade de Brasília. Fazia sentido esse propósito.

No dia 1º de agosto, Amado foi se apresentar ao VI-COMAR — Comando da Aeronáutica no endereço, na QI 05 – Lago Sul. Lá que funcionava a Comissão de Implantação do Sistema DACTA, e depois de pouco tempo, após pronta a implantação, o nome foi alterado para CINDACTA I – Centro Integrado de Defesa Aérea e Controle de Tráfego Aéreo.

Amado, ao chegar ao portão da guarda do VI-COMAR – Comando da Aeronáutica, foi dizendo que era controlador da nova turma. O sargento da guarda o encaminhou para o outro prédio e disse:

— É lá que funciona o Controle de Tráfego Aéreo.

Assim que chegou ao novo prédio, todos os outros controladores já estavam no corredor e, não demorou, foram para o auditório esperar o comandante chegar para fazer a apresentação e cumprimentá-los desejando sucesso no novo trabalho e na nova profissão.

Depois dessa apresentação, o comandante passou a palavra para o major chefe do COI – Centro Operacional Integrado. Este fez a sua apresentação e desejou, também, um bom trabalho e disse:

— Assim que sairmos deste auditório, vocês irão para o primeiro andar, onde funciona o ACC – Centro de Controle de Área. Lá é que vocês vão trabalhar. A curiosidade, a partir desse momento, foi enorme. Todos queriam conhecer o local do seu futuro trabalho e ver as consoles dos radares.

— Os radares do ACC, com os quais vocês trabalharão, ainda estão sendo instalados. Tomem cuidado! Não vão pisar em nada. Tudo bem? — Completou o major chefe do COI.

Após a pouca explicação, no Centro de Controle, o major falou:

— Pelo fato de ainda não estarem montados todos os radares, não tem nada o que fazer por aqui. Vocês estarão dispensados a partir deste momento, até o dia 15 de agosto.

Foi uma comemoração para alguns e uma decepção para outros, que adoraram ver os radares que estavam sendo montados. Esses colegas queriam, na realidade, era trabalhar para mexer nos radares. A partir desse momento, todos foram liberados.

Após a dispensa, no dia 16 de agosto, todos se apresentaram, e ao subirem para o ACC, viram que todos os radares já estavam montados, mas sem funcionar.

Quando o major reuniu todos em volta da mesa do futuro chefe de sala, ele começou a ler uns nomes e dizia o setor em que trabalhariam. Então fez a nomeação para: a Sala AIS de informação; para o APP; para Sala de Plano de Voo; para Dados de Voo. Aí ele explicou:

— Como os radares ainda não estão funcionando, os que eu não chamei o nome só voltarão daqui a quarenta e cinco dias. Até lá, os radares já estarão funcionando. Foi o prazo que a empresa francesa Thonson nos deu. Os que foram chamados ficarão aqui para conhecer o local onde trabalharão e aprenderão o que vão fazer.

Assim começou para alguns o tão esperado momento de trabalhar como controlador de voo. Nesses treinamentos, aprenderiam os serviços básicos para dar o suporte aos operadores, que operariam no Centro de Controle. O ACC precisa de outros órgãos técnicos para auxiliar no seu controle.

Amado ficou para trabalhar na posição de dados de voo, mas essa posição só funcionaria quando o centro estivesse funcionando. Ela era ligada diretamente ao controle das aeronaves que estavam sendo controladas.

Após esse dia de treinamento no estágio, às dezessete horas, todos foram dispensados. Amado pegou a condução do próprio trabalho, que o deixou perto da quadra 113 norte, onde estava morando com a sua irmã.

Quando ele foi chegando, a sua sobrinha de seis anos brincava com uma coleguinha vizinha da mesma idade. Ela foi correndo ao seu encontro e foi logo dizendo:

— Tio, foi uma menina lá em casa querendo falar com você, e eu já fui dizendo para ela que você é casado. A noite ela vai te procurar lá em casa para falar contigo.

Ela foi. E assim teve início de um namoro que terminou em casamento no dia 24 de dezembro de 1977, em plena festividade natalina.

Amado, agora com tempo sobrando, voltou a ler os seus livros, tanto em casa como no próprio trabalho, pois a escala de trabalho era de oito horas e tinha folga a cada três dias trabalhados. A escala não era tão apertada e mesmo no próprio trabalho dava para ler. Tinha uma sala de descanso, pois o controlador não pode trabalhar mais do que três horas seguidas. Isso está disposto nas normas vigentes. O serviço é muito tenso e desgastante, então o controlador tem que ter esse intervalo de pelo menos duas horas de folga, para um descanso.

No dia 1º de outubro, todos os controladores se apresentaram para o trabalho, e logo em seguida vieram as instruções. E, a partir desse dia, começaram a aprender a mexer nos radares, mas não tinham o controle nem o contato na fonia direto com as aeronaves. Era apenas um acompanhamento visual no radar de todo os movimentos do fluxo de tráfego. Durante dez dias, houve um treinamento intenso como se o voo fosse real, para o ganho de experiência e a inauguração do novo Centro de Controle, que estava marcada para o dia 20 de outubro.

Faltando poucos dias para a inauguração, houve a transferência do Centro de Controle antigo para o novo Centro de Controle. Isso foi para mostrar que, no dia da inauguração do novo Centro, tudo estaria funcionando normalmente com todos os órgãos interligados. Assim aconteceu e a partir desse dia o centro funcionou para sempre.

A inauguração do Centro de Controle Radar de Brasília se deu no dia programado: 20 de outubro de 1976.

Nesse dia, exatamente a "zero hora zulu", que se refere ao Tempo Médio de Greenwich — Londres, onde ficou definida por convenção, a base para o cálculo internacional de um horário padrão. No Brasil equivale a uma diferença de três horas a menos, então, às vinte e uma horas do horário-padrão do Brasil, foi inaugurado o Centro se Controle Radar.

O comandante da unidade fez um pequeno pronunciamento, e, perante as poucas autoridades convidadas, cortaram a fita e deu-se a inauguração do "1º Centro Integrado de Defesa Aérea e Controle de Tráfego Aéreo do Brasil".

Foi colocada no meio do Centro de Controle uma mesa com salgados, refrigerantes e champanhe, só para os convidados. Os controladores não foram convidados para participar dos comes e bebes que estavam ali na mesa, na sua frente. Para os controladores, só ficou o cheiro e a vontade, mas, se fosse oferecido a eles, provavelmente ninguém aceitaria.

A partir desse dia, o 1º Centro Integrado passou a ser referência em todo Brasil e em boa parte da América do Sul. Com o novo Centro funcionando, o Brasil passou a ter uma área bastante grande do seu território com uma cobertura radar. Os voos em si passaram a ter uma confiabilidade e uma segurança maior, para o conforto dos pilotos e dos passageiros.

100

Amado, agora com seu novo emprego, pensou em voltar a estudar e fazer uma faculdade. Em janeiro, ele prestou o vestibular para o curso de Administração de Empresa. Ele passou, e, em fevereiro, deu-se início às aulas. E, desde as primeiras aulas, ele percebeu que não teria que estudar muito porque o curso não exigia tanto quanto foi exigido no curso que terminara recentemente. Nas provas não tinha a penalização das questões erradas.

Amado lembra que, em uma aula sobre "chefia e liderança", a professora perguntou para os alunos se alguém poderia falar sobre o assunto na frente. Ela já tinha colocado o resumo no quadro. Amado se apresentou e começou a sua explanação. Tudo o que Amado falou foi baseado no filme *Tempos Modernos*, produzido em 1936, pelo maior gênio do cinema, que foi o Charles Chaplin. Amado então associou o que a professora já tinha falado em aulas anteriores e o que estava escrito no quadro e encaixou tudo nas cenas do filme, só que não mencionou a fonte, que era do filme. Amado sabia muito bem o que estava falando sobre o filme, pois ele passou muitas vezes esse filme quando trabalhava no cinema da sua cidade. Nenhum dos alunos sabia disso.

O filme é de tamanha importância, porque mostram a evolução da automatização dos serviços mecânicos, transformando os funcionários das indústrias em verdadeiras máquinas humanas, em verdadeiros robôs. E a chefia, com uma evolução tecnológica, controla os seus funcionários por meios eletrônicos.

"Tempos Modernos retrata Chaplin empregado em uma linha de montagem. Lá, ele é submetido a tais indignidades como sendo forçado por uma 'máquina de alimentação' avariada e uma linha de montagem acelerada onde ele parafusa uma taxa cada vez maior em peças de maquinaria. Ele finalmente sofre um colapso nervoso e corre, deixando a fábrica no caos. Ele é enviado para um hospital. Após a sua recuperação, o trabalhador de fábrica agora desempregado é preso por engano como instigador de uma manifestação comunista. Na prisão, ele ingere acidentalmente cocaína contrabandeada e colocada no saleiro, por um preso traficante, confundindo-a com sal. Em seu posterior delírio, ele evita ser colocado de volta em sua cela. Quando ele retorna, acidentalmente deixa os condenados inconscientes. Ele é saudado como um herói e é libertado".

O filme é uma crítica ao sistema capitalista e ao modo de produção industrial.

Ao terminar a sua explicação, Amado fez uma pergunta para todos os colegas da sala:

— Vocês, colegas, têm noção de onde eu tirei tudo isso que falei agora para vocês?

Ninguém respondeu.

Aí Amado falou:

— Só tem uma pessoa, aqui na sala, que sabe disso! Eu percebi nas reações dos seus olhares. Sabem de quem eu estou falando? É da própria professora! Não é, professora?

Aí ela tomou a sua posição de professora na sala e começou a explicar qual foi o ponto de vista do aluno Amado e aonde ele quis chegar com a sua explicação, muito clara.

— Eu dou aula há mais de quinze anos sobre este assunto e em todas as turmas eu fiz a mesma pergunta que fiz hoje, e só agora que eu tive o prazer de ouvir o que eu sempre quis ouvir, que é exatamente tudo o que o aluno Amado acabou de dizer.

No mesmo instante, a turma aplaudiu o que a professora acabara de falar. Amado ficou até um pouco emocionado com o elogio da professora. Ele percebeu, com o passar do tempo, que isso não foi bom, porque todos os assuntos complicados e diferentes a turma pedia para o Amado explicar em outra aula, na frente do professor. Isso fez com que Amado pesquisasse muito mais que todos os outros alunos. Mas ele passou a gostar de todo o seu esforço.

***

    Sobre a quinta edição dos Jogos Universitários, em 1978, que foi organizado pela UNB-FAUNB/Defer, Faculdade de Arquitetura e Urbanismo de Brasília e o Departamento de Educação Física, Esporte e Recreação, foram abertas as inscrições para os atletas que quisessem participar. Era só ir até o Diretório Acadêmico e fazer a sua inscrição na modalidade na qual desejava competir. Não tinha seleção prévia dos candidatos na modalidade escolhida. A faculdade ainda não tinha uma equipe de técnicos para treinar os seus atletas.

    Amado fez a sua inscrição em natação para as três provas, que era o máximo que podia se inscrever, e achava que tinha condição de fazer uma razoável prova. Não treinava há algum tempo, mas arriscaria. Uma colega, que era sócia de um clube da cidade, conseguiu que Amado treinasse por uns dias nesse clube. Amado foi o primeiro atleta de natação a competir pela sua faculdade. Foi competir com apenas dois treinos em uma piscina redonda, no clube onde a sua amiga era sócia.

    No dia da competição, Amado, quando subiu no bloco da piscina para dar a largada, lembrou-se do seu amigo Valente, e nesse momento, em cima do bloco, ele levantou as duas mãos para o alto e deu um grito bem forte:

— *Valente, eu estou aqui!*

    Aí ele se posicionou e foi dada a partida. Amado nadou com muita força. Ele, nesse momento, pensou em compensar as falhas técnicas com as forças nos braços.

    Mais ou menos no meio da piscina, ele deu uma pequena olhada, muito rápida, para ver como estava na prova. Ele percebeu que ia à frente dos dois que nadavam ao seu lado. Desse momento em diante, ele colocou todas as suas forças para chegar em primeiro. Ao completar a prova, Amado chegou em primeiro, tão exausto que mal conseguia respirar. O colega que chegou em segundo ao lado disse:

— Meu Deus! Faltaram forças nos meus braços. Quase não consigo chegar. Os últimos dez metros foram terríveis.

Amado retribuiu:

— Eu quase nem consigo respirar. Gastei todas as minhas energias no final da prova. Quase desisti. Veja como os meus braços estão tremendo.

Assim, Amado, sem esperar, ganhou a primeira prova que competiu oficialmente em sua vida. Ganhou a prova dos cinquenta metros borboleta. Nos cem metros livre, foi o terceiro colocado; nos duzentos metros peito, foi desclassificado. O nado de peito é muito técnico — tem que conhecer as regras e ter um bom treino para competir nessa prova. O erro de Amado foi justamente nas viradas. Ele errou todas, pois ele ainda não sabia executá-las corretamente, isso por falta de um técnico. Amado fez as viradas tocando com apenas uma mão.

Amado ficou muito alegre em vencer a primeira prova que disputou em sua vida, ainda sem treino e sem técnico. Pensou: "Eu não sou um atleta de natação. Eu, pela minha idade, ainda posso aprender muito bem a natação".

Com esse pensamento, Amado entrou no mundo dos esportes, e com as suas folgas entre as escalas do seu serviço, ele percebeu que dava para treinar e aprender corretamente as técnicas de natação, de corrida, e ainda fazer boas competições por este país afora.

Em poucos dias, Amado já estava no Parque da Cidade conhecendo corredores para ensiná-lo a correr e procurou uma academia para entrar no grupo de natação e nadar com aqueles que já estavam nadando há mais tempo. Amado não conseguiu. Em todas as academias, tinha que ser sócio para poder usufruir dos treinos.

Dessa data em diante, Amado pensou na sua vida futura como um atleta amador, pois gostava de competir e viajar. Essa seria uma oportunidade que juntaria o útil ao agradável. Ele tinha uma pequena noção de como seria a situação de um atleta amador. Já jogara bola em um pequeno time da sua cidade. Agora chegaria a hora de competir em outras provas e em outras modalidades, e viajar para as competições.

Tomadas essas decisões, ele começou a procurar quem poderia ensiná-lo os esportes que desejaria treinar. Quanto à natação, resolveu que começaria a nadar sozinho no parque da Água Mineral. As outras modalidades, como corrida, ciclismo e atletismo em geral, treinaria em vários lugares. Já quanto aos outros tipos de esporte, como arremessos e saltos, ele escolheria a quais se adaptaria e faria uns treinos de leve.

101

Em setembro de 1980, num dia, sem menos esperar, à noite, a Dona Neusa tocou a campainha do seu apartamento. Ela morava ao lado. Assim que Amado atendeu, ela foi logo dizendo:

— Amado, eu acabei de vir do Centro Espírita Seae – Sociedade Espírita de Assistência e Estudos e vim trazer uma mensagem que recebemos lá no Centro. É pra vocês! Foi dito pelo espírito incorporado que a sua esposa está grávida de três meses. Tudo vai transcorrer normalmente com ela e com o bebê. Ela terá uma gravidez saudável. Só tem um porém: seu filho nascerá com um probleminha na vista. Não vai ser nada não! Será somente um canal lacrimal que estará entupido. Não deixa médico nenhum operar, porque, num prazo de três meses, tudo desaparecerá e ele ficará bonzinho. Toma o papel onde eu escrevi a mensagem.

— Obrigado — disse Amado.

Ele chamou a sua esposa e deu a notícia, e os dois comemoraram com um longo e forte abraço. Logo Amado foi alisando a sua barriga em comemoração e desejando boas-vindas para o futuro filho.

— Ele também será abençoado pelos Deuses, como eu fui — disse Amado para a sua esposa.

Após ter recebido a notícia, sua esposa disse:

— Eu tinha quase certeza. Estava me achando um pouco mais gorda.

Em 1981, Deus permitiu que no dia dezessete do mês de maio, após duas gestações perdidas, a sua esposa tivesse o seu primeiro filho, um belo garoto que nasceu com mais de quatro quilos. Amado ficou muito emocionado ao ver aquela pequena criatura, tão inocente que respirava tranquilamente em seus braços, assim que ele pôde carregá-lo.

Na janela de vidro do hospital, onde os pais tinham permissão de ficar para esperar o filho nascer, tinha outro pai, que estava esperando ansiosamente o quarto filho. Ele já tinha três meninas e tinha certeza que nesta última gravidez seria um menino. Estavam tão decididos que agora ela faria a ligação das trompas, para não ter mais filhos. Quando foi ouvido o choro de nascimento, esse pai disse:

— Eu ouvi o choro, e esse choro é da minha mulher.

Em poucos minutos, a enfermeira foi até a janela e disse para os dois pais:

— Vou pegar a criança para vocês verem. Acho que foi um menino!

Esse pai começou a pular de alegria, porque sabia que foi a sua mulher que tinha ganhado o bebê. Quando a enfermeira tirou o cueiro que cobria a criança, disse para ele:

— A sua filha é linda!

Foi uma desilusão muito grande. Ele sentou-se no chão e disse:

— Poxa! É a quarta menina!

Amado ficou ali sozinho esperando o seu filho nascer. E, às sete horas e quinze minutos, ele veio ao mundo. Nesse dia foi o único menino que nasceu entre cinco meninas. Ele ganhou o nome de Apoena.

Apoena foi um chefe dos indígenas Xavante, que habitavam no norte de Goiás e migraram para ilha do bananal em Mato Grosso, na época da implantação da "Marcha Para o Oeste", por Orlando e Cláudio Villas Bôas. Esse cacique foi o grande líder do seu povo indígena e por ser chefe tinha o direito de conviver com várias esposas. O nome foi em homenagem a esse grande Cacique Apoena, sendo que o seu nome na língua Xavante era escrito: Apöwe, que se pronuncia Ahöpöwe, e traduzindo para o português ficou Apoena, que tem como significado *"aquele que enxerga longe"*.

Ao chegar à sua casa, dois dias depois do nascimento, começaram a perceber que o olho direito do seu filho não estava normal. Com pouco mais de um mês de vida, levaram a criança ao pediatra. O pediatra, ao examinar o olho da criança, foi logo dizendo:

— Essa criança está como um canal lacrimal entupido, e quando estiver com três meses, nós vamos fazer uma cirurgia para desentupir essa veia.

Amado agradeceu e falou ao médico que marcaria a cirurgia e voltariam depois. E foram embora.

Passados os três meses de vida, a Dona Neusa se comunicou novamente dando-lhe outro recado que recebeu no Centro Espírita.

— Amado — disse a Dona Neusa —, nós recebemos outra mensagem lá no Centro, pedindo para levar o seu filho na próxima sexta-feira, que ele vai ser operado da vista. Não falte. Acredite e vá. Você tem que estar lá às dezenove horas.

— Ok! Estaremos lá! Obrigado, Dona Neusa.

Na sexta-feira, às dezenove horas, estavam todos lá no Centro Espírita Seae. Amado e sua esposa nunca tinham ido àquele Centro, apesar de ser perto de onde moravam e tendo uma vizinha espírita que frequentava.

Assim que chegaram, foram encaminhados para um salão, que nessa época ainda era de madeira. Foram até uma simples cama, forraram o colchão com o lençol branco que levaram e deitaram a criança na cama. Assim que se iniciou a sessão, pediram aos pais que sentassem em uma das cadeiras que estavam uma de cada lado da cabeceira da cama e pediram para que na hora em que o médium estivesse dando o passe na criança, os dois orassem o Pai-Nosso com uma profunda fé e pedindo ao nosso senhor Jesus Cristo que olhasse para aquela criança, retirando os males que o afligiam. Assim foi feito.

Amado e sua esposa, Liana, oraram com tanta fé que, depois da sessão, já em casa, Amado comentou com ela:

— Liana, você viu na hora do "passe mediúnico" uma pequena centelha de luz, muito suave, que pairou bem em cima do nosso filho? — Disse Amado.

— Eu não vi nada. Eu orei o Pai-Nosso de olhos fechados.

— Pois é. Isso que aconteceu! Eu vi com os meus próprios olhos.

Por incrível que pareça, no outro dia, o seu filho Apoena não tinha mais nada na vista. Amado ficou impressionado com o fato e nunca contou para ninguém, por muitos anos. Se contasse, muitos não acreditariam. Amado acreditou com toda a sua fé. Acreditou tanto naquilo que viu na hora do passe que em poucos dias ele estava iniciando os seus estudos sobre o Espiritismo. Gostou tanto que começou a ler excelentes livros sobre o Espiritismo e cada vez mais aumentava o seu conhecimento sobre os assuntos. E lhe foi mostrado aquilo que queria conhecer e entender. Amado começou a ser um profundo conhecedor do Espiritismo, passou a estudar muito até se tornar um médium e passou a frequentar aquele Centro por um bom tempo. Ele estudou todos os sete livros escritos por Allan Kardec e muitos outros livros psicografados pelo grande médium Chico Xavier e por muitos outros.

102

    Com a implantação dos radares em boa parte do Brasil, surgiu a curiosidade dos brasileiros em querer saber se esses radares não detectariam os "Discos Voadores", os famosos óvnis — Objetos Voadores Não Identificados. Todos tinham uma curiosidade enorme de querer saber sobre esse assunto. Fora do trabalho no Centro de Controle, qualquer pessoa, ao saber que você era controlador de voo, as primeiras perguntas que faziam eram: "É verdade que existem Discos Voadores? É verdade que vocês já detectaram vários óvnis? É verdade que no Brasil há um grande índice de óvnis voando no centro do país? Será que no Brasil os óvnis têm base aérea para pousar e decolar?". Eram pessoas que enchiam a paciência de todos. Se esse informante era uma pessoa de boa conversa, o controlador contaria um monte de fatos mentirosos, e a pessoa ficava toda satisfeita porque ouviu um monte de coisa, sem saber se era verdade ou não, mas ela ficava satisfeita. Era um assunto desconhecido para todos.

    Em razão dessas curiosidades, despertaram-se os ânimos de um general do Exército e um coronel da Aeronáutica sobre esse assunto dos Discos Voadores. Eles eram considerados os maiores ufólogos do país. Então eles começaram a divulgar esse assunto, ganharam notoriedade e começaram a fazer palestras pelo Brasil e em quase todos os canais de televisão, tornando-se famosos no país. Era um assunto que poucos conheciam, e agora, com os radares, todos achavam que tudo o que os palestrantes apresentavam era real.

    Numa dessas palestras, após o seu término, um terceiro sargento, de nome Edson, foi até o coronel e disse para ele que era controlador de voo e que recentemente ele estava trabalhando no pernoite, horário das vinte e duas horas até as seis da manhã. Ele detectou um alvo não identificado no radar, na posição em que estava trabalhando, e que poderia ser um Disco Voador. Esse sargento passou, a partir desse momento, a ser um informante para o coronel e o general.

Na realidade, várias foram as vezes que algo não identificado apareceu nos radares, seguindo uma aeronave. Como era uma pista primária, que era detectada no radar, não se podia fazer quase nada com ela, pois essa pista não possuía o código de transponder, para que pudesse ter o diálogo com os computadores do Centro de Controle. Então quase nada se podia saber sobre aquela pista ou aquele alvo. Tinha-se apenas a condição de saber a sua altitude, a sua velocidade e a sua provável rota ou rumo que poderia ser tomado, pois essas pistas sempre apareciam seguindo uma aeronave.

Quando acontecia de aparecer esse fenômeno, o dirigente da mesa do Centro de Controle tinha por obrigação registrar no livro de ocorrência o relatório dos controladores que estavam nesse momento trabalhando e que detectaram o suspeito óvni. Tudo isso dava muito trabalho para decodificar as transmissões dos pilotos. Caso tivessem visto, tinham que descrever a rota em que fora detectado. Era chato ficar revendo todo o trajeto onde ocorreu o fato.

Dessas informações o sargento Edson conseguia fazer uma cópia e levava para os dois ufólogos. Nas próximas palestras, aquele assunto era debatido e questionado. Até que, um dia, o coronel foi acometido de uma mentira sem tamanho. Ele, em plena consciência, disse que estava trabalhando nessa noite quando percebeu vários óvnis no seu radar. Como foi dito em um canal de televisão, muitos dos controladores assistiram a essa entrevista e viram aquela mentira sem tamanho. Os controladores questionaram: "Desde quando um Coronel trabalha durante um pernoite controlando voo?". Esse Coronel foi apenas uma vez no Centro de Controle dar as ordens para que enviassem os relatórios desses incidentes para ele, pois ele não era da unidade do CINDACTA I.

Passado um tempo, os controladores decidiram que nunca mais viriam um óvni. Assim não precisariam fazer todos os procedimentos do contato. Era muito trabalhoso. Todas as suspeitas seriam ignoradas, e assim ninguém ficava sabendo. O controlador mais antigo, que era o chefe imediato da mesa da sala do Centro de Controle, chamou o sargento Edson e disse para ele:

— A partir de hoje, você nunca mais verá um óvni aqui neste Centro. Entendeu, SARGENTO?

Foi dito como uma ameaça de medidas severas.

— Está entendido, seu "filho da puta"? Nunca mais você verá nada. Se você desobedecer, chegará ao conhecimento do comandante a sua atitude de fazer as cópias dos nossos relatórios reservados e levar sem autorização para o coronel mentiroso "controlador de voo". Você entendeu o que eu falei, certo?

Assim, passado um tempo, ninguém mais ouviu falar em Discos Voadores. Esse assunto foi caindo em esquecimento, e quase ninguém mais queria saber sobre isso. Acabaram-se as palestras.

Amado, como gostava de ler, percebeu que muitos dos assuntos das palestras dos dois ufólogos vieram dos livros de autoria de Max Sussol, como: *Os Falsos Discos Voadores*, livro secreto; *Não Existem Discos Voadores*; e Comprovado: "Porque Não Há Discos Voadores", a Lógica. Numa dessas palestras, foi citada pelo coronel a frase: "Em nossa época materialista, os cientistas sérios são os únicos homens profundamente religiosos". Isso foi dito por Einstein e está citado na página quarenta e sete do livro *Os Falsos Discos Voadores*.

O que Amado pode dizer sobre os Discos Voadores é o que os pilotos descreveram para todos os controladores. Todos eles descreveram praticamente as mesmas coisas, que simplesmente estavam observando algo que se deslocava atrás do sua aeronave, e o que viam eram apenas luzes coloridas e nada mais. Nunca descreveram a sua forma, o seu tamanho, a sua velocidade, a sua versatilidade em poder da sua deslocação.

Pelas tantas vezes que foi detectado algo estranho, nos radares de Brasília, acredita-se que pode haver, sem muita convicção, a existência desses óvnis. Agora, ter contato com os seres de outros planetas, de outro mundo, para nós, seres humanos, ainda está fora de cogitação. Estamos a uma infinita distância deles, os seres extraterrenos, por serem muito evoluídos, e nós, ainda muito primários. Nós ainda não temos percepção e entendimento de um raciocínio lógico para esses contatos.

103

    Amado, agora com o seu filho com dois anos de idade e a sua esposa em outra gravidez, percebeu que estava ficando difícil sustentar a sua família com o que ganhava no seu trabalho. Então ele tinha que arranjar outra atividade para aumentar a sua renda financeira.

    Freire, seu colega de trabalho, um dia conversando com Amado, fez-lhe um convite: para fazer um curso de fotografia, e, depois do curso concluído, os dois trabalhariam como fotógrafos. O Freire expôs a sua opinião e o Amado respondeu que aceitaria, sim, o convite para fazer esse curso.

    — Quanto tempo leva para concluir o curso? — Perguntou Amado.

O Freire respondeu:

    — São apenas trinta dias, e o curso é feito à noite. Não atrapalha em nada.

    Em trinta dias, concluíram o curso e, em pouco tempo, começaram a visitar escolas na zona rural de Brazlândia, perto de Brasília, oferecendo os seus serviços para fazer umas lembranças escolares, com as fotografias dos alunos. Esse é um serviço que quase todos os fotógrafos fazem e os pais gostam, pois essa é a lembrança que fica para sempre dos seus filhos quando estudantes.

    Nas primeiras visitas que fizeram entre as escolas, conseguiram fechar com quatro para fazer as lembranças.

    Os dois voltaram alegres em saber que as suas amostras dos serviços foram aceitas por quatro escolas, mesmo sendo na zona rural.

    Para fazer as fotos, marcaram no dia que estavam de folga do seu serviço. Quando chegou o dia, na outra semana, eles foram para as escolas fotografar as crianças e foi tudo tranquilo — as escolas não tinham muitos alunos.

Como ainda não tinham um bom equipamento fotográfico profissional, fizeram as fotografias com uma máquina de amador, que Amado possuía, e quando revelaram as fotos concluíram que ficaram muito boas, apesar da deficiência do equipamento.

Quando receberam o dinheiro desse serviço, a primeira coisa que fizeram foi adquirir uma boa máquina fotográfica profissional.

Em pouco tempo, eles montaram uma pequena loja para dar sequência ao que tinham em mente. Pensavam em serem pequenos empresários no ramo da fotografia. Todos os grandes empresários começaram com um pequeno empreendimento, assim eles pensaram.

Quando os dois estavam trabalhando no Controle, quem tomava conta da loja era a esposa de Amado.

Infelizmente a loja não prosperou e em menos de dois anos tiveram que fechá-la. As despesas eram muito grandes. A maioria dos produtos comprados para abastecer a loja era importados, então pagavam-se dois impostos.

A esposa de Amado, com a sua gravidez bem adiantada, estava tomando conta da loja, quando de repente ela começou a sentir as dores da contração do parto. Eram nove horas. Como os dois já tinham experiência do primeiro parto, não se afobaram e tomaram as suas decisões na maior tranquilidade. Amado colocou-a no carro e levou para o hospital, não muito distante da loja.

Às onze horas e trinta minutos, veio ao mundo outro garoto, confirmando aquilo que Amado esperava: ele tinha certeza de que era outro macho.

Amado, quando entrou no berçário do hospital e viu, através do vidro, enrolado no cueiro e deitado no berço, um menino maior que os outros e de olhos ativos, olhando para os lados, disse para si:

— Esse é o meu filho. Ele é o maior que os outros.

Logo Amado pegou a sua máquina fotográfica e tirou várias fotos do menino, mesmo sem saber se ele era realmente o seu filho. Quando a enfermeira pegou o menino do berço e mostrou através do vidro para o pai, ele não errou — aquele menino era o seu segundo filho.

Essa criança ganhou o nome de Ariatã: "Ari, quer dizer filho, na língua dos indígenas Parecis, e Atã quer dizer Deus Supremo dos Parecis". Filho do Deus Supremo.

No outro dia, receberam alta do Hospital.

***

Após o fechamento da loja, Amado se tornou um fotógrafo "freelancer", e o Freire fez outro concurso e retornou para a Paraíba, que era a sua terra natal. Ele tinha três filhos adolescentes. Lá na sua terra seria melhor para criar os seus filhos.

Amado, como fotógrafo "freelancer", e por ter trabalhado no cinema, na sua cidade, teve a maior facilidade em entender profundamente sobre a técnica da fotografia. Ele notou que a fotografia era o inverso do cinema. No cinema, trabalha-se com os fotogramas ou celuloide em positivo, e na fotografia trabalha-se com os filmes em negativos. Amado percebeu isso logo que começou a estudar fotografia, então começou a pesquisar sobre a temperatura das cores, pesquisou sobre os filmes, sobre os comprimentos de ondas, sobre a profundidade de campo e sobre a ótica das lentes das suas máquinas fotográficas. Com esses conhecimentos, Amado começou a fazer fotos que outros fotógrafos não faziam, por não tê-los. Então ele começou a fotografar para os artistas plásticos, e com isso o levaram para ser o fotógrafo da galeria de artes do Banco Itaú.

Como gostaram do seu primeiro serviço feito para a galeria do Banco, Amado começou a fazer outros serviços para os investigadores do Banco Itaú, e como o Banco Bradesco precisava desse mesmo serviço de investigação e que trabalhavam em conjunto com a Polícia Federal, Amado passou a fazer o mesmo serviço para os dois bancos. Esse serviço era muito bom para Amado, porque era combinado o horário, e por isso não atrapalhava o seu serviço como controlador.

Amado foi solicitado a comparecer pelo gerente do banco onde já fazia os serviços. Chegando à gerência, Amado se apresentou, e o gerente foi logo dizendo:

— Você é o nosso fotógrafo?

— Sim! — Respondeu o Amado. — Eu estou fazendo o serviço para os investigadores do Banco.

— Ok! — Disse o gerente. — Você está sendo contratado para fotografar o desfile da "Miss Banco Itaú". Serão dezoito meninas que foram escolhidas nas agências do banco, e a vencedora vai concorrer a Miss São Paulo, representando a agenciada da sua cidade. Esse primeiro desfile sempre foi feito em Brasília. Amado deu tanta sorte que nesse ano a menina que foi eleita Miss Banco Itaú, em Brasília, foi concorrer a Miss São Paulo, representando a agência da sua cidade. Ela foi eleita a Miss São Paulo e depois concorreu à Coroa de Miss Brasil, representando o estado de São Paulo.

Com os serviços feitos para os artistas, reproduzindo os seus serviços em cromos e o serviço para os bancos, Amado passou a ser considerado um bom fotógrafo.

Amado fotografava desfiles de modas de várias butiques da cidade. Num desses desfiles, Amado fez umas fotos para uma advogada de nome Geizzy. Ela era a patronesse do desfile. Quando Amado foi entregar as fotos no seu escritório, no Setor Comercial Sul, ela gostou muito das suas fotos e fez a seguinte proposta para Amado:

— Eu gostei muito do seu trabalho. Você não quer ser o fotógrafo da Ordem dos Advogados de Brasília. Eu sou conselheira. Eu posso te indicar?

— Sim! Eu quero fotografar para a OAB/DF! — Respondeu Amado no mesmo instante.

Então disse ela:

— Está vendo esse prédio em frente? Vá lá. A sala é seiscentos e cinco e conversa com o Doutor Francisco. Ele é o único candidato à presidência da Ordem. Nós estamos sem fotógrafo.

Amado desceu e foi até o outro prédio ao lado conversar com o Doutor Francisco e, quando saiu da sua sala, já era fotógrafo da OAB/DF.

Amado, agora com a intenção de se tornar um atleta amador, começou a fazer sozinho o treinamento. Assim, ele treinava nas horas em que tinha um tempo livre. Não atrapalharia em nada e a ninguém.

A primeira modalidade que ele começou a treinar foi corrida. Ele não tinha noção de como fazer um bom treinamento de corrida. Não sabia como posicionar o corpo, não sabia como era a postura das passadas posicionando os pés corretamente, não sabia fazer as respirações corretas, não sabia dosar as quilometragens da corrida. Ele corria ao seu bel-prazer, da sua maneira. Corria como achava ser correto. Como não tinha noção de como era um treinamento, corria de dois a três quilômetros e achava que era muito. Chegava exausto quando corria os três quilômetros. As suas corridas eram iguais àquelas de quando jogava futebol no time da sua cidade.

Amado lembra que foi justamente nesse período de tempo, com esses seus treinos sem noção, que começou a ler os livros de Franz Kafka. Ele tinha corrido três quilômetros pela manhã e à tarde foi ao seu banco retirar um dinheiro. E quando passava por uma livraria, na entrada da loja, tinha uma bancada cheia de livros expostos. Dentre todos, tinha nove livros de Franz Kafka, todos os livros novos e com um preço razoável. Amado pegou o primeiro livro, que foi *O Processo*, e folheou. Achou interessante, pegou todos os nove livros e levou até o vendedor, e perguntou quanto custava. O vendedor somou todos os livros e disse o valor para Amado:

— Agora — disse o vendedor —, se você levar todos os nove livros, eu lhe dou um desconto.

Amado viu que aquele valor não pesaria no seu bolso. Ele comprou todos os nove livros.

Chegando a casa, Amado folheou todos os livros e viu que eram muito interessantes. Eram todos livros pequenos. Leria muito rápido. Logo em seguida, leu algumas folhas do livro *O Processo* e com isso aflorou o seu interesse e a sua intenção. Achou interessantíssimas as poucas folhas que leu. Como tinha nove livros em mãos, Amado interrompeu a leitura do livro que tinha iniciado a ler e leu o resumo dos nove livros. Foi notado pela sua fina observância que esses livros de Kafka tinham que ser lidos seguindo uma ordem, não uma ordem cronológica em relação ao tempo em que foram escritos, mas sim em tempo do pensamento do raciocínio lógico e cognitivo do autor.

Esses livros devem ser lidos obedecendo a uma sequência, e os três primeiros a serem lidos são: "Carta a Meu Pai, esta carta, a sua mãe percebendo a futilidade do filho, a sua carta nunca foi entregue a seu pai, foi devolvida para o autor; Cartas aos Meus Amigos e Cartas a Milena".

Em sequência, devem ser lidos: *O Processo*; *O Castelo*; e *América*. Nesses livros o leitor passa a entender a sua personalidade em relação à sua vida profissional como advogado.

Os outros três são: *A Colônia Penal*; *A Muralha da China*; e *A Metamorfose*.

Quando termina de ler os livros, o leitor passa a entender a personalidade psicológica do autor e percebe que ele não é um escritor surrealista, pessimista ou fantástico. Ele, na realidade, é um autor realista.

Quando Amado terminou de ler os nove livros de Kafka, nunca se esqueceu do último livro que leu: *A Metamorfose*.

Como ainda não estava fazendo os seus treinamentos de corrida com um técnico, e ainda não sabia nada de corrida, ele imaginou que um dia poderia sentir-se como o Gregor Sampa, personagem do livro *A Metamorfose*. Sentiu ao abrir os olhos, após uma noite de insônia de um sono inquieto, e viu-se transformado num monstruoso inseto.

Amado queria ter essa noite mal dormida e amanhecer transformado numa "gazela corredora", para correr o tanto quanto possível e, quem sabe um dia, poderia estar correndo e chegando a uma maratona na sua vida, com um tempo muito bom.

105

Em agosto de 1985, Brasília promoveu a sua primeira maratona. Como os corredores ainda eram amadores, foram abertas as inscrições só para quinhentos corredores. Acontece que Brasília, por ter as suas avenidas bastante largas e o terreno muito apropriado para se treinar corrida, isso incentivou muito os amantes da corrida a treinarem da sua maneira, aproveitando esse espaço. Os organizadores dessa maratona não imaginavam que apareceriam tantos corredores, como os que apareceram para fazer a sua inscrição. Os organizadores dessa primeira corrida tiveram ajuda do Defer, e eles não imaginavam que Brasília já era um polo de excelentes corredores de longa distância. O número de inscrições teve que ser alterado para comportar tantos corredores que apareceram.

Amado fez a sua inscrição e recebeu o número quinhentos e trinta e quatro.

Como foi a primeira vez que se inscreveu em uma corrida, ainda não tinha noção de como era correr os 42 quilômetros e 195 metros de uma maratona. Nunca tinha feito um treino para essa corrida. Como não tinha experiência e não sabia o que era correr uma maratona, correu com um tênis velho de couro, marca Rainha, que era o tênis com que jogava futebol de salão; vestiu uma bermuda não apropriada para corrida e uma camiseta de marca Hering, também nada apropriada para corrida.

Amado ficou muito entusiasmado com a quantidade de corredores que se posicionaram para dar à largada. Ele se posicionou bem no meio de todos. A largada e a chegada eram no Estádio Mané Garrincha. Após a largada, tinha que dar uma volta na pista do estádio e, depois da saída, pegava a avenida até a entrada no Parque da Cidade, dava uma volta no parque e seguia para o Eixão, na Asa Sul, ia e voltava, para depois pegar os Ministérios contornando onde é a Corporação do Corpo de Bombeiros, e depois seguia direto para o Estádio Mané Garrincha, dava outra volta dentro do estádio e cruzava a linha de chegada.

Quando deu a largada, Amado, sem nenhuma experiência, acompanhou o grupo, só que antes da saída do portão ele já estava na rabeira do grupo, estava quase entre os últimos. Quando olhou para trás, não se desesperou. Só pensou: "Eu não vou me afobar. Eu vou, a partir de agora, pensar só na chegada. Ainda faltam muitos quilômetros para correr, e esses afobados, com o meu ritmo intercalando com caminhada, eu alcanço todos exaustos lá na frente. Eles são iguais a mim. Não têm experiência".

Amado não percebeu quantos corredores ele passou, chegou entre o grupo retardatário e ao cruzar a linha de chegada recebeu um papel com o número da sua classificação. Foi o número quatrocentos e vinte e quatro a chegar. Nessa corrida, como foi a primeira maratona a ser organizada e corrida em Brasília, a classificação por faixas etárias foi diferente. Não obedeceu à regra atual, na qual a divisão é de cinco anos entre as diferentes faixas.

Amado, quando foi pegar o seu carro para ir embora, sentiu que o seu esforço foi muito grande. Ao entrar no seu carro, ele sentia dor em todo o seu corpo.

No outro dia, Amado foi trabalhar no horário das quatorze às vinte e duas horas. Quando chegou, foi a maior gozação de todos os colegas. Amado estava com as pernas que não aguentavam andar direito, os pés estavam todos feridos devido aos atritos com o couro do tênis, e as meias enrolaram nos pés e ele não percebeu. Entre as suas coxas, havia feridas, devido aos atritos por ter corrido com bermuda errada. Os bicos dos seus peitos e os sovacos se feriram chegando a sangrar, devido ao atrito com a malha grossa da camiseta.

Depois da brincadeira e da gozação, vieram os elogios. Amado mostrou o papel da sua classificação de número quatrocentos e vinte e quatro, aí todos se calaram. Nesse instante Amado fez um convite a todos, para correrem juntos na próxima maratona. Dentre todos do grupo de trabalho, ele era o único que tinha coragem de viver uma aventura dessa tamanha proeza.

Amado decidiu após essa experiência que não se aventuraria mais em nenhum esporte sem ter muito treino. Tinha de saber o que estava fazendo, mesmo sendo amador.

Agora, depois dessa trágica experiência, ele daria um tempo para treinar e só voltaria quando estivesse bem treinado naquela modalidade em que competiria.

106

Diante do que Amado passou na maratona, agora decidiu: como levaria um tempo para entrar em forma com os treinamentos, trabalharia mais com fotografia, fazendo os serviços cada vez melhor, inclusive para os artistas plásticos e para a OAB/DF. O tempo era compatível com as folgas do seu trabalho. Era permitido fazer a troca da escala de serviço, assim nada atrapalharia os seus serviços fotográficos.

Como Amado fez uma grande amizade com os artistas, recebeu um convite para expor as suas fotos em um concurso coletivo. Ele aceitou o convite e logo começou a preparar as suas fotos com o tema sobre orquídeas.

Amado conheceu o proprietário de um orquidário em Sobradinho, e esse senhor era quem fornecia as orquídeas para o grupo de artista. Ele permitiu que Amado fotografasse as suas orquídeas, mostrando as formas, as cores, as diferentes espécies e a sensibilidade delas no momento da fotografia. Amado, depois de muito fotografar, conseguiu fotos de muito boa qualidade. Com essas fotos, Amado participou do convite que recebeu. O concurso foi organizado pela Fundação Zoobotânica e o tema era livre.

Amado apresentou uma foto com o título de "Pouso da Paz". Era uma orquídea quase branca, com leve tom de rosa, e uma borboleta bem colorida pousando na orquídea, ainda umedecida pelo orvalho da madrugada, contrastando com as cores da orquídea. Amado simplesmente ganhou o concurso e muitos elogios sobre a sua foto. Nesse concurso, Amado não pôde receber o prêmio, porque estava em Mato Grosso. Seu pai estava mal e faleceu justamente nesse dia da entrega da premiação. Quem recebeu a premiação foi o seu filho, que contava ainda com cinco anos de idade. A premiação foi um relógio de pulso.

Passado um tempo, Amado recebeu outro convite para participar de outro concurso, concorrendo com obras pintadas por artistas que estavam começando no meio das artes plásticas.

Amado novamente aceitou o convite e apresentou uma foto com um diferencial muito grande.

Num dia desses em que não tinha nada para fazer, era uma quarta-feira, foi com a esposa e os seus dois filhos ao zoológico. Como nunca andava sem os seus equipamentos fotográficos, no zoológico pegou a sua máquina fotográfica e colocou uma teleobjetiva de quinhentos milímetros, e começou a procurar algo interessante para fotografar. Quando chegou ao espaço onde estavam as onças, tinha um casal subindo sobre um grosso tronco. Estavam bem abraçadinhos, como se estivessem trocando juras de amor e carinhos e afetos amorosos de namorados. Amado fez várias fotos e captou o que queria. A foto transmitia uma sensibilidade de amor.

Essa foto ganhou o título de "Amor de Primavera". Novamente o fato se repetiu: Amado foi vencedor pela segunda vez do concurso fotográfico que participou. Amado, depois desses dois concursos, passou a ser ainda mais conhecido no meio dos artistas.

Num desses serviços, foi contratado para ir até a cidade de Goiás Velho para fotografar o que acharia de mais interessante sobre a cidade. Amado combinou o preço e foi.

Na realidade era para esse artista ir até a cidade de Goiás Velho pintar os quadros no local onde ele determinasse segundo as suas perspectivas e o seu intelecto sobre as paisagens da cidade. Mas ele achou mais cômodo e mais barato contratar os serviços do fotógrafo Amado, até porque ele com as fotos nas mãos podia trabalhar usando a sua criatividade e a sua ideia sobre as fotos captadas pela visão do fotógrafo.

Amado foi fazer essas fotos. Como era um renomado artista plástico que reproduziria sobre as suas fotos, teve a preocupação em aplicar tudo o que estudou sobre fotografia, então se preocupou com o melhor enquadramento, com a temperatura das cores, fotografando na hora certa... Assim ele aproveitaria os comprimentos das ondas das cores e principalmente usaria a profundidade de campo. As fotos ficaram excelentes. Para o artista, foi muito bom e barato, em relação ao que gastaria se ele tivesse de pintar ao vivo. Com as fotos, ele pôde compor e criar segundo a sua imaginação.

Quando o artista expôs os seus trabalhos, os seus quadros foram muito elogiados. Ficaram tão boas as reproduções que parecia que tinham sido pintadas ao vivo. Ninguém ficou sabendo que ele usou como artifício para pintar os seus quadros as fotos captadas com a lente de um fotógrafo, que caprichou nos momentos de fotografar.

No dia do vernissage, Amado foi contratado para fazer as fotos do evento.

Numa dessas exposições, Amado se encontrou com a diretora da galeria do Ministério da Marinha, e conversando ela disse:

— Gostei muito das duas fotos que expôs e ganharam o primeiro lugar. Eu as vi e lembro muito delas. Amado, nós vamos fazer uma exposição, e os trabalhos serão julgados pelo público em geral. Quem visitar a exposição é quem vai julgar, com o seu voto! Fotógrafo pode concorrer. Vamos fazer uma exposição que é para o povão mesmo. — concluiu a diretora. — Você não quer participar?

— Não! Eu não quero participar. As duas exposições em que participei eu ganhei. Não quero mais participar de nenhuma exposição. Além do mais, eu levo muito tempo pensando para produzir essas fotos — concluiu Amado.

— Eu não acredito que você não vai aceitar o meu convite! — Disse ela. — Você vai sim! Eu já vou inscrever você. Considere-se inscrito. Agora é só levar as fotos. Você pode concorrer com até três trabalhos — explicou ela.

— Sendo assim, então eu vou levar as minhas fotos! Até que dia eu posso levar essas fotos? Eu não tenho as fotos prontas para essa exposição. Vou ainda produzi-las — Amado respondeu para ela.

Amado teve uma ideia muito simples do tema que abordaria para a produção dessas fotos. Ele desenvolveria o tema "vaidade". Ele pensou: "A vaidade não tem beleza, não tem idade, não tem elegância, não tem luxo, não tem sonho e, pensando bem, tem tudo isso ao mesmo tempo. Está tudo interligado.

Para desenvolver esse tema, Amado pensou em fazer essas fotos em um asilo com uma senhora muito vaidosa, passando dos seus setenta anos de idade.

Amado foi a um asilo e conseguiu essa senhora, e no dia de fazer as fotos a sua esposa levou um kit com todos os produtos de maquiagem e deu a ela, que ficou radiante de alegria pelo presente. Ela era muito vaidosa, nunca se casou e ainda estava esperando um noivo para realizar o seu matrimônio. Ela dizia:

— A esperança é a última que morre, e eu ainda não morri!

Foi explicado o porquê de ela estar sendo fotografada.

Ela foi colocada na frente do espelho da penteadeira do seu quarto, com a sua melhor roupa e se maquiando com os produtos de beleza que ganhou.

Amado fez as fotos com filmes em preto e branco, asa/iso 400, e usou a luz natural do próprio quarto. As fotos ficaram excelentes.

Amado escolheu as três melhores fotos e fez a reversão em sépia, nas tonalidades azul, marrom e cinza com uma tonalidade mais acentuada, para destacar o contraste da luz na foto. As fotos foram ampliadas em tamanho 20 x 24 cm e montadas em um tríptico, com os espaços iguais entre as fotos na moldura. O título do trabalho foi apenas "Vaidade".

Quando Amado chegou com o seu trabalho e entregou para a sua amiga e diretora da galeria, ela foi logo dizendo:

— Amado, esse seu trabalho está muito lindo. Pra mim já é o vencedor. Você conseguiu colocar uma ideia tão profunda de uma forma tão pura e simples que chega a emocionar — disse a sua a amiga. Eu quero saber quantos anos essa senhora tem.

Amado respondeu:

— Ela vai fazer setenta e dois anos.

— Muito obrigado! Eu agradeço por participar dessa nossa exposição.

Os trabalhos ficaram em exposição por vinte dias. Quando abriram a urna para contar os votos, Amado venceu com uma ampla vantagem em relação aos outros concorrentes.

No dia da entrega da premiação, Amado não foi receber o prêmio que ganhou e nunca foi buscá-lo.

O quadro premiado Amado deu de presente para o asilo e agradeceu muito a sua modelo de setenta e dois anos de idade.

Depois dessa exposição, Amado nunca mais quis expor os seus trabalhos. Nunca mais concorreu a nada.

107

Amado começou a perceber que fazer os trabalhos fotográficos para os artistas plásticos estava ficando complicado e muito dispendioso para ele. Tudo tinha que ser feito da melhor maneira, com o que tinha de melhor no mercado: as máquinas fotográficas, as lentes especiais para reproduzir as cores fiéis aos quadros ou esculturas, os filmes, as revelações das fotos, tudo tinha hora certa para fotografar, cada tipo de trabalho, com a luz natural.

Amado foi o causador dessas exigências dos artistas. Ele começou a explicar os detalhes para os artistas de como era o processo dos serviços a serem seguidos. Agora, com essas exigências, Amado resolveu a deixar de fazer os serviços para os artistas.

Os artistas não receberam essa notícia com tranquilidade. Achavam que o fotógrafo Amado era o único a ter esses cuidados todos para preservar a qualidade dos seus serviços. De repente, Amado chegou à conclusão de que não fotografaria mais para os artistas. Muitos reclamaram, mas Amado não importou.

Como estava fotografando para a OAB/DF, logo ele começou, também, a fotografar para o Conselho Federal da Ordem dos Advogados do Brasil e para a CAA/DF – Caixa de Assistência dos Advogados do Distrito Federal. Ele agora ficou com os seus horários comprometidos. Tinha que fazer muitas trocas no seu serviço como controlador de voo para poder cobrir todos os eventos que tinha por obrigação fotografar. Essas coberturas quase todas eram para compor os jornais desses órgãos seccionais.

As agendas desses serviços eram à tarde e à noite. Raramente era notificado para fotografar pela manhã. Amado fazia as suas trocas para trabalhar no período das seis às quatorze horas.

Dava tudo certo dessa forma. Era muito bom quando Amado ia fotografar a reunião dos conselheiros que se reúnem uma vez por mês, no Conselho Federal, e essa reunião era na segunda semana do mês. Sempre esses advogados faziam visitas aos políticos do seu estado, ou visitavam membros dos Ministérios Públicos, e Amado tinha que ir fotografá-los. Essas fotos eram vendidas para serem publicadas nos jornais da Sessão da OAB do seu Estado.

O Conselho Federal da OAB é composto com a participação de oitenta e um advogados conselheiros, sendo três de cada estado e do Distrito Federal. Amado vendia essas fotos para eles.

***

Como sobrava tempo pela manhã, Amado lia no tempo disponível, assim ele leu bons autores sobre a Guerra do Paraguai. Esse assunto ele gostava de ler para saber e entender a verdadeira história contada sobre a situação que levou o Brasil a lutar contra o Paraguai. Essa guerra teve início nas margens do Rio Apa, em Mato Grosso, seu estado.

Sobre a Guerra do Paraguai, Amado leu três livros que o marcou muito, que foram: *Elisa Lynch: Mulher do Mundo e da Guerra*, do autor Fernando Baptista; *Reminiscências da Campanha do Paraguai*, do autor Dionísio Cerqueira; e *Genocídio Americano: a Guerra do Paraguai*, do autor Júlio José Chiavenatto. Amado também leu outros autores estrangeiros como: Hermann Hesse, John Steinbeck, Ernest Hemingway, Thomas Mann, Victor Hugo, Paul Brunton, Pearl Buck, James Clavell, Dostoiévski, Oscar Wilde, Henri Charrière e muitos outros bons autores. Quando Amado leu o livro de Charles Chaplin, *História da Minha Vida*, confirmou a genialidade desse grande homem, que mostrou ser gênio em tudo que fez na sua vida. Quando Chaplin morreu, Amado leu uma pequena nota num jornal, recortou e colou na segunda folha do livro, onde está escrito a simples dedicatória: "Para Oona", a sua esposa. O pequeno recorte diz: *"CHAPLIN, que tinha a graça dos tristes, foi-se embora, silenciosamente, na Noite de Natal. Foi o seu último ato de humorista: morrer quando todos festejavam o dia do Nascimento"*, autor desconhecido.

108

    Em dezembro de 1989, Amado resolveu ir com a família comemorar o Natal e a passagem do ano novo em Belém-PA. Ele tomou essa decisão porque a família da sua esposa era de Belém e Amado ainda não conhecia a cidade da sua esposa. Então, no seu serviço, solicitou parcelamento das suas férias, que foram do dia 21 de dezembro até o dia 5 de janeiro.

    Com os serviços prestados para as OABs, não tinha nenhum problema, porque os órgãos da justiça estavam em recesso.

    Foram para Belém e ficaram uns dias na cidade, e aproveitaram para passar o Natal. Por brincadeira, Amado perguntava:

— Aqui é a cidade em que Jesus nasceu?

    Todos achavam graça quando ele fazia essa brincadeira.

    Na passagem do ano novo, todos foram para a "Ilha do Mosqueiro", a setenta quilômetros da cidade de Belém. É um distrito administrativo do município de Belém. É uma ilha fluvial localizada na costa oriental do Rio Pará, no braço sul do Rio Amazonas, em frente à baía do Guajará.

    Foi alugada uma casa para passarem a entrada do ano novo. A casa alugada era bem de frente para a praia. As praias nessa ilha são banhadas pelas águas desse grande rio, que tem uma temperatura excelente e em nenhum momento do ano ela esfria. Essa água é salobra devido ao seu confronto com o mar, onde deságua as suas águas.

    No final da tarde, quando o sol estava menos quente, Amado foi com seus dois filhos e mais três sobrinhos brincar na areia branca da praia.

    Amado, em certo momento, teve uma atitude de criança. Foi mostrar para as crianças não fazerem o que ele faria. Ele deu uma pequena corrida e fez um salto mortal, só que, quando aterrissou ao chão, a areia não estava compactada, estava úmida e fofa. Ao bater seus pés, a areia deslizou, e Amado aterrissou com a bunda no chão com muita força. O impacto foi muito forte, e Amado nesse mesmo instante começou a sentir dores na lombar muito intensas.

Amado ficou sentindo muitas dores até a sua volta para Brasília. Ele não via a hora de chegar a Brasília e procurar um médico. Amado, assim que chegou a Brasília, no outro dia, procurou um médico ortopedista. O médico fez um rápido exame, receitou alguns remédios para dores e solicitou que fizesse uns exames complementares. Amado fez massagens, fez acupuntura e nada de resolver o seu problema. Os meses passavam e os movimentos foram ficando comprometidos para andar. Chegou o momento em que Amado quase não andava mais.

Agora nessa circunstância, Amado pensou: "Só me resta, no momento, procurar o Hospital Sarah Kubitschek. Esse hospital é referência em ortopedia em todo o país, bem como na América do Sul".

Um dia Amado decidiu: "Eu não aguento mais. Amanhã vou ao Hospital Sarah Kubitschek. Vou pedir essa proteção aos Deuses, lá do sítio do meu pai, onde eu nasci, para ver se consigo ser atendido e marcar uma cirurgia. Eu sei que um deles vai me ajudar. Eu tenho fé".

No outro dia, Amado chamou um táxi e foi para o hospital. Chegando lá, colocaram-no numa cadeira de rodas, fizeram a sua ficha e levaram para o Doutor Masini, especialista em cirurgia de coluna.

Após o atendimento, Amado saiu da sala de consulta com a cirurgia marcada para o dia 25 de julho. O ano era 1990. Foi solicitado que fizesse uma tomografia computadoriza e entregasse antes dessa data. Amado em quatro dias fez a tomografia e solicitou que a clínica entregasse a tomografia para o Doutor Masini, no Hospital Sarah Kubitschek. Assim foi feito.

No dia 25 de julho, Amado chegou no horário combinado e internou-se para os preparos da cirurgia, que foi feita no dia vinte e seis.

Dos seis pacientes que fizeram a cirurgia, Amado foi o quinto a ser operado. Às três horas da manhã, o médico fez uma visita aos pacientes e conversando com Amado disse:

— A sua hérnia de disco foi a maior de todas. Ela foi toda retirada e você logo, logo, estará recuperado e voltará aos seus esportes, dos quais você me falou. Agora, Amado, você tem um período de até um ano para se recuperar completamente. Não faça muito esforço nesse período.

— Tudo entendido.

— Você vai voltar daqui a quinze dias para eu fazer a revisão da cirurgia. Já vou deixar marcado esse dia para a sua revisão.

— Obrigado, Doutor, por tudo. Deus vai te abençoar por essa cirurgia que fizeste em mim — agradeceu Amado com os olhos cheios de lágrimas.

Quando Amado voltou para fazer a sua revisão, foi constatado que tudo estava perfeitamente normal. Tudo transcorreu normalmente conforme o previsto. Amado agradeceu por tudo e ao mesmo tempo entregou a ele aquele quadro com a fotografia, "Pouso da Paz", com o qual ganhou o primeiro concurso de que participou. Amado explicou para ele que aquele quadro era para colocar ali naquela sala onde ele atendia os seus pacientes.

O Doutor Masini sorrindo disse:

— Eu ganhei o quadro, então vou levar para colocá-lo na sala da minha casa. Essa foto está muito bonita. Obrigado, Amado — disse ele.

Amado foi embora e nunca mais precisou retornar àquele hospital e acreditou que foram os seus Deuses que o ajudaram a sair dessa situação.

Amado, agora com muito tempo sobrando e tendo sido dispensado por três meses do seu serviço, aprofundou-se na leitura dos seus livros de sempre e em pouco tempo começou a caminhar para uma recuperação mais rápida.

Nas primeiras caminhadas, Amado sofreu muito. Só conseguia andar poucos quilômetros e por isso imaginou que o seu futuro como atleta amador tinha chegado ao fim. Depois de três meses da cirurgia, ainda reclamava de muitas dores. Não podia fazer nenhum esforço físico.

109

Nesse período da sua operação, Amado apresentava no seu trabalho os atestados médicos, dizendo que não podia trabalhar devido ao seu problema na lombar, que praticamente o impossibilitava de andar.

O presidente que foi eleito pelo povo para assumir a Presidência do Brasil foi o Fernando Collor de Mello. Foi um governo que durou só dois anos, devido às medidas antidemocráticas e contrárias ao povo. A primeira medida tomada contra a população brasileira foi o bloqueio das poupanças acima de um valor determinado à época e logo em seguida veio outra medida antipática contra os funcionários públicos do Brasil: foram colocados em disponibilidade dez por cento dos funcionários públicos. Todos seriam dispensados do funcionalismo público.

A publicação dessa medida inóspita e irracional foi publicada no jornal *Diário Oficial da União*, no dia 2 de agosto de 1990. Amado recebeu alta do Hospital Sarah Kubitschek no dia 1º de agosto, um dia antes da publicação. O nome de Amado constava na relação dos funcionários que entrariam em disponibilidade a partir do dia 2 de agosto. Para os funcionários residentes em imóvel funcional, teriam de devolver o imóvel para a União em data que seria definida e também perderiam o seu emprego, mesmo sendo concursados.

Quando Amado ficou sabendo desses detalhes, de que perderia o emprego e o imóvel funcional onde morava, quase entrou em desespero, porque tinha dois filhos pequenos para criar e a sua esposa não trabalhava. E para complicar, estava praticamente sem andar. Nesse momento em que ele soube o que aconteceria com ele, teve vontade de sair pela rua chorando, gritando e clamando por uma futura ajuda.

Mas logo veio em sua mente a lembrança do que seu pai dizia: *"homem que é homem não chora"* e lembrou-se do que o indígena Juan, parteiro de sua mãe, disse para o seu pai: *"Esse Menino terá a proteção dos nossos Deuses"*. Amado, como acreditava nisso, resolveu esfriar a cabeça e entregar tudo na mão dos Deuses, assim ele teria a sua proteção. Ele tinha fé nos seus pedidos.

Com a cabeça fria, disse para a sua esposa:

— A vida segue. Cada um tem que pagar um preço por ela. O nosso é este.

Amado, agora sem ir ao seu emprego devido à sua disponibilidade, ficou apenas fotografando para o Conselho Federal, a OAB/DF, a CAA/DF e o Instituto dos Advogados do Distrito Federal.

Como milhares de funcionários públicos entrariam com ações judiciais, o STF – Supremo Tribunal Federal julgou inconstitucional essa medida tomada pela Presidência da República.

Amado ficou um ano e oito meses em disponibilidade, recebendo tudo que tinha direito. Foram as férias mais longas das quais usufruiu na vida de funcionário público. O chefe do Recurso Humano do seu trabalho, não sabe qual foi o motivo, demorou muito tempo para convocá-lo a retornar ao seu emprego. Amado sempre achou que o motivo foi os seus chefes não quererem mais ele trabalhando como controlador de voo.

Durante a campanha, Collor se destacava por ser jovem e propôs o combate à corrupção e aos *marajás*. Estes eram os funcionários públicos que não compareciam ao trabalho, mas recebiam os seus salários.

No poder, ele foi acusado de envolvimento em corrupção e fraudes financeiras. Houve grande agitação nas ruas do movimento dos "Caras pintadas".

No dia 29 de novembro de 1992, o Senado se reúne para votar por seu impeachment. Poucos minutos de iniciada a sessão, o advogado de defesa de Collor anunciou a sua renúncia.

Pois bem, em março de 1993, o Conselho Federal da Ordem dos Advogados do Brasil publicou o livro *Combatendo o Bom Combate*, sobre o impeachment. O livro foi composto com os trabalhos organizados pela jornalista Ionice e com as fotos do fotógrafo Amado, em ordem cronológica dos eventos realizados. A ação do pedido de impeachment foi proposta pelo presidente da OAB Nacional, Doutor Marcello Lavenère, e Barbosa Lima Sobrinho, presidente da ABI – Associação Brasileira de Imprensa.

Amado lembra que no dia da reunião dos conselheiros, para assinarem o pedido de impeachment, após todos assinarem, o presidente Lavenère pediu que todos os funcionários ali presentes também assinassem o pedido. Assim teria uma perspectiva de um ato mais público. Foi assim que Amado também assinou o pedido de impeachment daquele que em pouco tempo de mandato o prejudicou profundamente, sem imaginar a consequência que causaria para muitos. A foto dessas assinaturas foi publicada em um segundo livro sobre o assunto, com o título *OAB e o Impeachment*.

***

Amado levou dois anos para voltar aos esportes e, de agora em diante, faria os seus treinos o mais correto possível e sempre acompanhado de amigos que pudessem orientar e ensinar as técnicas dos treinos.

Um dia, Amado estava conversando, embaixo do bloco, com o seu amigo Gaúcho, que era controlador e trabalhava nas horas de folga como mecânico, e por muitas vezes arrumou o carro de Amado. De repente, vem chegando o seu amigo Fernando, que todos o chamavam de "Coqueiro", por ser magro e alto. Ele morava em frente ao prédio do Gaúcho. Ele chegou com muita alegria, falando que estava vindo do Rio de Janeiro e que tinha ido para competir em várias modalidades de esporte na categoria de master. Foi representando a Abrava de Brasília e mostrou as cinco medalhas que ganhou nas corridas, entre elas: três de ouro, uma de prata e uma de bronze.

Amado logo perguntou:

— Como eram os seus treinos e onde treinava?

Logo ele respondeu:

— Natação eu treino no Defer, e as corridas eu treino com o grupo da Abrava – Associação Brasiliense de Veteranos de Atletismo. Você quer treinar conosco? — Questionou o Coqueiro.

— Claro que quero! Eu mesmo estou precisando. Tem quase dois anos que eu fiz uma cirurgia de hérnia de disco, na lombar, e só agora que me recuperei. Agora já dá para começar os treinos, de leve.

— Olha, Amado! Você vai amanhã ao Defer e procura o Xavier. Fala com ele que eu estou pedindo que arrume uma vaga para você treinar conosco — disse o Coqueiro. — No treinamento do atletismo, no próximo sábado, nós vamos treinar no Parque da Cidade, com o grupo — concluiu.

No outro dia, Amado, às dez horas, foi ao Defer conversar com o Xavier. Na mesma hora, o Xavier perguntou:

— Você está com short neste momento?

— Estou, sim! — Respondeu Amado.

— Então, vamos lá à piscina. Vou te avaliar para saber em que nível você começa a treinar!

— Ok! Onde eu posso me trocar? — Perguntou Amado.

— Troque-se no vestiário. É ali naquela porta. Vá lá! — Apontou com o dedo a porta do vestiário.

Chegando à lateral da piscina, Xavier solicitou que Amado caísse na piscina e atravessasse nadando qualquer estilo. Era uma piscina de cinquenta metros de comprimento, com dez raias. A sua largura é de vinte e cinco metros.

Amado caiu na água, e quando atravessou a largura da piscina, Xavier o mandou parar.

— Pode parar! — Disse ele. — Você tem uma boa natação!

Amado, ainda dentro da água, disse:

— Vou nadar os quatro estilos que é para você avaliar como estou nadando os outros estilos. Pode ser? — Perguntou Amado.

— Completa os outros estilos. Vamos ver! — Concordou o Professor Xavier. Ao sair da piscina, ele falou para Amado: — Vem na próxima terça-feira às dezenove horas. Você vai começar a treinar com o grupo forte. O tempo do treino leva em torno de uma hora.

Assim, Amado começou a nadar com o grupo do Defer e desde o começo dos treinos se esforçou muito, e, em pouco tempo, já estava competindo orgulhosamente por essa forte equipe, com os fortes nadadores, inclusive alguns que competiram juntos nos jogos universitários, época da faculdade.

Nos treinamentos de corrida e atletismo, Amado começou a treinar com o grupo da Abrava, com o Coqueiro, que já vinha treinando há algum tempo, com o Professor Cantarino da UnB – Universidade de Brasília. Nesses treinamentos, Amado não sentia mais a coluna. Estava completamente recuperado.

Assim, Amado começou a se destacar também nos treinos fazendo bons arremessos de dardo, peso, disco e martelo. Esses treinos eram feitos nos dias combinados, para não atrapalhar o seu trabalho e o treino da natação, que era três vezes por semana, das dezenove às vinte horas. Amado, com esses treinos, aprendeu a técnica e a mecânica dos arremessos. Aprendeu como posicionar o instrumento de arremesso em suas mãos. Isso o ajudou muito.

Em 1993, do dia 30 de outubro a 2 de novembro, realizou-se o I – Campeonato Sul-Americano Masters de Natação, organizado pela ABMN/FINA/CBDA – Associação Brasileira de Masters de Natação/Federação Internacional de Natação/Confederação Brasileira de Desportos Aquáticos. As competições foram no Minas Tênis Clube, em Belo Horizonte-MG.

Amado, pelos resultados obtidos nas competições que vinha fazendo entre os clubes da cidade, foi convocado para competir no 1º Campeonato Sul-americano Masters de Natação. O Brasil teve o privilégio de ser escolhido como a sede e o patrocinador desse evento. Essa foi a primeira competição internacional que fez em sua vida. Amado competiu nas provas de: duzentos e quatrocentos metros medley; cinquenta e cem metros peito; cem metros costa; e a sua prova favorita — os cinquenta metros borboleta, em que fez a melhor marca estabelecida. Foi recorde. Na hora das suas largadas, em cima do bloco da partida, Amado não esqueceu de dar o grito em homenagem ao seu amigo cachorro: *"Valente, eu estou aqui"*.

Amado nesse campeonato conheceu a lendária nadadora olímpica e dona de muitos recordes nacionais e mundiais, a Maria Lenk. Ficaram amigos a partir desse campeonato. Ela lhe presenteou com o seu livro *Braçadas & Abraços*, com uma linda dedicatória: *"Ao Amado, congratulações pela participação do PRIMEIRO CAMPEONATO SUL-AMERICANO DE NATAÇÃO, 1993 — evento histórico desta categoria no desporte mundial*. Carinhosamente Maria Lenk". Amado leu e guardou esse livro com muito carinho para sempre.

Ainda nesse mesmo ano, no mês de dezembro realizou-se a última prova do ano de *triathlon*, do campeonato realizado em Brasília.

Amado viu o comentário no jornal da televisão. Nunca ele tinha assistido a uma prova ao vivo. Ele decidiu que iria fazer essa prova, sem nenhum treinamento, para essa modalidade de esporte. Esse anúncio foi numa sexta-feira, e nesse mesmo dia ele foi fazer a sua inscrição para a prova.

Amado achou que não tinha problema em enfrentar essa prova, porque já nadava e estava começando a correr. Mas imaginou que se aguentasse fazer o pedal não teria problema — ele concluiria a prova. Na prova tinha que nadar setecentos e cinquenta metros, pedalar vinte quilômetros e correr cinco quilômetros.

Amado não tinha bicicleta, então ele emprestou uma bicicleta caloi-10 do seu amigo. Era uma bicicleta velha de ferro e pesava uns vinte quilos, e estava estragado o passador das marchas. Como não teve tempo para fazer uma revisão na bicicleta, ele pedalaria do jeito que estava.

Chegando ao Minas Tênis Clube, onde foi realizada a prova, assim que Amado posicionou a sua bicicleta no cavalete do curral, o Leandro Macedo viu a qualidade da bicicleta e foi falar com o Amado:

— Companheiro, você não tem como arrumar outra bicicleta? Essa é muito ruim e pesa muito. Vai te prejudicar muito — concluiu.

— Agora não dá mais para fazer nada. Tenho que pedalar com ela nesse *triathlon*. Eu nunca vi uma prova dessa. É a primeira vez que vou fazer isso na minha vida. Eu só quero completar a prova, nada mais.

Amado não sabia que o Leandro era o atual campeão do mundo de *triathlon*.

Ao dar a largada na natação, Amado saiu no meio de todos. Depois de nadar alguns minutos, ele deu uma olhada para trás e viu que estava bem posicionado na frente de muitos. Chegou muito bem na natação. Mas, assim que pegou a velha bicicleta, sentiu que realmente ia ser difícil fazer um bom pedal. Não demorou muito, começou a passar outros atletas que parecia um avião, tamanha era a velocidade imposta com a sua bicicleta de primeira linha e que custava um bom dinheiro.

Com muito esforço, Amado completou os vinte quilômetros de pedal e foi correr. Na corrida ele ainda passou dois atletas e concluiu a prova na frente de cinco atletas. Mesmo com o caco de bicicleta.

Amado gostou muito da prova e decidiu: de agora em diante, largaria o atletismo e se dedicaria aos treinos para o *triathlon*, compraria uma boa bicicleta e iria treinar para essas provas.

110

Em fevereiro de 1994, deu-se início ao campeonato de *duathlon* em Brasília. Como Amado já tinha feito uma competição de *triathlon*, ele decidiu que faria essa prova e participaria do circuito do campeonato de *triathlon* e de duathlon, competindo em todas as provas. Foi decidido.

Nessa primeira prova de *duathlon* que Amado fez, tinha que correr cinco quilômetros, pedalar vinte quilômetros e correr cinco quilômetros novamente. Ele percebeu depois da prova que realmente tinha que treinar muito e ter um domínio sobre a bicicleta, além de muitas horas de treino pedalando.

Acontece que nessa primeira prova de *duathlon* que fez, no percurso de ciclismo, Amado, como ainda não tinha prática de pedalar, embalou muito a bicicleta na descida da pista que passava por baixo do viaduto, logo depois do Congresso Nacional, indo até o Palácio da Alvorada, onde faria o retorno. No início da subida, para desviar de um buraco, Amado freou a bicicleta com o freio dianteiro e sem menos esperar a bicicleta capotou jogando-o no chão, ralando várias partes do corpo. Amado, por falta de prática, não foi capaz de retirar os pés da "pedaleira que firma o pé" e por isso a bicicleta tombou por cima dele. Essa bicicleta foi emprestada de um amigo triatleta. Era usada para os seus treinos e já era adaptada para ter uma boa desenvoltura.

Amado percebeu que foram apenas arranhões, montou novamente e, com o guidão um pouco torto, chegou com muito sacrifício e com o corpo todo dolorido concluiu os últimos cinco quilômetros de corrida.

A partir dessa prova, Amado decidiu que compraria uma boa bicicleta, equiparia como as demais e se dedicaria aos treinos e se tornaria um atleta completo para esse esporte.

Com a empolgação desse esporte, chamou a atenção dos seus dois filhos, que começaram a treinar essas duas provas. Agora não era só um atleta a treinar, eram o pai e os dois filhos. Apoena, o mais velho, tinha doze anos, e o Ariatã, o mais novo, tinha nove anos de idade.

Amado conseguiu três bicicletas razoáveis para treinarem. O filho mais velho chegou a fazer algumas provas, mas desistiu. Achava muito pesados os treinos. Ele não se adaptou às provas. Já o Ariatã, esse levou jeito para o esporte — começou a ganhar todas as provas desde a primeira que fez.

Com quatorze anos, ele competiu em Puerto Vallarta, no México. Com quinze, em Costa Rica e Havana, Cuba, país que não lhe agradou.

Amado, como já tinha uma boa bicicleta, começou a treinar o ciclismo com vários colegas que conheceu nos treinos. Agora conseguia treinar corrida bem mais forte e conseguia acompanhar os treinos do seu amigo Coqueiro. A natação, como estava há mais tempo treinando, já tinha uns bons resultados nas competições que fazia pelos campeonatos brasileiros de Masters.

Um dia Amado estava correndo sozinho no Parque da Cidade e de repente encostou ao seu lado um corredor de nome Argolo e começaram conversar. Esse amigo, muito sincero, foi direto ao assunto, dizendo para Amado:

— Eu já vi você competindo no *triathlon* e observei que você nada muito bem, pedala muito bem, mas não sabe correr! Se quiser aprender corrida, vem no próximo sábado, aqui mesmo, que ensino você a correr.

Amado disse:

— Obrigado! Eu estarei aqui às oito horas, para treinar com você!

— Eu vou treinar cento e vinte quilômetros. Eu sou corredor de longa distância, me adapto muito nessas provas.

No sábado, Amado apareceu no parque para o treino. Quando chegou, o colega já tinha corrido vinte quilômetros.

Argolo logo foi falando o que queria do colega. Amado prestou muita atenção. Ele ensinou como posicionar os pés, fazendo o mata-borrão, como manter a cabeça ereta olhando para frente e ao mesmo tempo levantando um pouco os ombros, para aliviar os pulmões. Só que, para executar esses movimentos, tinha de fazer um leve balancear na cintura, gingando o corpo de leve, para não descarregar todo o peso do corpo numa perna só. Fazendo esse movimento, o peso é dividido entre ambas as pernas.

Amado iniciou o seu treinamento seguindo o Argolo e conseguiu acompanhá-lo por mais duas voltas. Foi a primeira vez que Amado consegui treinar vinte quilômetros sem parar. Para ele foi o maior sucesso em sua mente.

— Eu consegui! — Disse Amado para o seu amigo Argolo. — Eu consegui treinar toda essa quilometragem. Eu não acredito!

Quando Amado chegou ao seu apartamento, não sentiu o corpo doer. Estava satisfeito com o que fizera e decidiu que desse dia em diante iria treinar só para o *triathlon*. Como os treinos eram muito fortes, ele podia fazer qualquer outra prova que não teria problema. Inclusive decidiu que correria as maratonas.

Amado sentiu os avanços dos seus treinamentos e percebeu que teria de adquirir uma bicicleta de primeira linha. Assim, comprou do triatleta Bruno uma excelente bicicleta de marca Kestrel. Esse colega não quis mais treinar nem competir. Foi fazer a sua faculdade de fisioterapia. Amado adaptou a sua Kadex para o seu filho Ariatã, que passou a render muito mais nas suas competições.

Agora Amado, com uma boa bicicleta que valia um bom dinheiro, passou a treinar com mais cuidado por onde pedalava. Tinha medo de ser assaltado e levarem a sua bicicleta.

Até que um dia, ele teve a ideia de ir pedalar à noite, dentro do cemitério da cidade. Ali ele sabia que estaria sozinho, não teria ninguém para incomodá-lo, e a pista era espaçosa e muito boa. Como Amado era espírita, sabia que ali era o lugar mais sossegado e tranquilo que existia. Ali não tinha ninguém e nenhum espírito para incomodá-lo, então passou a treinar ali por um bom tempo. Os colegas do *triathlon* sempre diziam para o Amado:

— Eu nunca encontrei você treinando por onde nós treinamos. Onde você treina?

Amado respondia:

— Eu treino só e bem acompanhado com os meus amigos espíritos.

E não explicava mais nada. Eles nunca souberam onde treinava. Amado não imaginava qual seriam as suas reações se um dia falasse onde era a sua pista de treino.

Amado se sentia muito bem treinando ali sozinho e à noite.

III

Amado, como estava treinando natação muito forte, e já com uma boa experiência em competição pelo Brasil e por ter participado do 1º Sul-americano, resolveu que competiria no V CHAMPIONNAT MONDIAL DES MAÎTRES NAGEURS, que seria realizado nos dias 4 a 10 de julho de 1994, em Montreal, Canadá.

Amado conversou com o técnico e foi aconselhado que, pelo tempo que vinha obtendo nas competições, facilmente conseguiria um bom tempo de classificação para esse mundial. Então, a partir desse dia, começou a focar mais nos treinos de natação.

Para esse campeonato, tinha um grupo treinando em horário diferente dos treinos de Amado. Desse dia em diante, ele passou a ir treinar com esse grupo.

Resolvido que viajaria para esse Campeonato Mundial, Amado começou a providenciar a dispensa do seu trabalho durante o período da competição. Fez todos os procedimentos baseados nas leis existentes que favorecem o atleta. Foi tudo resolvido sem nenhum empecilho.

Amado solicitou a amiga Rosário, controladora de voo que trabalhava na mesma escala, para montar um pacote de viagem para Montreal, Canadá, pois ela fazia um extra numa empresa de viagem. O pacote era para seis nadadores. Assim, ficaria mais barato e com a possibilidade de ir direto para Nova York. Ficaria por dois dias e depois seguiria para Montreal. Esse pacote de viagem foi muito bom porque na volta ficariam mais três dias em Nova York. Essa viagem foi a primeira vez que Amado pôs os seus pés em solo americano.

Quando o grupo recebeu as passagens de embarque, junto receberam um bilhete que dizia: "Lembrete geral — Não se esqueçam de guardar as notas ficais de compras feitas no Canadá, para futuro reembolso dos impostos e taxas, pagas por lá. Boa Viagem". Os impostos não federais cobrados pelas Províncias seriam todos reembolsados. Amado foi o único que acreditou no que a sua amiga informou, trouxe o formulário e as notas, preencheu e enviou de Brasília, sem nenhuma expectativa de que seria reembolsado pelo órgão competente. Esse formulário poderia ser preenchido e entregue lá mesmo. Na época foi reembolsado em duzentos e quinze dólares canadenses, depois de três meses de espera. Quando Amado recebeu o reembolso, ficou muito surpreso e questionou:

— Esse é um país sério, pois eu não esperava em receber esse reembolso.

Quando chegaram a Montreal, foram direto para o hotel. Logo na saída do aeroporto, todos começaram a observar e comentar sobre a beleza da cidade com os seus lindos prédios, em estrutura moderna e muito bem apreciável.

Chegando ao hotel, foi perguntado para o atendente onde poderiam fazer as refeições, como fariam para conhecer as atrações turísticas da cidade e qual era a maneira mais fácil de se deslocar na cidade. Ele informou que em frente do hotel o restaurante era muito bom e recomendou que fossem conhecer a parte subterrânea da cidade. Lá é muito bom para fazer compras. Para conhecer os pontos turísticos e o resto da cidade, poderiam ir de metrô, que não teria problema.

À tarde todos foram para o Estádio Olímpico (Le Stade Olympique), para pegar as credenciais e conhecer o local onde seriam realizadas as provas da competição. Nesse dia foi liberada a piscina de aquecimento para os atletas fazerem um leve treino e o reconhecimento da piscina.

Nesse estádio foram realizadas as Olimpíadas de 1976.

A abertura do mundial foi na segunda-feira, dia 4 de julho, e terminou no domingo dia 10. No primeiro dia Amado nadou os cinquenta metros livre. A sua série foi a quarta, e a raia foi a de número dois. Nadou muito bem, mas nadar em mundial é muito competitivo. Os tempos são muitos baixos, uma vez que boa parte dos competidores foram ex-atletas olímpicos e que ainda seguiriam treinando muito forte a vida inteira.

Amado, no momento em que esperava a sua série, ainda sentado na cadeira no *gate* de espera, lembrou do seu passado: de onde e como nasceu, lá bem longe, no seu pantanal; do tempo da sua escola; de como aprendeu a nadar devido a um susto causado por um touro na balsa do seu pai; do tempo em que brincava nas ondas do seu Rio Paraguai, com o seu amigo Valente, que eram inseparáveis. Tudo veio em sua mente. E aí ele refletiu: "Na vida tudo pode acontecer. Quando eu poderia imaginar que um dia estaria num mundial de natação em outro país, competindo de igual para igual, com ex-atletas olímpicos. Por isso tudo, eu me orgulho", concluiu os seus pensamentos, uma vez que ao seu lado não tinha nenhum brasileiro para conversar.

Foi anunciada a entrada dos atletas da quarta série, e, assim que foi autorizado a subir ao bloco para dar a largada, Amado se posicionou, levantou as sua mão para o alto e deu um grito bem forte: "*I'm here, Valente*". Posicionou-se no bloco e, sem mais mexer, esperou o som "*foom*" da partida.

Amado chegou em segundo na sua série, mas essa ainda não era considerada uma série forte. Os melhores tempos viriam dos nadadores da última série. Era dessa série que sairia o futuro campeão da prova.

Ao terminar a prova, Amado foi ao encontro dos colegas que elogiaram muito a sua natação, dizendo que tinha nadado muito bem, e as chegadas foram todas praticamente juntas.

Como Canadá é um país que oferece muito ao turista, ficou combinado entre os colegas que todos nadariam as suas provas até o quarto dia. Nos outros três dias, alugariam um carro para fazer um turismo pelas cidades de Quebec e Ottawa.

Todos nadaram as suas provas conforme o combinado. No dia 7 de julho, na parte da tarde, foram para Quebec. Assim que chegaram, ficaram todos admirados com a beleza da cidade. Tinham muitos lugares para se conhecer e encher o seu ego, então resolveu que ficaria hospedado no Hotel "Le Chânteau Frontenac", que é um verdadeiro sonho para quem o vê pela primeira vez.

A diária foi confortável. Deu para todos pagarem. O prédio do hotel é maravilhoso. Antes de transformarem em hotel, era a antiga sede do Governo da Província de Quebec. Aí resolveram oferecer esse luxo para os turistas apreciarem. Foi uma noite maravilhosa para todos. Nesse tempo que passaram na cidade, tentaram conhecer o máximo que puderam. O tempo foi muito curto para ver tudo que tinha à disposição para os turistas.

Antes de ir embora, Amado disse, em tom de brincadeira, para os colegas:

— Esse castelo tem uma leve semelhança com o rancho onde eu nasci, lá nos confins do estado de Mato Grosso, bem no meio do pantanal.

Eles riam muito. Todos estavam muito felizes.

No dia 9 de julho, às dez horas, seguiram direto para a cidade de Ottawa. Era muito importante chegar no horário que desse para assistirem ao jogo da Copa do Mundo, que estava sendo realizada nos Estados Unidos, entre Brasil e Holanda.

Deram sorte de achar hospedagem no primeiro hotel onde pararam e perguntaram se tinha vaga. Assim que se hospedaram, logo desceram para o salão do hotel onde estava passando o jogo em um telão. Todos desceram com camisa do Brasil e começara a torcer entre todos. A plateia que estava presente assistindo ao jogo e torcendo para Holanda ficou admirada ao perceber que de repente apareceu um grupo de brasileiros torcendo contra eles.

Esse jogo foi muito emocionante, porque até os trinta e seis minutos do segundo tempo, o jogo estava empatado em 2 x 2, e com uma falta perto da área, Branco, lateral esquerdo, cobrou a falta e colocou a bola para dentro do gol, sendo que o Romário fez um inesperado corta-luz que tirou a visão do goleiro. Aí foi só alegria para os brasileiros. Por ter ganhado esse jogo, o Brasil seguiu na competição e ganhou a Copa do Mundo. Depois do jogo, vários torcedores foram conversar com os brasileiros dizendo que gostavam de conversar com brasileiros porque achavam muito interessante o seu falar, principalmente a sonoridade do idioma, que agradava aos seus ouvidos.

No outro dia, foram assistir, pela manhã, a um desfile em uma praça enorme e muita bonita em frente a um quartel. Amado ficou encantado com a banda que tocava várias música em "gaita de foles", e todos os militares vestiam o uniforme "kilt", o saiote xadrez. Para os olhos dos brasileiros, aquilo transmitia uma curiosidade estranha, por estarem vendo um monte de homens vestidos com um saiote xadrez.

Quando foram almoçar, Amado e um colega escolheram um restaurante, e os outros foram para uma lanchonete. A garçonete que o atendeu tinha um inglês com sotaque francês difícil de entender. Então ela chamou outra garçonete, que era mexicana. Essa garçonete era muito bonitinha e ainda bastante jovem — ainda não tinha dezoito anos. Assim que ela conversou em espanhol com Amado, ela achou graça e ficou muito interessada nele. O espanhol que Amado sabia era o castelhano que aprendeu na sua cidade que faz fronteira com a Bolívia. Ela gostou tanto do Amado que queria vir para o Brasil com ele. Na saída, quando foram acertar a conta, ela entregou um bilhete para Amado com um verso muito bem escrito. Esse foi o verdadeiro amor à primeira vista vivido por Amado. Amado disse para ela que ele era casado e não podia fazer nada por ela.

No dia 10 de julho, retornaram para Montreal e no dia onze embarcaram para Nova York e depois para o Brasil. Para Amado foi a realização de um sonho por ter conhecido um país tão bonito como é o Canadá e por ter nadado a sua primeira prova em um Mundial.

Amado, depois de competir no 1º Campeonato Sul-americano e o V Mundial de natação, resolveu que se empenharia muito mais nos seus treinamentos. O treinamento que estava fazendo era para as provas do *triathlon*, só com um diferencial: a natação ele treinava com os nadadores que competiam em piscina e travessia; a corrida ele treinava com os maratonistas e o ciclismo treinava com os ciclistas. Com essa atitude tomada em relação aos seus treinamentos, os tempos nas competições melhoraram muito. Assim, ele passou a competir e a ganhar muitas provas de natação e de *triathlon*, na sua categoria, nos campeonatos brasileiros.

Esse esforço todo que Amado estava fazendo era porque ele pretendia ir ao VI Campeonato Mundial de Natação, que seria realizado em Sheffield, Inglaterra, e Triathlon, que realizaria a primeira seletiva para as Olimpíadas 2000 em Sydney, Austrália. Essa seletiva do *triathlon* seria realizada em Cleveland, EUA, em 24 de agosto de 1996.

Esse mundial de *triathlon* não teria um tempo predeterminado como requisito. Poderiam participar todos os atletas com os melhores tempos de cada categoria, acima dos dezoito anos, do seu país. Por isso Amado resolveu intensificar os seus treinos e procurou melhorar a técnica de cada esporte. Esses dois campeonatos seriam em junho, o mundial de natação e agosto de 1996, o mundial de *triathlon*.

Nos seus treinamentos, um dia, Amado resolveu fazer um treino de velocidade com os ciclistas, achando que ele já estava pedalando o suficiente para acompanhá-los, uma vez que, nos treinos até cinquenta quilômetros, ele conseguia acompanhar na rabeira do grupo. Nesse dia, o treino foi diferente. Realizou na pista circular de quatrocentos metros do centro desportivo do

DEFER. O treino consistia em acompanhar uma motocicleta, na velocidade de quarenta quilômetros por hora, e atrás, no vácuo formado por ela, iam entrando os ciclistas que rodavam até cansar. Amado observou como era e entrou para rodar atrás da moto. Quando completou a quarta volta, ele percebeu que não aguentava mais. Parou para descansar um pouco e voltou a pedalar. Aí foi pior. Só aguentou dar mais duas voltas, pois as suas pernas tremiam muito e o seu coração acelerou bastante devido ao esforço. Amado desistiu desse treino por achar que os ciclistas eram muito fortes para ele acompanhar. Resolveu então que não treinaria mais com os ciclistas, assim ele voltaria a pedalar sozinho, dentro do cemitério da cidade, principalmente nas noites enluaradas com o céu cheio de estrelas a brilhar e muitas corujas a chirriar. Amado pedalava com o seu silêncio. Ele adorava estar ali sozinho, acompanhado, talvez, de muitos espíritos invisíveis aos seus olhos.

Amado concluiu que, para competir nas provas de *triathlon*, não precisava impor um ritmo muito forte de velocidade. Bastava pedalar em um ritmo constante e nada mais. A prova que iria fazer era o circuito olímpico no qual nadaria mil e quinhentos metros, pedalaria quarenta quilômetros e correria dez mil metros. Então na competição teria que dosar as suas energias, impor um bom ritmo e nada mais.

O ano de 1995 para Amado seria um ano atípico. Ele tinha que se dedicar muitos aos treinos, em razão desses dois mundiais que faria em 1996. Como os treinos eram muitos e as horas livres eram poucas, devido aos seus trabalhos, ele tinha que aproveitar todo o tempo livre para fazer qualquer treino, nem que fosse um treino curto — tinha que ser assim. As competições exigiriam muito devido ao nível em que ele já se encontrava. Nas provas de *sprint triathlon*, setecentos e cinquenta metros de natação, vinte quilômetros de bicicleta e cinco quilômetros de corrida, como era uma prova até certo ponto bastante rápida, e devido aos fortes treinamentos, Amado ganhava todas as provas na sua categoria quarenta e cinco a quarenta e nove anos. Em Brasília e Goiânia, não tinha concorrente para vencê-lo

Em 1996, no dia 2 de março, num sábado, Amado e seu filho foram competir no *triathlon* em Goiânia. O seu filho Ariatã também já ganhava todas as provas na sua categoria, com apenas doze anos. Nessa prova, na categoria infantil, foi estabelecida a idade mínima de quatorze anos. Amado não tinha observado esse detalhe. Na hora da inscrição, não aceitaram a do Ariatã porque ele tinha só doze anos. Amado foi falar com diretor da prova, que acabou aceitando. Amado disse que assumiria qualquer incidente que acontecesse com o seu filho. Acabou que o Ariatã ganhou a prova com uma vantagem muito grande e na hora da premiação não o premiaram com a medalha à qual teria o direito. Amado também ganhou a sua categoria.

Ao chegar à sua casa, Amado estava exausto porque tinha dirigido duzentos e oitenta quilômetros de ida, fez a prova de *triathlon* e voltou dirigindo outros duzentos e oitenta quilômetros.

Assim que chegou, fez um lanche leve e foi dormir.

No domingo ele estava trabalhando no horário das seis às quatorze horas. Logo que chegou, ouviu os comentários dos colegas, informando que todos da banda de rock "Mamonas Assassinas" tinham morrido num acidente de avião na Serra da Cantareira, em São Paulo. A princípio, Amado achou que era brincadeira, por eles serem muito brincalhões. Mas, depois que Amado assumiu a posição no trabalho, acreditou que era verdadeiro o acidente que matou todos os cinco componentes do grupo, mais dois ajudantes de palco, o piloto e o copiloto.

O avião, apesar de estar sob a jurisdição do APP/SP, no período do acidente, o radar de Brasília que fazia a cobertura e detectava a área de São Paulo, o colega que trabalhava na hora, acompanhava, pelo radar, o procedimento que fazia a aeronave. Ele tinha controlado o voo até a transferência para o APP/SP. O controlador do Centro de Brasília alertou o controlador do APP/SP, quando o avião estava fazendo a curva pela esquerda, após a arremetida, mas foi informado que tudo estava sobre controle.

O trágico acidente teve o início quando o piloto, na tentativa do pouso, viu que não conseguiria e não teria possibilidade de atingir a interceptação do localizador, que é o ponto ideal do toque de descida para o pouso; atingir esse ponto é o final do procedimento. Acontece que nesse momento o avião PT-LSD estava a oitocentos pés acima do terreno da pista. A interceptação ocorreu no bloqueio externo e fora dos parâmetros de uma aproximação estabilizada. A aeronave teve que arremeter. Essa arremetida foi executada em contato com a Torre de Controle (TWR), tendo a aeronave informado que estava em condições visuais e em curva pela esquerda, para interceptar a perna do vento. A torre orientou a aeronave para informar ingressando na perna do vento no "setor sul". A aeronave informou "setor norte". Na perna do vento, a aeronave confirmou à torre de controle que estava em condições visuais e em curva pela esquerda, para interceptar a perna do vento.

No prolongamento da perna do vento, no setor norte, às vinte três horas e dezesseis minutos, o PT-LSD chocou-se com obstáculos a três mil e trezentos pés (mil e seis metros).

No entanto, em vez de fazer uma curva para a direita, onde fica a Rodovia Dutra, por sua conscientização e fatores humanos, os pilotos efetuaram uma curva para a esquerda, mesmo sabendo que não era o correto, e assim chocaram-se com as árvores no pico da Serra da Cantareira.

Relembrando o fato depois de muito tempo do acontecido, surge um questionamento na cabeça de Amado.

O show foi realizado em Brasília, no Estádio Mané Garrincha, e estava programado para iniciar às dezoito horas. O show era destinado a um público muito jovem. O avião que transportava os astros roqueiros do "Mamonas Assassinos" pousou em Brasília às dezessete horas e cinquenta e dois minutos. Acontece que do Aeroporto Juscelino Kubitschek até o Estádio Mané Garrincha não leva muito tempo. Logo que sai do aeroporto, a pista está sempre com o trânsito muito leve. Logo em seguida, pega o Eixão Sul, depois pega o Eixo Monumental, com destino ao Estádio Mané Garrincha. O show só foi começar depois das vinte horas, mais de duas horas de atraso. Amado sempre questionou o porquê desse atraso. Sempre imaginou que aí estaria a causa desse fato.

Amado sempre imaginou que ao chegarem a Brasília eles podem ter sido revistados e por algum motivo eles foram detidos. Essa detenção pode até ter sido por porte de drogas ilícitas — eles eram muito jovens e esse meio artístico está muito propenso a essa possibilidade. Eles tinham muito dinheiro.

Amado questiona com o seu raciocínio a respeito desse fato e pergunta: "Qual é o recurso mais dinâmico para resolver um impasse como esse, caso eles tivessem sido detidos?".

A resposta vem em sua mente, que é um habeas corpus, impetrado ao juiz de plantão, pois já era fora do expediente. Isso tudo, em sua imaginação, pode ter sido o causador desse atraso, para a realização do show.

O show não podia ser cancelado, uma vez que o estádio já estava lotado de jovens. Assim, o grupo foi liberado para realizar o espetáculo e proporcionar todas as suas alegrias aos corações dos muitos jovens que lotaram o Estádio Mané Garrincha.

Ao terminar o grande espetáculo, o grupo resolveu ir direto ao aeroporto para retornar a sua cidade Guarulhos, São Paulo.

Amado sempre imaginou isso porque, raciocinando com muita calma, não tinha sentido eles retornarem a São Paulo tão rapidamente, uma vez que estavam com o hotel reservado para eles passarem a noite e irem outro dia, já descansados.

O piloto e o copiloto já os esperavam no aeroporto. Embarcaram rapidamente os cinco integrantes do grupo e os dois ajudantes de palco, e decolaram assim que receberam a autorização da TWR/BR.

O voo no trajeto foi muito tranquilo, mas o avião estava muito pesado, com os nove tripulantes.

Por estar muito pesado, Amado acha que houve um gasto maior de combustível; e por uma falha humana do piloto em não conseguir atingir o ponto ideal de toque, para o pouso, o avião estava a oitocentos pés acima de onde deveria estar, aí obrigatoriamente teve que arremeter, pois deveria entrar novamente no circuito do tráfego para efetuar um novo pouso. Nesse momento teria que arremeter e fazer a curva à direita, sobrevoando a Avenida Anhanguera.

O piloto deve ter percebido que o combustível que lhes restava não seria o suficiente para fazer todo o novo procedimento para o pouso. Então, a alternativa que teve, segundo a imaginação de Amado, foi fazer a curva pela esquerda, assim encurtaria o percurso, mesmo sem a autorização da torre de São Paulo. Só que em sua frente tinha a Serra da Cantareira. Ele assumiu a sua responsabilidade quando declarou que estava em condições visuais. Ele voaria até certo ponto e declararia emergência por falta de combustível e faria o pouso na frente da outras aeronaves, que estavam no circuito em procedimento para pousar. É bem provável que ele tenha pensado isso, porque, se ele fosse obedecer ao comando da TWR e do APP, fazendo a curva pela direita e se realmente acabasse o combustível, ele cairia no meio das casas da cidade. Aí o desastre seria apavorante.

Como ele resolveu não obedecer ao comando da TWR, que informava que tinha que retornar à sua direita, ele informa que está em condições visuais. Isso significa que estava vendo tudo e sabia o que estava fazendo. A responsabilidade era toda sua.

Para efetuar um pouso, o piloto tem que diminuir a velocidade do avião. Com isso diminui a potência do motor do avião, para aumentar a sua resistência com o ar e efetuar o pouso.

Ao arremeter, o PT-LSD estava muito pesado e também estava com o trem de pouso baixado e travado, diminuindo ainda mais a sua velocidade. Com isso aumentou a sua resistência. Ao bater no pico das árvores, o trem de pouso colidiu com os galhos das árvores e projetou o avião para baixo, causando esse terrível acidente. Amado imagina que, se não tivesse com o trem de pouso baixado e travado, as árvores bateriam na barriga do avião e provavelmente não engancariam, e o avião não seria projetado para o chão.

Mas o destino quis que isso acontecesse, e deu-se por encerrada a carreira de uma banda de rock que alegrou muitos jovens. E eles ganharam muito dinheiro que não aproveitaram.

Amado, como propôs competir no Mundial de Natação em Sheffield, Inglaterra, que seria nos dias 23 de junho a 3 de julho de 1996, e o *triathlon*, que seria realizado no dia 24 de agosto do mesmo ano, tinha que se dedicar muito aos treinamentos e por isso passou a competir em todas as competições em que conseguia dinheiro suficiente para poder pagar as despesas das inscrições e das viagens, quando eram fora de Brasília. Amado sempre competia nas provas mais viáveis e confortáveis financeiramente. Ele passou a viajar com o grupo de atletas para tornar mais baratas as despesas.

Para essas duas competições que seriam realizadas na Inglaterra e nos Estados Unidos, Amado ainda não dispunha de dinheiro suficiente para bancar as viagens.

Essa situação o preocupava e fazia pensar em como conseguir dinheiro para pagar as despesas dessas viagens. Sempre ele imaginava conseguir uns bons serviços fotográficos para ganhar esse dinheiro.

Acontece que um dia Amado estava em casa descansando de um treino de corrida. Tinha tomado banho e estava lendo um livro espírita, quando o telefone toca. Era o seu advogado querendo falar com ele. O advogado transmitiu a melhor notícia que ele poderia ouvir. Disse ele:

— Ganhamos a causa em que você faz parte do processo. Vem ao meu escritório para ser feito o pagamento da sua parte.

Amado ficou muito alegre, parou de ler o livro e foi comemorar com a sua esposa a boa notícia.

Essa ação judicial foi ajuizada em 1979, quando se descobriu que o Ministério da Aeronáutica não repassou um aumento ao qual a categoria tinha direito e o Ministério não o fez. Foi paga a diferença que não concordaram em pagar na época, corrigida monetariamente.

No outro dia, Amado foi ao escritório do seu advogado receber o valor correspondente à ação. Ao saber do valor, viu que era o suficiente para cobrir as despesas das duas viagens das suas competições e ainda sobrava um pouco. Foi uma alegria imensa. Ali mesmo, Amado comunicou ao seu advogado e amigo onde e como gastaria parte desse dinheiro. Foi um espanto para ele, pois ele não sabia que Amado era atleta amador e competia nos mundiais de natação e *triathlon*, apesar de serem amigo.

Agora de posse do dinheiro, o que Amado tinha que fazer, desse momento em diante, era treinar e muito, pois ele sabia que a sua participação estava garantida nas duas competições, e como já sabia o quanto são fortes as provas nos mundiais, por serem muito concorridas, tinha que se desdobrar nos seus treinamentos.

Amado passou a ser um atleta muito disciplinado e também investiu em sua alimentação e em acessórios essenciais para melhorar o seu desempenho.

O técnico de natação fez várias tomadas de tempo, e Amado estava muito forte nas suas provas. Nesse mundial ele nadaria as provas de: cinquenta e duzentos metros borboleta, quatrocentos medley e duzentos metros peito. As provas eram pesadíssimas. Ele não escolheu os cinquenta metros livre nem os cem metros borboleta porque logo em seguida ele nadaria a prova que ele achava mais conveniente, por isso ele escolheu essas provas. Amado jamais gostou de competir nos cinquenta metros livre, porque essa prova quase todos competidores da sua faixa gostam de nadar e por isso tem muitos concorrentes.

O dia da viagem para a Inglaterra estava chegando. Amado já estava com a sua passagem comprada. Foi comprada apenas a ida com o grupo. A volta não pôde ser comprada junto pelo fato de que não voltaria no mesmo dia que o grupo. Ele resolveu ficar mais uns dias pela Europa, para conhecer melhor. Amado conseguiu antecipar quinze dias de férias para poder fazer essa competição.

Como todos os países são perto uns dos outros, e os meios de transportes eram excelentes, valia a pena fazer esse investimento naquilo que mais gostava de fazer, que era viajar. Assim estava realizando o seu desejo de conhecer o máximo que pudesse dos países europeus.

O campeonato seria realizado em onze dias, então Amado combinou com cinco colegas aventureiros que também gostavam de viajar e conhecer outras culturas que nadariam as provas escolhidas em dias seguidos, como fizeram no campeonato de Montreal. Assim, dava para passear depois das provas. Deu tudo certo, conforme o combinado para esses cinco nadadores aventureiros. As provas de todos encaixaram-se nos quatro primeiros dias da competição.

Chegou o dia do embarque. Todos tiveram de ir para o Rio de Janeiro. Era de lá que saía o voo direto para Bruxelas, Bélgica.

O voo foi tranquilo, porém a viagem foi muito cansativa. As passagens foram adquiridas com intervalo de um dia em Bruxelas, para o embarque com destino a Inglaterra.

Nesses dias, os cinco aventureiros deram início às suas jornadas de aventura, pois, já nesse dia de intervalo, foram conhecer as cidades de Gante e Bruges. Todos acharam que valeu a pena. Gostaram da primeira incursão.

O voo para a Inglaterra teve como destino a cidade de Manchester. Ao chegarem, todos foram pegar a sua bagagem, quando tiveram a surpresa do comunicado do atendente turístico de que as bagagens foram despachadas para Orly, na França. Apenas um colega e uma menina, das que compunham o grupo, receberam as suas malas. A informação foi que poderiam ficar tranquilos que até o meio-dia do dia seguinte as malas estariam no hotel onde ficariam hospedados.

Após esse pequeno desconforto, entraram no ônibus para Cheffield. A distância era de apenas cinquenta e cinco quilômetros.

A chegada no hotel foi sensacional. O atendente pediu que colocassem as malas ali ao lado, que o carregador levaria para os quartos. O atendente riu quando foi informado que as malas só chegariam amanhã.

— Elas estão em Orly, na França — disseram.

Essa noite foi muita incômoda, pois todos os pertences estavam na mala. Quem nadaria na primeira prova, no dia seguinte, era o Amado nos quatrocentos metros medley e teve que emprestar o short, touca e os óculos desse colega, que por sorte a sua mala chegou com ele. Não tinha como comprar outro em tempo hábil para a prova.

Na competição, Amado foi ao clube com a mesma roupa que tinha viajado.

Não houve nenhum problema, pois foi só o Amado que nadou nesse dia da abertura do campeonato. As malas, por sorte, chegaram no horário combinado, no outro dia.

Nas quatro provas que Amado nadou, os resultados foram razoáveis. Na sua primeira prova, ao subir no bloco para dar a largada, Amado, mais uma vez, levantou as suas mãos para o alto e gritou:

— *I'm here, Valente.*

Na série da prova dos cinquenta metros borboleta, a chegada de todos os nadadores foi praticamente junto. Essa prova foi tão forte que no tempo de um segundo foram anotados vinte e três tempos diferentes. Amado ficou com o décimo sexto melhor tempo do mundo. Essa classificação repetiu nos duzentos metros peito, pois os nadadores eram os mesmos. Nas outras duas provas, a sua classificação foi a décima nona. Foi até razoável para um nadador pantaneiro.

No quinto dia de natação, os cinco aventureiros se despediram do grupo e foram se aventurar por cidades e países diferentes. Amado era o único que andaria sozinho nos últimos dias. Ele ficaria mais dias que todos.

Assim, foram conhecer várias cidades da Inglaterra como: Liverpool, Manchester, York, Glasgow, Edimburgo, e, nessa cidade, Amado ficou o dia inteiro no Museu Natural, observando tudo quanto era possível. Na sala onde estavam expostas as amostras e as curiosidades sobre o Brasil, Amado percebeu nas amostras de lá que tinha mais coisas curiosas expostas sobre o Brasil do que nos museus brasileiros. Tinha, por exemplo, a maior pedra de cristal puro, levada de graça da cidade de Cristalina, Minas Gerais, Brasil, no começo do século XVIII, e outras coisas mais. Depois foram para a Alemanha, onde conheceram as cidades: Colônia, Frankfurt e outras cidades mais. Foram para Suíça, onde conheceram: Zurique e outras cidades, mas o que encheu os olhos de todos foram os Alpes Suíços. Lá na parte mais alta dos Alpes, Amado se encantou ao ver as fronteiras de quatro países sem arredar os pés. Era só girar o corpo. Pôde também provar do mais puro chocolate, feito com as amêndoas de cacau importadas da Bahia, Brasil.

Após esse passeio, todos voltaram para Bruxelas e tomaram o voo de retorno para o Brasil, menos Amado, que ficou sozinho, por mais quatro dias. Sozinho, ele foi conhecer Luxemburgo, por ser perto de Bruxelas, e de lá ele foi direto para França, e pelo pouco tempo que restava só deu para conhecer Paris e nada mais. Depois voltou para Bruxelas e embarcou para o Brasil. A sua passagem de retorno era de Bruxelas. Dessa forma, Amado pôde aproveitar o máximo dessa aventura europeia.

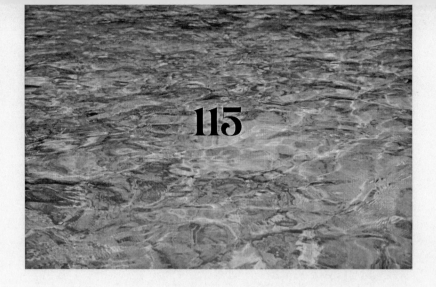

115

Já em sua casa, surgiram nos pensamentos de Amado lembranças das muitas cidades belas que ele conheceu na Europa. Então ele começou a contar para os filhos e a esposa como foram os passeios que fizera nas muitas cidades dos países por onde andou.

Sem entender o porquê, veio em sua mente um fato que ocorreu com ele quando fotografava para os artistas plásticos.

Na galeria do Banco Itaú, para poder expor os seus trabalhos, os artistas tinham que apresentar fotos do trabalho, e essas fotos eram enviadas para São Paulo, onde seria selecionado e escolhido o artista que faria a exposição.

Amado foi contratado para fazer as fotos dos trabalhos de Dona Stain, uma alemã que falava ainda meio atrapalhado. Essa senhora, apesar da sua idade já avançada, tinha quase setenta anos de idade quando começou aprender a pintar, como forma de terapia ocupacional devido à sua idade. Ela queria participar de pelo menos uma exposição na vida. Desde os primeiros dias, ela teve a maior facilidade para pintar, e, em pouco mais de um ano de aprendizagem, ela já estava pintando um excelente trabalho.

A Dona Stain levou os quadros à galeria onde o Amado fotografou, e ele combinou que em dois dias levaria as fotos prontas, anotou o endereço e no dia certo levou as fotos em sua residência.

As fotos foram enviadas para São Paulo, e o seu trabalho foi selecionado. Assim ela fez a sua primeira exposição coletiva da sua vida, fato que jamais imaginaria.

Amado, ao entregar as fotos em sua residência, começou a conversar com ela. Ela gostou muito do trabalho fotográfico e da conversa com Amado.

Então ela começou a contar fatos de sua vida, o que levou mais de uma hora de um papo muito descontraído.

A primeira pergunta que ela fez foi:

— Você é de que estado?

Amado respondeu:

— Eu sou de Cáceres, Mato Grosso.

Imediatamente ela respondeu:

— Eu conheço a sua cidade. Eu passei por lá, já faz bastante tempo, quando fui até a cidade de Villa Bela da Santíssima Trindade. Eu fui buscar o meu marido, que estava lá.

— A senhora foi para Villa Bela fazer o quê? Desculpe a minha curiosidade. O seu marido estava fazendo o quê lá? Com a criação da Capitania de Mato Grosso, em 7 de maio de 1748, para consolidar a posse portuguesa na Região, foi fundada a cidade de Villa Bela da Santíssima Trindade, em 19 de março de 1752. Lá era um resistente quilombo, no tempo da escravidão, onde só os negros resistiam às doenças regionais, principalmente a febre amarela, o tifo e a varíola. Foi a primeira capital do recém-criado estado de Mato Grosso — Amado disse para ela.

Como ela percebeu que Amado interessou pelo assunto, disse:

— Eu vou contar um pouco da história da minha vida! — Disse ela. — Eu sou nascida na Alemanha, numa cidade do interior. Servi ao exército alemão. Eu era tenente e, no começo da Segunda Guerra Mundial, recebi um tiro no meu queixo, e os médicos o reconstruíram. Olha aqui o sinal! Fui dispensada do Exército Alemão. Pouco tempo depois desse acidente, eu me casei com um tenente, também do Exército. Logo tivemos dois filhos. O meu sogro tinha uma fazenda e criava cavalos, que eram vendidos para o Exército Nazista. Acontece que antes de acabar a Segunda Guerra, descobriram que o meu marido era alemão descendente de judeu. Então chegou o dia que conversamos e ele me falou: "Nós vamos ter que fugir da Alemanha; caso contrário, nós morreremos no Campo de Concentração. Você vai pegar as crianças e fugirão para o Brasil. Eu vou depois e encontro vocês lá".

Ela escondeu as poucas joias que tinhas nas suas bagagens, pegou um pouco de dinheiro dado pelo seu marido e seguiu o seu destino, com as duas crianças e a ajuda do seu Deus, para o Brasil.

Ela teve muita sorte de conseguir um navio e veio para o Brasil. Ela não lembrava mais o dia em que eles chegaram ao Rio de Janeiro, mas o mês foi março e o ano foi 1944. Ela teve muita sorte, porque logo foram levados para uma casa que dava apoio e assistência aos alemães.

— A senhora teve muita sorte — disse Amado.

— Logo eu comecei a trabalhar com um grupo de alemães, e os meus dois filhos eram cuidados numa pequena creche.

Nesse momento, Amado lembrou-se das histórias do velho russo lá de Campo Grande, quando conversava nos finais da tarde no banco, embaixo da árvore no portão da sua casa, contando a sua fuga da Rússia para o Brasil.

A Segunda Guerra Mundial acabou depois de um ano.

No Brasil, o governo de Juscelino Kubitschek deu início à construção da nova capital Brasília. Esse governo aproveitou a mão de obra dos engenheiros e técnicos alemães e contratou muitos para trabalhar em Brasília. Eles trabalhariam clandestinamente, pois a sua identificação não poderia ser revelada. Assim, a senhora Stain veio para Brasília trabalhar com o grupo que já se encontrava trabalhando na futura capital.

A Dona Stain, depois de um tempo, em Brasília, recebeu uma notícia que a chocou muito. Ela ficou sabendo que o seu marido estava lá em Villa Bela da Santíssima Trindade, em Mato Grosso. Não demorou muito, três dias após a notícia, ela foi em busca do seu marido, lá em Villa Bela.

Villa Bela da Santíssima Trindade sempre foi um lugar muito isolado. Foi um antigo quilombo e um lugar muito difícil de viver. Então os nazistas criminosos conseguiram se esconder por lá, por estarem isolados e longe do grande centro. Ninguém acreditaria que lá vivia um grupo de militares do ex-exército de Hitler.

Não se sabe o porquê, em Cáceres, no pé da ponte que atravessa o Rio Paraguai, e que liga a estrada até Villa Bela, foi montada uma grande madeireira cujos donos sempre foram alemães.

— O meu marido também trabalhou clandestinamente, e quando faziam os pagamentos, o dinheiro era levado para a minha casa dentro de sacos. Os seus nomes não podiam aparecer nas folhas de pagamentos.

Amado, ao se despedir da Dona Stain, agradeceu pela longa conversa que tiveram. Antes de ele sair, ela disse:

— Amado, vem cá um pouquinho.

E levou-o até o quarto. Lá dentro estava o seu marido, que escutou toda a conversa por mais de uma hora. Ela apresentou o seu marido, e Amado apenas o cumprimentou apertando-lhe a mão e não conversaram nada entre si.

Ao sair do apartamento da Dona Stain, pairou-se um questionamento na cabeça de Amado. Veio a pergunta: "Será que eu apertei a mão de um carrasco nazista ou de um judeu que quase morreu no campo de concentração de seu próprio exército?".

A sua esposa e os dois filhos prestaram muita atenção na história contada por seu pai.

— Agora, imaginem só. Esses alemães que fugiram para o Brasil nunca mais puderam retornar para as suas lindas cidades da Alemanha.

Amado explicou para eles dizendo como eram bonitas as cidades da Alemanha.

Amado conclui a sua história dizendo:

— Como a nossa vida é surpreendente! Eu saí do pantanal de Mato Grosso para conhecer as cidades desses alemães, na sua Alemanha, e eles vieram foragidos da sua Alemanha para viverem bem perto do meu pantanal, no meu Mato Grosso, onde eu nasci.

Villa Bela da Santíssima Trindade fica perto do sítio do pai de Amado, onde ele nasceu.

Como faltava pouco mais de um mês para a competição de *triathlon* em Cleveland, nos Estados Unidos, Amado preocupou-se em treinar um pouco mais forte o ciclismo e a corrida. A sua natação estava bem treinada. Era só manter os treinos que vinha fazendo.

Nesse campeonato mundial, Amado resolveu levar a sua esposa e o seu amigo Carlos, que nessa fase estava treinando com ele a corrida e a natação, e levou a sua namorada.

As passagens foram compradas até Nova York, e o segundo trecho para Cleveland foi comprado de trem. O agente de viagem disse para os dois que a viagem de trem era só de quatro horas, por isso foi aceita. A viagem até Nova York foi muita tranquila. Descansaram um dia antes de seguirem a viagem. Agora, quando embarcaram no trem, descobriram que viajariam doze horas para chegar a Cleveland. Foi um desânimo para ambos. Era muito tempo, mas, a essa altura, não podiam fazer mais nada.

Após as longas doze horas de viagem de trem, chegaram a Cleveland, numa quinta-feira, e a competição seria no sábado.

Na sexta-feira, a equipe estava pronta para sair e conhecer um pouco da cidade. Antes de sair para o passeio, chegou a notícia de que às dez horas todos os atletas tinham que ir para o centro da cidade, pois haveria um desfile para apresentar as equipes ao público da cidade. Esse desfile não era esperado por ninguém. Não teve alternativa. Todos tiveram que vestir o uniforme de *triathlon*, que foi fornecido pela CBTri – Confederação Brasileira de Triathlon, que é o órgão máximo do *triathlon* no Brasil, filiada à International Triathlon Union (ITU).

A concentração foi na praça central da cidade, uma praça muito bonita. O palanque estava montado perto de umas estátuas muito interessantes.

Todos foram para o local do início do desfile. Lá estavam duas meninas com as bandeiras do país daquela equipe e a bandeira dos EUA. Não demorou muito, a banda começou a tocar, e as equipes começaram a caminhar atrás das bandeiras. Não seguiram em fila. Nesse momento, Amado lembrou-se dos desfiles que fazia na sua Cidade em Cáceres-MT, tocando o seu "tambor surdo" todo empolgado na fanfarra da sua escola.

Ao chegar perto do palanque, um atleta deu um grito de "*Uh, tererê*". Ninguém soube quem foi, mas, ao mesmo tempo, todos os atletas repetiram o grito, levantando o punho para cima e descendo até perto do ombro, e passaram na frente do palanque gritando "*Uh, tererê*". Esse era o "grito de guerra" da torcida do time do Flamengo, uma das maiores torcidas do mundo.

Esse momento da passagem da equipe do Brasil, cantando em coro, bem em frente ao palanque, foi tão inesperado que os fotógrafos e os repórteres correram para fotografar e filmar a cena, que foi notícia nos jornais e televisões da cidade. Quem deu o primeiro grito ninguém ficou sabendo. Só pode ter sido um torcedor fanático do Flamengo.

No sábado levantaram cedo para irem à competição. Como tinha muitos competidores, a largada foi por etapas, e os atletas eram identificados pela cor da sua touca. Os primeiros a darem a largada foram os mais idosos, às seis horas. A faixa de Amado era quarenta e cinco a quarenta e nove anos. Sua largada foi a terceira, e a cor da sua touca era abóbora. Um instante antes da largada, ele levantou as mãos para cima e gritou alto: "*I'm here, now Valente*". Assim que pulou nas águas do lago Erie, sentiu a temperatura da água muito fria. Mesmo sentindo a temperatura baixa da água, Amado foi o terceiro a completar a natação.

O percurso a ser cumprido nesse circuito olímpico era: mil e quinhentos metros de natação; quarenta quilômetros de pedal; e dez quilômetros de corrida.

Ao pegar a sua bicicleta e começar a pedalar, percebeu que eram muitos atletas saindo do curral ao mesmo tempo. Isso chegou a atrapalhar uns aos outros, até que cada atleta entrasse no ritmo do seu pedal.

Depois de ter pedalado uns vinte quilômetros, o percurso começou a ficar muito pesado. Havia muitos viadutos com subidas que chegavam a incomodar, e as descidas não eram suficientes para compensar os esforços feitos nas subidas.

Amado sentiu muito a segunda metade do pedal. Ele só ficava se lembrando que onde treinava, nas ruas do Cemitério de Brasília, não tinha subidas. O desnível do terreno era muito suave, como suave era a sua solidão, nas noites enluaradas em que lá pedalava. Amado tinha o prazer de pedalar dentro do cemitério.

Ao terminar de pedalar os quarenta quilômetros e ao iniciar os dez quilômetros de corrida, Amado começou a sentir, nos primeiros quilômetros, muita cãibra na panturrilha da perna direita. A sua perna ficou intumescida e lhe proporcionou muitas dores; daí para frente, prejudicou muito a sua corrida. Amado reclamou muito para si dizendo:

— Poxa vida! Foi o que mais eu treinei e agora me acontece isso!

Nesse momento em que sentira as cãibras, passou uma senhora por ele, olhou a sua panturrilha e disse alguma coisa que Amado não entendeu.

Amado, ao olhar, percebeu que era uma senhora e estava correndo num ritmo razoável pela sua idade. Amado quis alcançá-la para agradecer pelo que ela disse, mesmo sem ter entendido nada do que ela falou, mas não conseguiu. De tempo em tempo, a corrida era interrompida por sentir muita cãibra, e nesses momentos via passar atletas da sua categoria. Era notado pela sequência da sua numeração.

A corrida dos dez quilômetros foi uma das piores corridas que Amado fez em sua vida. Só não desistiu da prova porque ele pensou no tanto que treinou e no que gastou para estar ali competindo. Isso não seria justo. Ele decidiu que chegaria nem que fosse o último atleta, mesmo andando, mas chegaria ao final da prova. Isso estava determinado por ele.

Ao concluir a prova, Amado ficou muito contente porque recebeu um elogio do seu, agora, amigo Leandro Macedo, que foi o terceiro colocado na competição. Ele se lembrou do primeiro *triathlon* que Amado fez em Brasília, com a velha bicicleta emprestada. Com essa classificação, o Leandro já garantira a sua vaga para as Olimpíadas de Sydney, Austrália. Amado ficou todo envaidecido com o elogio de um ex-campeão mundial de *triathlon*.

Ao concluir a prova com muitas dores na perna, Amado foi pegar os seus materiais. Quando ele olha para frente, onde estava a sua bicicleta, viu a senhora. Foi reconhecida pela cor do seu maiô. Era um colorido vistoso. Amado foi agradecer e descobriu que ela era uma freira de uma congregação que permitia que ela competisse. Ele não ficou sabendo de que país ela era. A sua categoria era de sessenta a sessenta e quatro anos. Era uma freira ainda muito bonita e bem conservada, pela idade. A sua roupa de competição era toda bem apertadinha em seu corpo. Não eram iguais aqueles maiôs "engana-mamãe", que muitas moças vestiam para ir às pequenas praias de rio, no Pantanal.

Por ser freira, ela era o destaque em todas as competições que fazia. Era muito conhecida no mundo inteiro. Ela gostava de competir no ironman, onde nadava três mil e oitocentos metros, pedalava cento e oitenta quilômetros e corria os quarenta e dois quilômetros, cento e noventa e cinco metros, da maratona.

***

Resolveram retornar para Nova York no domingo ao meio-dia. A passagem de retorno para o Brasil estava marcada para a quinta-feira. A reserva do hotel foi em um hotel muito bom e perto da 5ª Avenida.

Esses dias foram bem aproveitados para conhecer um pouco mais da cidade.

Na quarta-feira, final da tarde, havia um tumulto e muita gritaria na frente do hotel. A esposa de Amado olhou pela janela e resolveu ir lá para ver o que era. Ela vestiu o uniforme de triatleta do seu marido, onde tinha no blusão escrito Brasil e a bandeira estampada. Era no décimo andar que estavam hospedados. Ela chamou elevador e entrou. No sétimo andar, o elevador parou e três homens barbudos, cabeludos, com os corpos tatuados, ficaram em dúvida se entravam ou não. Enfim comentaram alguma coisa e entraram no elevador. Eles perceberam que a Liana não teve nenhuma reação. Ela não sabia quem eles eram. Ao chegarem ao térreo, foram para a frente do hotel. Aí foi uma enorme gritaria dos seus fãs. Eles perceberam que a Liana não deu a mínima para eles. Devem ter ficado sem graças por ela não reconhecê-los, nem o nome da banda e deles ela ficou sabendo. Ela não entendia nada de inglês.

Na quinta-feira, foram com muita antecedência para o aeroporto, que ficava longe de onde estavam hospedados, e a preocupação também era por ser o aeroporto muito grande.

Na hora certa, embarcaram e deram um longo adeus para os EUA. Amado nunca mais pisou em solo americano.

117

A partir de 1997, Amado resolveu treinar mais a corrida, e esses treinos o levaram a participar de maratonas pelas cidades do Brasil, com o seu amigo maratonista Coqueiro. Assim, Amado correu a sua segunda maratona em Brasília. A primeira foi a que correu em 1985, sem nenhum treinamento, e arrependeu-se do feito. Agora, com muito mais treinos, ele correu a maratona comemorativa ao trigésimo sétimo aniversário de Brasília, no dia 21 de abril. Amado fez uma boa maratona, correu em quatro horas e quarenta e cinco minutos e diminuiu o seu tempo em relação à sua primeira maratona, em uma hora e dez minutos. Foi um tempo razoável para quem resolveu participar de maratona em pouco tempo. A primeira maratona que correu fora de Brasília foi a de Blumenau, Santa Catarina.

No dia 16 de novembro desse mesmo ano, Amado foi com os atletas do Cobra – Corredores de Brasília correr a primeira maratona de Curitiba.

O melhor tempo das maratonas corridas por Amado foi de três horas, cinquenta e nove minutos e cinquenta e oito segundos, e o pior tempo, não considerando a maratona de 1985, foi de quatro horas, quarenta e cinco minutos e vinte e cinco segundos. Esse péssimo tempo foi em uma das maratonas que correu em Blumenau, onde tem um dos melhores percursos e um dos mais leves das maratonas. Nessa maratona, a organização errou na estratégia da distribuição da água. Nas maratonas, a água é fornecida para os corredores a cada cinco quilômetros. Nessa maratona distribuíram a água nos cinco quilômetros e Amado não pegou a água, mas, nos dez quilômetros, não distribuíram a água. Só foram distribuir aos quinze quilômetros. A água estava muito gelada. Amado, ao abrir o copo d'água, sem querer, derramou nas suas pernas e em poucos minutos começou a sentir as malditas cãibras, devido ao choque térmico.

Depois que Amado começou a treinar para maratona, ele foi deixando o *triathlon* e o *duathlon* um pouco de lado. Passou a fazer só as provas do calendário de Brasília, pois os investimentos para treinar três modalidade estava pesando no seu bolso e tomando muito tempo das suas leituras. Amado tinha que dar atenção para os seus dois filhos.

Amado agora estava desanimando com as suas competições, sentia que a idade estava chegando, e também, competindo somente em Brasília, os seus adversários da sua faixa etária eram sempre os mesmos. Amado dificilmente perdia uma competição para eles: no *triathlon*, no *duathlon*, na natação e em outras modalidades. Nas corridas era que fazia a diferença. Amado era o mais pesado de todos. Por ser musculoso, ele começou a correr os cem metros livre e os cento e dez metros com barreiras muito bem. Essas duas provas dependem de muita força muscular para fazer um bom tempo. Nessas provas ele não tinha adversário. Ganhava todas as provas na sua faixa etária, entre os competidores de Brasília.

Amado lembra que correu os cento e dez metros com barreira lá em São Leopoldo, cidade perto de Porto Alegre-RS. A Abrava — Associação Brasiliense de Veteranos e Atletismo foi convidada para participar de um campeonato de atletismo de veteranos, pois era a reinauguração da reforma do complexo esportivo da cidade. Houve também a participação de muitos atletas profissionais e olímpicos que foram convidados e participaram por estarem em destaque nesse período. Amado correu os cento e dez metros com barreiras. Os atletas olímpicos correram obedecendo à sua faixa etária, como se fossem atletas veteranos competindo igualmente com os outros corredores.

Na corrida dos cento e dez metros com barreiras, o atleta de Porto Alegre, que era o atual campeão brasileiro, correu na raia quatro, e Amado, na raia três. Eles não se conheciam.

Todos se posicionaram e foi dada a largada. Amado teve a felicidade de largar muito bem. Encaixou desde a primeira passada, impondo meio corpo de vantagem, até saltar a última barreira. Nos dez metros finais, ao cruzar a fita da chegada, ele, com mais experiência, estirou o seu corpo e tomou a vitória do seu oponente, somente pela experiência nos centésimos de segundos finais.

Quando chegou o ano 2000, Amado decidiu que ele iria parar com as tantas competições que fazia. Ele competiria apenas para desacelerar os seus treinos, que eram um pouco forte, e aos poucos pararia de competir. Ficaria só com a natação, que não despendia muito tempo nos treinos e as despesas não eram muitas. Treinava só três dias por semana.

Nesse ano de 2000, Amado parou para pensar na sua vida de atleta amador. A sua conclusão foi de que, pela dificuldade que passou em sua vida, nunca imaginaria que iria viver o esporte da forma que viveu e que conheceria os países e cidades que conheceu durante essa fase; ele foi longe demais. Nunca imaginou isso em sua vida. Sempre enfrentou sozinho as dificuldades sem ter um ombro de seus pais para confortá-lo. Nessas horas sempre se lembrou do que o seu pai falava: "*homem que é homem não chora*". Amado nunca chorou, nem mesmo nos maiores desesperos e nas maiores dificuldades, quando se lembrava do sítio do seu pai onde nascera, lá na longínqua fronteira com a Bolívia e tendo como parteiro da sua mãe, no seu nascimento, o boliviano *Juan*. Amado nunca esqueceu a sua infância na cidade de Cáceres, onde a casa de seus pais era na beira do seu Rio Paraguai, onde aprendeu a nadar e brincou muito com seu amigo fiel cachorro de nome Valente.

118

Agora acabou o milênio, acabou o século XX, acabou o ano 2000 e, para Amado, acabou o que ele gostava de fazer, que eram os esportes, o que sempre foi a sua paixão e o seu maior passatempo. Ele se divertia e amava, pois no esporte ele teve as oportunidades de conhecer e usufruir o que mais gostava de fazer, que era passear, conhecer outras culturas, cidades, países e os pontos turísticos por onde passava.

Amado, que completaria cinquenta anos de idade nesse ano 2000, resolveu parar com os esportes e passou a pensar em fazer outra faculdade. Tomou essa decisão porque o seu filho mais velho resolveu fazer o vestibular no início do próximo ano para o curso de Direito.

Amado imaginou: "Cada um tem a idade que deseja o seu coração, e, por sermos autores das nossas próprias atitudes, fazemos o que desejamos fazer e o que a nossa consciência mandar." Então o seu coração mandou fazer o vestibular.

Como Amado fotografava para as OABs, resolveu que faria o vestibular para o curso de Direito.

Tamanha foi a surpresa, pois os dois passaram, não para a mesma faculdade. E quando iniciaram as aulas em fevereiro, Amado foi para o primeiro dia de aulas todo empolgado. Era como fosse aquela primeira aula, na sua escola USA, lá na sua cidade, quando ainda ia fazer os seus sete anos de idade.

Ali, naquela sala, teve a mesma sensação daquele dia, só não sentiu o seu coração chorar por dentro, por estar sozinho. Logo ele percebeu que, com cinquenta anos de idade, seria o aluno mais velho da turma. Isso não o incomodou, pois logo pensou: "Sou o mais responsável da turma." Tinha apenas um colega que era um mês e quinze dias mais novo que Amado. Cinco outros colegas tinham um pouco mais de quarenta anos. Os outros colegas da turma todos eram da faixa dos vinte anos e pouco.

Amado, agora que começou a cursar a Faculdade de Direito, resolveu desistir das competições que lhe tomavam muito tempo para os treinos. A natação era mais para manter uma atividade física, e quando tinha os campeonatos na cidade dava para competir e rever os colegas de outrora competindo lado a lado.

Amado agora se dedicaria aos estudos e aprenderia o máximo que pudesse sobre o Direito.

O Professor Lozetti, da matéria "Introdução ao Direito", foi o professor que ministrou a primeira aula do curso. Um excelente professor, que já contava com mais de sessenta e cinco anos de idade e mais de trinta anos como professor, e mais de quarenta anos como advogado.

Nessa primeira aula, ele pediu para que os alunos se apresentassem para se conhecerem. Amado novamente lembrou-se do seu primeiro dia de aula na sua escola USA, da sua cidade, e que teve de se apresentar, com os olhos cheios d'água. Agora nessa apresentação não tinha ninguém com o nome que se escrevia com o "d" mudo. Tinha o Apolo, a quem na sua apresentação o professor perguntou se ele sabia o que significava o seu nome. Ele disse que não. O professor então explicou que Apolo é o Deus Sol, era a divindade principal da mitologia greco-romana, um dos Deuses Olímpicos, filho de Zeus. Era considerado o deus da beleza masculina. Por isso esse aluno ficou com o apelido de Apolo Sol, mas ele não se importava; na realidade, ele acabou gostando do apelido. Apolo era magro e não se podia comparar como um deus da beleza masculina.

Amado começou a perceber que o curso de Direito dependia muito de leitura. Isso não era problema, pois ele gostava de ler.

Para se entender e aplicar o Direito, tem que saber muito sobre a Constituição, os Códigos, as Leis, as jurisprudências e as doutrinas. Não precisa raciocinar muito, não precisa criar quase nada, basta aplicar as leis e saber como e onde devem ser aplicadas corretamente. As aplicações das leis devem ser muito claras e para serem bem aplicadas tem que ter uma boa análise sobre o assunto.

Com o passar das aulas, Amado tomou gosto pelos estudos do Direito, até porque vivia no meio dos advogados como fotógrafo. Amado era obrigado a acompanhar tanto os advogados e conselheiros da OAB/DF como os renomados advogados ou conselheiros do Conselho Federal em todas as reuniões. Tinha o acesso livre para fotografá-los e encaminhar as fotos para o jornal. Essa liberdade profissional de poder entrar nas reuniões, nas assembleias e nas audiências. Foi muito interessante para Amado porque pôde prestar muita atenção no que era discutido, e todos os assuntos presenciados por ele eram guardados só para si.

Amado teve por obrigação fotografar todas as reuniões do pedido de impeachment do ex-presidente do Brasil Fernando Collor, pois o presidente do Conselho Federal era também o autor do pedido de impeachment.

Nas aulas de "Introdução ao Direito" e "Filosofia do Direito", os professores, para testar o conhecimento dos seus alunos, sempre perguntavam se alguém já tinha lido o livro do assunto que acabaram de comentar. Amado sempre respondia que já tinha lido e o professor pedia para fazer o comentário do livro. Amado gostava de se expor para perder a vergonha de falar em público, ali podia errar ou se envergonhar. Amado não era acanhado, pois tinha a experiência de falar diretamente com quem nunca vira em sua vida. Ele era um interlocutor anônimo, que muitas vezes tomava decisão para os seus usuários da prestação do seu serviço. Isso ele fazia, também, na sua profissão de controlador de voo.

Um dia o Professor Lozetti perguntou quem já tinha lido o livro *Dom Quixote*. Ninguém respondeu. Depois de uma pequena pausa, Amado levantou o braço e respondeu:

— Eu já li o livro de Miguel de Cervantes.

Um colega ainda jovem retrucou em voz alta:

— Esse cara pensa que leu tudo. Ele acha que já leu todos os livros que o professor pergunta.

Amado se interpõe ao Professor.

— Professor, eu posso explicar para esse colega o que li no livro *Dom Quixote*?

— Sim! À vontade! Eu estava esperando por isso.

— Vou ficar em pé, de frente, para ele ouvir melhor.

Amado fez uma boa explanação da história de todo o livro. Boa parte da aula foi tomada pela explicação de Amado. A classe toda ficou em silêncio escutando e prestando atenção na explicação que era dada. Da turma, o único aluno que tinha lido o livro Dom Quixote De La Mancha, o cavaleiro da triste figura era o Amado.

O professor concluiu que Dom Quixote tinha aquele aspecto magro alto e o seu cavalo Rocinante também era alto e magricela. A sua lança era longa e fina. Isso tudo tinha um propósito. Nessa época da Idade Média, essas proporções eram para ficar mais perto do céu e se aproximar de Deus. Então Dom Quixote, quando se punha de braços abertos, imitando uma cruz, com os seus braços abertos, isso queria dizer que do seu braço para cima representaria a classe alta e a cabeça representaria a classe pensante, a realeza e o clero. Do seu braço para baixo, representava o povo massacrado, por ser da classe baixa, e era representada pelo Sancho Pança e seu burro, uma figura de estatura baixa e gorda completamente ignorante. Isso significa que o povo era pressionado, do seu braço para baixo, por ser ignorante.

Os colegas todos elogiaram a atitude do aluno Amado, reforçado com os dizeres do professor.

Poucos dias se passaram, e o Professor Oswaldo, que ministrava a matéria "História do Direito", entrou na sala, fez a chamada dos alunos e quando começou a aula ele disse para a sala:

— Amado, levanta e explica para a turma o que você sabe sobre o livro "*A República*", de Platão!

Amado não levantou e respondeu:

— Professor, eu não vou explicar nada sobre *A República*. Eu não li o livro. Não sei nada a respeito.

A turma acabou rindo da resposta ao Amado.

Nesse livro foi estudado apenas o capítulo VII, por mais de dois meses, para ser possível interpretar todo o capítulo. Quando terminou a análise do capítulo, o professor perguntou:

— Turma, em resumo, alguém pode me explicar em poucas palavras qual foi o sentido lógico desse estudo sobre esse capítulo? Qual é a conclusão lógica em síntese?

Amado respondeu:

— Professor, todo o sentido do texto foi: "descobrir a razão do *BEM*, em si mesmo".

— O quê? — Disse o professor. — Isso eu não esperava! Amado, você acabou de ser avaliado por mim. A sua nota já é a máxima.

Amado apena agradeceu, mas fez a prova no final do semestre. Apesar de já ter sido aprovado no semestre.

119

Amado acertou na decisão de fazer o curso de Direito. Ele estava adorando. Pena que foi tarde demais para tomar essa decisão. Quando terminou o primeiro semestre, já tinha cinquenta anos de idade feitos em abril e se fosse aprovado em todos os semestres terminaria o curso com cinquenta e cinco anos. Foi muito tarde para pensar em fazer outros concursos para uma melhor expectativa de vida. O jeito era seguir o curso e esquecer tudo, e tirar o máximo de proveito dele.

O curso de Direito transmite muito conhecimento ao aluno, abrindo a sua mente. Ensina ao aluno a pensar e a tomar as suas decisões corretas, baseando-se nos conteúdos jurídicos e nas análises profundas dos fatos jurídicos.

Amado estava se realizando com o curso que estava fazendo. Em cada aula, ele aprendia coisas novas e úteis para serem aplicadas no futuro quando fosse necessário.

Amado estava se dedicando às aulas do seu curso. Estava adorando e interagia muito com os professores. Queria sempre saber mais e mais daquilo que estava sendo ensinado.

Numa das aulas, o Professor Lozetti explicou que "o direito nasceu com a civilização para regular as relações humanas, a fim de que haja paz entre todos da sociedade".

Esse assunto chamou muita atenção de Amado e, assim que terminou a aula, ele foi conversar com o professor sobre o assunto e questionou se tudo o que falou entende-se como "Direito Natural".

Explicou Amado:

— O Direito Natural sempre influenciou as civilizações em suas tomadas de decisões. Ele sempre esteve presente no dia a dia dos cidadãos desde seus primórdios, com o surgimento do primeiro "*homo sapiens*". Assim que passaram a conviver em sociedade, a partir do seu segundo semelhante, este já começou a ter os seus direitos naturais, que surgiram com ele, e passou também a obedecer a uma chefia. Esse direito é inerente à natureza humana. É o direito de cada um. Sabe, professor, eu gosto de estudar sobre o espiritismo e, há poucos dias, li no *Livro dos Espíritos*, que muitas coisas ainda não podem ser definidas corretamente porque, decorre da pobreza da linguagem humana, que é insuficiente para defini-las. Assim acontece com o Direito. Eu percebo pelo que ando estudando. No futuro, muitos conceitos sobre o entendimento do Direito mudarão como já mudou desde o seu surgimento.

O professor achou muito interessante o que Amado falou. Antes de sair da sala, o professor perguntou:

— Você gostaria de explicar esse assunto para os seus colegas? Gostei muito das suas colocações. Como já percebi que você gosta de falar explicando tudo, os colegas vão gostar.

— Na próxima aula, eu explico sem nenhum problema — afirmou Amado.

Amado preparou com cuidado o conteúdo dessa explicação, que não demoraria mais de quinze minutos, para não tomar muito tempo da aula.

Na aula seguinte, assim que o professor entrou na sala, ele se deparou com o quadro cheio de desenhos.

Toda a explicação estava baseada nos desenhos que Amado tinha desenhado no quadro.

— Amado, esse já é sobre o assunto que discutimos e que você vai explicar? — Perguntou o professor ao entrar na sala.

— É, sim, senhor! — Respondeu Amado.

— Então começa a sua explicação que eu faço a chamada no final da aula — completou o Professor.

Amado, com a sua naturalidade que lhe era peculiar, começou a sua explicação.

— Turma, boa tarde! Agora prestem atenção! Eu vou explicar sobre o Direito Natural, segundo a aula anterior. O professor pediu para explicar isso para vocês.

Todos os desenhos que estavam no quadro eram baseados no que dizia a doutrina espírita, nada mais além disso. Só que Amado não falou esse porém.

Amado começou a explicar.

Estava até interessante a explicação porque todos os alunos, inclusive o professor, estavam prestando a atenção.

Mais ou menos uns cinco minutos de explicação, entrou na sala uma funcionária da faculdade e informa que a aula estava cancelada e todos os alunos deveriam ir para o auditório assistir a uma palestra que seria proferida pelo presidente da Venezuela, Hugo Chávez.

Foi um desgosto para todos. Muito dos alunos foram para casa e não para a palestra do comunista.

O professor pediu para Amado que terminasse de explicar aquilo para ele. Até onde foi explicado ele tinha gostado. Então Amado continuou a sua explicação somente para o professor e o colega Marcos e mais ninguém.

Agora, sem se preocupar com o tempo, Amado pode explicar com mais detalhes tudo que sabia e o que tinha pesquisado.

Ao terminar a explicação o professor elogiou o trabalho e a pesquisa que o Amado tinha feito e o elogiou também pela interpretação e pelo entendimento que ele fez sobre o "Direito Natural" e concluiu:

— Você está de parabéns! Eu nunca tinha pensado sobre o Direito dessa forma que você colocou.

Os semestres foram passando e cada vez mais se fazia necessário estudar mais e mais.

Como Amado era o fotógrafo da OAB/DF, todos os advogados conselheiros o conheciam, e muitos desses advogados eram professores na Faculdade UniCeub, onde ele estudava.

Isso foi para Amado um fator complicador, um peso muito grande para ele. Todos os advogados conselheiros da OAB/DF escolhiam a turma do Amado para dar aula. Inclusive o vice-presidente da OAB/DF, que era também diretor da cadeira de Direito Civil da Faculdade, perguntou para Amado qual era a sua turma. Amado respondeu:

— A minha turma é a "B" vespertina.

Amado logo pensou: "Esse professor não vai poder dar aula na minha turma, porque à tarde é quando atende os seus clientes e vai para as suas audiências".

Quando saíram as listas dos professores, lá estava o Professor Flores para lecionar a matéria "Direito Civil 2". Amado tinha que estudar muito as matérias que eram ministradas por esses professores conselheiros. Na OAB, Amado, como aluno, era elogiado por todos os professores, que o achavam ótimo. Sabia a matéria e gostava de explicar o que estudava para os colegas. Amado fazia os resumos das matérias e distribuía aos colegas. Ele tinha autorização dos Professores para gravar todas as aulas.

Teve um professor que exigiu que Amado ficasse nas quartas-feiras para assistir à sua aula de Direito Tributário, que era dada por ele sempre no primeiro horário noturno. Amado, para satisfazer a solicitação do seu professor e amigo da OAB, assistiu às suas aulas no período noturno. Essas aulas para Amado eram só uma revisão da matéria, visto que ele tinha assistido às mesmas aulas com o professor da sua turma "B" vespertina.

Os semestres foram encurtando até chegar o momento de confeccionar a sua monografia, pois o final do curso estava se aproximando. Amado resolveu escrever a sua monografia sobre Direito Civil. Teve como título: *"Responsabilidade civil decorrente do vício de serviço no transporte aéreo de pessoas"*. Esse foi um título longo e aparentemente complicado, mas, na realidade, era bastante simples. Amado não sentiu nenhuma dificuldade em pesquisar e escrever, tanto é que ele já tinha escrito umas cento e quarenta páginas, quando de repente houve uma nova padronização determinada pela ABNT — Associação Brasileira de Normas Técnicas, de que doravante as monografias tinham que ser confeccionadas com no máximo sessenta e uma páginas. Para Amado foi um trabalho a mais, porque teve que reescrever a sua monografia fazendo os cortes necessários para se enquadrar no padrão solicitado.

Quando chegou o dia da apresentação, Amado estava bastante tranquilo, tanto é que chegou bem antes dos três professores que iriam avaliá-lo. Não sentia nenhum nervosismo devido às tantas vezes que fora à frente da turma explicar a matéria ou mesmo explicar uma aula a seu pedido; ele gostava de fazer isso, até porque qualquer dúvida o professor estava ali para ajudá-lo.

Dos três professores avaliadores, o professor coordenador da banca era professor de Direito Penal e a professora dava aula de Direito Constitucional. O coordenador da banca informou que por ele ser professor de Direito Penal dispensaria o aluno da sua apresentação. O assunto era muito divergente das matérias que eram ministradas por eles. A professora endossou as suas palavras. Mas o terceiro professor disse:

— Eu quero avaliá-lo. Esse assunto me interessou muito.

Esse professor tinha recentemente sido aprovado no concurso para Promotor Público e como tinha estudado muito para o concurso ele quis fazer uma autoavaliação do que tinha estudado. Essa decisão complicou para Amado, pois ele explorou o máximo que pôde o conteúdo da sua monografia.

Ao terminar, ele agradeceu o esforço do aluno, parabenizou pelo sucesso, e as suas últimas palavras foram:

— Agora você está aprovado no seu curso de Direito. Esta foi a sua última avaliação. Seja feliz na sua carreira de Advogado. Todos os três professores parabenizaram o aluno Amado, desejando boa sorte.

A sala estava cheia de alunos que se dispuseram a assistir à apresentação dessa monografia, por ser um assunto um tanto quanto diferente e que nunca seria apresentado por um professor em suas aulas. Todos eles aplaudiram a apresentação da monografia do colega Amado.

Da faculdade, Amado foi direto para a igreja onde seria realizado o culto religioso como sendo o primeiro ato da formatura. Era uma sexta-feira.

A colação de grau foi realizada num grande salão da cidade, e o grande baile, por não terem conseguido um salão que fosse o suficiente para caber todos os formandos, seus familiares e os convidados, ficou marcado para fevereiro do próximo ano, quando haveria disponibilidade do salão.

Amado, agora com a sua segunda faculdade concluída, percebeu que os seus objetivos e as suas metas desejadas não foram impossíveis de serem alcançadas. Para isso, buscou os seus caminhos, não se importando com quanto tempo levaria para alcançá-los. Não se importou com o quanto isso tudo lhe custou. Aprendeu com as aventuras e os desafios, desde quando saiu da casa de seus pais, em Cáceres, sabendo que não seriam fáceis e que as derrotas e as vitórias pertenceriam somente a ele e ao seu silêncio. Muitas foram as vitórias que alcançou nos esportes, muitos foram os pódios que subiu em primeiro lugar, por ter vencido disputas nos muitos esportes que praticou. Mas, na sua imaginação, as maiores vitórias que alcançou foram aquelas vitórias sem pódio, as vitórias dos seus próprios esforços, das suas lutas pela vida, sem ajuda de ninguém.

Muitas foram as vezes que Amado teve vontade de chorar num ombro amigo, mas sempre lembrava do que seu pai lhe disse uma vez: "*homem que é homem não chora*". Por isso, procurava resistir aos seus fracassos, pois sabia que o seu sucesso só dependia de si mesmo. Não aceitava muito os conselhos de amigos, que não sabiam o que era lutar sozinho pela vida. Tinha medo que os conselhos pudessem levar ao fracasso.

Amado, agora com a possibilidade de exercer uma nova profissão, paralela aos seus serviços de fotógrafo e de controlador de voo, resolveu que abandonaria a profissão de fotógrafo dos Advogados, e como controlador de voo, não afetaria em nada, pois já contava com trinta anos de trabalho e a sua aposentadoria estava próxima. Ele esperaria se aposentar para realmente enfrentar o novo desafio, a nova aventura em advogar. Amado aposentado teria o tempo livre para exercer a nova profissão.

Não foi preciso esperar a sua aposentadoria para exercer a sua profissão de advogado. No seu próprio trabalho, pouco tempo de formado, Amado foi convidado e solicitado pelo comandante do Órgão, para trabalhar no departamento jurídico do sistema DACTA.

Essa solicitação foi feita em decorrência do grande e grave acidente aéreo que causou a morte de cento e cinquenta e quatro pessoas, com o avião da empresa, cuja matrícula era Gol 1907, no dia 20 de setembro de 2006. Essa solicitação foi aceita por Amado, uma vez que, nesse dia do acidente, ele trabalhou como controlador de voo até as quinze horas.

Amado, agora de paletó e gravata, sentado à mesa da sala a qual foi determinada para trabalhar, lembrou-se do passado da sua vida, desde quando era pequeno até o momento. Lembrou que no primeiro dia de aula da sua vida ele ficou sozinho numa sala velha e feia da sua escola esperando a professora. Agora, ali na sua sala, as lembranças seriam passageiras.

As emoções tocaram fundo no seu coração, quando ali sozinho lembrou-se do dia que saiu para se aventurar pelo mundo, com pouco dinheiro, sem o conhecimento dos amores, ainda não vivido e sem cultura. Aí ele percebeu que todos esses acontecimentos que surgiram na sua vida foram determinados pelas leis divinas ou pelas leis naturais, que fizeram acontecer tudo na sua vida.

Amado percebeu com as suas análises profundas da sua vida que ele não foi dono do seu próprio destino. Ele aconteceu, com a proteção divina dos seus Deuses. Amado sempre percebeu que realmente teve muita proteção dos Deuses do boliviano "*Juan*", parteiro de sua mãe.

Agora era esperar com calma o que poderá vir a acontecer nas aventuras no mundo do Direito. A vida para Amado segue, com a proteção dos seus Deuses em que ele sempre acreditou.

Fim

Brasília, 6/4/2021
Ademir Faria.